Das Buch

Griseldis hat heilende Hände: Nur sie vermag die Leiden von Heinrich zu lindern, nur sie vermag über seine Krankheit zu schweigen. Bei allen Intrigen im Haus des Herzogs und später am Hof des Königs versteht es die Heilerin, sich nicht für die eine oder andere Seite einnehmen zu lassen. Das Leben der jungen Frau hält jedoch nicht nur Glanz und Glück bereit: Kaum hat sie ihre große Liebe gefunden, verunglückt der Baumeister beim Dombau.

Ein Frauenleben, das Zeugnis einer großen Epoche und eines großen Mannes ist: Kaiser Heinrich II.

Dicht und spannend beschreibt Karla Weigand das Schicksal der historisch verbürgten Heilerin des Kaisers.

Die Autorin

Karla Weigand wurde 1944 in München geboren. Sie arbeitete zwanzig Jahre lang als Lehrerin, bevor sie sich dem Schreiben zuwandte. Sie lebt mit ihrem Mann in der Nähe von Freiburg. Nach *Die Kammerzofe* und *Die Hexengräfin* ist *Die Heilerin des Kaisers* ihr dritter historischer Roman.

Lieferbare Titel

Die Kammerzofe – Die Hexengräfin

Karla Weigand

Die Heilerin des Kaisers

Roman

WILHELM HEYNE VERLAG
MÜNCHEN

Mit aufrichtigem Dank an Lianne Kolf und Ingeborg Castell

FSC
Mix
Produktgruppe aus vorbildlich bewirtschafteten Wäldern und anderen kontrollierten Herkünften
Zert.-Nr. SGS-COC-1940
www.fsc.org
© 1996 Forest Stewardship Council

Verlagsgruppe Random House
FSC-DEU-0100
Das für dieses Buch verwendete FSC-zertifizierte *Papier Holmen Book Cream* liefert Holmen Paper, Hallstavik, Schweden.

Vollständige Erstausgabe 08/2008

Printed in Germany 2008
Umschlagfoto: © Brooklyn Museum/Corbis
Umschlaggestaltung: Nele Schütz Design, München
Satz: hanseatenSatz-bremen, Bremen
Druck und Bindung: GGP Media GmbH, Pößneck
ISBN 978-3-453-40554-7

www.heyne.de

PROLOG

MAN SCHRIEB DAS Jahr 999 nach der Geburt unseres HERRN. Obwohl kein äußerer Feind das Land bedrohte, befand es sich in hellem Aufruhr. Allerhand Seher und sogenannte Weissager zogen durch die deutschen Gaue und machten die Bewohner kopfscheu mit ihrem Gerede von kommendem Unheil: Das Jahr 1000 nach der Geburt unseres HEILANDS stünde kurz bevor und dieses Jahr brächte mit Sicherheit den Weltuntergang.

Die Gewissheit, dass sich das Jüngste Gericht mit Riesenschritten näherte, brachte viele Menschen schier um den Verstand. Sogar die Untadeligen im Lande verloren jegliches Maß: In Scharen gaben Bauern ihre Äcker auf, flohen Mönche und Nonnen aus den Klöstern, selbst Priester ließen ihre Kirchen im Stich; mancherorts fanden seit Jahr und Tag keine Taufen und christlichen Begräbnisse mehr statt. In den Städten vernachlässigten Beamte ihre Ämter, Gelehrte und Studenten ihre Studien und selbst Hochgeborene vagabundierten ziellos durch das Land.

Die meisten gierten förmlich nach Vergnügen, frönten der Trunksucht, der Völlerei und Hurerei und allerlei abartigen Lastern – aus Furcht vor der Endzeit sowie aus Angst, in ihrem kurzen Erdenleben etwas versäumt zu haben.

Einige jedoch verfielen ins andere Extrem: Sie verschenkten ihr gesamtes Hab und Gut, fasteten und beteten, weil sie befürchteten, der Weltenrichter würde sie ihrer Sünden wegen schwer bestrafen. So versuchten sie, ihn durch Verzicht gnädig zu stimmen.

Nur wenige gingen ihrem gewohnten Tagwerk nach.

KAPITEL 1

DER TIEFE SCHLAF der Jugend hielt Griseldis in jener Winternacht vom Februar 999 noch umfangen, als das Dorf bereits lichterloh in Flammen stand. Eine Horde betrunkener Plünderer war kurz nach Mitternacht grölend in den kleinen Ort Tannhofen an der Donau, eine gute halbe Tagesreise zu Pferd von Regensburg entfernt, eingefallen. Einige der Bewohner, die versucht hatten, sich dem Gesindel entgegenzustellen, wurden regelrecht massakriert.

Ehe man im Dorf Alarm schlagen konnte, waren noch etliche Bauern schwer verletzt und vier Stück Großvieh von den berittenen Eindringlingen in die umliegenden Wälder entführt worden, dazu ein Dutzend Ziegen und Schafe.

Dietwulf, Griseldis' um drei Jahre älterer Bruder, polterte in die Kammer im Obergeschoss, welche die Achtzehnjährige mit ihrer zwölf Jahre alten Schwester Gertrud teilte.

»Seldi, Seldi! Wach auf! Los, steh auf!«, rief der junge Mann und rüttelte sie dabei unsanft an der Schulter.

»Was ist denn los?«, drang es verschlafen unter der groben, grauen Wolldecke hervor. Griseldis setzte sich auf und starrte Dietwulf an, der eine brennende Stalllaterne in der Linken trug, während er mit der rechten Hand immer noch ihren Oberarm umfasst hielt.

»Das Dorf brennt ab, die Sturmglocke von Sankt Joseph läutet wie zum Weltuntergang und du liegst hier und schläfst seelenruhig!«

Die Stimme des Bruders klang vorwurfsvoll. »Du musst sofort mitkommen, es hat Verletzte gegeben.« Mit diesen Worten ließ er ihren Arm los, wandte sich um und lief mit seiner Laterne aus der Kammer.

Während Dietwulf die Stiege vom Heuboden, in dem zugleich noch andere kleine Schlafkammern untergebracht waren, mit schweren Schritten herunterstapfte, schwang Griseldis ihre Beine aus dem Bett, schlüpfte in ihren langen, wollenen Rock und warf sich das schwere Umschlagtuch über Kopf und Schultern, ehe sie in ihre mit Pelz gefütterten Stiefel fuhr.

›Die Glocke der Dorfkirche könnte wirklich Tote wecken, so laut läutet sie‹, dachte das junge Mädchen.

Griseldis brauchte erst gar nicht umständlich Licht in der Schlafkammer anzumachen, denn der niedrige und schmale Raum der beiden Schwestern war beinahe taghell vom Widerschein der umliegenden brennenden Nachbarhöfe erleuchtet, denen die Räuber den roten Hahn auf die Strohdächer gesetzt hatten.

›Hört denn das gar nimmer auf, dieses Brennen und Morden? Sind denn nur noch Gesindel und Verrückte auf dieser Welt?‹, fragte sich das hübsche, schlanke Mädchen, als es seiner Truhe einen Beutel aus braun-weiß geschecktem Kuhfell entnahm, der Salben, Binden, Tinkturen und allerlei Instrumentarium enthielt, die es für seine Tätigkeit als Heilerin benötigte.

Griseldis, geboren im Jahre 981 als zweites Kind und älteste Tochter des Freibauern Frowein und seiner Frau Dietlinde auf dem Gehöft der Familie, galt im Dorf als ein wenig »seltsam«.

Der Grund dafür war nicht, dass sie sich, ihrer Jugend zum Trotz, erfolgreich um Kranke, Verletzte und Gebärende kümmerte, sondern weil man ihr seit ihrem dreizehnten Lebensjahr »heilende Hände« nachsagte sowie gewisse »seherische Fähigkeiten«. Die Leute schickten nach ihr nicht nur in Tannhofen und Umgebung, ihr Ruf war mittlerweile bis in die große, alte Donaustadt Regensburg gedrungen.

Als Seldi, wie sie zu Hause genannt wurde, noch ein kleines Mädchen gewesen war, hatte ihre alte Tante, die Muhme Bertrada, sie eines Sommerabends mitgenommen zu einem mächtigen, uralten Lindenbaum auf einer Waldlichtung, etwa eine Gehstunde vom Dorf entfernt. Diese Linde hieß bei allen Bewohnern der Gegend nur der »Elfenbaum«.

Es war ein heiliger Ort: Das Wasser aus einer Quelle in unmittelbarer Nähe des Baumriesen heilte das hitzigste Fieber oder böse Hautausschläge; und nicht weit davon entfernt wuchs eine Alraune, deren menschengestaltige Wurzel als zauberkräftig galt.

Die Muhme hatte Griseldis' kleine, kindliche Hand ganz fest in ihrer alten, runzeligen gehalten und geflüstert:

»Wenn ich dir einen von meinen Ringen an einen Finger stecke, Seldi, dann kannst auch *du* die Elfen sehen.«

Daraufhin war ein Brennen aus dem schlichten, goldenen Ring durch den Daumen der Fünfjährigen geströmt und von da durch ihren Arm und den gesamten Körper. Dieses eigenartige Gefühl hatte sich fortgesetzt bis in Griseldis' Kopf und in die Augen.

Und da sah das Kind, was Muhme Bertrada ihr schon so oft erzählt hatte: Auf einmal war die Wiese unter der Linde voll lieblicher, zierlicher Wesen, die miteinander scherzten, reihum tanzten und mit hellen Kinderstimmen sprachen; es klang beinahe wie feines Grillengezirpe. Aber es waren natürlich die Elfen, die, wie jedermann im Ort wusste, im Wurzelgeflecht des ehrwürdigen Baumes ihre Behausung hatten.

Manchen Menschen verliehen die Elfen die Gabe, in die Zukunft sehen zu können oder Worte zu hören, die nicht von menschlichen Stimmen herrührten. Und mitunter übergaben sie den auserwählten auch die Fähigkeit, Schmerzen einzig durch Blicke oder das Auflegen ihrer Hände zu lindern.

Muhme Bertrada selbst war die Prophetie zu eigen. Zu ihr kamen die Dorfschönen, um sie zu fragen, ob ihre Liebsten ihnen treu seien, und junge Mütter, die wissen wollten, ob ihr nächstes Kind ein Sohn oder eine Tochter sein werde. Und immer war eingetroffen, was die Muhme geweissagt hatte.

Aber eines Tages hatte Herr Wulfram, der alte Priester der Josephskirche, anlässlich einer Predigt zum heiligen Pfingstfest vor dem Wahrsagen gewarnt: Es sei eine Sünde wider den Heiligen Geist, hatte er gemeint.

Seither hatte Frau Bertrada, eine fromme und gottesfürchtige Witwe, nicht mehr gewagt, einen Blick in die Zukunft zu tun. Und auch ihre junge Verwandte Griseldis hatte sie nie mehr zu den Elfen auf der Waldlichtung geführt. Frowein hatte es ihr streng untersagt, er befürchtete das Gerede unter den Leuten. Aber den Ring der Muhme durfte das kleine Mädchen behalten.

Nach einiger Zeit bemerkte das Kind eine Gabe an sich, die es ihm gestattete, Schmerzen bei seinen Mitmenschen zu lindern, indem es ihnen nur die Hand auf die wehe Stelle auflegte.

»Du hast so sanfte, wohltuende Finger, Seldi«, sagte ihre oft vom Kopfschmerz geplagte Mutter Dietlinde.

Etliche Male hatte Griseldis auch schlimme Dinge vorausgesehen, die dann auch tatsächlich eingetroffen waren. So wusste sie ein halbes Jahr vorher von einer schrecklichen Dürre, die den Kohl auf den Beeten und die Getreideernte bis auf den letzten Halm vertrocknen ließ; dazu starb das Vieh auf den ausgedörrten Weiden.

Im Jahr darauf quälte sie die furchtbare Ahnung, dass die

Frau ihres Lieblingsoheims im Kindbett sterben würde. Aber aus einer natürlichen Scheu heraus, geliebte Menschen zu beunruhigen, sprach Griseldis niemals über ihre Traumgesichte.

Seither waren beinahe dreizehn Jahre vergangen.

KAPITEL 2

Ehe Griseldis die kleine Dachkammer verließ, warf sie noch einen letzten Blick zurück auf das Bett, das sie mit der kleinen Gertrud teilte. Die Zwölfjährige hatte trotz des ungeheuren Lärms selig weitergeschlafen und weder vom Auftritt des Bruders noch von Griseldis' Aufbruch das Mindeste mitbekommen. Selbst das aufgeregte Gebimmel der Sturmglocke auf dem Kirchendach hatte nicht vermocht, das Kind aufzuwecken.

Mochte es ruhig weiterschlummern, dachte Griseldis und lächelte kurz vor sich hin. Dann schloss sie leise die Tür hinter sich, kletterte die Stiege, schmal wie eine Hühnerleiter, ins Erdgeschoss hinunter und betrat die düstere, nur durch einen einzigen Kienspan und ein schwaches Herdfeuer beleuchtete Küche, in der normalerweise die Eltern schliefen.

Als die Kinder noch klein gewesen waren, hatten sie diesen Raum mit Vater und Mutter geteilt, weil die Küche der wärmste Ort des Hauses war.

Mutter Dietlinde, eine nicht unhübsche, stämmige Bauersfrau mit strohblonden, zu einem dicken Zopf im Nacken geflochtenen Haaren, hatte die noch glimmende Glut im Herd wieder angefacht. So knisterte bereits ein Feuerchen, das den

Topf mit Gerstenbrei, vom gestrigen Abendessen übrig geblieben, erwärmte.

An den benutzten Holzschalen auf dem Tisch sah Griseldis, dass der Vater, Dietwulf und die Knechte bereits ein wenig Nahrung zu sich genommen hatten, ehe sie sich zu den Löscharbeiten im Dorf aufgemacht hatten. Ein aufwendiges Unterfangen, denn in den letzten Nächten herrschten eisige Temperaturen und der Teich in der Ortsmitte war zugefroren.

»Sie bilden zusammen eine lange Eimerkette zum Fluss«, sagte Dietlinde, als hätte sie die Gedanken der Tochter erraten. »Der Weg zur Donau ist dreimal so weit wie der zum Löschteich, aber was hilft es? Das Aufhacken dauert viel zu lang. Willst du auch etwas von dem Brei?«

»Nein danke, Mutter, ich muss sofort los. Es scheint, dass es Verletzte gibt.«

Griseldis wandte sich um und ihr Blick fiel auf den Knecht eines Nachbarn, der im Türrahmen stand. »Simon«, rief das Mädchen erschrocken, »haben die Räuber etwa auch bei euch zugeschlagen?«

»Und wie! Der Bauer liegt halbtot auf dem Hof vor der Scheune, weil er die Saukerle daran hat hindern wollen, unsere beste Kuh mitzunehmen. Diese hat neulich gekalbt und gibt noch genügend Milch für die Kinder«, sagte er aufgebracht. »Wir Knechte sind zwar mit Sensen und Dreschflegeln auf das Pack los, aber die Bande war mit Schwertern bewaffnet und hatte dicke, lederne Wämser und darunter Kettenhemden an und auf dem Kopf trugen sie Eisenhüte …«

»Komm rasch, Simon. Jede Minute ist kostbar«, unterbrach Griseldis den Redefluss des verstörten Mannes. Sie fasste ihn am Arm und eilig machten sie sich auf zum Ort des Überfalls: Es lohnte nicht mal, ein Pferd zu satteln, denn das Gehöft lag nur knapp fünf Gehminuten von Froweins Anwesen entfernt.

Griseldis war froh über die Begleitung des jungen, kräftigen Burschen. Sie hatte es sich zur Gewohnheit gemacht, nicht einen einzigen Krankenbesuch mehr ohne männlichen Begleitschutz zu absolvieren.

Kein Mädchen und keine junge Frau wagten sich in diesen unruhigen Zeiten alleine aus dem Haus. Und Frowein hatte seiner Tochter, die fast jeden Tag nach ihren Patienten schaute, ausdrücklich befohlen, sich nur mit einem Mann an ihrer Seite vom Hof zu entfernen.

Griseldis hatte darauf verzichtet, eine Laterne mitzunehmen, der Feuerschein spendete genügend Helligkeit. Und auf dem Nachhauseweg, wenn der Brand gelöscht war, so hoffte sie, würde es vermutlich schon taghell sein.

»Am schwierigsten ist es, sich die verkommenen Mönche vom Leib zu halten«, sagte Griseldis zu Simon.

Der Bursche schüttelte verwundert den Kopf.

»Aber diese Kerle haben doch ewige Keuschheit geschworen«, rief er aus.

»Pah, das interessiert keinen mehr! Jeder von denen glaubt doch, dass ihm im Leben Wunder was entgangen wär, und so wollen sie alles noch schnell nachholen, ehe die Welt untergeht.«

Beide schwiegen, ehe Simon den Faden erneut aufgriff.

»Glaubst du auch, Seldi, dass der Jüngste Tag bevorsteht?«

»Keine Ahnung, Simon. Wer kann das schon sicher wissen? Aber ich versteh die ganze Aufregung nicht so recht: Es weiß doch sonst auch kein Mensch, wann genau er vor seinen Schöpfer treten muss – aber *dass es einmal geschieht*, ist jedem klar. Dann müsste doch auch in einem normalen Jahr jedermann verrückt spielen, weil er möglicherweise in der nächsten Minute tot umfallen könnte. Aber das wiederum hat bis vor Kurzem keiner getan. Erst jetzt, wo das Jahr 1000 vor der Tür steht, neigen die meisten Menschen dazu, ihren Verstand zu verlieren«, ereiferte sich Griseldis.

»Ja, da hast du recht. Du bist aber auch eine ganz Gescheite, Seldi«, schmeichelte der nicht eben mit besonderer Klugheit gesegnete Knecht dem aufrecht neben ihm herschreitenden Mädchen.

»Dazu braucht es nicht viel, Simon«, lachte Griseldis, »höchstens ein bisschen gesunden Menschenverstand – aber der ist in Zeiten wie diesen anscheinend recht rar geworden.«

Als sie am Hof von Simons Bauern angekommen waren, rief man sie gleich in die Stube. Das Weib hatte mithilfe eines Mannes vom Gesinde den immer noch besinnungslosen Hausherrn auf ein aufgebocktes Brett gelegt, den Esstisch der Bauersleute.

»Er hat mit einer Streitaxt eins über den Kopf gezogen gekriegt, aber zum Glück nur mit der Breitseite der Klinge«, murmelte Griseldis, als sie mit ihrer Untersuchung fertig war. »Außerdem hat dein Mann einen gebrochenen Ellenbogen, Bäuerin. Das Gelenk heilt nur sehr schwer; mach dich also darauf gefasst, dass sein rechter Arm steif bleiben wird.«

»Heißt das, der Bauer wird nicht sterben?«

Zaghaft waren diese Worte von den blassen Lippen der Frau gekommen, die ganz offensichtlich guter Hoffnung war – zum neunten Male, wie Griseldis rasch nachgerechnet hatte.

»Aber nein, Afra. Dein Mann überlebt den Hieb schon. Sein Dickschädel ist hart und die Axt hat ihn zum Glück nur gestreift. Eine schwere Gehirnerschütterung hat er, deshalb ist er noch ohne Bewusstsein. Ich wasche ihm jetzt vorsichtig das Blut ab, dann sieht der Bauer gleich wieder besser aus. Danach kümmere ich mich um seinen Arm.«

Hauptsächlich waren es die einfachen Leute, die die Hilfe der Heilerin in Anspruch nahmen. Einen Medicus, soweit es in der Nähe überhaupt einen gab, konnten sich die Landbewohner nicht leisten. Griseldis hingegen war sehr mäßig in ihren Forderungen und ganz arme Teufel behandelte sie in aller Regel sogar umsonst.

»Bet ein Vaterunser für mich«, sagte sie auch jetzt zu der hochschwangeren Frau und wehrte deren Bemühungen ab, ihr zum Dank ein paar Eier aufzudrängen und das letzte Stück Speck, das die Räuber ihnen gelassen hatten.

Es war nicht nur dieser Verletzte, der ihrer Hilfe bedurfte. Überall im Ort hatten die Mordbrenner, deren genaue Anzahl keiner der Dorfbewohner nennen konnte, ihre verheerenden Spuren hinterlassen.

»Ein gutes Dutzend wird es wohl gewesen sein«, war noch die genaueste Auskunft, die Griseldis von den eingeschüchterten, aber auch wütenden Dörflern erhielt.

»Sechs Hände müsste ich haben, um alle Verwundeten gleichzeitig behandeln zu können.« Griseldis seufzte. Dann hörte man lange nichts mehr von ihr. Mit größter Konzentration widmete sie sich der Versorgung ihrer Patienten – die Bauern waren teilweise bös von den Plünderern zugerichtet worden. Sie säuberte Wunden, manche davon mussten genäht werden, trug Salbe auf, legte Verbände an, richtete Brüche ein, schiente dieselben und verteilte selbst gemachte Pillen gegen die Schmerzen sowie Kräutersäfte, um das Fieber zu senken. Nebenbei hatte sie stets ein offenes Ohr für die Sorgen der Menschen.

Die Stimmung im Volk war alles andere als gut. Die meisten Dorfbewohner jammerten über den angerichteten Schaden an Gebäuden und Vorräten durch das mutwillig gelegte Feuer und beklagten das geraubte Vieh. Sie waren von Zorn erfüllt wegen der grausamen Verletzungen und schworen, sich in Zukunft besser zu bewaffnen und Wachtposten aufzustellen, die Alarm schlagen sollten, sobald die Mörder und Brandstifter erneut auftauchten.

Doch es drangen auch Beschwerden über das Versagen der Herrschenden an ihr Ohr – allerdings mit bedeutend leiseren Stimmen vorgebracht.

»Wo ist er denn, unser Baron?«

»Warum lässt sich unser Herr nicht blicken, wenn wir ihn so nötig bräuchten?«

»Hauptsache, sein Zehenteintreiber findet jedes Jahr den Weg nach Tannhofen!«

»Wozu haben wir einen König, wenn solche Unruhen im Land geduldet werden?«

»Gibt es überhaupt einen König?«

»Das wenn wir wüssten!«

»Ich hab gehört, er soll in Italien leben und sich ›Kaiser‹ nennen.«

»Wozu brauchen wir denn so einen, der nicht einmal bei uns wohnen mag?«

»Ich sag ja schon lange, dass man ihn ganz abschaffen könnte.«

»Und was macht eigentlich unser Herzog in Regensburg?«

»Ach, der Herzog Heinrich hat anderes zu tun; der verlässt sich darauf, dass unser Baron sich um seine Leute kümmert, wie es sich ja auch gehören tät.«

»Wir sollten uns bei ihm beschweren!«

»Pah! Geh nicht zu deinem Fürst, wenn du nicht gerufen wirst – das hat mein Großvater schon gesagt.«

»Aber ich hab gehört, der Heinrich soll ein Herz für uns kleine Leute haben und kein so ein Polterer sein, wie sein Vater selig, der Zänker, es gewesen war.«

Als der Knecht Simon Griseldis schließlich nach Hause begleitete, war sie todmüde. Insgesamt hatte dieser brutale Überfall fünf Menschenleben gekostet, das von vier Männern und einer älteren Frau, die versucht hatten, ihr ärmliches Hab und Gut zu retten, sowie ein Dutzend Verwundete, vier davon waren bedenklich schwer verletzt und einer von ihnen würde es wohl nicht überstehen.

›Zum Glück ist unsere Familie für dieses Mal verschont geblieben‹, dachte die junge Heilerin und freute sich auf ihren Morgenbrei aus in Milch gekochter Gerste. Sie würde sich jetzt gleich bei der Mutter in der warmen Küche niederlassen und die müden Beine unter dem Tisch ausstrecken.

KAPITEL 3

LEIDER GAB ES nicht viel Zeit zum Ausruhen. Fast hätte sie beim Eintritt in die Stube den jungen Mann übersehen, der auf der Ofenbank Platz genommen und sie offensichtlich erwartet hatte. Er trug vornehme Reitkleidung mit einem Wams aus feinem Leder und sein Hemd hatte gebauschte Ärmel. Augenscheinlich gehörte er einer höheren Schicht an, als man gemeinhin in Tannhofen zu sehen bekam. Der Fremde erhob sich.

»Ihr kommt sicher von Herrn Moritz aus Regensburg, nicht wahr?«, erkundigte sich das junge Mädchen. Sie wagte nicht, ihn zu duzen. »Aber Euch hat er bisher noch nie geschickt.«

»Georg ist mein Name und du kannst ruhig du zu mir sagen. Ich bin nur ein einfacher Knecht«, gab der junge Bursche stattdessen zur Antwort. »Bitte beeil dich und komm mit mir, denn mein Herr bedarf ganz dringend deiner Hilfe.«

Griseldis ging davon aus, dass Herr Moritz nach ihr verlangte, ein vermögender Kaufmann aus Regensburg, den sie schon ein paar Male wegen seines anfälligen Magens und seiner Krampfadern behandelt hatte. Er schickte ihr immer einen Knecht, der ein zweites Ross mit sich führte, damit sie geschwinder vorankamen, als wenn der junge Mann sie vor sich mit auf sein Pferd hätte nehmen müssen.

»Seit wann arbeitest du denn für Herrn Moritz?«, erkundigte sich Griseldis, nachdem ihr Georg auf die Stute geholfen hatte.

»Erst seit ein paar Wochen«, gab der Gefragte knapp zur Antwort und wich dabei dem Blick der großen, blaugrünen Augen des ausnehmend hübschen Mädchens aus.

In der Tat, Griseldis bot einen erfreulichen Anblick: Sie war hoch gewachsen für ein Mädchen, schlank, aber dennoch kräftig – das Zupacken war sie von Kindheit an gewöhnt. Ihre Gesichtsfarbe war frisch, die Haut rein und nur ganz leicht gebräunt: »Ich meide die Sonnenstrahlen, weil sie einem die Haut verbrennen«, sagte sie immer. Die Fülle rotgoldener Haare trug sie meist in zwei geflochtenen Zöpfen, die ihr schwer über den Rücken fielen.

Um ihr Gesicht vor dem kalten Schneewind zu schützen, band sie sich ein Wolltuch um, das sie weit in die Stirn zog. Reiten konnte sie wie ein junger Bursche – und sie tat es auch, sooft sie eine weitere Strecke zu einem Kranken zurücklegen musste. Dann zog sie auch knöchellange Hosen an, die sie sich selbst aus Schafleder geschneidert hatte. Darüber kam der bodenlange Rock, um Sittlichkeitsvorschriften Genüge zu tun: Ein Weib durfte nun einmal nicht diese Art von Beinkleidern tragen. Auch dieses Mal hatte sie sich geschwind umgezogen, ehe sie nach ihrem Kuhfellbeutel gegriffen und sich mit dem Knecht auf den Weg gemacht hatte.

Meist schwiegen Griseldis und der Jüngling: Was sollten sie auch groß bereden? Aber etliche Seitenblicke warf ihm Froweins Tochter schon zu: Nach der Art seines Gewandes sowie dem Zustand der Pferde zu schließen, mussten Herrn Moritz' Geschäfte in letzter Zeit blendend gegangen sein.

In Stadtnähe zog Griseldis auf einmal die Zügel an, worauf auch ihr Begleiter sein Pferd zum Stehen brachte und sich zu der Heilerin umwandte. Im Winter waren die Tage kurz und es dämmerte bereits. In Kürze würde es stockdunkel sein.

»Auf welchen Weg führst du mich denn?«, fragte das Mädchen, leicht beunruhigt. »Ist Herr Moritz etwa umgezogen? So bin ich noch nie zu ihm gelangt.«

»Das sollst du auch gar nicht«, erwiderte der junge Mann seelenruhig. »Dieses Mal sollst du in die Dienste von *meinem* Herrn treten.«

»Wie soll ich das verstehen? Wer ist denn dein Herr und woher weiß er von mir?« Griseldis war ratlos und zudem regte sich in ihr leise Angst. Was wollte man wirklich von ihr?

»Der Kaufmann Moritz hat wahre Wunderdinge von dir erzählt, Mädchen. Und das ist auch Vater Berchtold zu Ohren gekommen, einem frommen Benediktinermönch, der es wiederum meinem Herrn berichtet hat. Ehe ich dir aber sage, wem du deine heilenden Hände auflegen sollst, musst du versprechen, unter keinen Umständen irgendjemandem anschließend zu verraten, wem du in Regensburg geholfen hast.«

Der junge Mann sagte dies sehr eindringlich und Griseldis beruhigte ihn diesbezüglich.

»Was glaubst du denn, Georg? Ich rede niemals über die Kranken, die ich behandle. Da kann dein Herr ganz beruhigt sein. Das schwöre ich beim Leben meiner Mutter und dem meiner kleinen Schwester.«

Erst jetzt erfuhr sie, dass es nicht irgendein Herr war, sondern der Herzog Heinrich von Baiern, der ihrer angeblich so dringend bedurfte. Im Stillen überlegte sie, welches Leiden den noch jungen Herrn befallen haben konnte.

›Gewiss ein Jagdunfall‹, vermutete sie und gab ihrem Pferd die Sporen, um ihrem Anführer auf seinem Weg durch die Stadt zu folgen.

Inzwischen war es Nacht geworden und Vater Berchtold erwartete sie schon ungeduldig am herzoglichen Hof mit einer brennenden Laterne in der Hand. Der etwa fünfzigjährige Benediktiner verbarg sein Erstaunen über die Jugend der Heilerin nicht.

»Ich sehe es Euch an, Ehrwürdiger Vater, dass Ihr Euch über die geringe Anzahl meiner Jahre wundert; aber seid versichert, dass ich bereits seit meinem vierzehnten Lebensjahr den Kranken beistehe und die meisten von ihnen auch geheilt habe«, bemühte sie sich, die Bedenken des Paters zu zerstreuen.

Berchtold zeigte sich angesichts dieser Aussage einigermaßen beruhigt. Auch er bat sie noch einmal eindringlich, niemals ein Wort über ihren bekannten, hochstehenden Patienten zu verlieren.

»Sie hat es bereits beim Leben ihrer Mutter und ihrer Schwester geschworen, Vater«, mischte sich Georg ein und der Mönch nickte zufrieden.

Er führte sie in die alte herzogliche Residenz und Griseldis staunte über die vielen Lichter, welche den, in ihren Augen, riesigen Bau erhellten. Eine solch ungeheure Menge an Kienspänen und duftenden Wachskerzen hatte sie noch niemals gesehen. Daheim ging man sehr sparsam damit um. Meist verwendete man nur billige Binsenlichter und auch sie nur spärlich. Wenn es dunkel wurde, ging man auf dem Lande schlafen.

»Was fehlt dem edlen Herrn denn?«, wagte Griseldis endlich zu fragen. »Ich bin nur eine einfache Heilerin vom Dorf – warum hat man nicht einen Medicus geholt?«

Der Mönch lächelte. »Im Palast halten sich sogar zwei dieser gelehrten Doctores auf, aber unser Herr will sie nicht sehen. Herr Heinrich leidet von Zeit zu Zeit an Blasensteinen und diese bereiten ihm solche Pein, dass er jedes Mal glaubt, daran sterben zu müssen. Die Ärzte haben bisher meistens versagt und Herzog Heinrich will es nun einmal mit dir versuchen.«

Vater Berchtold musterte das Mädchen wohlwollend. »Man erzählt sich wahre Wunderdinge von dir, Kind«, fügte er hinzu, ehe er die Tür zum herzoglichen Schlafgemach öffnete. Der mit einer Lanze bewaffnete Wachtposten war ehrerbietig zur Seite getreten, als er den Mönch im flackernden Kerzenschein erkannt hatte.

»Komm nur weiter, Griseldis«, ermunterte Vater Berchtold flüsternd die junge Frau. Sie trat an das große, breite Bett, an dessen vier Ecken die gedrechselten Pfosten bis fast zur Zimmerdecke reichten, und sah zu der dazwischen gespannten, roten Samtdecke hinauf, die verhindern sollte, dass Ungeziefer auf den schlafenden Herzog herabfiel.

Auch Herr Moritz hatte sich so ein Bett anfertigen lassen und er hatte ihr den Sinn dieses Betthimmels erklärt. Natürlich war die Lagerstätte des Herzogs von Baiern viel kostbarer ausgestattet, aber das interessierte Griseldis in diesem Augenblick gar nicht so sehr.

Ihre ganze Aufmerksamkeit galt nun dem Kranken, der sich mit schweißnassem Gesicht stöhnend und ächzend auf der Matratze wälzte. Sein dunkelbraunes, schulterlanges Haupthaar und der kurze Kinnbart waren nass und strähnig, die bleichen Gesichtszüge schmerzverzerrt.

Kein Zweifel, dieser Mann litt Höllenqualen. Er war nicht der erste Patient, den Griseldis von Nieren- oder Blasensteinen befreien musste. Man sagte nicht zu Unrecht, dass diese Art von Kolik mit Geburtswehen zu vergleichen war.

»Die Heilerin von Tannhofen ist hier, Herr Heinrich. Sie heißt Griseldis«, sagte der Benediktiner und berührte ihn sanft am Arm.

Zwei große, braune, vor Schmerz und Verzagtheit verschleierte Augen richteten sich auf das junge Mädchen.

»Sei gegrüßt, Griseldis«, murmelte eine schwache Stimme. »Versuche dein Glück und der HERR möge dir beistehen, dass du das Richtige tust.«

»Ja, Herr, das will ich gerne tun.«

Mit leiser, aber bestimmter Stimme bat Griseldis um einige Dinge, die man ihr sofort herbeischaffte. Trotz ihrer Jugend besaß das Mädchen Autorität und auch die älteren Dienstboten taten umgehend, wie ihnen geheißen.

Die Blasensteinkolik, so schmerzhaft sie für Heinrich auch sein mochte, war verhältnismäßig leicht zu beheben: Es genügten Aufgüsse von Kamillenblüte und Schachtelhalm, um mit diesem Tee den Nierengrieß abgehen zu lassen.

Zusätzlich legte Griseldis dem Herzog, der erst in einem Vierteljahr seinen sechsundzwanzigsten Geburtstag feiern würde, beide Handflächen auf die Lenden. Fast unmittelbar verspürte dieser eine wohltuende Wärme auf der Haut mit einer einhergehenden Linderung der fürchterlichen Schmerzen, die sich allmählich ganz verflüchtigten.

Herzog Heinrich war begeistert. Er bat Griseldis, für immer in die Stadt Regensburg zu ziehen und sich am herzoglichen Hof als seine persönliche Medica niederzulassen.

»Am liebsten ließe ich dich gleich gar nicht mehr fort, Mädchen«, sagte Herr Heinrich, »obwohl ich einsehe, dass du zuerst deine Familie fragen musst. Aber versprich mir, dass du so bald wie möglich zu mir kommst, denn diese Koliken quälen mich immer wieder einmal. Und du wirst diese Entscheidung, mir zu Diensten zu stehen, niemals bereuen.«

Griseldis überlegte fieberhaft. Rasch kam sie zu der Überzeugung, dass dies wohl das Beste für sie wäre: Eine Anstellung bei Hofe und dazu beim höchstgestellten Fürsten in Baiern – was konnte es Erstrebenswerteres für ein Kind vom Lande geben?

Aber was würde Frowein dazu sagen? Gäbe er seine Zustimmung, dass seine Lieblingstochter den väterlichen Hof verließ?

›Aber wenn ich heirate, gehe ich ja auch fort‹, dachte sie dann. Trotzdem war sie keineswegs sicher, ob ihre Eltern diese Entscheidung billigen würden. Außerdem hütete die alte Muhme Bertrada seit einiger Zeit das Krankenlager und Griseldis hatte sich ihrer angenommen.

Kurzentschlossen sagte sie dem Herzog zu – unter dem Vorbehalt der elterlichen Erlaubnis. Doch zugleich bat sie darum, erst die todkranke Tante pflegen zu dürfen.

Dem Herzog Heinrich und der Herzogin Kunigunde, einer schönen, blonden Dame von erst zwanzig Jahren, die sich mittlerweile im Krankenzimmer ihres Gemahls eingefunden hatte, gefielen der feine Anstand und das Pflichtbewusstsein dieses jugendlichen Geschöpfes ausgesprochen gut und sie gaben ohne Weiteres ihre Zustimmung.

Im Morgengrauen, auf dem Rückweg zum Gehöft ihres Vaters, fragte Griseldis ihren Begleiter regelrecht aus. Sie hatte so selten Gelegenheit, Dinge zu erfahren, die sich außerhalb der dörflichen Enge zutrugen. Georg, inzwischen redseliger als zu Beginn ihrer Begegnung, tat ihr gern den Gefallen.

»Wie du vielleicht gehört hast, Mädchen«, sagte er in besserwisserischem Tonfall, »ist Heinrich der Zänker, der Vater unseres jetzigen Herzogs, im Jahr 995 gestorben. Er war noch nicht einmal fünfundvierzig Jahre alt und sein Sohn, der junge Heinrich, ist mit zweiundzwanzig Jahren sein Nachfolger geworden.« Dem Knecht gefiel es, sich ein wenig vor diesem unwissenden Bauernkind aufzuspielen.

»Drei Jahre später, also ziemlich genau vor einem Jahr, hat er sich mit Fräulein Kunigunde vermählt, der schönen Tochter des Herrn Siegfried, genannt der Lützelburger vom Ardennen- und Saargau. Graf Siegfried ist gegen seinen Schwiegersohn, den mächtigen Baiernherzog, nur ein kleines Licht. Was Herrn Heinrich bewogen hat, eine nicht ganz Ebenbürtige als seine Gemahlin heimzuführen, ist seine tiefe Liebe zu der sanften, blonden Jungfrau gewesen.« Georg lachte.

»Sein Großvater und sein Vater sind einst bei ihrer Brautwahl mit Judith von Baiern und Gisela von Burgund um ein Vielfaches wählerischer gewesen, was Besitz, Macht und Einfluss der Familien anbelangte, denen ihre künftigen Gemahlinnen entstammten. Durch einen Bruder Kunigundes hat unser Herzog das schüchterne und gebildete Mädchen kennengelernt und sich auf der Stelle in die liebliche Grafentochter verliebt.«

»Wunderschön ist diese Geschichte«, murmelte Griseldis. »Fast so schön wie eines der Märchen, die man sich im Winter in der warmen Stube erzählt.«

»Und was noch viel besser ist, diese Geschichte ist kein Märchen, sondern die lautere Wahrheit«, sagte Georg ein wenig hochtrabend.

»Wie ist es dann weitergegangen?«, wollte die Heilerin wissen und hing förmlich an den Lippen des herzoglichen Knechts.

»Ja nun, auch Fräulein Kunigunde hat auf Anhieb Gefallen gefunden an dem lebenslustigen und ehrgeizigen jungen Herzog, der immer genau zu wissen scheint, was er will. Und der dann auch stets allen Widerständen zum Trotz seinen Kopf durchsetzt«, fügte Georg hinzu.

»Vom Herzog habe ich schon einiges gehört«, sagte Griseldis. »Fromm und kühn zugleich soll er sein, dabei viel angenehmer im Wesen als Heinrich der Zänker, sein Vater.«

Das konnte Georg nur bestätigen.

Griseldis gegenüber hatte sich der Baiernherzog jedenfalls sehr liebenswürdig verhalten. Und kaum war es ihm wieder besser gegangen, hatte er ihr richtig gut gefallen: Umwerfend gut hatte er ausgesehen.

In den folgenden Nächten hatte das junge Mädchen gar von Herrn Heinrich geträumt: von seiner muskulösen Gestalt, von seinem scharf geschnittenen, männlichen Antlitz, umrahmt von dichten, dunkelbraunen Locken, die ihm bis zur Schulter reichten, und dem kecken Bärtchen, hinter welchem die weißen Zähne beim Lachen nur so geblitzt hatten.

Am besten aber entsann sich Griseldis seiner lebhaften, braunen Augen, die sie offen, dankbar und bewundernd zugleich angeblickt hatten, nachdem sie ihm den Schmerz genommen hatte …

KAPITEL 4

NACH IHRER HEIMKEHR an den elterlichen Hof hatte Griseldis nur einen Blick auf Dietlinde geworfen und schon ahnte sie, dass Schreckliches geschehen sein musste. Die Frau hatte blaue Flecken im Gesicht und an den Oberarmen; am schlimmsten aber waren der verängstigte Ausdruck in ihren Augen und ihre fahrigen Bewegungen.

Auf Griseldis' Bitte hin berichtete die Mutter zum wiederholten Male, was sich während ihrer Abwesenheit in Tannhofen ereignet hatte.

Eine Gruppe von fünf entlaufenen Mönchen, zerlumpte und verwahrloste Gestalten, war zur Mittagsstunde bettelnd durch den Ort gezogen.

Die Glaubensbrüder ließen dabei jegliche Bescheidenheit und Demut vermissen; ohne sich darum zu scheren, dass die Dorfbewohner vor einigen Stunden von Räubern ausgeplündert worden waren, forderten sie die Herausgabe von Lebensmitteln. Sie gingen dabei äußerst skrupellos vor, was Handgreiflichkeiten und Beschimpfungen betraf, so dass die Frauen sich gezwungen fühlten, allerlei Vorräte herauszurücken, von denen sie sich normalerweise niemals getrennt hätten. Noch herrschten frostige Temperaturen und die Nahrung war sowieso äußerst knapp.

Die meisten Bäuerinnen, die sich allein daheim aufhielten, waren schon älter, die jüngeren Frauen und ihre Männer machten sich gerade daran zu schaffen, die verkohlten Holzbalken der niedergebrannten Hütten zu zerkleinern und fortzubringen.

Jede von ihnen wollte die aufdringlichen Kerle möglichst schnell wieder vom Hof haben. Auch Frowein und sein Sohn sowie sämtliche Knechte und Mägde waren außer Haus; Griseldis war nach Regensburg geritten und die kleine Gertrud spielte in der unversehrten Nachbarscheune mit den jungen Kätzchen.

»Ich stand gerade am Herd und rührte in der Suppe, die ich später den hungrigen Männern und Weibern in einem großen Topf zur Dorfmitte bringen wollte«, erzählte Dietlinde. »Da sind die fünf ehemaligen Klosterbrüder in meine Küche eingedrungen.«

Obwohl sie ein kräftiges und beherztes Weib war und nicht leicht einzuschüchtern, hatte sie auf Anhieb erkannt, dass es dieses Mal klüger wäre, klein beizugeben.

Ohne sich lange bitten zu lassen, hatte sie den räuberischen Kuttenträgern die Würste und Speckseiten überlassen, die in einem kleinen Raum direkt neben der Küche, in der sogenannten Rauchkuchl, von den verrußten Deckenbalken hingen.

Sogar ein kleines Fass mit eingesäuertem Kraut ließen die Mönche mitgehen und einer der gottgeweihten Landstreicher steckte die Brotlaibe, von der Bäuerin gerade aus dem Backofen geholt und zum Auskühlen auf ein Brett gelegt, behände in einen schmierigen Rupfensack.

Dann hatten sie in drohendem Tonfall von Dietlinde Bier verlangt und sie dabei frech angesehen. »Wir wissen, dass hier Bier gebraut wird, das riecht man doch.«

»Freilich, Ihr frommen Brüder«, hatte sie versucht, die Bande zu besänftigen, »sofort bring ich Euch welches.« Und Dietlinde hatte die Bodenklappe vor dem Herd geöffnet, durch die man mittels einer kurzen Leiter in den Keller des Hauses klettern konnte.

»Beeil dich«, hatte ein anderer grinsend hinzugefügt, »sonst machen wir aus deiner Kuchl Kleinholz.«

So schnell sie es auch geschafft hatte, einen Eimer voll des selbst gebrauten dunkelbraunen Malzgetränkes nach oben zu hieven, die Mienen der verkommenen Gesellen in ihren speckigen Kutten waren grimmig geblieben. Die Männer hangelten sich Krüge aus grobem Steinzeug von einem Bord über dem gemauerten Herd und füllten mit dem hölzernen Schöpflöffel das schäumende Bier aus dem Kübel.

»Der HERR segne Euch diesen Trunk, fromme Väter«, hatte Dietlinde zu ihnen gesagt. Bei der Erinnerung daran zitterte ihre Stimme erneut. Aber die Mönche würdigten sie keiner Antwort, nur einer rülpste laut und grunzte dann: »Halts Maul, Weib.«

Dietlinde war an dieser Stelle in ihrer Erzählung verstummt und hatte zu Boden geblickt.

»Jetzt sprich nur, Frau«, ermunterte sie Frowein, »das Mädchen soll nur hören, wie gemein es heutzutage auf der Welt zugeht.«

Obwohl es der Mutter ziemlich unangenehm war, hob sie den Kopf und berichtete weiter, was dann geschehen war.

Nachdem sich die Männer mehrmals nachgeschenkt hatten, war sich Dietlinde auf einmal bewusst geworden, dass die Kerle sie nicht mehr wie zu Anfang voller Verdruss betrachteten; in ihren Augen stand plötzlich die blanke Gier. Die Bäuerin dankte im Stillen allen Heiligen im Himmel, dass diese es so eingerichtet hatten, dass ihre beiden Töchter nicht daheim waren. Sie ahnte nämlich, was ihr gleich bevorstehen sollte.

»Ein Weib wär jetzt recht«, sagte einer der fünf Strolche dumpf und stierte die achtunddreißigjährige Bauersfrau begierig an.

»Ich hatte auch schon lang keines mehr unter mir liegen«, erwiderte der Zweite, atmete schwer und stand langsam auf.

»Wenn mich meine Augen nicht trügen, haben wir doch hier ein Weibsstück vor uns stehen, oder etwa nicht?«

Der Dritte griff sich ans Gemächt und kratzte sich ausgiebig und ungeniert zwischen den Beinen.

»Juckt dich dein Sack?«, grölte daraufhin der erste Mönch.

»Sind bloß die Flöhe!«, hatte dieser daraufhin geantwortet und sich dabei Dietlinde zugewandt. »Aber mein Schwanz ist ganz rebellisch! Gell, du Hure, gib's ruhig zu, du willst es doch auch. Aber du musst nimmer lang darben: Hier sind fünf stramme Schwengel, die was zum Stoßen brauchen und zwar jetzt gleich.«

Damit hob er sein verschmutztes Ordenskleid und präsentierte sein steil nach oben ragendes Glied. Die anderen Kerle lachten unbändig und rissen derbe Zoten.

»Dann hörten die Mönche zum Glück ein Geräusch von draußen und glaubten, die Männer kämen zurück. Sie tranken noch schnell ihre Krüge aus und verschwanden mit den Sachen, die sie vorher von mir herausgepresst hatten«, beendete Froweins Eheweib ihren erschreckenden Bericht.

Das Gesinde und der Bauer, die die Geschichte nun schon einige Male vernommen hatten, atmeten erleichtert auf.

»Da hat dir unser HERRGOTT selber geholfen, Frau«, meinte Frowein und schlug das Kreuzzeichen. Die Mägde schauderten und die Knechte nickten bedächtig. Obwohl sie später versucht hatten, die abscheulichen Mönche zu finden und zur Rechenschaft zu ziehen, waren ihre Bemühungen umsonst gewesen. Die Klosterbrüder hatten sich längst aus dem Staub gemacht.

Im gleichen Augenblick, als die Anwesenden die Hilfe GOTTES und seiner gütigen Heerscharen priesen, hatte Griseldis ein Traumgesicht.

Nach langer Zeit widerfuhr ihr dies wieder einmal; und wie gewöhnlich verhieß diese Vision nichts Gutes: Die Mutter hatte keineswegs die volle Wahrheit gesagt. Ehe Dietlinde in dieser bedrohlichen Situation erlöst wurde, hatte nämlich einer der Kerle sie von hinten gepackt und ihr die Arme auf dem Rücken grob zusammengedrückt.

Er griff der wehrlosen Frau in den Blusenausschnitt und holte mit seiner dreckigen Pfote eine ihrer weißen Brüste hervor. Da sie auf Verlangen Froweins keines ihrer drei Kinder selbst gestillt hatte, war ihr Busen noch rund und fest.

»Statt dem dünnen Bier will ich jetzt süße, fette Milch trinken«, krakeelte der verkommene Klosterbruder und stülpte seine Lippen über ihre Brustwarze.

Griseldis sah, wie Dietlinde verzweifelt aufschrie, obwohl ihr klar sein musste, wie sinnlos dies war – sie war allein auf dem Hof, abgesehen von der todkranken Muhme Bertrada, die neben den Mädchen hoch oben im Heuboden ihr Kämmerchen hatte.

Selbst ein Mann würde ihr gegen die fünf Saukerle nichts nützen und mit einer Magd wäre ihr erst recht nicht geholfen. Im Gegenteil, die Schweine würden auch diese nicht verschonen! Griseldis konnte die Gedanken der Mutter in ihrem eigenen Kopf lesen: »Hoffentlich bleibt die kleine Gertrud, wo sie ist …«

Der fünfte der verrohten Kerle wollte sich nun auch nicht mehr lumpen lassen, bückte sich und lüftete mit Schwung Dietlindes langen, weiten Rock.

»Wer will als Erster?«, fragte er in die lüsterne Runde und furzte vernehmlich.

»Ausnahmsweise lass ich dir den Vortritt, Bruder«, grölte ein anderer und goss sich zum vierten Mal Bier aus dem Eimer nach. Weil er dabei nach dem Dreieck zwischen den Schenkeln der Frau schielte, die nach der Sitte der Zeit unter dem Gewand nichts trug, verschüttete er eine Menge des Gebräus, das nun über den Krugrand und den Tisch auf den Lehmboden rann.

»He, pass doch auf, du Blödian! Verschüttest das ganze gute Zeug«, wurde er umgehend gerügt von einem, dem es wohl vornehmlich aufs Bier ankam.

Die Bäuerin, die jetzt von zweien der Schandkerle festgehalten wurde, schrie und wehrte sich verzweifelt. Beinahe wäre sie ihnen auch entkommen, denn Dietlinde besaß für eine Frau erstaunliche Kräfte.

»Kommt her jetzt! Saufen könnt ihr hinterher immer noch! Haltet die Wildkatze fest, sonst entwischt sie uns noch«, brüllte einer der beiden und zu viert überwältigten sie schließlich die Bauersfrau.

Griseldis sah Dietlinde bewegungsunfähig auf dem Küchenboden mit über dem Gesicht hochgeschlagenem Rock und gespreizten Beinen, während einer der Klosterbrüder sie brutal vergewaltigte und die anderen sie festhielten und sabbernd dabei zusahen.

»He, mach voran! Wir wollen auch«, maulte schließlich einer, dem es offenbar zu lange dauerte, bis er an der Reihe war.

Griseldis konnte in ihrer Vision erkennen, dass ihre Mutter es aufgegeben hatte, sich zu wehren. Zum Glück, denn angesichts dieser Übermacht wäre jeder Widerstand sinnlos gewesen. Die Kerle würden sie nur schwer verletzen oder vielleicht sogar totschlagen.

Griseldis erinnerte sich, dass die Mutter ihr einst geraten hatte, wenn sie je in eine solch missliche Lage geraten sollte, sich zu ergeben, weil es sonst noch viel schlimmer enden würde. Und die Gefahr, zum Krüppel geschlagen oder gar ermordet zu werden, wäre um ein Vielfaches größer. Außerdem verdürbe es den Schweinen den Spaß, weil die es lieber hätten, wenn ihre Opfer versuchten, sich bis zuletzt zu wehren.

Griseldis war froh, dass die Mutter, solange dieses Grauen andauerte, ihr Gewand über den Kopf geschlagen hatte und so wenigstens die verkommenen Visagen ihrer Vergewaltiger nicht zu sehen brauchte. Den Mundgeruch sowie die Ausdünstungen der ungewaschenen Leiber und verdreckten Kutten dieser vertierten Kerle waren sicher schlimm genug und gewiss noch durch den dicken Stoff ihres Rocks zu riechen.

Griseldis erschien es eine Ewigkeit, ehe die vier gemeinen Frauenschänder von der Mutter abließen; der fünfte Mönch hatte sich an dem demütigenden Übergriff nicht beteiligt und sich damit begnügt, das restliche Bier im Eimer auszusaufen.

Eilig machten sich die Verbrecher mit ihrer erpressten Beute anschließend davon und ließen die missbrauchte Frau auf dem Boden liegen.

Griseldis sah noch, wie Dietlinde sich mühsam aufrichtete, ihr Gewand ordnete und mit dem Eimer nach draußen zum Hofbrunnen ging, um Wasser zu holen. Anschließend hievte sie unter größter Kraftanstrengung den Kübel auf den Herd.

So lange es dauerte, bis es sich erhitzte, befeuchtete die Mutter ein Tuch mit kaltem Wasser und schob sich dieses in ihren Hemdausschnitt, um ihre Brust zu kühlen, in die einer der tollen Hunde sie gebissen hatte.

Anschließend hockte sich Froweins Frau mit gespreizten Schenkeln über den aufsteigenden Wasserdampf aus dem Eimer und wusch sich mit einem Lappen ihre malträtierten Schamteile: Teils um die Schmach loszuwerden, teils um den Schmerz zu lindern. Auch hegte sie die Hoffnung, auf diese Art gegen eine eventuelle Schwängerung Vorsorge zu treffen.

»Was ist los mit dir, Seldi?«

Griseldis erwachte aus ihrer Trance und blickte in die blauen Augen ihrer jüngeren Schwester Gertrud.

»Nichts. Ich bin nur müde, Kindchen. Der Ritt nach Regensburg, die Behandlung von Herrn Moritz und der Weg zurück haben mich ein bisschen angestrengt. Ich werde mich gleich niederlegen, aber zuvor will ich noch nach unserer Muhme sehen. Wie geht es Bertrada denn heute?«, fragte sie und versuchte, normal zu klingen.

»Ich hab mich um die Muhme gekümmert, während du weg

warst, Seldi. Und ich hab es sehr gut gemacht«, sagte Gertrud unbekümmert und Griseldis war froh, dass niemand in der Stube bemerkt zu haben schien, dass sie wieder einmal ein Gesicht gehabt hatte …

Sie nahm sich allerdings vor, die Mutter in der nächsten Zeit ganz genau zu beobachten. Sollte sie durch diese Untat tatsächlich schwanger geworden sein, würde sie ihr helfen, den Bankert loszuwerden. Auf keinen Fall würde sie dulden, dass Dietlinde die Hilfe der uralten Wehmutter von Tannhofen in Anspruch nähme.

Auf die alte Helmtraut war kein rechter Verlass mehr. Im Dorf erzählten sich neuerdings die Weiber von Abgängen, bei denen die Hebamme so gepfuscht hatte, dass die betreffenden Frauen dabei gestorben waren. Auch mit einer normalen Geburt war sie gelegentlich schon überfordert.

Außerdem würde sie darauf achten, dass die Mutter nichts Übereiltes tat. Griseldis traute Dietlinde nämlich zu, dass diese sich lieber in der Donau ertränkte, ehe sie einen Schandbalg zur Welt brächte.

KAPITEL 5

Am späten Nachmittag traf Griseldis die Mutter alleine in der Wohnstube an. Sie merkte wohl, dass Dietlinde versuchte, ihr auszuweichen. Doch sie ließ nicht locker und so fing die Mutter schließlich selbst davon zu reden an:

»Was siehst du mich so an, Tochter? Die Kerle haben mich ein wenig unsanft herumgeschubst, na und? Das macht mir nichts aus. Am meisten ärgert mich, dass die Mönche uns bestohlen haben.«

Für die zahlreichen blauen Flecken an den Oberarmen und im Gesicht sowie die geplatzte Oberlippe hatte Dietlinde also eine Ausrede gefunden. Damit mochte sie die übrigen Familienmitglieder und das Gesinde täuschen, aber den aufmerksamen Augen der Tochter waren die Würgemale an ihrem Hals keineswegs entgangen – trotz Dietlindes Versuch, sie mit einem Tuch zu verdecken.

Obwohl Griseldis sofort einen bestimmten Verdacht gehegt hatte, der nach ihrem Traumgesicht zur Gewissheit geworden war, blieb die Mutter dabei, dass ihr nichts Schlimmeres zugestoßen wäre.

Glücklicherweise zeigte sich in den nächsten Wochen, dass der zutiefst verletzten Frau eine Schwängerung erspart geblieben und ein Eingreifen der alten Wehmutter Helmtraut, oder gar von Griseldis, nicht nötig war. Mehrmals versuchte die junge Frau, mit Frowein darüber zu sprechen. Natürlich mit aller Behutsamkeit und nur in vorsichtigen Andeutungen.

»Mutter ist seit dem Tag, als die Mönche ins Haus kamen, nicht mehr dieselbe, Vater. Irgendetwas hat sie verändert: Ihr Gemüt ist verdüstert. Und heute Morgen war mir so, als hätte Mutter ohne Grund geweint, obwohl sie es sofort barsch abgestritten hat, als ich sie daraufhin angesprochen habe«, sagte Griseldis.

Sie war traurig, dass Dietlinde so wenig Vertrauen zu ihr zu haben schien. Auch mit Frowein, ihrem Vater, mit dem sie sonst alles besprechen konnte, war diesmal nicht zu reden und mit ihrem Bruder Dietwulf ebenso wenig. Die Männer stellten sich taub. Vielleicht verstanden sie wirklich nicht, was Griseldis sagen wollte.

Aber die Heilerin hatte den starken Verdacht, dass die beiden es gar nicht so genau wissen wollten. Ihre Schwester Gertrud war hingegen zu jung, um zu begreifen, was wirklich geschehen war, und Muhme Bertrada, die im Sterben lag, wollte Griseldis nicht damit belasten.

Gegen Ende des Jahres 999 war ein seltsamer Zug durchs Dorf gezogen. Schon von Weitem hatte man das Lärmen der mehr als hundertköpfigen Schar gehört: Männer und Weiber, junge und alte, nebst einigen Kindern und Jugendlichen.

Merkwürdige Gesänge ließen sie erschallen, unterbrochen von monotonen Gebeten und endlosen Litaneien. Die Dorfbewohner standen gaffend am Wegesrand und beobachteten die verdächtige Gauklerschar scharf.

Denn wie Gaukler sahen sie wahrlich aus, jene, welche mit Trommeln und Pfeifen durch Tannhofen marschierten und immer wieder versuchten, die Zuschauer zum Mitmachen zu animieren.

»Verschenkt euer Hab und Gut!«, riefen sie mit eindringlichen Stimmen. »Lasst alles Eitle hinter euch und belastet euch nicht mehr mit Irdischem!«

»Das Himmelreich ist nahe. Aber nur denen, die dem HERRN nachfolgen!« »Im Himmel bedeutet euer Geld nichts mehr!«

»Bekehrt euch, zieht mit uns, denn nur wir führen euch zum ewigen Heil!«

Auch Griseldis und ihr Bruder Dietwulf waren herangetreten und lauschten verwundert den seltsamen Botschaften.

»Herrgott, wie viele sind denn das?«, fragte der junge Bauer verblüfft. »Die Menschenschlange nimmt ja gar kein Ende.«

»Schau, Wulf, da hinten! Was sind denn das für merkwürdige Gestalten?«, rief das Mädchen erschrocken.

»Jesses, da kann einem ja grausen«, raunte ein Tannhofener und bekreuzigte sich schnell. Am Ende der bunten Schar folgten nämlich die ganz Fanatischen nach, die sich quasi den Einzug ins Himmelreich erzwingen wollten durch eine ganz spezielle Art bizarrer Frömmigkeit. Es waren hauptsächlich Männer, aber auch ein paar Weiber beteiligten sich an dem blutigen Spektakel:

Dumpfe Gebetsformeln murmelnd, taumelten sie – manche konnten sich kaum noch auf den Beinen halten – mit entblößtem Oberkörper dahin und peitschten sich im Rhythmus seltsamer Beschwörungen mit einer Geißel den Rücken und die Schultern.

Das Blut lief ihnen dabei in Strömen über Brust und Rücken, denn die Widerhaken, mit denen die feinen Lederriemen oder Stricke besetzt waren, verhakten sich im Fleisch, rissen die Haut auf, um beim nächsten Hieb ein Stückchen Gewebe aus dem Geißler herauszureißen.

Griseldis wich erschrocken zurück, um nicht von den herumspritzenden Blutstropfen getroffen zu werden; mittlerweile befand sich das Ende des Zuges auf ihrer Höhe.

»Wie ekelhaft!«, rief sie unbedacht aus. Einer der ekstatisch dreinschauenden Büßer trat daraufhin mit erhobener Geißel auf das zu Tode erschrockene Mädchen zu und wenn Dietwulf ihm nicht ein Bein gestellt hätte, hätte er vermutlich auch tatsächlich zugeschlagen.

Der Flagellant stürzte, wobei ihm sein Instrument der Läuterung aus der Hand fiel. Im Nu stellten sich ein paar andere Geißler Dietwulf entgegen, doch ehe sie handgreiflich werden konnten, hatte Griseldis' Bruder seinen Dolch gezückt.

»Lasst ja meine Schwester in Frieden, sonst kriegt ihr es mit mir zu tun«, zischte er. »Seid froh, dass wir euch Verrückte überhaupt durch unser Dorf ziehen lassen. Wenn ihr glaubt, Ärger machen zu können, hetzen wir die Hunde auf euch.«

Inzwischen hatten sich Dietwulfs Freunde und Nachbarn an seine Seite gestellt und die Flagellanten sahen wohl ein, dass sie nichts auszurichten vermochten. So machten sie, dass sie weiterkamen, und suchten den Anschluss an ihren Zug.

»Ich habe gehört, sie ziehen bis zum Kalvarienberg hinter dem Dorf Lampertsheim. Dort wollen sie das Ende des Jahres abwarten und betend und singend den Weltuntergang erleben«, sagte ein Mann zu Griseldis und Dietwulf, nachdem die Schar außer Blickweite war und die Dorfbewohner unter sich zurückblieben.

»Das habe ich auch gehört. Keiner von denen glaubt, dass er das Jahr 1000 erleben wird. Sie wollen gemeinsam das Jüngste Gericht abwarten, das unser HERR JESUS auf dem Kalvarienberg abhalten wird«, ergänzte ein anderer.

»Warum gerade da und nicht auf einem größeren Berg?«, wollte ein junger Bursche wissen. »Da oben auf dem niedrigen Hügel haben nicht allzu viele Platz.«

»Die Übrigen müssen sich halt ihren eigenen Berg suchen«, warf jemand ein.

»Ach ja?«, sagte Dietwulf und lachte. »Und auf jedem dieser lausigen Buckel erscheint CHRISTUS und hält seine Abrechnung zwischen Gerechten und Ungerechten? Das wird Jahrzehnte dauern, bis er mit allen fertig ist. Wenn das so ist, bleib ich lieber in meiner Stube und warte am warmen Herd auf das Jüngste Gericht. Ich bin ganz sicher, dass mich unser HERRGOTT auch in der Kuchl findet.«

»Sogar auf dem Abtritt«, frotzelte ein als Spaßvogel bekannter Einwohner von Tannhofen und spuckte der frommen Büßerschar hinterher.

Endlich war es da, das bedeutende, mit so viel Spannung erwartete Ereignis: die Jahrtausendwende, nach der alles ganz anders sein würde – sofern man den selbst ernannten Propheten Glauben schenkte, die den Untergang alles Irdischen vorhergesagt hatten.

Aber siehe da, die Sonne ging am Morgen des ersten Tages im neuen Jahr genauso auf, wie sie es immer schon getan hatte. Und am nächsten Tag machte sie dasselbe.

Für alle, die an Irrtümer im Datum glaubten und sich daran klammerten, die Kalendermacher müssten sich getäuscht haben, wartete man noch einen Tag und dann noch einen. Aber nichts Außergewöhnliches geschah.

Allmählich wurde auch dem Einfältigsten klar, dass er einem Humbug aufgesessen war: Alle lebten noch, Sonne und Mond zogen wie bisher ihre Bahn und die Sterne waren auch nicht vom Himmel gefallen.

Im Laufe der folgenden Tage legte sich die Todesangst allmählich und auch die Hartnäckigsten sahen ein, dass es wohl noch eine Weile weitergehen würde in diesem irdischen Jammertal.

Was blieb, war einesteils eine ungeheure Erleichterung, aber andernteils kamen ein großes Wehklagen und ein ganz gewaltiger Katzenjammer auf.

»Auch in Tannhofen haben einige ihre Höfe verlassen und sich körperlich ruiniert durch Ausschweifungen und Laster aller Art«, sagte der Freibauer Frowein beim Nachtmahl, als er mit seiner Hausfrau Dietlinde auf dem mit Schnitzereien verzierten Hochsitz am Tisch in der Wohnstube saß. Die übrige Familie, die nebst den Knechten und Mägden ringsum auf den langen Bänken Platz genommen hatte, lauschte seinen Worten. »Und nun sind sie mit ihren irdischen Gütern am Ende; sei es, weil sie alles verludert haben oder aber in frommem Übereifer an die Bedürftigen verschenkt.«

»Man kann die Ärmsten eigentlich nur bedauern, denn sie

haben nichts mehr und müssen zum Schaden noch den Spott derer ertragen, die immer schon gewusst haben, dass gar nichts passieren würde«, warf Griseldis ein.

»Das mag zwar stimmen, Schwester, aber keiner der genarrten Endzeitgläubigen will das hören«, sagte Dietwulf und lachte. In der Tat gab es neuerdings viel böses Blut unter den Menschen, und das beileibe nicht nur in Tannhofen. Die Besitzenden und die Habenichtse gerieten sich zunehmend in die Haare, und die Zahl derer, die sich auf unrechtem Wege zu bereichern suchten, stieg sprunghaft an.

Die abtrünnigen Mönche und Nonnen wollten zum großen Teil wieder zurück ins warme, gemachte Nest; doch vielerorts verwehrten ihnen die Äbte die Wiederaufnahme.

»Mit euch Lumpenpack wollen wir nichts mehr zu tun haben«, urteilte rigoros der Prior vom nahe gelegenen Kloster Eberhardszell und ließ seine zerlumpten und halb verhungerten Mitbrüder draußen vor der Pforte stehen.

So machten auch weiterhin umherstreifende Bettelmönche die Wälder, Dörfer und Landstraßen unsicher.

»Sie schließen sich jenen an, die erst gar nicht mehr versucht haben zurückzukehren, weil sie inzwischen total verwildert sind und sich der Klosterzucht oder Dorfgemeinschaft nicht mehr unterordnen wollen«, sagte Herr Wulfram, der Gemeindepriester von Tannhofen, und warnte die Tannhofener eindringlich vor diesen Kutten tragenden Strolchen. Für manche Frau und manches Mädchen kam seine Warnung allerdings zu spät.

Die reumütigen Nonnen hatten es da ein wenig leichter; ihnen gewährten die Äbtissinnen im Allgemeinen die Rückkehr – wobei sich nicht selten herausstellte, dass man zwar nur *eine* Nonne aufgenommen, nach einigen Monaten aber *zwei* Esser am Hals hatte: die meisten der jüngeren Klosterschwestern waren guter Hoffnung gewesen …

KAPITEL 6

AM LETZTEN TAG des Erntemonds im Jahre 1000 nach der Geburt unseres HERRN lag Muhme Bertrada im wahrhaft biblischen Alter von über neunzig Jahren im Sterben. Winzig und eingeschrumpft kauerte sie auf ihrem Strohsack in der kleinen Kammer.

Seit drei Monaten hatte Frau Bertrada ihr Bett nicht mehr verlassen und beinahe jede Nacht war Griseldis, die nebenan schlief und jeden Seufzer durch die dünne Bretterwand hören konnte, aufgestanden und hatte nach ihrer Verwandten geschaut: Sie hatte ihr das Kissen aufgeschüttelt, zu trinken gebracht oder einfach nur deren runzelige Hand so lange gehalten, bis die Muhme wieder eingeschlafen war.

So saß Griseldis auch jetzt wieder an ihrem Lager und beobachtete die Züge der Tante.

Lange hatten die beiden Frauen, jung und alt, doch im Innersten so ähnlich, geschwiegen. Die Sterbende atmete mühsam und ihr Blick schweifte zu dem Becher mit Kräutertee, den das Mädchen zum Abkühlen auf die Truhe gestellt hatte.

»Möchtet Ihr trinken, Frau Muhme?«, fragte Griseldis und erhob sich, um ihrer Verwandten den Tee zu reichen. Das Mädchen hatte unter anderem Johanniskraut zugegeben, um das Gemüt der alten Frau ein wenig aufzuhellen.

›Sie soll möglichst wenig Angst haben vor dem Sterben‹, hatte Griseldis sich gesagt. Zum Glück litt Frau Bertrada keine Schmerzen. »Mein ohnehin ungewöhnlich langer Lebensfaden läuft aus«, murmelte die Greisin, ehe das Mädchen ihr den Becher mit dem Kräuterabsud an die schmalen Lippen hielt. »Eine der Nornen – ich habe vergessen, wie sie heißt – wird ihn in Kürze ganz abschneiden.«

Sie kicherte plötzlich. »Ist auch besser so, Seldi, wenn ich die Namen unserer alten, heidnischen Götter nicht mehr weiß, wo ich doch vor neunzig Jahren christlich getauft worden bin.«

Griseldis wusste, dass die Muhme, ähnlich wie ihre eigene Mutter Dietlinde, noch ziemlich stark im germanischen Götterglauben verwurzelt war und die Wendung, die das Gespräch nun genommen hatte, gefiel ihr nicht besonders.

»Liegt Ihr bequem, Frau Muhme?«, fragte sie besorgt, um vom Thema abzulenken.

»Lass nur, mein Kind«, winkte die Alte ab«, mir geht es gut. Du kannst nichts mehr für mich tun«. Nach einer Weile fügte sie hinzu: »Sei beruhigt, ich habe bereits gestern Herrn Wulfram, nach dem dein Vater hat schicken lassen, alle meine Sünden gebeichtet. Ich war selber erstaunt und betroffen, wie viel in neun Jahrzehnten zusammengekommen ist! Ich habe bereut und das heilige Sakrament empfangen. Ich bin also bereit für die Ewigkeit – als gute Christin.«

Griseldis atmete auf. Sie selbst war am vergangenen Tag frühmorgens zu einem Kranken gerufen worden, hatte später bei einer schwierigen Geburt geholfen und war erst abends sehr spät nach Hause geritten. Sie hatte daher nichts von Herrn Wulframs Besuch auf Froweins Hof gewusst.

Frau Bertrada streichelte die kräftige Hand ihrer jungen Verwandten. Dabei fühlte sie den Ring – jenen, den sie dem kleinen Mädchen vor vielen Jahren unter der großen Linde auf der Waldlichtung über den Daumen gestreift hatte, damit auch das Kind die Elfen tanzen sehen konnte.

»Schön, dass du ihn noch trägst, Griseldis. Auch wenn er dir nur noch am kleinen Finger passt. Verliere ihn nicht! Er verstärkt die heilende Kraft deiner Hände.«

»Ja, Frau Muhme. Ich danke Euch für dieses große Geschenk«, sagte Griseldis leise, beugte sich zu der winzigen Alten auf ihrem Sterbelager hinunter und küsste sie auf die braunfleckige Wange, die sich unter ihren frischen Lippen anfühlte wie altes Pergament.

»Hör mir zu, liebes Kind«, fing Frau Bertrada nach einigen Minuten der Stille wieder an und schaute ihr dabei eindringlich in die blaugrünen Augen. »Ich möchte dir einige gute Ratschläge auf den Weg geben, ehe ich diese Welt verlasse. Sie könnten dir bei deiner Berufung als Heilerin sehr nützlich sein. Ich habe letzte Nacht gesehen, dass du in eine auserwählte Stellung gelangen wirst. Es bedeutet allerdings auch, dass du dein Heimatdorf und deine Familie für immer verlassen wirst. Das musst du wissen.«

Die Alte atmete schwer und schwieg wieder eine Weile. Griseldis war aufs Neue erstaunt, wie gut ihre Muhme es verstand, in die Zukunft zu blicken, und sie dachte kurz an das verlockende Angebot, das ihr der Herzog von Baiern vor einiger Zeit gemacht hatte.

»Du wirst dein Leben bald nur noch bei hochgestellten Personen verbringen«, fuhr die Todgeweihte leise fort. »Daher lege ich dir nahe, Seldi, vergiss niemals deine Wurzeln. Du brauchst dich deiner Sippe wahrlich nicht zu schämen. Dein Großvater Wulfhart hat an der Seite Kaiser Ottos I., den sie den Großen nennen, tapfer gekämpft und einer deiner frühen Vorfahren soll sogar einmal dem großen Kaiser Karl das Leben gerettet haben. Zum Dank hatte Karl ihn in den Stand der Adligen erhoben, aber sein erstgeborener Sohn war leider ein Schurke und wurde aus dem Kreis der Edlen wieder ausgestoßen.« Die Alte holte rasselnd Luft.

»Auch dein Vater Frowein ist ein rechtschaffener Mann mit einem mildtätigen Herzen für jedermann; dein Bruder Dietwulf ist zwar schwach, aber nicht schlecht geraten und er wird eurer Sippe keine Schande machen. Nur seinen Sohn sollte er später einmal fest am Zügel halten. Dir aber sage ich«, und die Seherin bemühte sich sichtlich, ihrer schwachen Stimme Nachdruck zu verleihen, »vergiss niemals die Armen und Elenden deines Volkes und versage keinem von ihnen jemals deinen Beistand, wenn er dich darum bittet. Mögen deine anderen Schutzbefohlenen von noch so überragender Stellung sein: Lass dem Hochmut keinen Raum. GOTT hat dir die Kraft deiner heilenden Hände nicht nur für die Hochgeborenen gegeben, sondern für *alle Menschen*, die deiner Hilfe bedürfen.« Die Greisin wirkte sichtlich mitgenommen und machte eine längere Pause.

»Und noch etwas, meine Tochter im Geiste«, sagte sie schließlich mühsam, »maße dir niemals ein Urteil darüber an, *wer* von den Kranken deiner Fürsorge würdig ist. Verweigere selbst einem Mörder nicht deine Hilfe. Er mag zwar vor GOTT und den Menschen gesündigt haben, aber er ist dein Bruder in CHRISTO und du hast die heilige Pflicht, auch an ihm dein Werk der Nächstenliebe zu vollbringen. GOTT schütze dich, mein geliebtes Kind.«

Die letzten Worte hatten die weise Frau sehr angestrengt und sie verstummte erschöpft. Bleich und kraftlos lag sie in den Kissen; das aufgelöste, weiße Haar umgab ihr Haupt wie ein Strahlenkranz und die immer noch durchdringend blickenden Augen waren auf das junge Mädchen gerichtet.

Ein leichtes Zucken ihres Körpers wurde sichtbar, ein letztes Seufzen entrang sich ihren Lippen: Muhme Bertrada war in die Ewigkeit eingegangen. Griseldis beugte sich über sie, küsste die Tote auf die Stirn und schloss ihr die Augen.

Eines Tages, an einem hellen Vormittag im Monat März des Jahres 1001 wurde Griseldis wiederum nach Regensburg zu Herrn Moritz gebeten. Der Kaufherr war kürzlich von einer weiten Reise aus dem Orient zurückgekehrt und hatte sich anscheinend den Magen gründlich verdorben.

Ein junger Mann, seinem Aussehen und seiner Kleidung nach ein unfreier Knecht mit geschorenem Haupthaar, ein sogenannter Gescherter also, war auf Froweins Hof vom Pferd gesprungen und hatte dringlich nach »Griseldis, der Heilerin« verlangt. Er müsse sie gleich nach Regensburg zu Herrn Moritz bringen, sagte er.

Dietlinde hatte die kleine Gertrud der älteren Tochter hinterhergeschickt, die in Begleitung eines Knechts ins Nachbardorf geritten war, um einem alten Mann einen Krankenbesuch abzustatten.

»Die Seldi kann noch nicht weit gekommen sein. Sie ist gewiss noch auf unserem Grund und Boden«, hatte die Mutter gemeint. »Sag ihr, sie soll sofort umkehren. Ein junger Bursche ist gekommen, um sie zu einem dringlichen Fall nach Regensburg zu holen.«

Gertrud sauste los, denn solche Aufträge erfüllte sie stets gerne. Alles war besser, als daheim Rüben für das Mittagessen zu putzen oder den Hühnerstall auszumisten. Außerdem verehrte sie die große Schwester und wäre ihr am liebsten nie von der Seite gewichen.

›Wenn ich einmal groß bin, mache ich das Gleiche wie die Seldi‹, dachte das Kind, ohne groß darüber nachzudenken, ob es auch die nötige Begabung dazu hätte. Wunden zu säubern und zu verbinden, einen Abszess vorsichtig aufzustechen oder einen gebrochenen Knochen zu schienen, das sei reines Handwerk.

Das behauptete jedenfalls die ältere Schwester. Und die Heilkräuterkunde könne man auch ohne Weiteres erlernen. Etwas anderes war das Erkennen von Krankheiten an Haut oder Augen und das Handauflegen. Erst neulich hatte Griseldis eine

Bäuerin durch die bloße Kraft ihrer Hände von deren jahrelangen, sie beinahe an den Rand des Wahnsinns treibenden Kreuzschmerzen befreit.

Und ihre Augen mussten auch etwas ganz Besonderes sein, sagte sich Gertrud. Gelang es ihr doch jedes Mal, einer Frau bereits kurz nach der Empfängnis deren Schwangerschaft auf den Kopf hin zuzusagen.

Dem Geistlichen aus einem der Nachbardörfer hatte sie ein unheilbares Leberleiden prophezeit und ihm strengste Alkoholabstinenz anempfohlen – lange bevor der gute Mann gelb im Gesicht wurde und die Bauchwassersucht kriegte, die ihm das Atmen erschwerte und ihm schließlich das Herz abdrückte.

Aber, um der Wahrheit die Ehre zu geben, in diesem Fall hatte es sich nicht um Hellsichtigkeit gehandelt, sondern Griseldis war des Pfarrers ungebremste Vorliebe für Messwein bekannt gewesen …

Doch Gertrud fragte sich, woher die Seldi das nur alles wisse, und überlegte, ob es wohl an dem Ring liegen konnte, den die verstorbene Muhme Bertrada der großen Schwester einst geschenkt hatte. Rasch lief sie weiter, um die Ältere einzuholen.

KAPITEL 7

»Du kannst Wunder wirken, mein liebes Kind«, lobte Herr Moritz Griseldis. Der Kaufmann lag in seinem Himmelbett im Gemach seines prächtigen Hauses am Rande von Regensburg und sah die Heilerin aufmerksam an. Er glaubte, sich »beinahe wieder wie neu« zu fühlen, wie er sich scherzhaft ausdrückte.

»Und das ist wirklich ein Wunder mit meinen einundfünfzig Jahren«, sagte der behäbige Herr lächelnd und räkelte sich in seinen Seidenkissen. Als sie aufbrechen wollte, hatte Herr Moritz noch einen Rat für sie.

»Ehe du dich diesmal auf den Heimweg begibst, Seldi, hör dir doch einmal eine Gerichtsverhandlung unseres Herzogs an. Es darf jeder daran teilnehmen, wenn Herr Heinrich Gerichtstag hält. Dieses Mal könnte es für dich besonders interessant werden, denn der Angeklagte ist kein anderer als der Freiherr Immo von Hohenstein.«

»Oh«, rief Griseldis aus, »das ist doch der Grundherr von Tannhofen! Dieser schreckliche Baron, vor dem alle Weiber zwischen zwölf und siebzig Jahren flüchten, wenn er irgendwo in den Dörfern auftaucht und seine Hörigen und Eigenen heimsucht. Was ich von diesem Herrn gehört habe, ist wirklich schändlich.«

»Ja, aber nun hat offenbar jemand den Mut gehabt und Anklage beim Herzog gegen den Freiherrn erhoben: Heute Vormittag muss er sich vor Gericht verantworten. Die Verhandlung verspricht, recht spannend zu werden. Ich fühle mich leider noch zu schwach, sonst würde ich selbst der Anhörung beiwohnen.«

Nach ihrem Krankenbesuch eilte Griseldis gleich vielen anderen zur Tagungsstätte des Gerichts. Zu den herzoglichen Pflichten gehörte es, die Rechtsprechung auszuüben, wenn es sich bei einem der Angeschuldigten um einen Mann von Adel handelte.

Meist waren es vertrackte Grenzstreitigkeiten oder leidige Erbschaftsauseinandersetzungen, die zur Verhandlung anstanden, oder es drehte sich um säumige Bußzahlungen wegen Körperverletzung oder Mord. Gelegentlich waren auch ausstehende Tributzahlungen an den Herzog als Lehnsherrn Gegenstand eines Verfahrens.

Die heutige Rechtssache war Herzog Heinrich ein arger Dorn im Auge: Schändungen, überhaupt Übergriffe gegen Frauen und Mädchen gleich welchen Standes, standen nicht nur unter schwerer Strafe, sondern waren ihm auch persönlich ein Gräuel.

Herr Heinrich verabscheute Männer, die glaubten, Frauen seien beliebig verfügbares Allgemeingut und hätten jedem nach seiner Lust und Laune zu dienen. Er gedachte, dieses Mal ein deutliches Zeichen zu setzen, indem er die Klage von Bauersleuten gegen einen Edelmann überhaupt zugelassen hatte.

Griseldis hatte es gerade noch geschafft, in die brechend volle Empfangshalle des Herzogspalastes eingelassen zu werden. Unmengen von Zuschauern hatten sich eingefunden, denn das Gericht tagte öffentlich. Der Türhüter hatte bereits Anstalten gemacht, sie brüsk zurückzuweisen, aber durch einen Blick ihrer strahlend blaugrünen Augen war es ihr gelungen, ihn umzustimmen.

Sie musste sich unbedingt ein genaueres Bild von ihrem zukünftigen Patienten machen, an dessen Hof sie in den nächsten Wochen, nach der Ernte genau genommen, gehen wollte. So hatte sie es sich jedenfalls vorgenommen – aber ein Gespräch mit ihrem Vater war immer noch nicht zustande gekommen.

Griseldis' Herz klopfte gewaltig, als sie ziemlich weit hinten gerade noch ein freies Eckchen fand, in dem sie Stellung beziehen konnte.

Heinrich betrat grimmigen Blicks den Audienzsaal in der alten Residenz von Regensburg, der hin und wieder als Gerichtssaal diente, wenn Edelleute sich zu verantworten hatten.

Die Zuschauer waren in diesem Falle hauptsächlich herausgeputzte Hofleute, aber auch andere Adlige und Bürgerliche sowie eine Anzahl einfacher Bauern aus der näheren Umgebung. Sie alle würden in der Stadt und im Umland für die Verbreitung seines Urteils sorgen – ein Umstand, der dem Herzog nur recht sein konnte.

Kaum hatte er auf seinem mit Schnitzereien und Intarsien reich versehenen Richterstuhl in der Mitte der Hallenstirnseite Platz genommen, drückten auf seinen Wink hin zwei Gerichtsdiener den Beklagten, der bereits auf dem kalten Marmorboden kniete, mit dem Kopf nach unten, so dass er mit seiner Nase beinahe auf den Fliesen aufschlug.

Der Angeklagte versuchte, sich zu wehren und aus dem Griff der herzoglichen Knechte zu befreien, was ihm mit gefesselten Händen aber nicht gelang.

»Herr Herzog«, rief der Hohensteiner wütend, »was soll das? Ihr müsst den unverschämten Kerlen verbieten, mich so herablassend zu behandeln. Ich bin kein Bauer, mit dem man nach Belieben umspringen kann.«

Diese Bemerkung erregte den Unwillen in den Reihen der bäuerlichen Zuschauer und rief leisen Protest hervor.

»Außerdem verbiete ich mir die Fesselung meiner Hände.«

»Ach, ja? Ihr, Freiherr Immo von Hohenstein, beschwert Euch über die Eurer Meinung nach ungebührliche Behandlung?«, fragte Heinrich lauernd. Auf ein weiteres Zeichen vom Herzog hatte einer der Gerichtsdiener dem Beschuldigten noch zusätzlich seinen Fuß in den Nacken gesetzt, um ihn zu bändigen, da der dem Range nach zwar nicht ganz unbedeutende, seiner Persönlichkeit nach aber nur drittklassige Edelmann sich weiterhin heftig sträubte.

»Ihr werdet demütig knien und Euch mit gebundenen Händen und reumütig gesenktem Haupt die Anklage anhören, welche sich mit Euren Vergehen befasst, und nicht dazwischenreden, sonst lasse ich Euch zusätzlich das Maul stopfen«, grollte Heinrich. »Und seid froh, dass Ihr kein Bauer seid, sonst hätten Euch die Dörfler für Eure Schandtaten vermutlich längst entmannt und anschließend aufgeknüpft.«

Wie Griseldis bemerkte, machte sich bei den Worten Herrn Heinrichs unter den vornehmen Zuschauern leichte Unruhe bemerkbar. Kein Zweifel, der Richter schien heute sehr ungnädiger Stimmung zu sein. Sogleich fuhr der Herzog fort:

»So aber genießt Ihr als Edler die Gunst, Euch vor meinem Gericht verantworten zu dürfen. Rechnet aber nicht mit meiner Milde, sondern macht Euch auf ein hartes Urteil gefasst, Lehnsmann.«

Immo von Hohenstein schien es allmählich zu dämmern, woher der Wind wehte. So hielt er wohlweislich seinen Mund, um den Richter nicht noch mehr gegen sich aufzubringen.

Griseldis reckte ihren Hals, um sich ja nichts von dem spannenden Geschehen entgehen zu lassen. Es interessierte sie brennend, wie der Herzog in so einem Falle Recht sprechen würde.

Wie alle Anwesenden wusste auch sie, wie leichtfertig dieser Edelmann sich über Sitte und Moral und nicht zuletzt über die Gebote der Kirche hinwegsetzte, wenn es um die Befriedigung seiner Begierden ging.

Mit zusammengekniffenen Lippen kauerte der Beklagte auf den rot-weißen Steinplatten mitten im Saal und hörte sich an, was ein älterer Benediktinermönch mit deutlicher Missbilligung in der Stimme von einem Pergament verlas; es war Vater Berchtold.

Von der Schändung dreier elf-, zehn- und neunjähriger Mädchen war da die Rede und von Übergriffen auf eine Reihe von verheirateten Bauersfrauen. Unwillkürlich musste Griseldis dabei an ihre Mutter Dietlinde denken …

Zu den Zwischenfällen war es jedes Mal gekommen, wenn der Baron in einem seiner Dörfer aufgetaucht war und sich im Haus eines Hörigen oder der Hütte eines Eigenen uneingeladen zum Mahle niedergelassen hatte.

Vor dem Essen pflegte er sich die Töchter des Hauses oder die jungen Dienstmägde, nach dem Mahl die Hausfrau selbst, zur Brust zu nehmen. Bitten, Flehen und Weinen der Bedrängten sowie Flüche und Drohungen von Seiten der Väter, Brüder oder Ehemänner scherten ihn dabei nicht im Geringsten.

Im Gegenteil, war ihm der Protest der männlichen Hausbewohner zu lästig geworden, ließ er sie in der Regel von seinen Knechten windelweich prügeln.

Nachdem Vater Berchtold geendet hatte, beugte sich Herzog Heinrich in seinem Sessel nach vorne und machte eine Handbewegung. Daraufhin zerrten die Gerichtsdiener den rot angelaufenen Freiherrn auf die Füße.

Griseldis schaute gebannt vom Baron zum Herzog und wieder zurück. Die beiden Beisitzer links und rechts neben ihm, die auf wesentlich kleineren Sesseln saßen, machten den Eindruck, als fühlten sie sich keineswegs wohl in ihrer Haut. Im Saal war nun deutlich ein einstimmiges Murren zu hören. Zweifellos stand hier einer vor Gericht, der gewaltig über die Stränge geschlagen hatte.

»Schaut mich an, Lehnsmann«, donnerte Heinrich und machte damit von vornherein klar, auf welch verlorenem Posten sich der Baron befand, sollte er nicht beizeiten einlenken. »Und äußert Euch endlich zu den ungeheuerlichen Vorwürfen. Sagen Eure Ankläger die Wahrheit? Entspricht es den Tatsachen, dass Ihr nicht einmal vor Kindern Halt machtet, um Euren unseligen Trieb zu befriedigen?«

Der Freiherr schwieg verstockt und sein verbissener Gesichtsausdruck zeigte deutlich, nicht etwa sein Bedauern, oh nein!, sondern vielmehr seine unbändige Wut. Das erkannte auch der Herzog.

»Wie ich sehe, ist es nicht die Schamröte, welche Euch die Wangen färbt, Baron, sondern der Ärger darüber, dass man es gewagt hat, Euch vor das herzogliche Gericht zu bringen, nicht wahr? Ihr habt geglaubt, Euch wie ein wildes Tier gegen Eure Untertanen aufführen zu können, ohne dafür zur Rechenschaft gezogen zu werden«, sagte Herr Heinrich scharf.

Eilfertig bemühte sich nun der Hohensteiner, diesen schlechten Eindruck zu verwischen, aber der Herzog gebot ihm mit einer Geste Schweigen.

»Stimmt es etwa nicht, dass Ihr noch auf dem Wege hierher nach Regensburg gedroht habt, jene würden es bitter büßen, die Euch dieses Verfahren eingebrockt hätten? Lasst die Zeugen herein in die Halle. Sie sollen von Euren schändlichen Übeltaten Zeugnis ablegen.«

Der Herzog lehnte sich zurück.

Griseldis konnte aus der Ferne erkennen, dass Immo von Hohenstein auffallend blass geworden war, als die Türen des Saales aufgingen und eine Schar ärmlich gekleideten Landvolks unterschiedlichen Alters ins Innere drängte.

KAPITEL 8

»Wir werden jeden Einzelnen in dieser Sache anhören«, kündigte der Richter Herzog Heinrich an, »außer … ja, außer Ihr helft uns Zeit zu sparen und bekennt Euch gleich schuldig. In diesem Falle könnten wir auf die Aussagen verzichten.

Außerdem will ich spüren, dass Ihr ehrlichen Herzens Eure Schandtaten bereut; sie stellen eine schwere Sünde vor GOTT, unserem HERRN, dar. Ferner müsst Ihr durch einen heiligen Eid versichern, dass Ihr Euch in Zukunft aller Übergriffe auf Hausfrauen, deren Töchter und Mütter, Dienerinnen, Mägde sowie auf Kinder beiderlei Geschlechts enthalten werdet.«

Die Spannung im Saal war greifbar.

»Was soll ich denn dazu sagen, gnädiger Herr?«, ließ sich Immo von Hohenstein vernehmen. Offensichtlich hatte er seine Taktik geändert. Wehleidig hörte sich seine Stimme nun an und er bemühte sich um einen reuevollen Gesichtsausdruck.

»Ich habe mir nichts Böses dabei gedacht, Herr Heinrich. Es sind doch bloß dumme Bauern, nicht viel über dem Vieh stehend. Und bei einer unfreien Magd ist es doch unwichtig, ob sie noch Jungfrau ist oder nicht: Sie hat so oder so keine Heiratschancen und in der Regel entjungfert sie irgendein Bauernlümmel. ›Warum nicht ich als ihr Herr?‹, habe ich mir gedacht«. Der Angeklagte zuckte mit den Schultern.

»So lasst Euch belehren, Baron: Auch eine Hörige oder Unfreie ist ein Mensch mit eigenem Willen, was ihren Körper und ihre Seele in dieser Sache anbetrifft. Sie weiß, was Sünde ist – das hat sie in der Kirche oft genug gehört. Also muss es *ihr* überlassen sein, ob und welchem Mann sie den Beischlaf gestattet – oder nicht. Und eine verheiratete Frau hat sowieso nur ihrem Ehemann denselben zu erlauben.«

»Aber die Dirnen wollten es doch selbst, Herr. Sie haben mich förmlich dazu aufgefordert«, protestierte der Hohensteiner in kläglichem Tonfall.

Griseldis hatte schon viel von seinen Untaten gehört und auch gesehen: Nicht selten musste sie ganz junge Dinger nach seinen angeblichen »Gunstbeweisen«, wie er es nannte, behandeln, weil er so roh vorgegangen war. Ihr kam der Mann ekelhaft, scheinheilig und verlogen vor. Dem Herzog gegenüber empfand sie eine große Dankbarkeit, da er sich von ihm nicht hinters Licht führen ließ.

»Wollt Ihr, dass ich die Kinder, um die es hier geht, öffentlich dazu befrage, was Ihr ihnen angetan habt?«, fuhr der herzogliche Richter auf.

»Nein, nein, Herr«, wehrte Immo von Hohenstein kleinlaut ab. »Ich gebe ja zu, dass ich manches vielleicht falsch verstanden und mich im Recht gefühlt habe. Vielleicht bin ich ja einem Missverständnis aufgesessen und habe irrtümlich die Freundlichkeiten der Dirnen als Einverständnis ausgelegt.« Dabei senkte der Freiherr zum ersten Mal den Kopf.

»Es tut mir leid, Herr. Nie wieder will ich es tun! Ich habe mir nichts Schlimmes dabei gedacht – im Gegenteil, habe ich doch geglaubt, es gehöre zu meinem Herrenrecht.« Mittlerweile klang er sogar betroffen.

»Herrenrecht heißt nicht, sich wie ein Rohling zu verhalten, Herr Immo«, hielt ihm der Herzog entgegen. »Sondern es bedeutet auch und vor allem die Pflicht jedes Herrn, sich gegenüber seinen Untertanen als väterlicher Beschützer zu verhalten. Und das habt Ihr wahrlich nicht getan!

Dass Ihr es nun bedauert, will ich zu Euren Gunsten annehmen, wobei ich aber davon ausgehe, dass es Euch mehr um Euch selbst zu tun ist als um die geschändete Ehre der Mädchen und Frauen. Aber das soll Euer Beichtvater mit Euch ausfechten.«

Herzog Heinrich lehnte sich in seinem mächtigen Richterstuhl zurück und der Baron glaubte offenbar schon, das Schlimmste hinter sich zu haben. Da richtete Heinrich plötzlich ganz scharf seinen Blick auf den Angeschuldigten.

»Damit Ihr Euch in Zukunft Eurer Verantwortung bewusst

seid und nicht mehr dem Irrtum verfallt, Ihr hättet das Recht zur Schändung und jede freundlich lächelnde Weibsperson möchte von Euch bestiegen werden, erhaltet Ihr nun eine angemessene Buße als Strafe und zur Sühne – und gleichermaßen als Stütze Eures schwachen Gedächtnisses.«

Lammfromm und mit einem wahren Schafsgesicht stand der Hohensteiner mitten im Saal, begafft von allen Seiten, teils neugierig, teils hämisch. Er war sichtlich bemüht, nicht weiter den Unwillen seines Lehnsherrn herauszufordern.

Wie Griseldis nicht entgangen war, befanden sich die Zuschauer, die Mitleid mit Herrn Immo empfanden, eindeutig in der Minderzahl. Auf Befehl des Herzogs hatte man ihm die Fesseln abgenommen und so wartete er wie ein armer Sünder mit gesenktem Haupt auf den Urteilsspruch.

Ganz kurz nur hatte sich der Herzog mit seinen zwei Beisitzern beraten – die zwei recht farblosen Herren hatten während der Verhandlung übrigens kein Wort gesprochen und keine Miene verzogen. Sie gedachten offensichtlich, weitgehend Herrn Heinrich die Ahndung dieses heiklen Deliktes zu überlassen.

Griseldis mutmaßte, dass beide Herren ihrer prächtigen Gewandung mit Samtwämsern und seidenen Hemden nach von Adel waren und es sich mit einem der Ihren wahrscheinlich nicht verderben wollten.

›Eine Krähe hackt der anderen kein Auge aus‹, dachte das Mädchen missmutig, ›das hat mir mein Vater schon oft gesagt.‹

Im Saal herrschte nun knisternde Spannung und bald darauf verlas Vater Berchtold das relativ kurze und bündige Urteil. Bei der Erwähnung der Geldsumme, die der Hohensteiner an die Geschädigten beziehungsweise an deren Ehemänner oder Väter zu bezahlen hatte, verzog der Verurteilte schmerzlich das Gesicht.

Der Richterspruch gestand ihm jedoch zu, den Gegenwert der jeweiligen Summe mit den Zehnten zu verrechnen, die die Bauern ihrem Grundherrn als Steuerabgabe jedes Jahr zu leisten hatten. Für manche der Hörigen bedeutete dies, dass sie für die nächsten zehn oder fünfzehn Jahre dem Hohensteiner nichts mehr abliefern mussten …

Kaum hatte der Mönch Berchtold jedoch den Betrag genannt, den der Verurteilte zur Buße an die herzogliche Kasse zu entrichten hatte, entfuhr dem Freiherrn ein gequältes Stöhnen. Das verwandelte sich gar in einen Entsetzensschrei, als er die Entscheidung Heinrichs vernahm, dass ihm Teile seines Lehens aberkannt wurden, immerhin etliche Dörfer. Und prompt folgte die Androhung, ihn *sämtlicher* Lehen für verlustig zu erklären, sollte er sich wiederum in der genannten, sündhaften Weise gegen seine weiblichen Untertanen vergehen.

»Ich behalte Euch im Auge, Hohensteiner, denkt immer daran«, ermahnte ihn der Herzog, ehe er den Verurteilten – nicht etwa in die Freiheit entließ, oh nein! – wieder in den Kerker bringen ließ. Dort würde der Baron nämlich ausharren müssen, bis er seine Schulden restlos getilgt hätte. Allen Anwesenden wurde Stillschweigen auferlegt, bis der Herzog mit seinen Schöffen und dem Benediktiner die Gerichtshalle verlassen hatte.

»Der Herr von Hohenstein hat bloß Glück, dass er sich nicht an einer freien Frau oder gar an einer Edeldame vergriffen hat: Darauf steht nämlich seit alter Zeit die Todesstrafe«, murmelte der Mann neben Griseldis; seinem mit Pelz verbrämten Gewand nach zu schließen ein vermögender Händler.

Ein anderer Zuschauer, dem Ansehen nach von Adel, sagte laut, was manch einer vielleicht nur dachte:

»Der Hohenstein, der arme Kerl, hat das Pech gehabt, dass

sein Richter ein halber Pfaffe ist und noch immer wie ein solcher denkt und urteilt. Baron Immo mag es ja ein wenig übertrieben haben, aber viele andere hohe Herren halten es nicht anders.«

»Als Nächstes wird uns der Herzog noch das *ius primae noctis* streitig machen«, keifte ein kleiner, spindeldürrer Mann giftig, angeblich ein Adliger aus Bogen, der sich der Geschäfte halber in Regensburg aufhielt, wie eine dicke Bauersfrau Griseldis zuraunte.

Ein Mann im schwarzen Gewand mit weißem Kragen, offenbar ein gelehrter Geistlicher der Domschule von Regensburg, widersprach dem Einwurf heftig:

»Dieses angebliche ›Recht der ersten Nacht‹ gibt es gar nicht und hat es nie gegeben, Herr! Weder in der germanischen noch in der römischen Rechtsprechung weiß man davon, vom Kirchenrecht ganz zu schweigen. Allein die Anmaßung mancher Herren gegenüber ihren weiblichen Untertanen hat zu dieser Unsitte geführt. Herr Heinrich täte gut daran, auch diesem Unrecht einen Riegel vorzuschieben.«

Der kleine, magere Edelmann aus dem alten Geschlecht der Grafen von Bogen zog ein schiefes Gesicht, ehe er sich, flankiert von seinen Knechten, auf den Ausgang zubewegte.

Zwei Männer in schlichten, knielangen Kitteln, vermutlich ansässige Handwerker, lachten sich verstohlen an und einer der beiden meinte halblaut:

»Manch einer der hochgeborenen Herren ist dankbar, wenn man es ihm gnädig erlässt, eine nach Kuhmist stinkende Braut zu besteigen. Er übergibt dieses ehrenvolle Amt lieber dem genauso wohlriechenden Bräutigam.«

Die Umstehenden, vorwiegend einfaches Volk, aber auch einige aus höherem Stande, stimmten in das Gelächter ein.

Griseldis aber war begeistert: So einen Herrn wie den Herzog musste man einfach lieben und ihm mit Freuden dienen. Sie nahm sich vor, möglichst bald ihren Dienst am Hof anzutreten – notfalls auch gegen den Willen der Eltern.

KAPITEL 9

GRISELDIS GING DIE Erscheinung des Baiernherzogs einfach nicht mehr aus dem Kopf. Tag und Nacht stand ihr sein Antlitz vor Augen. Die junge Heilerin bewunderte ihn maßlos. Sogar ihr Bruder, der mitnichten ein besonders feinfühliger Mensch war, bemerkte des Öfteren ihre geistige Abwesenheit.

»Wo hast du denn nur schon wieder deinen Kopf, Mädchen?«, hörte sie ihn fragen und seine Stimme klang sehr unwillig.

»Sie wird an die Muhme denken, die vor einigen Tagen gestorben ist«, meinte Dietlinde vermittelnd und legte ihrem Sohn die Hand auf den Arm.

»Aber davon wird Bertrada auch nicht wieder lebendig, Mutter«, brummte Dietwulf. »Außerdem ist die Muhme alt genug geworden, dass man ihr ruhig den Himmel vergönnen kann.«

Griseldis ließ die beiden in dem Glauben. Wie hätte sie über ihre Gefühle sprechen sollen? Bis jetzt wusste überhaupt niemand aus ihrer Familie, dass sie den Herzog behandelt hatte, und außerdem hätte sie ihre Empfindungen gar nicht in Worte fassen können.

Über Gefühle redete man nicht und weder die Mutter noch der Bruder hätten sie verstanden. Sie selbst vermochte ihre Gedanken ja auch nicht einzuordnen.

›Herzklopfen hat er mir gemacht, der schöne Herr Herzog‹, dachte Griseldis, die in diesem Sommer zwanzig Jahre alt geworden und bisher noch nie verliebt gewesen war …

Als hätte er die richtige Fährte aufgespürt, sprach Dietwulf ein altbekanntes Thema an: »Willst du dich nicht endlich für einen deiner Bewerber entscheiden, Seldi?«

Es passte ihm gar nicht, dass Vater Frowein seiner Schwester zugestand, einen Freier als Ehemann anzunehmen oder ihn abzulehnen. Keiner im Dorf nahm auf den Willen seiner Töchter Rücksicht, wenn es darum ging, sie zu verheiraten. Selbst den Söhnen suchten die Eltern im Allgemeinen ihre Ehefrauen aus.

›Natürlich will er mich so bald wie möglich vom Hof haben, da er selbst auf Freiersfüßen geht‹, dachte Griseldis. ›Er weiß genau, dass junge Bäuerinnen keinen Wert darauf legen, auch noch eine Schwägerin in Kauf zu nehmen. Aber ich habe überhaupt nicht vor, mir einen Mann auszuwählen. Jedenfalls keinen von denen, die sich bisher beim Vater um mich bemüht haben.‹

Keiner der in Frage kommenden Männer aus Tannhofen oder einem der umliegenden Dörfer gefiel ihr wirklich. Sie träumte vielmehr von einem schlanken, gut gewachsenen jungen Mann mit kleinem Oberlippen- und kurz geschorenem Kinnbart und einer dunkelbraunen Lockenpracht, die ihm bis zur Schulter reichte …

Ganz genau sah sie seine blitzenden, dunklen Augen mit den feinen Lachfältchen darum herum vor sich. Aber auch sein verzerrtes Antlitz stand ihr vor Augen; seine Tapferkeit im Ertragen der viehischen Schmerzen, die er erleiden musste. Wie sehr bewunderte sie den Herzog!

›Oft habe ich es als Heilerin erlebt, dass sich erwachsene, starke Männer bei den kleinsten Wehwehchen angestellt haben wie kleine Kinder.‹

»Du bist wahrhaftig nur noch am Träumen, Seldi«, drang da erneut die nörgelnde Stimme ihres Bruders an ihr Ohr.

»Entschuldige, bitte, was war es noch gleich, was du wissen wolltest, Wulf?« Sie hatte sich vorgenommen, Dietwulf, den nächsten Hofherrn, in der kurzen Zeit, die sie noch in Tannhofen sein würde, nicht zu erzürnen.

Im letzten Winter, zum Jahreswechsel 1000 auf 1001, war ihr Vater schwer verunglückt, als er den Dorfbewohnern dabei geholfen hatte, im Wald Wolfsgruben auszuheben. Eigentlich war dies eine Sache, die den Grundherrn der Bauern anging. Aber der hatte sich noch nie darum gekümmert. Sobald es kalt wurde, verkroch sich der feine Herr Immo lieber auf seinem Hof und schwenkte am warmen Herdfeuer mit seinen Getreuen die Bierhumpen. So war es seit Jahrzehnten Brauch und der Freibauer Frowein hatte sich der Sache angenommen.

Beim Fällen der Bäume, deren Holz man für die zugespitzten Pfähle in den Gruben brauchte, war er ausgeglitten und unter einen Stamm geraten, der ihm das rechte Bein zerschmettert hatte.

Als er nach Monaten immer noch humpelte und sich sein Wohlbefinden nicht wesentlich gebessert hatte, beschloss Frowein, in Kürze seinem Hoferben Dietwulf das Regiment zu übergeben. Dann konnte dieser ein Weib nehmen und selbst eine Familie gründen.

Das Ganze kam Griseldis nicht ungelegen: Je eher eine neue Bäuerin auf den Hof kam, desto eher würde man sie ziehen lassen. Das Einzige, was der jungen Heilerin Sorgen bereitete, war die Mutter.

Dietlinde hatte sich in kürzester Zeit sehr verändert. Im letzten Winter, kurz vor ihrem vierzigsten Geburtstag, war sie überraschend stark gealtert. Grauhaarig, mit rundem Rücken und abgemagert, mit tiefen Falten im Gesicht, schlich die ehedem so stolze und aufrechte Frau beinahe scheu umher.

Aus Regensburg zurückgekehrt hatte Griseldis die Mutter spontan umarmt und war von deren merkwürdig verhaltenem Benehmen seltsam berührt gewesen. Es war nicht mehr zu übersehen, dass auch die Geisteskraft der Mutter gelitten hatte. Die vor Kurzem noch so lebensfrohe Bäuerin wirkte ermattet, ihre Gedanken schweiften häufig ab und ihr Erinnerungsvermögen, was kurz zurückliegende Ereignisse anbelangte, hatte bedenklich abgenommen.

In den nächsten Wochen verschlechterte sich Dietlindes Zustand rapide; sie lebte zunehmend nur noch in der Vergangenheit. Den erwachsenen Sohn Dietwulf und die große Tochter Griseldis behandelte sie häufig wie unmündige Kleinkinder. Sie beharrte auf nicht altersgemäßen Verboten und griff, falls diese nicht befolgt wurden, auf alberne Bestrafungen zurück.

Mehr als einmal mussten Frowein oder das Gesinde ihr einen Haselnussstecken aus der Hand nehmen, mit dem sie Wulf oder Seldi züchtigen wollte, da diese »unartige Kinder« seien und nicht frühzeitig zu Bett gehen wollten oder ihre Suppe nicht aufgegessen hatten …

Inzwischen lachte niemand mehr über diese sich häufenden Vorfälle; alle bedauerten den gutmütigen Frowein, der unter der traurigen Lage besonders litt – liebte er Dietlinde doch seit seinen Jugendtagen.

Doch am meisten tat es Griseldis weh, dass die Mutter Gertrud, ihr jüngstes Kind, kaum noch beachtete. Sie glaubte offenbar, das Mädchen sei ihre Nichte, das Kind einer jüngeren Schwester Froweins, und benutzte hartnäckig den Namen Agatha, wenn sie denn einmal das Wort an das Mädchen richtete.

Und noch etwas bereitete Griseldis und Frowein zunehmend Sorgen: Dietlinde wandte sich immer mehr ab vom Christentum. Sie mied die Dorfkirche und betete, erst heimlich, dann immer offener, zu den alten Heidengöttern.

Im späten Frühjahr 1001 war Griseldis der Mutter einmal nachts gefolgt, als diese sich leise aus dem Bett von der Seite des Vaters weggestohlen und das Haus mit einem Henkelkorb über dem Arm verlassen hatte.

Beunruhigt hatte die Tochter die Fährte Richtung Rabenwald aufgenommen, der sich eine gute Meile vom Dorf entfernt, hinter den Dinkelfeldern der Gemeinde von Tannhofen, erstreckte.

Mitten im Wald entsprang aus einem einst dem germanischen Gott Wotan geweihten Felsen, der seit der Christianisierung in »Ägidiusstein« umbenannt worden war, eine Quelle. Diese hatte man früher der Göttin Freja gewidmet; inzwischen hieß sie längst »Marienborn«.

Aus den Erzählungen Muhme Bertradas wusste Griseldis, dass sich, vor langer Zeit und ehe die Missionare gekommen waren, in den Vollmondnächten die Frauen und Mädchen der Umgebung hier versammelt hatten, um mit Gebeten, Opfergaben und Tänzen diese heidnische Göttin zu ehren.

›Was mag die Mutter nur dort wollen?‹, fragte sich Griseldis ängstlich.

Der jungen Heilerin wurde es zunehmend bang, je länger sie Dietlinde in jener Nacht hinterherschlich. Mit traumwandlerischer Sicherheit hastete die ältere Frau die mondhellen Pfade entlang – nicht zum ersten Male, wie ihre Tochter vermutete.

Wenn Dietlinde sich nur ein einziges Mal umgedreht hätte, hätte sie ihre Verfolgerin unweigerlich entdeckt; aber sie tat nichts dergleichen.

›Mutter scheint wie magisch angezogen von ihrem Ziel. Ja,

sie geht tatsächlich zum Marienborn! Aber, weshalb nur, in aller Heimlichkeit und noch dazu mitten in der Nacht?‹

Das Mädchen ahnte, dass sie nun Zeugin eines Geschehens werden sollte, das man in einem so lange schon zum Christentum bekehrten Land für längst überwunden und vergessen halten musste. Um nicht doch noch entdeckt zu werden, verbarg Griseldis sich schließlich hinter dem dicken Stamm einer Buche, wenige Meter von der sprudelnden Quelle entfernt.

Griseldis' Herz pochte laut und das Blut rauschte in ihren Ohren – beinahe fürchtete sie, Dietlinde würde es hören. Aber das murmelnde Brünnlein übertönte selbst den spitzen Todesschrei einer Haselmaus, als diese von einer hungrigen Eule gegriffen wurde.

Dietlinde war niedergekniet an dem kleinen, vom Wasser glatt geschliffenen Steinbecken und hatte ihre Hände in das kühle Nass hineingetaucht, um sich das Gesicht zu erfrischen. Danach trank sie von der als heilkräftig angesehenen Quelle, indem sie mit der hohlen Hand das Wasser schöpfte. Anschließend faltete sie die Hände zum Gebet.

Griseldis wollte bereits befreit aufatmen, zeigte Dietlindes Verhalten doch nichts Verbotenes, wenn auch der Zeitpunkt ihrer Verehrung der Jungfrau Maria mitten in der Nacht etwas befremdlich erschien: Oberhalb der Quelle thronte in einer mit Moos bewachsenen Höhlung des Ägidiussteins ein beinahe lebensgroßes, aus Holz geschnitztes Standbild der Gottesmutter.

Plötzlich begann Dietlinde sich hin und her zu wiegen, wobei sie die Arme zum Himmel erhob und Unverständliches murmelte. Nach einer Weile entnahm sie dem Flechtkorb einen Blumenstrauß, platzierte diesen aber keineswegs in dem dafür vorgesehenen Gefäß unterhalb der Marienstatue, sondern verteilte die Blüten rings um das steinerne Becken.

In dieses Bassin ergoss sich sprudelnd das Quellwasser, ehe es sich, als dünnes Rinnsal auf dem Waldboden mäandernd, durch den Rabenwald schlängelte. Frowein hatte einst seinen Kindern erzählt, dass das Wasser schließlich zu einem respektablen Bach angewachsen zur Donau strebte.

Griseldis stockte der Atem und eisige Schauer liefen über ihren Rücken, als Dietlinde nun anfing, sich trotz der bitteren Kälte, die Mitte Mai des Nachts noch herrschte, ihrer Kleidung zu entledigen. Dann begann sie einen eigenwilligen Tanz und deklamierte dazu in einer alten, Griseldis unbekannten Sprache Verse in einem seltsamen Singsang.

Die junge Frau packte das blanke Entsetzen. Noch niemals zuvor hatte Griseldis diese Melodie und jenen geheimnisvoll anmutenden Gesang vernommen. Waren es heidnische Gebete oder gar gottlose Zaubersprüche, welche die nackte Dietlinde da mitten im Wald sang?

›Das muss eine Todsünde sein‹, ging es ihr durch den Sinn, aber sie fühlte sich dennoch nicht im Stande, dem Treiben der ihr plötzlich so fremd gewordenen Mutter Einhalt zu gebieten.

Die junge Heilerin hielt es nicht länger aus, Zeugin dieser Gotteslästerung zu sein, und wandte sich behutsam, ohne ein Geräusch zu machen, von dem Geschehen ab. Sie begab sich auf dem schnellsten Weg durch den Rabenwald nach Hause, den seltsam anrührenden Gesang der Mutter immer noch im Ohr.

Griseldis hatte zwar kaum etwas verstanden, nur die Namen »Allvater Wotan«, »Baldur« und »Freja« hatten ihr offenbart, dass Dietlinde ins tiefste Heidentum zurückgefallen sein musste.

»Jetzt verstehe ich auch, warum die Mutter neuerdings immer eine Ausrede erfindet, um nicht die Sonntagsmesse besuchen zu müssen und weshalb sie beim gemeinsamen Tischgebet nur noch stumm die Lippen bewegt«, flüsterte Griseldis beklommen, als sie den hölzernen Giebel mit den gekreuzten Balken des heimischen Hofes hinter den uralten Wettertannen auftauchen sah.

»Lieber Heiland, was soll werden, wenn die Nachbarn es erfahren und wenn erst das Gerede bis zum alten Dorfpriester, Herrn Wulfram, dringt? Sie werden die Mutter aus der christlichen Gemeinde ausstoßen und die Heidin mit Schimpf und Schande aus Tannhofen verjagen.«

Sie nahm sich vor, am nächsten Morgen mit dem Vater zu sprechen. Notfalls würde man die verwirrte Frau einsperren müssen …

KAPITEL 10

MITTLERWEILE WAR ES bereits Sommer des Jahres 1002 und Griseldis lebte immer noch auf dem Hof. Jeden Tag dachte sie an das Versprechen, das sie dem Herzog gegeben hatte. Was sie noch zögern ließ, es zu erfüllen, war nicht etwa ihr Unwille, Herrn Heinrich zu dienen – ganz im Gegenteil, sie freute sich auf diese ehrenvolle Aufgabe –, sondern ihre Sorge, sich von den Eltern und Geschwistern trennen zu müssen.

›Wie soll Frowein, der kaum noch laufen kann, ohne mich mit der geistig verwirrten Dietlinde zurechtkommen?‹, dachte sie unglücklich. ›Und was soll aus Gertrud werden, wenn die Mutter sich nicht um sie kümmert? Dietwulf ist kein Mutterersatz für das Kind und Frowein ist viel zu milde, um auch einmal die notwendige väterliche Strenge zu zeigen, die in der Erziehung vonnöten ist.‹

Der Vater hatte keine seiner beiden Töchter je körperlich gezüchtigt; ja, selbst sein Tadel war stets gemäßigt ausgefallen. Und seinen Sohn und Erben hatte er nur ein einziges Mal verprügelt, als er diesen dabei erwischte, wie er als Zehnjähriger eine Katze gequält hatte. Mutter Dietlinde hatte dagegen des Öfteren von der Rute Gebrauch gemacht – bei allen drei Kindern.

Im Dorf war die Milde Froweins bekannt und die Leute schüttelten den Kopf über ihn. War es denn nicht die Pflicht eines jeden christlichen Hausvaters, seinen Sprösslingen Zucht und Gehorsam auch mit Schlägen nahezubringen? Alle hielten es so und die meisten Bauern schlugen selbst ihre Ehefrauen.

Frowein schien zu glauben, seine Kinder seien etwas Besonderes, so behaupteten jedenfalls ein paar übelwollende Neider. Falls tatsächlich einmal derartige Kritik an ihres Vaters Ohr drang, überhörte der Freibauer einfach die Einwürfe.

Griseldis wusste, wie hoch geachtet und beliebt ihr Vater hingegen im Dorf war, da er stets auf Seiten der Hörigen stand und selbst Auseinandersetzungen mit dem adligen Grundherrn nicht aus dem Weg ging. So manchen hörigen Kleinhäusler hatte Frowein davor bewahrt, völlig in die Unfreiheit abzusinken, indem er diesem half, die Pachtzahlungen für seinen Herrn aufzubringen.

Wenn sie es recht bedachte, fühlte sich Griseldis auf dem heimischen Hof zunehmend wie eine Fremde. Während eines vierwöchigen Aufenthalts auf dem Hof eines Oheims in Gersthofen, einem Ort in der Nähe Augsburgs, hatte sich in Tannhofen einiges verändert.

Simon, ein Bruder ihres Vaters, hatte gebeten, sie möge sich seines erkrankten Weibes und seiner vier unmündigen Kinder annehmen – ein Ansinnen, dem Griseldis umgehend Folge leistete. Zum Glück war die Erkrankung der Bäuerin nicht so schlimm, wie es anfangs ausgesehen hatte, und bereits nach einem Monat vermochte Wiltrudis ihren häuslichen Pflichten wieder nachzukommen.

Frowein, ein Mann von fünfundvierzig Jahren, groß und stark wie ein Baum, aber seit dem Unfall auf seinen Gehstock angewiesen, hatte inzwischen seinem Sohn Dietwulf den Hof übergeben, denn dieser war überraschend in den Ehestand eingetreten, ohne mit der Feier auf die Rückkehr seiner Schwester Griseldis gewartet zu haben.

Obwohl sie Rottraut, seine Auserwählte, die aus einem Nachbarort stammte, noch nie besonders gut hatte leiden können, nahm sie es dem Bruder übel, dass er die Hochzeitsfeier ohne sie begangen hatte.

Fünf Tage hatte man gesungen, gegessen, getrunken, musiziert und getanzt – ohne sie. ›Anscheinend bin ich überflüssig, ja sogar lästig‹, dachte Griseldis traurig.

»Woher hätten wir wissen sollen, wie lange die Krankheit von Wiltrudis noch andauert?«, hatte Dietwulf nachlässig auf den leisen Vorwurf geantwortet.

Was sie aber jetzt noch mehr empörte, war die Tatsache, dass Dietwulf zusammen mit den Knechten den Eltern Frowein und Dietlinde ein eigenes kleines, ein wenig abseits stehendes Holzhaus errichtete, um im großen Gebäude mit seiner jungen Frau alleine leben zu können.

So etwas war absolut unüblich. Aber im Dorf erzählte man sich, die Braut hätte sich sonst geweigert, Dietwulf zum Mann zu nehmen. Auch Gertrud würde mit den Eltern ins kleinere Gebäude umgesiedelt werden.

»Für die kurze Zeit, die sie noch auf dem Hof ist, wird sie es bei ihrer kranken Mutter schon noch aushalten«, hatte die auffallend schöne und hoch gewachsene, mit einer Fülle rotbraunen Haares gesegnete Schwägerin der fassungslosen Griseldis eröffnet.

Die Heilerin war befremdet. »Was meinst du damit?«, fragte sie nach.

»GOTT im Himmel, Gertrud ist fast fünfzehn!«, rief die neue Herrin. »Bald wird sie heiraten und ihren eigenen Weg gehen. Du wirst ihr doch nicht wünschen, dass sie eine alte Jungfer wird, oder?«

»So wie ich eine bin mit meinen einundzwanzig Jahren, das wolltest du doch freundlicherweise damit sagen«, entgegnete Griseldis mit einer gewissen Schärfe.

»Das kannst du halten, wie du willst. Aber wie ich gehört habe, wirst auch du in Kürze Tannhofen den Rücken kehren, nicht wahr?« Fragend blickte Dietwulfs siebzehnjährige Ehefrau Rottraut der Schwägerin ins Gesicht.

»Ja, das werde ich. Dann habt ihr, du und dein Mann, das Haus unserer Eltern ganz für euch alleine. Dass ihr beiden euch nicht schämt, so mit Dietlinde und Frowein umzuspringen! Womit haben sie es verdient, von euch aus ihrem eigenen Haus hinausgeworfen zu werden?«

»Das ist allein die Entscheidung deines Bruders gewesen«, log dreist die Schwägerin, »damit hatte ich nichts zu tun.« Dabei musterte sie die um vier Jahre Ältere mit kühlem, arrogantem Blick und spielte provozierend an dem großen Silberring mit den vielen Schlüsseln herum, der am Bund ihrer Schürze befestigt war. Vor nicht langer Zeit noch hatte Dietlinde ihn voll Stolz als Hausfrau getragen …

Griseldis wandte sich mit leisem Ekel ab, um ins kleine Nebenhaus zu gehen. Sie hatte beschlossen, ebenfalls dort zu schlafen, solange sie noch in Tannhofen wohnte.

Zusammen mit zwei Knechten hatte Griseldis ihren Eltern geholfen, ins kleine Gebäude umzuziehen. Die Mutter schien an dem Ganzen kaum Anteil zu nehmen, aber Froweins Gesicht war kalkweiß und wie versteinert gewesen.

Am nächsten Morgen dann hatte die Heilerin den Bruder ganz früh abgepasst, als er in den Stall zum Melken ging. Sie wusste von den Mägden, dass Rottraut gerne ein wenig länger schlief. Als Herrin auf einem Freibauernhof glaubte sie wohl, sich das erlauben zu dürfen, und noch nahm ihr Ehemann dies hin.

»Das war nicht recht von dir, Wulf, dass du Vater und Mutter gleichsam aus deinem Leben ausgesperrt hast!«, fuhr sie ihn an. »Sie werden allmählich alt und sich einsam fühlen in ihrem bescheidenen Häuschen. Warum hast du sie nicht bei dir behalten, wie es Sitte ist?«

»Rottraut wollte es so«, gab ihr Dietwulf, der neue Hofherr, kurz angebunden zur Antwort. Es war ihm deutlich anzumerken, dass er keine Debatte darüber zu führen beabsichtigte.

Als Griseldis angewidert schnaubte, fügte er hinzu:

»Sie wäre sonst nicht meine Frau geworden. Rottraut will ihre Schwiegermutter nicht ständig um sich haben. Du weißt doch, wie seltsam Mutter in letzter Zeit geworden ist. Nun ist Rottraut die alleinige Herrin auf dem Hof und hat im Haus allein das Sagen. So hat sie es sich gewünscht.«

»Ach, ja? Vielleicht wäre es besser gewesen, du hättest dein Weib da gelassen, wo es vorher war! Jeder im Dorf weiß doch, wie eingebildet und zänkisch Rottraut ist. So gesehen, hat unsere Mutter es möglicherweise besser, wenn sie nicht dauernd mit dieser unguten Schwiegertochter zusammen ist.«

Griseldis war wütend.

»Wie redest du denn von meiner Frau?«, fuhr Dietwulf ärgerlich auf. »Sie ist schön und klug und hat eben ihren eigenen

Kopf. Mir jedenfalls gefällt das. Die Leute, die schlecht über sie reden, sind ja nur neidisch. Viele junge Männer haben um Rottraut geworben, aber sie hat von keinem etwas wissen wollen – bis ich um sie gefreit habe.«

Dadurch wie Dietwulf sich in die Brust warf, erkannte Griseldis, wie blind er in seine Angetraute verliebt war. Sie beschloss, ihren Mund zu halten.

Niemand würde sie mehr auf dem Hof zurückhalten, sie konnte nun ohne schlechtes Gewissen nach Regensburg zum Herzog gehen.

›Wer weiß, vielleicht ist auch etwas Gutes dabei‹, dachte sie dann. ›Vater kann Dietlinde, wenn er mit ihr allein lebt, besser im Auge behalten und dafür sorgen, dass niemand von den Leuten im Dorf von ihren merkwürdigen Angewohnheiten erfährt. Ich werde ihn bitten, dass er nachts die Tür verriegelt, damit die Mutter nicht mehr ihre nächtlichen heidnischen Zeremonien abhalten kann.‹

Der endgültige Abschied von ihrem Geburts- und Heimatort Tannhofen sowie den zahlreichen Patienten würde ihr dennoch nicht gerade leichtfallen und um Gertrud war ihr regelrecht bang.

Wie würde ihre kleine Schwester mit der hochfahrenden Schwägerin zurechtkommen? Auch dass sie Frowein nur noch äußerst selten sehen würde, bereitete ihr Kummer. Den Vater, der so sanftmütig und gerecht handelte und früher so lebenslustig war, würde sie schmerzlich vermissen.

›Ich werde ihm immer dankbar dafür sein, dass er jeden Freier, der um mich geworben und der mir nicht gefallen hat, unverrichteter Dinge wieder weggeschickt hat. Kaum ein Vater hätte so verständnisvoll gehandelt.‹

›Die Mutter wird wohl als Erste von uns gehen‹, dachte sie dann wehmütig. Es war bitter, sich das vorzustellen: Dietlinde war erst einundvierzig Winter alt und wirkte bereits wie eine Greisin.

›Sie sieht beinahe aus wie Muhme Bertrada, als diese starb‹, überlegte Griseldis. ›Nur mit dem Unterschied, dass die über Neunzigjährige ihren glasklaren Verstand bis zuletzt bewahrt hat.‹

Dietlindes Verwirrung wurde täglich schlimmer. Sie vernachlässigte ihre Körperpflege und kümmerte sich nicht mehr um ihre Kleidung. Morgens vergaß sie, sich zu kämmen und ihr grau gewordenes Haar zu ordentlichen Zöpfen zu flechten; in wirren Strähnen hing es ihr ins faltige Gesicht. Der stumpfe Blick machte nicht nur Griseldis das Herz schwer.

Eines Nachts gelang es der Mutter, das Nebenhaus zu verlassen und die Hühner und Enten aus Rottrauts Stall herauszulassen. Mit erstaunlicher Geschwindigkeit trieb sie zielsicher das Federvieh in den Küchengarten, wo dieses allerhand Schaden anrichtete.

Die junge Bäuerin heulte, ja tobte am nächsten Morgen regelrecht, als sie das ganze Ausmaß der Verwüstung überblickte. Zwischen Dietwulf und Frowein entspann sich ein böser Streit, der laut und, von Dietwulfs Seite, äußerst unnachgiebig ausgetragen wurde.

Vater und Sohn machten ihrem aufgestauten Zorn und ihrer tiefen Enttäuschung Luft. Ohne Griseldis' beherztes Dazwischentreten wären beide Männer vermutlich noch handgemein geworden. So etwas hatte es noch nie auf dem Hof gegeben, solange sich Griseldis zurückzuerinnern vermochte.

KAPITEL 11

Eine Hungersnot drohte in weiten Teilen Deutschlands und Baierns. Die Ernte verfaulte in diesem Sommer 1002, der viel zu nass und kalt gewesen war. So würden die Scheunen leer bleiben und im Winter käme es vermutlich zu einem Massensterben. Den ärmeren Bauern würde der Tod vor Entkräftung drohen und den meisten Städtern ginge es, mit Ausnahme der Reichen, die vorgesorgt und Vorräte gehortet hatten, elend schlecht.

Dietlindes Abkehr von der Wirklichkeit schritt weiter fort. Rottraut hatte Griseldis jetzt ganz deutlich zu verstehen gegeben, dass für sie im elterlichen Haus kein Platz mehr war:

»Zwei junge Weiber auf einem Hof, das tut nicht gut«, sagte sie ihr mit großer Bestimmtheit direkt ins Gesicht.

Griseldis beschloss nun endgültig, der Bitte Herrn Heinrichs zu willfahren. Im Frühjahr war Georg erneut aufgetaucht und hatte die Heilerin heimlich zum herzoglichen Palais gebracht und wieder war es ihr gelungen, Herrn Heinrich von seinen Kolikschmerzen durch Handauflegen zu erlösen. Als sie den edlen Herrn so vor sich in seinem Schmerz gesehen hatte, waren ihr vor Mitleid Tränen in die Augen getreten und am liebsten wäre sie gleich für ganz dageblieben. Sie hatte ihm dieses Mal fest zugesagt, nach der Ernte im Herbst 1002 für immer nach Regensburg zu kommen.

Als sie die Residenz verlassen wollte, hatte sie der Benediktiner Berchtold aufgehalten.

»Wenn es dir nichts ausmacht, mit einem alten Mann ein wenig zu plaudern, meine Tochter, dann würde mir das große Freude bereiten«, hatte der Mönch gesagt. »Wenn du für immer bei unserem Herrn sein wirst, werden wir öfter miteinander zu tun haben. Da könnte es ja nicht schaden, wenn ich dir schon einmal etwas über Herrn Heinrich, Frau Kunigunde und den Hof erzähle.«

Griseldis freute sich darüber. Der alte Mönch wäre ihr erster Freund am Hof. Wenn sie sich ihn geneigt machte, hätte sie es viel leichter, sich zurechtzufinden in einer Welt, die ihr völlig fremd war. Außerdem schien ihr der Berater und Schreiber des Herzogs ein freundlicher Mann zu sein, der Herrn Heinrich seit Langem kannte. Ihr gefiel es jedenfalls, von ihm ins Vertrauen gezogen zu werden.

»Geh Irmintraut, Frau Kunigundes Base, am besten gleich zu Beginn aus dem Weg. Sie ist ein Adelsfräulein, das sich unsere Herzogin aus der alten Heimat Lützelburg mitgebracht hat, um sich in Baiern nicht so allein und verlassen zu fühlen.« Der Mönch sah sie verschwörerisch an.

»Irmintraut ist ungefähr dreiundzwanzig Jahre alt und, wie ihre zahlreichen Verehrer behaupten, von bezaubernder Schönheit mit ihrem langen, schwarzen Haar und dem hellen Teint, der ihre dunklen Augen so richtig zur Geltung bringt. Sie ist das genaue Gegenstück zur blonden, sanften Herzogin und ich denke, auch ihre Wesen sind grundverschieden.

Jedenfalls konnte ich sie von Anfang an nicht besonders gut leiden. Für mich hat dieses Frauenzimmer – GOTT verzeih mir diese unchristliche Bemerkung – den Teufel im Leib, obwohl sie fromm und tugendhaft zu sein vorgibt. Am schlimmsten ist ihre Ehrendame, die sie sich mit an den Hof gebracht hat. Man sagt, dass diese alte Frau eine Spanierin sei: Ich halte sie eher für eine gefährliche Hexe. Aber Kunigunde liebt ihre Base so sehr, dass man weder gegen Fräulein Irmintraut noch gegen diese Doña Maddalena ein Wort sagen darf.«

Kein Zweifel, dem ältlichen Benediktinerpater schien es ein Herzensbedürfnis gewesen zu sein, sich der jungen Heilerin anzuvertrauen. Sie versprach ihm, sich danach zu richten und den beiden Frauen auszuweichen, so gut es möglich wäre.

Der Abschied von den Eltern fiel Griseldis schwer, besonders vom Vater, der in letzter Zeit ebenfalls stark gealtert war. Sein Hinken hatte sich verschlimmert und ohne Stock konnte er nicht mal mehr kurze Wegstrecken zurücklegen. Auch auf sein Pferd kam er nicht mehr; das schmerzte Frowein ungemein, war er doch sein Leben lang ein leidenschaftlicher Reiter gewesen.

Als Griseldis Gertrud umarmte, flossen viele Tränen.

»Viel lieber ginge ich mit dir, Seldi, als die Magd für Dietwulfs aufbrausendes Weib zu spielen«, flüsterte sie der älteren Schwester unglücklich ins Ohr. Das kam natürlich nicht in Frage: Die Kleine hatte bei ihren Eltern zu bleiben.

In letzter Minute musste die Mutter von einer Magd abgelenkt werden, damit Griseldis das Gehöft verlassen konnte; glaubte Dietlinde doch, ihre »kleine Tochter« nicht aus den Augen lassen zu dürfen …

Dietwulf besaß immerhin so viel Anstand, Griseldis mit ihrem Gepäck, das in der Hauptsache aus ihren Arzneien und Heilkräutern sowie einigen wenigen persönlichen Gegenständen und etlichen Kleidungsstücken bestand, mit dem Pferdefuhrwerk nach Regensburg zu fahren, wenngleich die junge Ehefrau missbilligend dreingeschaut hatte.

»Beeil dich aber und verweil nicht in der Stadt, Wulf«, sagte sie quengelnd. »Ich brauch dich hier auf dem Hof.«

»Rottraut meint es nicht böse«, versuchte Dietwulf später seine Schwester auf dem Kutschbock neben sich zu besänftigen: Griseldis war verärgert über sein Weib.

»Immerhin hat *sie* mir verboten, mein Pferd mitzunehmen, das ich immer geritten habe, wenn ich zu entlegenen Gehöften musste. Hättest du dich endlich einmal für *mich* eingesetzt und nicht wie stets zu ihr gehalten, bräuchtest du mich jetzt nicht nach Regensburg zu bringen.«

Erneut versuchte der Bruder, sein Weib zu verteidigen.

»Lass gut sein, Wulf«, wehrte Griseldis ab, »es trifft mich nicht mehr. Aber *du* wirst es mit ihr ein Leben lang aushalten müssen – und das wird nicht leicht werden für dich, Bruder. Rottraut hat ein scharfes Mundwerk und von weiblicher Sanftmut und Güte habe ich bei ihr noch nichts bemerkt.«

»Jetzt übertreibst du aber mächtig«, fuhr Dietwulf betroffen auf. Seine Schwester lachte. »Vielleicht wird sie ja noch handzahm, sobald sie einmal Mutter ist«, tröstete sie den jungen Ehemann.

In Regensburg angekommen – einer bereits zu Römerzeiten bestehenden Ansiedlung – kamen sie gerade recht zu einem Volksfest. Trotz oder vielleicht auch gerade wegen der drohenden Hungersnot im nächsten Winter wollten die Menschen noch einmal fröhlich sein und sich aus Leibeskräften vergnügen.

Das Fest sollte zusammen mit einem Markt abgehalten werden, die hölzernen Buden und Marktstände waren schon rund um den Dom aufgebaut.

Erst im allerletzten Augenblick hatte sich Dietwulf noch anstandshalber bei seiner Schwester bedankt. Sie hatte nämlich darauf verzichtet, sich von ihm ihren Anteil am Hof sofort auszahlen zu lassen.

Damit sicherte sie sich nach Froweins Willen ein lebenslanges Wohnrecht auf dem Anwesen – nur für den Fall, dass ihr die neue Aufgabe beim Herzog nicht gefiele oder dieser mit ihrer Arbeit nicht zufrieden wäre …

Nachdem sich Griseldis trotz der neuerdings entstandenen Distanz sehr herzlich von Dietwulf verabschiedet hatte, holte sie tief Luft und marschierte tapfer mit ihrem Bündel voller Habseligkeiten den kurzen Weg zur alten herzoglichen Residenz. Sie hatte es dem Bruder wohl angemerkt, dass er gerne noch geblieben wäre, des fröhlichen Festes wegen – aber er hatte es nicht gewagt.

›Vermutlich bekäme er mit Rottraut Ärger, wenn er seinen Aufenthalt in der Stadt verlängern würde‹, dachte das Mädchen und seufzte.

Einerseits aus Mitgefühl mit dem Bruder, der so offensichtlich unter der strengen Aufsicht seiner Frau stand, und andererseits, weil ihr überhaupt nicht klar war, an wen sie sich jetzt wenden sollte. Die beiden vorigen Male hatte man sie schon erwartet, aber heute?

›Kein Mensch hier weiß überhaupt, dass ich komme‹, dachte sie verzagt und rechnete insgeheim damit, womöglich unverrichteter Dinge wieder umkehren zu müssen. Plötzlich empfand sie große Angst.

›Herr Heinrich hat mich vielleicht schon vergessen oder längst einen anderen Medicus angestellt, der ihm genauso gut helfen kann wie ich. Auslachen wird man mich, den anmaßenden Bauerntrampel, der sich einbildet, am herzoglichen Hof unterzukommen.‹

Ihre Nervosität wuchs schier ins Unermessliche, als sie in der Residenz einer ausgesprochenen Aufbruchsstimmung gewahr wurde: Volle Truhen, Kisten, Körbe und Kleidersäcke standen im Hof herum und wurden auf Pferde, Maultiere und Wägen verladen. Es wimmelte nur so von geschäftigen Dienern und Mägden.

›Der Herzog begibt sich auf eine Reise‹, dachte Griseldis entsetzt und überlegte, wie sie mit ihrem ganzen Zeug wieder nach Tannhofen käme.

KAPITEL 12

NIEMAND BEACHTETE SIE. Endlich nahm sie ihren ganzen Mut zusammen und hielt einen jungen, schmuck gekleideten Mann an, der gerade einen prallvollen Kleidersack aus dem Gebäude zu einem Wagen trug. Seiner prächtigen Gewandung wegen hielt sie ihn nicht für einen niederen Knecht und trat daher mit einem Knicks voll Ehrerbietung an ihn heran.

»Verzeiht, Herr, wenn ich Euch frage, wohin denn die Reise Herzog Heinrichs geht?«

Der Mann betrachtete sie schmunzelnd.

»Woher kommst *du* denn, Kleine?«, fragte er und lachte lauthals.

»Was ist an meiner Frage so lustig, Herr?« Griseldis war vor Verlegenheit rot geworden.

»Kindchen, dies ist doch die Residenz des jeweiligen baierischen Herzogs, nicht wahr? Und weil unser Herr Heinrich, wie dir völlig entgangen zu sein scheint, seit einiger Zeit *unser König* ist, macht er nun Platz für seinen Nachfolger. König Heinrich zieht schon übermorgen und Königin Kunigunde ein wenig später nach Bamberg.«

Griseldis war sprachlos und sah aus, als würde sie im nächsten Augenblick in Tränen ausbrechen.

»Was hast du denn, Mädchen?«, fragte der gut gekleidete Bursche neugierig. »Ich habe dir doch nichts Trauriges gesagt, oder?«

Da erzählte ihm die junge Heilerin von ihrer zweimaligen Begegnung mit Herrn Heinrich, verschwieg dabei aber den wahren Grund ihres Kommens, und dass der Herzog sie gebeten hatte, diesen Herbst für immer zu ihm zu ziehen.

Der königliche Diener, der die Situation offenbar völlig missverstand, verwunderte sich sehr. Bisher hatte Heinrich noch niemals nach einer anderen Frau verlangt als nach seiner eigenen …

Nun, diese da war zweifelsohne ein schönes Kind, jung und unverdorben, wenngleich ein wenig arg schlicht und weltfremd, wie ihm schien. Womöglich hatte seinen Herrn, jetzt, da er die Bürde des Königtums trug, der Wunsch nach weiblicher Abwechslung gepackt. Ihn, den kleinen Bediensteten, ging es ja nichts an … Das Mädchen unterbrach seine Gedanken.

»Aber nun, wo Heinrich König ist, will er mich bestimmt nicht mehr haben«, hörte er die leise Stimme und sah, wie es sich ein paar Tränen aus dem Gesicht wischte.

»Aber, warum denn nicht? Glaubst du, ein König hat andere Bedürfnisse wie ein Herzog? Er ist doch der gleiche Mann geblieben! Warte hier auf mich, ich schaue, was ich für dich tun kann, mein Kind.«

Und damit ließ der Diener sie stehen, mitten im Getümmel des Regensburger Residenzhofes.

Bereits nach kürzester Zeit jedoch landete sie zu ihrer großen Erleichterung bei dem liebenswürdigen, älteren Benediktinermönch, den ihr eine etwas hochnäsig wirkende Dienerin als »hochwürdigen Vater Berchtold, Kanzlist und Berater des Königs« vorstellte.

»Euch kenne ich doch!«, sagte Griseldis und lachte befreit auf. »Schon dreimal habe ich Euch gesehen, Ehrwürdiger Vater. Ihr habt mir schon einiges über Herrn Heinrich und Frau Kunigunde erzählt.«

»Ich kenne dich auch, Heilerin. Aber mein alter Kopf erinnert sich nur an eine zweimalige Begegnung mit dir, liebes Kind«, lächelte der Mönch.

»Das dritte Mal war, als Ihr in der Halle des Gerichts die Anklage und das Urteil gegen den Freiherrn von Hohenstein verlesen habt, Vater.«

»Ah! Das Urteil hat mich sehr zufrieden gemacht und Frau Kunigunde, unsere Königin, ebenso«, freute sich der Benediktiner. »Du bist Griseldis, nicht wahr? Ich entsinne mich gut deiner Kunstfertigkeit in Bezug auf Beseitigung von Steinkoliken«, meinte er dann und betrachtete sie wohlwollend. »Ich habe nie daran gezweifelt, dass du dem Ruf Herrn Heinrichs folgen würdest. Komm nur, meine Tochter.«

Vater Berchtold führte Griseldis durch ellenlange Korridore und über finstere Treppen der Residenz – längst hatte sie die Orientierung in dem großen, düsteren und äußerst verschachtelten Bau verloren. Vertrauensvoll folgte sie dem alten Mann, bis sie schließlich vor einer schmalen Türe anhielten.

»Hier wird dein Reich sein, mein liebes Kind. Zumindest für die paar Tage, bis wir alle nach Bamberg umziehen. Einen guten Rat will ich dir noch geben«, sagte Vater Berchtold, als er die Tür öffnete und sie das kleine, ziemlich finstere Gelass betraten.

»Lass dir nichts von den anderen Dienstboten gefallen – keiner von denen ist mehr wert als du. Schaue dir die Menschen gut an, ehe du dich mit ihnen anfreundest. Es gibt genug Speichellecker und falsche Freunde am Hof, die dich nur benutzen wollen, um sich durch dich die Gunst des Herrschers und seiner Gemahlin zu erschleichen.«

Griseldis dankte dem graubärtigen Mann in der schwarzen Kutte, der sie milde mit seinen durchdringenden, hellblauen Augen im altersfleckigen Gesicht anlächelte.

»Gehst du heute auch auf das Fest?«, fragte er dann das junge Mädchen.

»Oh, ja, Vater! Darauf freue ich mich schon sehr.«

»Gut, aber sei bei Einbruch der Dunkelheit wieder zurück

in der Residenz. Unser König Heinrich wird mit Frau Kunigunde übrigens auch auf den Domplatz gehen. Herr Heinrich liebt Volksfeste über alles und lässt sich dieses Vergnügen niemals entgehen. Nun, GOTT befohlen, mein Kind.«

Mit diesen Worten war der Mönch gegangen.

Griseldis sah sich in ihrem winzigen, aber blitzsauberen Kämmerchen um. Es lag im Untergeschoss des imposanten Baues und sie konnte durch den kleinen Lichtschacht, den ein Eisengitter abdeckte, auf den gepflasterten Hof hinausschauen.

Eigentlich sah sie nur die Beine von Fußgängern und Pferden sowie Wagenräder oder kleine Hunde, die frei umherliefen. Am meisten verwunderte sie sich über den Lärm, der hier herrschte. Sie war nun schon öfters in der Residenzstadt gewesen, aber noch nie war ihr der permanent hohe Geräuschpegel so sehr bewusst geworden. Aber es gefiel ihr.

›Ich mag es, wenn es lebhaft bei den Leuten zugeht‹, dachte sie. Im Nu hatte sie ihre Sachen in eine hölzerne Truhe gelegt; an Kleidung besaß sie ja nicht sehr viel und ihre Verbände, Salben, Kräutersträußchen und Tinkturen arrangierte sie sorgfältig auf mehreren, an der Wand befestigten Regalbrettern.

In kürzester Zeit war sie eingerichtet. Sie setzte sich auf den einzigen Hocker, der an dem kleinen Tisch stand, und betrachtete ihr Reich mit leuchtenden Augen. Noch nie hatte sie ein Zimmer für sich alleine gehabt, nicht einmal ein eigenes Bett. Jahrelang hatte sie sich den Strohsack mit Dietwulf geteilt und als das jüngste Geschwisterchen zwei Jahre alt war, hatte sie mit Gertrud in einem Bett gelegen.

An der Wand hing ein schlichtes Kreuz, gefertigt aus zwei übereinander gelegten, schwarz-weißen Birkenästen. Der Corpus des Heilands fehlte allerdings. Auf ihrem Weg durch die Residenz hatte sie eine ganze Reihe von bunten Heiligenbildern und -figuren sowie Kreuze in allen Größen und verschiedenen Materialien gesehen.

›Daheim haben wir in der Stube ein geschnitztes Bild von Maria hängen; aber in der letzten Zeit hat die Mutter den Blumenschmuck für die Gottesmutter immer vergessen‹, fiel Griseldis ein und beim Gedanken an die geistig verwirrte und ins Heidentum zurückgefallene Dietlinde füllten sich ihre Augen mit Tränen.

Dann aber räusperte sie sich und straffte den Rücken. Sie war kein kleines Mädchen mehr, das nach Belieben seinem Schmerz freien Lauf lassen durfte.

Endlich gestattete sie es sich, einzig an den Menschen zu denken, dem sie in Zukunft dienen würde mit all ihrer Kraft und ihrem gesamten Wissen. ›Der liebe GOTT möge mir helfen bei dieser schweren Aufgabe‹, betete sie inbrünstig.

Es war ihr etwas bange vor der großen Verantwortung, die sie nun trug: Ein König war etwas anderes als ein Bauer aus dem Dorf, oder? Aber dann fiel ihr Heinrichs schmerzverzerrtes Gesicht wieder ein. Und sie erkannte, dass in Krankheit und Leiden alle Menschen gleich waren. Jeder konnte Schmerzen empfinden und sehnte sich danach, sie loszuwerden – ganz egal ob Bauer oder Edelmann.

Die Vorstellung, dass sie in Kürze in der Nähe des Herrschers leben sollte, ihn womöglich täglich sehen würde, machte sie leicht schwindelig. Sie spürte, wie ihr das Blut in die Wangen schoss. Er war so ein schöner Herr … Und seine Gemahlin, die er so sehr liebte, war die herrlichste Frau auf GOTTES Erdboden. Sie nahm sich vor, Heinrichs Eheweib Kunigunde stets zu achten und zu lieben als Königin und Mutter des Reiches.

Über Griseldis' Lager mit dem prall gefüllten Strohsack und einem kleinen Federkissen lag eine hübsche bunt gewebte Decke mit orientalischem Muster. So etwas Wunderbares hatte sie bisher nur einmal gesehen, und zwar im Haus des reichen Kaufmanns Moritz.

Griseldis seufzte. Es gab noch so vieles, das sie nicht kannte. Aber sie war ja noch jung, gerade einmal einundzwanzig Jahre alt.

KAPITEL 13

HOCH GESTIMMT STREIFTE Griseldis durch die vor dem mächtigen Dom in kürzester Zeit entstandene Zelt- und Budenstadt. Was gab es da nicht alles zu bestaunen!

Da waren Stände mit wollenen Gewändern und feinem ledernem Schuhwerk, mit Geschirr aus Steinzeug und Schüsseln aus Ahornholz, mit gestrickten Mützen und Strümpfen, gewebten Decken, mit allerlei Obst, Zucker- und Salzgebäck und mancherlei Süßigkeiten.

Griseldis vermochte der duftenden Verlockung nicht zu widerstehen und opferte einen halben Pfennig von ihrem ersparten Geld; es blieb ihr ja auch noch die kleine Summe, die Frowein ihr beim Abschied in die Hand gedrückt hatte. Sie entschied sich für einen der braunen Lebzelten, die so verführerisch rochen und überdies hübsch mit einem weißen Muster aus Zuckerguss verziert waren.

Vorsichtig biss sie ein winziges Stück von dem nach Zimt und Honig riechenden Backwerk ab und verdrehte vor Wohlbehagen die Augen: »Mmmh«, machte sie genießerisch. Dabei fiel ihr Blick auf ein Grüppchen offenbar bitterarmer, magerer Kinder, die sie mit großen Augen hungrig anstarrten.

Den Lumpen nach, die sie am Leibe trugen, konnten ihre Eltern – so sie denn überhaupt welche hatten – es sich nicht leisten, ihnen derlei Genüsse zu ermöglichen. Ohne lange zu überlegen drückte Griseldis dem größten Kind, einem etwa zehnjährigen Mädchen, ihren angebissenen Honigkuchen in die Hand.

»Aber du musst mit den anderen teilen«, sagte sie.

Das barfüßige Ding griff blitzschnell zu und zerpflückte geschickt, ohne eine Miene zu verziehen, das Gebäck mit dreckigen Fingern. Griseldis sah genau, dass für das zerlumpte Mädchen selbst nur der kleinste Teil übrig geblieben war. Die Mädchen und die Jungen, fünf armselige, kleine Schmutzfinken, kauten andächtig.

Nachdem alles verzehrt war, sagte das älteste Kind zu der edlen Spenderin: »Vielen Dank, Jungfer.« Dabei knickste das Mädchen höflich.

Griseldis wurde rot. Mit »Jungfer« war sie bisher nur sehr selten tituliert worden. Aber sie gab zu, dass die Anrede ihr schmeichelte.

Langsam schlenderte sie weiter, ehe sie bei einem Karussell stehen blieb, das ein ständig im Kreis trottender Esel antrieb.

Daneben hatte sich ein Feuerschlucker aufgestellt, der die Zuschauer damit verblüffte, dass er eine brennende Fackel in seinen Mund steckte und sich offenbar nicht den Schlund versengte. Unglaublich war das!

›Aber ich sehe es doch mit eigenen Augen‹, dachte Griseldis. ›Es ist nicht zu fassen, was manche Leute alles können.‹

Zwischen all den Schaulustigen liefen immer wieder junge Burschen auf den Händen herum. Ein anderer hatte ein hellbraunes Äffchen auf seiner Schulter sitzen, das bettelnd seine Händchen ausstreckte, welche wie die eines kleinen Menschenkindes geformt waren. Das Tierchen hatte der Mann angeblich aus dem Süden der Iberischen Halbinsel mitgebracht.

Griseldis kam aus dem Staunen nicht mehr heraus. Die Luft war geschwängert vom Duft fetter, gebratener Würste, gerösteter, süßer Mandeln, von Lebzelten und Bratäpfeln; und auch ihre Ohren kamen nicht zu kurz: Laut schallte Musik über den Platz. Mehrere Gruppen von fahrenden Musikanten und Sängern gaben ihre Kunst zum Besten, ohne Rücksicht darauf, ob die verschiedenen Gesangs- und Musikstücke zueinander passten.

›Im Grunde klingt es nach Katzenmusik‹, dachte Griseldis vergnügt und überlegte, ob sie der Einladung eines Weibes folgen sollte, das mit einem bunten Rock und einem geblümten Umschlagtuch gekleidet war. Sie erzählte ihr etwas von Schmuckstücken aus Bernstein, die sie in einem der Zelte betrachten könnte.

Die Heilerin war neugierig geworden. Von Bernstein, der am Strand der Ostsee, einem Meer hoch droben im wilden Norden, gefunden wurde, hatte Griseldis von Herrn Moritz schon gehört. Aufgeregt lief sie der fremdartigen Frau, die einen schwer verständlichen Dialekt gesprochen hatte, hinterher.

Zum ersten Mal sah sie Armbänder und Ketten aus diesem Material, das in seiner Färbung an Honig erinnerte, aber aus seit Jahrtausenden gehärtetem Baumharz bestehen sollte, etwas, das das Weib ihr mühsam zu erklären versuchte. Ehrfürchtig nahm sie eine Kette aus dicken Bernsteinkugeln in die Hand. In einem der Glieder sah sie etwas Schwarzes, das sich bei genauerem Hinsehen als Ameise erwies, die vor langer, langer Zeit in einem Tropfen herabfließenden Harzes eingeschlossen worden war.

Wie gerne hätte sie von diesem wunderbaren Schmuck etwas besessen. Aber sogar das kleinste Bernsteinkügelchen würde ein viel zu großes Loch in ihre Barschaft reißen.

Mit einem bedauernden Kopfschütteln legte Griseldis die Kette wieder zurück. Als sie zum Zeltausgang gehen wollte, griff ihr jemand fordernd an die Schulter. Erschrocken fuhr sie herum. Ein in ein blaues Wams gekleideter Herr mit einem schwarzen Federhut stand vor ihr und grinste ihr lüstern ins Gesicht.

»Na, schöne Maid, wie ist es?«, fragte er und legte ihr dabei seinen Arm vertraulich um die Hüfte. »Würdet Ihr mir Eure Gunst schenken, wenn ich mich erweichen ließe und Euch eines dieser bezaubernden Schmuckstücke schenkte?«

»Was soll das? Lasst mich sofort los, Herr! Allein schon die Frage ist eine Beleidigung, geschweige Euer zudringliches Benehmen.«

Mit einem energischen Ruck befreite sich Griseldis aus der Umklammerung und strebte der Öffnung im Zeltvorhang zu.

»Dann eben nicht, Kleine«, rief ihr der Herr verstimmt hinterher. »Es gibt genügend andere, die kein solches Getue machen. Oder willst du nur deinen Preis hochtreiben?«

Als Griseldis etliche Schritte vom Zelt entfernt war, drehte sie sich vorsichtig um, aber der abgeblitzte Freier war ihr zum Glück nicht gefolgt. Dennoch hatte sich der bisher so strahlend schöne Tag für die junge Frau empfindlich verdunkelt.

›Hat der Kerl mich etwa für eine käufliche Bettmagd gehalten?‹, ging es ihr durch den Kopf. Dieser Gedanke verstörte sie sehr. Überdies lebte ihr Ärger über Dietwulf wieder auf: Wäre der Bruder noch bei ihr geblieben und hätte sie auf das Volksfest begleitet, wäre ihr dieses unangenehme Erlebnis erspart geblieben.

Gleich darauf schalt sie sich ein selbstsüchtiges Geschöpf. Der arme Dietwulf konnte doch nichts dafür, dass er durch seine Vernarrtheit in die begehrenswerte Rottraut ein wenig feige geworden war …

›Ich werde mir einen Dolch zulegen‹, nahm sie sich vor, ›dann bin ich stets gegen Übergriffe gefeit. Leider habe ich jetzt in der Stadt keinen männlichen Beschützer mehr.‹

Ja, das würde sie tun, wenn auch nur zur Abschreckung. Griseldis wusste genau, dass sie niemals im Stande wäre, diese Waffe tatsächlich gegen einen Menschen zu gebrauchen – und sei es auch nur, um sich zu verteidigen.

Die Menge war jetzt dichter geworden. Beinahe willenlos wurde die junge Frau in der Masse der Volksfestbesucher vorwärts geschoben. Sie hörte Lachen, Kreischen und Geschrei, weinende Kinder, schimpfende Erwachsene und um Almosen bettelnde Krüppel; dazwischen die heiseren Stimmen von Betrunkenen und spöttisches Gelächter, wenn einer der Torkelnden über seine eigenen Füße gestolpert und der Länge nach hingefallen war.

Sie wurde Zeugin, wie ein geschickter Taschendieb einen arglosen Festbesucher um seine Geldkatze erleichterte und blitzschnell im Gewühl der Menschen verschwand. Ängstlich umklammerte Griseldis daraufhin die Börse, die an ihrem Gürtel baumelte: Keinesfalls wollte sie ihr mühsam Erspartes einem dieser Taugenichtse überlassen.

Da ihr Blick nun geschärft war, entging ihr jetzt nicht mehr, wie viele käufliche Mädchen und Frauen sich unter den fröhlich gestimmten Marktbesuchern befanden. Der Galan im blauen Wams hatte bestimmt längst ein schönes Weib gefunden, das bereitwillig sein Geschenk aus Bernstein entgegengenommen hatte …

›Anscheinend sind sie extra zum Fest hierher nach Regensburg gekommen, weil sie sich ein gutes Geschäft versprechen‹, dachte Griseldis und betrachtete neugierig die geschminkten Gesichter und auffälligen Kleider der Huren aller Altersklassen.

In der Tat waren die farbenfroh, meistens in leuchtendem Gelb, angezogenen und grell bemalten Weiber mit weiten Gewandausschnitten an Hals und Ärmeln nicht zu übersehen und ihres auffälligen Gelächters wegen auch nicht zu überhören. Manche von ihnen waren noch blutjung und sogar mit Schmuck behängt. Griseldis taten sie trotzdem leid.

›Mich mit jedem Kerl, der dafür bezahlt, in die Büsche der Donauauen zurückziehen zu müssen – nein, das wäre nichts für mich.‹

Obwohl sie selbst noch Jungfrau war, wusste sie durch ihr Leben auf einem bäuerlichen Anwesen sowie durch ihre Tätigkeit als Heilerin und Hebamme, was sich zwischen den Geschlechtern in aller Regel abspielte, wenn sie Liebe machten.

Lebten diese Weiber in einem Hurenhaus, hatten sie ihrem Frauenwirt einen Anteil ihres sauer verdienten Geldes abzuliefern. Zudem waren sie abhängig und konnten, solange sie jung und ansehnlich waren, kaum jemals aus dessen »Obhut« entkommen. Es geschah höchst selten, dass ein freier Mann eine dieser »Hübschlerinnen«, wie sie genannt wurden, auslöste und zu seiner Frau machte.

Das hatte ihr Dietwulf einst anvertraut, als sie ihn danach gefragt hatte.

›Woher er wohl sein Wissen hatte?‹, überlegte sie nun, bis ihr einfiel, dass der Bruder seit seinem achtzehnten Lebensjahr regelmäßig einmal im Monat nach Regensburg geritten war …

KAPITEL 14

AUF EINMAL BEMERKTE Griseldis, dass die Menge sie nicht mehr ziellos durch die Budenstadt bugsierte, sondern dass der Strom der Festteilnehmer ein ganz bestimmtes Ziel ansteuerte. Und da sah sie es auch schon.

In einem massiven Eisenkäfig war ein junger Mann eingesperrt, den vier andere Gestalten mit Gewalt festhielten und trotz heftiger Gegenwehr bis auf die Haut auszogen. Die Menge johlte, als auch das letzte Kleidungsstück zu Boden fiel.

Griseldis war unangenehm berührt von der Brutalität der vier Kerle; sie empfand Mitleid beim Anblick des nackten Mannes, der vergeblich versuchte, seine Blöße mit den Händen zu bedecken. Todesangst stand ihm ins Gesicht geschrieben, aber das umstehende Volk amüsierte sich nur darüber.

»Macht voran! Warum dauert das so lang?«, hörte die junge Frau eine männliche Stimme plärren und die Menge gab Laute des Unwillens von sich.

»Was geschieht denn hier mit dem Ärmsten?«, fragte Griseldis ihren Nachbarn, der sie mit großen Augen ansah, als wäre sie nicht recht gescheit.

»So arm ist der gar nicht, Jungfer«, sagte dieser verärgert. Griseldis fielen die abschätzigen Blicke auf, die sich plötzlich um sie herum auf sie richteten, und es wurde ihr ein wenig kalt, trotz des Sonnenscheins.

»Das ist ein Verbrecher, ein zum Tode verurteilter, mehrfacher Dieb und Räuber, der seit Jahren schon gesucht worden ist. Normalerweise wird so einem einfach der Kopf abgehackt. Aber aus Anlass des heutigen Festes haben wir Regensburger Bürger uns vom König die Gnade ausbedungen, mit dem Schurken noch ein wenig unseren Spaß zu haben.«

»Welchen Spaß denn?«, erkundigte Griseldis sich ängstlich, als sie in dem großen Eisenkäfig eine gewaltige Holzkiste gewahrte, aus der zorniges Gebrumm zu hören war. Drei der Männer hielten jetzt den Delinquenten nieder, während der vierte ihn mit einer zähflüssigen Masse beschmierte, die er mit vollen Händen aus einem Eimer holte.

»Er wird am ganzen Leib mit Honig bestrichen und dann lassen wir einen Bären auf ihn los. Hört Ihr den Petz nicht schon gierig brummen? Haha! Der darf ihn dann ablecken. Das ist ein Riesenspaß, glaubt mir! Vor allem, wenn der Kerl kitzlig sein sollte, hehe!«

Griseldis wurde beinahe übel, als sie von diesem grausamen Vorhaben hörte.

»Und was geschieht anschließend mit ihm? Ich meine, nachdem die Leute ihr Vergnügen hatten und der Bär wieder eingefangen ist: Wird der Mann begnadigt oder wollt Ihr ihm dann immer noch den Kopf abschlagen lassen?«

»Na, hört mal, Jungfer! Was denkt Ihr Euch denn überhaupt? Ihr scheint wirklich keine Ahnung zu haben.« Der gut gekleidete Bürger schüttelte missbilligend den Kopf.

»Wenn der Bär wieder in seine Kiste gesperrt wird«, gab ein anderer Zuschauer in geflicktem Wams und ausgefransten Hemdärmeln zur Antwort, »dann ist der Räuber zerfetzt und halb aufgefressen, das darfst du mir glauben! Der muss danach nicht mehr geköpft werden.«

»Nein!«, schrie Griseldis ganz unbedacht heraus. »Das dürft Ihr nicht machen. Das ist ja wie eine Hinrichtung, die Ihr da vornehmt. Und nur, um Euren *Spaß* zu haben? Was seid Ihr bloß für Ungeheuer?«

»Langsam, langsam, Jungfer! Überlegt Euch, was Ihr sagt«, rief jetzt ein Mann, dem Anschein nach einer der Stadtwächter.

»Aber das darf doch nicht sein! Das dulde ich einfach nicht. Ich werde zum König gehen und ihm sagen, was Ihr vorhabt.«

Griseldis war außer sich, aber sie erntete bloß rohes Gelächter und böse Blicke.

»Hab dich nicht so, du seltsame Person«, sagte der Wächter grimmig. »Unser Herr Heinrich weiß schon Bescheid und braucht deine Parteinahme für den Schuldigen ganz sicher nicht. Was regst du dich so auf? Das Schwein ist doch rechtmäßig zum Tode verurteilt – und da wirst *du* nichts daran ändern.«

Im Käfig hatte inzwischen die Tragödie ihren Lauf genommen. Das mit Honig beschmierte Opfer und ein gewaltiger Braunbär standen sich Auge in Auge gegenüber. Dann näherte sich das Raubtier und drängte den hilflosen Mann in die Käfigecke. Mit seiner langen, dunklen Zunge leckte das Tier hektisch über dessen nackten Körper.

Dieser lag nun zusammengekrümmt am Boden und versuchte sich zu schützen, indem er sich so klein wie möglich zusammenrollte. Der Bär stand mit weit geöffnetem Rachen über ihm, so dass jeder sein furchtbares Gebiss sehen konnte. Dann rollte er mit einer seiner Tatzen den Mann auf den Rücken, als wäre dieser eine Puppe.

Griseldis brach in Tränen aus, als sie mitansehen musste, wie sich das Tier, übersättigt von der klebrigen Süßigkeit, in den Bauch des Räubers verbiss.

Der Delinquent schrie qualvoll, erntete jedoch nur Hohn, Spott und Flüche. Sie war in der Menge eingekeilt und wurde Zeugin, wie der Bär mit den langen Krallen seiner mächtigen Vorderpranken den Leib seines Opfers aufschlitzte, so dass dessen Gedärm hervorquoll.

»Gemeine Verbrecher seid Ihr allesamt! Man sollte das Gleiche mit Euch machen«, schrie Griseldis unbeherrscht. Der

Mann im Eisenkäfig brüllte jetzt in Todesqual. »Ekelhafte Tiere seid Ihr allesamt, aber keine Christenmenschen!«, setzte sie nach.

»Jetzt reicht's aber, du saudummes Luder«, brummte ihr Nachbar zornig, packte sie derb am Hals und schüttelte sie grob hin und her.

»Schmeißt doch die Dirne zu dem Bären dazu«, grölte einer und ein ärmlich aussehendes Weib mit ungekämmten Haaren kreischte: »Jawohl, in den Käfig mit der Hure! Zieht sie aus und tunkt die Spaßverderberin in den Honigkübel. Mal schauen, wen der Bär dann lieber hat!«

Es gab lauten Beifall und etliche der entfesselten Zuschauer schienen geneigt, dem aufgeputschten Volkswillen zu willfahren. Schon griffen schmutzige Hände gierig nach der jungen Frau, als Unruhe entstand und die Rohlinge widerwillig von Griseldis abließen. Blitzschnell hatte sich eine Gasse gebildet und sie vernahm den Ruf eines Mannes:

»Platz da! Platz da! Macht Platz für die hochedle Frau Königin Kunigunde!«

»Das ist dein Glück, du unverschämtes Miststück«, raunte einer der vor Angst beinahe ohnmächtigen Heilerin ins Ohr, um sich dann flugs in der Menge zu verdrücken, gleich denen, die noch Sekunden zuvor große Töne gespuckt hatten.

Ehe Griseldis ob der Nervenanspannung besinnungslos zu Boden stürzte, hörte sie noch die tierischen Schreie des bei lebendigem Leibe zerrissenen Mannes …

Als Griseldis aus ihrer Ohnmacht erwachte, befand sie sich in einem Zelt, in dem gewebte Decken und mit Gänsedaunen gestopfte Kissen verkauft wurden. Zuerst wusste sie gar nicht, was eigentlich geschehen war. Sie lag auf einem am Boden ausgebreiteten Federbett und ein mit einem Spieß bewaffneter Wächter stand neben ihr.

Er half der Heilerin wieder auf die Beine und begleitete sie anschließend »auf Wunsch von Frau Königin Kunigunde« zur Residenz zurück. Die Menge wich scheu zurück, als sie, immer noch ganz benommen, neben der königlichen Garde schwankend vorüberging.

In seiner Kammer warf sich das Mädchen weinend aufs Bett und zog sich die bunte Decke über den Kopf. Der Schock saß tief. Griseldis war bewusst, dass sie mit ihrem Gerechtigkeitsempfinden eine Ausnahme bildete: Daheim in Tannhofen hatte man sie zur rechten Zeit ausgelacht, wenn sie sich über Grausamkeiten ereiferte, die nur sie allein als solche empfunden hatte.

Bereits als kleines Kind hatte sie unter Heulkrämpfen gelitten, wenn sie miterlebte, wie größere Buben Frösche mittels Strohhalmen aufbliesen, bis deren Bäuche platzten. Oder wenn die Bauern einem als Gänsedieb gefangenen Fuchs bei lebendigem Leib die beiden Hinterpfoten abhackten, um das davonkriechende und jämmerlich jaulende Tier »zur Strafe« elend verrecken zu lassen.

»Deine Seldi ist schon arg empfindlich«, hatte selbst der Dorfpriester zu Dietlinde gesagt. Später, als Griseldis der Ruf einer Heilerin anhaftete, hieß es: »Sie war schon immer etwas Besonderes – nicht so derb wie unsereiner.«

Zeitlebens nahm Griseldis an keiner Jagd aktiv teil.

»Ich könnte niemals ein frei lebendes Tier töten, um es zu essen; und ich will auch nicht zusehen, wie andere das tun. Schlimm genug, dass man manchmal Wölfe und Bären erschlagen muss«, meinte sie. »Auch das Schlachten von Haustieren stößt mich jedes Mal aufs Neue ab, wenngleich ich die Notwendigkeit zur Nahrungsbeschaffung einsehe.«

Dieses Mal aber war gar ein Mensch das Opfer sinnloser Gewalt geworden. Sie starrte zur Decke ihrer Kammer und weinte sich in den Schlaf. Und dieser Tag hatte so schön begonnen …

KAPITEL 15

In der gleichen Nacht noch kam Vater Berchtold in ihr Zimmer und weckte Griseldis auf. Zuerst war ihr gar nicht bewusst, wo sie sich eigentlich befand. Aber das änderte sich, als der Mönch ihr mit seiner Laterne ins Gesicht leuchtete.

»Steh auf, Griseldis, der Herr braucht dich«, sagte er drängend. Die Heilerin, die in ihren Kleidern eingeschlafen war, sprang auf und griff nach ihrem Beutel mit den Arzneien.

Auf geheimen Wegen führte Berchtold das Mädchen direkt in das Schlafgemach König Heinrichs, wo dieser sich vor Schmerzen stöhnend in einem Sessel wand.

Griseldis erschrak beim Anblick des jungen Herrschers. Aschfahl, mit scharfen Furchen auf Stirn und Wangen blickte der knapp Dreißigjährige sie an. Er schien in den paar Monaten, seit sie ihn das letzte Mal gesehen hatte, um Jahrzehnte gealtert zu sein. Griseldis' Herz zog sich vor Mitleid zusammen.

»Vielleicht kannst du mir wiederum helfen?«, fragte Heinrich mit verzerrter Miene. »Meine Ärzte will ich nicht holen lassen. Ich möchte, dass mein Leiden so lange wie möglich geheim bleibt. Ein neuer König darf nicht krank sein. Das wäre schlecht für meinen Ruf.

Manche könnten glauben, mit einem siechen Herrscher könnten sie nach Belieben umspringen; nur Kraft und Stärke beeindrucken die Menschen. Es darf nichts über meine Koliken nach außen dringen, Mädchen«, betonte der Herrscher noch einmal eindringlich.

»Ja, Herr Heinrich, ich habe das schon verstanden. Seid versichert, Herr, von mir erfährt niemand etwas. Bitte, lasst Euch nieder auf dem Bett, damit ich Euch untersuchen kann, Herr.«

Der König gehorchte schweigend. Nur Vater Berchtold und Heinrichs Leibdiener waren im Augenblick zugegen. Der Benediktinermönch hatte sich auf einem Stuhl neben dem königlichen Lager niedergelassen, während Griseldis ihren hochgestellten Patienten bat, sich auf den Bauch zu legen.

Kaum hatte sie nur mit ihren Fingerspitzen seine Lenden berührt, entfuhr dem König ein Schmerzenslaut.

»Das genügt, Herr. Ihr könnt Euch wieder vorsichtig umdrehen. Dieses Mal sind es Nierensteine, die sich durch den Harnleiter drängen und Euch infolge ihrer Größe diese unsäglichen Schmerzen bereiten. Ich werde versuchen, Euch zu helfen, Herr Heinrich.«

Mit diesen Worten setzte Griseldis sich neben ihn auf das Bett und legte ihre beiden Hände auf den gepeinigten Leib des Herrschers.

Gespannt beobachteten der Kammerdiener und Vater Berchtold, der neugierig den Hals reckte, was nun geschah.

Anfänglich passierte gar nichts. Der in ein langes Hemd gekleidete König lag leichenblass mit Leidensmiene und vor Erschöpfung geschlossenen Augen auf seinem Lager. Im Stillen rechnete der Mönch diesmal mit einem Fehlschlag der Behandlung.

Aber auf einmal begann sich Heinrichs angespannter Gesichtsausdruck zu entkrampfen. Der König öffnete die Augen und sah Griseldis direkt an.

»Ich fühle in meinem Leib eine starke und höchst angenehme Wärme, die von Euren Händen ausgeht, Jungfer. In der Tat, die Schmerzen lassen auch heute nach durch Euer Tun.«

Die Heilerin sagte kein Wort, sondern fuhr in aller Ruhe fort mit dem Handauflegen. Sie war so versunken, dass sie gar nicht bemerkt hatte, dass der König sie auf einmal nicht mehr wie eine einfache Magd geduzt hatte.

»Eure Gesichtsfarbe ist wieder normal, Herr.« Vater Berchtold triumphierte. »Ihr seht wieder aus wie sonst auch – nicht so eingefallen und gelb wie vorhin noch.«

»Mir geht es gut. Jungfer, Ihr habt auch diesmal ein Wunder vollbracht. Meine Schmerzen sind wie weggezaubert.«

»Die Kraft meiner Hände hat wohl die Steine in Eurem Körper zerfallen lassen, Herr. Das hat mit Wunder nichts zu tun. Durch diese Gabe GOTTES ist jetzt gleichsam Sand entstanden, den Ihr demnächst nach und nach ausscheiden werdet. Ich werde Euch einen Tee bereiten, der die erwünschte Ausschwemmung beschleunigt, um Euch möglichst bald von allen Rückständen der Steine zu befreien.«

»Was nimmst du für diesen Tee, mein Kind?«, fragte der Mönch neugierig, als Griseldis sich an ihrem alten Beutel aus Kuhfell zu schaffen machte.

»Alles Mögliche, Vater, außer Schachtelhalm sind es in der Hauptsache Wacholderbeeren. Diese gelten als stark harntreibend. Außerdem werde ich dem Gebräu noch ein paar Dinge zufügen gegen die Entzündung; und auch etwas gegen mögliche Schmerzen beim Abgang der winzigen Steinchen und Splitter, welche die Harnröhre reizen könnten.«

»Woher habt Ihr nur dieses Wissen und diese Umsicht, Jungfer Griseldis?«, fragte König Heinrich und setzte sich im Bett auf. »Und das bei Eurer Jugend? Ihr habt mir nun das dritte

Mal geholfen und ich danke Euch sehr. Auch dafür, dass Ihr Euch entschlossen habt, für immer bei mir zu bleiben.«

»Diese Jungfrau scheint ein ganz besonderes, von GOTT begnadetes Geschöpf zu sein«, erhob sich da eine sanfte weibliche Stimme, die der Königin gehörte.

Frau Kunigunde war unbemerkt in das Gemach ihres Gemahls getreten und hatte noch den letzten Teil der Unterhaltung mitangehört. Griseldis erschrak im ersten Augenblick, fühlte sie sich doch unweigerlich an die hässlichen Geschehnisse auf dem Volksfest am Nachmittag erinnert.

»Ich habe diese Heilerin heute auf dem Fest vor dem Dom erlebt, Herr Heinrich«, sagte die Königin prompt. »Sie hat sich unter Lebensgefahr für einen zum Tode Verurteilten eingesetzt. Ich muss sagen, die Jungfer und ihr weiches Herz haben mich sehr beeindruckt. Ich werde Euch bei Gelegenheit davon erzählen, mein Gemahl. Jetzt bin ich erst einmal überaus froh, dass es Euch wieder besser geht.« Die Königin schenkte Griseldis ein ehrliches Lächeln, so dass dieser ganz warm ums Herz wurde.

Anschließend war die junge Heilerin zwar müde, aber doch so aufgewühlt, dass sie trotz fortgeschrittener Stunde noch nicht schlafen gehen wollte. Gerne nahm sie daher die Einladung des alten Benediktiners an, der ihr anbot, zur Stärkung und Beruhigung zugleich, noch ein Glas Wein mit ihm zu trinken.

Als die beiden zusammensaßen, gestand ihm Griseldis, sie habe nicht einmal gewusst, dass Heinrich jetzt *König* aller Deutschen sei. Daraufhin musste Berchtold herzlich lachen.

»Ja, es wird noch eine Weile dauern, bis alle Menschen auch in den hintersten Winkeln des Reiches davon Kenntnis haben werden. Es war auch kein leichter Weg, den unser lieber Herr

Heinrich da gegangen ist. Wenn es dich interessiert, meine Tochter, werde ich dir davon erzählen.«

Griseldis nickte und sagte: »Ich bin ganz Ohr, Pater …«

KAPITEL 16

Im Winter des Jahres 1001/1002 hatten bisher nicht allzu frostige Temperaturen geherrscht und Schnee war nur in der Woche vor Weihnachten und drei Wochen lang ab Epiphanias gefallen. Der geringen Schneeschmelze wegen hofften die Bürger von Regensburg in diesem Frühjahr glimpflich davonzukommen. Die Schäden durch das Hochwasser der Donau im vergangenen Jahr waren allen noch in leidvoller Erinnerung. Gerade die Hütten der Ärmsten unten am Fluss waren regelrecht in den Fluten abgesoffen.

Wir waren gerade dabei, wichtige Papiere zu sichten, als Herzog Heinrich behänd vom Tisch aufsprang und zum Fenster eilte, wo er die vorgelegten Holzläden weit aufstieß.

»Endlich frische Luft, Vater Berchtold. Ich glaube, Ihr wollt uns hier drinnen ersticken lassen vor Rauch und Hitze«, meinte der junge, dunkelhaarige Mann und wandte sich zu mir um. Ich saß mit verschränkten Armen fröstelnd am Tisch, obwohl ich dick eingehüllt war mit einer Weste aus Schaffell über der schwarzen Benediktinerkutte. Vor mir hatte ich allerhand Dokumente ausgebreitet liegen.

»Bedenkt, Herr Herzog, ich lebe schon über zwanzig Jahre länger als Ihr. Meine alten Knochen schmerzen erbärmlich bei Kälte. Mir mangelt Euer jugendliches Feuer.«

Worauf der Herzog von Baiern die Läden wieder mit einem lauten Knall zuklappte.

»Da ich Euch noch lange brauche, Vater«, sagte er grinsend, »will ich Euch nicht erfrieren lassen. Wir wollen uns hinterher einen Krug Gewürzwein genehmigen, der uns beide von innen aufwärmen wird. Aber jetzt an die Arbeit.«

Ein Schreiben Herrn Heriberts, des Erzbischofs von Köln, war in der Residenz eingetroffen mit der höflichen Bitte, der Herzog möge sich doch dem aus Italien eintreffenden Trauerzug, der sich bereits auf baierischem Boden befand, anschließen und Kaiser Otto III. das Letzte Geleit geben.

Heinrich griff nach dem Pergament und betrachtete es stirnrunzelnd.

»Sieben Jahre war Kaiser Otto jünger als ich und dem HERRN im Himmel hat es gefallen, ihn im jugendlichen Alter von zweiundzwanzig Jahren zu sich zu rufen.«

»Der HERR sei seiner Seele gnädig, er ruhe in Frieden«, murmelte ich und bekreuzigte mich. »Er mag ein großer Kaiser gewesen sein, aber verstanden haben ihn die wenigsten. Auch Euer Herr Vater hatte oft große Schwierigkeiten mit ihm.«

»Das will nichts besagen. Das lag wohl eher am Wesen meines Vaters Heinrich, der nicht ohne Grund der Zänker hieß, meint Ihr nicht?«, warf der Herzog ein. »Ich bin mit Otto immer gut ausgekommen und habe ihn sogar zweimal nach Italien begleitet. Zu Anfang ist mir mein Vetter zwar ziemlich distanziert begegnet, aber allmählich ist unsere Beziehung beinahe herzlich geworden.«

»Ja, Euer verehrter Herr Vater, Heinrich der Zänker, war gewiss ein schwieriger Mann – mit Verlaub zu sagen. Friede auch seiner Seele.« Abermals bekreuzigte ich mich. »Und damit sind wir schon mittendrin: Durch den Tod Eures Vaters seid Ihr derjenige mit dem Anrecht auf den deutschen Königsthron.«

Ich nahm ein weiteres Schreiben vom Tisch auf, wobei mir die schmerzlich verzogene Miene meines Herrn sowie dessen verstohlener Griff an den Rücken, wo die Niere sitzt, keineswegs entgingen.

»Ein reitender Bote hat dies heute gebracht, mit den besten Grüßen von Eurem Verwandten, Herzog Otto von Kärnten«, sagte ich und hielt dem Herzog den Brief hin. »Er tut das, was ich Euch schon vor einem Monat vorhergesagt habe, als die Nachricht vom Tod des Kaisers bei uns eintraf: Herzog Otto verzichtet auf sein Anrecht, Kandidat bei der Königswahl zu sein. – Und damit tut er recht; ist er doch nur durch seine Mutter ein Enkel von Kaiser Otto I., Ihr hingegen seid ein Urenkel von Kaiser Heinrich I.. So ist der Kärntner zwar mit dem letzten deutschen Kaiser näher verwandt, aber nur dank weiblicher Erbfolge, während Ihr, Herr, dem Kaiserhaus im Mannesstamm angehört.«

Der Herzog hatte sich wieder unter Kontrolle, seine Gesichtszüge entkrampften sich und ich atmete im Stillen auf.

›Bloß keine Kolik zum jetzigen Zeitpunkt‹, dachte ich und beobachtete, wie mein Herr das Pergament aufmerksam durchlas.

»Warum diese Selbstlosigkeit meines Vetters?«, murmelte er dabei misstrauisch. »Ach, hier steht es ja.« Der Herzog blickte auf. »Als Gegenleistung möchte Otto von Kärnten als Unterkönig in Italien eingesetzt werden. Nun, darüber ließe sich reden.«

»Das wäre in der Tat eine kluge Entscheidung«, pflichtete ich ihm bei, »und käme auch den Herren in Italien entgegen, denen die Unionspläne des verstorbenen Kaisers immer höchst verdächtig waren.«

»Aha«, machte da Herr Heinrich und lächelte ein wenig spöttisch. »Ihr, Mönch Berchtold, wisst also schon ganz genau, welche Ziele ich als König verfolgen würde?«

»Ich denke schon, Herr«, gab ich seelenruhig zur Antwort. »Ihr seid einst für den geistlichen Beruf erzogen worden und Eure Lehrer haben Euch neben der Liebe zu GOTT die Liebe zu deutschen Landen in Euer Herz gepflanzt. An erster Stelle wird für Euch – im Gegensatz zu Otto III. – immer Deutschland stehen.«

Damit lehnte ich mich in meinem Sessel zurück, nicht ohne wahrgenommen zu haben, wie Herr Heinrich schmunzelte.

»Seit der Bildung des Deutschen Reiches im Jahre 911 ist es nicht vorgekommen, dass beim Ableben des Herrschers noch kein Nachfolger gewählt oder zumindest designiert war«, fuhr ich in meiner Rede fort. »Das Erste, was jetzt nach Ottos überraschendem Tod geschehen ist, war, dass die italischen Herren vom Reich abgefallen sind.«

»Ich weiß«, erwiderte Heinrich, »dort unten herrscht ein großes Durcheinander. Ich werde viel zu tun haben, sobald ich zum König gewählt bin.«

In Gedanken versunken schob er die Pergamente auf der Tischplatte hin und her.

»Ich habe mich entschlossen, dem Leichenzug Ottos entgegenzureiten und ihn mit den anderen Herren nach Augsburg zu begleiten. Hernach geht es gemeinsam weiter bis zur Grenze Baierns im Norden.«

Offen blickte er mir als seinem langjährigen Berater in die Augen.

»Eine Blasensteinattacke käme mir gerade jetzt sehr ungelegen, wie Ihr Euch sicher denken könnt. Es ist möglich, dass Ihr erneut nach dieser jungen Heilerin, diesem begnadeten Bauernmädchen, schicken müsst.«

»Das würde ich gerne tun, Herr«, sagte ich ihm. »Gern verbürge ich mich auch für ihre Verschwiegenheit.«

»Das ist gut. Wenn ruchbar würde, dass ich immer wieder

mit diesen Koliken aufs Krankenlager geworfen werde, könnte dies für manche Herren ein Grund sein, mir die Gefolgschaft als König zu verweigern.«

»Da müsst Ihr Euch keine Sorgen machen, Herr Heinrich«, wehrte ich ab. »Dieses junge Weib kann seinen Mund halten – zugegeben eine Seltenheit beim weiblichen Geschlecht, aber sie scheint zur schweigsamen Sorte zu gehören.«

Der Herzog schien mit dieser Auskunft zufrieden zu sein.

»Die Zeit des Trauerzuges will ich nutzen und mit den Fürsten und Bischöfen über meine Wahl sprechen. Ich rechne deswegen mit keinen nennenswerten Schwierigkeiten.«

Was Letzteres anbetraf, irrte sich Herzog Heinrich allerdings sehr. Auch ich sah in der Wahl meines Herrn zum deutschen König kein Problem: Das Erbrecht stand klar auf Seiten des baierischen Herzogs.

Um den Herzog nun an sein Versprechen, das er mir zu Beginn unserer Unterredung gegeben hatte, zu erinnern, gähnte ich herzhaft, schauderte in auffälliger Weise zusammen und steckte demonstrativ die Hände in meine weiten Kuttenärmel.

»Ich weiß, mein Freund«, sagte der junge Herzog lachend, »Ihr friert schon wieder. Ich werde umgehend für Abhilfe sorgen.«

Die Schmerzen in der Nierengegend schienen vollkommen verschwunden zu sein. Festen Schrittes ging Heinrich zur Tür, um einem Diener den Auftrag zu erteilen, ihnen den heißen Gewürzwein zu servieren, »mit extra viel Nelken, Zimt und Honig«, so wie ich ihn am liebsten mochte.

»Ich könnte Euch darum beneiden, Vater«, rief Griseldis mit leuchtenden Augen aus. »So vertraut, wie Ihr mit unserem Herrn umgeht! Ihr müsst der glücklichste Mensch auf Erden sein.«

Der ältliche Mönch schmunzelte. Dieses junge Ding hatte Herrn Heinrich offenbar schon recht fest in ihr Herz geschlossen. Nun, umso lieber würde sie bei ihm bleiben, vermutete er.

»Ja, Griseldis. Ich bin, alles in allem, sehr zufrieden mit meinem Leben. So gerne ich in meinem Heimatkloster auf der Insel Reichenau im Gnadensee, einem Teil des Köstritzer Sees, auch gewesen bin, so liebe ich es doch, in der Nähe des Herzogs und jetzigen Königs zu sein.«

»Ihr habt angedeutet, dass es für Herrn Heinrich schwierig war, als König gewählt zu werden, obwohl alles zu seinen Gunsten sprach, Vater«, erinnerte die Heilerin den Benediktiner. Und der ließ sich nicht lange bitten.

»Erzbischof, ich verstehe Euch nicht. Wie könnt Ihr gegen mich sein? Nach deutschem Erb- und Geblütsrecht bin ich doch ohne Frage der rechtmäßige Nachfolger Ottos. Dieses alte Recht darf nur in Ausnahmefällen übergangen werden.« Heinrich von Baiern war im Gesicht vor Ärger rot angelaufen. »Dass Otto von Kärnten, der ebenfalls mit dem Kaiser verwandt war, zu meinen Gunsten verzichtet hat, wisst Ihr bereits.«

Etwas, woran er im Traum nicht gedacht hatte, war eingetreten: Alle geistlichen Herren hatten sich, nur mit Ausnahme des Bischofs Siegfried von Augsburg, bereits auf einen anderen Nachfolger geeinigt und zeigten Heinrich nun die kalte Schulter.

»Ihr habt recht, was Ihr über das Geblütsrecht sagt, Herzog Heinrich«, erwiderte ihm der Kölner Erzbischof Heribert kühl, »aber das mag für Söhne und Enkel Geltung haben. Ihr dagegen seid ein recht weit entfernter Verwandter; und da wir schließlich alle durch Adam miteinander verwandt sind, kann genauso gut ein anderer Fürst König werden – zumal Euch der

verstorbene Kaiser keineswegs als seinen Nachfolger designiert hat.«

Heinrich kochte regelrecht vor Wut, aber er beherrschte sich. Gerade während Ottos Leichenzug wollte er es nicht zum Streit kommen lassen. Er zügelte sein Pferd und ließ sich im Trauerzug zurückfallen, bis er ganz zum Schluss auf seine eigenen Gefolgsmannen traf.

»Welche Laus ist Euch über die Leber gekrochen, Herr?«, fragte ich besorgt, als ich des Herzogs verkniffenen Gesichtsausdrucks ansichtig wurde. »Ihr werdet doch nicht wieder von – Ihr wisst, was ich meine – befallen sein?«

Mein erzürnter Herr verzichtete jedoch darauf, diese Frage zu beantworten.

Die Lage war heikel. Durch die verfehlte Politik Ottos III. war der Zusammenhalt im Deutschen Reich in den letzten Jahren gefährdet, da der junge Herrscher sich kaum noch um die Sicherung der Grenzen gekümmert hatte.

Das Lebenswerk Karls des Großen stand vor dem endgültigen Zerfall. Ein direkter Abkömmling des letzten Herrschers war auch nicht vorhanden. So war ernsthaft die Frage aufgetaucht, ob sich der Reichsgedanke überhaupt noch lohnte. Wäre es nicht vernünftiger, wenn jeder Stamm wieder wie ehedem seiner eigenen Wege ginge und für sich selbst die Verantwortung trüge?

Aber das Streben nach Einheit des Reiches erwies sich letztlich doch als stärker. Die dringliche Frage lautete nun: Wer sollte König sein?

Die Herren im Trauerzug favorisierten mehrere Kandidaten: Da war einmal Herzog Hermann von Schwaben und Niederlothringen, ein Oheim unseres Herrn Heinrich, und ferner der Markgraf Ekkard von Meißen, Volksherzog von Thüringen, ein ehrgeiziger und fähiger Mann, der nicht unterschätzt werden durfte.

Herr Heinrich war sehr betroffen und fühlte sich zudem körperlich nicht wohl. Seine Blasensteine machten ihm in der Tat wieder zu schaffen und ich sah, wie er sich hinten an die Lende fasste. Aber seine Miene war so abweisend, dass ich es unterließ, den Herzog erneut darauf anzusprechen. Stattdessen zog ich es vor, im Stillen ein Vaterunser zu beten. Ein Anfall vor so vielen Zeugen würde mit Sicherheit das Aus für seine Pläne bedeuten.

KAPITEL 17

»ACH, UNSER ARMER HERR«, sagte die Heilerin voll Mitgefühl. Wenn jemand wusste, wie sehr Heinrich an seinen Koliken litt, dann war sie es. Wie kam es, dass die hohen Herren so sehr an seinen Fähigkeiten zweifelten? Hatten sie nicht erkannt, dass Herzog Heinrich von Baiern der Beste war?

»Warum hat man denn den Leichnam des verstorbenen Kaisers aus Italien zu uns gebracht, wenn Otto doch für seine deutsche Heimat nichts übrig hatte?«, wollte Griseldis nach einer Weile wissen. Der Mönch freute sich über das Interesse der jungen Frau und erzählte weiter …

Der Sarg des jungen Kaisers war durch das Tal der Etsch den Eisack entlang, über den Brennerpass herauf auf baierischen Boden gebracht worden, da es der Wunsch Ottos gewesen war, in Aachen neben Kaiser Karl dem Großen bestattet zu werden. Herr Heribert war der Anführer des Trauerzuges, der auch die Reichsinsignien mit sich führte. Aber bis Aachen war noch ein weiter Weg. Die nächste Station würde die Stadt Augsburg sein, wo die Eingeweide des kaiserlichen Leichnams im Dom feierlich beigesetzt werden sollten.

Der Bischof von Augsburg war ein Anhänger Heinrichs und auf dessen Territorium wollte dieser noch einmal mit den Herren sprechen; und zwar mit jedem einzeln in geheimer Unterredung.

»Vielleicht schaffe ich es, sie mir mit Versprechungen und Geschenken gewogen zu machen. Auf kriegerischem Wege mein Recht zu erlangen, möchte ich tunlichst vermeiden«, raunte mir der Herzog zu.

Ich lächelte und zog mir die Kapuze über den fast kahlen Schädel, weil es anfing, leicht zu schneien. Doch auch ich führte etwas im Schilde. Wenn es um meinen Herrn ging, scheute ich mich nicht, auch einmal etwas krumme Pfade zu beschreiten …

An dieser Stelle endete der ältliche Mönch.

»Aber mir werdet Ihr Eure Pläne doch anvertrauen, Vater, nicht wahr?«, schmeichelte Griseldis. Vor Aufregung waren ihre Hände ganz feucht geworden. Aber Pater Berchtold gähnte nur und meinte:

»Natürlich werde ich dir erzählen, wie es weiterging, aber heute nicht mehr. Es ist schon sehr spät. Wir wollen uns nun zur Ruhe begeben und hoffen, dass es Herrn Heinrich morgen wieder besser geht. GOTT segne dich, mein liebes Kind.«

Der König war dank Griseldis' Behandlung in zwei Tagen so weit hergestellt, dass er imstande war, nach Bamberg zu reiten, seinem liebsten Aufenthaltsort seit Jugendtagen. Die Königin würde nach zwei Wochen mit ihren Damen, sämtlichen Dienerinnen und Mägden sowie der Heilerin Griseldis nachkommen.

Um zu verschleiern, dass dieses schlichte Bauernmädchen eigens angestellt war, den König als Medica zu behandeln, hatte man sich darauf verständigt, sie zum Schein in Frau Kunigundes Hofstaat aufzunehmen.

Einige aus der edlen Gefolgschaft der Königin zeigten sich zwar irritiert durch den Eindringling in ihren Reihen, aber die Herrin bat herzlich, die Neue nicht für ihre niedere Herkunft büßen zu lassen; Freibauern galten längst nicht mehr viel. Sie ließ ihre Höflinge wissen, dass sie diesem Mädchen »sehr viel verdanke«.

Griseldis ihrerseits hielt sich sehr zurück im Kreise der adeligen Frauen: Nie machte sie ungefragt den Mund auf und drängte sich gar in den Vordergrund.

Tagsüber war sie sowieso meist abwesend, um in der freien Natur nach Heilkräutern zu suchen, diese hernach in ihrem Kämmerchen zu reinigen und zu trocknen, im Mörser zu zerstampfen und zu allerlei Salben und Tinkturen oder Tee zu verarbeiten.

Sie hatte auch schon Gelegenheit gehabt, die schöne Base der Königin, Jungfer Irmintraut, kennenzulernen. Griseldis musste nur *einen* Blick auf sie werfen, um zu wissen, dass diese Frau eine abgefeimte Intrigantin war und es durch Falschheit verstanden hatte, das Herz der Königin zu gewinnen.

Irmintraut konnte beinahe alles bei ihrer hohen Verwandten erreichen und wie Vater Berchtold angekündigt hatte, war ihre Kammerfrau namens Doña Maddalena, eine dubiose Alte aus dem Süden Spaniens, stets in ihrer Nähe.

Oh ja, der Mönch hatte nicht gelogen: Diese Frau sah nicht nur aus wie eine maurische Hexe, viele Damen in der Umgebung der Königin flüsterten hinter vorgehaltener Hand, sie wäre auch eine.

Von der ersten Stunde an, seit die beiden aufeinandergetroffen waren, tat Jungfer Irmintraut alles, um der Heilerin das Leben am Hof schwer zu machen. Sie ahnte wohl, dass die junge Frau sie durchschaute und behandelte sie daher mit unerträglichem Hochmut. Auch versuchte sie, die übrigen Hofdamen gegen »die ungehobelte Bauernmagd« aufzuhetzen.

Irmintraut war erzürnt, dass das einfache Mädchen vom Lande es geschafft hatte, das Vertrauen des Königspaares zu erlangen. Vertrauen beinhaltete Einfluss und Einfluss wiederum bedeutete Macht – etwas, was ihrer Meinung nach nur ihr zustand, Gräfin Irmintraut, und keinesfalls einem Geschöpf, »an dessen Holzschuhen noch der Schweinemist klebte«, wie sie sich voller Unmut bei Doña Maddalena beklagte.

»Kommt Zeit, kommt Rat«, tröstete die Alte ihre Herrin und diese ließ sich nur zu gerne besänftigen. Sicher würde es ihr gelingen, dieses niedrig geborene Wesen dem König und seiner Gemahlin missliebig zu machen …

Jungfer Irmintraut war tatsächlich eine ausgesprochen schöne Frau. Sie und die Königin waren unbestritten die attraktivsten Damen bei Hofe. Doch Kunigunde war eine zarte, blonde und sanftmütige Frau, ihre Base hingegen verkörperte das genaue Gegenteil: üppig, schwarzhaarig und mit den feurig dunklen Augen einer Südländerin gesegnet. Dazu war sie dreist und hartgesotten. Während die Königin durch Güte, Herzenswärme und wahre Frömmigkeit die Herzen der Menschen gewann, steckte ihre Verwandte voll Missgunst und hinterhältiger Bosheit.

Herr Heinrich hielt jedenfalls, laut Vater Berchtold, wenig von der »lieben Schwester« seiner Gemahlin, aber es gelang ihm niemals, Kunigunde über die zwiespältige Natur ihrer Verwandten die Augen zu öffnen.

Auch der Benediktiner Berchtold, der die Jungfer Irmintraut samt ihrer »höllischen Dienerin« nicht leiden konnte, fand bei der Königin kein Gehör. Allzu sehr hing Frau Kunigunde an ihrer Base, mit der sie gemeinsam am Hof ihres Vaters in Lützelburg aufgewachsen war.

Die zwergenhaft kleine, hässliche Spanierin an deren Seite mochte ebenso gut vierzig wie siebzig Jahre zählen. Sie war stets in schwarze Gewänder gekleidet und trug auf dem Kopf eine riesige, grotesk anmutende Haube, die ihr Gesicht weitgehend verbarg. Nur eine lange, spitze und gleich einem Geierschnabel gebogene Nase stach unter dem Haubenungetüm hervor.

Man sagte, das unheimliche Weib stamme aus Granada und mische allerlei Schönheitsmittel und Verjüngungstränke; angeblich verstand sie es auch, die Liebe eines jeden Mannes zu entzünden mittels geheimer Formeln und Verrichtungen: Dazu gehörten merkwürdige Tänze bei Vollmond sowie Beschwörungen von Geistern und Opfergaben an heidnischen Orten.

Dies jedenfalls wurde hinter vorgehaltener Hand gemunkelt; laut wagte niemand, die Vertraute der Base Kunigundes des Götzendienstes und der Hexerei zu beschuldigen.

Da sich Heinrich für Frau Irmintraut nicht weiter interessierte und überdies keinen unnötigen Gedanken an sie und ihr Gesinde verschwendete, blieben ihm die Machenschaften der Anstandsdame Doña Maddalena verborgen. Und das war deren Glück, denn die Kirche ging unnachgiebig gegen jegliches Zauberunwesen, gegen Wahrsager und Hexen vor. Dennoch wuchs der Einfluss jener, die das Okkulte praktizierten.

Wer sich mit geheimen Künsten befasste, war in den Augen der Kirchenmänner ein Ketzer, ein Abtrünniger, der mit dem Teufel einen Pakt geschlossen hatte. Praktizierende Hexen und Zauberer wurden mit der Prügelstrafe belegt und aus dem Dorf oder der Stadt verjagt. In ganz schweren Fällen wurden die Betreffenden zu lebenslanger Kerkerhaft verurteilt.

Im Flüsterton sprach man in diesem Zusammenhang auch von etlichen hochgestellten Herren und Damen im Reich, sogar von Kirchenfürsten und Äbtissinnen war die Rede, die sich angeblich neben ihrem Beichtvater einen Magister halten würden oder zumindest eine weise Frau, die in den Zauberkünsten wohl bewandert war.

Was Hexerei anbetraf, war König Heinrich überaus skeptisch: Vielleicht lag es an seiner Bodenständigkeit und an seinem ausgesprochenen Realitätssinn. Nicht nur einmal konnte Griseldis hören, wie er sich davon distanzierte und seinen Gefolgsleuten eine herbe Abfuhr erteilte: »Hält jemand Spuk und Zauberei für wahr, zeugt dies von einem Mangel an richtigem Glauben und einer gewissen Denkfaulheit.«

KAPITEL 18

Am folgenden Tag sollte der Reisezug der Königin sich auf den Weg von Regensburg nach Bamberg machen. Schon längst hatte Griseldis ihr abendliches Gebet gesprochen, aber vor Aufregung vermochte sie nicht einzuschlafen. Was würden die nächsten Jahre im Dienste des Königs ihr wohl bescheren?

Die Dunkelheit war längst hereingebrochen, es ging auf Mitternacht zu und nur noch eine ganz schmale Mondsichel stand hoch oben am nachtschwarzen Himmel. Plötzlich sah sie, wie eine mittelgroße, schlanke, der Gangart nach weibliche Gestalt rasch den inneren Burghof der Residenz überquerte.

Nur ein paar gelangweilte Wachtposten marschierten über das Katzenkopfpflaster vor einer Fassade des Gevierts, in dem

Frau Kunigunde im Augenblick allein mit ihrem Hofstaat und Gesinde residierte. Keinem der Männer war die in einen langen Umhang mit Kapuze eingehüllte Person aufgefallen.

Griseldis aber hatte in ihrem Kämmerchen die Schritte gehört und war in den zugigen, nur von einigen flackernden Fackeln erleuchteten Flur geschlichen. Als eine schwere Seitentüre sich langsam öffnete, drückte sie sich schnell in eine dunkle Mauernische. Wer würde jetzt auftauchen? Warum diese Heimlichtuerei?

Es war in der Tat die geheimnisvolle, dunkle Gestalt einer Frau, die jetzt durch den Türspalt schlüpfte, den beinahe finsteren Gang entlanghuschte und einer Treppe auf der Rückseite des Gebäudes zustrebte. Diese führte geradewegs ins Kellergewölbe des Palastes.

In früheren Zeiten hatte man hier die Weinfässer aufbewahrt; heute befanden sich dort unten nur leer geräumte, feuchte Abteile, und, so hatte sie gehört, die Werkkammer der spanischen Hexe.

Griseldis war der vermummten Person auf Zehenspitzen lautlos durch den nur notdürftig erhellten Flur über die Treppe in den Keller gefolgt. Auf ein bestimmtes Klopfzeichen hin öffnete sich eine Pforte und die alte Spanierin stand im Türrahmen.

Die Heilerin wusste nun sicher, dass es Jungfer Irmintraut war, die zu dieser nächtlichen Stunde ihre Dienerin heimlich aufsuchte. Ohne ein Wort, aber mit einer tiefen Verbeugung hatte die Alte ihre Herrin empfangen. Griseldis ließ nur wenige Augenblicke verstreichen, dann folgte sie ihnen vorsichtig durch die offen stehende Tür. Weder die Alte noch die Base der Königin hatten es für nötig erachtet, den Zugang hinter sich zu verriegeln. Am Ende eines schmalen, dunklen Flurs öffnete Doña Maddalena eine weitere Pforte.

Sie nahm eine brennende Fackel von der Wand und schlurfte voran durch einen anderen dumpfigen Gang mit gewölbter Decke, eine schmale, feuchte Stiege hinunter zu einem noch tiefer gelegenen Kellerraum. Die Frauen durchschritten ein eisernes Gittertor, welches Maddalena dieses Mal jedoch hinter ihrer Herrin ins Schloss fallen ließ. Griseldis, die den beiden bisher geräuschlos hinterhergeschlichen war, kam nun nicht mehr weiter.

Aber das schadete nichts, denn der kleine, mit einer Rundbogendecke überwölbte, unverputzte Raum hinter dem Gitter war gut einsehbar.

Bis auf den Schein der Fackel, die die Alte in eine Wandhalterung gesteckt hatte, war es nahezu stockfinster. Die Luft hier roch modrig und Griseldis konnte ein merkwürdiges Rauschen hören. Anfangs war sie irritiert, doch dann machte sie es als die rasch dahinströmenden Fluten der Donau aus, die gleich hinter der dicken Steinmauer fließen musste.

Die Heilerin umfasste mit beiden Händen die Gitterstäbe der Absperrung und strengte ihre Augen an, um sich nichts in dem Gewölbe entgehen zu lassen. Sie fröstelte mittlerweile ganz empfindlich – hatte sie doch keine Zeit mehr gefunden, ihre Sukkenîe, ein mit Pelz gefüttertes Überkleid, anzulegen, das ihr hier unten gute Dienste hätte leisten können.

›Wahrscheinlich werde ich mir eine Erkältung holen‹, dachte Griseldis und hoffte inständig, nicht plötzlich einen Niesanfall zu erleiden.

Sie sah, wie die Spanierin – nur ein paar Meter von ihr entfernt – einen dunklen Samtvorhang beiseiteschob, der von der Decke des Raumes herabfiel.

Dahinter kam ein hüfthoher Sockel zum Vorschein und darauf stand eine Figur von etwa zwei Ellen Höhe.

»Nein, Herrin, kommt mit dem Feuer nicht zu nahe heran!

Das Ding ist aus Wachs und könnte schmelzen«, wehrte die Alte ab, als Irmintraut Anstalten machte, nach der Fackel zu greifen, um sich das Gebilde genauer anzusehen.

Offensichtlich hatte nicht ein Künstler diese seltsame Figur geschaffen, das vermochte Griseldis trotz der Entfernung zu erkennen. Doch als größte Überraschung erwies sich, dass der unproportional große Kopf auf dem grob gekneteten, nackten weiblichen Rumpf eine frappierende Ähnlichkeit mit dem Antlitz der Königin besaß! Griseldis erschrak furchtbar.

»Ist sie getauft?«, flüsterte Jungfer Irmintraut mit vor Erregung heiserer Stimme. Es waren die ersten Worte seit ihrer Begegnung, die sie an die Alte richtete.

»Vor fünf Tagen bereits, Herrin«, erwiderte die Zauberin, während sie die merkwürdige Wachspuppe von ihrem Sockel herunterhob und in ihren langen, mageren Fingern hin- und her drehte.

Jetzt konnte Griseldis erkennen, dass überall Nadeln und kleine Pfeile in der Figur steckten: im Kopf, im Rücken, den Armen und Beinen sowie im Herzen. Was hatte das zu bedeuten?

»Es hat lange gedauert, bis ich einen Priester gefunden habe, der sich dazu bereitfand«, sagte die Alte kichernd. »Es ist von der Kirche streng verboten, die Taufformel über einem Abbild zu sprechen. Aber vor fünf Tagen habe ich einen verlotterten Wandermönch aufgetrieben, der zugleich geweihter Priester war und sein Gewissen gegen eine entsprechende Summe immun gemacht hat.«

»Gut, aber wird dieser Mönch auch schweigen?« Leise Furcht schwang in Jungfer Irmintrauts Frage mit.

»Oh ja, das wird er, ganz gewiss«, gluckste die unheimliche Doña. »Er wird schweigen wie ein Grab«, fügte sie hämisch hinzu und wies bedeutungsschwer auf eine niedrige eiserne Tür in der Außenmauer, allem Anschein nach der direkte Zugang zum Fluss …

Griseldis schauderte noch mehr. Jungfer Irmintraut aber lachte boshaft. Was scherte sie das Schicksal dieses geldgierigen Klosterbruders?

»Jede Nadel, jeder Pfeil bedeutet großes Unheil für die betreffende Person, die hier dargestellt ist«, fuhr die Hexe fort. »Ist der Kopf getroffen, wird sie grundhässlich, verliert Haare und Zähne und bekommt eine faltige Haut. Eine Nadel im Rücken bedeutet eine schlimme Lungen- und Nierenkrankheit; Stiche in Armen und Beinen bringen große Schmerzen und Lähmungen. Der Pfeil im Herzen bewirkt unter Umständen sogar den Tod der von diesem Zauber Betroffenen.«

»Ich habe aber noch kein einziges Anzeichen von Alter, Verfall und Krankheit an meiner Base bemerkt. Und gestorben ist sie bis jetzt auch nicht«, nörgelte Irmintraut unzufrieden. »Im Gegenteil! Meine Verwandte wird jeden Tag schöner und stärker. Beim Ballspiel ist sie unermüdlich, sie schwingt die Keule wie ein Jüngling, schlägt die harte Lederkugel schier meilenweit und beim Wettlauf ist sie noch immer die Schnellste von uns allen.«

»Ihr müsst Geduld haben, Herrin. Die Geister wenden sich ab, wenn man nicht abwarten kann.«

Die Doña warf einen leicht verärgerten Blick auf ihren Schützling, als sie sah, dass Irmintraut sich gereizt auf die Lippe biss.

»Es handelt sich hier um eine äußerst schwierige Aufgabe, Herrin. Immerhin ist es die Königin. Vergesst nicht, das nächste Mal wieder eine Unze Gold mitzubringen. Ich benötige viel Geld für das spezielle Material, aus dem die Pfeile und Nadeln angefertigt sind. Es wäre sehr nachteilig, wenn ich die magische Handlung auch nur für kurze Dauer unterbrechen müsste.«

Griseldis wurde es himmelangst. Was, in GOTTES Namen, bahnte sich hier nur an?

»Ich rufe jeden Abend die Geister Asael, Aziabel und Barbuel zu Hilfe, damit die Königin endlich unansehnlich und siech wird. Astaroth möge ihren Geist trüben und ihren Verstand schwächen, so dass sie ihre Macht über König Heinrich verliert und er endlich *Euch* als begehrenswertes Weib wahrnimmt.«

Mit wild klopfendem Herzen sah Griseldis zu, wie die Spanierin eine kleine Kupferschale auf einen abgedeckten eisernen Topf stellte, in dem offenbar Holzkohlen glühten. Als ein grüner, beißender Qualm aus der Schale stieg, füllte sie deren geheimnisvollen Inhalt in einen kleinen Tiegel um.

Griseldis unterdrückte mit aller Macht den Drang zu husten. Wenn die beiden sie hier entdecken sollten, wäre dies ihr sicheres Ende. Wie der Mönch vor einigen Tagen würde auch sie den Weg in die reißende Donau nehmen …

Die Alte tauchte einen dünnen Pfeil in die magische Flüssigkeit und legte danach Irmintraut das Abbild in den Arm.

»Haltet Eure Feindin gut fest, Herrin«, murmelte sie dabei verschwörerisch.

»Wie lange wird es dauern, bis ich endlich ein Ergebnis sehen kann?«, fragte die schöne Frau aufgeregt. Längst hatte sie ihre Kapuze abgestreift und ihr rabenschwarzes Haar umgab ihr Haupt in ungebändigten Kringeln.

»Mir scheint, es sind starke Gegenkräfte am Werk«, wich die Zauberin aus. »Vielleicht betet Kunigunde zu oft, oder sie hat der Madonna zu viele Kerzen geopfert. Was weiß denn ich, was eine tiefreligiöse Person so alles anstellt. Tatsache ist, dass Heinrichs Frau einen unsichtbaren Schutzwall um sich herum aufgebaut hat. Ich spüre einen Widerstand und bezweifle stark, dass wir sie auf diese Weise aus dem Weg räumen können.«

»Du machst mir Spaß!«, rief Irmintraut empört. »Wozu der ganze Aufwand, wenn wir gar nicht in der Lage sind, die fromme Gans endlich verschwinden zu lassen?«

»Herrin«, entgegnete die Hexe mit verschlagenem Blick, »außer Töten gibt es noch andere Wege, um eine unliebsame Nebenbuhlerin unschädlich zu machen. Ich habe eine viel bessere Idee: Kunigunde bleibt zwar am Leben, wird aber keine Königin mehr sein. Aus ihrer Demütigung wird Euer Triumph, denn dann kommt *Eure* Stunde, Herrin.«

»Und wie sollte das geschehen?« Irmintraut warf einen mörderischen Blick auf die wächserne Puppe in ihrem Arm.

Griseldis klopfte das Herz gewaltig: Welch ein Abgrund an teuflischer Gemeinheit tat sich hier nur auf? Die Doña zeigte ihrem Schützling, an welcher Stelle des Abbildes sie den getränkten goldenen Pfeil einstechen musste, nämlich genau da, wo sich der Sitz neuen Lebens zu befinden pflegte: in dessen Schoß.

»Das wird sie für alle Zeiten unfruchtbar machen«, sagte die alte Frau und kicherte gehässig.

»Ja, das geschieht der faden Betschwester recht! Das ist noch viel wirkungsvoller als ein Mord«, jubelte die Base. »Einen solchen könnte man uns unter Umständen auch nachweisen; dieser Angriff wird uns gelingen, trotz des Schutzmantels ihrer Frömmigkeit.«

Griseldis sah, wie Irmintraut mit sichtlicher Genugtuung die Pfeilspitze einige Male tief in den Unterbauch der Wachsfigur stach.

»Du bist wirklich sehr klug«, lobte sie dabei die unheimliche Alte. »Damit erledigen wir meine lästige Verwandte genauso gut, als würden wir sie umbringen: Eine unfruchtbare Königin ist für jeden Herrscher ein Fluch, von dem er sich befreien will. Ein Weib mit verdorrtem Schoß ist jedem Mann ein Gräuel! – Heinrich wird sie wegschicken, vermutlich in ein Nonnenkloster, wo sie wahrlich bestens aufgehoben wäre. Und ich habe keinen Mord auf mich geladen. Die Sühne dafür ist nämlich recht hart, wenn man dummerweise der Tat überführt wird«, fügte sie mit frivolem Lachen hinzu.

Die hässliche alte Frau hatte sich bei Jungfer Irmintrauts Worten bekreuzigt, worauf diese in schrilles Gelächter ausgebrochen war, dessen Echo sich unter den Gewölbebögen schaurig anhörte.

Doña Maddalena entnahm das Abbild den Händen ihrer Schutzbefohlenen, stellte die Wachspuppe auf den Sockel zurück und zog den schwarzen Vorhang davor. Sie zuckte die knochigen Schultern unter ihrem wollenen, dunklen Surkôt, dem Überzieher, den sie stets um sich geschlungen trug, sommers wie winters.

»Und vergesst nicht, das Ergebnis wird sich langsam zeigen. Ihr dürft nicht die Geduld verlieren, Herrin. Wir werden die Gegenkräfte allmählich ausschalten und der Erfolg wird Euch auf jenen Platz erhöhen, der Euch zusteht, meine Schöne.«

Und dann verabschiedete die Hexe ihre nächtliche Besucherin, nicht ohne diese noch einmal an das Gold erinnert zu haben, das sie für ihre Machenschaften brauchte.

Die vor Empörung beinahe betäubte Griseldis machte rasch und lautlos auf dem Absatz kehrt, ehe man sie doch noch bemerkte. Da Vater Berchtold sich bereits bei seinem königlichen Herrn in Bamberg aufhielt, wusste sie nicht, an wen sie sich wenden sollte.

Sie hätte dringend jemanden gebraucht, mit dem sie vertrauensvoll über die schrecklichen Dinge, deren Zeugin sie geworden war, hätte sprechen können. Welches Ausmaß an Gehässigkeit war bei Jungfer Irmintraut zum Vorschein gelangt!

Zudem war Griseldis verwirrt: Waren diese Frauen wirklich abgrundtief böse oder waren sie einfach verrückt? Jedenfalls musste man davon ausgehen, dass beide für die Königin eine mögliche Gefahr darstellten – obwohl der Heilerin im Innersten der Puppenzauber reichlich kindisch vorkam.

›Ich werde auf Frau Kunigunde Acht geben, damit diese schrecklichen Teufelsweiber ihr nichts antun können‹, nahm sie sich vor.

An die Möglichkeit, dass mittels eines wächsernen Popanzes der Königin ernsthaft ein Leid geschehen könnte, glaubte sie keinen Augenblick lang; das erschien ihr einfach albern. Einen Anschlag auf Kunigunde, zum Beispiel in Form einer absichtlichen *Vergiftung*, hielt sie aber sehr wohl für möglich, falls nach dem Geschmack der Base die Folgen des Fluchs zu lange auf sich warten ließen.

KAPITEL 19

INZWISCHEN HATTE AUCH die Königin mit ihrem Hofstaat im fränkischen Bamberg Wohnung genommen, einem lieblichen Ort, den Griseldis vom ersten Augenblick an gemocht hatte. Hier würde sie eine neue Heimat finden.

Von Vater Berchtold hatte sie erfahren, dass bereits der Abt Regino von Prühm, ein Geschichtsschreiber des neunten Jahrhunderts, dieses Bamberg als *Castrum Babenberch* in einer Urkunde erwähnt hätte.

»Der damalige Kaiser hat es den Babenbergern weggenommen und dem Vater unseres Königs, Herzog Heinrich dem Zänker geschenkt«, klärte er sie auf.

Weihnachten 1002 war lange vorüber. Sie hatte das Fest von Christi Geburt weit weg von ihrem Heimatort gefeiert. Aber seit Frau Rottraut auf dem ehemals väterlichen Hof das Regiment übernommen hatte, war dies vielleicht ganz gut so. Obwohl sie nach wie vor meist nachts das Heimweh plagte.

Besonders nach ihrer jüngeren Schwester Gertrud fühlte sie des Öfteren große Sehnsucht sowie nach der Mutter – obwohl diese sich so schrecklich verändert hatte. Griseldis fragte sich, wie es wohl ihrem Vater Frowein ergehen mochte. Der im Grunde seines Herzens friedfertige Mann würde sicherlich versuchen, seinem Sohn und seiner Schwiegertochter aus dem Weg zu gehen.

›Und Dietwulf?‹ Sie seufzte. ›Der wird nach der Pfeife seines herrschsüchtigen Weibes tanzen‹, dachte sie betrübt.

Von den anderen Gesellschaftsdamen der Königin weitgehend gemieden, war Griseldis oft allein. Aber das störte sie nicht, war sie doch damit beschäftigt, für den Nachschub an Arzneipflanzen und Heilmitteln zu sorgen. Außerdem hatte sie nicht selten Kranke in der Hofhaltung zu betreuen – dabei spielte ihre unedle Abstammung keine Rolle.

Aber auch die Menschen in und um Bamberg hatten bald von ihr und ihren wohltuenden Säften und Kräutern sowie ihren Heil bringenden Händen gehört. Meistens war sie am Abend erschöpft, aber niemals wäre es ihr in den Sinn gekommen, einem Siechen ihre Hilfe zu verweigern. Das hatte sie einst Muhme Bertrada versprochen …

Zum König war sie seit längerer Zeit nicht gerufen worden.

Doch sie war deswegen nicht enttäuscht, sondern verspürte eine tiefe Dankbarkeit: Bedeutete es doch, dass der von ihr geliebte und verehrte Herrscher nicht die furchtbaren Schmerzen einer Steinkolik zu erdulden hatte.

Inzwischen schrieb man das Jahr 1004 und König Heinrich bereitete sich in diesem Frühling darauf vor, mit einem großen Heer nach Italien zu ziehen, um dort im Sinne des deutschen Reiches »die Ordnung wiederherzustellen.«

In Rom regierte ein Fürst, genannt »Patricius«, nach seinem ganz eigenen Gutdünken; und der derzeitige Papst mit dem Spitznamen »Boccaporco«, Schweinsmaul, war eine Marionette dieses »Patricius«. Und schließlich war da immer noch der Gegenkönig Arduin von Ivrea – ein äußerst brutaler Machtmensch.

Vater Berchtold hielt sich bei Frau Kunigunde und ihren Damen in der Spinnstube auf, wo die Königin viele Stunden des Tages mit Handarbeiten, Geschichtenerzählen, Vorlesen und Brettspielen zubrachte. Der Mönch unterhielt die Frauen meist mit kurzweiligen Anekdoten und Märchen, wusste aber auch zahlreiche wahre Begebenheiten zu erzählen.

»Arduin hat einst Bischof Petrus von Vercelli ermordet, weswegen ihn Kaiser Otto bestrafte und ihm die Würde eines Markgrafen entzog. Daher stammt auch sein Hass gegen alle Deutschen. Im eigenen Land erfreut sich Herr Arduin keineswegs besonderer Beliebtheit; aber immerhin ist er ein Einheimischer und genießt somit gewisse Vorteile. Nur ein paar Herren, hauptsächlich Bischöfe, sind deutschfreundlich geblieben aus Abneigung gegen den Bischofsmörder Arduin.«

Griseldis erinnerte sich, dass beim letzten Weihnachtsfest in der Pfalz zu Pöhlde der geistliche Oberhirte von Verona, Bischof Otbert, in Begleitung von zahlreichen Gefolgsleuten zugegen gewesen war. Dieser Kirchenfürst hatte König Heinrich offiziell ersucht, nach Italien zu ziehen und der Tyrannei Arduins ein Ende zu machen.

Ein ansehnliches Heer hatte sich zusammengefunden. Auch ein jüngerer Bruder der Königin, Herr Giselbert, hatte Heinrichs Aufruf Folge geleistet und ihr älterer Bruder, Graf Hezelin von Lützelburg, versprach, später noch zur königlichen Armee dazuzustoßen.

Der neueste Vasall Heinrichs, Herzog Boleslaw von Polen, hatte sich allerdings mit einer fadenscheinigen Ausrede dem Italienzug entzogen. Der König war sehr verärgert darüber, witterte er doch Verrat. In Augsburg versammelte sich dann der Heerbann, bestehend aus Franken, Schwaben, Lothringen und Baiern. Die sächsischen Soldaten hatten in ihrem heimatlichen Lager zu bleiben, um die Grenzen gegen den wankelmütigen Boleslaw zu bewachen.

Auf ausdrücklichen Wunsch des Königs musste die Heilerin dieses Mal mitziehen.

»Eine Blasensteinkolik ausgerechnet in Italien wäre ausgesprochen lästig, ja, geradezu verheerend«, hatte Heinrich sein Ansinnen begründet. Griseldis war sofort bereit, ihrem Herrn zu folgen. Aufgrund ihrer Größe und der überschlanken Figur konnte sie sich mit der entsprechenden Kleidung durchaus als junger Mann ausgeben.

Der Marsch der Deutschen über den Brennerpass, wo noch reichlich Schnee lag, war nicht unbemerkt geblieben.

»Herr Arduin, mein Gegenkönig, hat die Brentaklausen bei Primolano besetzen lassen. Vermutlich hofft er, damit den Vormarsch seines Gegners aus dem Norden scheitern zu lassen.«

Der König schüttelte den Kopf.

»Ein wahrhaft kindisches Unterfangen, Herr Heinrich«, sagte lachend sein Verwandter, Herzog Otto von Kärnten. »Wenn Ihr erlaubt, Vetter, machen meine Leute in Kürze dem Spuk ein Ende. Wie man im Gebirge kämpft, das wissen wir Kärntner allemal.«

Heinrich ließ seine Verbündeten stürmen. Sie überrannten die Belagerer der Klausen und der König rückte im Eilmarsch in die italische Ebene hinab. Als Arduin die Nachricht erreichte, dass die Deutschen das Hindernis ohne größere Schwierigkeit durchbrochen hätten, reagierten er und seine Mannen geradezu kopflos.

»Herr Heinrich«, meldete ein baierischer Späher dem König, »der falsche König ist flink wie ein Has in seine Markgrafschaft Ivrea auf die Burg Sparone geflüchtet, während seine Leut wie eine Herde Schafe ohne Orientierung durcheinanderlaufen.«

Griseldis hatte bis jetzt nicht die leiseste Spur von Angst gefühlt; ihr war nicht einmal bewusst geworden, dass überhaupt Kämpfe stattfanden – hatte Heinrich doch angeordnet, dass der Platz seiner Medica während dieses Kriegszuges hinten beim Tross in geschützter Position zu sein habe.

Griseldis sah sich als junger Bursche namens Garwein mit Brustharnisch, Lederhosen und einem Lederhelm als Bewacher der Versorgungswägen eingesetzt. Die unbequeme Kopfbedeckung hatte immerhin den Vorteil, dass sie ihre langen, honigblonden Haare darunter verstecken konnte.

Ein vernarbter, graubärtiger Haudegen, der ein Bein leicht nachzog und daher nur noch zu Wachdiensten und nicht mehr zum Kämpfen taugte, hatte den jungen Neuankömmling sehr genau von oben bis unten beäugt.

»Mir machst du nix vor«, hatte er gebrummt, »du bist kein Kerl. Dazu sind deine Hände zu klein, die Finger zu schmal und deine Handgelenke viel zu zart.« Ehe Griseldis protestieren konnte – sie saß während einer kurzen Marschpause breitbeinig wie ein Mann auf einem Baumstumpf –, warf der alte Krieger ihr einen Apfel zu, den er kurz vorher von einer Bäuerin geschenkt bekommen hatte.

»Da, fang auf, Bursche!«

Es war der älteste Trick der Welt – und Griseldis fiel prompt darauf herein. Nach Weiberart kniff sie die Schenkel zusammen, um in ihrem Schoß die Frucht zu bergen.

»Ha, wusste ich's doch«, sagte der Graubart grinsend. »Du bist ein Frauenzimmer und kein Mann. Sonst hättest du jetzt unwillkürlich die Beine noch weiter auseinandergespreizt, um den Apfel aufzufangen.«

Griseldis war rot angelaufen und wollte zu einer Erklärung ansetzen, aber der Alte winkte gutmütig ab.

»Keine Angst, Garwein! Mein Hauptmann hat gesagt, dass du auf Wunsch des Königs bei uns bist – und das soll mir genügen. Das Warum geht mich nichts an.«

Der Marsch durch Norditalien schien vorerst ein gemütlicher Spaziergang zu sein. Anfang Mai 1004, bei strahlendem Frühlingswetter, traf König Heinrich in der Stadt Verona ein, wo ihn die Einwohner und an ihrer Spitze Bischof Otbert mit großem Jubel empfingen. Vater Berchtold, der sich diesen Italienzug nicht hatte ausreden lassen, strahlte mit der Sonne des Südens um die Wette.

»Nicht um alles in der Welt bleibe ich daheim, Herr«, hatte er den König wissen lassen, als dieser vorsichtig in Bamberg hatte anfragen lassen, wie es um die Teilnahme des betagten Mönchs an diesem Heereszug nach Italien stünde.

Jetzt hielt sich Vater Berchtold stets dicht an Heinrichs Seite. Auch Griseldis war neuerdings darauf bedacht, sich nicht zu weit vom König zu entfernen: Seine gelbliche Gesichtsfarbe gefiel ihr nämlich überhaupt nicht. So kündigte sich in aller Regel eine Kolik an.

Ihr zur Seite gestellter Beschützer mit Namen Bertwin war ohne zu fragen mit ihr im Heereszug nach vorne gerückt. Bald wusste er Bescheid, welche Aufgabe »Junker Garwein« beim König zu erfüllen hatte. Sein Respekt vor diesem Weib in Männertracht war daraufhin um ein Beträchtliches gestiegen.

»Herr«, jubelte Vater Berchtold, hochzufrieden über den freundlichen Empfang in Verona, »die Menschen lieben Euch! Ihr habt ihre Herzen im Sturm erobert.«

»Abwarten, mein guter Pater«, meinte Herr Heinrich leise und dämpfte Berchtolds Euphorie ein wenig. »Nicht alle sind so begeistert von unserer Ankunft, glaubt mir.«

Doch vorerst genossen sie Herrn Otberts geradezu überwältigende Gastfreundschaft. Jeden Tag, den Heinrich und sein Gefolge in Veronas Mauern verbringen sollten, gab es einen Festschmaus mit Musik, ritterliche Kampfspiele, die neuerdings mit großer Begeisterung und sehr lockeren Regeln abgehalten wurden, und hin und wieder ein ordentliches Trinkgelage.

So sehr der König im Allgemeinen um Mäßigkeit bemüht war – seine nicht allzu kräftige Gesundheit erlaubte ihm keine Ausschweifungen –, so legte er doch bisweilen Wert auf Prunk, Pomp und erlesene Festivitäten. Es ging ihm jedoch einzig darum, die Macht seines Amtes wie seiner Persönlichkeit nach außen hin zu demonstrieren.

»Ich genieße diesen Überfluss nicht um meinetwillen, sondern ich sehe dadurch das Königtum geehrt.« Er sagte es beinahe entschuldigend, denn die Heilerin hatte ihn ganz vorsichtig ermahnt, um Himmels willen nicht allzu sehr über die Stränge zu schlagen. Des Königs Aussehen verhieß nichts Gutes und der Herrscher selbst teilte durchaus »Junker Garweins« Bedenken.

»Ich hoffe, dass ich während meines Aufenthalts in Italien von den Koliken verschont bleibe«, vertraute er Griseldis seine große Sorge an. »Von einem Herrscher wird erwartet, dass er stets stark und gesund ist. Krankheit setzen die Menschen gleich mit geistiger und seelischer Schwäche. – Von einem König, der ein Leiden hat, fühlen sie sich nicht ausreichend beschützt und schnell suchen sie sich einen anderen, einen stärkeren Herrn.«

KAPITEL 20

In Verona empfing der König Boten seines Kanzlers Eberhard, der in seinem Namen zusammen mit der Königin zu Hause die Regierungsgeschäfte führte. Heinrich wünschte auch in der Ferne, über sämtliche Ereignisse unterrichtet zu werden.

»Das geschieht nicht aus Misstrauen gegen Euch, liebe Kunigunde«, hatte er beim Abschied zu seiner Mitregentin gesagt, »aber ich brauche unbedingt alle Informationen, damit ich, so es erforderlich wäre, den Italienzug abbrechen und auf kürzestem Wege nach Bamberg zurückkommen könnte.«

Die Stunde des Abschieds hatte in Verona geschlagen und das Heer mit Heinrich und seinem jungen Schwager Giselbert sowie Herzog Otto von Kärnten an seiner Spitze setzte sich erneut wie ein träger Lindwurm in Bewegung. Die Reise ging nun nach Pavia, über Brescia und Bergamo, wo die Deutschen wiederum bejubelt wurden.

In Pavia war das wichtigste Ereignis dieser Heerfahrt geplant: Hier sollte Heinrich zum lombardischen König gekrönt werden – Herrn Arduins ungeachtet; niemand erwähnte auch nur dessen Person.

Erzbischof Arnulf von Mailand war geladen worden, am 14. Mai im Jahre 1004 die feierliche Zeremonie in San Michele am Sonntag Cantate vorzunehmen. Mit großem, feierlichem Zeremoniell wurde die Krönung vollzogen.

Alle waren hochgestimmt, nur Griseldis' Herz war schwer. Eine unheilvolle Ahnung durchzog ihr Gemüt und lag zentnerschwer auf ihrer Seele. Eine Vision maßlosen Unheils bedrückte sie bereits seit dem frühen Morgen.

In der vergangenen Nacht hatte sie gar von Blut und Feuer geträumt und auch jetzt, am helllichten Tage, war ihr unendlich bang: Eine Katastrophe dünkte ihr unausweichlich, ohne dass sie wusste, welcher Natur diese sein würde, noch auf welche Weise sie zu verhindern wäre.

»Dies ist der schönste Tag in meinem Leben«, frohlockte Vater Berchtold mit tränenfeuchten Augen. »Diese Pracht, dieser Aufwand, diese Freude! Dass ich das noch erleben darf, erfüllt mein Herz mit überschwänglicher Dankbarkeit gegen GOTT, unseren HERRN.«

Der alternde Mönch wusste sich vor Begeisterung gar nicht mehr zu fassen, aber sein Herr war, bei aller Genugtuung, keineswegs von überschäumender Euphorie erfüllt.

»Ich weiß nicht, Mönchlein«, murmelte Heinrich vorsichtig, »gerade dieser unbändige Jubel macht mich ein wenig stutzig.«

Der Benediktiner sah ihn verständnislos an, woraufhin Heinrich rasch hinzufügte: »Ich kann mich nicht ohne Bedenken dem Frohsinn hingeben. Irgendwie habe ich ein ungutes Gefühl, Pater. Es ist mir, als drohe uns Verrat. Aber gewiss reagiere ich überempfindlich und bin einfach zu misstrauisch.«

Mit diesen Worten legte der König dem Mönch und Herrn Giselbert, Frau Kunigundes Lieblingsbruder, die Arme um die Schultern: »Kommt, meine Freunde, lasst uns das Ereignis gebührend feiern!«

Griseldis und König Heinrich hatte ihre Ahnung leider nicht getrogen: Noch am Abend des Krönungstages brach der von langer Hand geplante Aufstand der Pavesen aus. Die Lage war besonders heikel, denn durch die nächtlichen Festlichkeiten war die Aufmerksamkeit der Deutschen eingeschläfert. Jeder hatte schon reichlich dem Alkohol zugesprochen und niemand dachte an etwas Böses – bis sich das Volk Pavias zusammenrottete und die Ausschreitungen begannen.

Erzbischof Heribert von Köln, der zuerst an mutwillige, dumme Jungenstreiche glaubte, wollte den Krawall von einem Fenster des Festsaalbaues aus beschwichtigen. Steinwürfe und ein Pfeilhagel überzeugten ihn jedoch schnell davon, dass es sich um einen ernst gemeinten Widerstand gegen die Herren handelte, die jenseits der Alpen residierten.

Es dauerte geraume Zeit, ehe die in allen Stadtteilen verstreuten deutschen Krieger sich sammelten und sich eine Gasse durch die aufgebrachte Menge zur Pfalz bahnen konnten, um zur Deckung des Königs Aufstellung zu nehmen.

Ihr martialischer Aufmarsch erbitterte die Bewohner von Pavia noch mehr, weil sie mit einem leichten Sieg über die deutschen Eindringlinge gerechnet hatten. Die schnell hereinbrechende, stockfinstere Nacht machte für beide Seiten die Lage umso prekärer.

Endlich gelang es Heinrichs Anhängern, auch das Lager der Deutschen außerhalb der Stadt zu alarmieren, wo die einfachen Dienstmannen des Königs untergebracht waren. Es kam zu blutigen Kämpfen in der Stadt, Mann gegen Mann, wobei Herr Giselbert, der sich unversehens einer Übermacht von vier bewaffneten Angreifern gegenübersah, sein hoffnungsvolles, junges Leben verlor.

Aber rasch erholten sich die Krieger Heinrichs von diesem Schock und ertränkten nun den Aufstand Pavias in einem Meer von Blut. Fränkische, baierische, schwäbische und lothringische Kämpen kletterten über die unbewachten Mauern, öffneten gewaltsam die Stadttore und drangen in die einzelnen Stadtviertel ein. Ein allgemeiner, grauenhafter Straßenkampf entspann sich.

Griseldis und die Benediktinermönche Berchtold und Odo hatten sich zu Beginn in eine dunkle Ecke der festlich geschmückten Halle verzogen und lauschten nun mit Entsetzen dem Höllenlärm des Gefechts, der von draußen hereindrang.

Bald sollten brennende Paläste und Kirchen das blutige Geschehen noch schauerlicher gestalten. Die aufständische Bevölkerung wurde in ihre Häuser zurückgedrängt. Als aus den Fenstern und von den Dächern herunter der Kampf der Pavesen mit Steinen und Pfeilen fortgesetzt wurde, schleuderten die erbitterten Deutschen Feuerbrände in die Wohnungen der Bürger. Um nicht den Flammen zum Opfer zu fallen, flüchteten die Einwohner erneut auf die Straßen und stürzten sich wütend auf die Gegner.

Die grausame Schlacht dauerte so lange an, bis der zutiefst erschütterte König den Befehl zur Einstellung von Kampfhandlung und Plünderung gab. Die taghell durch die brennenden Häuser erleuchteten Straßen waren übersät mit Verwundeten und Leichen.

Mit seinen Getreuen verließ Heinrich die Stadt der Verräter noch in derselben Nacht und begab sich in das nahe gelegene

Kloster Sankt Peter. Ein Knecht hatte die vor Entsetzen wie gelähmte Griseldis vor sich auf sein Pferd nehmen müssen. Alleine hätte sie nicht vermocht aufzusteigen …

Der Anblick zerstückelter, verbrannter und aufgeschlitzter Körper, darunter von Kindern und Schwangeren, denen man die Ungeborenen aus dem Leib gerissen hatte, verursachte ihr nicht nur Übelkeit. Er hatte bei der Heilerin, die solche Untaten noch niemals gesehen hatte, einen Weinkrampf ausgelöst, den später erst Vater Berchtold im Schutz des Klosters zum Stillstand bringen konnte – unter den Augen der verwundert dreinblickenden Klosterbrüder, für die ein verzweifelt schluchzender deutscher Krieger eine mehr als seltsame Erscheinung war.

»Die Unsrigen kämpften wie die Löwen«, schrieb Vater Odo für die Nachwelt nieder. »Denn sie waren von großer Wut erfüllt ob des hinterhältigen Verrats der Bewohner von Pavia. Gefangene wurden nicht gemacht«, hielt er lapidar fest, ehe er noch hinzufügte: »Ein Großteil der schönen Stadt ging in Flammen auf.«

Zähneknirschend gestanden die Pavesen am anderen Morgen ihre Niederlage ein. Bereits im Morgengrauen erschien im Kloster eine Abordnung und bat den König für die Stadt um Gnade, welche Herr Heinrich ohne Zögern gewährte.

»Es ist freilicht nicht schwer zu verzeihen, Herr, wenn die Vergeltung die Schuld bereits weit übertroffen hat«, äußerte dazu Adalbold von Utrecht, der über das Ausmaß des Massakers und die deutsche Beteiligung daran entsetzt war.

In der Tat hatten die Deutschen wie in einem Blutrausch alles niedergemacht, was ihnen vor Schwerter und Streitäxte gekommen war. Egal ob Mann, Weib oder Kind. Als Griseldis zusammen mit anderen Ärzten bei Tagesanbruch daranging, die Verletzten zu versorgen – die meisten hatten tiefe Stichwunden von Schwertern und Dolchen oder zertrümmerte Knochen von Äxten und Kriegsflegeln davongetragen –, kam ihr das ganze Ausmaß der Gräuel erst recht zu Bewusstsein.

Sicher, die Bewohner Pavias hatten heimtückisch und treulos gehandelt, aber dieses erbarmungslose Abschlachten aus Rache war mit Sicherheit ein großes Verbrechen vor GOTT.

Erneut konnte die Heilerin ihre Tränen nicht zurückhalten, als sie in einer Straße auf eine Gruppe ermordeter Kleinkinder, wohl Insassen eines Waisenhauses, stieß. Den meisten waren die dünnen Hälse durchgeschnitten, einigen hatte man den Bauch aufgeschlitzt, anderen waren die kleinen Köpfe einfach zertreten worden. Zutiefst angeekelt wandte Griseldis sich ab.

Ihr Beschützer, der alte Kämpe Bertwin, gehörte ebenfalls zu den Opfern dieser Nacht. Am liebsten hätte die junge Frau sich auf ihr Pferd geschwungen und wäre sofort nach Norden zurückgeritten. Am meisten erschreckte sie, dass ihr Traumgesicht sich auf so grässliche Weise erfüllt hatte.

Nur ein Vierteljahr sollte dieser Italienzug andauern. Der König begab sich rasch wieder auf den Heimweg über die Alpen. Den Besuch Roms und seine Krönung zum Kaiser schob er vorläufig auf; wobei er niemals darauf verzichten würde, wie er betonte.

Die Freunde, die ihn so eindringlich nach Italien gerufen hatten, waren enttäuscht. Immer noch regierte Arduin, der Gegenkönig – wenngleich er beständig an Boden verlor. Heinrich aber hatte seinen Anhängern im Süden vor seinem Wegritt noch ein Versprechen gegeben:

»Bald werde ich wiederkehren, meine Freunde. Leider zwingen mich dringende Angelegenheiten des Reiches, die keinerlei Aufschub dulden, zurück über die Alpen.«

Damit allerdings hatte er nicht die Wahrheit gesprochen.

»Unser König möchte einfach weg von hier. Die bittere Erfahrung mit Pavia hat ihm die Freude an seiner Krönung zum lombardischen König sehr getrübt«, sagte Vater Berchtold voller Verständnis zu Griseldis. »Allerdings wird die Begegnung mit Frau Kunigunde bitter werden – hatte Herr Heinrich ihr doch versprochen, ganz besonders auf ihren jüngsten Bruder Acht zu geben.«

Längst hatten sich König Heinrich und sein Anhang wieder in Bamberg eingefunden. Die Königin war in tiefer Trauer.

»Gerade dieser Bruder war mir der liebste in der großen Schar meiner Geschwister gewesen«, vertraute sie Frau Irmintraut und ihren Hofdamen an.

Ihre schöne Base sprach wohl zahlreiche Worte der Anteilnahme, aber einer aufmerksamen Beobachterin wie Griseldis war nicht entgangen, wie merkwürdig teilnahmslos und kalt ihre Trauerbekundungen waren. Sie hatte mit Giselbert, der nie zu Irmintrauts Bewunderern gehört hatte, ja immerhin auch einen Verwandten verloren …

KAPITEL 21

Wieder waren einige Jahre vergangen; man schrieb bereits den Sommer des Jahres 1007. Griseldis hatte die verstrichene Zeit genutzt, um ihr naturheilkundliches und medizinisches Wissen zu erweitern. Ja, mit Hilfe der Lehrbücher, die sie sich nach und nach kaufte oder von Vater Berchtold besorgen ließ, studierte sie Medizin – für eine Frau ein sehr seltenes Unterfangen. Allenfalls mochte es vielleicht nur eine Handvoll Nonnen geben, die Gleiches taten.

Lateinisch beherrschte sie bereits perfekt, dazu hatte sie noch die griechische Sprache in Wort und Schrift erlernt. Und seit etwa drei Jahren arbeitete Griseldis unermüdlich an einem Buch über Krankheiten und deren Behandlungsmöglichkeiten.

Die Heilerin und der Benediktinermönch, der im Alter immer kleiner wurde, verbrachten seit geraumer Zeit die halbe Nacht mit dem Studium schwieriger Krankheitsfälle und ihrer möglichen Heilung. Manche Vorschläge gehörten ohne Weiteres ins Reich der Fabeln oder waren schlichtweg Unsinn, aber einige Methoden schienen durchaus der Mühe wert, sie auszuprobieren.

Griseldis war über ihren Schatten gesprungen und hatte Frau Irmintraut aus Höflichkeit eingeladen, an ihren Studien teilzunehmen. Voll Verachtung hatte diese abgelehnt mit den Worten: »Wozu? Mein Wissen reicht völlig aus, um der Königin eine verlässliche Hilfe zu sein. Die ekligen Leiden des einfachen Volkes mit all den widerlichen Begleiterscheinungen der Armut brauchen mich zum Glück nicht zu interessieren.«

Weder Griseldis noch der Pater waren durch die Absage der Dame sehr traurig gestimmt gewesen.

»Es würde vieler geschickter Verhandlungen bedürfen, um letztendlich die Einwilligung Bischof Heinrichs von Würzburg zu bekommen, habe ich zum König gesagt. Er müsse schließlich einen großen Teil seiner Diözese abtreten. Übrigens genauso wie Herrn Heinrichs Vetter Megingoz von Eichstätt. Dann habe ich den König gelobt, dass er schon Vorarbeit geleistet habe.«

Vater Berchtold grinste, als er Griseldis davon erzählte.

»Auch der Kanzler hat sich ein Schmunzeln nicht verkneifen können.«

Heinrich hatte bereits am 6. Mai 1007, an seinem vierunddreißigsten Geburtstag, einer neuen Kirche in Bamberg alle seine Eigengüter im Volkfeld und Rednitzgau überschreiben lassen. Eigentlich konnte kein Zweifel mehr darüber bestehen, welche Absicht der König *wirklich* hegte.

Heinrich wollte zügig die in der Tat reichlich schwierigen Verhandlungen mit dem Würzburger Bischof Heinrich angehen. Die Unterredung mit seinem Vetter Megingoz glaubte er auf einen späteren Zeitpunkt hinausschieben zu können. Frau Kunigunde teilte allerdings den Optimismus ihres Gemahls nicht.

»Der Würzburger ist ein stolzer Mann und er wird es nicht dulden, dass Ihr Euch anschickt, seine Macht zu beschneiden.«

»Kennt Ihr den Sinn der Gründung eines neuen Bistums, Pater?«, wollte Griseldis wissen.

»Der König beabsichtigt, einen Schutzwall gegen die Slawen am oberen Main, im Fichtelgebirge und in den benachbarten Teilen von Böhmen zu errichten«, verkündete Vater Berchtold offenherzig. »Zugleich soll das neue Bistum Mittelpunkt der Missionierung der Mainwenden werden und die deutsche Besiedelung dieser menschenarmen Gegend voranbringen. Würzburg, zu dessen Diözese bisher auch der obere Lauf des Mains gehört, liege für diese Aufgaben zu weit entfernt, meint jedenfalls Herr Heinrich.«

Unauffällig musterte der Benediktiner Griseldis. Blass und mager erschien sie ihm in letzter Zeit und sehr still. Sie saßen zusammen in dem kleinen Haus nahe der königlichen Hofhaltung, das die Heilerin erst kürzlich bezogen hatte, um ungestörter die Krankenströme behandeln zu können.

Um sie von ihrem nicht nachlassenden Heimweh ein wenig abzulenken und auf andere Gedanken zu bringen, hatte der Mönch ihr vorgeschlagen, ein medizinisches Werk zu verfassen. Griseldis sollte für die Sachbeiträge verantwortlich sein, während Vater Berchtold sich um die Illustrationen kümmern wollte.

Auch jetzt arbeiteten sie gemeinsam an dem Buch der Heilerin mit dem Titel *Ars Medicinae*. Mittlerweile waren sie beim Kapitel über Geburtshilfe angelangt. Der Mönch winkte ab.

»Davon, liebe Tochter, verstehe ich nun überhaupt nichts! Befragt mich meinetwegen über Gliederreißen, Kreuzschmerzen, Magenverstimmung oder von mir aus über Frostbeulen. Aber bei allem, was die Frauenheilkunde anbelangt, bin ich mit Sicherheit die falsche Person.«

Griseldis schmunzelte.

»Und was tätet Ihr, Pater, wenn Ihr unversehens in die Lage kämt und einem Weib in Kindsnöten beizustehen hättet?«

»Beten«, gab der alte Benediktiner prompt zur Antwort, »und so schnell mich meine morschen Knochen tragen wollen zur nächstbesten Wehmutter laufen.«

Jetzt lachten beide.

»Lasst uns für heute aufhören«, schlug Griseldis vor, »und über andere Dinge reden.«

Dem alten Mönch war es recht und er wechselte gleich das Thema:

»Ganz so wie die Königin vermutet hat, ist es geschehen: Der Würzburger Bischof wollte von einer Verkleinerung seines Bistums nichts wissen. Da bewies Herr Heinrich wieder einmal seine Verschlagenheit, zu der er durchaus fähig ist, wenn es sich darum handelt, den eigenen Willen durchzusetzen. Er ließ Bischof Heinrich zu sich rufen und schmierte ihm ordentlich Honig ums Maul.

Er könne Erzbischof werden, hat er zu ihm gesagt, und das neue Bistum Bamberg wäre dann sein Suffragan. Bischof Heinrich solle diese große Ehre bedenken. Ein Suffragan ist ein untergeordnetes Bistum«, sagte der Mönch erklärend zu Griseldis, die ihn fragend angesehen hatte.

»Und in der Tat gelang es ihm damit, Heinrich von Würzburg zu ködern. Dessen sehnlichster Wunsch ist es nämlich schon lange, zum Erzbischof ernannt zu werden. Nach kurzem Überlegen stimmte er dem Vorschlag zu.«

Pater Berchtold war über des Königs Schachzug sichtlich erheitert und Griseldis staunte zum wiederholten Male, wie klug der König es stets bewerkstelligte, seine Wünsche erfüllt zu sehen. Statt zu befehlen, arbeitete er lieber mit den Mitteln der Überredung. Oft stellte es sich sogar so dar, dass der andere glaubte, es wäre seine eigene Idee gewesen und es gar nicht gewahr wurde, dass er längst über den Tisch gezogen worden war. Die Heilerin bewunderte wieder einmal ihren königlichen Patienten – trotz seiner gelegentlichen Hinterlist.

»König Heinrich schlug sich vergnügt auf die Schenkel«, fuhr Vater Berchtold fort. »In seiner Gier nach Machtgewinn hat der gute Bischof gar nicht bedacht, dass er, der König, in dieser Angelegenheit, in welcher nur der Papst zu entscheiden hat, gar keine bindende Zusage machen kann.

Daraufhin hat der Kanzler, Graf Eberhard, angemahnt, dass der Würzburger fest an Herrn Heinrichs ehrliche Absicht glaube, sich für ihn in Rom beim Heiligen Vater stark zu machen. Woraufhin Heinrich nur trocken entgegnete, der Bischof möge glauben, woran er will. Und er werde nicht so töricht sein, ihn daran zu hindern.«

Trotz ihrer Ehrerbietung für den König empfand Griseldis ein gewisses Mitleid mit dem hohen Geistlichen, der so empfindlich getäuscht werden sollte.

»Dann wandte sich Heinrich mit ernstem Blick an seinen Kanzler«, fuhr der Benediktiner fort, »und teilte ihm mit, er habe noch etwas ganz Besonderes mit ihm vor. Er wünsche, dass er in seinem neu gegründeten Bistum der Oberhirte aller christlichen Schäflein sein werde: Graf Eberhard solle zum Bischof von Bamberg ernannt werden.«

Griseldis war verwirrt.

»Aber, wie ist das möglich?«, fragte sie, doch der Mönch winkte ab.

»Herr Eberhard hat als junger Mann die niederen Weihen empfangen und ist nicht verheiratet. Mit Freuden bekundete er daher sein Einverständnis und gab sogleich das Versprechen ab, er wolle tun, was immer der König befehle. Dabei kniete er vor Heinrich nieder und küsste voll Ehrfurcht dessen dargebotene Hand.«

Griseldis vermochte sich diese Szene deutlich vorzustellen: der König als strahlender Mittelpunkt auf der Bühne des Geschehens und die anderen Herren rund um ihn herum als reine Akteure von Heinrichs Gnaden.

»Ich war mir sicher«, sagte Heinrich zur Königin, »dass ein Waffengang mit unserem streitsüchtigen Nachbarn im Osten unvermeidlich sein wird. Herzog Boleslaw Chrobry hat meinen Aufenthalt in Italien für seine Zwecke trefflich zu nutzen gewusst. In der Zwischenzeit hat er aufgerüstet und viel Mühe darauf verwandt, seine Krieger auszubilden.«

So machte sich König Heinrich mit einem Heer aus sächsischen Kriegern nach Osten auf. Er merkte sofort, dass sein Gegner mit Fallen und Täuschungen arbeitete, um ihn in unwegsames, sumpfiges Gelände zu locken. Die Sachsen begannen alsbald zu murren; starke Kriegsmüdigkeit machte sich unter ihnen breit.

»Wir bekommen die verdammten Polen nicht zu fassen«, beschwerte sich ein Truppenanführer bei Heinrich. »Weil wir dauernd damit beschäftigt sind, unsere Pferde und die Ausrüstung aus dem Modder zu ziehen. Nicht einmal sehen können wir den Feind. Unser Gegner ist nicht Boleslaw, sondern dieses verfluchte Land. Wir kämpfen nicht gegen Menschen, sondern gegen Sumpf, Dreck und Stechmücken. Und wenn wir wirklich einmal ein Scharmützel für uns entscheiden«, schimpfte der sächsische Edelmann, »dann lohnt an diesem armseligen Flecken Erde nicht einmal das Plündern.«

Die Krieger legten mühsam elend lange Märsche in den Wäldern zurück – für zügige Ritte war das Gelände wahrlich nicht geeignet –, brachen in die spärlichen Gehöfte ein und nahmen mit, was ihnen in die Finger kam. Nach den ermüdenden Fußmärschen waren die Männer stets ausgesprochen hungrig. Zum Glück konnten die Ritter ihre Rüstungen den Packpferden aufladen, sonst wären sie überhaupt nicht vorangekommen.

Die Helme und die ledernen Brust- und Rückenpanzer sowie die gebräuchlichen Kettenhemden wogen immerhin an die dreizehn Kilogramm.

Heinrich schrieb an seine Gemahlin nach Bamberg, er sei es beinahe leid, die Soldaten immer wieder an ihre Bündnistreue und Pflicht zur Landesverteidigung ermahnen zu müssen.

Der König hatte die Königin gesegneten Leibes zurückgelassen. Kunigunde ging es prächtig und Heinrich hoffte, rechtzeitig zur Geburt ihres Kindes wieder daheim zu sein.

KAPITEL 22

Es war eine Nacht, von der Griseldis gehofft hatte, endlich wieder einmal ungestört schlafen zu können. Der König hatte ihr zwar die mühselige Heerfahrt nach Polen nicht zugemutet, doch Vater Berchtold und sie hatten unermüdlich an ihrem Buch gearbeitet. Daraufhin beschloss sie, sich erst einmal eine Ruhepause zu gönnen und ihre Studien der Leiden und Krankheiten erst zu einem späteren Zeitpunkt wieder aufzunehmen.

Der Königin ging es, den Umständen entsprechend, ausgesprochen gut. Sie hatte Appetit, machte reichlich Ruhepausen, hatte nicht unter Übelkeit zu leiden und wenn ihr etwas Kummer bereitete, dann war es die lange Abwesenheit ihres Gemahls.

So fuhr Griseldis höchst alarmiert aus dem Schlaf hoch, als mitten in der Nacht Vater Berchtold in ihrer Kammer auftauchte und mit entsetzter Stimme ausrief: »Kommt schnell, mein Kind! Ich glaube, die Königin liegt im Sterben!«

Völlig überraschend hatte Frau Kunigunde eine Fehlgeburt erlitten. Der noch nicht lebensfähige Fötus war Anfang des sechsten Monats gekommen, aber die Nachgeburt blieb hartnäckig im Leib der Königin stecken. Sie verlor Unmengen an Blut.

Als Griseldis am Bett der Herrscherin stand, erschrak sie beinah zu Tode. Die strahlende junge Königin war ein bleiches Geschöpf mit eingefallenen Wangen, das mit riesigen, angstvoll geweiteten Augen auf die Heilerin starrte.

»Ich weiß, dass ich das nicht überleben werde«, flüsterte sie heiser.

»Oh, nein, Frau Kunigunde, Ihr werdet nicht sterben! Dafür werde ich sorgen«, widersprach Griseldis resolut. Sie war bemüht, Zuversicht zu verbreiten, die sie selbst keineswegs besaß. Kaum hatte sie einen Blick auf die scheinbar Todgeweihte geworfen, war ihr klar, dass bei diesem Abgang nachgeholfen worden war. Sie hegte auch einen Verdacht – nur beweisen würde sie es wohl nicht können.

»Wo ist Frau Irmintraut? Sie war doch gewiss zugegen, als das Schreckliche geschah?« Griseldis bemühte sich, möglichst unbefangen zu wirken. Eine ältere Dienerin meldete sich zu Wort: »Frau Irmintraut hat alles Menschenmögliche getan. Als sie aber erkennen musste, dass alles vergebens war, konnte sie den Anblick nicht mehr ertragen. Sie ist gegangen, um für die Seele ihrer lieben Schwester in der Hofkapelle zu beten.«

Vater Berchtold knirschte zornig mit seinen wenigen Zähnen und Griseldis lachte spöttisch auf.

»Anstatt an der Königin herumzupfuschen, hätte sie gleich nach mir schicken und nicht so lange warten sollen, bis der Blutverlust immens ist. Er schwächt Frau Kunigunde nur unnötig; und sie braucht doch ihre gesamte Kraft, um die Nachgeburt abzustoßen und um sich anschließend zu erholen.«

»Zu erholen, sagt Ihr?«, fragte die anwesende alte Amme, Frau Luitgard, verständnislos. Auch zwei jüngere Hofdamen, die nur hilflos herumstanden, schienen verblüfft.

»Was dachtet Ihr denn, meine Damen? Glaubt Ihr etwa, wir wollen König Heinrich, wenn er aus dem Krieg zurückkehrt, eine Trauermeldung überbringen? Es ist schon schlimm genug, dass das Kind nicht überlebt hat.«

Griseldis sah sich um und erfasste auf einen Blick, dass nicht nur der totgeborene Fötus, sondern sämtliche Arzneien aus dem Gemach der Königin entfernt worden waren. ›Seltsam‹, dachte sie. ›Wozu diese verdächtige Eile?‹

Dann fragte sie scharf in die Runde: »Wo sind Frau Irmintrauts Medizinen? Ich bin sicher, die Base unserer Herrin hat eine ganze Reihe davon zur Anwendung gebracht, um die Blutung zu stillen, nicht wahr?«

Nun, offensichtlich hatte Irmintraut alle Tinkturen fein säuberlich eingepackt, ehe sie, von Schmerz gebeutelt, den Raum hatte verlassen müssen, um die Seele ihrer geliebten Schwester GOTT, dem Barmherzigen, anzuvertrauen …

»Es stinkt geradezu zum Himmel«, murmelte der Benediktiner erzürnt. Er war froh, dass sich die Verwandte der Königin nicht in seiner Reichweite befand, denn er hatte das Gefühl, er könne im Augenblick für nichts garantieren.

Um Beherrschung bemüht setzte sich der alte Mann still in die am weitesten entfernte Ecke der Kemenate, aus Gründen der Schicklichkeit mit dem Rücken zum Bett. Er betete inbrünstig dafür, dass es Griseldis gelingen möge, die geschwächte Herrscherin vom Tor zur Ewigkeit zurückzuholen.

Die Möglichkeit, dass Kunigunde dieses Unglück *nicht* überlebte, war sehr wahrscheinlich – darüber bestand für Vater Berchtold kein Zweifel. Er hatte schon viele Menschen sterben sehen und das bleiche Antlitz der Herrscherin hatte ihn zutiefst schockiert.

Griseldis verlangte nach einem Krug heißen, zuvor abgekochten Wassers, um sich gründlich die Hände zu waschen – die alte Amme begriff dies hingegen nicht. Als Frau Luitgard darüber eine Diskussion mit der Heilerin beginnen wollte, bat Griseldis sie zwar höflich, aber sehr bestimmt, umgehend das königliche Gemach zu verlassen.

Die Frau protestierte, aber die sonst so sanfte Medica König Heinrichs fertigte sie barsch ab: »Die Zeit reicht nicht aus, Euch einen Vortrag über die notwendige Reinlichkeit zu halten oder meine Vorgehensweise zu rechtfertigen. Ich muss mich beeilen, Frau Luitgard, wenn ich die Königin retten will – und Ihr stört mich dabei. Bitte geht jetzt!«

Woraufhin die bejahrte Amme beleidigt abzog.

Nachdem sie sich gewissenhaft die Hände gesäubert hatte, trat Griseldis erneut ans Lager der halb bewusstlosen Herrscherin, entfernte die Zudecke, zog ihr langes Nachthemd hoch und spreizte vorsichtig deren Beine. Nachdem sie ihre Finger in den wunden Schoß geschoben hatte, tastete sie die Gebärmutter der Königin ab.

Als sie die Hand zurückzog, quoll erneut ein Schwall Blut aus dem Geburtskanal. Griseldis wusste, dass sie der leise stöhnenden Frau ein starkes Wehenmittel verabreichen musste, um die Nachgeburt schleunigst aus der Gebärmutter zu lösen.

»Das Wichtigste ist, die Blutung zum Stillstand zu bringen.« Sie suchte in ihrem Beutel nach den entsprechenden Kräutern, brühte sie zu einem Tee auf und flößte ihn der Todkranken ein. Innerhalb einer Viertelstunde setzten erneut kräftige Wehen ein, während Griseldis zusätzlich den Unterleib Kunigundes massierte. Bald gingen in großen Placken Gewebeteile und gestockte Blutklumpen ab. Der Blutfluss wurde nach kurzer Zeit deutlich geringer und nach dem Abgang der gesamten Nachgeburt hörte er ganz auf.

Mit abgekochtem, warmem Wasser wusch die Heilerin Frau Kunigunde sanft, aber gründlich. Danach rieb sie die erschöpfte Königin mit belebendem Kiefernnadelöl ein.

»Das duftet so herrlich nach Wald«, flüsterte die Kranke und ein mattes Lächeln zog über ihr schmales Gesicht mit den übergroßen Augen, die bereits einen deutlich lebendigeren Eindruck machten.

Griseldis wickelte ihre von der Schwelle des Todes zurückgeholte Patientin in warme Tücher, nachdem sie ihr etliche Lagen weichen Mulls zwischen die Schenkel geschoben hatte. Weiters gab sie der Königin ein Gebräu aus Weißdorn- und Misteltropfen ein, um ihren Herzschlag zu kräftigen. Als Letztes verabreichte sie ihr einen Trank mit ein wenig Mohnsaft, um ihr zu einem langen, erholsamen Schlaf zu verhelfen. Mittlerweile hatte Frau Kunigunde wieder ein wenig Farbe im Gesicht.

Zusammen mit Vater Berchtold, der überglücklich und zutiefst erleichtert war, würde sie den Rest dieser Schreckensnacht am Lager der Königin verbringen und ihren Heilschlaf bewachen.

»Wenn Frau Kunigunde morgen erwacht, wird sie als Erstes eine kräftige Hühnersuppe mit Fleisch und Gemüse zur Stärkung zu sich nehmen«, gab die Heilerin einer Dienerin in Auftrag, ehe sie die dienstbaren Geister bis auf Weiteres entließ.

KAPITEL 23

HERRN HEINRICH WAR es gelungen, einen Waffenstillstand mit Boleslaw zu schließen, wobei er allerdings selbst nicht glaubte, dass dieser lange halten werde. Als er aus dem Osten zurückkehrte, war er von Herzen froh, sein Weib bei leidlich guter Gesundheit vorzufinden.

Voll Dankbarkeit hatte der König Griseldis umarmt und auf beide Wangen geküsst, ehe er ihr ein wunderbares Angebot unterbreitete: »Ich erlaube Euch, in Italien auf eine richtige Medizinschule zu gehen, um dort alles zu erlernen, was nach dem heutigen Stande der Wissenschaft wichtig ist – so Ihr das wollt. Ihr allein dürft bestimmen, ob und wann Ihr diese weite Reise, natürlich mit Begleitschutz, antreten möchtet.«

Dann hatte der König seine Medica vor versammeltem Hofstaat ausgezeichnet, indem er ihr eine wertvolle, mit kostbaren Edelsteinen besetzte Goldkette um den Hals legte.

»Ein guter Engel hat mich veranlasst, Euch dieses Mal daheimzulassen. So konntet Ihr meine Gemahlin retten. Hätte ich nur an mich gedacht, wäre meine geliebte Königin wohl nicht mehr am Leben«, sagte der Herrscher mit Tränen in den Augen.

Nach der Genesung der Königin wurde Griseldis regelrecht vom Hass ihrer Base verfolgt. Hatte Frau Irmintraut bisher nur bittere Verachtung und ätzenden Spott für sie übrig gehabt, so musste die Heilerin nun beinahe täglich unter der unbändigen Wut und tödlichen Eifersucht der königlichen Verwandten leiden.

Die Feindseligkeiten waren unvermindert ausgebrochen, als Griseldis sich erlaubt hatte, Frau Irmintraut nach den Arzneien zu fragen, die diese der Königin während ihrer Schwangerschaft verabreicht hatte.

Wie rasend war diese daraufhin auf die Heilerin losgegangen und hatte sie zornig beschimpft. »Infame Niedertracht und heimtückischen Verdacht« warf sie ihr vor sowie das unverschämte Bestreben, alles zu versuchen, damit sie die Gunst ihrer »lieben Schwester« verliere.

Griseldis war zu Tode erschrocken, als ihr der abgrundtiefe Hass bewusst wurde, dem sie von nun an ausgesetzt sein würde. Verstört hatte sie auf verteidigende Worte verzichtet und stattdessen fluchtartig ihre Wohnung aufgesucht.

Aber da wartete bereits die nächste böse Überraschung auf sie. Alles, was sie an lieb gewordenen Gegenständen gesammelt und sorgfältig auf Regalbrettern angeordnet hatte, war zerstört. Der Raum sah aus, als hätten darin die Vandalen gehaust.

Ihre ohnehin nicht sehr reichhaltige Garderobe war größtenteils zerschnitten und zerrissen. Ihre Salbentiegel und Flaschen mit Kräutersäften lagen zerbrochen am Boden, die getrockneten Heilpflanzen waren zerrupft und im ganzen Raum verstreut worden.

Den entsetzlichsten Fund aber machte Griseldis erst nach einer Weile: Ihr Lieblingstier, ein zugelaufenes Mischlingshündchen mit schwarzem Fell, von ihr »Nero« geheißen, lag mit durchschnittener Kehle unter dem Tisch. Schluchzend war die junge Frau über der Hundeleiche zusammengebrochen.

»Was hat das arme Tier denn Böses getan?«, rief sie klagend aus. »Wie kann ein Mensch nur so gemein sein und einem unschuldigen Geschöpf völlig grundlos das Leben nehmen?«

Aber Griseldis hatte die Warnung verstanden. Nie mehr würde sie ein Wort an die Base der Königin richten. In Zukunft mied sie, sofern es möglich war, sogar die Nähe der Herrscherin. Und wurde sie in den Kreis der Hofdamen beordert, war sie bestrebt, sich möglichst im Hintergrund zu halten.

Griseldis war verzweifelt und zu ihrem Leidwesen konnte ihr dieses Mal auch der gute Vater Berchtold nicht helfen.

›Das Schlimmste ist, dass wir keinen stichhaltigen Beweis in Händen halten, um der Königin Irmintrauts wahres Gesicht aufzudecken‹, dachte sie. ›Sie hat alle aus der Dienerschaft eingeschüchtert. Niemand gibt zu, irgendetwas gesehen oder gehört zu haben: Alle haben Angst vor Frau Irmintraut und ihrer unheimlichen spanischen Hexe.‹

Mehrere Tage lang hatte Griseldis gegen den drängenden Wunsch angekämpft, einfach alles stehen und liegen zu lassen und nach Tannhofen heimzukehren. Doch schließlich hatte ihr Pflichtbewusstsein überwogen und ihre unabdingbare Treue zum König, den sie nicht feige im Stich lassen konnte.

Die Unruhe am Hof, die seit der Fehlgeburt der Königin geherrscht hatte, legte sich allmählich. Nach außen hin war Frau Irmintraut wieder versöhnt mit der Heilerin Griseldis: Die Herrscherin hatte inständig darum gebeten und beide Frauen hatten sich vor den Augen Kunigundes die Hände reichen müssen.

Da ging auf einmal das Gerücht um, die Medica sei angeblich eine *Hexe* – erst ganz im Geheimen, dann immer lauter und schließlich unüberhörbar. Dass sie so oft Herrn Heinrich durch Handauflegen von seinen Kolikattacken geheilt hatte und die Königin wider Erwarten bei dem Kindsabgang nicht verblutet war, hielt man Griseldis beileibe nicht zugute.

Es wurde vielmehr behauptet, sie solle ihre Erfolge nur durch verbotene Magie zustande gebracht haben. Auch ihre Studien der ausländischen Bücher legte man ihr negativ aus. Das war doch zweifelsohne heidnisches Teufelszeug! Woher sollte eine Dirne vom Land auf einmal die Gelehrtensprachen Lateinisch und Altgriechisch beherrschen?

Noch sprach man nur von »weißer Magie«, womit Hexen Gutes bewirkten; aber es war abzusehen, wann die Ersten hinter vorgehaltener Hand behaupten würden, Griseldis befleißige sich ebenso der unlauteren Methoden der »schwarzen Magie«.

Auf Ersuchen Vater Berchtolds griff der König energisch zu ihrer Verteidigung ein.

»Ich vertraue Euch jederzeit mein Leben an, Medica Griseldis«, verkündete der Herrscher in Gegenwart der Höflinge und etlicher anwesender Kirchenfürsten. Woraufhin die Anwesenden dieser Frau vom Dorf, die sie bisher entweder gar nicht beachtet oder auf die sie mehr oder weniger verächtlich herabgesehen hatten, huldvoll zunickten.

»Ich befinde mich tief in Eurer Schuld, meine Liebe«, fügte die Königin hinzu, wozu Frau Irmintraut, dieser Ausbund an Falschheit, Griseldis mit erzwungenem Lächeln Beifall klatschte.

So schienen die Dinge wieder im Lot zu sein. Aber in all den Jahren und solange Frau Irmintraut noch lebte, sollte die Heilerin nie wieder an Kunigundes Krankenlager gerufen werden.

Seit einigen Nächten schlief Griseldis sehr schlecht. In Kürze jährte sich der Tod ihrer Eltern Frowein und Dietlinde zum zweiten Mal.

Nach außen hin hatte sie den Verlust mit Würde getragen, aber ihr Gemüt war immer noch tief verwundet. Beide waren gestorben, ohne dass ihre älteste Tochter sie noch einmal gesehen hatte.

Dietwulf hatte ihr durch einen reisenden Händler ausrichten lassen, dass Dietlinde in völliger geistiger Umnachtung das Nebenhäuschen, in dem sie mit Frowein lebte, in Brand gesteckt hatte. Qualvoll waren sie und Frowein darin verbrannt, ehe Hilfe kommen und das Feuer löschen konnte. Man erzählte ihr, die beiden verkohlten Leichname hätten in inniger Umarmung auf dem Bett gelegen …

Griseldis lebte mittlerweile in einer geräumigen Turmstube der Residenz, da sie seit dem Einbruch in ihr Häuschen dort nicht mehr schlafen wollte. Sie kam nur noch tagsüber dahin, um die Kranken zu versorgen. Die Heilerin hatte in ihrem neuen Zuhause auf einem Stuhl gesessen und in einem Buch über fiebrige Krankheiten, verfasst von einem spanischen Mönch, gelesen.

Jetzt richtete sie sich auf und ihr Blick schweifte aus dem offenen Fenster ihres Gemachs in luftiger Höhe. Die Gunst König Heinrichs erlaubte ihr, diese Kemenate allein zu bewohnen – normalerweise schliefen die Hofdamen gemeinsam in einem großen Schlafsaal, jeweils zu zweien in einem Bett.

Dieser Ausblick aus dem Turmfenster war jedes Mal ein Labsal für ihr verdunkeltes Gemüt. In lieblichem Frieden lag die ihr so vertraute, leicht gewellte Hügellandschaft; der Nebel hatte sich verzogen und kleine, rosige Wölkchen trieben am lichten Himmel dahin. Das Bamberger Land lag friedlich vor ihr im Dämmerschein dieses zu Ende gehenden Herbsttages im Jahr 1007.

Auf einmal zog ein riesiger Vogelschwarm an dem Turm vorüber, in dem auch ihre Apotheke untergebracht war. Schließlich verlor er sich in weiter Ferne. Das Schwirren der vielen kleinen Flügel blieb ihr noch eine Weile im Ohr haften und es war, als nähme ihre eigene Sehnsucht Gestalt an: Fliegen müsste sie können! Fliegen zum Himmel hinauf, zu Frowein und Dietlinde, ihren lieben Eltern, die sie so sehr vermisste. Das Wissen um beider schrecklichen Tod schmerzte immer noch so, als hätte jemand erst kürzlich ihre Wurzeln abgehackt.

Griseldis beugte sich weit hinaus, um den fortziehenden Schwalben nachzusehen. Schwindel erregend weit war der Blick von der Höhe. Tief unten am Fuß des Turms erstreckte sich der Burggraben, von der Mauer nur durch eine mit Brombeergestrüpp bewachsene Böschung getrennt. Wie stets am Abend war die Zugbrücke hochgezogen. Unnahbar und abgeschottet stand der alte Holz- und Fachwerkbau der königlichen Pfalz in der einsamen fränkischen Landschaft.

Nach Herrn Heinrichs Willen sollten in Zukunft noch viele Menschen hier ihre Heimat finden und ein blühendes Gemeinwesen sollte an diesem Ort entstehen. Griseldis seufzte, als sie das eintönige Rauschen des Windes hörte, der durch die bereits mit buntem Laub gefärbten Wipfel der alten Eichen und Buchen strich.

Die letzten Sonnenstrahlen waren hinter dem Horizont verschwunden und rasch begann es zu dunkeln. Im Gemach der einsamen Frau krochen die Schatten weiter aus den Ecken und Winkeln hervor, aber der Fensterausschnitt blieb noch hell.

Eine schmale, bleiche Mondsichel hing am Firmament; Griseldis reckte den Hals noch weiter nach vorne und ließ sich die kühle Abendluft ums Gesicht fächeln. Das brackige Wasser im Burggraben konnte sie schon nicht mehr sehen, nur seinen dumpfen, moosigen Geruch nahm sie noch wahr.

Plötzlich kam ihr eine Geschichte aus ihrer Kindheit in den Sinn, die ihr einst Muhme Bertrada erzählt hatte. Von gefährlichen Wassergeistern war die Rede gewesen, die in der Dämmerung die Lebensmüden an sich lockten und diese anschließend mit sanften, wohlklingenden Weisen in den Tod sangen …

Erschrocken zog die junge Frau sich in ihre Kemenate zurück. Ihr war auf einmal bewusst geworden, dass sie sich viel zu weit aus dem Fenster gelehnt hatte.

»Welch ein verantwortungsloser Leichtsinn«, tadelte sie sich selbst. »Das fehlte noch, dass die Heilerin des Königs in den Burggraben fiele und sich gar den Hals bräche oder aus Unachtsamkeit ertränke.«

Energisch schloss sie den mit einer dünn geschabten Kalbshaut bespannten Ausguck und entzündete drei Kerzen in einem prunkvollen Silberleuchter, den ihr König Heinrich letzte Weihnachten geschenkt hatte.

Im warmen Lichterschein fühlte sich Griseldis umgehend wohler. Ihre trüben Gedanken verflüchtigten sich und entschieden trat sie erneut ans Fenster, öffnete es und klappte zusätzlich den hölzernen Laden zu, den sie mit einem Riegel sicherte.

Die Nacht mit ihren düsteren und gefährlichen Gedanken sollte aus ihrer einsamen Kammer ausgesperrt bleiben.

KAPITEL 24

EINES TAGES, ES lag bereits Schneeluft über dem Land, kam ein Patient zu ihr, der sich die rechte Hand verletzt hatte. Er nannte sich Meister Konrad und war gelernter Steinmetz und Baumeister.

Griseldis erschrak, als sie die platt gedrückten Fingernägel und -kuppen der malträtierten, stark blutenden Hand zu Gesicht bekam, nachdem sie den schmutzigen provisorischen Verband gelöst hatte.

›Ob ich das wieder hinkriege, mein Guter?‹, dachte sie zweifelnd und musterte mitleidig den großen, breitschultrigen Mann. Auch der konnte seinen Blick nicht von ihr wenden – trotz der beträchtlichen Schmerzen, die er haben musste.

»Bitte haltet still, Meister Konrad«, verlangte die junge Heilerin streng, »sonst kann ich nichts ausrichten.«

»Verzeiht, Jungfer. Ich will Euch Eure Arbeit nicht unnötig erschweren«, entschuldigte sich der Mann und blieb reglos sitzen, bis sie mit dem Säubern, Schienen und Verbinden der gequetschten Gliedmaße fertig war.

»Sagt mir, wie ist es zu dieser bösen Verletzung gekommen?«, wollte Griseldis anschließend wissen. Und er erzählte ihr, er habe sich auf das Errichten von Kirchen spezialisiert. Und auf der Baustelle sei der Unfall passiert.

»Ich habe einfach einen Augenblick lang nicht aufgepasst und eine Fuhre Steine ist auf meine Hand herabgesaust. Es war meine eigene Dummheit«, sagte er mit einem schiefen Lächeln.

Griseldis schien der blauäugige, etwa Mitte dreißig Jahre alte Mann mit dem breiten, offenen Gesicht ein liebenswerter Mensch zu sein. So gab sie auch gleich ihr Einverständnis, als Meister Konrad darum bat, sie demnächst erneut aufsuchen zu dürfen.

»Das müsst Ihr sowieso, Herr Konrad«, sagte sie und lächelte ihn an. »Ich muss doch Eure Hand jeden Tag begutachten, die Wunde säubern und einen frischen Verband anlegen.«

›Ich bin sechsundzwanzig Jahre alt und bereits eine alte Jungfer‹, dachte sie. ›Aber bis jetzt hat mir noch kein Mann so gut gefallen wie dieser Baumeister.‹

Das stimmte zwar so nicht ganz, aber in diesem Augenblick dachte sie tatsächlich nicht an den König. Und außerdem konnte sie von dem sowieso nur träumen …

Griseldis wusste, dass ihre gleichaltrigen Freundinnen aus Tannhofen bereits alle längst verheiratet waren und Kinder hatten. Nur sie war noch nicht unter der Haube.

›Aber vielleicht hat dieser Steinmetz ja schon eine Ehefrau?‹, überlegte sie und spürte deutlich, wie enttäuscht sie darüber wäre. Er war ein gutes Stück größer als sie und ziemlich muskulös. Obwohl nicht mehr der Jüngste, war er dennoch von jugendlicher Erscheinung; sein dichtes, hellbraunes Haar fiel ihm bis auf die breiten Schultern, den dunkelbraunen Kinnbart trug er modisch kurz und auch der gestutzte Oberlippenbart ließ genug von seinen genussfreudigen Lippen sehen.

›Wie es wohl sein mag, von ihm geküsst zu werden?‹, überlegte Griseldis und sah ganz genau seine freundlichen, blauen Augen mit den zahlreichen, kleinen Lachfältchen drum herum vor sich. Gleich darauf verbat sie sich energisch diesen Gedanken; erst wollte sie in Erfahrung bringen, ob er nicht bereits vergeben war.

Meister Konrad sollte für den König in Bamberg eine neue, große Kirche entwerfen. Noch müssten die Pläne geheim bleiben, hatte er gesagt, worauf Griseldis versprach, kein Sterbenswort zu verraten.

»Nach dem Wunsch von König Heinrich soll dieses Gotteshaus eine Überraschung für seine Gemahlin werden. Ich denke, nicht nur für die Königin wird es eine, sondern erst recht für die betroffenen Bischöfe. Die müssen nämlich alle ein Stück von ihren Bistümern opfern, damit ein neues geschaffen werden kann«, sagte Meister Konrad grinsend.

»Wer spricht denn gleich von einem neuen Bistum?«, gab Griseldis vor und ließ sich ihr Wissen nicht anmerken. Sie wollte es noch einmal genau von Konrad hören.

»Schau dir doch den Bauplan an, den ich gezeichnet habe.« Mittlerweile waren beide dazu übergegangen, sich in vertrautem Ton zu duzen.

Da Griseldis nun aus sicherer Quelle wusste, dass Meister Konrad noch ungebunden war, hatte sie ihm letzthin sogar erlaubt, ihr zum Abschied einen Kuss zu geben.

»Diese doppeltürmige Anlage mit den zwei Krypten sagt alles: Es wird ein Dom. Und ein Dom ist nun einmal die Kirche eines Bischofs. Aber niemand soll vorerst davon wissen.«

»Wo genau sollst du diesen Dom denn bauen?«, erkundigte sich Griseldis, erfreut über das Vertrauen, das Konrad ihr entgegenbrachte.

»Er soll auf der Anhöhe über den Fundamenten der Kapelle

und über dem Friedhof der ehemaligen Babenburg errichtet werden, die der König von seinem Vater geerbt hat. Diese Kapelle, also der Vorgängerbau, hatte aus irgendeinem mir unbekannten Grund keine genaue Ost-West-Ausrichtung, wie sie Kirchen normalerweise haben. So werde auch ich mich daran halten und der ›Heinrichsdom‹, wie ich ihn nenne, wird sich von Nordosten nach Südwesten erstrecken.«

Griseldis starrte angestrengt auf den Bauplan.

»Leider verstehe ich so gut wie nichts davon, Konrad. Gewiss wird diese Kirche sehr groß werden, nicht wahr?«

»Nun ja, freilich. Allerdings wird der neue Dom nicht so riesig wie der in Mainz, der ganze einhundertundsechzehn Meter misst. Oder gar der Dom von Speyer, welcher gar eine Länge von einhundertvierunddreißig Metern hat. Unserer in Bamberg wird mit einer Gesamtlänge von etwa fünfundsiebzig Metern eher bescheiden. Statt vier Türmen soll er auch bloß zwei erhalten, die den Ostchor flankieren.«

Meister Konrad faltete behutsam die Pläne des Kirchenbaus zusammen, die der König in Auftrag gegeben hatte, und zog Griseldis auf seinen Schoß.

»Warum siehst du so traurig aus, mein Schatz?«, wollte er alsbald wissen, als ihm die wehmütige Miene der jungen Frau auffiel.

»Wir haben so selten Gelegenheit, uns zu sehen, Konrad. Und jetzt, wo deine Hand wieder ganz verheilt ist, hast du keinen Grund mehr, mich aufzusuchen.«

»Nun ja, ich könnte mir ja zur Abwechslung einen Steinbrocken auf den Fuß fallen lassen. Was hältst du davon? Das wäre gewiss ein schicklicher Anlass, dich erneut als Heilerin zu konsultieren, Liebste.«

»Ach, du machst dich doch bloß lustig über mich.« Griseldis schmollte ein wenig.

»Darf ich das so verstehen, dass du, wenn du mich eine Weile nicht sehen könntest, vielleicht ein wenig Sehnsucht nach mir hättest?«, fragte Konrad und grinste.

»Sehnsucht? Ich? Nach dir? Aber keine Spur«, behauptete Griseldis und wollte sich von Konrads Knien erheben. Aber der Mann hielt sie fest.

»Kannst du ein Geheimnis bewahren, Liebchen?«, wollte er wissen.

»Noch eines?« Griseldis schaute Meister Konrad forschend ins Gesicht.

»Ich habe dem König von uns beiden erzählt und Herr Heinrich meinte, falls es uns beiden ernst ist, sei das Beste, ich würde hier in der Nähe der Königspfalz ein Haus für uns suchen oder noch besser, ein neues bauen. Du weißt, was das bedeutet?«

»Oh Konrad, das heißt ja, König Heinrich hat dir erlaubt, mich zu deiner Frau zu nehmen! Das ist einfach wunderbar.«

Und sie küsste ihren Liebsten, dass dieser glaubte, die Sinne würden ihm vergehen. Es war wirklich Zeit, dass sie heirateten – und zwar so bald wie möglich.

»Vergibst du mir, dass ich mit unserem hohen Herrn darüber gesprochen habe, ohne dich vorher zu fragen?«, erkundigte sich Konrad zwischen zwei leidenschaftlichen Küssen.

»Eigentlich ist es ja unverzeihlich. Aber ausnahmsweise will ich Gnade vor Recht ergehen lassen und dir deine Eigenmächtigkeit vergeben, Liebster«, flüsterte Griseldis ihrem zukünftigen Ehemann ins Ohr. Dann schmiegte sie sich wieder ganz eng an ihn und gab sich seinen Zärtlichkeiten hin.

KAPITEL 25

Es vergINg kein Tag, an dem Vater Berchtold nicht bei Griseldis in ihrem kleinen Behandlungsraum in der Königspfalz auftauchte. Zum einen ließ er gerne seinen hartnäckigen Husten behandeln und zum anderen liebte er die Unterhaltungen mit der jungen Frau, die so wenig kannte, aber durchaus wissbegierig war.

»Was dir an Bildung fehlt, mein Kind«, sagte der Mönch oft, »das machst du wett mit deinem Lerneifer.«

Mittlerweile war es kurz vor dem Jahreswechsel von 1007 auf 1008. Lange und geduldig hatte Griseldis auf eine Gelegenheit gewartet, dass ihr der Benediktiner erneut von Herrn Heinrich erzählte und der Art und Weise, wie er schließlich König geworden war.

Endlich war es so weit und Pater Berchtold fuhr in seiner Berichterstattung fort.

Herz und Leber hatte man dem toten Kaiser Otto bereits in Italien entnommen. Dann balsamierte man die Organe ein und bewahrte sie in silbernen Gefäßen auf, welche nun in der Gruft des Domes zu Augsburg feierlich beigesetzt werden sollten.

Bischof Siegfried von Augsburg hielt eine fulminante Trauerrede, in der er auf die Jugend des Verstorbenen hinwies. Niemand habe mit seinem Ableben rechnen können – der Kaiser selbst am allerwenigsten – und es sei daher kein Nachfolger ernannt worden.

Er betonte, dass dieses Versäumnis aber nicht von Bedeutung sei, denn gottlob gäbe es ja einen Verwandten des Kaisers, der zum Glück noch jung sei und mit Mut und Tatkraft alle Schwie-

rigkeiten des Reiches angehen würde. Erfahrung im Regieren, so der Bischof, besäße dieser jedenfalls seit Jahren.

Ohne dass ein Name gefallen war, wussten alle, auf wen Bischof Siegfried anspielte, und so setzten sie finstere Mienen auf – vor allem Herr Ekkard von Meißen.

Nach der kirchlichen Zeremonie trafen sich die Herren im Hause des Augsburger Bischofs zu einem Trauermahl. Schon während des Mahles war die Stimmung gereizt gewesen.

Herzog Heinrich hatte alles in seiner Macht Stehende versucht, sich des Rückhalts der Leichenzugteilnehmer zu versichern; sogar an großzügigen Versprechungen hatte er es nicht fehlen lassen.

Aber genützt hatte es nichts: Nur Bischof Siegfried stand auf seiner Seite.

Keinem von ihnen war aufgefallen, dass ich vor der Totenmesse im Dom meinem Herrn noch rasch einige Worte zugeflüstert hatte, woraufhin sich dessen düstere Miene sichtlich aufgehellt hatte. Was es gewesen war, sollte die Gefolgschaft nun von ihm erfahren.

»Die Reichsinsignien, als da sind Krone, Reichsschwert, Zepter und Reichsapfel, habe ich, werte Herren, durch meinen Secretarius, Vater Berchtold, in meine Verwahrung nehmen lassen: Denn da gehören sie hin.

Ihr wisst, dass nach Erb- und Geblütsrecht der Thron des Königs mir zusteht und ich gedenke, mein Recht zu behaupten, wenn es sein müsste auch mit Gewalt«, erklärte der Baiernherzog, nachdem er seinen silbernen Teller zurückgeschoben hatte.

Wütende Protestschreie erhoben sich daraufhin im Saal. Die meisten der Herren sprangen von ihren Sitzen auf, fuchtelten mit den Fäusten in der Luft herum und machten Anstalten, dem Herzog zu Leibe zu rücken.

»Gemeiner Diebstahl!«, »Ungeheuerlicher Frevel!«, »Schande über Heinrich von Baiern!«, schallte es dabei in der Halle des Bischofs.

Da öffneten sich plötzlich die Saaltüren und etliche Dienstmannen Herrn Siegfrieds stürzten sich mit gezückten Schwertern herein. Schlagartig verhielten sich die Herren ruhig.

Heribert, der Erzbischof von Köln, war unbeeindruckt am Tisch sitzen geblieben. Nun stand er auf und wandte sich an Heinrich.

»Herr Heinrich, der Jungenstreich mit den Reichsinsignien mag Euch zwar gelungen sein, aber etwas fehlt Euch dennoch, nämlich das Wichtigste: die heilige Lanze. Dem Mönch Berchtold, Eurem Helfer, ist es nicht gelungen, sie in Gewahrsam zu nehmen und durch Eure Knechte rauben zu lassen.«

Der Kirchenfürst lächelte triumphierend und fügte hinzu, dass der Baiernherzog, solange er diese nicht in seinem Besitz habe, niemals den Anspruch auf die Königswürde erheben könne.

In der Halle hatte sich Schweigen ausgebreitet. Herr Heribert nutzte die Aufmerksamkeit der Anwesenden und fuhr fort:

»In weiser Voraussicht, die GOTT mir eingegeben hat, habe ich, kaum dass wir die Alpen überschritten hatten, die heilige Lanze mit einem Boten vorausgeschickt in mein Erzbistum nach Köln. Dort liegt sie inzwischen sicher verwahrt, bis wir sie dem neuen König überreichen werden.«

Daraufhin setzten zustimmendes Gemurmel und schlecht verhohlener Jubel ein. Die Herren applaudierten dem listigen Erzbischof, der es geschafft hatte, dem ihrer Ansicht nach hochmütigen Baiern ein Schnippchen zu schlagen.

Griseldis biss sich vor Anspannung auf die Lippen. Wie mag es dem Herzog nur gelungen sein, aus dieser Falle wieder herauszufinden?, fragte sie sich. Doch der Benediktiner ließ nicht lange auf sich warten und erzählte ihr wieder einmal mehr von der Kühnheit und dem Mut ihres Herrn.

Als im Saal wieder Ruhe eingekehrt war, ergriff Herzog Heinrich geistesgegenwärtig das Wort:

»Daran habt Ihr wohlgetan, Erzbischof. Und um die Übergabe der heiligen Lanze an den rechtmäßigen König etwas zu beschleunigen, verhänge ich hiermit Schutzhaft über Euch, bis das Kleinod sicher in meinen Händen gelandet ist. Bischof Siegfried wird Euch so lange in Gewahrsam nehmen.«

Die Ankündigung des Herzogs schlug ein wie ein Blitz und da keiner der Gäste Herrn Siegfrieds bewaffnet war, war es zweien von den Augsburger Knechten ein Leichtes, dem Kölner Kirchenfürsten die Hände auf dem Rücken zu binden sowie ihn und seine Begleiter mit dem Schwert in Schach zu halten.

»Ihr seid ein wahrer Sohn des Zänkers«, bemerkte der Erzbischof seelenruhig und alle verstanden die Anspielung auf den rabiaten Charakter des einst abgesetzten, inzwischen längst verstorbenen Vaters des jetzigen Baiernherzogs.

Allen Anwesenden war ferner bewusst, dass sich in der Tat der Aufwand dieser Lanze wegen lohnte. Galt sie doch als wundertätige Reliquie und Sieg bringendes Insignium. Mit Gold beschlagen, barg sie immerhin die Nägel vom Kreuze Christi und war einst vor beinahe siebenhundert Jahren durch die heilige Helena an Kaiser Konstantin den Großen gekommen. Darüber hinaus war sie ein Bestandteil des deutschen Thronschatzes.

Heribert von Köln war, wie Heinrich von Baiern, Realist und sah ein, dass er gegen den Herzog im Augenblick nichts ausrichten konnte. Im Geheimen bewunderte er ihn sogar für diese Tat.

»Ich mache Euch einen Vorschlag, Herzog«, wendete er sich nun an ihn, »und ich gebe Euch mein Wort darauf, dass ich, sobald ich in Köln sein werde, als Erstes dafür sorgen will, dass die heilige Lanze Euch übersandt wird. Als Pfand für die Einlösung meines Wortes biete ich Euch meinen Bruder, Bischof Heinrich von Würzburg, als Geisel an.«

Dieser konnte seinen Amtsbruder, Bischof Siegfried von Augsburg, gut leiden und hatte gegen eine bequeme Ehrenhaft im Grunde nichts einzuwenden. So kam der Handel zustande.

Am nächsten Tag setzte der Trauerzug seinen Weg fort. Herzog Heinrich begleitete ihn noch bis Neuburg an der Donau, wo er sich von den Herren verabschiedete. Man trennte sich in frostiger Stimmung. Beinahe erleichtert trat er den Rückweg nach Regensburg an. Der Königsthron schien für Heinrich in weite Ferne gerückt – trotz meines raffinierten Einfalls mit den widerrechtlich angeeigneten Reichsinsignien.

Anfang April 1002 war die Beisetzung Kaiser Ottos III. in Aachen. Die anwesenden Fürsten lehnten Herzog Heinrich von Baiern als König rundweg ab. Die meisten von ihnen bevorzugten Herzog Hermann von Schwaben, einen Oheim Heinrichs. Andere waren für den Sachsen Ekkard von Meißen.

Für den Baiern machten sich eigentlich nur zwei Äbtissinnen stark: die resolute Sophie von Gandersheim und die beherzte Adelheid von Quedlinburg, beides Verwandte Herzog Heinrichs. Diese zwei Frauen bereiteten behutsam und äußerst geschickt das Terrain vor und ein gewisser Gaugraf Hatto versprach den Wahlberechtigten anschließend goldene Berge – das heißt, er arbeitete mit Bestechung.

Und siehe da, auf einmal entschied man sich »mit Christi Hilfe und im Hinblick auf Herrn Heinrichs Erbrecht« für den Kandidaten aus Baiern: Heinrich sollte zur Wahl antreten.

Herr Ekkard aber sah sich und seine Sache noch keineswegs auf verlorenem Posten. Er wollte nun im Westen des Reiches für sich werben und nahm dabei den Weg über Nordheim zur Pfalz nach Pöhlde.

Hier allerdings überfiel ihn eine Räuberbande unter Führung des jungen Grafen von Nordheim und erschlug ihn kurzerhand. Seine Begleiter waren gegen die Rotte der brutalen Strauchdiebe in der Minderzahl gewesen.

Es gab nicht wenige, die hinter vorgehaltener Hand als Drahtzieher des Mordes Heinrich von Baiern ansahen; aber laut werden ließ diesen bösen Verdacht niemand. Der wahre Mörder aber floh in den Osten über die Grenze, um sich seiner gerechten Strafe zu entziehen.

KAPITEL 26

DER KÖNIG FÜHLTE sich wieder mal nicht recht wohl in letzter Zeit. Er spürte ständig Anflüge von Kolikschmerzen und ließ sich wiederholt von der Heilerin Griseldis die Hände auflegen. Da er ihrer Diskretion sicher sein konnte, ergab es sich beinahe zwangsläufig, dass sie auch anwesend war, wenn er politische Berater bei sich empfing.

»Dass viele italische Fürstentümer vom Reich abgefallen sind, bin ich keineswegs gewillt hinzunehmen«, erregte sich der König gerade. Sein Kanzler Herr Eberhard sowie Vater Berchtold waren bei dieser Beratung zugegen.

Griseldis wusste, dass der Benediktinermönch seine Schwierigkeiten damit gehabt hatte, dass seine bisherigen Dienste als Chronist, Kanzleivorsteher, Berater und Beichtvater nicht mehr ganz den neuen Anforderungen genügten.

Graf Eberhard, ein frommer, gelehrter, praktisch denkender Mann aus hochadeliger Familie, war vierzig Jahre alt und zudem verwandt mit dem König.

Zu Anfang war der Pater gekränkt gewesen über dessen Berufung, aber der König hatte ihm zu verstehen gegeben, dass er, der treue Begleiter und verlässliche Vertraute, stets sein ganz besonderer Intimus bleiben würde.

»Niemand meiner Untergebenen steht mir näher als Ihr, mein lieber Freund«, hatte Heinrich zu ihm gesagt, »und daran wird auch die Berufung Herrn Eberhards nichts ändern.«

Auch Griseldis hatte ihm gut zugeredet: »Seid froh, Vater, vor allem in der kalten Jahreszeit, wenn Ihr nicht ständig zu Pferd im Reich unterwegs sein müsst.«

Berchtold wusste mittlerweile ein prasselndes Kaminfeuer und einen heißen Trunk sowie sein molliges Daunenbett durchaus zu schätzen. Der König musste ständig im Land herumreisen, um an allen Orten nach dem Rechten zu sehen, Streitigkeiten zu schlichten, Gericht zu halten oder Landtage, Fürstentage und kirchliche Synoden abzuhalten. Hielt er sich hingegen in Bamberg oder in der Nähe auf, war Vater Berchtold immer an seiner Seite.

War der König abwesend, hielt Berchtold sich für gewöhnlich an die junge Königin; eine edle und fromme Frau, die viel Gutes tat und sich nicht scheute, Kranke und Gebrechliche in ihren ärmlichen Hütten oder in den Siechenhäusern aufzusuchen, um sie zu trösten und mit dem Nötigsten zu versehen.

Vater Berchtold begleitete sie oftmals auf ihren Wegen in die abgelegenen Dörfer, wobei sie immer einige bewaffnete Knechte mitnahmen, zum Schutz vor Wegelagerern, aber auch vor Wölfen und Bären. Sooft es sich ergab, war auch Griseldis an der Seite der Königin – auf deren ausdrücklichen Wunsch hin, aber auch sehr zum Missfallen der Jungfer Irmintraut.

Frau Kunigunde hätte es gerne gesehen, wenn auch ihre Base sich an dieser gottgefälligen und bitter notwendigen Arbeit beteiligt hätte, aber die hatte mit Samariterdiensten nichts im Sinn. Sie rümpfte nur verächtlich die Nase und meinte:

»Nächstenliebe ist ja sehr lobenswert, liebste Schwester. Aber ich vertrage den jämmerlichen Anblick von Elend nicht. Schon der Geruch der Armut lässt mich speien.«

»Jungfer Griseldis lässt sich davon nicht abhalten«, hatte die Königin verstimmt entgegnet. Der Tadel in ihrer Stimme war dabei nicht zu überhören gewesen.

»Oh, kein Wunder: Der Elendsgestank wird sie an ihr armseliges, dörfliches Zuhause erinnern!« Der giftige Ton der Base war unüberhörbar gewesen.

Jetzt war Frau Kunigunde wirklich erzürnt.

»Und woran gemahnt er wohl *mich*, deiner Ansicht nach?«, hatte sie mit einiger Schärfe gefragt. Frau Irmintraut war gerade noch rechtzeitig klar geworden, dass es jetzt besser war einzulenken.

»Verzeih, liebste Schwester, ich habe mich wohl ein wenig unglücklich ausgedrückt«, schmeichelte sie. Aber Griseldis war sicher, dass der Groll in ihrem Herzen gegen sie nur noch mehr angewachsen war.

Der Kanzler, ein hoch gewachsener, schlanker und gut aussehender Mann mit wachen, grauen Augen und scharfem Verstand, verneigte sich vor dem Herrscher. Griseldis wusste, ihr hoher Patient würde sie nicht des Raumes verweisen und so zog sie sich nur in eine stille Ecke zurück, um das Gespräch nicht zu stören.

»Mein König, zu allem Unglück sind es nicht nur die Herren im Süden, die nach Kaiser Ottos Tod eine günstige Gelegenheit sahen, das deutsche Joch abzuschütteln. Auch unser Nachbar im Osten, der Polenherzog Boleslaw, erlaubt sich neuerdings wieder Übergriffe, die wir nicht hinnehmen können: Er bedroht jetzt sogar die Stadt Meißen.«

»Zum Glück haben wir Frieden mit Frankreich und ausgezeichnete Beziehungen zu Ungarn«, entgegnete Heinrich, dessen Schwester Gisela man mit Ungarns König, der zwei Jahre jünger als Heinrich war, verheiratet hatte. »König Stephan ist dem Reich und mir wohlgesonnen.«

»Polen allerdings ist ein kritischer Fall, Herr«, mischte sich Vater Berchtold ein. »Jede kriegerische Handlung im Osten unseres Reiches bindet einen Teil des Reichsheeres, das wir im Süden gegen die Aufständischen dringend bräuchten.«

»Ottos Regierungsstil hat das deutsche Königtum leider sehr geschwächt, da er sich nur für das römische Imperium stark gemacht hat«, warf Graf Eberhard ein. »Jetzt gilt es für Euch, verlorenes Gebiet wieder zurückzuerobern.«

Griseldis wusste, dass der König nicht gerne Kritik an seinem verstorbenen Vetter hörte, aber der Kanzler scheute sich nicht, diese bittere Wahrheit auszusprechen. Sie war gespannt, wie Heinrich darauf reagieren würde. Er ging jedoch gar nicht darauf ein.

»Unsere Grenze im Osten ist unmittelbar bedroht, denn unter Herzog Boleslaw, den sie den Tapferen nennen, ist in aller Heimlichkeit ein neues Großreich entstanden. Es umfasst nicht nur Schlesien, sondern dazu Pommern und Preußen; und jetzt maßt er sich noch an, sich auch Böhmen einzuverleiben.«

Der König tat immer noch so, als hätte er gar nicht richtig zugehört.

»Am kommenden Ostersonntag, den 28. März 1008, den ich in Quedlinburg mit meiner Gemahlin zu feiern gedenke, habe ich eine ganz besondere Überraschung geplant«, fuhr er unbeirrt fort.

Der Kanzler und sein väterlicher Freund, Pater Berchtold, blickten gespannt auf Heinrich, dem plötzlich ein lausbubenhaftes Grinsen im Gesicht stand. Er rieb sich sogar vergnügt die Hände.

»Ja, ich habe einige Gäste zum Osterfest geladen, von denen ich mir kriegerische Unterstützung gegen Herzog Boleslaw erwarte.«

»GOTT segne Euch, Herr«, rief der Mönch aus, »militärische Hilfe können wir allemal gebrauchen.«

Graf Eberhard war ein wenig zurückhaltender.

»Um wen handelt es sich denn bei diesen zwar höchst willkommenen, wenn auch überraschenden Verbündeten, Herr?«, erkundigte er sich vorsichtig.

Griseldis spitzte die Ohren, damit ihr kein Wort entging. Der König schaute seine beiden Vertrauten treuherzig an und kniff verschwörerisch ein Auge zu.

»Es sind die Häuptlinge der Lijutitzen und Redarier«, flüsterte er dann.

In der Halle war es zunächst totenstill. Dann ertönte ein anerkennender Pfiff des Benediktiners und Graf Eberhard schlug sich begeistert auf den Schenkel. Der sonst so besonnene Kanzler brach in wieherndes Gelächter aus, in das Vater Berchtold und der König umgehend einstimmten. Alle drei Herren lachten buchstäblich Tränen.

»Das wird einschlagen wie Thors Hammer«, ächzte Herr Eberhard und erneut brachen die drei Männer in schallendes Gelächter aus, ohne an der Anspielung auf den Heidengott Anstoß zu nehmen.

»So ist es ja auch gedacht«, entgegnete König Heinrich und wischte sich die Lachtränen aus den Augen.

»Ihr seid wahrlich ein Fuchs, mein König«, sagte der Mönch grinsend. »Wenn die Häuptlinge tatsächlich nach Quedlinburg kommen und mit Euch einig werden sollten, habt Ihr die wichtigsten Bundesgenossen gegen den übermütigen Boleslaw gewonnen.«

»Das ist richtig«, fiel der Kanzler ein. »Diese beiden slawischen Stämme hassen ihren machtgierigen polnischen Nachbarn regelrecht. Aber alle redlichen Christenmenschen werden sich mit Entsetzen gegen das Bündnis aussprechen und Euch unbändig dafür tadeln.

Niemand wird billigen, dass Ihr Euch als christlicher Herrscher mit *Heidenvölkern* gemein macht und Verträge abschließt mit Ungetauften, die noch ihre Götzen in jeder Schlacht mitführen – und das gegen den so guten Christen Boleslaw.«

»Wobei der ›gute Christ Boleslaw‹ keinerlei Hemmungen hat, dem deutschen Reich heimtückisch in den Rücken zu fallen«, merkte Heinrich mit bitterem Sarkasmus an.

»So ist es, Herr«, rief der Kanzler. »Darum lasst Euch von den Protesten der Unwissenden nicht irremachen. Dieses Vertragsprojekt mit den Heiden ist wahrhaftig das Werk eines klugen Staatsmannes. Es könnte die Rettung vor Boleslaw, dem Tapferen, bedeuten.«

Ein wenig schockiert war die Heilerin schon, als sie sich die Konsequenzen dieses Schrittes ausmalte. Es war tatsächlich eine Ungeheuerlichkeit, die der König zu begehen im Begriffe war: die Zusammenarbeit mit gottlosen Heiden gegen einen christlichen Fürsten. Und wieder einmal war sie Zeugin der ausgesprochenen Gerissenheit Heinrichs.

›Die deutschen Bischöfe werden zu Recht Feuer speien, sobald sie davon Kenntnis erhalten‹, dachte sie ein wenig beklommen.

KAPITEL 27

DIE KÖNIGIN SASS im Kreise ihrer weiblichen Gefolgschaft, zu der zum nicht geringen Missvergnügen ihrer Base auch Griseldis zählte, in einer Kemenate der Residenz zu Quedlinburg.

Sie stickten und webten, manche malten oder erledigten sonstige Handarbeiten. Da trat Frau Irmintraut, die nach ihrem fünfundzwanzigsten Geburtstag darum gebeten hatte, nicht mehr mit »Jungfer« angesprochen zu werden, zu ihrer Verwandten und schmeichelte dieser:

»Wunderschön seht Ihr wieder aus, liebste Schwester. Stolz und vornehm wie eine geborene Königin.«

»Danke, liebe Base«, gab Frau Kunigunde bescheiden zur Antwort. »An meiner Wiege hat mir das wahrlich keiner gesungen, dass ich einmal einen König zum Gemahl haben werde. Für mich, die Tochter eines unbedeutenden Grafen aus dem Ardennengau, war sicher nur ein Lehnsmann meines Vaters vorgesehen. Dass der damalige mächtige Herzog von Baiern ausgerechnet *mich* erwählt hat, kommt mir heute noch wie ein Wunder vor.«

»Aber nicht doch, Kunigunde«, wehrte Irmintraut ab, »wozu diese Bescheidenheit? Bei Eurer Schönheit und Klugheit musste es zwangsläufig so kommen, dass Ihr einem ganz hohen Herrn ins Auge fielet.«

›Sie schmiert Kunigunde ordentlich Honig um den Mund‹, dachte Griseldis verstimmt, ›und glaubt, jeder Mensch höre gerne Komplimente, ja selbst Heilige seien nicht gefeit gegen Eitelkeiten. Irmintraut will auf keinen Fall, dass ihre königliche Base Verdacht gegen sie schöpft. So ein dummer Vorfall wie heute Vormittag darf sich auf keinen Fall wiederholen, sonst würde womöglich sogar die unbedarfte Kunigunde misstrauisch werden.‹

Auf dem Ritt nach der Stadt Quedlinburg, wo sich das Königspaar zur Feier des diesjährigen Osterfestes treffen wollte, hatten sie des lahmenden Pferdes der Königin wegen kurz vor Erreichen ihres Endzieles eine Rast einlegen müssen.

Frau Kunigunde lagerte mit ihren Hofdamen im Schatten eines riesigen Eichbaums und ließ sich einen mit viel Wasser vermischten Becher Wein reichen. Dazu knabberte sie ein wenig Gebäck und wartete auf den Bericht des Rittmeisters über die Fußverletzung ihrer Lieblingsstute Stella.

Griseldis hatte sich ein wenig abseits der Damenschar im dichten Gras niedergesetzt und so sah sie als Erste eine ältere Frau mit langen, schwarzen Haaren, durchsetzt mit weißen Strähnen. Sie hatte Reisig in der Nähe gesammelt und trat nun neugierig an die Gruppe der vornehmen Edeldamen in seidenen Gewändern und pelzgefütterten Umhängen heran, um sie in Augenschein zu nehmen.

Als das Weib bei der freundlich lächelnden Königin angekommen war, ließ es sein Reisigbündel zur Erde gleiten und vollführte einen Knicks vor der Herrscherin.

»Guten Tag wünsche ich Euch, Frau Kunigunde, und gesegnete Ostertage mit Eurem Gemahl, König Heinrich.«

»Ich danke dir, gute Frau«, nickte die Königin und schien ehrlich erfreut zu sein. »Kann ich irgendetwas für dich tun?«

»Nein, Herrin«, antwortete die ärmlich gekleidete Frau, deren Teint dunkel war, aber deren Haltung und Profil eine vornehmere Abkunft andeuteten. »Vielen Dank. Aber vielleicht kann *ich* etwas für *Euch* tun!«

Gespannt hatte Griseldis die Szene unter dem Baum verfolgt.

»Und das wäre, liebe Frau?«, begehrte Kunigunde zu wissen.

»Ich könnte Euch die Zukunft aus Eurer Hand weissagen, wenn Ihr das wollt, hohe Frau«, erbot sich die Reisigsammlerin.

Bei diesen Worten war Griseldis unwillkürlich aufgestanden und näher an das Geschehen herangetreten. Sie spürte, dass diese unverhoffte Begegnung interessant zu werden versprach.

»Das ist gut, liebste Base«, mischte sich Frau Irmintraut ein. »Ihr braucht ja nicht daran zu glauben, aber so ein bisschen Spaß ist immer recht kurzweilig. Und wer weiß, womöglich stimmt ja doch, was Euch die Alte prophezeit. Sie wird nicht wagen, Euch gar zu Schlechtes vorauszusagen, aus Angst, Ihr könntet verstimmt sein.

Das wäre wiederum schlecht für ihr Geschäft: Diese Art Weiber erwartet nämlich ein größeres Geldgeschenk von Euch«, fügte sie geringschätzig hinzu. Griseldis entging nicht, wie die fremde Frau bei diesen Worten zusammenzuckte.

»Nun gut.« Kunigunde klang überzeugt und wandte sich von Irmintraut ab. »So verrate mir die Zukunft. Aber zuerst will ich deinen Namen wissen, weise Frau.«

»Man nennt mich Estefania, Herrin. Ich komme von weit her, von Konstantinopel, wohin man mich einst als junge Sklavin verkauft hat. Ursprünglich stamme ich jedoch aus Athen. Mein Herr hat mich schließlich nach Deutschland mitgenommen und nach dreißig Jahren treuer Dienste freigelassen.«

»Du siehst in der Tat wie eine Griechin aus.« Die Königin blickte die Seherin wohlwollend an. »So sage mir nun, was du in meiner Hand lesen kannst, Estefania.«

Kunigunde reichte der Freigelassenen ihre Rechte, welche die Griechin ehrerbietig ergriff und küsste. Griseldis beobachtete mit Ungeduld, wie die schwarzen Augen der Frau auf den Handlinien der Königin verweilten.

»Ich liebe und verehre Euch, hohe Herrin, deshalb bedauere ich besonders, dass ich Euch durchaus nicht nur Gutes vorhersagen kann.«

Die Reisigsammlerin warf einen finsteren Blick auf Frau Irmintraut, die sich dicht neben der Königin niedergelassen hatte.

»Ein Geschenk erwarte ich übrigens keineswegs«, sagte sie dann würdevoll in deren Richtung.

»Meine Base hat es nicht böse gemeint«, nahm Frau Kunigunde ihre Verwandte in Schutz, widmete jedoch der Schönen an ihrer Seite einen tadelnden Blick. »Aber sprich weiter, Estefania, und schone mich nicht: Ich werde die Wahrheit bestimmt ertragen.«

Die ältere Griechin nahm nun auch die linke Hand der Königin auf und betrachtete sie eingehend. Nach einer Weile sah sie die Herrscherin voll Verehrung, jedoch Verzeihung heischend an.

»Im Großen und Ganzen werdet Ihr ein langes, glückliches Leben führen, Herrin. Allerdings wird Euch *ein* Herzenswunsch nicht in Erfüllung gehen, solange Ihr im Banne der schwarzen Schlange lebt.«

Als Griseldis dies gehört hatte, war sie fast sicher, dass nur sie und Frau Irmintraut verstanden hatten, was die Fremde damit hatte sagen wollen. Alle anderen hatten ebenso verständnislos dreingesehen wie die Königin selbst.

»Wie einst Kleopatra von Ägypten nährt Ihr eine Feindin an Eurem Busen. Diese Natter wird es zu verhindern wissen, dass Ihr vollkommenes Frauenglück erlangt«, fuhr Estefania leise fort.

Die Seherin hatte inzwischen die Hände der Herrscherin losgelassen, sich erhoben und einen flammenden Blick auf Frau Irmintraut geworfen. Mit fester Stimme richtete sie das Wort jedoch an die Königin:

»Hütet Euch vor der schwarzen Viper, deren Gift Euch zwar nicht zu töten vermag, hohe Frau, es Euch aber unmöglich macht, die wahre Erfüllung eines jeden Weibes zu finden.«

Daraufhin verbeugte sich Estefania vor der Königin, hob ihr Reisigbündel auf und schulterte es. Die vor Zorn hochrot gewordene Base der Königin zischte wütend: »Welch eine bodenlose Frechheit! Man sollte die Hexe pfählen.«

Da wandte sich die Griechin noch einmal Irmintraut zu und machte mit den Fingern ihrer Linken das Abwehrzeichen gegen böse Geister, indem sie aus der geschlossenen Faust Zeige- und kleinen Finger abspreizte wie eine Gabel.

»Ihr solltet Euch von der Königin fernhalten!«, rief sie ihr noch zu.

Dann war die Unbekannte so geschwind verschwunden, wie sie zuvor bei den Lagernden aufgetaucht war.

»Ich glaube den ganzen Unsinn nicht«, beruhigte Kunigunde ihre tobende Verwandte, die die Griechin am liebsten verfolgen lassen wollte, um sie streng zu bestrafen. Die übrigen Damen waren zum größten Teil amüsiert, manche schüttelten nachdenklich den Kopf, einige aber blickten mit Besorgnis auf die Königin und ein paar mit Argwohn auf Frau Irmintraut.

Auch Griseldis hatte ihr Augenmerk auf die schwarzhaarige Base Kunigundes gerichtet. Was hatte die hellsichtige Frau wohl genau gesehen? Ehe sie weiter darüber nachdenken konnte, hörte sie die Stimme der Königin.

»Lasst uns das Ganze schnell vergessen. Vor allem mein Gemahl, der König, darf über diesen Vorfall nichts erfahren. Herr Heinrich ist strikt gegen jede Art von Wahrsagerei.

Er findet sie dumm und gefährlich und von Hexen will er überhaupt nichts wissen. Seiner Meinung nach verwirren diese die gutgläubigen Menschen nur und nötigen sie zu Handlungen, welche unsere heilige Mutter Kirche als Aberglauben verbietet.«

Dann fügte sie noch hinzu: »Also meine Damen: kein Wort mehr darüber.«

Griseldis konnte deutlich erkennen, wie die Base Kunigundes heimlich aufgeatmet hatte, dass die Königin dem unerfreulichen Zwischenfall keinerlei Bedeutung beizumessen schien.

Inzwischen hatte die Untersuchung von Frau Kunigundes Stute einen verletzten Huf ergeben. Stella war die nächste Zeit nicht in der Lage, ihre Herrin irgendwohin zu tragen. Die Königin würde ein anderes Pferd benützen müssen, um zu ihrem Gemahl in die Pfalz nach Quedlinburg zu gelangen.

KAPITEL 28

GRISELDIS ENTGING NICHT, dass der Verwandten der Königin die österliche Feierlaune verdorben war. Sie schien sogar ein wenig Angst zu haben.

›Kein Wunder‹, dachte die Heilerin, ›alle Hofdamen haben den Auftritt der ehemaligen Sklavin mitbekommen und Irmintraut kennt diese schwatzhaften Elstern. Sie befürchtet, dass trotz des Schweigegebots der Königin dieser Vorfall die Runde macht und bis zu Vater Berchtold gelangt. Und dieser besitzt das Ohr des Königs.‹

Griseldis wusste, dass Frau Irmintraut mittlerweile den »impertinenten Mönch«, wie sie einmal sagte, genauso hasste wie sie selbst, die geschätzte Heilerin Herrn Heinrichs. Sie nahm sich vor, in nächster Zeit der Base und ihrer spanischen

Hexe genau auf die Finger zu sehen. Sollte ihr etwas verdächtig erscheinen, würde sie es dem Benediktiner sagen, damit es schließlich auch der König erfuhr. Sie hatte das absurde Erlebnis im Kellergewölbe der Regensburger Residenz keineswegs vergessen …

Griseldis hoffte, dass das Osterfest bald vorüberginge: In Bamberg wartete Meister Konrad ungeduldig auf sie, des Königs Kirchenbaumeister und ihr Liebster.

›Wir sind viel zu oft und zu lange getrennt‹, dachte sie sehnsüchtig. Gleich darauf schalt sie sich eine eigensüchtige Person. Wie oft waren denn Herr Heinrich und seine Gemahlin nicht zusammen? Und hatte sie auch nur *einmal* die Königin jammern gehört?

›Ich sollte mich schämen und stattdessen froh und zufrieden sein mit meinem Schicksal, das es wahrlich gut mit mir gemeint hat. Genauso gut könnte ich jetzt unter der Fuchtel meiner hochmütigen Schwägerin leiden oder mich den unerträglichen Launen eines griesgrämigen Gatten beugen müssen. Nie mehr will ich mein Los beklagen‹, nahm sie sich vor.

Die Königin und ihr Gemahl Heinrich, der Feste, vor allem die kirchlichen, über alles liebte, begingen das heilige Osterfest in Quedlinburg mit großem Pomp. Den Teilnehmern fielen beinahe die Augen aus dem Kopf – nur ein winziger Kreis war eingeweiht –, als die Oberhäuptlinge der Lijutitzen und Redarier mit ihrem pittoresken Anhang auftauchten.

Ihre Umhänge aus Wolfsfell reichten bis zum Boden und trotz des schon recht warmen, sonnigen Frühlingswetters trugen sie Fuchspelzmützen, die ihre Ohren bedeckten. Von ihren Gesichtern sah man nicht allzu viel, da gewaltige Schnauz- und Kinnbärte die breitflächigen Züge der heidnischen Slawen verbargen. Aber da sie häufig lachten, sah man ihre Goldzähne blitzen und ihre lebhaften, blauen Augen unter den dichten, blonden Brauen funkelten.

Sie versprachen dem deutschen König im Kampf gegen den polnischen Ruhestörer Boleslaw Heeresfolge. Im Gegenzug dazu würde König Heinrich auf die Missionierung ihrer heidnischen Gebiete verzichten. Der Vertrag wurde feierlich besiegelt und danach beging man gemeinsam mit den Gästen ein ganz besonderes Fest.

Um die Häuptlinge zu beeindrucken, ließ man es an nichts fehlen. Knechte drehten die riesigen Spieße, die man im Freien über Glutbecken aufgestellt hatte, und ließen frisch geschlachtete Mastochsen und junge Hammel langsam über dem Feuer rösten. Daneben hatte man große Grillroste über die glühenden Kohlen gelegt, auf denen Hühner und Gänse brutzelten.

Der Duft des kräftig gewürzten Fleisches zog über die bunte Zeltstadt, die die Dienerschaft des Königs auf der riesigen Wiese vor der Pfalz zu Quedlinburg aufgebaut hatte. Kräftige Kerle rollten zahlreiche schwere Wein-, Bier- und Metfässer herbei, bockten sie auf und zapften sie alsbald an.

Griseldis, die übrigen Hofdamen Kunigundes und die Herren des Königs, die gerade dienstfrei hatten, spazierten auf schmalen Wegen an den Zelten der Gäste vorüber. Die meisten strebten den turmähnlichen, mit farbenfrohen Decken behängten und an der Spitze mit goldenen Knäufen versehenen Behausungen der heidnischen Bundesgenossen König Heinrichs zu.

Die Ritter des Königs waren vor allem an den Waffen der Fremden interessiert. Sie begutachteten die bereitwillig präsentierten, spiegelblank polierten Schwerter, die scharf geschliffenen Dolche, die Lanzen und sorgfältig bearbeiteten

Speerspitzen sowie die kunstvoll geschnitzten Bögen samt den gefiederten Pfeilen.

Die Heilerin ging langsam inmitten einer kleinen Gruppe junger Damen. Die muntere Schar bestaunte die mit Perlen bestickten Zeltplanen und die vor jedem Eingang positionierten hölzernen Götterfiguren, die von den Besitzern zum Schutz vor schlechten, in ihren Augen vermutlich *christlichen* Einflüssen aufgestellt worden waren.

Die heidnischen Krieger, die sich vor den Zelten herumdrückten, ihre Kleider und Waffen reinigten oder ihre Pferde striegelten, grinsten die hübschen Hofdamen in ihren Feiertagsgewändern freundlich an, aber die meisten Frauen senkten, wie es Brauch war bei der Annäherung fremder Männer, sittsam die Augen. Rasch trippelten die Damen der Königin in ihren seidenen Pantöffelchen weiter.

»Ach, lasst uns doch besser umkehren«, schlug da die Jüngste unter ihnen vor. »Vielleicht vermisst uns die hohe Herrin schon.«

Griseldis, die am weitesten vorausgegangen war, hörte den Einwand des kleinen Edelfräuleins nicht und ihr entging, dass die Gruppe kehrtmachte. Sie hatte in der Nähe einen kleinen Bach rauschen hören und ihrer Erfahrung nach wuchsen dort oft die besten und seltensten Heilkräuter.

›Bachnelkenwurz, Bärenklau, Storchschnabel und Brennnessel – wusste ich es doch‹, freute sich die junge Frau, als sie am Wasser ankam. Aus ihrer Rocktasche zog sie ein zusammengefaltetes Stoffsäckchen, das sie für gewöhnlich mit sich trug, um Heilpflanzen zu sammeln. Sie begann mit dem Pflücken der Kräuter, fand außerdem noch Löwenzahn und Hirtentäschel.

Ganz in ihre Tätigkeit versunken spazierte sie am Bach entlang, der nach der kürzlich erfolgten Schneeschmelze ordentlich Wasser führte und angenehm rauschte. Sie entfernte sich dabei immer weiter von der Zeltstadt und dem Platz, auf dem man Tische und Bänke aufgestellt hatte, um die vielen hundert Gäste des Königspaares zu verköstigen.

Griseldis' Gedanken weilten beim König. Vergangene Nacht hatte er nach ihr schicken lassen und sie hatte ihm erneut ihre heilenden Hände aufgelegt. Seine Schmerzen waren noch nicht sehr stark ausgeprägt gewesen. Schon nach kurzer Zeit hatte das typische Pochen in der Lendengegend aufgehört. Sie hatte den Herrscher nämlich gebeten, in Zukunft nicht mehr so lange zu warten, ehe er sich in ihre Behandlung begab.

»Je größer der Schmerz ist, desto länger dauert auch sein Verschwinden und desto mehr Unheil können die Steine in Eurem Körper anrichten, Herr. Ich bitte Euch, habt keine falsche Scham und ruft nach mir, wenn Ihr das geringste Weh verspürt. Das Ertragen von Koliken zeugt nicht von besonderer männlicher Tapferkeit, sondern bedeutet bloß die Schädigung Eurer inneren Organe.«

Herr Heinrich hatte es versprochen und gestern auch so gehalten.

›So konnte er heute mit frischer Kraft in die Verhandlung mit diesen Häuptlingen aus dem Osten gehen‹, dachte sie. ›Die wird er noch brauchen angesichts der Schelte, die er dafür ernten wird.‹

Nach einer Weile erst fiel ihr auf, dass sie ganz alleine am Ufer dieses mit mannshohem Gesträuch bewachsenen Flüsschens stand.

›Ich sollte umkehren, womöglich sucht man mich schon‹, sagte sich Griseldis und lenkte ihre Schritte zurück zum Festplatz. Um den Weg abzukürzen, lief sie direkt an einem etwas abseits stehenden, ganz besonders aufwändig geschmückten Zelt vorüber – wohl dem eines der heidnischen Oberhäuptlinge.

Über dem sorgsam mit ledernen Schlaufen verschlossenen Eingang war, im Gegensatz zu allen anderen, weit offen stehenden Zelten, ein mächtiger skelettierter Rinderschädel mit riesigen vergoldeten Hörnern angebracht. Beinahe wurde ihr ein wenig mulmig bei diesem Anblick: Es schien sich um einen wilden Auerochsen gehandelt zu haben.

Da vernahm sie einen seltsamen Laut. Unwillkürlich hielt Griseldis inne. Was war das gewesen? Sie lauschte. Da! Da war es wieder. Sie zweifelte nicht mehr daran, dass es die Schreie einer Frau waren, die hinter dem dicken Zeltstoff hervordrangen.

›Einer der exotischen Herren maßregelt wohl seine Sklavin‹, dachte sie zuerst. Aber als sie nun deutsche Wörter in dem mittlerweile lauter gewordenen Gekeife der Unbekannten ausmachte, überlegte sie, ob sie eingreifen sollte.

›Bündnispartner unseres Königs gegen Boleslaw zu sein, erlaubt diesem Heiden noch lange nicht, ein deutsches Mädchen zu züchtigen‹, sagte sich Griseldis und ging beherzt auf den Zelteingang zu, ohne genau zu wissen, was sie nun tun sollte.

Ehe sie zu einem Entschluss kam, wurde die Zeltklappe mit einem Ruck von innen aufgerissen und eine grobe Männerfaust stieß eine junge, schwarzhaarige Frau ins Freie.

Das Weib stolperte und fiel vor dem Zelt auf den Erdboden, der zum Glück trocken war, da es längere Zeit nicht mehr geregnet hatte. Aus dem Inneren erklang eine zornige männliche Stimme, ehe die Lederklappe wieder verschlossen wurde. Die Frau am Boden kreischte wütend, richtete sich aber so schnell auf, dass Griseldis gar nicht dazu kam, ihr aufzuhelfen.

»Oh, mein Gott!«, entfuhr es der Heilerin, »Ihr seid das? Wie kamt Ihr denn bloß in das Zelt dieses Barbaren? Hat er Euch entführt?«

Im selben Moment sah sie aus dem Augenwinkel zwischen den Bäumen eine magere, schwarze Gestalt mit einer riesigen Haube heraneilen und auf einmal war Griseldis alles klar.

Frau Irmintraut hatte wohl ein romantisches Stelldichein mit einem der Gäste in dessen Prunkzelt vereinbart gehabt und Doña Maddalena war darauf angesetzt, so lange draußen Wache zu stehen.

»Eure Kleider sind zerrissen und Ihr selbst seid verletzt«, stellte Griseldis ruhig fest, aber die Base der Königin fauchte sie nur unbeherrscht an: »Ihr dummes Geschöpf, das weiß ich selber. Schert Euch zum Teufel! Ich brauche niemand, der sich an meinem Unglück weidet. Macht, dass Ihr verschwindet, verdammte Schnüfflerin!«

Die arg zerzauste und nur noch mit den Fetzen ihres einst so schönen, roten Seidenkleides bekleidete Irmintraut war völlig außer sich. Plötzlich fiel ihr Blick auf ihre Vertraute, die Hexe Maddalena. Wie eine Furie fuhr die gedemütigte Base der Königin der Alten mit ihren krallenartigen Fingernägeln ins Gesicht.

»Miststück! Warum bist du nicht rechtzeitig bei mir gewesen und hast mich vor diesem Untier beschützt?«, kreischte sie mit schriller Stimme, ehe sie haltlos zu weinen begann.

Griseldis konnte noch beobachten, wie die Spanierin ihrem Schützling ihre eigene, schwarze Sukkenîe um die freiliegenden, mit blauen Flecken übersäten Schultern legte und beruhigend auf die reichlich zerschrammte Dame einredete.

Die Heilerin sah zu, dass sie sich möglichst schnell aus Irmintrauts Reichweite entfernte. Wer konnte wissen, was der völlig außer sich Geratenen sonst noch einfiele …

›Jetzt weiß ich wenigstens ein für alle Mal, dass ich für immer eine Todfeindin habe.‹ Mit Bangen beschleunigte die junge Frau ihre Schritte, um möglichst schnell unter andere

Menschen zu gelangen, obwohl ihr jetzt keineswegs nach einem fröhlichen Festgelage zumute war.

›Doch auch Frau Irmintraut muss vorsichtig sein, denn ich weiß etwas über sie, wovon sie gewiss keinen Wert darauf legt, dass es allgemein bekannt wird. Die Königin wäre jedenfalls entsetzt, wenn man ihr hinterbrächte, dass ihre Base sich wider alle guten Sitten mit einem ungetauften Wilden zu intimem Zusammensein verabredet und sich allein in dessen Zelt begeben hat.‹

Griseldis war neugierig, welche Ausrede die schlaue Irmintraut sich einfallen ließ, um das zerrissene Gewand, die Kratzer und blauen Flecken an Gesicht, Hals und Armen zu erklären …

KAPITEL 29

ALS DAS ANSTÖSSIGE Bündnis des Königs ruchbar wurde – die Neuigkeit machte in Windeseile die Runde –, herrschte große Empörung in den geistlichen Kreisen. Die Bischöfe, obgleich mehrheitlich Anhänger Heinrichs, waren schlichtweg entsetzt.

Das Königspaar blieb noch einige Tage im schönen Quedlinburg und Herr Willigis, der Erzbischof von Mainz und einer der treuesten Freunde Heinrichs, suchte sie in der dortigen Residenz auf.

»Immerhin ist Boleslaw Chrobry ein getaufter Christ und Ihr tut, Herr, als wäre er der Teufel höchstpersönlich, welchen Ihr mit dem Beelzebub, sprich diesen Heidenvölkern, auszutreiben wünscht«, gab der mächtige Kirchenfürst dem Herrscher zu bedenken.

»Ganz genau so verhält es sich, Herr Erzbischof«, beschied Heinrich kühl dem hohen geistlichen Herrn. »Oder wisst Ihr mir eine Lösung, die dauerhaften Erfolg verspricht, uns diesen raffgierigen Polenherzog vom Hals zu halten?«

Worauf der Kirchenfürst betreten schwieg.

Mittlerweile waren die Königin mit ihren Damen sowie Vater Berchtold längst wieder in Bamberg, wo sich Frau Irmintraut der Pflege ihrer spanischen Dienerin überließ.

Kunigunde, die über ihr lädiertes Aussehen ernsthaft besorgt gewesen war, hatte sie vorgegaukelt, sie wäre bei einem Spaziergang im Wald über eine Baumwurzel gestolpert, als sie vor einem »großen, wilden Tier« davongelaufen sei …

Vater Berchtold, der von Griseldis über das wahre Geschehen informiert worden war, hatte lauthals aufgelacht. Auf den unwilligen Blick der Königin ob seiner unsensiblen Wesensart hin, hatte er nur spöttisch gemeint:

»Mir hat ein Vögelchen gezwitschert, bei diesem wilden Tier habe es sich um ein ganz besonderes Geschöpf gehandelt: um eines von der Größe und dem Aussehen eines Bären – wohnhaft in einem bunten Zelt der Lijutitzen.«

»Mir scheint, Pater, Ihr habt heute etwas zu tief in den Metkrug geschaut«, gab die Base der Königin schlagfertig zurück.

Griseldis bewunderte diese Frau beinahe, wie rasch sie reagierte und es immer wieder verstand, ihren Kopf aus der Schlinge zu ziehen.

Dennoch war Frau Irmintraut erblasst; sie wusste genau, woher der vorlaute Klosterbruder seine Kenntnis bezogen hatte. Um größerem Ungemach vorzubeugen – womöglich ließ Kunigunde es sich einfallen nachzuhaken, was der Mönch damit gemeint hatte –, war sie gekonnt in Ohnmacht gefallen. Alle bemitleideten sie daraufhin und keiner scherte sich mehr um den Einwurf des alten Benediktiners.

Für ganze drei Wochen zog sich Frau Irmintraut aus dem Hofleben zurück. In ihrem eigenen Gemach ließ sie sich einzig von Doña Maddalena umsorgen – als nahe Verwandte der Herrscherin brauchte sie nicht mit den übrigen Damen der Königin zusammen zu nächtigen.

Griseldis vermisste sie am allerwenigsten; sie war genug mit ihrer Liebe zu Meister Konrad beschäftigt. Ihre Beziehung war mit der Zeit immer enger und herzlicher geworden und die Heilerin konnte kaum den Tag erwarten, an dem sie ihr gemeinsames Haus beziehen konnten und sie heiraten würden.

Meister Konrad erledigte für den König mehrere kleinere Projekte; am großen Dom wurde vorerst nicht gebaut, aber die Pläne waren vollendet und hatten die Billigung Herrn Heinrichs gefunden.

Im Augenblick hatte der Herrscher jedoch andere Sorgen. Auch von den weltlichen Fürsten erntete er schärfste Missbilligung. Die Kritik prasselte so harsch auf ihn hernieder, dass er nach eigenen Worten »froh sei, in meiner Gemahlin und Mitregentin Kunigunde sowie in Kanzler Eberhard und Vater Berchtold solide Stützen zu haben«.

Mitte August desselben Jahres 1008 brach er mit einem ansehnlichen Heerhaufen von Merseburg aus auf nach dem Osten. Heinrich hatte sich eine Finte ausgedacht, um Boleslaw zu täuschen.

»Unterhalb der Stadt Meißen will der König Schiffe versammeln, genauso als sollte hier der Übergang über die Elbe stattfinden zum unmittelbaren Angriff auf den Polenherzog«, vertraute Vater Berchtold der Heilerin an, die diesmal in der

Residenz geblieben war. »Heinrich will im Eilmarsch weg von der Elbe und direkt nach Süden marschieren, um durch das Erzgebirge in Böhmen einzudringen und dort eine Stellung Boleslaws zu erschüttern.«

Von dieser Art von Kriegskunst hatte Griseldis wenig Ahnung und sie interessierte sich auch nicht besonders dafür: »Ich hoffe nur von Herzen, dass der König während des Feldzugs von seinen Steinattacken verschont bleibt.«

»Darum bete ich jeden Tag«, verriet der Benediktiner, »und bisher scheint es auch geholfen zu haben. Heute erhielt die Königin eine Nachricht von ihrem Gemahl, worin er schreibt, dass es ihm gesundheitlich wohl ergehe. Allerdings haben sich die Gefechte zwar nicht allzu verlustreich gestaltet, aber dafür äußerst zäh und langwierig. Mehrfach ist Herr Heinrich in Versuchung gewesen, einfach aufzugeben. Aber mit GOTTES Hilfe hat er es geschafft, wenigstens Böhmen dem Einfluss dieses Boleslaw Chrobry zu entreißen.«

»Ich bin erst wieder beruhigt, wenn der König tatsächlich wieder unversehrt zu Hause eintrifft«, sagte Griseldis. »Meine Gedanken wandern jeden Tag nach Osten, wo mein königlicher Patient sich mit einem heimtückischen Gegner herumschlagen muss. Falls Herr Heinrich mitten im Kampfgetümmel von seinem Steinleiden überfallen würde – daran mag ich gar nicht denken. Aber er wollte ja auf keinen Fall meine Begleitung dulden. Es sei für ein junges Weib zu gefährlich, hat der König gemeint.«

»Womit er natürlich recht hat«, versetzte der Mönch. »Frauen haben bei einer Schlacht nichts verloren. Aber tröstet Euch: Immerhin habe ich es erreicht, dass einer seiner Ärzte sich dazu herabgelassen hat, sich an Eure Anweisungen zu halten und dem Herrscher morgens und abends jenen Tee aufzubrühen, den Ihr ihm mitgegeben habt.«

Griseldis schmunzelte. Es war sicher nicht einfach gewesen, den stolzen Medicus dazu zu überreden. »Nicht länger als jeweils vier Vaterunser lang eine Handvoll der Kräuter in einem Becher mit aufgekochtem, etwas abgekühltem Wasser ziehen lassen, habe ich dem Mann eingeschärft. Er hat mir hoch und heilig versprochen, es genauso zu machen. Diese Vorsichtsmaßnahme muss leider genügen.«

Dann hatte Griseldis Vater Berchtold daran erinnert, dass er ihr die Geschichte, wie es doch noch zu Herzog Heinrichs Wahl zum König gekommen war, hatte weiter erzählen wollen.

»Ihr habt versprochen, mich nicht wieder endlos darauf warten zu lassen, ehe Ihr mir von den spannenden Ereignissen berichtet, Pater.«

Vater Berchtold ließ sich nicht vergebens bitten.

Herzog Heinrich suchte unermüdlich weitere Verbündete für seine Wahl zum König. Und er fand sie auch. Ganz allmählich entschieden sich die meisten der Wahlberechtigten für ihn. Er konnte zufrieden sein.

Auch Bischof Werner von Straßburg und Bischof Adalbero von Basel hatten sich auf seine Seite geschlagen. Das wiederum ärgerte ganz gehörig seinen Oheim, Hermann von Schwaben. Heinrich jedoch konnte jetzt dem Wahltag mit Ruhe entgegensehen.

Erzbischof Willigis von Mainz hatte Anfang Juni 1002 alle weltlichen und geistlichen Fürsten zur Wahl zu sich in die Domstadt gerufen. Heinrichs Anhänger aus Baiern, Kärnten, Franken und Oberlothringen folgten dem Ruf des mächtigen Kirchenfürsten.

Der Trupp näherte sich der Stadt Worms, wo man mit den Pferden auf Fähren den Rhein zu überqueren gedachte, um nach Mainz zu gelangen.

»Ein prächtiges Gefolge mit einer ansehnlichen Anhängerschar habt Ihr, Herr Herzog«, stellte ich mit zufriedener Miene fest. »Nun müsst Ihr nur noch das Elsass und Niederlothringen auf Eure Seite ziehen.« In meiner schlichten, schwarzen Benediktinerkutte wirkte ich wie eine Amsel unter prächtigen Pfauenhähnen.

Die Gäule scharrten nervös mit den Hufen, als sie die reißenden Fluten sahen; der Rhein führte Hochwasser, da es wochenlang wie aus Eimern geschüttet hatte.

»Ein Fährbetrieb ist bei dieser starken Strömung des Rheins nicht möglich«, stellte Heinrich fest. »Und wie ich an den Fahnen erkennen kann, hat sich am jenseitigen Ufer bereits mein Oheim, Herzog Hermann von Schwaben, mit seinen Mannen niedergelassen.

Sollten wir es trotz allem schaffen, den Fluss zu überqueren, würde er uns den Weg nach Mainz sicherlich versperren. Ich verspüre aber nicht die geringste Lust, mich am Tage meines großen Triumphes auf einen Kampf mit ihm einzulassen. Der Teufel soll den Schwaben holen!«

»Recht so, Herr«, rief ich ihm übermütig zu, »soll Herr Hermann auf seinem Arsch hocken bleiben und in Worms auf uns warten, bis er schwarz wird.«

KAPITEL 30

Ich wendete mein *Pferd und folgte wie die anderen meinem Herzog, der umgekehrt war und scheinbar den Weg Richtung Heimat einschlug.*

›Das fehlte noch, dass mein Herr mit seinem Gaul durchs kalte Wasser reitet und sich die nächste Blasensteinattacke einfängt – jetzt, wo nicht einmal einer seiner Leibärzte dabei ist. GOTT möge dies verhüten!‹ Ich war ernstlich besorgt.

Wenn es nach mir gegangen wäre, hätten wir Euch, das Mädchen mit den heilenden Händen, gleich aus Eurem Dorf geholt, aber das war nicht im Sinne Herrn Heinrichs gewesen.

»Ein junges Mädchen unter lauter Männern?«, hatte er kopfschüttelnd gefragt. Auch davon, dass man Euch schlankes Ding recht gut als jungen Knappen ausstaffieren könnte, hatte der Herzog damals noch nichts wissen wollen.

Im Innersten vermutete ich jedoch, mein Herr wollte auch nur jeglichen Anschein vermeiden, der Kandidat für den Königsthron bedürfe der Dienste eines Medicus. Ein König hat doch immer und unter allen Umständen gesund zu sein.

»Ich fühle mich großartig«, hatte Heinrich jede weitere Diskussion abgewürgt. In diesem Moment habe ich mir vorgenommen, immerzu für meinen Herrn zu beten, dass dieser von seinem Leiden verschont bleibe – wenigstens bis die Königswahl vorüber war.

Der Schwabenherzog Hermann sollte nur getäuscht werden, denn in Lorsch setzte Heinrich von Baiern den Zug aufs Neue in eine andere Richtung fort. Sie ritten nun direkt auf die Stadt Mainz zu, um hier gefahrlos den Rhein auf einer Brücke zu überqueren.

An dieser Stelle musste Griseldis lachen.

»Heinrich ist doch der Schlaueste von allen. Es wäre ein großer Verlust gewesen, wenn nicht er König geworden wäre, sondern ein anderer. Gut, dass die meisten das offenbar eingesehen haben.«

Pater Berchtold nickte und setzte seine Erzählung fort.

Nach der Wahl in Mainz und der lange andauernden Stimmenauszählung verkündete der Erzbischof Willigis den Namen des Gekürten: Es war Herzog Heinrich von Baiern, der bereits ganz nervös geworden war, weil das Ergebnis so lange hatte auf sich warten lassen.

Gleich darauf begab man sich so schnell wie möglich nach Aachen, damit die Krönung und Salbung zum König vollzogen werden konnte. Nach alter Tradition fand dieses Ereignis im alten, ehrwürdigen Kaiserdom statt. Ich stand ganz vorne in der Reihe der Zuschauer und war sehr erleichtert darüber, dass mein Herr diese Hürde genommen hatte. Dieses heilige Geschehen sollte Eingang in meine Aufzeichnungen finden; außerdem wollte ich Euch eines Tages genauestens davon berichten, sobald Ihr denn am Hof zu Regensburg eingetroffen wärt, wie Ihr es Herrn Heinrich vor geraumer Zeit zugesagt hattet.

Keinen Augenblick hatte ich daran gezweifelt, dass die kleine Heilerin ihr Versprechen einlösen würde. Ich freute mich bereits darauf, eine neue Schülerin zu erhalten – jetzt, da mein bisheriger Schützling, der ehemalige Baiernherzog, mir endgültig entwachsen war …

Der alte Dom zu Aachen, errichtet von Kaiser Karl dem Großen, war zu diesem bedeutenden Ereignis prächtig geschmückt mit Blumen, Kerzen und Kränzen. Die Teilnehmer an diesem bewegenden Geschehen waren in ihre wertvollsten Gewänder gehüllt.

Eine Königskrönung war eine seltene und heilige Handlung und wer dazu geladen war, erschien mit frohem Herzen und hatte sein prächtigstes Geschmeide angelegt, um den neuen König zu ehren.

Der Erzbischof hielt eine Rede, die allen ans Herz griff und dem neuen Herrscher noch einmal die Bedeutung seines schweren Amtes klarmachte. Hernach wurde Heinrich, der seine Oberbekleidung mit Hilfe der Edlen des Reiches abgelegt hatte, mit heiligem Öl gesalbt an Brust, Rücken, Schultern und Stirne, um ihn zu wappnen für seine Aufgabe.

Die Brust symbolisierte das Herz, dass es dem König nie an Mut fehlen möge, das Notwendige zu unternehmen, um Schaden vom deutschen Reich abzuwenden; Rücken und Schultern sollten gestärkt werden, um als tapferer Krieger die Feinde des Reiches zu schlagen; und die Stirne schließlich stand für Geist und Verstand, die den Herrscher stets bei seinen Entscheidungen leiten sollten.

Begleitet wurden diese Zeremonien von Gebeten und frommen Gesängen. Viele der Anwesenden vergossen Tränen, weil die Krönungsmesse ihr Gemüt erschütterte.

Als Heinrich die Salbung der Stärke für Körper, Geist und Seele empfangen hatte, erhielt er die Insignien seiner königlichen Gewalt. Als Erstes war es das Reichsschwert, das ihm der Erzbischof reichte, als Zeichen seiner Macht, ferner die Armspangen als Symbole seiner Stärke.

Nachdem Heinrich seinen Oberkörper wieder bekleidet hatte, wurde ihm anschließend der herrliche Krönungsmantel mit dem Kragen und den Ärmelstulpen aus Hermelin um die Schultern gelegt. Dann bekam er feierlich den Ring mit dem Reichssiegel, das königliche Zepter und den Stab überreicht.

Die heilige Lanze jedoch, die vor Kurzem noch für ungeheure Aufregung gesorgt hatte, war seitlich vom Altar in einem

Behältnis aus Edelholz und Glas aufgestellt worden, so dass alle im Aachener Dom diese wunderbare, Heil bringende Reliquie verehren konnten.

Das Wichtigste aber kam zuletzt: Erzbischof Willigis setzte dem Gesalbten noch die reich mit Juwelen besetzte Königskrone aufs Haupt. Alsdann wurde der neue König in seiner Würde zum marmornen Stuhl Kaiser Karls des Großen geleitet. Indem Herr Heinrich diesen einnahm, war die Inthronisation endgültig vollzogen.

Griseldis seufzte. »Oh, wie gerne wäre ich doch dabei gewesen«, sagte sie. »Ich beneide jeden, der dieses Privileg genossen hat. Das muss ein unvergesslicher Tag für alle gewesen sein, die ihn miterleben durften.«

»Ja, meine Tochter, so ist es«, bestätigte Vater Berchtold. »Und ich habe wie versprochen diesen denkwürdigen Tag fein säuberlich auf Pergament für die Nachwelt festgehalten:

›Am siebten Juni 1002, einem strahlenden Sonntag, wahrlich einem Tag des Herrn, wurde Herzog Heinrich IV. von Baiern, der Sohn Herzog Heinrichs III., des Zänkers, und seiner Gemahlin Gisela von Burgund, in Mainz zum deutschen König gewählt. Später erfolgte im Dom zu Aachen die feierliche Salbung und Krönung.‹«

KAPITEL 31

MEISTER KONRAD HATTE nahe der königlichen Hofhaltung in Bamberg ein hübsches Haus gebaut und seiner ehelichen Verbindung mit Griseldis stand nichts mehr im Wege.

Die junge Frau hätte einfach bei ihm einziehen und so ihren Wunsch nach einem Zusammenleben mit Konrad bekunden können. Es war durchaus nicht üblich, dass man die Ehe als Sakrament auffasste, obwohl die Geistlichen dies seit vielen Jahren anstrebten. Auch Griseldis' Eltern hatten – trotz Froweins Frömmigkeit – ohne das Zutun eines Priesters zusammengelebt.

Griseldis aber und auch ihr zukünftiger Mann wollten den diesbezüglichen Willen der Kirche respektieren und Vater Berchtold erklärte sich gerne dazu bereit, dem jungen Paar GOTTES Segen für ihren Ehebund zu spenden.

Die Königin hatte sich sehr großzügig gezeigt und die Medica ihres Gemahls anlässlich deren Hochzeit reich beschenkt: ein kostbares Gewand aus grüner Seide, das ausgezeichnet zu den honigblonden Haaren, die im Sonnenschein rötlich schimmerten, und dem hellen Teint der Braut passte. Dazu ließ Kunigunde am Hochzeitsmorgen der jungen Frau einen wertvollen Halsschmuck aus Gold und grünen Smaragden überreichen.

Der König hatte bestimmt, dass sein Kirchenbaumeister für das Haus, das er in Zukunft mit seiner Frau bewohnen würde, nichts zu bezahlen brauchte. Heinrich schenkte es ihnen zusammen mit einem kleinen Gärtchen, in dem Griseldis neben Blumen und Gemüse ihre Heilpflanzen anbauen wollte.

»Der Anfang Eures ehelichen Zusammenlebens gestaltet

sich sehr vielversprechend, meine Kinder«, sagte Vater Berchtold lächelnd. Er machte keinen Hehl daraus, dass er sich mit dem jungen Paar über dessen Glück freute.

Griseldis war sehr zufrieden in ihrer Ehe. Mit diesem Mann hatte sie wirklich großes Glück gehabt: Konrad war ein guter Kamerad, ein treuer Ehemann und besorgter Hausvater, der sich möglichst bald Nachwuchs wünschte. Und er war ein aufmerksamer und zärtlicher Liebhaber.

Die wilde, atemlose Leidenschaftlichkeit war seine Sache nicht; und da Griseldis noch Jungfrau gewesen war und keine Vergleichsmöglichkeiten besaß, war sie mehr als glücklich, es so gut getroffen zu haben.

Man schrieb nun Ende 1008 und das Einzige, was ein klein wenig Schatten auf ihr Eheglück warf, war der überaus engagierte Arbeitseinsatz ihres Mannes auf der Baustelle jener mächtigen Kirche, die der König bei Meister Konrad in Auftrag gegeben hatte. Noch sprach niemand von einem Dom …

Jede Nacht kam Griseldis' Mann erst sehr spät nach Hause – manchmal sogar erst gegen Morgen. Dann fiel er todmüde ins Bett und Griseldis schlich am Vormittag auf Zehenspitzen im Haus umher, um ihn nicht zu wecken.

›Hauptsache, er kehrt jedes Mal von der Baustelle heil zurück‹, war ihr einziger Gedanke. Es war ihr nicht gelungen, jenes schreckliche Traumgesicht, das ihr in der ersten Nacht ihres neuen Ehestandes solche Angst eingejagt hatte, zu vergessen: Sie hatte sich selbst als trauernde Witwe gesehen, die am Grab ihres Gefährten bittere Tränen vergoss. Ob diese Vision vielleicht daher rührte, dass sie vom Teileinsturz des Mainzer Doms vor einigen Jahren gehört hatte, infolgedessen zahlreiche Menschen gestorben waren? Befürchtete sie jetzt etwa, Konrad könnte Ähnliches widerfahren? Sie dankte GOTT jeden Abend inständig dafür, wenn er ihren Mann wieder einmal gesund nach Hause kommen ließ.

Nach dem zweiten Krieg gegen den Polenherzog Boleslaw Chrobry und einem halbwegs befriedigenden Friedensschluss war König Heinrich nach Bamberg zurückgekehrt. Von seinen Koliken war er zum Glück seit Längerem verschont geblieben. Beinahe war der König versucht, an eine dauerhafte Heilung zu glauben.

Wie Vater Berchtold und Griseldis, seine geschätzte Medica, gehörte neben den adligen Gefolgsleuten auch Signor Giacomo, ein Sänger und Spielmann, zur königlichen Hofhaltung.

Der König hatte den aus der Toskana stammenden, jungen Musikanten von Heinrich dem Zänker übernommen. Giacomo verstand es nicht nur, die Flöte zu blasen, die Laute zu schlagen und die Harfe zum Klingen zu bringen, sondern war auch imstande, mit seiner herrlichen Stimme die Herzen der Zuhörer zum Schmelzen zu bringen.

Der alte Herzog hatte einst den Wunderknaben aus Florenz mitgebracht. Scherzhafte Weisen beherrschte er ebenso wie traurige Lieder. Alle Damen am Hofe, einschließlich der Königin, liebten und schätzten den schwarzlockigen Sänger, der es genauso vermochte, witzige Anekdoten zu erzählen, wie wehmütige Balladen zum Besten zu geben.

Es war üblich, dass Giacomo während der Mahlzeiten in der großen Halle der Hofhaltung in einer Fensternische des dicken Gemäuers saß, in die weite Umgebung blickte und auf einem seiner Instrumente improvisierte. Zu der entsprechenden Melodie fielen ihm dann stets die passenden Texte ein. Heinrich und seine Gefolgschaft pflegten währenddessen zu speisen oder der König hielt Besprechungen mit seiner Mitregentin

Kunigunde, dem Kanzler oder mit ausländischen Gesandten ab.

Er fühlte sich durch Giacomo niemals gestört, im Gegenteil, ihm behagte es, dessen männlich dunkle Stimme unaufdringlich leise im Hintergrund zu hören.

»Dein Spiel beruhigt mich, Giacomo«, lobte ihn der König des Öfteren. »Zudem bin ich mir sicher, Spielmann, dass selbst die größten Staatsgeheimnisse bei dir gut aufgehoben sind.«

Sooft der Hof auf Reisen ging, zog der toskanische Sänger wie selbstverständlich mit.

Am Tag bevor Herr Heinrich zu seinem erneuten Feldzug gegen Boleslaw den Tapferen aufgebrochen war, hatte der Sänger beim Abschiedsmahl der Harfe leise Töne entlockt und diskret ein Lied angestimmt:

Glockenklang, Mönchsgesang.
die Herzen bang: Untergang?
Liebe machen, Kinderlachen,
schöne Welt, wohl bestellt.

Krieg und Streit, großes Leid,
Fluch auf Erden, elend werden?
Lieder singen, tanzen, springen.
Zur Lieb' bereit, Friedenszeit!

Morgenrot, früher Tod,
Abendrot, große Not.
Heil und Segen auf allen Wegen.
Gut und Geld, wohl bestellt.

Stadt und Land, ausgebrannt,
Weib und Mann im Todesbann.
Frieden und Freud, keinerlei Leid.
Glück und Heil sei jedermanns Teil.

»Giacomo, du bist wirklich ein Künstler«, hatte König Heinrich seinen Spielmann beglückwünscht. »Ich hoffe, dass du recht behältst und die letzte Strophe zutrifft: Frieden, Freude, Glück und Heil für alle! Das wünsche auch ich mir für das Reich und sein Volk.«

Geschmeichelt hatte der Sänger aus dem Süden sich vor seinem König verbeugt. Sein früherer Herr, Heinrich der Zänker, war mit Lob immer sehr sparsam umgegangen …

»Ich danke Euch, mein König. Aber das Lob gebührt dieses Mal nicht mir, sondern Eurer Medica: Frau Griseldis hat sich den Text einfallen lassen. Ich habe nur die Melodie dazu erfunden.«

Da waren Heinrich und seine Gemahlin wieder einmal verblüfft gewesen über die vielfältigen Talente dieser bemerkenswerten jungen Frau aus dem Bauernstand.

Die harsche Kritik der Kirche an seiner Slawenpolitik bezüglich der unterlassenen Heidenmissionierung und an seinem Bündnis mit den Ungetauften zur Bekämpfung eines christlichen Herrschers war durchaus nicht spurlos an König Heinrich vorübergegangen. Er fühlte sich unwohl und hatte nach Griseldis rufen lassen. Während diese ihm ihre Hände auflegte, wurde sie Zeugin eines Gesprächs, das der Herrscher mit Kunigunde führte.

»Ihr habt allem Anschein nach, wenn auch völlig unverdient, ein schlechtes Gewissen, Herr. Und nun überlegt Ihr Euch, wie Ihr damit ins Reine kommen könntet«, sagte die Königin, klug wie sie war, ihrem Gemahl auf den Kopf zu.

»Ihr könnt wohl Gedanken lesen, Frau?«

Heinrich war überrascht, aber gleichzeitig auch erleichtert, dass seine Mitregentin den Kern der Sache getroffen hatte.

»Wie ich Euch kenne, Heinrich, habt Ihr gewiss schon eine Idee, welches Aussehen Eure Wiedergutmachung dem Himmel und der Kirche gegenüber haben wird.« Frau Kunigunde warf dabei Vater Berchtold einen Seitenblick zu und lächelte.

Da vertraute ihr Heinrich sein Vorhaben an. Er machte dieses Mal nicht bloß Andeutungen, sondern sprach ganz konkret über seinen größten Herzenswunsch, den Dombau.

»Aber ich werde nichts dergleichen unternehmen, falls Ihr, geliebte Frau und Mitregentin, damit nicht einverstanden seid. Nach den jetzigen Plänen könnte man auch ein Kirchengebäude in normalen Größenverhältnissen errichten; es müsste kein Bischofsdom werden. Sagt frei heraus, Liebste, wie Ihr dazu steht«, forderte Heinrich sie auf.

»Ich unterstütze Euren Plan voll und ganz, mein Gemahl. Es wird mir eine Freude und eine Ehre sein, an diesem heiligen Werk mitwirken zu dürfen«, war Kunigundes prompte Antwort. Griseldis sah, wie glücklich dies Herrn Heinrich machte. Sein Antlitz war auf einmal ganz entspannt – und das lag nicht nur an der Heilkraft ihrer Hände.

Bis jetzt wusste nur eine Handvoll Menschen von diesem Vorhaben: das Königspaar, Vater Berchtold, natürlich der Baumeister und Griseldis. Der Kanzler sollte nun umgehend eingeweiht werden. Heinrich hatte ihn ja für eine ganz besondere Rolle ausersehen …

Vorläufig sollte es aber bei diesem kleinen, auserwählten Kreis bleiben. Griseldis war froh und stolz zugleich, dass ihrem Ehemann die hohe Ehre zuteil wurde, mit der Ausführung eines solch gottgefälligen Werks betraut zu sein.

KAPITEL 32

Im Spätherbst des Jahres 1008 lud König Heinrich seine Vertrauten zur Jagd ein und alle folgten ihm begeistert, mit Ausnahme der Königin. Sie hielt nichts davon, harmlose Tiere umzubringen – zumindest wollte sie daran nicht teilhaben. In Bezug auf das »edle Waidwerk« nahm sie die gleiche Haltung ein wie Griseldis, die Heilerin.

Sehr zum Ärger von Frau Irmintraut, die eine vorzügliche und leidenschaftliche Jägerin war. Nun würde sie stattdessen erneut einen langweiligen Tag in der Kemenate der Königin am Stickrahmen verbringen müssen. Am meisten erzürnte sie, dass der König ausdrücklich diese unsägliche Griseldis aufgefordert hatte, an der Jagd teilzunehmen.

»Mein Gefolge muss sich endlich daran gewöhnen, dass eine Frau mein Medicus, oder vielmehr meine Medica, ist«, hatte Heinrich gesagt. »Und das geschieht am besten, wenn man sie so oft wie möglich an meiner Seite sieht.«

Griseldis hatte ihr Unbehagen an dieser Art des Vergnügens für sich behalten, um den König nicht zu verärgern. Sie selbst, so hatte sie sich vorgenommen, würde sich aber keinesfalls am Töten unschuldiger Wildtiere beteiligen.

Die Jagd hatte allerdings noch gar nicht richtig begonnen – mit Hunden und Speeren wollte man dieses Mal dem Hirsch zu Leibe rücken –, als ein schweres Unwetter die königliche Gesellschaft zwang, in einem bäuerlichen Gehöft Unterschlupf zu suchen vor den geradezu sintflutartigen Regenmassen, die sich auf das Land ergossen.

Im Dorf nannten es die Leute ehrfurchtsvoll »die Casa«, denn das Haus des Dorfältesten war beinahe herrschaftlich zu nennen. Es gehörten immerhin gut zwölf Hektar fruchtbaren Ackerlandes sowie ein ansehnlicher Besitz an Wiesen und Wald dazu.

Gemütlich war sie, die geräumige Behausung, solide und warm, mit kompakten Wänden aus dicken Eichenbalken; im Gegensatz zu den Hütten der übrigen Bauern, deren Wände aus einem einfachen, mit Lehm verfugten Lattengerüst, gedeckt mit Grassoden, bestanden.

Auf der Herdstelle, die sich wie seit uralten Zeiten üblich im Zentrum des Hauses befand, loderte ein großes Feuer – zu Anfang Oktober war es abends oft schon empfindlich kalt – und der Rauch war bestrebt, durch die darüberliegende Öffnung im mit Stroh gedeckten Dach in den spätnachmittäglichen Himmel zu steigen.

Jedoch drückten von oben die enormen Wassermassen dagegen. So wand der Qualm sich mühsam am First entlang, wurde am Rand des Strohdaches auf den Erdboden gedrückt, während ein Teil des Rauchs sich wieder zurück ins Innere des Hauses verzog und die Bewohner zum Husten reizte.

Zum Glück ließ der Regen allmählich nach und der Qualm konnte wieder abziehen.

Herr Gerold, ein Baron und Lehnsmann des Bischofs von Würzburg, war gekleidet wie ein Bauer mit Beinkleidern bis zum Knie, der »Bruoch« aus grobem, braun gefärbtem Leinen, einem kragenlosen Hemd mit bauschigen Ärmeln und einer grauen Weste ohne Ärmel aus grob gestrickter Wolle. Dazu trug er weiße, aus Schafwolle gestrickte Strümpfe sowie aus der römischen Besatzungszeit übernommene Schnürstiefel aus gegerbter Schweinshaut, sogenannte Aestivale. Gegürtet war er mit einem breiten Rindsledergürtel, an dem in einer Lederscheide ein Dolch befestigt war.

Griseldis fühlte sich an ihren Vater Frowein erinnert, wenn Herr Gerold auch um vieles jünger war …

Die Gewandung von Germund, seinem Vater, erwies sich hingegen um einiges eleganter. Bei ihrem Eintritt in die Wohnhalle hatte der alte Mann auf der Bank nahe der Feuerstelle gesessen und in einem großen Buch auf seinen Knien geblättert. Die Pergamentseiten waren vergilbt, wie der König rasch festgestellt hatte. Das Buch war in Holz gebunden, geschmückt mit zierlichen Einlegearbeiten aus verschiedenfarbigen Hölzern und Elfenbein.

Es handelte sich um eine kostbare Abschrift der Bibel und mochte zu den wertvollsten Schätzen dieses Hauswesens gehören. Im Allgemeinen besaßen nur der Klerus und der hohe Adel ein Exemplar der Heiligen Schrift.

Als Herr Gerold dem König seinen Vater vorstellte, erhob der Alte sich steif. Man konnte sein kostbares Wams aus Otterfell über seinem fein gefältelten Leinenhemd mit der Stickerei an Kragen und Ärmelbündchen erkennen. Auch die Beinkleider des Familienpatriarchen waren aus edlerem Stoff als die seines Sohnes gefertigt und die rötlich eingefärbten Kalbslederstiefel glänzten blank poliert.

Trotz seines Alters ließ Herr Germund sich auf ein Knie nieder und küsste die Hand des Königs.

»Willkommen unter unserem Dach, König Heinrich. Mein Sohn Gerold und ich fühlen uns hoch geehrt über Eure Anwesenheit, Herr. Wir danken GOTT dem HERRN aufrichtig dafür, dass er uns das Unwetter geschickt hat und wir Euch Obdach bieten können. Ihr sollt uns Glück bringen, Herr! Gerade heute, wo meine Schwiegertochter Hiltrude in Kindsnöten liegt.«

Heinrich entbot Gruß und Dank und reichte dem alten Mann hilfreich eine Hand, um ihm wieder aufzuhelfen. Herr Germund rief hierauf auch Heinrichs Begleitern einen herzlichen Willkommensgruß zu.

Herr Gerold, sein Sohn, nötigte die reichlich durchnässte Jagdgesellschaft, sich auf den Bänken rund um den Tisch niederzulassen, den ein paar Knechte mittels Holzböcken und langen Brettern zusammengestellt hatten. Selbstverständlich bot er dem König den Hochsitz des Hausherrn an – jene erhöhte Sitzbank, eingepasst zwischen zwei mit zierlichen Schnitzereien versehenen Pfosten.

Eine junge Magd brachte Trinkkrüge und Becher herbei, zwei Burschen Met, den süffigen gegorenen Honigsaft, sowie Birnenmost und frisches Quellwasser. Herr Germund ließ es sich nicht nehmen, den Herrscher eigenhändig mit Brot, Schmalz und Salz zu versorgen, während zwei Mägde die übrigen Herren und ein paar Damen, darunter Griseldis, bedienten.

Die Heilerin dankte GOTT, dass das königliche »Jagdvergnügen« ausgefallen war; da nahm sie es sogar gerne in Kauf, nichts Trockenes mehr am Leib zu tragen.

»Wie geht es voran mit deiner Herrin?«, erkundigte sich der König bei der jungen Dienstmagd.

»Ich glaube ganz gut, Herr Heinrich.« Vor Verlegenheit und Stolz, weil der höchste Herr im Reich sie einer Anrede gewürdigt hatte, lief das Mädchen rot an.

»Es ist schon ihr zweites, Herr«, erklärte Herr Gerold.

»Dieses Mal hoffen wir auf einen Sohn. Das erste Kind war leider nur ein Mädchen«, fügte der Großvater hinzu und ermunterte den König zum Zugreifen. Dieser hatte sich inzwischen wie seine Gefährten die Nässe aus den Haaren gerieben und das Gesicht mit einem der bereit gelegten angewärmten, weichen Tücher getrocknet.

Alle waren guter Laune, keiner haderte mehr mit der unliebsamen Unterbrechung der Jagd – auch die Pferde wurden bereits im Stall des Edelmannes gut versorgt.

Heinrich hob den Metbecher und prostete dem bald zweifachen Vater zu:

»Auf eine glückliche Geburt! Wenn es ein Knabe wird und Ihr ihn ›Heinrich‹ taufen lasst, will ich Pate des Kindes sein.«

Der Hausherr und sein Vater waren ob dieser Auszeichnung außer sich vor Freude.

»Alle freuen sich maßlos über die Geburt eines Sohnes, obwohl kleine Mädchen doch viel niedlicher sind. Ich habe mich mit meinen Brüdern meistens gestritten und geprügelt, während ich meine Schwestern geradezu vergöttert habe. – Ich weiß, ich weiß«, wehrte Herr Heinrich umgehend mögliche Einwände ab, »Ihr sprecht von einem Erben. Da geht es dem Bauern wie dem König: Ohne männlichen Nachfolger stirbt sein Geschlecht aus.«

Der höfischen Gesellschaft und den Gastgebern war sofort klar, worauf Heinrich anspielte: Sie alle wussten, dass er seit Jahren vergeblich auf einen Sohn wartete.

»Wir werden für Euch und Eure edle Gemahlin Kunigunde beten, Herr Heinrich«, versprach Germund treuherzig und Heinrich dankte dem alten Mann.

KAPITEL 33

Der hintere Bereich des großen Hauses war durch eine dünne Wand abgetrennt von der Wohnhalle, in der sich das alltägliche Leben abspielte. Dort befand sich offensichtlich das Schlafgemach Herrn Gerolds und seiner Frau Hiltrude, wie Griseldis zu Recht vermutete.

Mägde und Frauen verschiedenen Alters, vermutlich Nachbarinnen und Freundinnen aus dem Dorf, gingen ein und aus, schleppten Decken, Kohlenpfannen, Krüge und Becken mit heißem Wasser, saubere Leinentücher und Tiegel und Gefäße mit geheimnisvollem Inhalt in das Zimmer der Gebärenden.

Zu übertriebener Aufgeregtheit bestand zum Glück kein Anlass. Sooft die Tür aufging, konnte man nur das leise Stöhnen Hiltrudes hören, aber keine lauten Schmerzenschreie, obwohl die Presswehen offensichtlich in vollem Gange zu sein schienen. Nach den Worten einer Magd konnte jeden Augenblick mit der Geburt des Kindes gerechnet werden.

Griseldis hatte erst höflich anfragen lassen, ob man ihre Anwesenheit bei der Entbindung dulden wolle. Das Interesse der Medica des Königs war natürlich wohlwollend aufgenommen und positiv beschieden worden.

»Frau Hiltrude sieht Euren Beistand als eine ganz besondere Ehre an«, richtete die junge Magd von vorhin aus und knickste vor der Heilerin.

Die Wehmutter, Frau Gerlinde, eine stämmige Matrone fortgeschrittenen Alters, war eine höchst kompetente Hebamme, die energisch die Arbeiten unter den Helferinnen zu verteilen pflegte. Sie duldete keinen Widerspruch und »albernes, abergläubisches Zeug sowie dumme Sprüche« verbat sie sich strengstens.

Ihr herrischer Ton war bekannt und wer ihren Unwillen erregte, flog aus dem Gebärzimmer, »selbst wenn es die eigene Mutter der Kreißenden ist«. So hatte es die Dienstmagd der jungen Heilerin noch schnell zugeflüstert. Griseldis hatte beschlossen, sich nur als stille Zuschauerin in dem Gemach aufzuhalten. Womöglich konnte sie noch etwas dabei lernen …

»Nein, Roswitha«, erklärte Frau Gerlinde gerade einer noch sehr jungen Frau geduldig. »Mohnsaft bekommt die junge Mutter erst *hinterher*, vermischt mit Wasser und ein wenig Wein. Jetzt würde das Gebräu sie einschläfern. Und wie sollte sie dann bei den Wehen mitpressen, bitte schön?«

Die Frauen im Gebärzimmer kicherten und Griseldis musste schmunzeln.

»Aber gegen die allerschlimmsten Schmerzen werde ich ihr nun etwas verabreichen; dann wird die Austreibung ein wenig leichter für sie und vor allem schneller vonstatten gehen.«

Frau Gerlinde holte aus einem Leinensäckchen ein Bündelchen getrockneter, stark riechender Kräuter hervor. Es waren winzige, gelbe Blüten mit roter Äderung. Davon tat sie eine Handvoll in einen irdenen Mörser, bearbeitete das Kraut geschwind mit einem steinernen Stößel und zerrieb es dabei zu einem feinen Pulver.

Griseldis hatte das Kraut natürlich sofort erkannt und beglückwünschte im Stillen die werdende Mutter zu ihrer verständigen Wehmutter.

Wegen des stechenden Geruchs, der sich im Raum verbreitete, rümpften einige der Helferinnen die Nase, aber Frau Gerlinde ließ sich nicht beirren, schüttete das Pulver in einen Becher mit ein wenig Wein und verabreichte die Mischung der Kreißenden, die mittlerweile mit entblößten Schenkeln auf dem Gebärstuhl saß.

»Trinkt das, meine Liebe«, sagte die Geburtshelferin wohlwollend. »Die Wehen haben Euch doch sehr geschwächt. Dieses Mittel wird den Schmerz zwar nicht völlig nehmen, aber doch stark vermindern. So wird es einfacher sein, dem Kind seinen Weg auf diese Welt zu erleichtern.«

»Worum handelt es sich denn dabei?«, wollte eine der umstehenden, jüngeren Frauen wissen und wischte dabei Frau Hiltrude mit einem feuchten Schwamm den Schweiß vom Gesicht.

»Das riecht man doch«, gab eine andere ältere Frau mit missbilligender Miene zur Antwort. »Das ist hochgiftiges Bilsenkraut und für Frauen in Kindsnöten streng verboten.«

»Was faselst du denn da, Teudelinde?«, fuhr die Wehmutter ärgerlich auf. »Möchtest du vielleicht andeuten, dass ich Frau Hiltrude vergiften will?«

»Nein, das sicher nicht. Aber trotzdem versündigst du dich gegen GOTT«, wandte die Kritikerin ein und verkniff ihren faltigen Mund mit den schmalen Lippen noch mehr.

Griseldis erstarrte förmlich.

»Bist du verrückt geworden, Teudelinde, oder was ist in dich gefahren?«, mischte sich nun eine weitere Helferin aus dem Dorf ein. Jene aber richtete ihren missgünstigen Blick auf die Gebärende und deklamierte salbungsvoll:

»In der Heiligen Schrift steht: ›Zum Weibe aber sprach GOTT der HERR: Viel Mühsal bereite ich dir, wenn du gesegneten Leibes bist. Unter Schmerzen sollst du deine Kinder gebären.‹ Also ist eine solche Medizin verwerflich, weil sie dem Willen GOTTES entgegenwirkt. Eine werdende Mutter muss den Schmerz in Demut erdulden.«

Triumphierend richtete sie ihre kleinen, boshaften Augen auf die Hebamme. Die Frauen im Raum waren alle ganz still geworden, so eingeschüchtert, ja erschrocken, waren sie. Stimmte das tatsächlich?

Griseldis überlegte blitzschnell.

Frau Gerlinde war eine erfahrene, kluge Frau. Wenn sie jetzt nicht energisch dem Gerede entgegentrat, verbreitete sich das Geschwätz über verbotene Mittel im Ort. Ehe sie es sich versah, erfuhren es der Dorfpriester und dann womöglich der Bischof.

Dann müsste sie den geistlichen Herren Rede und Antwort stehen. Es dünkte jedoch Griseldis mehr als fraglich, dass die

Wehmutter einem Streitgespräch über Bibelzitate gewachsen war. Obwohl eine weise Frau, wäre sie den theologisch geschulten Geistlichen allemal weit unterlegen. Womöglich unterstellte man ihr sündhafte Praktiken – Griseldis wusste, Hebammen waren immer gefährdet – und Gerlinde müsste ihr Gewerbe aufgeben, das Dorf verlassen und für ihren Lebensunterhalt betteln gehen, wenn nicht gar noch Schlimmeres mit ihr passierte.

Die Heilerin zermarterte sich das Hirn, um der gefährlichen Kritikerin eine entsprechende Antwort zu erteilen. Sie selbst hatte das Bilsenkraut natürlich auch schon angewandt; jedoch nur in winzigen Dosen, denn das Gewächs war tatsächlich sehr giftig. In keinem Fall würde sie tatenlos zusehen, wie Frau Gerlinde als Wehmutter angeprangert wurde, weil diese zu Mitteln gegriffen hatte, die von der Kirche verboten waren.

In der Kürze der Zeit wollte ihr jedoch einfach nichts Vernünftiges einfallen; der Angriff war gar zu überraschend erfolgt.

Mit einer gewissen Bewunderung sah sie daher, dass Gerlinde sich diesem Weib, das ihr offenbar übel wollte, mit einem Lächeln zuwandte. Dann sagte sie dieser seelenruhig ins Gesicht:

»Du bist eine brave, bibelfeste Frau und du hast völlig recht, Teudelinde, was die Leiden der werdenden Mutter angeht. Aber das giftige Bilsenkraut, welches GOTT zweifelsohne ebenso wie alle anderen Pflanzen auf der Erde erschaffen hat, kann den Geburtsschmerz gar nicht *wegnehmen*, sondern nur *lindern*. Man darf ja nicht viel davon verabreichen, wegen der Gefahr einer tödlichen Vergiftung; und auch das hat GOTT so eingerichtet, wie du sicher weißt.« Sie machte eine kunstvolle Pause.

»Aber dem neuen Leben, das mit Macht ins Dasein drängt,

erleichtert es den Weg ans Licht, wenn seine Mutter sich nicht mehr so stark verkrampft. Und in der Heiligen Schrift steht nichts darüber, dass die Neugeborenen verflucht sind und leiden sollen, wenn sie auf die Welt kommen, oder?«

Teudelinde nickte widerwillig.

»Ich danke dir trotzdem für deine Aufmerksamkeit, liebste Gevatterin. Aber ich denke, du kannst jetzt beruhigt sein, dass alles seine Richtigkeit hat« fügte Frau Gerlinde scheinheilig hinzu. »Wenn du nun so liebenswürdig wärst und Frau Hiltrude bei der nächsten Wehe bei den Schultern nehmen und festhalten könntest, damit sie nicht vom Gebärstuhl kippt?«

Die Geburtshelferin hatte diese gefährliche Klippe elegant umschifft, wie Griseldis mit Befriedigung und Anerkennung feststellte. ›Sollte ich jemals in die gleiche Lage kommen, werde ich mich genauso verteidigen. Nirgends ist man so leicht in der Kritik wie bei einer Entbindung.‹

Früher war das anders gewesen; das wusste sie von Muhme Bertrada. Da waren die Hebammen geachtete und hoch angesehene Frauen. Heute dagegen mussten sie häufig um ihre Ehre und ihre Freiheit kämpfen, seitdem die Kirche sich immer mehr in dieses Handwerk einmischte.

Das gesamte Fruchtwasser war inzwischen abgegangen und in eine unter dem Gebärstuhl stehende kleine Wanne geflossen. Eine neuerliche Woge des Schmerzes überflutete die Kreißende, aber es war auszuhalten – dank des hilfreichen Bilsenkrauts.

Frau Hiltrude biss die Zähne auf das mehrfach gefaltete Tuch, das ihr die Wehmutter zwischen die Zähne geschoben hatte. Sie lehnte sich dann ganz weit zurück und stemmte die weit gespreizten Beine mit den Fersen gegen ein für diesen Zweck angebrachtes Brett, während ihre beiden Hände die Armlehnen des Gebärstuhls mit aller Kraft umklammerten. Sie presste, so stark sie es vermochte, im selben Rhythmus wie die Austreibungswehen.

»Gut macht Ihr das, Frau Hiltrude«, rief die vor ihr auf einem Schemel sitzende Hebamme. »Und noch einmal kräftig drücken; und noch einmal, und wieder. Ja, ja, gut, sehr gut macht Ihr das. Das Köpfchen des Kleinen kommt schon, presst noch einmal! Gut so.«

Griseldis wusste, jetzt kam das Schwierigste für die Hebamme. Frau Gerlinde griff vorsichtig in den geweiteten Geburtskanal und bekam mit ihrer mit Arnikasalbe eingefetteten Hand den noch weichen Schädel des Kindes zu fassen.

Er durfte sich nicht wieder in den Schoß der Mutter zurückziehen. Behutsam, aber dennoch kraftvoll zog die Wehmutter an dem winzigen Körperchen, voller Fingerspitzengefühl und mit großer Sanftheit, um die noch biegsamen Knochen und weichen Knorpel, Sehnen und Muskeln des zarten Halses und der Wirbelsäule des Säuglings nicht zu beschädigen.

Die Heilerin wusste, wie viele Krüppel sich aus Gründen der Ungeschicklichkeit von Geburtshelferinnen ihr Leben lang quälen mussten.

Das Kindchen hatte dichte, rotblonde Haare wie seine Mutter. Die Hebamme hatte es mit aller gebotenen Sorgfalt leicht gedreht und es erschien erst die linke, dann die rechte Schulter des Neugeborenen; ein letzter, etwas energischerer Ruck und der nasse, mit Sekreten verschmierte Körper eines wohlgeformten Knaben glitt der Wehmutter in die Hände.

KAPITEL 34

»IHR HABT MIT GOTTES und auch meiner Hilfe sowie der Unterstützung aller hier versammelten Frauen einen wunderschönen Sohn geboren, Frau Hiltrude«, beglückwünschte Frau Gerlinde die stolze Frau, die nun gänzlich erschöpft in den Kissen lag.

Ganz allmählich entspannte sie sich, lächelte zufrieden und verlangte nach ihrem Bübchen.

»Sofort, Liebe«, rief eine der Helferinnen, »ich wasche Euer Schätzchen gerade, dann bekommt Ihr es in den Arm gelegt.«

»Aber erst, nachdem Ihr selbst auch gesäubert seid«, fügte die Hebamme freundlich hinzu. »Danach lege ich Euch den Hoferben ins Ehebett. Und dann kann Euer Gemahl kommen und Euch danken. Und unser verehrter und geliebter König wird Euch persönlich seine Glückwünsche überbringen.«

Längst hatte sich im Gebärzimmer unter den Frauen die Nachricht von der Anwesenheit des hohen Gastes verbreitet gehabt. Die Mägde waren angehalten, durch Verbrennen von wohlriechenden Kräutern die schlechte Luft zu verbessern. Griseldis wollte ihnen nun zur Hand gehen und machte sich daran, das kleine Fenster im Schlafgemach zu öffnen, um die vom Gewitter gereinigte Luft hereinströmen zu lassen. Umgehend fiel ihr eine ältere Frau aus dem Dorf in den Arm:

»Um Himmels willen, haltet ein, liebe Dame! Das Fenster muss fest geschlossen bleiben, wegen der bösen Geister, die Mutter und Kind zu schaden versuchen«, rief sie dabei erschrocken aus.

Der Glaube an diesen heidnischen Unsinn in einem christlichen Haus erheiterte Griseldis sehr. Derlei Aberglauben war sie zwar von den Tannhofener Bauern gewohnt, aber im Haushalt eines Edelmannes, wenngleich eines niedrigen, hätte sie anderes erwartet. Ohne sich ihr Erstaunen anmerken zu lassen, entschuldigte sie sich bei der jungen Mutter und ihren Helferinnen.

Den gereinigten Gebärstuhl mit der großen Aussparung in der Sitzfläche schafften zwei Mägde in ein Nebengelass – für dieses Jahr sollte er ausgedient haben.

Danach zogen die Hebamme und Frau Teudelinde einträchtig eine besonders feine Leinenbettwäsche über Kissen und Decken der Hofherrin. Die junge Mutter erhielt von Frau Gerlinde noch ein wunderschönes Nachtgewand angelegt, mit Stickereien versehen am Ausschnitt und an den Ärmeln. Zuletzt hatte es Frau Hiltrude in ihrer Hochzeitsnacht vor zwei Jahren getragen.

Auch in der Wohnhalle war die Geburt des Kindes wohlwollend registriert worden, als dessen erster Protestschrei nach dem Klaps der Wehmutter auf sein winziges Hinterteil erfolgt war.

»Oho, das scheint aber diesmal ein kräftigeres Geschöpf zu sein«, konstatierte Großvater Germund und lachte seinen Sohn an. »Bei deiner Tochter voriges Jahr klang es viel zaghafter.«

Kaum waren Herrn Germunds Worte verklungen, rief eine Stimme vom hinteren Teil der Halle: »Der Hof hat einen gesunden Erben!«

Die älteste Magd verschwand nach dieser Bekanntmachung wieder im Schlafgemach mit einem Krug Wein, vermischt mit Wasser. Die Hebamme würde noch etwas Mohnsaft dazugeben und dann diesen Schlummertrunk der Wöchnerin reichen. Hiltrude hatte es sich verdient, nach den Strapazen der Entbindung auszuruhen.

Auch Frau Gerlinde würde sich nach getaner Arbeit einen

Schluck Wein gönnen. Heute trat sie, im Gegensatz zu den übrigen Weibern, den Heimweg nicht mehr an: Sie blieb die erste Nacht nach der Geburt im Haus, um notfalls der Mutter helfend zur Seite stehen zu können. Nur bei armen Leuten musste sie sich gleich nach der Entbindung auf den Nachhauseweg machen.

Griseldis rechnete mit einer ruhigen Nacht. Die junge Frau war gesund und kräftig; es war nicht einmal nötig gewesen, ihr ein Wehen förderndes Mittel zu verabreichen. Hiltrudes Körper war von sich aus in der Lage gewesen, das Kind auszutreiben.

In der Halle hatten inzwischen König Heinrich und sein Gefolge mit dem glücklichen Vater und dem vor Stolz fast närrischen Großvater auf das Wohl des neuen Erdenbürgers getrunken. Der König erhob erneut seinen Becher und rief:

»Nun habe ich einen Patensohn! Wenn es Euch genehm ist, werden wir den Knaben also Heinrich nennen.«

Der Edelmann und sein Vater waren sehr geehrt: Wer bekam schon einen leibhaftigen König zum Paten? Nebenbei bemerkt war diese Ehre auch mit beträchtlichen finanziellen Zuwendungen für das Patenkind verbunden: Der Kleine hatte für sein Lebtag ausgesorgt.

Der Großvater hatte es sich nicht nehmen lassen, eigenhändig Namen und Geburtsdatum seines ersten Enkelsohnes sowie die Anwesenheit König Heinrichs auf den hinteren Seiten im Register der kostbaren Familienbibel einzutragen. Der Alte hatte dadurch die endgültige Anerkennung dieses neuen Familienmitglieds durch seinen Sohn schon vorweggenommen.

Bei den heidnischen Vorfahren war es üblich gewesen, dass der Vater über Leben und Tod des Säuglings entschied, indem er ihn symbolisch von der Erde aufhob oder liegen ließ. In Erinnerung daran vollzog ein christlicher Mann die Anerkenntnis seiner Vaterschaft, indem er das Neugeborene auf den Arm nahm. Herr Gerold würde den Brauch sofort nachholen, sobald ihm die Wehmutter den Zutritt ins Schlafgemach erlaubte.

Auf eine Nachfrage des Königs hin erklärte Herr Germund seine Fertigkeit im Schreiben mit dem zwei Jahre dauernden Besuch eines Benediktinerklosters in der Nähe Würzburgs, als er noch ein Knabe gewesen war. Sein Vater hätte sich gewünscht, er möge eine geistliche Laufbahn einschlagen.

»Aber es ist nach dem Willen des HERRN doch anders gekommen«, sagte der alte Mann lächelnd. Der König fühlte sich an seinen eigenen Werdegang erinnert – hätte doch einst auch er die Weihen erhalten sollen.

Eine Magd huschte mit einer zugedeckten Schüssel an ihnen vorbei nach draußen. Sobald die Wehen eingesetzt hatten, war ein Knecht damit beauftragt worden, hinter den Stallungen der Kühe und Pferde ein Loch im Küchengarten zu graben. Da hinein würde man nun die abgetrennte Nabelschnur sowie die Nachgeburt geben und mit Erde bedecken – möglichst tief, damit nicht Dämonen sie in der Nacht ausgruben und ihren Schabernack damit trieben.

›Trotz des Christentums hat sich noch eine ganze Menge an abergläubischem Brauchtum erhalten‹, dachte Griseldis und verbarg erneut ein Lächeln: Es würden wohl eher Ratten oder die eigenen Hofhunde sein, die man dadurch hinderte, die Nachgeburt zu verzehren.

Plötzlich öffnete sich weit die Tür zu Frau Hiltrudes Kammer und Frau Gerlinde verkündete feierlich:

»Tretet ein, König Heinrich, und Ihr, Herr Gerold und Herr Germund, sowie alle anderen edlen Herren und Damen. Begrüßt den Sohn und Erben vom Germundshof und beglückwünscht seine Mutter Hiltrude.«

»Nein, nein, dem Vater gebührt in diesem Falle allemal der

Vortritt zu Weib und Kind«, sagte der König, als Herr Gerold an der Schlafkammertür Anstalten machte zurückzutreten. »In diesem Falle gilt nicht die höfische Sitte.«

Wie dann Herr Heinrich das Wickelkind, wohl verpackt in einem Steckkissen, aus dem nur das Köpfchen mit den rotgoldenen Löckchen hervorlugte, auf den Armen hielt, strahlte Frau Hiltrude vor Stolz und Freude.

Als Griseldis den König so sah, wie er das fremde Kind mit aller Behutsamkeit wiegte, dachte sie bei sich, dass Heinrich ebenfalls einen solch prächtigen Sohn verdient hätte, und das Herz wurde ihr schwer dabei. Es war eigenartig, dass die so gesund wirkende Königin noch kein Kind zur Welt gebracht hatte.

Sollte etwa doch der alberne Zauber mit der Wachspuppe und den Pfeilen und Nadeln seine Wirkung tun? Griseldis schüttelte energisch den Kopf. Das war einfach unmöglich.

Wieder einmal bedauerte sie es, dass Frau Kunigunde sich nicht an sie, die Heilerin ihres Gemahls, um Hilfe wandte. Bereits mehrmals hatte sie erfolgreich Frauen, die einfach nicht Mutter werden wollten, zu Nachwuchs verholfen. Die Königin verließ sich gänzlich auf die Hofärzte sowie die Ratschläge ihrer alten Amme Luitgard – und ließ sich natürlich manches von ihrer lieben Schwester Irmintraut einflüstern.

Der sonst so lebhafte König war von diesem Ausflug sehr still in die Residenz nach Bamberg zurückgekehrt.

»Was ist Euch, Herr?«, fragte ihn seine Gemahlin, als sich Herr Heinrich in ihrem Gemach umkleidete. Zuvor hatte er sich in der Badstube von Staub und Schweiß gereinigt.

»Ihr wirkt so nachdenklich und – ja, fast ein wenig traurig, will mir scheinen. Wollt Ihr Euch mir anvertrauen, Heinrich?«

Vater Berchtold, welcher der Königin Gesellschaft geleistet

hatte, konnte beobachten, wie sein Herr ihr einen forschenden Blick zuwarf, in ihren Augen konnte er aber nichts als Zuneigung und Hingabe lesen.

›Kunigunde ist voll Güte und Rechtschaffenheit‹, dachte der alte Mönch. ›Niemals würde Heinrich sie verletzen. Es gibt für alles eine Lösung. Und der König wird mit GOTTES Hilfe eine finden, die seiner Frau nicht wehtut und die es ihm gestattet, weiter an der Seite dieses prachtvollen Weibes zu leben.‹

Berchtold wusste von Griseldis, was sich im Hause dieses fränkischen Edelmanns ereignet hatte, und er ahnte, welche Gedanken den König beschäftigten.

Heinrich erzählte seiner Gemahlin, dass er nun einen wundervollen Patensohn habe.

»Jetzt verstehe ich Eure Nachdenklichkeit, Heinrich. Ihr habt gewiss daran gedacht, wie schade es ist, dass Ihr, als der höchste Herr im Lande, noch keinen Nachkommen habt. Ich fühle mich so schuldig deswegen und mein Gefühl der Minderwertigkeit wächst von Tag zu Tag.«

Die Königin war sehr traurig.

»Jeder einzelne Mond, der mir erneut meine Unfruchtbarkeit beweist, bezeugt mir meine Nutzlosigkeit als Eure Ehefrau.«

Kunigunde brach in Tränen aus. Sie warf sich auf ihr gemeinsames Lager und schluchzte hemmungslos. Heinrich legte sich neben sie, nahm sie in die Arme, wiegte sie wie ein kleines Kind und warf dabei seinem alten Berater Berchtold einen hilflosen Blick zu.

»Weint doch nicht so sehr, Liebste. Es zerreißt mir das Herz, wenn ich Euren Kummer sehe«, versuchte er die Königin zu beruhigen, aber sie ließ sich lange Zeit nicht trösten.

»Es kann doch nicht sein, dass ich so schwere Sünden auf meine Seele geladen habe, dass mich GOTT, der HERR, so hart bestraft«, brachte sie mühsam mit erstickter Stimme hervor.

»Gewiss nicht, Kunigunde. Ihr seid so rein wie frisch gefallener Schnee«, beeilte sich Heinrich seiner todunglücklichen Gattin zu versichern. »Wer weiß, vielleicht bin *ich* ja die Ursache unserer kinderlosen Ehe?«

»Das glaube ich nicht«, widersprach ihm die Königin. »In den meisten Fällen ist es die Frau. Nur sehr selten liegt die Schuld beim Manne – außer er hatte einen Unfall oder als Kind eine schwere Krankheit. So behaupten es jedenfalls meine Amme, Frau Luitgard, und meine Base Irmintraut. Aber das alles trifft auf Euch, meinen Gemahl, ja nicht zu.«

»Sei es, wie GOTT es will«, gab ihr der König zur Antwort. »Wir halten auf alle Fälle treu zusammen und lassen uns von niemandem unsere Gemeinschaft zerstören. Eine Trennung kommt für mich nicht in Betracht. Ich nehme doch an, dass auch Ihr, meine Liebste, keine Lust verspürt, in ein Kloster zu gehen, trotz Eurer Frömmigkeit?«

Beinahe ängstlich hatte Heinrich sich danach erkundigt. Aber Kunigunde konnte ihm diese Sorge auf der Stelle nehmen.

»Dazu liebe ich Euch viel zu sehr, mein Gemahl. Ich würde vor Sehnsucht nach Euch vergehen und wäre gewiss eine sehr unwürdige Braut Christi.«

Vater Berchtold konnte erkennen, dass sich ihr dabei trotz ihres Kummers ein Lächeln entrang. Der König atmete auf, weil es ihm geglückt war, das bedrückte Gemüt seiner Frau ein wenig aufgeheitert zu haben.

»Wir sind beide noch jung, Liebste. Wer weiß, vielleicht schenkt uns GOTT doch noch ein Kind, womöglich einen Sohn. Und wenn es *nicht* so kommt, werden wir gemeinsam eine Lösung finden.«

Von diesem Gespräch hatte der Benediktiner Griseldis in Andeutungen berichtet und Heinrichs Medica sah keine Veranlassung, dem König die Hoffnung zu nehmen.

»Unser Herrscher und Frau Kunigunde sind noch jung, kräftig und gesund – bis auf Herrn Heinrichs unglückliche Neigung zu Nieren- und Blasensteinen. Weshalb also sollten sie nicht Eltern werden können?«

Die Heilerin wurde nachdenklich und ihre Gedanken schweiften zu Meister Konrad und sich selbst. Auch sie warteten seit einiger Zeit sehnsüchtig auf Nachwuchs …

KAPITEL 35

GRISELDIS WAR GERADE dabei, sich den wehen Füßen Vater Berchtolds zu widmen. Da der Mönch darauf bestand, auch im tiefsten Winter nur mit Sandalen an den nackten Füßen herumzulaufen, hatte er dieses Jahr ernsthafte Schwierigkeiten bekommen.

»Die Frostbeulen und die rissige, aufgesprungene Haut habt Ihr Euch selber zuzuschreiben«, schimpfte ihn die Heilerin aus, während sie seine eiskalten Füße nach einem warmen Kamillenbad sorgfältig abtrocknete. Danach ging sie daran, die zentimeterdicke Hornhautschicht an den Fußsohlen mit einer Feile abzuraspeln, ehe sie diese mit einer Salbe aus Ringelblume, Kamille und Rosenöl einrieb.

In diesem Augenblick betrat König Heinrich das bescheidene Gemach des Paters. Dieser wollte sich aus Ehrfurcht erheben, aber der König winkte ab. Worauf Griseldis die Gelegenheit nützte und Herrn Heinrich unverzagt die blau gefrorenen Füße des Benediktiners zeigte. Der Herrscher untersagte dem Mönch daraufhin streng, sich im Winter jemals wieder barfüßig in Sandalen draußen aufzuhalten.

»Ich brauche Euch noch lange, Pater. Ihr versündigt Euch, wenn Ihr nicht darauf achtet, Eure Gesundheit sorgsam zu pflegen«, sagte er ihm eindringlich.

Dann setzte sich Herr Heinrich auf einen Hocker und rückte damit heraus, was ihm auf der Seele lag.

»Mit dem größten Missvergnügen habe ich von schlimmen Vorkommnissen im Kloster Prüm in der Eifel vernommen«, brummte er. »Was denken sich die Herren Mönche eigentlich?«, fragte er sichtlich aufgebracht seine beiden Vertrauten Berchtold und Griseldis.

»Glauben sie und ihr vortrefflicher Abt, der diese Dinge toleriert, sie befänden sich in einem Hurenhaus? Wie mir berichtet wurde, gehen Dirnen Tag und Nacht ungehindert im Kloster ein und aus – und vermutlich kommen sie nicht zum Beten!

Im Gegenteil, gebetet wird dort so gut wie gar nicht mehr. Aber dafür hält der Abt angeblich jeden Mittag eine große Tafel mit erlesenen Leckerbissen. Sogar über die Fastenzeit haben sich die Prümer mit allerlei Schlemmereien hinweggesetzt.«

»Ja, Herr, davon habe ich auch schon gehört«, erwiderte Vater Berchtold. »Schlimme Unsitten sollen im dortigen Kloster eingerissen sein. Viele reden davon. Es ist wahrhaftig eine Schande. GOTT wird den Abt und die Mönche gewiss dafür strafen.« Plötzlich zuckte er heftig zusammen: Er war nämlich an den Fußsohlen überaus empfindlich und Griseldis hatte ihn unbeabsichtigt gekitzelt.

»Das wird unser HERR ganz sicher«, entgegnete König

Heinrich temperamentvoll. »Aber das dauert mir ein bisschen zu lange.«

»Wie meint Ihr das, Herr?«

Auch Griseldis war neugierig geworden.

»Ich weiß, dass GOTTES Mühlen zwar sicher, wenn auch im Allgemeinen langsam mahlen. Aber in Prüm darf es ruhig ein wenig schneller gehen. *Ich* werde in diesem verlotterten Eifelkloster für Zucht und Ordnung sorgen«, kündigte der König an und sprang ruhelos wieder auf.

»Als Erstes sollen die Mönche einen anderen Abt erhalten. Der jetzige wird abgesetzt und darf sein Leben fortan als einfacher Pater in einem Nachbarkloster verbringen. Wenn er mag, kann er nach Rom gehen und sich beim Papst beschweren – aber da soll er dann auch gleich für immer bleiben.« Herr Heinrich machte eine entschiedene Handbewegung.

»Der neue Klostervorsteher wird seine Mönche streng nach der Regel *Ora et labora* führen. Dann ist Schluss mit Wein, Weib und Gesang, mit Ausnahme von Kirchenliedern und Chorälen.«

Der König marschierte mit wenigen Schritten in dem winzigen Raum hin und her.

»Außerdem verlange ich eine genaue Auflistung sämtlicher Klostergüter. Wenn die Brüder so verschwenderisch leben konnten, verfügen sie über ein viel zu großes Vermögen. Ich werde mir einiges davon als Krongut nehmen und es soll nur zu ihrem Besten sein: Sie werden nicht mehr zum Müßiggang verführt, wenn sie für ihren Lebensunterhalt in Zukunft tüchtig arbeiten müssen.«

Die Heilerin und Vater Berchtold verbissen sich das Lachen.

»Oh je, Herr! Da werden die Prümer Klosterbrüder aber Augen machen. Vorbei ist's mit der Fettlebe und adieu, ihr schönen Mägdelein«, sagte der Benediktiner belustigt kichernd. Er war froh, dass die Heilerin endlich aufgehört hatte, seine Zehen zu malträtieren.

»Ganz recht«, entgegnete König Heinrich. »Die Herren haben sich freiwillig für das entsagungsvolle Leben hinter Klostermauern entschieden. Und jetzt möchten sie es ärger treiben als jeder sündige Laie. Sie geben damit der Bevölkerung ein sehr schlechtes Beispiel.«

»Das ist leider wahr«, sagte Vater Berchtold und seufzte tief. »Nichts ist ansteckender als ein übles Vorbild. Immerhin haben Mönche das Gelübde der Armut, der Keuschheit und des Gehorsams abgelegt.«

So schnell wie der König aufgetaucht war, war er auch wieder aus der Kammer verschwunden, um Befehl zu geben, sämtliche Vorbereitungen für den Ritt nach Prüm zu treffen.

Ehe Berchtold wie gewohnt und ganz in Gedanken in seine Sandalen schlüpfen konnte, hatte sie ihm die junge Frau weggenommen und ihm stattdessen gefütterte Pelzstiefel hingestellt.

»Das ist ab jetzt Eure winterliche Fußbekleidung, Pater«, lachte sie und half ihm in die ungewohnten Schuhe hinein. Der Mönch stand auf und lief probeweise ein paar Schritte in der Kammer umher.

»Schön warm, aber sehr ungewohnt«, sagte er dann grinsend und bedankte sich bei der Frau des Kirchenbaumeisters, die ihm heute besonders hübsch erschien.

Als sie gegangen war, stellte er sich die Frage, wie er selbst es denn eigentlich mit seinen Gelübden hielt.

Sein Abt, dem er unbedingten Gehorsam schuldete, war weit weg, auf einer Insel in einem ›Gnadensee‹ genannten Teil des Kostritzer Sees. In jungen Jahren hatte er zugegebenermaßen einige Schwierigkeiten gehabt, sich ständig den Anordnungen des vorgesetzten Kirchenmannes unterzuordnen. Aber seit

Langem war Heinrich sein Herr und diesem gehorchte er bedingungslos und ohne Mühen.

Das Gelöbnis der Armut einzuhalten, war ihm niemals schwer gefallen. Er war sein Leben lang anspruchslos gewesen. Die Güter der Welt stellten für ihn keine Verlockung dar.

Wie aber stand es mit der Keuschheit?

Mit der Anzahl der Lebensjahre, die der HERR ihm schenkte, war das Verlangen seines Fleisches so ziemlich abgeebbt. Die Wollust quälte ihn längst nicht mehr so schlimm, wie es in seiner Jugend der Fall gewesen war.

Damals hatte er ein junges Weib nur anzusehen brauchen und schon fing er an, dummes Zeug zu stottern, weil das Blut aus seinem Gehirn sich zurückgezogen hatte in untere Leibesregionen. Eine peinliche Tatsache, die ihm manches Mal Verdruss bereitet hatte.

Einige Male war er sogar schwach geworden und hatte den Verlockungen der Fleischeslust nachgegeben. Zu seiner Ehrenrettung konnte höchstens vorgebracht werden, dass der Anstoß zur Sünde stets von den Frauen ausgegangen war: Sie hatten das junge Mönchlein regelrecht überrumpelt.

Aber der alte Benediktiner war ehrlich gegen sich selbst und wusste, dass er nur allzu bereit gewesen war, der Versuchung nachzugeben. Aber jedes Mal hatte er seine Verfehlungen umgehend gebeichtet und seine Schwäche bitter bereut.

Seine jetzige Zuneigung hingegen, die er für die schöne Medica seines Herrn empfand, war lauterste, väterliche Liebe. Er genoss es einfach, sich in ihrer Gegenwart aufzuhalten. Und die Tatsache, dass die junge Frau ihn des Öfteren um Rat fragte, erfüllte ihn mit nicht geringem Stolz.

Griseldis war seit Beginn ihres gemeinsamen Lebens mit Meister Konrad geradezu aufgeblüht. Sie war noch schöner geworden, wenn man auch nicht genau hätte sagen können, was sich im Einzelnen an ihr verändert hatte.

»Eure Augen strahlen noch mehr als früher und Euer herrliches, rotgoldenes Haar leuchtet beinahe wie die Sonne«, hatte neulich die Königin festgestellt, als Griseldis im Kreise der Hofdamen saß und zusammen mit einem Edelfräulein an einer Altardecke stickte.

Alle Damen hatten daraufhin wohlwollend ihre Blicke auf die Frau des Baumeisters gerichtet, der, wie jedermann wusste, die allerhöchste Protektion des Königs genoss. Einzig Frau Irmintraut hatte höhnisch ihren Mund verzogen und ließ sich halblaut zu der abfälligen Bemerkung hinreißen:

»Kein Wunder, dass jemand strahlt, der direkt vom Kuhstall in einen königlichen Haushalt gelangt ist.«

Frau Kunigunde hatte ihre Verwandte strafend angesehen und unwillig ihr blondes Haupt geschüttelt. »Hütet endlich Eure spitze Zunge, Schwester! Ich hatte Euch bereits mehrmals darum gebeten. Weshalb seid Ihr nur so missgünstig gegen Frau Griseldis? Ich wüsste nicht, womit sie Euren Unmut verdient haben sollte.«

»Ei, Frau Irmintraut, ich war immer der Meinung, Ihr selbst hättet eine gewisse Vorliebe für Ställe. Sollte sich das seit Neuestem geändert haben?«

Vater Berchtold, der wie gewöhnlich der Königin und ihren Hofdamen einen Besuch in der Kemenate abstattete, hatte diese Bemerkung mit funkelnden Augen an die Base Kunigundes gerichtet.

Irmintraut war daraufhin erblasst – hatte sie die Anspielung des Mönches doch sehr wohl verstanden. Jeder am Hof, mit Ausnahme der Königin, kannte ihr Faible für kernige Stallburschen. Aber rasch hatte das dreiste Frauenzimmer sich wieder gefangen.

»Ich verstehe absolut nicht, wovon Ihr zu sprechen beliebt, Pater«, erwiderte sie kühl. »Es ist doch wohl verständlich, dass ich gelegentlich nach meinem Reitpferd sehe, ob die Knechte es auch gut versorgen. Es ist ein sehr wertvolles Tier. Was also sollte daran ungewöhnlich sein?«

Ehe der Mönch ihr darauf eine Antwort geben konnte, hatte die Königin ihre Verwandte zu sich gerufen. Irmintraut sollte ihr helfen, ein Wäschestück zusammenzulegen, das Frau Kunigunde mit einer Spitze gesäumt hatte. So schluckte Vater Berchtold seinen giftigen Kommentar hinunter.

›Vielleicht ist es besser so‹, dachte Griseldis im Stillen, indem sie den Mönch für sein Dazwischentreten dankbar anlächelte. Sie kannte die Königin mittlerweile und wusste gut, wie ungnädig sie auf Kritik an ihrer »lieben Schwester« zu reagieren pflegte. Vater Berchtold war kurz davor gewesen, sich ernsthaft den Unwillen der Herrscherin zuzuziehen. Griseldis wusste auch, worauf er angespielt hatte.

Unter den Dienstboten hatte sich nämlich wie ein Lauffeuer verbreitet, dass der gute Pater eines frühen Morgens Frau Irmintraut in einer sehr eindeutigen Situation mit einem der jungen Pferdeknechte in einer dunklen Ecke des Stalls überrascht hatte. Auch die meisten Herren und Damen des Herrscherpaares wussten davon – nur zur Königin war die Neuigkeit noch nicht gedrungen. Es würde wohl auch nach wie vor niemand wagen, den Ruf der Base Kunigundes zu beflecken …

KAPITEL 36

»WOHL HABEN WIR Einwohner Paderborns große Freude empfunden, als der König uns mit seinem Gefolge beehrte. Und wie ein alter Brauch es gebietet, sorgen wir als seine geliebten Untertanen gerne für deren Obdach und Nahrung«, erzählte ein Bürger der Stadt Griseldis.

Dieses Mal hatte der König sie gebeten, ihn zu begleiten, da er spürte, dass einer seiner schmerzhaften Anfälle kurz bevorstand. Er bedurfte folglich jeden Tag vorbeugend ihrer Kunst des Handauflegens. Die übrige freie Zeit nützte die Heilerin, um Paderborn zu erkunden.

»Doch wir kennen diese Besuche des Königs aus bitterer Erfahrung«, fuhr der Paderborner fort. »Und wir wissen, dass sie den gefürchteten Heuschreckenplagen aus dem Alten Testament gleichkommen.«

Griseldis wusste, was der Mann damit meinte. Wie den Einwohnern aller anderen königlichen Pfalzen, oblag denen von Paderborn die Pflicht, ihren König dann und wann zu beherbergen. Heinrich wechselte ständig seinen Aufenthaltsort. Er musste schließlich im ganzen Reich für Recht und Ordnung sorgen und sein Hofstaat lag damit einer Stadt und ihrer ländlichen Umgebung buchstäblich auf der Tasche.

Heinrich, Kunigunde und ihr unmittelbares Gefolge, Griseldis und die anderen Leibärzte nicht zu vergessen, samt Oberhofmeister, Kammerherren, Kammerfrauen, Pagen, Dienern, Knechten und Mägden fanden in der jeweiligen königlichen Pfalz ihr Unterkommen. Ein Teil des Gefolges wurde aber in den Häusern und Villen adliger Familien einquartiert und den Rest der gewaltigen Hofhaltung brachte man bei Bürgersleuten unter – meist zu deren Missvergnügen.

»Im Grunde hat sich seit den Zeiten der Merowinger und seit Karl dem Großen nichts an dieser Sitte geändert«, murrte ein vermögender Paderborner Kaufmann, dessen Haus man ebenfalls für den Hofstaat des Königs requiriert hatte.

»Es bedeutet Speis und Trank und Tag und Nacht Bedienung für anspruchsvolle, stets unzufriedene und obendrein meist unfreundliche Gäste. Und es heißt auch, viel abzugeben und gering oder gar nicht dafür entlohnt zu werden«, fügte er ein wenig verbittert hinzu.

Griseldis konnte es selbst erleben: Von Tag zu Tag füllten sich die Kirchen der Stadt immer mehr mit Gläubigen, die inbrünstig beteten. Vater Berchtold hatte die Vermutung geäußert, sie flehten dabei zum HERRN, er möge doch den geliebten und verehrten König recht bald weiterziehen lassen …

Dem König erlegte der Aufenthalt in seinen Pfalzen eine ununterbrochene Reihe von Pflichten auf.

»Eine unendlich große Anzahl langweiliger Audienzen muss bewältigt werden«, beklagte sich Heinrich bei seiner Medica. »Alle kommen, um mich ihrer Treue zu versichern, und im gleichen Atemzug tun sie mir untertänig und sehr umständlich ihre Wünsche und Beschwerden kund.«

Wie Griseldis wusste, nahm der König darüber hinaus täglich zu einer bestimmten Stunde, meist vor dem Gang zur Messe, Bittschriften entgegen und lauschte gnädig den Gesuchen der Armen oder von Personen, die sich für einen Verurteilten einsetzen wollten. Vater Berchtold und erstmals auch die Heilerin sollten dabei zugegen sein.

»So gebt ihn schon her«, brummte der König, als sein Erster Kammerherr ihm den mit Hermelin gefütterten, roten Königsmantel um die Schultern legte. »Das Ding drückt einen schier nieder mit seinem Gewicht und zum Schwitzen bringt es mich auch. Zu allem Überfluss jetzt auch noch die schwere Krone!

Sie engt mich ein und verursacht mir jedes Mal Kopfschmerzen.«

Griseldis empfand Mitleid mit Herrn Heinrich, der sich an diesem Tag überhaupt nicht wohl zu fühlen schien. Er hatte schlecht geschlafen und die dunklen Schatten unter seinen Augen legten Zeugnis davon ab.

Aufrecht wie eine Marmorstatue würde der Herrscher stundenlang feierlich auf seinem zwar prächtigen, aber unbequemen Thronsessel sitzen, überwölbt von einem Baldachin aus purpurrotem Samt, und sich mit leutseligem Lächeln anhören, was seine Untertanen, in einem vorgeschriebenen Abstand vor ihm kniend, ehrfürchtig hervorstotterten.

Einige wenige sprachen flüssig und kamen umgehend zum Kern der Sache, aber die meisten schilderten weitschweifig, von Gestammel unterbrochen, worum es ging. Manche waren so aufgeregt, dass ihnen die Stimme versagte und man sie kaum verstehen konnte.

Der König jedoch verlor dabei niemals die Geduld. Griseldis konnte nicht leugnen, dass sie Herrn Heinrich sehr bewunderte, wie er sich dieser ebenso lästigen wie anstrengenden, aber nichtsdestoweniger wichtigen Aufgabe widmete.

»Fast immer geht es um endlose Rechtsstreitigkeiten oder nachbarschaftliche Händel, nicht allzu selten um familiäre Zwistigkeiten, die sich oft schon Jahre hinziehen. Ich als König soll nun binnen weniger Minuten souverän und unparteiisch ein Urteil fällen«, hatte sich der Herrscher erst neulich bei seiner Heilerin beklagt.

»Umso besser, Herr Heinrich«, hatte diese gemeint, »dass Ihr mit einer raschen Auffassungsgabe und gesundem Menschenverstand gesegnet seid. Und Eure Kenntnisse in juristischen Angelegenheiten kommen Euch gewiss gleichfalls zugute.«

Die Medica des Königs beobachtete nun, wie Heinrich auf dem Thronsessel saß, den Menschen zuhörte und Urteile sprach, Bitten gewährte oder versagte, lobte und tadelte, beförderte und degradierte, entschied, richtete, verurteilte und begnadigte.

›Wer denkt eigentlich an *seine* Schwierigkeiten, wer löst diese für *ihn*?‹ Diese Fragen drängten sich Griseldis geradezu auf.

Da war zum Beispiel seine Kinderlosigkeit, die ihn zunehmend belastete: Sollte er nicht doch dem Rat vieler großer Herren folgen, den Papst um Auflösung seiner unfruchtbaren Ehe bitten, Kunigunde in ein Kloster schicken und eine neue Verbindung eingehen?

Es war so gut wie sicher, dass seine Gemahlin dafür Verständnis hätte. Aber wer sagte denn, dass es an seinem Weibe lag, dass noch immer kein königlicher Spross in der Wiege lag? Als ganz junger Mann, noch vor seiner Heirat mit der schönen Lützelburgerin, hatte er etliche Geliebte besessen und keine war schwanger geworden. Legte das nicht deutlich Zeugnis ab von *seinem* Unvermögen?

Andererseits war bekannt, dass die Frauen über gewisse Mittel verfügten, um eine Empfängnis zu verhüten oder gar eine ungewollte Schwangerschaft zu beenden. Von diesen Gedanken, die dem König schwer auf der Seele lasteten, wusste Griseldis durch den treuen Benediktiner, der sich diesbezüglich große Sorgen um seinen Herrn machte.

»Herrn Heinrichs und Frau Kunigundes Kummer ist auch der meine«, hatte der alte Mönch erst heute Morgen geklagt. Aber auch Griseldis wusste keinen Rat – wie sollte sie auch? War sie doch noch nie von der Königin ins Vertrauen gezogen worden.

»Für Gesundheit und Wohlergehen der Herrscherin sind allein die alte Amme Luitgard, die Hofärzte sowie Frau Irmintraut zuständig. Ich sehe keine Möglichkeit, mich Frau Kunigunde in irgendeiner Weise als Heilkundige anzudienen«, hatte Griseldis den Pater beschieden. »Nur Euch gegenüber, Vater Berchtold, kann ich betonen, dass ich bereits etlichen kinderlosen Frauen geholfen habe. Aber ich will mich der Königin keinesfalls aufdrängen.«

Ein anderer Kummer, der dem König mit Sorge zusetzte, war der allgemeine Sittenverfall in den Reichsklöstern. »Ich werde nicht umhinkommen, Reformen in den Klöstern durchzuführen, damit die zuchtlosen Insassen nicht länger der Bevölkerung ein schlechtes Beispiel geben«, kündigte Heinrich im Anschluss an seine letzte Audienz an.

Dann bedrückte den Herrscher noch ein erneuter Zwist mit Boleslaw Chrobry. Der polnische Herzog wollte einfach keinen Frieden halten, sondern, kaum hatte der König ihm den Rücken gekehrt, erneut Gebiete des Reichs an sich reißen.

»Ich habe wahrlich Besseres zu tun, als immer wieder in den undurchdringlichen Wäldern des Ostens den Kampf mit ihm zu suchen, im Morast zu versinken, von Stechmücken ausgesaugt und schließlich von Boleslaw wie ein Tanzbär an der Nase herumgeführt zu werden«, hatte der König gegrollt.

Zu allem Überfluss plagten Heinrich ständig wieder leichte Schmerzen in der Nierengegend. Er würde sich wohl wieder an seine Medica wenden müssen, damit diese ihm ihre heilkräftigen Hände auflegte, ehe Schlimmeres daraus wurde.

Mit geröteten Wangen und der Zungenspitze zwischen den Zähnen saß Griseldis in ihrer Kammer und mühte sich mit einem Brief an ihren Mann Konrad ab. Vater Berchtold hatte ihr das Schönschreiben zwar beigebracht – kurz und schmucklos etwas zu notieren, das hatte sie bereits beherrscht –, aber immer noch bedurfte es ihrer ganzen Konzentration, wenn sie wichtige Zeilen zu Pergament bringen sollte.

»Herr Heinrich und Frau Kunigunde halten ihre Mahlzeiten ohne Pomp und Zeremoniell ab – außer es gilt, einen besonderen Gast zu ehren. Die umständliche Feierlichkeit mehrstündigen Tafelns mit vielen Gängen und großer Verschwendung ist beiden Königen zuwider«, so schrieb sie.

Aus Griseldis' Bericht war deutlich ihre Genugtuung herauszuhören, als sie ihrem Mann Konrad von den Gepflogenheiten schrieb, von denen sich der König auch an anderen Orten nicht abbringen ließ. Der Baumeister war neugierig und ließ sich gern von ihren Begegnungen mit dem Königspaar erzählen. Dass Griseldis mittlerweile dem König unentbehrlich schien, erfüllte den ehrgeizigen Mann mit Stolz, wenngleich er ihre häufige Abwesenheit sehr bedauerte.

»Eigentlich ist es nur Frau Irmintraut, die sich über die wenig üppige Tafel des Königs beschwert«, fuhr Griseldis in ihrem Schreiben fort.

»Erst kürzlich hatte sie dem König vor dem gesamten Hofstaat vorgehalten, sie seien der ärmste Hof in ganz Europa, so bescheiden, wie es bei ihm zuginge. Aber Heinrich hat sich nicht provozieren lassen und es der Dame anheimgestellt, seine armselige Hofhaltung zu verlassen und sich eine großzügiger angelegte zu suchen. Er persönlich esse nur, um satt zu werden, beschied Herr Heinrich seine anspruchsvolle Verwandte.«

Als Konrad den Brief später in Bamberg las, erinnerte er sich daran, wie er einst Zeuge geworden war, als ausländische Gäste sich über einen hohen Reichsfürsten abfällig unterhielten. Dieser hatte es für guten Stil gehalten, sich am Tisch des Königs so vollzustopfen, bis ihm übel geworden war und er sich hatte übergeben müssen …

»Auch lehnen Heinrich und seine Gemahlin manche Leckerbissen wie Pfauenlebern oder Nachtigallenzungen ab«, schrieb Griseldis.

»Dazu habe GOTT diese beiden wunderbaren Vögel nicht geschaffen, so die Königin. Sie betonte vielmehr, dass wir uns im Falle des einen an der Schönheit seines Gefieders erfreuen und im Falle des anderen durch die Süße seines Gesanges betören lassen sollen.«

KAPITEL 37

Auf ihrem Weg zu einem Kranken, der sie durch einen Boten zu sich hatte bitten lassen, wurde Griseldis in Paderborn von einem fremden, gut gekleideten Herrn angehalten.

»Edle Frau«, begann der etwa fünfzigjährige Mann und zog seinen Hut vor ihr; aber die Heilerin hob abwehrend die Hand.

»Mein Mann ist nicht von Adel«, entgegnete sie, »und ich war es auch nie. Sagt einfach Frau Griseldis zu mir, Herr.«

»Wie Ihr wünscht, Frau Griseldis.«

Und dann erzählte er, ein französischer Landedelmann aus der Nähe von Chinon, ihr eine nahezu unglaubliche Geschichte. Als er geendet hatte und Griseldis stumm geblieben war, fragte er:

»Werdet Ihr die Güte haben und Euch beim König, bei dem

Ihr jederzeit Gehör findet, für mein Anliegen verwenden? Ich wäre Euch sehr zu Dank verpflichtet.«

»Nun ja«, hatte die junge Frau gemurmelt, »ich werde Eurem Wunsch entsprechen, mache Euch aber wenig Hoffnung, dass Herr Heinrich darauf eingehen wird.«

Nach dem kärglichen Abendmahl – es war nämlich Fastenzeit – berichtete Griseldis König Heinrich, seiner Gemahlin und den übrigen Tischgenossen, die noch in der großen Halle der Paderborner Pfalz beisammensaßen, dass sie heute mit einem seltsamen Franzosen gesprochen habe.

»Eigentlich war weniger der Mann seltsam, als der Vorschlag, den er Euch durch mich unterbreiten lässt«, korrigierte sie sich. Alle lauschten gespannt.

»Der Edelmann berichtete mir von einer der heiligen Katharina geweihten Kapelle, die in einem Dorf, etwa zehn Meilen südlich von Tours, stehen soll. In dieser Kapelle hängen angeblich viele Schwerter, Dolche, Schilde und Lanzen, die heimgekehrte Krieger ihrer Schutzheiligen Katharina geweiht haben zum Dank für errungene Siege.

Aber das sei beileibe nicht alles: Hinter dem kleinen, schlichten Altar des Kirchleins befinde sich im Boden vergraben ein ganz besonderer Schatz.«

Die Heilerin König Heinrichs legte eine kunstvolle Pause ein, um die Spannung ihrer Zuhörer zu steigern. Wie gebannt hingen die Augen der Anwesenden an ihren Lippen.

»Und was soll das sein, Frau Griseldis?«, fragte erfüllt von weiblicher Neugierde die Königin, während Frau Irmintraut versuchte, Gleichgültigkeit vorzutäuschen. Es widerstrebte ihr von Herzen, dass »die Bauernmagd« wieder einmal im Mittelpunkt königlichen Interesses stand.

»Ein mit Zauberkräften ausgestattetes Schwert, das ein Engel dort hinterlassen hat. Seit vielen Jahren liegt es dort angeblich verborgen unter den Steinplatten und wartet nur darauf, ausgegraben und im Kampf zum Einsatz zu kommen.

Dem unbesiegbaren Karl Martell soll es früher gehört haben und später Karl dem Großen, der damit seine Siege errungen hätte, so behauptet jedenfalls der französische Baron. Und auch heute würde es seinem jeweiligen Besitzer ausgesprochenes Schlachtenglück über seine Gegner verleihen.« Griseldis sah in die Runde.

»Der Edelmann aus Chinon hat sich anheischig gemacht«, fuhr sie fort, »dieses Wunderschwert auszugraben und will es Euch übersenden, Herr Heinrich – allerdings gegen eine gewaltige Summe an Silber.«

Der König nahm schweigend einen Bissen von der noch vor ihm auf einer silbernen Platte liegenden Fischpastete, die ihm allerdings etwas fade zu schmecken schien. Aber weil Fastenzeit war, hatte der Küchenmeister wohl absichtlich an den Gewürzen gespart; der König nahm es kritiklos hin.

»Was werdet Ihr tun, König Heinrich?« Vater Berchtold hatte gewartet, bis sein Herr mit dem Kauen aufgehört hatte.

»Der Untertan des französischen Königs will mir also dieses Schwert verkaufen. Schön, die Geschichte hört sich interessant an. Aber die Sache hat einen gewaltigen Haken.«

Kanzler Eberhard, der sich vor einigen Tagen in Paderborn eingefunden hatte, lächelte vielsagend.

»Wer garantiert mir denn, dass der Edelmann von der Loire mir tatsächlich auch das aus der Katharinenkapelle ausgegrabene Schwert Karl Martells überbringt – und nicht irgendein schartiges, verrostetes Ding, das Jahrhunderte auf einem Dachboden gelegen und einem völlig unbekannten Kämpen gehört hat? Und für so etwas soll ich gutes Geld ausgeben?«

Der König setzte den Becher mit reinem Brunnenwasser an – in der Fastenzeit wurde beim Mahl kein Wein gereicht –, stellte ihn wieder auf die Tischplatte zurück und verschränkte seine Arme.

»Und was besagt schon dieses sogenannte Zauberschwert, Herr?«, warf der Kanzler abschätzig ein. »So etwas gibt es nur in alten Märchen. Ein Sieg wird immer von dem Mann erfochten, der das Schwert führt.« Heinrich warf ihm einen dankbaren Blick zu.

»Ich bin weder Karl Martell, der die Araber besiegt hat, noch bin ich der große Kaiser Karl. Aber ich bin König Heinrich und werde mit meinem *eigenen* Schwert fechten, so gut ich es vermag.«

Griseldis atmete auf.

»Ich habe bereits versucht, dem Baron deutlich zu machen, dass Ihr so reagieren würdet, Herr. Er erschien mir sehr enttäuscht darüber. Wahrscheinlich braucht seine Burg ein neues Dach oder er benötigt Geld für die Mitgift seiner Töchter«, sagte Griseldis lächelnd.

Sie war überaus stolz auf ihren klugen Herrn, der sich von niemandem betrügen ließ.

»Ich habe ihm geraten, er solle doch mit seinem Vorschlag zum französischen König gehen. Aber davon hielt er gar nichts«, hörte der König die Frau seines Dombaumeisters sagen. Heinrich lachte laut auf und seine Zuhörer stimmten ein.

»Ausgerechnet zu König Robert«, amüsierte sich Herr Eberhard, »der, mit Verlaub zu sagen, ein unbändiger Geizhals ist. Sicherlich würde er für das angebliche Wunderschwert überhaupt nichts bezahlen, sondern es als Geschenk für sich reklamieren.«

Es wurde noch – trotz Fastenzeit – ein recht munterer Abend mit viel Gelächter und Geschichten über legendäre Schwerter, mit denen in früheren Zeiten die alten Helden ihre mächtigen Feinde geschlagen hatten.

Griseldis lauschte mit pochendem Herzen. Sie liebte diese

Sagen über längst vergangene Zeiten, fühlte sie sich dabei doch an manche heimelige Stunde in ihrer Kindheit erinnert: Wenn ihre Mutter oder Muhme Bertrada die Zuhörerschaft an langen Winterabenden am prasselnden Herdfeuer mit ihren Sagen von lange verblichenen Helden und deren Taten regelrecht verzaubert hatten …

Dachte Griseldis an ihren unscheinbaren Herkunftsort Tannhofen, konnte sie es immer noch nicht recht fassen, dass das Schicksal sie so unvermittelt in eine solch noble Gesellschaft verschlagen hatte.

›Wer hätte je gedacht, dass ich einmal mit unserem König und seiner Gemahlin an einem Tisch sitzen würde?‹, sinnierte sie mit Verwunderung und tiefer Dankbarkeit zugleich. Nun, Muhme Bertrada natürlich! Frowein und Dietlinde würden sich mit ihr freuen, wenn sie noch lebten. Auch Dietwulf und Gertrud traute sie ehrliche Anteilnahme zu. Aber ob Frau Rottraut, ihre hochmütige Schwägerin, ihr diese Ehre gönnte, dessen war sie sich keineswegs sicher.

›Rottraut hat mit Sicherheit angenommen, dass der angebliche Ruf des Herzogs an seinen Hof nur eine Ausrede von mir gewesen ist, um in die Stadt und damit weg von daheim zu kommen. Vielleicht denkt sie sogar, ich verdiene mir meinen Lebensunterhalt als Venusdienerin‹, mutmaßte Griseldis.

Ihre Arbeit brachte Griseldis mit vielen unterschiedlichen Menschen zusammen, die sie aufsuchten und Hoffnung in ihre Heilkunst setzten. Und da es sich herumgesprochen hatte, dass sie die Armen umsonst behandelte, musste sie sich über Langeweile nicht beklagen.

Die junge Frau brachte vorwiegend pflanzliche Substanzen zur Anwendung, die sie trefflich zu verarbeiten und wohl zu dosieren verstand. Darüber hinaus besaß sie die Gabe, Krankheiten frühzeitig zu erkennen – oft noch, ehe die Betroffenen selbst etwas davon bemerkten.

Dazu war Griseldis von GOTT das Geschenk der heilenden Hände mit in die Wiege gelegt worden. Durch Auflegen ihrer Handflächen auf die erkrankten Körperteile gelangen ihr im Laufe der Zeit auch bei aussichtslos erscheinenden Leiden sensationelle Heilungen. Nach solchen Behandlungen war sie jedes Mal eine Weile erschöpft und wie ausgelaugt.

»Es scheint so, als würde durch meine Hände meine eigene Lebenskraft in den Körper des jeweiligen Kranken fließen, um ihn zu kräftigen und ihm die nötige Stärke zu verleihen, mit welcher er die Krankheit besiegen kann. Dadurch fühle ich mich selbst hinterher geschwächt und ich brauche eine gewisse Zeitspanne, um meine Kräfte erneut zu sammeln«, hatte sie ihrem Mann Konrad anvertraut. Dieser bewunderte sie für ihr Können grenzenlos.

Auch Vater Berchtold hatte des Öfteren von ihrer Heilkunst profitiert. Erst neulich hatte Griseldis ihn von einem hartnäckigen Husten befreit, der seinen gesamten Brustkorb erschüttert und bis in die Spitzen seiner Lunge wehgetan hatte.

Nach den schrecklichen Kolikattacken König Heinrichs dauerte es für gewöhnlich ein paar Tage, bis die Heilerin die ihr innewohnende Energie wieder aufgebaut hatte.

Was ihren Status als echte Medica bekräftigte, war ihr geschärftes Wahrnehmungsvermögen von Symptomen gewöhnlicher wie auch ausgefallener Leiden. In Fällen, bei denen die Leibärzte des Königs ratlos mit den Achseln zuckten, erkannte Griseldis meist die Ursache des Übels – nicht gerade zum Wohlgefallen der gelehrten Herren.

Sie betrachteten die unliebsame Konkurrenz zumeist mit scheelen Augen. Nur aus Respekt vor dem Herrscher wagten sie es nicht, die junge Heilerin vom Hofleben auszuschließen.

Neulich hatte der Leibbarbier Heinrichs über unerträgliche Schmerzen in der Brust geklagt, über Stiche wie mit einem Dolch, die es ihm kaum noch gestatteten, Atem zu holen. Er glaubte, jeden Augenblick müsse sein Herz zu schlagen aufhören. Dazu war er leichenblass vor Angst, weil er dachte, sein letztes Stündlein habe geschlagen.

Die eilig herbeigerufenen königlichen Medici bestärkten ihn in seiner Vermutung und rieten als wichtigste Maßnahme, man möge einen Beichtiger holen. Danach würde man weitersehen.

Vater Berchtold hatte vom Zustand des Barbiers erfahren und kurzerhand die Heilerin herbeigeholt. Griseldis erkannte auf den ersten Blick, dass das Herz des noch jungen Mannes keineswegs angegriffen war: Die Ursache von Schmerz und Atemnot war vielmehr ein eingeklemmter Nerv in der verrenkten Schulter des Barbiers.

Durch zwei energische Handgriffe, die den Leibbarbier zwar aufbrüllen ließen wie einen mit der Axt gefällten Stier, hatte sie den Mann von seinem angeblich lebensbedrohlichen Leiden befreit. Den Geistlichen, der seine letzte Beichte anhören sollte, schickte man unverrichteter Dinge fort. Stattdessen umarmte der Geheilte Griseldis und führte einen regelrechten Freudentanz mit ihr auf.

Die Leibärzte des Königs jedoch waren grün geworden vor Neid.

Sie musste allerdings zugeben, dass auch sie gelegentlich nur durch Zufall auf die Heilmöglichkeit mancher Krankheit stieß. Die erste Begebenheit dieser Art würde sie niemals vergessen …

KAPITEL 38

ALS JUNGES MÄDCHEN in Tannhofen war sie einst zu einem ohnmächtigen Mann gerufen worden. Es handelte sich um einen jungen, kräftigen Bauern, dem man äußerlich nicht ansehen konnte, was eine solche Schwäche gerechtfertigt hätte. Sein Weib, das erst vor Kurzem auf den Hof gekommen war, hatte Griseldis von einer unerklärlichen, starken Müdigkeit ihres Mannes berichtet.

»Am Morgen kommt Bernhard gewöhnlich kaum aus den Federn«, klagte sie, »und die meiste Arbeit bleibt an mir hängen.«

Von außergewöhnlichem Verlangen nach Met oder mit Honig gesüßtem Wasser erzählte sie und von ständigem Juckreiz auf der Haut: »Er kratzt sich an den Armen und Beinen oft so lange, bis das Blut kommt«, sprudelte es aus der jungen Bäuerin mit einem gewissen Ekel hervor. »Ständig muss er Wasser lassen und sobald er sich nur ein bisschen verletzt, heilt die Wunde lang nicht mehr zu.«

Griseldis war damals ratlos gewesen. Dann hatte das Weib sie vertraulich am Arm genommen und ihr etwas ins Ohr geflüstert.

Die Heilerin war erstaunt gewesen. »Ach, impotent ist dein Mann also auch? Und das mit fünfundzwanzig Jahren? Sehr seltsam.«

Sie hätte später nicht zu sagen vermocht, was sie eigentlich genau dazu veranlasst hatte, einen Becher voll mit dem Urin des Kranken zu verlangen. Den wollte sie mit nach Hause nehmen und einige Tage stehen lassen – nur um zu beobachten, wie dieser sich möglicherweise veränderte.

Solche Harnproben hatten ihr bereits hin und wieder geholfen, die richtige Diagnose zu stellen und das entsprechende Heilmittel zu finden. Was ihr das Verfahren allerdings diesmal zeigen sollte, war ihr selbst nicht klar. Viel zu verschwommen erschien ihr das Krankheitsbild des jungen Mannes; die Symptome waren noch dazu vollkommen unpassend für sein Lebensalter. Äußerst irritierend war auch sein gesundes, ja blühendes Aussehen. Dass er das Ganze nur simulierte, traute sie ihm keinesfalls zu. Wer fiel denn schon zum Spaß in Ohnmacht?

»Meine Augen sind seit geraumer Zeit schlechter geworden«, hatte der wieder zu Bewusstsein gekommene Mann geklagt und Griseldis inspizierte sie, ohne das Geringste zu finden.

Ein Tee, ein Stärkungsmittel und der vage Ratschlag, »sich zu schonen« – etwas, das bei der jungen Bäuerin sichtlichen Unmut hervorrief –, waren die einzigen Dinge gewesen, die Griseldis den beiden im Augenblick hatte geben können.

Als Froweins Tochter dann mit dem Urinbecher in der Hand das Haus verlassen wollte, war sie an der Türschwelle gestolpert und hatte den Inhalt des kleinen Gefäßes auf dem Hof verschüttet.

»Ach, wie ärgerlich«, hatte sie ausgerufen und die wenigen verbleibenden Tropfen im Becher betrachtet. Unwillkürlich hatte sie daran gerochen und dann ihr Gesicht verzogen. Irgendwie unangenehm süßlich erschien ihr der Harn des Kranken zu riechen und durchsetzt war er mit kleinen, weißen Flocken.

Kein Zweifel, der Bauer war nicht gesund, aber was um CHRISTI willen fehlte ihm bloß?

Griseldis hatte fieberhaft überlegt. Sollte sie umkehren und den Mann bitten, erneut den Becher zu benützen? Andererseits hatte sie wenig Zeit, denn ein Verletzter, der sich die Axt ins Bein gehauen hatte, erwartete sie am anderen Ende des Dorfes. Und so beschloss sie, es für heute dabei zu belassen.

›Vielleicht hilft ihm ja der Tee und die Stärkungstropfen aus Mistel und Weißdorn‹, dachte sie, als ihr Blick von einer merkwürdigen Begebenheit am Boden geradezu magisch angezogen wurde.

In der kurzen Zeit, in der die Urinlache auf der festgetretenen Erde glänzte, war eine Schar von Ameisen wie durch Zauberhand aufgetaucht und stürzte sich nun geradezu auf die verschüttete Ausscheidung.

Eine breite Ameisenstraße verlief von der vorderen Hausecke, wo diese Tierchen vermutlich ihren Bau hatten, zu der Schwelle, wo Griseldis den Becher versehentlich ausgekippt hatte. Die Ameisen saugten gierig an der Flüssigkeit. Was war das nur für eine Substanz, die im Wasser des kranken Bauern enthalten war?

Dem süßlichen Geruch nach zu urteilen, vermutete die Heilerin Zucker – und zwar in einer solch hohen Konzentration, dass er imstande war, die Ameisen von weit her anzulocken. Der Lage der Dinge nach schien er auch verantwortlich zu sein für die ernsthaften Beschwerden des Mannes.

Obwohl sie anderorts dringend erwartet wurde, machte Griseldis auf dem Absatz kehrt und befragte den Bauern und seine Frau über dessen Essgewohnheiten und ob dieser in der letzten Zeit an Gewicht zugenommen hätte.

»Ja, Bernhard ist dicker geworden. Es fällt zwar nicht so auf, denn er war immer recht mager«, sagte die junge Bäuerin. »Am schlimmsten aber sind sein dauernder Durst und die Gier nach Süßem. Fleisch gibt es ja selten bei uns, aber das Kraut und die Rüben schaut er gar nimmer an. Ich soll ihm bloß noch süße Suppen und Mehlspeisen mit Honig machen. Am liebsten tät er immerzu Kuchen essen. Aber den back ich nur zu

Festtagen. Und dann stürzt er sich drauf, wie die Wespen auf das süße Zwetschgenmus.«

Dieses Verhalten war Griseldis von vielen alten Leuten bekannt. Aber bei denen hatte sie sich bisher weder über ihre Mattigkeit, über verminderte Sehkraft noch über offene Beine groß Gedanken gemacht. Sie hatte alles als zwar schlimme, aber altersbedingte Gebrechen eingestuft. Erst die Tatsache, dass ein noch junger Mensch darunter litt, hatte sie stutzig werden lassen.

»Lass in Zukunft das süße Zeug ganz weg und iss stattdessen Gemüse und wenn möglich ein wenig Fleisch, Bernhard«, riet Griseldis dem Bauern. »Wenn du Lust auf Süßes hast, iss lieber einen Apfel und lösch deinen Durst nicht mit Bier oder Met, sondern nur mit reinem Brunnenwasser oder dem Tee, den ich dir dagelassen habe. Ich verspreche dir, wenn du dich zehn bis zwölf Wochen eisern daran hältst, wird es dir bedeutend besser gehen.«

Als die Heilerin nach einem Vierteljahr wieder auf Bernhards Hof gekommen war, war ihr sein Weib bereits strahlend entgegengelaufen.

»Der Bauer ist ein neuer Mensch und gar nicht mehr matt und erschöpft. Er arbeitet jetzt wieder wie früher und«, dabei senkte sie vertraulich ihre Stimme, »er erweist sich auch nachts wieder als mein Mann und liegt nicht nur wie ein Toter neben mir im Bett.«

Bernhard, der grinsend aus dem Stall aufgetaucht war, zeigte Griseldis eine ehemals offene Stelle an seinem Bein, die sich vor Kurzem geschlossen hatte: Wo ein regelrechtes Loch im Fleisch gewesen war, sah man jetzt nur noch eine blasse, kreisrunde Narbe.

»Und so viel Durst hab ich auch nimmer. Und sehen tu ich wieder wie ein Luchs«, hatte er geprahlt.

»Das freut mich für dich, Bernhard. Mach weiter so und du

wirst uralt werden – aber hüte dich vor Süßem. Anscheinend verträgt das dein Körper nicht so gut. Das hat alle deine Beschwerden verursacht.«

Seit dieser Erfahrung hatte Griseldis es sich angelegen sein lassen, Kranke immer nach ihrer Art der Ernährung und nach ihren Ausscheidungen zu befragen.

KAPITEL 39

IM FRÜHJAHR 1009 schickte sich der Königstross an, von der Pfalz zu Goslar aufzubrechen. Keines der Güter und keine der Städte war so wohlhabend, dass sie in der Lage gewesen wären, die vielen hundert Edlen samt Dienern, Rittern und Knechten, den Frauen und Kindern, den Mönchen und Priestern, den Schreibern, Handwerkern, Händlern und Sklaven länger als einige Monate zu verköstigen.

»So ein Hofstaat ist in der Tat wie die Heuschreckenplage aus der Bibel«, sagte Vater Berchtold. »Wenn er weiterzieht, hat er alles kahl gefressen.«

»Aber, aber«, meinte tadelnd Vater Odo zu seinem älteren Mitbruder, der seit Neuestem merklich gealtert und von Gliederschmerzen geplagt war. »Wir wollen doch nicht respektlos sein und Frau Kunigunde und ihre Damen als Heuschrecken bezeichnen, oder?«

Der Benediktinermönch Odo grinste dabei spitzbübisch; wusste er doch, wie sehr Berchtold die schöne Königin verehrte und dass in dessen Wertschätzung Heinrichs Gemahlin gleich nach der Jungfrau Maria kam …

»Die Königin gewiss nicht«, konterte Vater Berchtold prompt. »Aber bei ihrer Base, Frau Irmintraut, bin ich mir nicht sicher, zu welcher Gattung von Geschöpfen ich sie zählen muss. Einerseits ist sie zauberhaft wie ein bunter Schmetterling, lieblich wie ein Rehkitz, sanft wie ein Lamm und, was die Königin betrifft, fürsorglich wie eine Henne, die selbst gegen den Habicht ihr Küken verteidigt.

Und *trotzdem* werde ich bei ihr das Gefühl nicht los, dass sie nur auf eine *Gelegenheit* lauert, um ihre Krallen, ihren Skorpionsstachel und ihre Giftzähne einzusetzen gegen unsere Herrin, deren Schwester zu sein sie so überzeugend vorgibt.«

»Ihr verwirrt mich«, entgegnete der junge Mönch. »Ich dachte, Frau Irmintraut liebt ihre Herrin wie eine leibliche Schwester. Die Königin ist ihr jedenfalls zugetan in großer Liebe; beide Damen sind stets beisammen. Ich denke, Frau Kunigunde genießt die Gesellschaft ihrer Verwandten häufiger als die Gegenwart König Heinrichs.«

»Ich weiß«, sagte Vater Berchtold seufzend. »Der Herrscherin zuliebe hat Frau Irmintraut, wie sie selbst nicht müde wird zu behaupten, sogar auf eine Vermählung verzichtet. Sie spricht oft genug von diesem *Opfer*. Angeblich hat sie mehrere Heiratsanträge von hochgeborenen Herren ausgeschlagen, nur um sich für immer dem Wohlbefinden Kunigundes widmen zu können.

Dennoch«, fügte er bedächtig hinzu, »traue ich dieser Frau nicht über den Weg. Mein Gefühl warnt mich vor etwas, ohne dass ich einen direkten Anlass zu einem Verdacht besäße, geschweige denn einen Beweis.«

»Ich glaube, Ihr seht Gespenster, lieber Mitbruder«, sagte Vater Odo wohlwollend.

»Mag schon sein«, gab der Ältere zu, »aber etwas im Wesen der Dame erschreckt mich. Ich kann nicht einmal erklären, was es ist. Und ihre Vertraute, die alte Doña Maddalena, ist auch nicht dazu angetan, mein Misstrauen zu besänftigen.«

Gedankenverloren blickte der alte Mönch in die Ferne. Dann zog ein Schmunzeln über sein faltiges Gesicht. Ein Jahr nach seiner Hochzeit hatte der damalige Herzog Heinrich von Baiern einmal etwas zu tief ins Glas geschaut – eine Seltenheit bei ihm – und behauptet, Irmintraut sei eine Hexe. Woraufhin die sonst so sanfte Kunigunde wütend wurde, ihrem Gemahl Vorwürfe machte und die Opferbereitschaft ihrer Base über den grünen Klee lobte:

»Meiner Wohlfahrt wegen will jene, die mir lieber ist als eine leibliche Schwester, ihr eigenes Lebensglück opfern. Nur um meinetwillen will sie auf Mann und Kinder verzichten.«

»Auf *einen* Mann verzichtet sie gewiss, aber sicher nicht auf *Männer*«, hatte daraufhin der in seiner Trunkenheit seltsam hellsichtige Herzog trocken eingeworfen. »Wer weiß, welchen Gefallen sie einem Abgewiesenen mit ihrem Verzicht auf eine Ehe tut? Aber ob sie Euch, Liebste, letztendlich damit eine Wohltat erweist, wisst Ihr noch lange nicht.«

Die junge Herzogin hatte damals verärgert die Halle verlassen und zwei Tage lang nicht mehr mit Herrn Heinrich gesprochen.

Der alte Mönch lächelte bei dieser Erinnerung.

Griseldis, die dem Gespräch der beiden Patres unfreiwillig beigewohnt hatte, war für einen Moment versucht, von ihrem erschreckenden Erlebnis in den Kellergewölben der Regensburger Residenz zu erzählen, als Irmintraut und die alte Spanierin den seltsamen Zauber mit der wächsernen Puppe zelebriert hatten.

Aber die Glaubensbrüder entfernten sich von ihr und wieder einmal – wie schon seit etlichen Jahren – war der günstige Augenblick vorüber.

›Ein anderes Mal, wenn sich die Gelegenheit ergibt, will ich Vater Berchtold davon erzählen‹, nahm sie sich vor. Im Stillen wunderte sie sich, warum sie nicht längst den alten Benediktiner zum Mitwisser gemacht hatte. ›Wahrscheinlich ist es mir unangenehm, heimlich gelauscht zu haben – obwohl doch eigentlich Irmintraut diejenige sein sollte, die Scham über ihr Tun empfinden müsste.‹

Wenn der Königshof auf Reisen ging, wurde alles eingepackt, was irgendwie von Nutzen sein konnte. Wochenlang waren Knechte und Diener damit beschäftigt, alles Notwendige sicher zu verstauen. Im Hof der Pfalz herrschte tagelang ein wüstes Durcheinander und ein Gewimmel von Packpferden und Maultieren tummelte sich innerhalb der Ummauerung.

Griseldis hätte gerne geholfen – es war ihre Sache nicht, anderen untätig bei der Arbeit zuzusehen, und sie kam sich höchst überflüssig vor. Genau genommen stand sie den umherwirbelnden Knechten und Mägden sogar im Weg.

Ochsenkarren und Pferdewagen standen bereit, um mit Met-, Wein- und Bierfässern, mit Mehlsäcken, Krügen mit Öl und Honig, Kochkesseln, Kleidungsstücken, Decken, Werkzeugen und sonstigem Hausrat beladen zu werden. Aber auch Kassetten, voll mit Goldmünzen, und Schmuckschatullen sowie Kästen mit Bade- und Schminkutensilien gingen mit auf die Reise.

Vater Berchtold gesellte sich Griseldis bei, die dem Treiben staunend folgte.

»Der Tross behält auf der Strecke zwischen den einzelnen Pfalzen in etwa immer das gleiche Tempo bei«, sagte er. »Sind die Wege trocken, kommt man ein wenig rascher voran. Aber das kann sich schnell ändern: Ein Gewitterschauer oder Regenguss weicht die unbefestigten Pfade auf, die Zugtiere versinken mitunter bis zum Mittelfußgelenk im Schlamm und die schwer beladenen Karren bis zu den Radnaben. Ein Achsenbruch gehört zu den alltäglichen Vorkommnissen und wird, von Flüchen begleitet, schnell repariert.«

Griseldis schüttelte den Kopf. Sie wunderte sich, dass der König dies alles immer wieder auf sich nahm.

»Wäre es nicht einfacher, wenn Herr Heinrich seine Befehle durch Boten den einzelnen Fürsten und Bischöfen überbringen ließe? Und wer etwas vom König will, könnte sich doch selbst nach Bamberg bequemen, oder?«, fragte die junge Frau unbedarft.

Der alte Mönch schmunzelte.

»Das Leben eines Königs ist nun einmal sehr unstet und mühselig. Die königlichen Güter und Pfalzen sind einzelne Stationen, die der König im Laufe eines Jahres abwechselnd aufsuchen muss, um Kirchenfeste zu feiern, Friedenspläne zu unterzeichnen, Verträge mit Feinden und Verbündeten zu schließen, Rechtsstreitigkeiten zu schlichten – und um Kriegsvorbereitungen zu betreiben.

Es gibt sowohl Feinde im Inneren wie von außen. Die Grenzen müssen gesichert und verteidigt, aufsässige Fürsten zur Einsicht gebracht werden. Immer wieder gilt es für ihn, Einsprüche, ob berechtigt oder nicht, zu untersuchen, erbitterten Widerstand und offene Feindschaft niederzukämpfen und seinen königlichen Willen durchzusetzen.« Er zuckte mit den Schultern.

»Es ist eine Tatsache, dass unser Land noch keine Hauptstadt besitzt wie andere Länder. Es gibt kein Rom, kein Jerusalem, kein Konstantinopel und kein Cordoba und auch kein Mekka in Deutschland. Nicht wenige bedauern das zutiefst – am meisten jedoch unsere Königin. Kein Wunder, dass uns viele Ausländer für Barbaren halten.«

Der Hauptteil des Zuges sollte nach Bamberg zurückreisen, nur einige wenige würden beim König bleiben, dessen nächste Station das Reichskloster Corvey an der Weser sein sollte. Diese Abtei hatte durch unerfreuliche Vorfälle von sich reden gemacht.

»Bischof Meinwerk von Paderborn hat mich mit einer ausführlichen Schilderung der schändlichen Zustände, die in Corvey herrschen sollen, förmlich überfallen.«

Heinrich saß mit seinen beiden geistlichen Beratern, den Patres Berchtold und Odo, beisammen.

»Möglich, dass der gute Meinwerk dabei ein wenig übertreibt«, vermutete Vater Odo. »Soviel ich weiß, schätzt er die Corveyer Mönche nicht besonders.«

»Ich werde selbst hinreiten und mir ein Bild von den dortigen Zuständen machen«, kündigte Herr Heinrich an. Da er wieder einmal ein ihm nur zu bekanntes Unwohlsein verspürte und eine weitere Attacke seines Steinleidens befürchtete, ersuchte er Griseldis, ihn nach Corvey zu begleiten.

»Euer Eheherr möge Nachsicht mit mir üben, dass ich ihn noch länger Eurer Gegenwart beraube«, bat der König höflich. »Aber ich würde Eure Anwesenheit überaus begrüßen.«

Griseldis hatte sich schon sehr auf die Heimreise und das Wiedersehen mit Konrad gefreut, aber andererseits war sie auch beglückt darüber, dass der Herrscher sie und ihre Heilkunst so hoch schätzte.

Ihr Gemahl kam jeden Tag erst sehr spät in der Nacht nach Hause, denn er hatte seinen Ehrgeiz dareingesetzt, den Auftrag, den der König ihm in aller Stille erteilt hatte, zügig zu vollenden. Dass es eine Bischofskirche werden sollte, war vielen bereits klar, da der Kirchenbau *zwei Krypten* aufwies.

Immer noch hatte sich Heinrich über seine Absichten öffentlich nicht klar geäußert. Aber vor seiner Abreise nach Paderborn war aufgefallen, dass der König ungewöhnlich viel Zeit mit seinem Baumeister verbracht und über große Pläne gebeugt stundenlang winzige Details mit ihm besprochen hatte.

Griseldis hatte ihren Mann oft nur eine Stunde am Tag gesehen, wenn sie mit seinem Essen zur Dombauhütte gegangen war. Oft vermisste sie Konrad schmerzlich. Vor allem, wenn sie wieder einmal von Frau Irmintraut verächtlich behandelt worden war. Dann sehnte sie sich nach seiner breiten Schulter zum Anlehnen und zum Ausweinen. Er verstand es immer, sie zu trösten. Konrad hatte ihr auch wie einst Pater Berchtold den Rat gegeben, dieser Dame möglichst aus dem Weg zu gehen. Und wenn sich ein Aufeinandertreffen nicht vermeiden lasse, solle sie sich auf keinen Fall von ihr herausgefordert fühlen. Immerhin sei sie mit der Königin verwandt und im Zweifelsfalle hätte Irmintrauts Wort mehr Gewicht als ihres, hatte er ihr eingeschärft.

›Ich sollte Konrad nicht mit meinen läppischen Sorgen behelligen‹, dachte die Heilerin oft. ›Als Leiter der Dombauhütte und allein verantwortlicher Baumeister für die vielen Arbeiter und Handwerker hat er gewiss selbst genug Schwierigkeiten. Bei mir, seiner Frau, sollte er sich nur wohlfühlen und seinen eigenen Ärger vergessen können.‹

Aber schwer war es doch, die ewigen Sticheleien der Base der Königin stumm zu ertragen.

Es kam vor, dass ihr mitunter ein wenig langweilig war, wenn niemand ihrer Heilkünste bedurfte. Das Sitzen in der Kemenate bei den Damen der Königin und das viele Handarbeiten waren nicht so ihre Sache, obwohl Kunigunde ihre Fingerfertigkeit bei Näh- und Stickarbeiten sehr schätzte. Etwas anderes war es allerdings, wenn Geschichten und Sagen aus alter Zeit erzählt wurden: Ihnen lauschte die Heilerin mit heller Begeisterung.

Großen Spaß bereitete es Griseldis, wenn sie ihre bemerkenswerte Geschicklichkeit am Schachbrett bei einer Partie mit einer der Hofdamen, manchmal sogar mit der Königin selbst, zeigen durfte.

Dieses Spiel mit den verschiedenen Figuren in Schwarz und Weiß aus dem Orient – genau genommen sprach man von einer Herkunft aus dem fernen Indien – erfreute sich neuerdings großer Beliebtheit am Hof König Heinrichs.

Zum Lesen und vor allem zum Schönschreiben, Fertigkeiten, die ihr Vater Berchtold auf ihre Bitten hin längst beigebracht hatte und die sie perfekt beherrschte, fehlte ihr der richtige Anlass. So kam der Heilerin im Grunde der Ritt nach Corvey gerade recht.

KAPITEL 40

DEM ALTEN BENEDIKTINER war die Reise zu anstrengend: Angeblich verspürte er ein heftiges Ziehen im Rücken, aber Griseldis argwöhnte, er wäre nur ein wenig bequem geworden. Sie hatte ihm versprechen müssen, alle Vorkommnisse im dortigen Kloster für ihn aufzuschreiben. Das tat sie auch sehr gewissenhaft, wobei sie ihr Entsetzen deutlich zum Ausdruck brachte:

»Am hellen Vormittag lagen der ehrwürdige Abt Walho und seine Mönche noch in ihren weichen Daunenbetten, wahren ›Lotterpfühlen‹, wie der König sich ausdrückte, welche die frommen Herren mit willigen Dirnen teilten«, hatte Heinrichs Medica notiert.

»Gebetsstunden wurde keine mehr abgehalten; von Besinnung und Meditation keine Spur. Dafür gab es bereits zu Mittag laute Musik, fröhlichen Tanz und leckerste Speisen. Statt wohlklingender Mönchschoräle schallten raues Gelächter und schrilles Weibergekreisch über die Klostermauern von Corvey.

Bereits aus einiger Entfernung war der Lärm zu hören und die Bauern aus der Umgebung oder die Wallfahrer, welche zu Gebet und stiller Einkehr die Klosterkirche aufsuchen wollten, schüttelten nur den Kopf über das lockere Treiben.

König Heinrich wies die Mönche an, sich umgehend aus ihren Betten zu erheben. Sie mussten im Refektorium antreten, wo er in einer geharnischten Rede an das Gewissen und die Gelübde aller Klosterinsassen appellierte.

Was dann aber geschah«, fuhr Griseldis fort, »erboste Herrn Heinrich zutiefst. Statt Betroffenheit zu zeigen, Reue zu offenbaren, demütig das Haupt zu senken und Besserung zu geloben, griffen die Mönche den König an:

Mit frechem Geschrei protestierten sie gegen seine Einmischung, verbaten sich mit rüden Worten jede Kritik und gaben ihm unmissverständlich zu verstehen, er möge sich zum Teufel scheren: Das alles ginge ihn nämlich überhaupt nichts an. Ein Kloster sei souverän und die Insassen desselben könnten ihr Leben so gestalten, wie sie es für richtig befänden; der Herrscher möge sich daher vor jeglicher Anmaßung hüten und sich gefälligst um andere Dinge kümmern.«

Griseldis hatte keineswegs übertrieben. Herr Heinrich war bleich geworden vor Zorn, so sehr hatte er sich über die Impertinenz der Corveyer Klosterbrüder aufgeregt.

»Nach kurzem Überlegen tat der König Folgendes: Den derzeitigen Abt Walho suspendierte er umgehend und versprach ihm, am nächsten Tag wiederzukommen und, sollte das liederliche Weibervolk sich noch innerhalb der Mauern des Klosters befinden, dasselbe mit Ruten höchstpersönlich aus dem Haus zu peitschen.«

Als Vater Berchtold diese Zeilen las, bedauerte er es aufrichtig, nicht selbst dabei gewesen zu sein. Welch eine Szene war ihm da entgangen! Wie gerne hätte er es miterlebt, wie sein Herr dem dreisten Klosterpack den Schneid abkaufte. Betroffen und zugleich amüsiert las er weiter:

»Weil die Mönche nicht wollten, dass ihr Kloster in Brand gesteckt wurde, auch das hatte Herr Heinrich ihnen angedroht, öffneten sie tags darauf nach sehr kurzer Bedenkzeit die Pforte für den König, der sich diesmal eine ganze Anzahl an Bewaffneten als Verstärkung mitgenommen hatte.

Herr Heinrich ließ die vorlautesten Protestierer des gestrigen Tages in Haft nehmen. Hübschlerinnen hielten sich keine mehr im Kloster auf und Abt Walho, der mittlerweile den Ernst der Lage erkannt zu haben schien, schwenkte plötzlich um. Er warf sich dem König zu Füßen, bat demütig um Verzeihung und gelobte eine vollständige Reform des Klosterlebens in Corvey.

Aber der König hatte genug von ihm«, fuhr die Heilerin fort. »Wo er seine Autorität denn auf einmal hernehme, begehrte Herr Heinrich zu wissen. Und wie solle ein Mann für Sittenstrenge und Frömmigkeit sorgen, den seine Mitbrüder als Hurer, Säufer und sittenlosen Verschwender kennengelernt haben?, setzte er nach.

Abt Walho blieb abgesetzt. An seiner statt ernannte der König ohne Befragung des Konvents den Mönch Trotmar von Lorsch zum Abt. Der König selbst führte Herrn Trotmar in Corvey ein, gab dem Kloster eine Reihe neuer, strenger Satzungen, ließ ein Güterverzeichnis anfertigen und veränderte einige Privilegien.«

Vater Berchtold verstand sehr wohl, was Griseldis mit der letzten, eleganten Umschreibung hatte ausdrücken wollen: Es bedeutete, dass der König erhebliche Eingriffe in den Besitzstand des Klosters gemacht hatte.

»Die Klöster sind vielfach zu Versorgungsstätten überzähliger Söhne und Töchter von Adelsfamilien verkommen; in ihnen lässt es sich bequem leben und die Klosterregeln spielen nur eine untergeordnete Rolle.« Vater Berchtold saß plaudernd mit Griseldis nach ihrer Heimkehr aus Corvey in der Vorhalle der Bamberger Pfalz. »Dank König Heinrich wird sich das in Kürze ändern.«

Der Benediktiner schmunzelte, ehe er fortfuhr: »Der gemaßregelte Abt eines anderen Klosters, der sich besonders schlau dünkte, hat sich mit seiner Beschwerde gar an die Königin gewandt. Er dachte, die fromme Gemahlin unseres Herrschers hätte mehr Verständnis für seine Klagen als der als sehr unnachsichtig geltende Heinrich.

Aber der Mann hat die kluge Mitregentin Herrn Heinrichs offenbar unterschätzt. Was sie ihm als Antwort zugedacht hatte, zeigte sie mir und Vater Odo, ehe sie es mit reitendem Boten an das betreffende Kloster überbringen ließ.

In ihrem Antwortschreiben machte Kunigunde dem Abt unmissverständlich klar, dass ihr Gemahl mit seinem Vorgehen mehrere Ziele verfolgt habe.

›Indem der König die Klöster reformiert, stärkt er die Krone, denn die Vasallen der Bischöfe und Äbte bilden den größten Teil des Reichsheeres. Zu dessen Ausstattung müssen jene Einkünfte verwendet werden, die nicht zum Lebensunterhalt der Mönche nötig sind. Je bescheidener diese also leben, desto größere Überschüsse werden erwirtschaftet und diese sind somit für die militärischen Bedürfnisse des Reiches verfügbar.

Und wenn das Reichsheer gut ausgerüstet ist‹, hat Frau Kunigunde gleichsam mit erhobenem Zeigefinger hinzugefügt, ›dient dies ohne Zweifel dem ganzen Volk, um dessen Wohl der König besorgt ist.‹«

Griseldis war beeindruckt.

»Es ist wunderbar, dass unsere beiden Könige in den wichtigen Fragen des Reiches an einem Strang ziehen. Falls der Klage führende Abt gehofft hatte, einen Keil zwischen Herrn Heinrich und seine Gemahlin treiben zu können, hat er sich gründlich verrechnet.«

»Unser König weiß, dass ihn die einen ›Vater der Mönche‹ nennen, während ihn andere ›Kirchenräuber‹ titulieren«, sagte der Benediktiner kichernd. »Aber Herr Heinrich sieht das mit Gelassenheit – verschlingt doch der Unterhalt unseres Reichsheeres gewaltige Summen. Woher sonst sollte er die Mittel dafür nehmen?«

»Man könnte ja beinahe annehmen, Pater, dass Ihr für Eure verweltlichten Ordensbrüder, denen der König so empfindlich auf die Finger klopft, so gar kein Mitleid empfindet«, frotzelte die junge Frau.

Beide lachten ein wenig. Nach einer kleinen Pause begann der Mönch von Neuem:

»Während Eurer Abwesenheit, meine Tochter, habe ich von einer hübschen Legende gehört, die sich um unsere Königin gebildet hat. Und wie bei allen Legenden steckt auch in dieser ein wahrer Kern.«

»Oh, wirklich? Lasst hören, Vater Berchtold. Solche Geschichten liebe ich über alles«, rief Griseldis aus und richtete erwartungsvoll ihre schönen Augen auf den alten Mann.

»Wie Euch nicht unbekannt sein dürfte, besucht auch Frau Kunigunde häufig die Dombaustelle, um sich von den Fortschritten zu überzeugen. Sämtliche Arbeiter dort verehren die hohe

Frau und freuen sich über ihre Anteilnahme. Sobald einer der Männer der Anwesenheit der Königin gewahr wird, verbreitet sich die Kunde mit Windeseile über die gesamte Baustelle und jeder geht seinem Tagwerk noch eifriger nach als zuvor.

Einmal in der Woche ist Zahltag und jedermann erhält vom Zahlmeister der Bauhütte seinen ihm zustehenden Lohn – je nachdem, ob er Steinmetz, Maurer, Zimmermann oder einfache Hilfskraft ist.

Jetzt erzählen sich die Menschen, dass, als der Zahlmeister krank gewesen sei, Frau Kunigunde an seiner statt das Lohnverteilen übernommen habe. Da die Königin sich mit den verschiedenen Lohngruppen nicht auskannte, schüttete sie kurzerhand alle Lohngelder in eine einzige große Schüssel, nahm diese in ihre beiden Hände und stellte sich am westlichen, halbfertigen Portal des Domes auf. Jeder Arbeiter, der an diesem Abend an ihr vorüberging, durfte hineingreifen, um sich seinen gerechten Anteil herauszunehmen.

Viele hatten die Befürchtung geäußert, dass damit dem Missbrauch Tür und Tor geöffnet wäre, weil die Menschen nun einmal so geartet seien, ohne Kontrolle leicht über die Stränge zu schlagen.

Aber, siehe da! Jeder konnte nur so viele Münzen in der Hand halten, wie es seiner tatsächlichen Arbeitsleistung entsprach. Keiner nahm sich mehr als ihm zustand – das Geld reichte bis auf den letzten Pfennig für alle.

Nun sprechen bereits viele davon, unsere fromme Königin sei jetzt schon eine Heilige«, endete Vater Berchtold.

»Was für eine wunderbare Geschichte!« Griseldis seufzte. »Und viel, viel schöner als jene zurzeit immer wiederkehrende und vom König so verabscheute Sage von der angeblich nur reinen Geschwisterliebe zwischen Kunigunde und ihm.«

KAPITEL 41

Während seines Aufenthalts in Corvey war der König entgegen seinen Befürchtungen von Koliken verschont geblieben. Kaum war er wieder daheim in seinem geliebten Bamberg, fühlte er sich tagelang zwar recht elend, nahm sich aber nicht die Zeit, sich von Griseldis die Hände auflegen zu lassen. Er hoffte, der mittlerweile diffuse, unangenehme Dauerschmerz würde von selbst wieder vergehen.

Doch an dem betreffenden Tag spürte er zu seiner großen Sorge bereits seit den frühen Morgenstunden das Ziehen in den Lenden und die leichte Übelkeit, die sich im schlimmsten Fall bis zum Erbrechen steigern konnte.

Trotz der Bitten Frau Kunigundes, er möge sich endlich ein wenig schonen, ließ Heinrich es sich nicht nehmen, zusammen mit Meister Konrad auf der lauten, geschäftigen Kirchenbaustelle über Leitern und Gerüste zu klettern. Mit gespannter Aufmerksamkeit lauschte er den Erklärungen seines Baumeisters und genoss nebenbei den herrlichen Rundblick von der Anhöhe aus.

Die alten Gebäudereste und Fundamente der ehemaligen Kapelle der Babenburg sowie die Überreste des Friedhofs waren entfernt und eingeebnet worden. Auf dieser so entstandenen Plattform sollte der neue Dom errichtet werden, dessen Ausmaße bereits vermessen und auf dem Boden markiert waren.

»Wie Ihr bereits wisst, Herr, hatte der kleine Vorgängerbau Eures Doms keine exakte Ost-West-Ausrichtung. Und da sich die späteren Kirchenbauten immer an Vorangegangenem ausrichten, wurde die Achse von Nordost nach Südwest auch beim neuen Kirchenbau beibehalten. Das wird die Besonderheit dieses Domes ausmachen, Herr! Und da sich der Bau auch dem verfügbaren Gelände anpassen muss, wird er mit fünfundsiebzig Metern im Vergleich zum Speyerer Dom ein wenig bescheidener ausfallen, aber das tut dem Ganzen an Großartigkeit keinen Abbruch.

Auch kommen wir mit zwei Türmen aus. Seht Ihr, Herr Heinrich, dort drüben sollen sie den Ostchor des Domes flankieren. Bei einem doppelt so langen Kirchenschiff müssten wir vier Türme haben, um den Bau ausgewogener zu gestalten.«

Meister Konrad deutete auf die beiden Turmstümpfe, die erst wenige Meter in die Höhe ragten. Der Ostchor hingegen war bereits weit gediehen.

»Man kann gut erkennen, dass es eine dreischiffige Basilika mit Querhaus und Hauptchor geben wird«, sagte der König, »und den Abschluss bildet eine halbrunde Apsis.«

»Ja, Herr. Und alle Decken werden flach und aus Holz sein, gestützt auf mächtige Säulen, die das Dach halten.«

Obwohl er sich der ziehenden Schmerzen wegen kaum noch aufrecht zu halten vermochte, war Heinrich so begeistert von den Baufortschritten, dass er zum Schluss der Inspektion den Ehemann seiner Medica herzlich umarmte.

»Ich bin sehr beeindruckt. Was Ihr in einigen Monaten geschafft habt, Meister Konrad, grenzt an ein Wunder. Möge GOTT, unser aller HERR, Euch weiterhin beistehen bei diesem gottgefälligen Werk.

Ihr sowie Eure kluge und verschwiegene Frau Griseldis gehört zu meinen teuersten Untertanen. Ohne Menschen, wie Ihr beide es seid, wäre mein Leben als Herrscher um vieles ärmer und öder.

Mein lieber Konrad«, fügte er hinzu und legte ihm erneut den Arm um die Schulter, »Ihr erfreut mein Herz und mein

Gemüt durch Eure Kunstfertigkeit, aus Stein ein Wunderwerk zu Ehren GOTTES, des Allmächtigen, zu schaffen. Und Eurer Frau, meiner Medica, verdanke ich, dass mein Leiden sich gebessert hat. Wenn trotzdem Anfälle kommen, verschafft sie mir Linderung und Abhilfe.«

Die Euphorie des Herrschers sollte nicht mehr lange andauern. In seinem Gemach angekommen, warf ihn eine Kolik von unsäglicher Heftigkeit aufs Krankenlager, so dass Frau Kunigunde zutiefst erschrocken einen Diener aussandte, um Griseldis aus ihrem Haus an den Hof zu holen.

Kaum in der Residenz angekommen, wurde sie von Vater Berchtold in Empfang genommen.

»Herr Heinrich wird heute so stark von seinen Schmerzen gepeinigt, dass er ausgerufen hat, er wäre am liebsten tot«, flüsterte dieser der Heilerin zu, ehe sie gemeinsam das königliche Schlafgemach betraten.

An Heinrichs Bett hatten sich bereits Frau Kunigunde, ihre Base Irmintraut, die ratlosen Leibärzte sowie der fromme Vater Odo eingefunden. Frau Irmintraut war es gewesen, die vor Griseldis Ankunft im Gemach des Königs einen unnützen Streit mit Vater Berchtold vom Zaun gebrochen hatte.

»Ich empfehle ihm einen Tee aus Eisenkraut«, hatte der ältliche Mönch der Königin geraten, nachdem die Arzneien der beiden Leibmedici wie üblich nichts bewirken konnten und der König sich immer noch stöhnend und wie von Sinnen auf seinem schweißfeuchten Lager gewälzt hatte.

»Eisenkraut regt die Körpersäfte an und wirkt dadurch auch harntreibend. Man kann es bei Nieren- und Blasenleiden verwenden, auch um schließlich den Harngrieß abfließen zu lassen. Dazu sollte man Wacholderbeeren geben, aber nur in geringer Dosierung; Wacholder wirkt so stark entwässernd, dass er bei längerer Anwendung oder in hohen Dosen wiederum für die Nieren schädlich ist.«

»Was für ein Ammenmärchen«, hatte daraufhin Frau Irmintraut spöttisch ausgerufen. »Ich selbst trinke täglich Tee aus den heilkräftigen Beeren des Wacholderstrauchs; er entgiftet den Körper und hält ihn schlank.«

»Das bleibt Euch unbenommen, Dame Irmintraut«, hatte der Mönch gemeint. »Aber unser König ist nicht beleibt und bedarf keines Schlankheitsmittels. Wacholder in größeren Mengen ist gefährlich. Ich würde ihn beispielsweise niemals einer Frau in gesegneten Umständen verabreichen, weil er zum Abgang der Leibesfrucht führen kann.«

»Was Ihr für einen Unsinn redet, Pater«, höhnte daraufhin die Base der Königin. »Mein Vetter ist nicht schwanger, sondern soll seine Blasensteine loswerden! Überdies empfehle ich das Kraut von Färberginster, vermischt mit etwas Ruprechtskraut. Beide beseitigen nachweislich Blasen- und Nierensteine.«

»Wenn schon, dann würde ich aber die Rinde von jungen Eschenzweigen vorziehen. Die daraus gewonnene Droge erleichtert die Austreibung von Steinen«, ereiferte sich Vater Berchtold. »Auch Hirtentäschel eignet sich vortrefflich gegen diese Art von Beschwerden.«

König Heinrich stöhnte vernehmlich und die Königin war schier am Verzweifeln.

»Ich wünsche mir nur, dass Heinrich endlich etwas gegen seine Schmerzen erhält. Der König liegt von Krämpfen gepeinigt danieder; ich könnte mir vorstellen, dass sein Inneres genauso verkrampft ist. Wie sollen die Steine bei dieser Verspannung abgehen?«, mischte sich Frau Kunigunde in den ›Expertenstreit‹ ein und trocknete ihrem Gemahl die Stirn ab.

Die beiden Leibärzte des Herrschers hatten sich inzwischen in eine Ecke des königlichen Gemachs verzogen und hielten mit ernsten Mienen wieder einmal ein Kolloquium ab.

So ungehalten die studierten Doctores im Allgemeinen auf jegliche Einmischung reagierten, dieses Mal atmeten sie vor Erleichterung auf, als sie die Heilerin am Lager des Königs ankommen sahen.

Griseldis hatte mittlerweile so viel an Selbstbewusstsein gewonnen, dass sie umgehend sämtliche Anwesenden bat – mit Ausnahme der Königin und der beiden Benediktiner –, das Krankenzimmer zu verlassen.

Inzwischen war noch der Hofapotheker dazugekommen, um *seine* Ideen darzulegen, wie dem König am besten zu helfen sei. Frau Irmintraut wollte lautstark gegen Griseldis' eigenmächtiges Verhalten protestieren, aber die Königin nahm ihre Verwandte schweigend am Arm und schob sie kurzerhand aus dem Schlafraum ihres Gemahls. Die Hofärzte waren sichtlich froh, für dieses Mal der Verantwortung enthoben zu sein, und traten von sich aus den Rückzug an.

Griseldis setzte sich neben den König auf das Bett und legte dem vor Schmerzen wimmernden Mann ihre Hände auf den Leib. Auch dieses Mal bewirkte die Heilerin sofort eine spürbare Besserung. Innerhalb einer halben Stunde gingen zwei große, ziemlich scharfkantige Blasensteine ab.

Auf Griseldis' Anweisung hin brachte eine Magd feuchtheiße Tücher, die die Heilerin um den Unterkörper des Königs wickelte. Darüber kamen noch zwei wollene Decken, womit sie ihn gut zudeckte. Ein wenig Mohnsaft in einem Becher mit Wein sollte bewirken, dass der erschöpfte Patient in einen heilsamen Schlaf sank. Er hatte es gerade noch geschafft, seinen Dank zu murmeln.

»In einigen Stunden, so gegen Morgen, wird Herr Heinrich

völlig schmerzfrei erwachen. Aber den morgigen Tag sollte er noch liegen bleiben. Er wird stark schwitzen und nach dem Erwachen muss ihn sein Leibdiener trocken reiben und ihm frische Unterkleider anziehen.

Und danach ist Euer Gemahl wieder ganz gesund, edle Frau«, sagte sie zur Königin, die selbst am Rande der Erschöpfung schien, so sehr hatte sie mit Heinrich gelitten. Kunigunde schloss Griseldis spontan in ihre Arme, wobei sie Tränen der Dankbarkeit vergoss.

»Wenn jemand den Titel ›Heilerin‹ verdient, dann seid Ihr das, meine Liebe.«

Sooft die Hofhaltung des Königs ihren Standort wechselte, fand sich allerhand Volk ein, das seine Dienste dem riesigen Haushalt anbot und vom schillernden Hofleben angezogen wurde: Kaufleute, Händler, Handwerker, Pilger, Mönche, Heilkundige und Sänger – aber auch Bettler, Gaukler und käufliche Frauen. Griseldis' scharfen Augen waren diese nicht entgangen.

»Sagt mir, Pater, wozu finden sich hier solche Scharen von Hübschlerinnen ein? Wollen die womöglich alle mitziehen?«, hatte sie beim ersten Mal naiv gefragt.

»Nicht jeder von des Königs Mannen ist beweibt. Aber jeden plagt ab und an das Verlangen nach weiblicher Gesellschaft und zärtlicher Hingabe – auch wenn er dafür bezahlen muss«, hatte ihr der Mönch ehrlich geantwortet. In der Tat erhoben weder Heinrich noch seine Gemahlin oder die Geistlichen Einspruch gegen die Anwesenheit der Huren.

»Ihre Nützlichkeit ist unbestritten und wurde bereits vom heiligen Augustinus bestätigt: Schützen sie doch die Tugend der unbescholtenen Jungfrauen vor den Zudringlichkeiten der Männer. Nur die unverschämten, törichten Weiber, die ihre

Kunden zu Trunksucht, Zank und Raufereien anstacheln, lässt der König vertreiben. Kehren diese Dirnen zurück und haben nichts dazu gelernt, lässt er sie von seinen Knechten auspeitschen und endgültig verjagen.«

KAPITEL 42

KURZ DARAUF WAR Griseldis Zeugin geworden, wie Frau Irmintraut sich diesbezüglich über den König mokierte.

»Ich dachte, ein Herrscher sollte Wichtigeres zu tun haben, als den Hurenweibel seiner Männer zu spielen«, rief sie spöttisch aus. Die anwesenden Höflinge lachten. Vater Berchtold wandte sich daraufhin um und widersprach ihr scharf:

»Es ist sehr wohl die Aufgabe des Königs, dafür zu sorgen, dass zwischen seinen Mannen Eintracht herrscht und nicht durch liederliche Frauenzimmer Zwietracht gesät wird. Die Huren sind nur geduldet, um die jungen Hengste ruhigzustellen und nicht, um sie zu Streitsucht und Hader aufzuhetzen. Sie sollen ihre Kampfkraft für den Feind aufbewahren und sich nicht gegenseitig erschlagen – und das alles für die höchst zweifelhafte Gunst eines käuflichen Weibsbilds.«

Die Höflinge hatten sich angesichts des streitlustigen Paters verzogen, aber Griseldis vermutete, dass dies ein interessanter Disput zu werden versprach. Sie wandte sich ab, bezog aber in unmittelbarer Nähe hinter einem Mauervorsprung Horchposten, ohne von den beiden gesehen zu werden.

»Ach, Mönchlein«, sagte da auch schon Frau Irmintraut und lachte geringschätzig. »Ich durchschaue Euch wohl. Im

Grunde haltet Ihr von allen Frauen recht wenig – unsere Königin vielleicht ausgenommen. Man sagt, sie komme bei Euch gleich nach der Jungfrau Maria. Wobei allerdings fraglich ist, ob diese überhaupt eine richtige Frau gewesen ist: Wie sonst hätte sie ihren keuschen Joseph ertragen sollen?«

»Wie könnt Ihr es wagen?«, ereiferte sich Vater Berchtold, rot vor Verlegenheit. »Selbst unser König …«

»Ach, hört doch auf«, unterbrach ihn Kunigundes Base unhöflich, »immer nur der König, der König.« Sie machte eine wegwerfende Handbewegung.

»Wie sollte es bei einem Herrscher auch anders sein, der nur von Kirchenmännern für den Dienst am Altar erzogen worden ist? Der Einfluss von Euresgleichen hat Heinrich von Jugend an geprägt, vor allem sein Verhältnis zu Frauen – und nicht zu seinem Vorteil! Lasst Euch das gesagt sein, Pater.«

Empört schnappte der Benediktiner nach Luft und Griseldis spitzte in ihrem Versteck die Ohren. Ehe er aber zu Wort kam, fuhr Irmintraut fort:

»Kaiser Karl, den die meisten den Großen nennen, und sehr viele sogar einen Heiligen, hat die Frauen geliebt und die Liebe: Er war mehrmals verheiratet und hatte zahllose Liebschaften. Aber er duldete niemals, dass die Kirche sich in sein privates Leben einmischte. Kein Bischof und kein Beichtvater konnten ihm je die Lust an der fleischlichen Liebe vergällen. So hat Karl noch als alter Mann ein Kind gezeugt mit einer blutjungen Magd, die ihm eigentlich nur das Bett hätte wärmen sollen.

Er war noch keine sechzehn, als ihm sein Vater, Pippin der Kurze, erlaubte, eine Friedelfrau zu nehmen. Das in einem Alter, in dem unser König Heinrich sich demütig den Bußübungen seines Beichtvaters unterwerfen musste, falls ihm seine natürlichen Triebe zu schaffen machten.

Wohlgemerkt, Vater Berchtold, Triebe, die von GOTT stammen und nicht etwa vom Teufel, wie die scheinheiligen Tugendwächter es so gerne behaupten. Und alles, um die Schäflein am Zügel zu halten wegen des schlechten Gewissens, das Ihr ihnen einzuflößen versteht.«

Frau Irmintraut hatte sehr temperamentvoll argumentiert und einiges von dem, was sie gesagt hatte, erschien Griseldis durchaus vernünftig. Zumindest war es einer Überlegung wert; doch der Ton, den die Base Kunigundes angeschlagen hatte, war keineswegs angemessen.

»Ihr lästert und macht Euch lustig über die heilige Mutter Kirche«, begann Berchtold salbungsvoll. Aber er kam damit nicht weit.

»Lasst Euer müßiges Geschwätz, Pater«, wies ihn die Dame barsch zurecht. »Wir haben hier kein Publikum, vor dem Ihr Euch aufspielen müsstet. Und ich wiederhole es gerne: Der Einfluss von Geistlichen auf die Erziehung eines jungen Mannes, die ihm stets von Keuschheit und Unterdrückung des natürlichen Dranges faseln, ist von größtem Übel. Was ein Jüngling braucht, ist nicht Enthaltsamkeit, sondern liebevolle und vor allem *sachkundige Anleitung* beim wunderbaren Spiel der Geschlechter.«

Vater Berchtold schnappte regelrecht nach Luft und Griseldis hatte Mühe, ein nervöses Kichern zu unterdrücken.

»Um wieder auf Karl den Großen zurückzukommen: Er besaß eine Unmenge an Frauen, Friedelfrauen, Ehefrauen, Nebenfrauen, Mätressen, Mägde, Sklavinnen und käufliche Venusdienerinnen, die er allesamt beglückte. Und er hinterließ bekanntlich eine ansehnliche Kinderschar. Was man von unserem König nicht gerade behaupten kann, nicht wahr?«

»Ihr seid einfach unverschämt, Frau Irmintraut«, rief Vater Berchtold außer sich. »Ihr wagt es, Herrn Heinrich für seine

Kinderlosigkeit zu schmähen? Wenn der König keine Nachkommen hat, so ist das gottgewollt.«

»Gütiger Himmel«, erwiderte die Base Kunigundes respektlos, »es ist doch gar nicht erwiesen, ob es nicht an meiner lieben Schwester liegt, dass noch immer kein königlicher Spross diese Ehe segnet. Aber wie will Heinrich das jemals herausfinden, wenn die Kirchenmänner ihm immer einreden, ein guter Christ dürfe nur seine eigene Ehefrau beschlafen?«

»Genauso ist es auch«, entgegnete der Mönch aufgebracht.

»Das mag ja vielleicht für das einfache Volk Geltung haben. Aber für hohe Herren oder gar für Könige treffen stets andere Regeln zu«, gab sich Frau Irmintraut noch lange nicht geschlagen.

»Aber ich verstehe durchaus, dass der Kirche die Lage, so wie sie derzeit ist, gar nicht schlecht gefällt. Hätte der König Kinder, würde er das Krongut viel besser zusammenhalten und nicht so freigebig Kirchen und manche Klöster aus seiner Privatschatulle versorgen.

An der angeblichen, definitiv aber *keineswegs bewiesenen* Zeugungsunfähigkeit unseres Herrscherpaares stößt sich Eure ›heilige Mutter Kirche‹ gesund in einem Ausmaße, das schon unanständig zu nennen ist.«

»Wieso nennt Ihr sie ›Eure‹ Kirche?«, hakte der Benediktiner lauernd ein. »Ist sie nicht auch die Eurige?«

»Ihr seid ein Komödiant, lasst es gut sein«, gab ihm die Erste Hofdame dreist zur Antwort. »Ich weiß, dass Ihr schon mehrmals versucht habt, mich als Hexe zu verleumden. Aber das ist Euch bisher nicht geglückt und wird Euch auch nie gelingen. Dazu liebt mich Kunigunde viel zu sehr und sie braucht mich auch zu nötig.«

»Pah, Ihr und Eure dubiosen Arzneien! Ihr seid nicht die weise Frau, die Ihr sein wollt«, meinte der Pater spöttisch.

»Was wollt Ihr denn? Alle meine Mixturen, Tinkturen, Salben und Drogen stehen den Leuten zur Kontrolle offen, die etwas davon verstehen. Bei mir gibt es keine geheimen Rezepturen. Ich führe über meine Medizinen und ihre Zusammensetzungen genau Buch.«

»Ja, ja«, lachte der Mönch gehässig, »bis auf jene, von denen niemand etwas sehen darf. Auch der Medica unseres Herrn gegenüber haltet Ihr Euch sehr bedeckt – ganz so, als hättet Ihr vor Herrn Heinrichs Heilerin etwas zu verbergen.«

»Es ist doch nicht mein Versäumnis, wenn sie und Ihr weniger wisst als ich«, gab Frau Irmintraut schnippisch zur Antwort.

Griseldis war bei dem Gesagten sehr nachdenklich geworden. Sie hörte, dass Berchtold und die Base der Königin ihr Streitgespräch beenden mussten, da ein Diener erschienen war, der die Dame ausnehmend höflich bat, sich umgehend zu ihrer königlichen Verwandten zu begeben.

»Mein GOTT, was für eine gefährliche Widersacherin befindet sich doch in unmittelbarer Nähe von Heinrich und Kunigunde«, flüsterte Griseldis mit bebenden Lippen vor sich hin. Vor allem um den geliebten und verehrten König machte sie sich große Sorgen.

›Dieses Weib würde auch nicht davor zurückschrecken, einen anderen Fürsten anzustacheln, sich des Thrones zu bemächtigen‹, überlegte die Heilerin. Mit Erschrecken wurde ihr zum ersten Male richtig bewusst, wie gefährlich diese zweifellos intelligente Frau in Wahrheit war.

Die schöne Irmintraut spielte keineswegs nur zum Vergnügen mit wächsernen Puppen …

Zum Leidwesen der Kirche und des Königs gab es in und um die Stadt Merseburg immer noch Heiden und sogar Getaufte wurden dabei ertappt, wie sie heimlich zu ihren alten Bräuchen zurückkehrten und die heidnischen Götter in geheimen Höhlen und heiligen Hainen anbeteten. Runen wurden geworfen und auf heidnischen Opfersteinen Gaben für die lange tot geglaubten Gottheiten dargebracht.

Der König setzte den bekannt strengen Mönch Brun als Missionsbischof ein, in der Hoffnung, dass er die Heiden zum rechten Glauben führen und die verirrten Schafe erneut in ihre christliche Herde eingliedern werde. Widerspenstige Götzendiener sollten empfindlich bestraft werden.

Als die Heilerin Vater Odo davon sprechen hörte, fiel ihr siedendheiß ihre verstorbene Mutter Dietlinde ein, die sich in ihren letzten Lebensjahren deutlich vom rechten Christenglauben abgewandt hatte.

›Seit die verwahrlosten Mönche in unser Haus gekommen waren, war die Mutter wie verwandelt gewesen‹, dachte sie. ›Die Kerle hatten ihr Schlimmes angetan und Dietlinde hatte eine Abneigung gegen die Kirche gefasst, der diese Scheusale angehörten; sie war zum Glauben an die Götter unserer Vorfahren zurückgekehrt.‹

Als Dietlinde in die Ewigkeit eingegangen war, spürte Griseldis beinahe Erleichterung: Zeigten die Priester doch im Allgemeinen wenig Erbarmen mit ertappten Götzendienern, obwohl diese in König Heinrichs Reich im Vergleich mit denen im hohen Norden verhältnismäßig gut wegkamen. Griseldis hatte durch Vater Odo von dem im Jahre 1000 ums Leben gekommenen König der Norweger, Olaf I. Tryggvasson, gehört, der verstockte Heiden und abtrünnige Christen mit großer Grausamkeit hatte verfolgen lassen.

Und wer jetzt in Norwegen das Kreuz verachtete oder sich gar weigerte, die Taufe zu empfangen, unterlag der Folter durch die Schergen des Königs Olaf II. Haraldsson, die sogar

Island und neuerdings auch Grönland heimsuchten, um gewaltsam die Lehre Jesu Christi zu verbreiten. Abgehackte Hände und Füße legten beredtes Zeugnis ab vom missionarischen Eifer der Abgesandten des norwegischen Königs.

Mit Schaudern hatten die Heilerin und die Damen der Königin die Leidensgeschichte eines standhaften Wikingers auf Grönland vernommen. Ihm hatte der Gesandte König Olafs eine giftige Schlange in den Schlund gezwungen, damit diese ihm die inneren Organe anfressen sollte …

Zum Glück lehnte König Heinrich solch drastische Strafen ab: Er packte die Menschen lieber am Geldsack. Die christlichen Priester waren angehalten, harte Geldbußen über heimliche Abtrünnige zu verhängen. Im Wiederholungsfall wurden die Missetäter aus der Dorfgemeinschaft ausgeschlossen und in ganz hartnäckigen Fällen ließ der König sie des Landes verweisen.

Vater Berchtold hatte sich eine Zeit lang weidlich geschämt für sein Heimatkloster auf der Insel Reichenau. Kanzler Eberhard sah sich veranlasst, den König von sehr unerfreulichen Vorkommnissen im dortigen Kloster wissen zu lassen und Heinrich nahm sich der Dinge umgehend an.

Abt Werinher, der gute Hirte seiner Mönche, war kürzlich gestorben und die frommen Väter und Brüder hatten sich aus ihrer Mitte einen Nachfolger gewählt, mit dem sie leichtes Spiel hatten. Er war schwach und vermochte nicht, den geltenden Ordensregeln Geltung zu verschaffen.

Seit Kurzem trug Vater Berchtold den Kopf wieder um einiges höher. Der König hatte nämlich die Wahl verworfen und übertrug die Leitung dem strengen Klosterreformer Abt Immo. Daraufhin verließ aus Protest eine Reihe von Mönchen das Kloster, gegen andere schritt Herr Immo mit schweren

Strafen ein und in Kürze lebten Frömmigkeit, Glaube, Wissen und Bildung wieder auf.

»In den Bereichen Musik und Buchmalerei erleben die Reichenauer Mönche auf einmal wahre Höhepunkte. Durch strenge Zucht und Einhaltung der Ordensregeln ist mein altes Kloster ein Hort des Glaubens, ein Vorbild für christliches Leben und Zeuge für deutsches Kulturschaffen geworden«, frohlockte Vater Berchtold. Er war zu Griseldis geeilt, um ihr die gute Nachricht zu überbringen.

KAPITEL 43

FRÜH AM MORGEN war die Heilerin zu einer schwer verletzten Edelfrau außerhalb Bambergs geholt worden; es sollte zur Burg des ältlichen Grafen von Benderstein gehen, eines als übellaunig und jähzornig bekannten Edelmanns.

Der Knecht des Grafen hatte sie ganz dringlich gebeten mitzukommen, doch er hatte sich so vage ausgedrückt, dass Griseldis von einem Unfall der noch sehr jungen Gräfin ausgegangen war.

Als sie jedoch der Verletzten in deren Kemenate ansichtig wurde, erkannte sie auf einen Blick, dass die Dame Opfer einer schweren Misshandlung geworden war. Ihr Kopf schien dabei das meiste abbekommen zu haben. Das Nasenbein war gebrochen, der Unterkiefer ausgerenkt und einige Zähne saßen locker. Die Haut im Gesicht wies grüne und blaue Flecken auf und ihre Unterlippe blutete.

Nur ein ausgemachter Rohling konnte Gräfin Sybilla das

lange, silberblonde Haar büschelweise ausgerissen haben. Die weitere Untersuchung, die Griseldis nur mit größter Behutsamkeit vornehmen konnte, da das arme Geschöpf sonst vor Schmerzen laut aufschrie, förderte noch etliche gebrochene Rippen, eine ausgerenkte Schulter, ein verstauchtes Handgelenk und drei gebrochene Finger zu Tage. Außerdem hatte die junge Frau unzählige Abschürfungen und Blutergüsse am gesamten Körper.

Nach der Art ihrer Beschwerden vermutete Griseldis innere Verletzungen durch Faustschläge und Fußtritte in den Leib. Die Gräfin fiel zeitweilig in Ohnmacht – was einerseits ein Segen war, denn so konnte Griseldis die Brüche schienen, Unterkiefer und Schulter einrenken und Frau Sybilla einen festen Stützverband um den Oberkörper wickeln, ohne dass die Ärmste sie durch ihr Jammergeschrei bei der Arbeit störte.

Die Heilerin wischte ihr gerade mit einem feuchten Tuch das Blut aus dem Gesicht, als die Gräfin aus einer kurzen Bewusstlosigkeit erwachte.

»Ihr seht aus, Gräfin, als wäret Ihr vom Turm in den Schlossgraben gestürzt oder als wäre ein wütender Stier auf Euch herumgetrampelt. Wer in GOTTES Namen hat Euch das nur angetan?«, fragte Griseldis mit vor Zorn bebenden Lippen. Zwar wusste sie bereits Bescheid, denn eine schwatzhafte, aber beherzte Dienerin – die gleiche, die heimlich und ohne Wissen des Burgherrn Griseldis' Kommen veranlasst hatte – hatte sie längst über die Umstände ins Bild gesetzt. Aber sie wollte den Namen des Missetäters aus dem Munde der Betroffenen selbst hören.

»Mein Gemahl«, stöhnte die Gräfin undeutlich und verzog dabei schmerzlich die Miene im violett verfärbten Gesicht.

»Ich habe Eure Schulter eingerenkt und die gebrochenen Finger geschient. Außerdem habe ich Euch einen Verband um die Rippen angelegt, damit sie schneller zusammenwachsen. Jetzt werde ich Heilsalbe auf Euer Antlitz auftragen, damit die Abschürfungen rasch abheilen und keine Narben zurückbleiben.«

»Sie soll ruhig Narben zurückbehalten, diese Unwürdige«, ertönte da hinter Griseldis eine wütende männliche Stimme. »Sie hat es nicht anders verdient. Vielleicht wird eine Entstellung ihres Gesichts sie in Zukunft davon abhalten, ihren Gatten unter seinem eigenen Dach zu betrügen!«

Ohne dass Griseldis es bemerkt hatte, war Graf Albrecht ins Gemach seiner Frau getreten. Empört schnappte die Heilerin nach Luft. Aber ehe sie etwas dazu sagen konnte, fuhr der in höchstem Maße Erzürnte bereits fort:

»Viel zu milde habe ich das schlechte Weibsbild behandelt! Eigentlich hätte ich das sündige Frauenzimmer totschlagen sollen – vielleicht tue ich es auch noch.«

»Dann müsstet Ihr mich, die Medica des Königs und Frau des Dombaumeisters, gleich mit ermorden! Denn ich würde Frau Sybilla gegen Euch und Eure maßlose Brutalität mit allen Mitteln zu schützen versuchen. Und Ihr wisst, dass König Heinrich Euch dann keineswegs mit Samthandschuhen anfassen würde, Graf.«

»Ihr seid Frau Griseldis, die Heilerin des Königs? Wieso haltet Ihr zu einer Ehebrecherin? Geht bei Euch das Verständnis für eine Mitschwester so weit, dass Ihr sogar den mehrfachen Bruch des heiligen Eheversprechens für gut befindet?«

Graf Albrecht zitterte vor unverhohlener Wut. Er, der ungefähr das dreifache Lebensalter seiner jugendlichen, kaum zwanzigjährigen Gemahlin erreicht hatte, schnaubte vor Zorn, während Sybilla die Todesangst im zerschundenen Gesicht geschrieben stand.

»Von Gutheißen kann keine Rede sein, Graf. Und das wisst

Ihr auch genau. Aber was hier an Grausamkeit und Rohheit vorgefallen ist, spottet jeder Beschreibung.«

Auch die Heilerin bebte jetzt vor Wut. Jedoch der in seiner Ehre verletzte Ehemann war noch nicht am Ende.

»Sie hat zugegeben, mich mit einem anderen Mann betrogen zu haben! Es war mein heiliges Gattenrecht, meine untreue Frau zu züchtigen. Keiner wird mich deshalb zur Rechenschaft ziehen! Spielt Euch also gefälligst nicht so auf, Frau Griseldis, sonst lasse ich Euch von den Dienern aus meiner Burg werfen. Ich habe Euch jedenfalls nicht kommen heißen!«

»Wagt das nur! Dann werde ich in der ganzen Umgegend verbreiten, welch ein gemeiner Rohling Ihr seid. Vor allem den König und Frau Kunigunde wird das interessieren, wenn es um die Besetzung der Feldherrnposten im nächsten Polenkrieg geht. Hat sich nicht Euer Sohn aus erster Ehe um einen solchen beworben?«

»Pah, mein Sohn kommt auch ohne diese Stelle bestens zurecht«, höhnte Graf Albrecht, aber Griseldis fuhr unbeirrt fort:

»Eure gewinnträchtigen Geschäfte mit den Baumstämmen für den Kirchenbau in Bamberg und anderswo könntet Ihr auch vergessen. Ich würde nämlich durchblicken lassen, dass Ihr versucht habt, Eure Gemahlin zu ermorden«, sagte sie und sah den Grafen dabei scharf an.

»Und das nur aus dem einen wahren Grund, damit nicht ruchbar werde, dass sie nur deshalb ein einziges Mal ihre Gattinnenpflicht verletzt hat, weil Ihr sie seit Beginn Eurer sogenannten Ehe vor vier Jahren kein einziges Mal angerührt habt. Und ich kenne auch die Ursache dafür!«

»Was erlaubt Ihr Euch, Ihr dahergelaufene Scharlatanin«, ging der wütende Edelmann auf Griseldis los. Die aber ließ sich nicht einschüchtern und gebot ihm herrisch Einhalt.

»Schweigt, augenblicklich! Ihr macht es nur noch schlimmer,

Graf. Jeder würde zwar Frau Sybillas Fehltritt beklagen, aber im Grunde hätten alle Verständnis für eine blutjunge, wunderschöne Frau, der Ihr das Leben stehlt, indem Ihr Sybilla das Recht auf Liebe vorenthaltet sowie das ihr zustehende Mutterglück.

Glaubt mir, Graf, *nicht einer* würde Euch unterstützen, falls ich meinen Mund auftue und dem König und seiner Gemahlin erzähle, wem Ihr Euch und Eure Zuneigung geschenkt habt – einer Kreatur, die laut zu nennen ich zwar unterlassen werde. Aber dessen Namen ich im Notfalle hinausschreien würde, falls ihr Euch einfallen ließet, noch einmal in dieser Weise von Eurem ›Gattenrecht‹ des sinnlosen Prügelns Gebrauch zu machen.

Bedenkt, Graf Albrecht, das *Gattenrecht*, auf welches Ihr Euch berufen wollt, trifft nur auf Gatten zu – dies seid Ihr Eurer jungen Gemahlin aber zu keinem Zeitpunkt gewesen, nicht wahr! Wenn hier jemand Schläge verdient, dann gewiss nicht Eure arme Frau.«

Dem Edelmann blieb der Mund offen stehen. Mit so einer Dreistigkeit hatte er wahrlich nicht gerechnet. Aber Griseldis war nun erst recht in Fahrt.

»Anscheinend mangelt es Euch nicht nur am Vermögen, die Ehe zu vollziehen, sondern auch am nötigen Verstand«, fuhr die Heilerin mit erhobener Stimme fort. »Sonst hättet Ihr entweder diese unselige Heirat überhaupt unterlassen oder Ihr hättet Euch mit Eurem Weibe ausgesprochen und ihr stillschweigend das gleiche Recht wie Euch zugebilligt: nämlich das Glück ihres Lebens mit einem ihr genehmen Mann zu finden.«

Die Heilerin verstummte.

»Verflucht sollt Ihr Weiber sein, der Ruin von uns Männern«, schrie der Graf unbeherrscht. Aber es war deutlich, dass er keine Anstalten mehr machen würde, seine Gemahlin erneut zu quälen oder Griseldis zu belästigen. Er hatte die Heilerin nur allzu gut verstanden …

Unter lästerlichen Flüchen verließ Benderstein die Kemenate der Gräfin, deren Gesicht Griseldis nun mit feinen Leinenstreifen, bestrichen mit Arnika- und Ringelblumensalbe, verpflasterte. Auch auf die aufgeplatzte Lippe trug sie Heilsalbe auf. Nur mühsam konnte Frau Sybilla sprechen.

»Ich möchte Euch Dank sagen nicht nur für Eure Heilkünste, sondern auch dafür, dass Ihr Euch so mutig für mich, eine verfluchte Ehebrecherin, eingesetzt habt. Ich kenne niemanden, Frau Griseldis, der das getan hätte, was Ihr für mich getan habt: mich vor meinem rasenden Mann in Schutz zu nehmen.«

Aber diese winkte ab. »Selbst unser HERR JESUS hat der Ehebrecherin verziehen und ihre Ankläger dadurch beschämt, dass er jene, die ohne Schuld zu sein behaupteten, aufgefordert hat, den ersten Stein auf sie zu werfen – worauf sich überhaupt niemand mehr an der üblichen Steinigung beteiligte.

Und Euer Gemahl hat wohl am allerwenigsten Ursache, sich durch Euren angeblichen Verrat beleidigt und entehrt zu fühlen.«

Nachdem sie mit der Versorgung der Verletzten fertig war, wozu auch die Verabreichung eines schlaffördernden Heiltranks mit Mohnsaft gehörte, hatte Griseldis sich von der vorhin so auskunftsfreudigen Dienerin Sybillas in die Gemächer des Hausherrn führen lassen. In Wahrheit war sie noch längst nicht mit ihm fertig …

Als sie anschließend auf ihrer lammfrommen Stute den zweieinhalbstündigen Heimritt antrat, war sie halbwegs zufrieden mit dem Erreichten. Nur der Tatsache, dass sie sich nicht hatte einschüchtern lassen, war es zu verdanken, dass der immer noch vor Wut schäumende Edelmann ihr zuletzt in die Hand versprochen hatte, seine Frau Sybilla künftig in Ruhe zu lassen. Ja, er hatte ihr sogar geschworen, diese Burg für immer zu verlassen und in einer seiner übrigen Burgen – ohne seine Gemahlin – Wohnung zu nehmen.

Die Verhandlungen waren schwer gewesen. Erst als Griseldis gedroht hatte, ihn und seinen Geliebten bloßzustellen wegen seiner von GOTT und der Kirche sowie den meisten normal empfindenden Menschen nicht akzeptierten Beziehung, war er zu den verlangten Zugeständnissen bereit gewesen.

Im Gegenzug dazu hatte sich die Heilerin feierlich dazu verpflichtet, keiner Menschenseele jemals zu verraten, was sie über ihn und seinen heimlichen Liebhaber wusste.

Jetzt war sie vollkommen erschöpft und sehnte sich eigentlich nur danach, sich auf ihrem Lager auszustrecken und die Augen zu schließen. Was ihr heute widerfahren war, hatte sie zutiefst erschreckt.

Als ihr Vater Berchtold freudestrahlend von der Verwandlung seines Heimatklosters von einem Sündenpfuhl in eine Stätte des Glaubens und der Gelehrsamkeit berichtete, kam sie nicht umhin, sich mit ihm zu freuen. Sie brachte es nicht übers Herz, ihn einfach wegzuschicken …

KAPITEL 44

DER BENEDIKTINER HATTE heute noch mehr auf dem Herzen und Griseldis war eine gute Zuhörerin. Es handelte sich wieder einmal um die Kinderlosigkeit des Königspaares.

Der König hatte sich mit den Jahren auch den Respekt seiner anfänglichen Gegner erworben; und Königin Kunigunde war es gelungen – im Gegensatz zu ihrer unbeliebten und anmaßenden Lützelburger Sippschaft –, die Herzen der Menschen zu gewinnen. Alle schätzten die Sanftmut und das einfühlsame Wesen der Herrscherin sowie deren Klugheit. Nicht umsonst hatte sie Heinrich zur Mitregentin auserwählt. In beider Ehe gab es, bis auf Kleinigkeiten, keine Misshelligkeiten. Der König hörte im Allgemeinen auf seine gebildete Frau, die wahrlich ein ausgesprochen edles Gemüt besaß.

Nach dem Urteil ihrer Zeitgenossen bildeten sie auch äußerlich ein schönes Paar: Beide waren sie mittelgroß und schlank. Kunigunde hatte langes, üppiges Blondhaar und große, leuchtend blaue Augen und Heinrich war ein humorvoller und energischer junger Mann mit lebhaften, dunkelbraunen Augen und lockigem, braunem Haar.

»Nur einen einzigen bitteren Punkt gibt es in ihrer Ehe, der beide zutiefst betrübt: ihre Kinderlosigkeit«, sagte Vater Berchtold und seufzte tief. »Seit Jahren will sich einfach kein Nachwuchs einstellen. Allem Fasten und Beten, allen Spenden für die Armen und allen Gelöbnissen zum Trotz ist das königliche Paar noch immer ohne Erben. Es scheint beinahe, als laste ein Fluch auf dieser Verbindung, weil GOTT sie nicht mit einem Kind segnen will.«

Griseldis konnte diesen Kummer nur zu gut verstehen. Auch bei ihr wollte sich nach wie vor kein Nachwuchs einstellen –

zum besonderen Leidwesen Meister Konrads, der sich nichts sehnlicher wünschte als ein Kind. Für einen König aber war Kinderlosigkeit ein schlimmer Schicksalsschlag. Eine unfruchtbare Königin musste gar mit ihrer Verstoßung rechnen.

In den ersten Ehejahren zeichnete sich Heinrich als temperamentvoller Liebhaber aus und auch Kunigunde war, obwohl streng erzogen, den Freuden der ehelichen Liebe nicht abhold gewesen: Hatte ihr junger Gatte, welcher ganz vernarrt in sie war, es doch verstanden, sie für die Lust empfänglich zu machen.

Am Anfang seiner Ehe umarmte Heinrich seine Frau in jeder Nacht zweimal, so hatte er es einmal Vater Berchtold gestanden, und dennoch stellte sich keine Schwangerschaft ein. Jeder Monat brachte eine neuerliche Enttäuschung …

Auch Kunigundes alte Amme, die weise Frau Luitgard, wusste keinen Rat mehr. Alle Mittel für eine Empfängnis hatte sie der jungen Herzogin und späteren Königin schon verabreicht, aber keines hatte geholfen. Auch gewisse Salben und Bäder sowie Ratschläge für eine die Befruchtung fördernde Stellung beim Liebesakt hatten nicht das gewünschte Ergebnis gebracht.

Griseldis hatte das alles schon viele Male gehört.

»Wie gesagt kann ich meine Hilfe nur anbieten, Pater. Wenn die Königin kein Zutrauen zu mir hat, will ich mich nicht aufdrängen – zumal ich keineswegs sicher bin, dass ich schaffen könnte, woran schon so viele gescheitert sind.«

Dieses Jahr feierte man in Bamberg an Weihnachten ein ganz besonderes Fest. Anlass war nicht nur die Erinnerung an die Geburt CHRISTI, sondern die vollständige Genesung der Königin.

Kunigunde hatte erst Bedenken gehegt über Heinrichs Reaktion auf ihre Fehlgeburt – mittlerweile war es schon die vierte gewesen. Sie rechnete mit missmutiger Enttäuschung von seiner Seite, ja sogar mit Ärger über ihr weibliches Unvermögen. Daher hatte sie sich vorgenommen, ihm anzubieten, ihre Ehe vom Papst auflösen zu lassen. In ein Nonnenkloster wollte sie sich zurückziehen, damit der König eine andere jüngere Frau wählen konnte, die ihm den ersehnten Nachwuchs schenken würde.

Heinrich hatte ihr jedoch einen völlig anderen Vorschlag unterbreitet, den sie begeistert aufgegriffen hatte.

»GOTT, der HERR, will offenbar nicht, dass wir eigene Leibeserben haben, geliebte Kunigunde. Deshalb werden wir GOTTES Sohn, unseren Herrn JESUS CHRISTUS, zu unserem Erben einsetzen. Ihm wollen wir unser gesamtes Hab und Gut nach unserem Tod hinterlassen«, hatte Heinrich gesagt.

Die Königin hatte nur gefragt, wie sie diesen gottgefälligen Gedanken umsetzen könnten.

»Wir beide werden zusammen ein Bistum gründen zur Ehre GOTTES und zur endgültigen Auslöschung des Heidentums im Frankenland. Das Bistum Würzburg, dessen Aufgabe es eigentlich wäre, für die Taufe der Götzenanbeter zu sorgen, ist damit offensichtlich überfordert. Aber ein zusätzliches Bistum mit dem Mittelpunkt Bamberg könnte leicht vollenden, was endlich geschehen muss: das Christentum in aller Menschen Herz zu pflanzen und zwar im gesamten Reich.«

»Wir, mein geliebter Herr«, unterbrach die Königin, »werden einen Dom in Bamberg errichten und ihn so wunderbar ausschmücken, dass die Christenheit davon mit Begeisterung berichten wird. Ja, ich stelle mir vor, dass wir zu seiner Einweihung den Heiligen Vater aus Rom einladen könnten.

Wenn der Nachfolger Petri seinen Segen erteilt, wird das Vorhaben gelingen, jenes neue Bistum mit christlichem Leben zu erfüllen. Bis weit über die Grenzen des Reiches hinaus gen Osten wird sich sein segensreicher Einfluss erstrecken.«

Die Königin war überglücklich. Sie würde zwar dem Reich keine leiblichen Nachkommen hinterlassen, aber ein grandioses, alle Zeiten überdauerndes Bauwerk, das die Menschen in tausend Jahren noch mit ehrfürchtigem Staunen betrachten sollen und in dem jeden Tag die Gebete Hunderter zum Himmel aufsteigen würden.

Wie Vater Berchtold der Heilerin anvertraute, kamen die beiden überein, von diesen konkreten Plänen vorerst noch nichts bekannt zu geben.

»Der König rechnet mit massivem Widerstand des Würzburger Bischofs, der zu Gunsten eines Bistums Bamberg einen erheblichen Teil seines Einflussbereichs abtreten müsste. Wozu sollte Heinrich vorzeitig schlafende Hunde wecken? Er will sich vorsorglich der Unterstützung des mächtigsten Erzbischofs im Lande versichern, nämlich derjenigen des Herrn Willigis von Mainz.«

Dieser war sofort bereit, dem König gegen den zu erwartenden Protest des Würzburger Bischofs beizustehen: »Auf mich könnt Ihr jederzeit zählen, Herr Heinrich. Ein solch gottgefälliges Werk muss man unterstützen gegen jede Art kleinlicher Bedenken, die möglicherweise aus purem Eigennutz vorgebracht werden.«

Es war Spätsommer im Jahr 1009 geworden und Meister Konrad, der in höchster Gunst bei seinem königlichen Auftraggeber stehende, begabte Baumeister, stand andächtig auf der Baustelle vor den mächtigen Mauern. Die riesige Kirche würde einst nicht nur das Städtchen Bamberg überragen, sondern weit ins umliegende fränkische Land hinein den wahren Glauben verkünden.

Noch war der Dom noch lange nicht vollendet, aber der Leiter der Dombauhütte war zuversichtlich, in etwa fünf bis zehn Jahren das sakrale Werk, das der König im Übrigen aus eigener Tasche bezahlte, mit GOTTES Hilfe abgeschlossen zu haben. Erst gestern hatte er mit seiner Frau, mit der er nun schon seit geraumer Zeit glücklich verheiratet war, darüber gesprochen: »Mit leidenschaftlicher Hingabe und wahrer Inbrunst sind alle an dem monumentalen Bau zugange: die Maurer, Steinmetze, Zimmerleute, Fensterbauer, Stuckateure, Steinhauer, sämtliche Arbeiter, welche die schwer beladenen Karren aus dem Steinbruch bis zur Baustelle geschafft haben, die Holzfäller, die die mächtigen Baumstämme geschlagen, zurechtgehauen und hierhergebracht haben, die Kalkbrenner und, und, und …«

Griseldis war bereits von den Patres Berchtold und Odo darüber belehrt worden, dass diese Männer von einem beinahe als mystisch zu bezeichnenden Gemeinschaftsgeist erfasst waren. Alle vollbrachten ihr Tagwerk in der Gewissheit, zur Ehre des Allerhöchsten ihre Kraft einzusetzen. Jeder von ihnen erwartete sich überdies dereinst reichlichen Lohn im Himmelreich.

»Wer von der Bevölkerung nicht in der Lage ist, körperlich mitzuarbeiten, spendet Geld, um das Bauvorhaben zu unterstützen«, hatte der Benediktiner der Heilerin erfreut mitgeteilt.

Meister Konrad strich liebkosend und beinahe so sanft wie über das blonde Haupt seiner Frau über das graue Mauerwerk. Fast vermeinte er dabei, jene ungeheure, jedem einzelnen Stein innewohnende Kraft zu spüren. Für ihn waren natürliche Felsbrocken ebenso wie behauene Steine durchaus nichts Lebloses. Mitunter glaubte er, der gewaltige Leib des bereits zu einem knappen Viertel fertiggestellten Gotteshauses vibriere unter seinen Fingerspitzen, wenn er seine Hände über die exakt eingepassten Quadersteine gleiten ließ.

Zu Anfang war der Mauerbau ein Leichtes gewesen. Da genügten einfache Gerüste mit schräg aufliegenden Holzplanken, über die seine Männer ihre mit Steinen vollgeladenen Schubkarren nach oben schoben. Aber durch den schnellen Baufortschritt hatte sich das geändert. Es wurden daher nach seinen Anweisungen hölzerne Drehkräne mit stabilen Winden gebaut.

Junge Männer kletterten jetzt hoch in den Holztrommeln, um das enorme Gewicht der Mauersteine mit Hilfe eines sich drehenden Rades nach oben zu hieven. Als sie Konrad sahen, strengten sie sich noch mehr an.

KAPITEL 45

Der Baumeister wusste, das war Schwerstarbeit. Um sie sich ein wenig zu erleichtern, fielen Hunderte von Männern für gewöhnlich in einen rhythmischen Sprechgesang. So auch heute. Dadurch gelangten sie nach kurzer Zeit in eine Art Trance, die es ihnen ermöglichte, nicht vor Erschöpfung zusammenzubrechen.

Um die gestählten Bauarbeiter trotzdem nicht vorzeitig kreuzlahm zu machen, war Griseldis' Ehemann auf folgende Idee verfallen:

»Verurteilte Schwerverbrecher sollten diese Schinderei übernehmen, Herr Heinrich«, hatte er dem König vorgeschlagen, als dieser wieder einmal zur Besichtigung vorbeigekommen war. Der Herrscher hatte sich sofort einverstanden gezeigt.

»Obwohl diese Arbeit äußerst beschwerlich und höchst gefährlich ist, habe ich es noch nie erlebt, dass einer dieser zum Tode Verurteilten das Angebot abgelehnt hätte«, sagte er stolz zu den Patres Berchtold und Odo, die ihn, wie seine Frau Griseldis und die Königin, gelegentlich auf der Baustelle aufsuchten.

»Im Gegenteil«, fügte er hinzu, »die Männer wissen, dass sie etwas Nützliches und GOTT Wohlgefälliges machen und auf diese Weise der Todesstrafe entgehen können – falls sie diese Arbeit denn überleben sollten.«

Einer der beiden Türme des Gotteshauses stand kurz vor der Vollendung, war aber noch mit einem Gerüst umgeben; die Höhe des zweiten Turms hingegen betrug gerade mal sieben Meter. Am ersten waren noch einige kleinere Arbeiten am oberen, umlaufenden Gesims vorzunehmen, ehe der Dachstuhl aufgesetzt werden sollte.

Vier von Konrads Männern befanden sich im Augenblick in luftiger Höhe auf einer hölzernen Planke, die den viereckigen, wehrhaften Turm wie ein Balkon ohne Geländer umgab. Der Baumeister wusste, dass diese Männer absolut schwindelfrei sein mussten.

Bei den meisten am Dombau zu Bamberg beschäftigten Arbeitern handelte es sich nicht um unfreie Bauern, die man zum Frondienst gezwungen hatte, sondern um freie Landarbeiter, denen die halbe Löhnung von Maurern oder Steinmetzen noch genügend hoch dünkte, um zu dieser Baustelle zu kommen.

Meister Konrad hatte sich das ausbedungen. Mit Freien arbeitete es sich besser als mit den zur Fron gepressten Bauern, die bei der erstbesten Gelegenheit davonliefen. Zu Konrads Überraschung und des Königs Genugtuung und Freude erschienen seit Kurzem sogar Leute, die absolut unentgeltlich, nur für himmlischen Lohn also, Arbeiten am Dombau zu verrichten wünschten.

Dem Baumeister entrang sich ein amüsiertes Schmunzeln, als er nach oben blickte: Ein Turmfalkenpärchen hatte im Gemäuer ein Nest gebaut; die beiden Altvögel ärgerten sich lautstark darüber, dass die Männer sie beim Versorgen ihrer Brut störten. Mit weithin hörbarem Protestgeschrei umkreisten die Falken ihr Nest in luftiger Höhe, aber die Arbeiter ließen sich nicht vertreiben. Spontan beschloss Meister Konrad, zu ihnen hinaufzusteigen, um sich persönlich von Fortgang und Qualität ihrer Tätigkeit zu überzeugen.

Er betrat das Innere der Bauruine und war im Nu eine Leiter hochgeklettert, die gut verkeilt gegen eine mächtige achteckige Säule im Kircheninneren gelehnt war. Kurz verweilte er auf halber Höhe, wo eine Reihe von Fensteröffnungen mit Rundbogen das Tageslicht in den riesigen Raum einfallen lassen sollte.

Konrad wollte den Innenraum des Kirchenschiffs nicht allzu düster gestaltet wissen und hatte sich daher beim König für mehr Durchbrüche in den Mauerflächen als sonst üblich eingesetzt. Heinrich war der gleichen Meinung, dass eine Kirche keine Höhle sei, die den Menschen durch Dunkelheit erschrecken sollte.

Dann schwang Konrad sich auf das Sims, das auf gleicher Höhe mit der ersten Plattform des Gerüstes lag. Von hier aus lief er, nachdem er eine weitere Leiter erklommen hatte, flink wie eine Katze über das Dach des rechten Seitenschiffes.

Einige Handwerker riefen ihm eine scherzhafte Bemerkung zu, als er sich geschickt an ihnen vorbeidrückte. Flüchtig dachte er daran, dass ihn die meisten der hier Beschäftigen recht gut leiden konnten. Er war kein Menschenschinder – außer die Sache erforderte es unbedingt. Aber dann machte er es im Allgemeinen durch kleine Geschenke und besonderes Entgegenkommen an anderer Stelle wieder wett.

Und weiter stieg Griseldis' Ehemann hinauf, nun im Inneren des rechten Turms, auf glatten Leitersprossen und über schmale Planken. Hier, aus der Nähe, waren die verschiedenen Zeichen der einzelnen Steinmetze gut zu erkennen, mit denen jeder einzelne Baustein des Gotteshauses markiert war. Diese Markierungen hatten für die Männer, die pro gesetzten Mauerstein bezahlt wurden, große Bedeutung. Darüber hinaus dienten diese individuellen Einritzungen der richtigen Platzierung der Steine, die er als Baumeister in seinem Plan exakt vorgegeben hatte.

Der monumentale Bau war nichts anderes als ein riesengroßes Zusammensetzspiel, wobei es auf die korrekte Lage jedes Einzelteils ankam, um die Stabilität des gesamten Bauwerks nicht zu gefährden.

›Die Verantwortung für die Planung trage ich ganz allein. Wenn ich mich einmal irren sollte, wären die Folgen dramatisch.‹ Seltsam, dass er ausgerechnet jetzt daran denken musste …

Dann tauchte vor seinem geistigen Auge sein betagter, penibler Lehrmeister, Meister Gandolf, auf, bei dem er in Würzburg viele Jahre in die Lehre gegangen war. Und von dem er alles, was er jetzt beherrschte, gelernt hatte. Meister Gandolf war ein Könner in der komplizierten Kunst des Kathedralenbaus gewesen und Konrad war dem bärbeißigen Alten heute noch dankbar, dass er ihn als Schüler angenommen hatte.

»Im Geheimen träume ich davon, so berühmt zu werden wie der Baumeister Odo von Metz, der in Aachen für Kaiser Karl den Großen hat arbeiten dürfen«, hatte Konrad neulich zu später Stunde seiner Frau gestanden. Sie waren sich in dieser Nacht besonders nahe, da Griseldis ihn soeben mit der beglückenden Neuigkeit überrascht hatte, sie bekämen endlich bald ein Kind. Er war beinahe närrisch gewesen vor Freude.

Umso wichtiger erschien ihm nun, sich in Bamberg als wahrer Meister der Kirchenbaukunst zu erweisen: Er, Meister Konrad, gebürtig in Köln, müsste nun bald für eine Familie Sorge tragen. Und er hatte es im Gefühl, dass König Heinrich noch viele interessante Aufträge für ihn parat hätte.

Auf Griseldis' Frage, was ihm eigentlich an seiner Arbeit so gut gefiele, hatte Konrad ihr eine ehrliche Antwort gegeben:

»Zuerst die Gewissheit, etwas zur Ehre GOTTES gestalten zu dürfen, sowie die Genugtuung, ein schönes und zweckmäßiges Bauwerk vollendet zu sehen. Dann schätze ich sicherlich meine privilegierte Position: Sobald ich Anordnungen erteile, beeilt sich eine ganze Schar von Männern, meine Befehle auszuführen. Ich bin gewissermaßen der König auf meiner Baustelle.

Nach meinem Willen verändert sich der bauliche Fortgang des Gebäudes. Ich allein entscheide, an welcher Stelle des Bauwerks die Arbeiten aufgenommen, unterbrochen, fortgeführt oder beendet werden.«

Danach hatten beide die halbe Nacht über ihr ungeborenes Kind gesprochen, hatten nach Namen gesucht für einen Knaben und für ein Mädchen und Pläne geschmiedet für ein weiteres Anwachsen ihrer kleinen Familie. Und dann dankten sie GOTT, dem HERRN, für seine Güte, sie dieses bevorzugte Leben führen zu lassen.

Konrad hatte sein Weib danach zärtlich in den Arm genommen und geküsst, ehe er in tiefen Schlummer gesunken war.

Dabei entging ihm, dass Griseldis noch lange wach gelegen hatte. Ihre Müdigkeit war auf einmal verflogen; die dumpfe

Vorahnung einer unglücklichen Wende hatte sie urplötzlich erschreckt und ihr die Ruhe geraubt …

Als sich Meister Konrad von der Arbeit seiner Männer auf dem Turm zu überzeugen anschickte, kam es zur gleichen Zeit im Hof der Residenz zu Bamberg zu einer erneuten unerfreulichen Auseinandersetzung zwischen Vater Berchtold und Frau Irmintraut. Der Benediktiner hatte sich gerade mit Griseldis über ein bestimmtes Kraut unterhalten, von dem beide nicht so genau wussten, ob es vielleicht bei Steinleiden heilsame Wirkung zeigen könnte. Da war zufällig die Base der Königin des Weges gekommen und vehement und mit allen Anzeichen der Verärgerung auf den Mönch losgegangen.

»Warum könnt Ihr es zulassen, dass sich überall im Land die Mär zu verbreiten beginnt, das Königspaar lebe in einer sogenannten ›Josephsehe‹? Das ist lächerlich und entspricht nicht der Wahrheit«, fuhr Irmintraut ihn an. »Und ich wage stark zu bezweifeln, ob die Verbreitung dieser Lügengeschichte das Ansehen des Königs im Volke stärkt. Die Leute haben ein sehr gesundes Empfinden dafür, was normal ist – und dazu gehört in ihren Augen ein Herrscher, der ein ganzer Mann ist und der das auch beweist.

Die Menschen im Land wollen keinen duckmäuserischen Kirchenknecht«, fuhr die Dame temperamentvoll fort, »der sich aus irregeleitetem Glaubenseifer freiwillig zum Eunuchen macht. Euren keuschen Heinrich-Joseph könnt Ihr meinetwegen in ein Kloster verbannen, aber auf einem deutschen Königsthron hat er nach ihrem Geschmack nichts zu suchen.«

Griseldis überraschte die abfällige Art, mit welcher die Base der Königin ihre Kritik vorbrachte; Vater Berchtold hingegen war schlicht entsetzt.

»Das ist blanker Hochverrat, was Ihr da sagt«, stotterte er fassungslos.

Gewiss, auch er hatte neuerdings verstärkt das Raunen vernommen, welches andeutete, Heinrich und seine Gemahlin hätten nach ihrer Hochzeit ein Gelübde abgelegt, sich nur wie Bruder und Schwester zu begegnen und ihre Keuschheit zu bewahren. Und dies, weil sie GOTT, den sie über alles liebten, ein Opfer bringen wollten.

Auch dem König selbst war das Gerücht zu Ohren gekommen und er war darüber sehr verärgert gewesen. Als einige der Bischöfe versucht hatten, ihm die alberne Nachrede schmackhaft zu machen: »Das Volk wird Euch und Eure Königin deshalb als Heilige verehren«, war Heinrich höchst unheilig explodiert und hatte unwillig ausgerufen:

»Darauf lege ich keinen Wert, Ihr frommen Herren, wenn der Preis dafür ist, dass die Leute mich für einen jämmerlichen Kastraten ansehen. Denn darauf läuft es letzten Endes hinaus.

Dass ein Mann – einer, der nicht sein eigenes Geschlecht bevorzugt und der eine wunderschöne Frau aus Liebe geheiratet hat – freiwillig darauf verzichten sollte, mit ihr als Mann und Frau zu leben: Wer würde das für wahr halten?«

Die Kirchenfürsten waren aufgrund der Heftigkeit seiner Rede ganz erschrocken verstummt. Auch Vater Berchtold hatte geschwiegen und es nicht mehr gewagt, seinen Herrn auf die leidige Geschichte hin anzusprechen.

Dass nun Frau Irmintraut das heikle Thema erneut ins Spiel brachte, ergrimmte ihn sehr. Leider wusste er nicht, mit welchen Worten er ihr begegnen sollte. Ihre Ansichten waren in seinen Augen einfach skandalös!

Die Heilerin blieb sehr nachdenklich zurück.

KAPITEL 46

Meister Konrad schaute durch eine Turmluke hinunter auf den Platz vor der riesigen Baustelle, auf dem es wie immer von Menschen wimmelte. Nicht nur Arbeiter sah er, sondern eine Menge Gaffer, die sich allmorgendlich hier versammelten.

Eine gigantische Summe würde der Bau noch verschlingen: die Fenster, die Altäre, das reich geschnitzte Chorgestühl, die riesigen silbernen Leuchter und Kandelaber, die Heiligenfiguren aus Marmor und vergoldetem Holz sowie der vorgesehene Mosaikfußboden würden eine Unmenge an Silber verschlingen.

Aber es wurden, wie Vater Berchtold immer betonte, nicht nur materielle Mittel benötigt; auf jedem Dombau musste der Segen des HERRN ruhen. Ein Krieg im Landesinneren etwa oder ein Angriff von außen könnten das Aus bedeuten.

Dabei dachte der Baumeister an die Ungarneinfälle im vergangenen Jahrhundert, die so viele Kirchen und Klöster zerstört hatten. Sie lagen nicht so lange zurück, dass es nicht noch ganz alte Einwohner gegeben hätte, die davon mit Schaudern zu erzählen wussten. Zahlreiche Ruinen sakraler Stätten legten noch jetzt Zeugnis vom Wüten der damals Ungläubigen ab: Erst der Vater König Stephans, des frommen Schwagers König Heinrichs, war zum Christentum konvertiert.

Und Herr Heinrich vergaß nicht, hin und wieder darauf hinzuweisen: »Auch heute noch gibt es im Osten des Reiches Heiden, die uns überrennen würden, falls sie es sich denn getrauten. Und Boleslaw von Polen mag zwar Christ sein, kennt aber gewiss keine Scheu, sengend und brennend über Bamberg und seinen Dom herzufallen.«

Um ihre Interessen besser wahren zu können, begannen die jeweiligen Handwerker einer Stadt sich neuerdings zusammenzuschließen, in sogenannten Zünften oder Gilden. Die Zunft- oder Gildemeister waren angesehene Männer, die im Rat der Städte ein gewichtiges Wort mitzureden hatten.

Meister Konrad selbst war Mitglied in der Zunft der Steinmetze. Dieses ehrsame Handwerk hatte er erlernt, ehe ihn Meister Gandolf in die Geheimnisse des Dombauwesens eingeführt hatte. Der alte Lehrherr hatte ihm versprochen, dass Konrad an seiner Statt neuer Gildemeister werden sollte, da er aus Altersgründen bald schon seinen Sitz in der Zunft der Steinmetze von Würzburg räumen werde.

Konrad besaß scharfe Augen und so war es ihm ein Leichtes, in der Nähe der königlichen Hofhaltung jenes Haus auszumachen, in dem er und seine Liebste seit ihrer Eheschließung wohnten. Beim Gedanken an sein schönes und verständiges Weib ging ihm das Herz auf.

Jeden Tag, den GOTT werden ließ, dankte er dem HERRN für seine Griseldis, die ihm in einigen Monaten das wunderbarste Geschenk machen würde: ein Kind von ihrer beider Fleisch und Blut.

Meister Konrad wandte sich von der Luke ab und begann, seinen Weg nach oben fortzusetzen. Er hörte, trotz des pfeifenden Windes, der in dieser Höhe um den fast vollendeten Turm strich, Bruchteile der lebhaften Unterhaltung der Männer und ihr Gelächter.

Die Arbeiter hatten ihn jetzt entdeckt und riefen ihm schelmische Begrüßungsworte zu – etwas, was kein einfacher Bauarbeiter bei Meister Gandolf jemals gewagt hätte. Konrad jedoch legte großen Wert auf ein kameradschaftliches Verhältnis zu seinen Männern.

Einer reichte ihm die Hand, um ihm das letzte Stück von

der schmalen Planke auf das rundum laufende steinerne Gesims hinaufzuhelfen. Er bedankte sich, setzte sich neben die vier Handwerker auf den Mauervorsprung und ließ wie sie die Beine ins Leere baumeln.

Die Männer hatten sich eben zu einer kleinen Pause niedergelassen; sie schoben sich kleine Bissen Brot in den Mund und kauten bedächtig, während sie die Aussicht ins weite fränkische Land genossen.

Direkt unter ihnen, im Vorhof des Doms, lagen nebeneinander und in unmittelbarer Nachbarschaft zur Bauhütte die restlichen, aus einem Stück roten Sandsteins gehauenen Säulenschäfte, welche die Säulenarkaden des Langschiffs tragen sollten.

Konrad ließ seinen Blick über die Dächer des Städtchens Bamberg schweifen. Außerhalb der schützenden Mauern konnte er die gerodeten Weideflächen mit grasendem Vieh und die ausgedehnten Dinkel- und Rübenfelder ausmachen.

Im Hintergrund waren Erhebungen zu erkennen, bedeckt mit Eichen- und Buchenwäldern, die, wie Konrad bekannt war, dem Grafen Albrecht von Benderstein gehörten, dessen Frau Sybilla Griseldis vor einiger Zeit behandelt hatte. Von dorther stammten die Baumstämme, die man zum Bau des Doms benötigte.

Linkerhand, auf einer kleinen Anhöhe, waren im Dunst die Umrisse der Burganlage des Grafen zu erkennen. Bei den Holzlieferungen aus dem gräflichen Wald für den mächtigen Dachstuhl hatte man sich zum Schluss auf einen annehmbaren Preis geeinigt.

Konrad kannte Herrn Albrecht als launischen und jähzornigen Menschen. Man konnte nie sicher sein, ob und wann es ihm einfiel, einen Streit mit den Stadtleuten und der Dombauhütte vom Zaun zu brechen. Einmal bereits hatte der König persönlich eingegriffen, um den streitbaren Edelmann zu besänftigen.

Der junge Baumeister erhob sich von dem schmalen Sims und legte sich ein Seil um die Hüfte, das er fachgerecht verknotete und dann die Schlinge an der Mauer mittels eines eingeschlagenen Hakens befestigte: Er wollte nun von außen die Inspektion des Turms beginnen.

Der Wind blies auf einmal kräftiger und wehte Konrad das Haar vor die Augen; er schob sich die braunen Strähnen, in die sich bereits eine Anzahl grauer Haare mischten, unter seine wollene Mütze zurück. Trotz der Schwindel erregenden Höhe besaß die Freiheit hoch droben etwas geradezu Berauschendes.

Meister Konrad dachte erneut an sein blühendes Weib, das ihn in einem guten halben Jahr zum Vater machen würde und ihn am heutigen Abend sicher mit einem Topf seiner Leibspeise erwarten würde – saure Kutteln mit selbst gebackenem Brot, dazu ein schäumendes Bier. Auf einmal fühlte er eine brennende Sehnsucht nach Griseldis.

Sie lebten zwar zusammen, sahen sich aber viel zu selten. Entweder kam Konrad nicht von seiner Baustelle los, weil er überall zu gleicher Zeit sein sollte und manche Arbeiten auch nachts bei Fackelschein ausgeführt werden mussten, oder Griseldis war mit dem König irgendwo im Reich unterwegs.

›Sie muss sich mehr schonen, dafür werde ich sorgen – jetzt wo sie unser Kind trägt‹, dachte Konrad voll Fürsorge und Zärtlichkeit. Da hörte er es.

Ein merkwürdiges Geräusch war es; eines, das überhaupt nicht hierhergehörte. So, als würde jemand schweres Zelt- oder Segeltuch in Bahnen reißen. Kam es etwa von dem kräftig auffrischenden Wind, der plötzlich unangenehm laut um den Turm heulte und an seiner ärmellosen Weste zerrte? Ohne Zweifel, ein schwerer Sturm kam auf.

Es klang wirklich so, als würde jemand versuchen, mit einer stumpfen Schere dicken Fahnenstoff zu durchtrennen. Im selben Augenblick aber wusste Konrad, wodurch das Geräusch verursacht wurde und ihm wurde eiskalt vor blankem Entsetzen. Hektisch schaute er sich nach den vier Arbeitern um. Er wollte sie warnen und ihnen zurufen, sich schleunigst in Sicherheit zu bringen, aber kein Laut drang aus seiner zugeschnürten Kehle.

Da hörte er es erneut. Mit erschreckender Deutlichkeit stand ihm vor Augen, dass sie alle dem Tod geweiht waren: Keiner würde es schaffen, den Turm hinunterzugelangen und die Baustelle hinter sich zu lassen. Auch die übrigen, in den verschiedenen Abschnitten des gigantischen Baues tätigen Männer hätten kaum eine Aussicht, das schreckliche Unglück heil zu überstehen.

Ein dumpfes Grollen, ähnlich dem eines noch weit entfernten Gewitters, war nun zu vernehmen, aber der Auslöser schien ganz nah: Aus dem Mauerwerk des Turmes drang es überdeutlich an Konrads Ohr und die vier Männer hörten es jetzt ebenfalls.

»He! Was ist das, um Jesu Christi willen?«, schrie der Älteste schreckensbleich und ließ seinen Meißel fallen. Das reißende Geräusch hatte sich massiv verstärkt und ein leichtes Zittern lief durch das trügerisch solide wirkende Gemäuer.

»Zum Teufel, was soll das?«, schrie ein anderer, ehe er sich vor Schreck übergab. Meister Konrad wies stumm mit dem Finger auf die Außenmauer des Turms, in der bereits ein Riss von einer Elle Breite klaffte. Dieser verbreiterte sich rasch und den Männern schien es, als stöhne der Stein regelrecht. Jetzt wussten sie es gewiss: Dies war das Ende.

Es krachte und knackte und knallte, als die Westwand des Turms auseinanderbarst, nachdem sie einen Augenblick zuvor, scheinbar wie von der Hand eines Giganten, in die Höhe gehoben worden war.

»Vielleicht ein Erdbeben«, schrie Meister Konrad. Vom Platz tief unten herauf drangen Entsetzens- und Schmerzensschreie derjenigen, die getroffen von den durch die Luft geschleuderten Steinbrocken am Boden lagen.

»Ich liebe dich, Seldiii!«, schrie Konrad, als er von der Planke herunterfiel. Sein Sicherungsseil nützte ihm nichts, denn nun stürzte der gesamte Turm in sich zusammen, krachte auf das bereits fertiggestellte Dach des rechten Seitenschiffs und brachte den gesamten westlichen Teil des mächtigen Bauwerks zum Einsturz.

Die im Inneren des Gotteshauses mit verschiedenen Arbeiten beschäftigten Arbeiter würden alle von den ungeheuren Gesteinsmassen begraben werden.

›Niemals wird der Dom des Königs fertig werden und meine Liebste sehe ich nie wieder‹, war der letzte Gedanke des Baumeisters. Dann schlug er mit dem Kopf auf einem ins Kircheninnere vorkragenden Mauervorsprung auf. Es wurde Nacht um ihn, ehe er – bereits leblos und mit zerschmettertem Schädel – weiter in die Tiefe stürzte.

KAPITEL 47

UNBESCHREIBLICHES DURCHEINANDER war auf dem Platz vor der Kirche und im Inneren des Bauwerks ausgebrochen. In Panik versuchten die Menschen zu fliehen, aber es war zwecklos. Der Staub nahm einem die Sicht und erschwerte das

Atmen. Die Unmenge an Steinbrocken und Splittern, die mit wahnsinniger Wucht durch die Luft geschleudert wurden, sowie die hölzernen Verstrebungen, Plattformen, Gerüste, Planken und Leitern erschlugen nahezu zweihundertfünfzig Arbeiter und Zuschauer, die sich an diesem strahlenden Morgen im Dom oder in der unmittelbaren Nähe der Baustelle aufgehalten hatten.

Mauern, Emporen, Säulen stürzten ein sowie Gewölbe, Portale und Treppen, ja, selbst ein Teil des mit Steinplatten belegten Bodens wurde nach unten gedrückt. In der Krypta fand man bei den anschließenden Aufräumarbeiten noch dreizehn getötete Handwerker, die im rechten Seitenschiff dabei gewesen waren, aus kleinen, bunten Mosaiksteinchen Muster in den Boden zu legen. Wie durch ein Wunder war der andere, erst wenige Meter hohe linke Turm unversehrt geblieben.

Etwa sechzig Schwerverletzte barg man im Laufe der folgenden Tage aus dem Schutt, wovon zwei Drittel nach kurzer Zeit verstarben und der Rest sich wünschte, ebenfalls tot zu sein, da ihre mannigfachen Verkrüppelungen sie für ihr Lebtag zu Bettlern machen würden.

Tief betroffen eilte der König mit Kunigunde zur nahen Unglücksstelle; als sie sich vom gesamten Ausmaß der Katastrophe ein Bild gemacht hatten, griffen er und seine Gemahlin spontan in ihre Privatschatullen und spendeten reichlich. Die meisten der Arbeiter waren Väter kleiner Kinder gewesen, deren Mütter jetzt nicht wussten, wovon sie leben sollten. Darüber hinaus opferten Heinrich und die Königin einen ansehnlichen Betrag für den Wiederauf- und Weiterbau des Doms.

»Diese armen Menschen sollen nicht umsonst ihr Leben verloren haben«, sagte Frau Kunigunde. »Wir werden das Werk trotz des Unglücks mit GOTTES und aller Heiligen Hilfe vollenden.«

Nicht wenige Menschen glaubten, in dem Einsturz des Bauwerks ein böses Omen sehen zu müssen. All denen fuhr der König, ehe sie ihre Schreckensparolen im ganzen Lande verbreiten konnten, grob über den Mund.

»GOTT sei den Seelen der armen Verunglückten gnädig. Ein schreckliches Unglück ist uns widerfahren. Baumeister Konrad war ein begnadeter Kirchenbauer, aber doch auch nur ein Mensch und als solcher fehlbar wie wir alle. Sein Irrtum bei der Statik hat vielen die Gesundheit oder gar das Leben gekostet. Er selbst fiel dieser falschen Einschätzung zum Opfer. Der HERR möge sich auch seiner erbarmen.

Aber darin nun ein schlimmes Vorzeichen für das ganze Reich sehen zu wollen, ist mit Sicherheit ein Unding. Ich will kein Wort mehr darüber hören.«

Worüber sich König Heinrich und seine Gemahlin aber berechtigte Sorgen machten, war der seelische Zustand von Meister Konrads Witwe.

Wie eine Wahnsinnige hatte sich Griseldis auf den aufgetürmten Bauschutt gestürzt und begonnen, mit bloßen Händen wie von Sinnen darin zu wühlen. Ausgraben wollte sie ihren Liebsten, damit er nicht erstickte unter all den Trümmern …

Alles gute Zureden war vergebens. Sie reagierte auf nichts und niemanden. Erschöpft vom vergeblichen Graben hockte sie sich schließlich auf einen Säulenstumpf und starrte mit blicklosen Augen ins Leere. Die blutenden Hände im Schoß verkrampft, wiegte sie den Oberkörper rhythmisch vor und zurück und summte dabei ein Lied, das niemand kannte, vor sich hin.

Dietlinde hatte es oft gesungen, nachdem sich ihr Wesen verwandelt hatte und sie nicht mehr dieselbe gewesen war – diejenige, um die einst der junge Frowein gefreit hatte.

»Man könnte denken, König Heinrichs Heilerin habe den Verstand verloren«, sagte Vater Berchtold fassungslos zur Königin, als er Griseldis, seinen ganz besonderen Schützling, mitten in dem Gewirr aus Gestein, Holz und Mörtel kauern sah.

»Man soll Frau Griseldis umgehend zu mir an den Hof bringen«, befahl Frau Kunigunde. »Sie kann jetzt unmöglich allein in ihrem Haus leben, wo alles sie an Meister Konrad erinnert. Ich selbst werde mich der bedauernswerten Witwe annehmen. Es muss mir gelingen, sie dem Leben wiederzugeben.«

»Ich denke, liebste Schwester, Ihr macht Euch zu viele Gedanken um diese Frau einfacher Herkunft«, kam es kühl von ihrer Base Irmintraut, der die Besorgnis um die »schlichte Kräuterhexe«, wie sie Griseldis abschätzig bezeichnete, zu weit ging.

»Lasst Euch sagen, liebste Kunigunde, das grobe Bauernvolk ist nicht so empfindsam, wie etwa wir Damen aus hochedler Familie. Dieses Weib wird in Kürze wieder obenauf sein, ohne dass Ihr Euch groß darum bemühen müsstet.«

Befremdet sah die Königin ihre Verwandte an.

»Manchmal habe ich den Eindruck, Ihr seid der Unbarmherzigsten eine. Wie könntet Ihr sonst so gefühllos sprechen, Base?« Damit kehrte sie Frau Irmintraut, die eine Grimasse zog, unwillig den Rücken.

›Gefühllos und eiskalt, das ist Irmintraut in der Tat‹, dachte Vater Berchtold, der Zeuge des kleinen Disputs geworden war. ›Vermutlich ist sie eifersüchtig auf des Königs Medica – so, wie sie auf jede schöne Frau am Hof neidisch ist und diese mit ihrer Missgunst verfolgt.‹

Wieder einmal bedauerte der Mönch es aufrichtig, dass seine sonst so verständige Herrin die offensichtlichen Schwächen ihrer Verwandten nicht sehen wollte beziehungsweise keine Konsequenzen aus ihren Meinungsverschiedenheiten zog und Irmintraut endlich nach Lützelburg zurückschickte.

Ganz allmählich löste Griseldis sich aus ihrer anfänglichen Erstarrung. Sie lebte nun als festes Mitglied des Hofstaates der Königin. Ihr Haus hatte sie seit dem Unglück nicht mehr betreten. Es war verkauft worden und einen Teil des Erlöses durfte sie dazu verwenden, sich seltene Exemplare oder Kopien von medizinischen Werken aus dem Ausland durch reisende Kaufleute besorgen zu lassen. Dies weckte wiederum die ätzende Spottlust von Frau Kunigundes Base.

»So ist es recht«, hatte Vater Odo sie neulich zu einer Hofdame sagen hören, »vor Kurzem hat sie noch die Schweine gefüttert und jetzt kauft sich dieses Geschöpf wissenschaftliche Werke, die sie weder lesen noch verstehen kann. Einfach widersinnig!«

Hier aber irrte Frau Irmintraut – zumindest teilweise.

Griseldis vermochte seit geraumer Zeit sehr wohl zu lesen, und zwar ohne zu stocken, und auch zu schreiben. Die unter Gebildeten übliche Umgangssprache, die sogenannte *Lingua franca*, derer man sich auch am Hof bediente, verstand sie bestens und beherrschte sie sogar selbst.

Dennoch würde sie bei ihrem ambitionierten Vorhaben der Hilfe Vater Berchtolds bedürfen: Er müsste ihr die erworbenen Schriften aus dem Lateinischen und Griechischen übersetzen. Der Vorteil der *Lingua franca* bestand darin, dass jedermann aus der Oberschicht diese römische, aus dem Lateinischen entwickelte Sprache sprechen und lesen konnte und zwar quer durch ganz Europa. Die jeweiligen Landessprachen wurden in der Regel nur vom niederen Volk benutzt.

Die Werke der Gelehrten jedoch waren nach wie vor in Lateinisch oder Griechisch verfasst – und das musste der Benediktiner der Heilerin erst noch beibringen. Seit den tragischen Ereignissen am Dombauplatz verbrachten die junge Frau und der betagte Mönch viel Zeit miteinander und sie kamen sich dabei sehr nahe.

Der alte Mann – für Griseldis längst ein Vaterersatz – war auch der einzige Mensch gewesen, dem sie von ihrer Fehlgeburt, zwei Tage nach Konrads Tod, erzählt hatte. Ansonsten war sie stumm geblieben und hatte versucht, mit ihrem Schmerz alleine fertig zu werden. Niemand sollte wissen, dass sie wochenlang jede Nacht, weinend vor Verzweiflung und gleich einem eingesperrten wilden Tier in ihrer Kammer herumlief und mit GOTT haderte, welcher ihr erst den Liebsten und dann noch dessen Kind genommen hatte.

»Womit habe ich dich, GOTT, erzürnt, dass du mich so geschlagen hast?«

Diese Frage stellte sie wohl an die tausend Mal im Laufe der nächsten Monate – ohne je eine Antwort zu erhalten.

KAPITEL 48

Der Kirchenbau in Bamberg, dessen Schutzheilige Maria und Petrus sein sollten, ging erneut voran unter einem neuen Baumeister, Wilfried mit Namen. Auch er hatte einst sein Handwerk bei jenem legendären Könner, Meister Gandolf, gelernt.

Griseldis kannte den ernsten und ehrgeizigen Mann flüchtig. Als Erstes hatte Meister Wilfried den Schutt und die Trümmer des eingestürzten Bauwerks beseitigen lassen, dann war er mit *seinen* Plänen beim König vorstellig geworden.

Sie unterschieden sich zum Glück nur in Nuancen von denen Meister Konrads, so dass einer Genehmigung durch Heinrich nichts im Wege stand. Danach ließ er sich bei Griseldis melden.

Ein kleiner, sanfter Mann mittleren Alters, dessen früh ergrautes, dünnes Haar ihn älter erscheinen ließ, machte ihr seine Aufwartung und sprach ihr sein Bedauern über den Unfalltod ihres Mannes aus. Er lud sie ein, jederzeit, wann sie wolle, zur Baustelle zu kommen. Er bot ihr auch an, sie persönlich herumzuführen und ihr die einzelnen Baufortschritte zu erklären.

Die Heilerin bedankte sich für seine Liebenswürdigkeit. Im Stillen aber hatte sie beschlossen, von diesem Angebot keinen Gebrauch zu machen. Auch nur die Nähe dieses verfluchten Bauwerks war ihr zuwider.

›Mir graut bereits davor, wenn diese Kirche fertiggestellt ist und der gesamte Hof dort jeden Sonntag die Messe hören wird‹, dachte sie und schauderte. Sie konnte es nicht ändern, aber sie empfand regelrechten Hass gegen jeden einzelnen Mauerstein, der dort verbaut wurde …

»Die gesamte Christenheit in Europa wird die Pracht Eures Domes preisen, König Heinrich«, hatte Meister Wilfried dem Herrscher versprochen. Der hatte beifällig genickt und den neu ernannten Baumeister angehalten, den Bau zügig voranzutreiben.

Die Kunde von der Größe der Kirche, der Einmaligkeit ihrer Ausstattung sowie der Existenz zweier Krypten zog Neugierige von nah und fern an. Schon bald fand sich, wie vor dem tragischen Unglück, eine Menge Gaffer an der Baustelle ein.

»Profanbauten aus Stein sind immer noch ziemlich selten«, sagte Vater Berchtold, als Griseldis sich verwundert gezeigt hatte, dass kein Zuschauer Angst vor einer erneuten Katastrophe zu haben schien. »Normalerweise verwendet man bei uns Holz zum Bauen. Nur Königspfalzen, Befestigungsanlagen und bedeutende Gotteshäuser beginnt man aus dem ewigen Material Stein zu errichten. Das lockt Schaulustige an. Dass sich wiederum ein so schreckliches Unglück ereignen könnte – was GOTT verhüten möge –, daran denkt keiner der Zuschauer; ihre Neugierde ist einfach zu groß.«

Sowohl die Gefährten des Königs wie die Damen der Königin ließen es sich angelegen sein, die Baufortschritte mit kritischen Blicken zu begutachten; aber niemand fand etwas daran auszusetzen. Der Bau versprach in der Tat, ein Muster an Harmonie und Großartigkeit zu werden.

Nur Griseldis mied nach wie vor die Baustelle – nicht einmal aus der Entfernung mochte sie ihre Augen darauf ruhen lassen.

Vater Berchtold, dem ihr Widerwille gegen den zukünftigen Dom nicht entgangen war, hatte sie behutsam darauf angesprochen.

»Allzu deutlich, Pater, sehe ich den blutüberströmten Leichnam meines Gatten vor mir, den die Helfer aus den Trümmern geborgen haben. Nie werde ich den Augenblick vergessen, als man mir den zerschundenen Körper Konrads in den Schoß gelegt hat«, vertraute sie dem alten Mann an, dessen Herz vor Mitleid schier zerfloss.

Plötzlich, nach jahrelangem hartnäckigem Schweigen des Königspaares, begann Herr Heinrich wie ganz selbstverständlich von der Errichtung eines neuen Bistums in Bamberg zu sprechen, welches er und seine fromme Gemahlin zu stiften und reich auszustatten gedächten.

Die Königin sollte als Ersatz für Bamberg, das ihr einst als Morgengabe am Tag nach der Hochzeit von Heinrich als Witwensitz geschenkt worden war, den Königshof Kassel erhalten. Die entsprechenden Dokumente wurden ausgestellt und unterzeichnet.

Da ergab es sich, dass Frau Kunigunde auf der benachbarten Pfalz zu Oberkaufungen im Mai von einer sehr schweren, höchst mysteriösen Krankheit befallen wurde. Wochenlang wurde die Herrscherin von lebensgefährlichen Fieberanfällen geschüttelt und von krampfartigen Leibschmerzen gepeinigt.

In ihrer Umgebung wurde sogar der Vorwurf einer Vergiftung laut.

Wiederum wollte die Königin nur ihre liebe Schwester Irmintraut zur Pflege um sich dulden. Vater Berchtold legte daraufhin beim König ein scharfes Veto ein – mit Erfolg.

Er selbst sowie die Leibärzte und Griseldis durften am Krankenbett Kunigundes zugegen sein, wann sie wollten. Besonders der misstrauische Berchtold ließ es sich angelegen sein, der Base genau auf die Finger zu sehen. Irmintrauts Tobsuchtsanfälle ließen ihn dabei kalt.

Kein Tropfen Arznei, kein Kräutertrank, keine Pille, die er nicht von Heinrichs Medica kontrollieren ließ, ehe sie die Lippen der Königin berühren durften. Griseldis war dem Benediktiner eine große Hilfe. Sie kannte sich um ein Vielfaches besser aus mit den verschiedenen Mixturen – den heilkräftigen wie den todbringenden.

»Niemand wird es wagen, der Königin erneut ein Gift zu verabreichen, da man annehmen muss, dass Ihr, meine Tochter, es dieses Mal entdecken würdet.«

Vater Berchtold war sicher, dass die rätselhafte Erkrankung Kunigundes auf einem Mordanschlag beruhte. Und *wer* diesen verübt hatte, darüber bestand für ihn kein Zweifel – aber beweisen konnte er es nicht.

Entsetzlich abgemagert und geschwächt hatte die Herrscherin mit ihrem Leben bereits abgeschlossen. König Heinrich litt unbeschreiblich. Viele Stunden des Tages verbrachte er am Krankenlager seiner geliebten Gemahlin und ungezählte Stunden der Nacht auf den Knien im Gebet für die Gesundung der Königin.

Die Heilerin aber fühlte sich hilflos. Ihr Herz zersprang beinahe vor Mitleid mit dem König, der, von tiefem Schmerz gebeugt, nicht aus dem Gemach seiner Gefährtin weichen wollte. Wie gerne hätte sie eigenverantwortlich die Versorgung der Kranken mit den von ihr selbst hergestellten Heilmitteln übernommen.

»Ich kann nur an der Königin Bett ausharren und überwachen, dass Frau Irmintraut ihr die *richtigen* Dosen der an sich giftigen Substanzen verabreicht, damit diese ihre segensreiche Wirkung entfalten können«, beklagte sie sich bei Vater Berchtold. Aber der alte Mönch war froh, dass er überhaupt etwas erreicht hatte.

»Mehr an Zugeständnissen konnte selbst der König nicht herausholen. Aber es sollte genügen, dass diese Hexe es nicht wagen wird, der Königin weiteren Schaden zuzufügen«, versuchte der Benediktiner Griseldis zu beruhigen. Auch sie argwöhnte, dass die rätselhafte Erkrankung der Königin mit der Behandlung ihrer Base zusammenhing.

Die hohe Frau selbst gelobte für den unwahrscheinlichen Fall ihrer Genesung die Gründung eines Nonnenklosters in Kaufungen. Der König stimmte begeistert zu. Allen, die die Urkunde zur Klostergründung zu Gesicht bekamen, erschienen folgende Worte höchst bemerkenswert:

»… die wir zwei in einem Fleische sind«, eine ganz und gar

unübliche Formulierung, die später noch etliche Male von König Heinrich benützt wurde. Zu seinem Missvergnügen waren ihm nämlich erneut Gerüchte über seine angebliche Josephsehe zu Ohren gekommen, ausgelöst durch seine und Kunigundes Kinderlosigkeit. Mit dieser reichlich provokativen Äußerung gedachte er ein für alle Mal den Spekulationen entgegenzutreten.

KAPITEL 49

KURZ VOR DER Jahreswende 1009 auf 1010 feierte man am Hof zu Bamberg ein kleines Fest. Wieder einmal war der König auf seinem Schmerzenslager gelegen, aber Griseldis hatte ihn schnell von seinem Übel befreit. Am Vormittag war der gesamte Hofstaat zu einem Dankgottesdienst erschienen, den Bischof Gottfried von Freising zelebrierte. Auch Kanzler Eberhard hatte sich eingefunden sowie Herr Brun, des Königs jüngerer Bruder, der auch einmal Bischof werden sollte.

Abends nach dem Mahl saß man zusammen in der Großen Halle, lauschte der Harfenmusik und den Liedern des Spielmanns Giacomo und trank auf das Wohl Herrn Heinrichs. Der König hob seinen Becher mit Met und rief:

»Meine Freunde, trinkt mit mir auf das Reich und darauf, dass wir endlich einen dauerhaften Frieden im Osten erreichen.«

Alle taten dem Herrscher Bescheid, nur Griseldis hielt sich zurück. Sie hatte sich von der Dienerin Wasser einschenken lassen, da sie sich nicht viel aus Alkohol machte. Vater Berchtold, der den ganzen Abend über recht aufgeregt gewirkt hatte, ergriff plötzlich das Wort, nachdem er seinen Bierkrug abgesetzt und sich den Mund mit der Hand abgewischt hatte:

»Herr Heinrich, ich weiß ja, dass Ihr jetzt, nachdem Ihr wieder wohlauf seid, nicht gerne über Krankheiten reden hört. Aber ich habe etwas in Erfahrung gebracht, das Euch in Zukunft viel Pein ersparen könnte. Wollet mich daher gnädig anhören, Herr.«

Heinrich nickte und der Mönch begann zu dozieren:

»Schon der Römer Plinius hat das Steinleiden beschrieben und zugleich ein Gegenmittel angepriesen. Er behauptete, selbst der härteste Stein im Menschen würde ganz weich und schließlich aufgelöst werden durch das Blut und das Fleisch eines Ziegenbocks.«

Vater Berchtold sah den König triumphierend an und fragte: »Was sagt Ihr dazu, Herr Heinrich?«. Als der Mönch zunächst nur erstauntes Schweigen sowie hochgezogene Augenbrauen erntete, fuhr er unbeirrt fort:

»Ich weiß noch mehr, Herr. Das Mittel hilft besonders gut, wenn man den Bock die letzten vier Tage vor dem Schlachten Wein saufen lässt, der mit Honig und Petersilie vermischt ist.«

Die Leibärzte des Königs, die bisher mit ihren Therapien kläglich versagt hatten, witterten eine gute Gelegenheit. Das Verfahren war nicht aufwändig und den Ziegenbock konnte man essen. Jedoch das Entscheidende war, wenn es nichts nützte, wäre es nicht ihre Schuld, sondern die des Plinius …

Sogleich machte sich der ältere der königlichen Medici daran, den anempfohlenen Geißbock anzupreisen: »Ich habe kürzlich auch davon gehört und wollte Euch, Herr Heinrich, das Gleiche vorschlagen. Häufigen Genuss von jungem Ziegenbockfleisch kann ich Euch ruhigen Gewissens empfehlen; es hat mit Sicherheit keine schädlichen Nebenwirkungen«, tönte der Leibarzt großmäulig.

»Außer, dass ich es geradezu verabscheue«, entgegnete der König trocken. »Der Geschmack von Ziege ist mir zu streng; allein der Geruch bereitet mir schon Übelkeit.«

»Das dürfte eine Herausforderung für Euren Leibkoch sein, Herr«, sagte Vater Berchtold, unbeeindruckt von des Königs Widerwillen. »Man kann jedes Fleisch so präparieren, dass es seinen Geruch und Geschmack verliert: etwa durch Einlegen in eine Beize von Wein, Essig oder Sauermilch. Dann noch die entsprechenden Gewürze dazugegeben und Ihr haltet es für Wildschwein oder Auerochse, Herr.«

»Gut zu wissen, dass Ihr Euch auch in den Künsten der Küche auskennt, Pater! Aber ich möchte ganz entschieden darum bitten, mit Ziegenfleisch, egal in welcher Zubereitung, verschont zu werden. Es widert mich an, nur daran zu denken.«

Aber so leicht gab sich der alte Mönch nicht geschlagen.

»Manche Medizin ist bitter und dennoch sehr wirksam, Herr«, beharrte er und hob belehrend den Finger. Als er die abweisende Miene des Königs sah, wandte er sich Hilfe suchend an Heinrichs Heilerin.

»Sagt Ihr doch auch etwas dazu, Frau Griseldis. Gewiss habt Ihr eine Meinung dazu; also lasst sie uns hören.«

Heinrichs Medica hatte nur mit halbem Ohr zugehört; was in ihre Wahrnehmung eingedrungen war, hatte reichlich fabulös geklungen: Geißenbraten gegen Blasensteine? Sie hatte Dutzende von Patienten erlebt, die häufig Ziege aßen und dennoch an den schrecklichen Koliken litten. Sie müsste den guten Pater enttäuschen.

Rasch überlegte Griseldis, wie sie es vermeiden konnte, Vater Berchtold öffentlich zu widersprechen – er sollte nicht vor Zeugen des Hofs sein Gesicht verlieren. Aus dem Augenwinkel heraus war ihr bereits der spöttische Gesichtsausdruck Frau Irmintrauts aufgefallen. Sie würde es sicherlich genießen, Zeugin einer Verstimmung zwischen dem Benediktiner und der Heilerin des Königs zu sein.

»Ich gestehe offen, dass mir diese Empfehlung des Plinius bisher nicht bekannt war, Pater. Ich kann mich daher über seine Wirksamkeit nicht äußern«, zog sie sich geschickt aus der Affäre. »Aber das sagt ja nicht, dass es nicht möglich wäre, damit Heilerfolge zu erzielen, Vater Berchtold. Das Wesentliche scheint mir in König Heinrichs Fall jedoch zu sein, dass unser Herr einen ausgesprochenen Ekel vor Ziegenfleisch hat.

Die Erfahrung hat mich gelehrt, dass es wenig sinnvoll ist, einen Patienten zu etwas zu zwingen, das er zutiefst ablehnt. Diese Ablehnung bewirkt in der Regel das Gegenteil der angestrebten Wirkung. Für König Heinrich könnte dies bedeuten, dass sich sein Leiden verschlimmert – obwohl es anderen Kranken vielleicht zu helfen vermag.«

Griseldis hoffte, sich damit elegant herausgewunden zu haben. Und in der Tat, Herr Heinrich warf ihr einen erleichterten Blick zu: Das Thema Ziege war vom Tisch, der Mönch war mit seinem wohlgemeinten Ratschlag nicht der Lächerlichkeit preisgegeben worden und die Base der Königin konnte das höhnische Lächeln aus ihrem Gesicht verschwinden lassen.

Man saß noch lange vergnügt beisammen; im Hintergrund zupfte Meister Giacomo in einer Fensternische sitzend die Saiten seiner Harfe, summte vor sich hin und die Hofgesellschaft ließ die Becher kreisen.

»Kommt doch zu uns an die Tafel, Spielmann, und singt und spielt uns etwas Heiteres vor«, forderte Heinrich den Sänger auf und der ließ sich nicht lange bitten.

Da richtete Vater Berchtold das Wort an ihn und fragte in sentimentaler Bierlaune:

»Giacomo, Ihr stammt zwar aus der Nähe von Florenz, aber sagt, kennt Ihr auch Lieder aus der Gegend von Sankt Gallen und dem Kostritzer See?«

Der glutäugige Sänger aus dem Süden nickte und wandte sich daraufhin offen an Frau Irmintraut, die ihm – alle außer der Königin wussten davon – schon seit Längerem schöne Augen machte:

Schwarzbraun sind die Haselnüss,
und schwarzbraun bin auch ich;
und wenn mich eine lieben will,
dann muss sie sein wie ich.

Worauf Kunigundes Verwandte schlagfertig dagegenhielt und sang:

Sein Grund und Boden
pflanz ich nicht,
nach seiner Pfeife
tanz ich nicht.

»Das stammt alles aus der Gegend meines Heimatklosters Reichenau«, meinte der alte Mönch beglückt und wehmütig zugleich. König Heinrich, ebenfalls in heiterer Stimmung, legte den Arm um die Schulter seiner Gemahlin und trank ihr zu, während Signor Giacomo ein weiteres Liedchen anstimmte:

Ich pflück ein schönes Blümelein,
ich pflück es für mein' Maid.
Es ist ein wildes Röselein
und wächst auf grüner Heid.
Ach, du, mein liebes Mägdelein

bist meines Lebens Wonne,
und schau ich in dein Herz hinein,
dann lacht die liebe Sonne.
Bist meine Lieb' auf immer,
bin froh, dass ich dich hab,
will dich verlassen nimmer,
bis an mein kühles Grab.

Heinrichs Tischgenossen applaudierten und nur wenige sahen, wie Griseldis sich die Tränen abwischte. Sie waren ihr ungehemmt übers Gesicht gelaufen, als sie dieses Lied hörte, das Konrad ihr so oft vorgesungen hatte …

Plötzlich, als sie die Königin und daneben ihre Base sitzen sah – hell und dunkel, blond und schwarz, sanft und gefährlich, gut und … böse? – hatte sie unvermittelt ein Traumgesicht.

Auf einmal wusste die Heilerin, dass Kunigunde niemals ein Kind zur Welt brächte. Und sie erkannte auch ganz deutlich den Grund für die Unfruchtbarkeit der Königin. Ihre teuflische Verwandte war es, die eine Empfängnis mit allerlei Mitteln zu verhindern wusste. Und sollten diese nicht wirken und die Königin trotzdem guter Hoffnung sein, verabreichte ihr die »liebe Schwester« heimlich eine Arznei, die den Abbruch herbeiführte …

Griseldis erinnerte sich wieder an die in ihren Augen zwar lächerliche, aber dennoch grausige Szene in den Kellergewölben der Residenz in Regensburg. Im Geiste sah sie Irmintraut vor sich und deren unheimliche Vertraute, Doña Maddalena, wie sie gemeinsam das teuflische Verbrechen ausheckten und gewissenlos an einer wächsernen Puppe, dem sogenannten ›Abbild‹, ausführten. Sie erglühte vor Zorn, aber gleichzeitig war ihr kalt vor Verzweiflung, denn sie besaß noch immer keinerlei Beweise für ihr Wissen.

Dann veränderte sich die Szene in ihrer Vision: Griseldis sah sich selbst als alte Frau. Gleichzeitig besaß sie die traurige Gewissheit, dass auch ihr das Mutterglück niemals zuteilwerden würde: War sie doch wie die Königin ein Baum, der zwar in seiner Jugend aufs Beste gedieh und blühte, später aber niemals Früchte tragen sollte …

Bei aller Kurzweil und Vergnüglichkeit des Abends, letzten Endes kam der König immer auf das Reich und seine Schwierigkeiten zurück.

»Im Augenblick herrscht zwar Ruhe an der Ostgrenze des Landes. Doch Boleslaw Chrobry hält nur deshalb Frieden, weil er damit beschäftigt ist, sich den Großfürsten von Russland vom Leib zu halten.«

»Die heikle Lage in Italien muss auch möglichst bald in unserem Sinne bereinigt werden, Herr«, erinnerte ihn Herr Eberhard an die Probleme im Süden, jenseits der Alpen, wo Gegenkönig Arduin dreist das Zepter schwang. Worauf Bischof Gottfried von Freising bitter anmerkte:

»Leider ist auch der gegenwärtige Heilige Vater nur eine Marionette der deutschfeindlichen Partei Italiens. Auf den Papst können wir also nicht zählen – im Gegenteil.«

»Du siehst, Regieren ist nicht so einfach«, wandte sich Herr Heinrich an seinen Bruder Brun. Dieser, noch ein Jüngling und dem König äußerlich sehr ähnlich, saß aufmerksam dabei und ließ sich kein Wort der Älteren entgehen.

Danach erwähnte die Königin einen Verwandten, dem soeben seine Gemahlin die fünfte Tochter geboren hatte.

»Was, nur Mädchen hat Euer Oheim?«, fragte der Theologiestudiosus Brun ein wenig unbedacht und vorlaut seine Schwägerin.

»Was heißt ›nur‹?«, hakte der König ein. »Ich würde mich

glücklich schätzen, wenigstens weibliche Nachkommen zu haben.« Heinrichs eben noch so heiteres Gesicht verzog sich vor schmerzlicher Enttäuschung.

Ohne dass sie es verhindern konnte, stiegen der Herrscherin Tränen in die Augen. Ehe sie ihr übers Antlitz strömen konnten, erhob sie sich rasch. Sie wollte die entspannte Stimmung und gute Laune der Anwesenden nicht zerstören.

»Kommt, Herr Heinrich, es ist spät geworden«, sagte sie zum König. »Wollen wir uns zur Ruhe begeben.« Kunigunde war um ein Lächeln bemüht. »Viel Arbeit erwartet Euch morgen wieder, mein Gemahl. Gute Nacht und GOTTES Segen Euch allen.«

Der König war sofort aufgestanden und reichte ihr den Arm. Gemeinsam verließen sie die Halle.

»Das Einzige, was beiden noch fehlt, ist ein Kind«, sagte laut die ältliche Dame Luitgard, Kunigundes ehemalige Amme. »Gebe GOTT, dass er doch noch ihre Bitten erfüllt.«

»Amen«, pflichteten ihr Vater Berchtold und die allermeisten inbrünstig bei. Dann leerte die Gesellschaft ihre Gläser, Becher und Humpen und verließ nach und nach den Saal, um sich zur Nachtruhe zurückzuziehen. Als eine der Ersten war Griseldis gegangen.

Nur der alte Benediktiner saß noch eine Weile allein am Tisch und starrte nachdenklich in die langsam verlöschende Glut im mächtigen Kamin. Mit Erschrecken hatte er den Blick aufgefangen, den Irmintraut ihrer Verwandten zugeworfen hatte, als diese sich mit dem König an ihrer Seite in die Intimität ihres Schlafgemachs zurückzog.

Für den Bruchteil eines Augenblicks hatte er geglaubt, in Frau Irmintrauts Seele blicken zu können. Und was er da erspäht hatte, war keineswegs schwesterliche Zuneigung oder Liebe gewesen. Im Gegenteil, er war Neid, Missgunst, Eifersucht und mörderischem Hass begegnet …

Nur für Sekunden waren diese Gefühle in den Augen der schönen Frau aufgeblitzt und zum ersten Mal hatte ihm die Wahrheit gedämmert, dass die Base selbst ein Auge auf den König geworfen hatte.

›Alles, nur das nicht‹, flehte er stumm. ›Dieses Weib würde alles tun, um ans Ziel seiner Wünsche zu gelangen. Keine Gemeinheit wäre Irmintraut zu groß, keine Intrige zu schmutzig, um ihre königliche Rivalin aus dem Feld zu schlagen. Ich werde künftig die Königin noch besser zu behüten versuchen, damit ihr kein Leid geschieht‹, nahm Berchtold sich vor.

Außerdem würde er versuchen, Kunigunde für die Dienste der Heilerin Griseldis zu erwärmen. Möglicherweise wusste *sie* tatsächlich, wie die Königin endlich Mutter werden könnte.

Mit diesen Gedanken erhob sich Vater Berchtold schwerfällig. Auch er verließ jetzt müde die Halle, um sein Lager für die Nacht aufzusuchen, während ein paar emsige Diener den großen Raum ausfegten und die Glut im Kamin sorgsam löschten.

KAPITEL 50

BEREITS DER VERSUCH, sich in böswilliger Absicht dem König mit einem Dolch zu nähern, galt als Mord und damit als todeswürdiges Verbrechen. Ein offensichtlich schwachsinniger junger Mann hatte ausgesagt, dass ihm – ausgerechnet! – der heilige Joseph den Befehl erteilt habe, sich auf den König zu stürzen und ihn mit der Stichwaffe zu durchbohren.

Man hatte den Täter gerade noch rechtzeitig zurückreißen können. Den Anklägern war es nicht gelungen, ihm die Zugehörigkeit zu einer Verschwörerbande nachzuweisen. Auch war weder ein politisches Motiv noch ein persönliches zu erkennen gewesen – höchstens ein recht bizarr religiöses.

Der verhinderte Attentäter sollte nun an einem Frühsommertag des Jahres 1010 in Mainz auf dem Domplatz hingerichtet werden. Ein Priester verlas laut vor den zahlreichen Zuschauern seine Freveltat und kündigte die Strafe an. Anschließend forderte er ihn auf, zu bereuen und den König um Verzeihung zu bitten. Der Verurteilte tat dies ohne Zögern.

Griseldis sah, wie der Jüngling bereitwillig auf der hölzernen Plattform niederkniete und mit beinahe kindlicher Stimme ausrief: »Ich bereue aufrichtig meine Schuld, die mir GOTT, der HERR und mein irdischer Herr, König Heinrich, vergeben mögen.«

Daraufhin wiederholte der Geistliche der Hildesheimer Domschule noch einmal das Urteil, um auszudrücken, dass sich trotz der Reue des Delinquenten am Strafmaß nichts geändert hatte. Er machte das Kreuzzeichen über ihm und wandte sich dann zu Graf Gernot, einen Bruder der Königin, der als Stellvertreter für König Heinrich bei der Hinrichtung anwesend war.

Dieser erhob sich und rief mit über den Domplatz donnernder Stimme: »Henker von Mainz, möget Ihr nun im Namen des lebendigen GOTTES und Eures irdischen Herrn, König Heinrichs, Eures Amtes walten!«

Griseldis fühlte sich sehr unwohl. Ausgesprochenes Missbehagen verursachte ihr nicht nur die Hinrichtung in aller Öffentlichkeit – ganz Mainz schien zugegen zu sein, dazu viele hohe weltliche und geistliche Herren aus dem Reich.

›Mir verdankt der Todgeweihte seine Verurteilung‹, dachte sie schaudernd, ›*ich* bin es doch gewesen, die sich ihm genähert und ihm den Dolch aus der Hand geschlagen hat, um das

Attentat auf Heinrich zu vereiteln. Und als er fliehen wollte, habe *ich* ihm ein Bein gestellt, so dass er stolperte und die Wachen des Königs ihn fassen konnten.‹

Sie hatte dem König damit das Leben gerettet; dennoch lastete die Tatsache schwer auf ihrer Seele, dass sie damit das Todesurteil über diesen offenbar geistesschwachen Jüngling verhängt hatte.

›Was hätte ich anderes tun sollen?‹, versuchte sie sich zum hundertsten Male vor sich selbst zu rechtfertigen. ›Hätte ich nicht eingegriffen, wäre Heinrich vermutlich tot. Den Täter hätte man dann auf jeden Fall ergriffen und zum Tode verurteilt.‹

Griseldis sah sich um. Ein böiger Wind trieb die Blüten der Lindenbäume über die Mauern des Klostergartens und ließ die Hauben der verheirateten Frauen flattern wie die Flügel von Schwänen. Die Menschen waren aufgeregt und voller Erwartung. Es herrschte eine Stimmung wie vor einem Mysterienspiel auf dem Domplatz. In den schmalen, ungepflasterten Gassen von Mogontiacum, so der Name des ehemaligen römischen Militärlagers Mainz, herrschte dichtes Gedränge. Händler boten laut schreiend ihre Waren feil; in den Baumwipfeln und auf den spitzen Dachgiebeln der Fachwerkhäuser oder Lehmhütten saßen junge Burschen und riefen den Frauen und Mädchen dreiste Scherze zu.

»Bloßes Enthaupten, wie es bei Mord und Mordversuch an Adligen üblich ist, oder Hängen für das einfache Volk reicht dieses Mal nicht aus, um der Schwere des Vergehens gerecht zu werden«, hörte Griseldis einen, seinem Aussehen nach wohlhabenden Mainzer Bürger zu seinen Begleitern sagen. Alle Zuschauer schienen mit dem überaus harten Urteil einverstanden zu sein.

Zuerst würde man den Mann brandmarken und ihm dann

die rechte Hand, die den Dolch gezückt hatte, abhacken. Danach sollte er gerädert und anschließend enthauptet werden.

Griseldis graute vor dem blutigen Spektakel. Vater Berchtold, der ihre Gefühle ahnte, drückte beruhigend ihren Arm.

»Der Delinquent hat noch Glück«, raunte er ihr zu. »In England etwa würde man ihn lebend *vierteilen*. Das bedeutet, er würde durch vier wilde Rösser, an die man ihn mit Armen und Beinen ankettet, zerrissen werden, indem man die Tiere mit Peitschenhieben in alle vier Windrichtungen auseinandertreibt. Hierzulande kennt man diese grausame Art der Hinrichtung nicht.«

Der Verurteilte stand mit einem langen Hemd bekleidet oben auf der Plattform; er war barhäuptig, trug einen Kälberstrick um den Hals und hatte die Hände auf dem Rücken gefesselt. Der Henker, mit rotem Gewand und einer Maske vor dem Gesicht, die nur Augen und Mund sehen ließ, nahm ihm eben die Fesseln ab.

»Meister Balduin geht einem Gewerbe nach, das noch nicht lange und noch nicht in allen Gegenden des Reiches üblich ist«, erklärte der Benediktiner der Heilerin. »Früher oblag es dem Sieger eines Rechtsstreits, seinen unterlegenen Kontrahenten zu züchtigen – und ihn gegebenenfalls auch hinzurichten. Aber in den Städten, wo jedes Handwerk seine eigene Ausbildung genießt, wird auch die Tätigkeit des Nachrichters zu einem Lehrberuf gemacht. Es wäre ja auch eines Königs nicht würdig, einen gemeinen Verbrecher hinzurichten, nicht wahr? Allerdings ist das Henkerdasein kein ehrbares Gewerbe und der Ausübende wird zwar gefürchtet, genießt aber kein Ansehen, sondern wird von allen verachtet.«

Vor dem Dom waren für die vornehmen Mainzer Bürger Bänke in langen Reihen aufgestellt worden, auch für die Mönche und Nonnen der Klöster. Für die zahlreichen Kinder hatte man am Fuß der Tribüne Platz geschaffen. Das Schauspiel der Aburteilung dieses Täters galt als lehrreich und erzieherisch sehr wertvoll.

In der ersten Reihe saßen nicht weniger als drei Bischöfe: die geistlichen Oberhirten von Fulda und Paderborn sowie Herr Willigis, der Erzbischof von Mainz, in großem Ornat mit bestickter Mitra und vergoldetem Hirtenstab.

Neben Äbten und Äbtissinnen waren Archidiakone und Priore anwesend, Domherren, Prälaten und Vikare und hinter ihnen drängten sich in ihren schwarzen Soutanen oder einfachen Mönchskutten eine Anzahl von geistlichen Doctores der Jurisprudenz, während die weltlichen sich in lange, schwarze Talare gehüllt hatten und auf dem Kopf ein schwarzes Barett aus Seide trugen.

Das bunt zusammengewürfelte Volk, das hinter den Bänken stehend seinen Platz gefunden hatte, stieß sich mit den Ellenbogen an und machte einander auf die hohen Herrschaften aufmerksam. Sie waren in seinen Augen fast noch interessanter als der schäbige Delinquent.

Selten genug, dass die Männer und Weiber von Mainz so viele Persönlichkeiten des Reiches auf einmal in ihren Mauern begaffen konnten.

Zwischen den violetten Roben zahlreicher Bischöfe konnte die Heilerin jetzt einen großen, hageren Mann im purpurroten Gewand erkennen. Sein scharf geschnittenes, bleiches Gesicht war ihr bekannt als das des Erzbischofs von Köln.

»Herr Heribert ist der wichtigste Kirchenmann und zugleich der Erzkanzler des Reiches – nur Herr Willigis könnte ihm den Rang streitig machen«, flüsterte Vater Berchtold Griseldis ins Ohr. »Er ist ein mächtiger Herr, stolz und streng, aber wie man sagt auch gerecht und fromm.«

Griseldis reckte den Hals, um den Erzbischof, der von einer

Schar geistlicher Würdenträger und vornehmer Höflinge umringt war, genau zu sehen. Was sie selbst über den Kirchenfürsten gehört hatte, deckte sich nicht ganz mit der Einschätzung des Paters.

Hochfahrend, nachtragend und eingebildet sollte Herr Heribert sein – und durchaus nicht selten in bösem Streit mit seinen Kölner Schäflein …

Danach richtete die Heilerin erneut den Blick auf den jugendlichen Attentäter. Er hatte blaurote Schwellungen im Gesicht, die von den Misshandlungen durch rohe Kerkerwächter zeugten. Den Mund, der seltsam faltig erschien, hielt er fest geschlossen. Griseldis vermutete, dass man ihm während des strengen Verhörs die meisten Zähne ausgeschlagen hatte.

In seinem knochigen Gesicht brannten zwei tiefliegende Augen, die weder von der Priesterschar noch von den grinsenden Wächtern und der aufgeregten Menge Notiz nahmen.

Auf dem weiten Rund vor dem Dom wurde es auf einmal still, sogar die Glocken schwiegen. Graf Gernot, hochgewachsen und blond gelockt, gewandet in einen blauen Samtmantel mit Goldbordüren über einem silbrig glänzenden Kettenhemd, sowie die Kirchenfürsten in ihren bestickten Umhängen und den mit Edelsteinen geschmückten Mitren verharrten reglos wie Marmorfiguren mit starren, unversöhnlichen Gesichtern.

Griseldis wusste, dass der Kanzler Eberhard mit lebhafter Unterstützung der Königin versucht hatte, den Herrscher dazu zu bewegen, den offenbar geistig kranken Jüngling zwar zu verurteilen, ihn aber dann zu lebenslanger Haft bei Wasser und Brot zu begnadigen. Auch die Patres Berchtold und Odo sowie sie selbst hatten sich für diesen Vorschlag nachhaltig ins Zeug gelegt.

»Die Menschen werden Euch als streng und gerecht, aber

auch als gütig und barmherzig preisen, Herr«, hatten die Mönche zu bedenken gegeben. Aber der König hatte wieder unter seinen Blasensteinen gelitten und insofern war der Zeitpunkt der Petition schlecht gewählt gewesen.

Erst als ihm Griseldis ihre Hände aufgelegt und ihn wieder einmal von den quälenden Schmerzen befreit hatte, hatte er sich als Zeichen seiner Milde dazu bereitgefunden, dem Henker nach der Brandmarkung und dem Abhauen der Hand zu gestatten, den Attentäter rasch und unauffällig zu erdrosseln, ehe er ihm die Knochen zerschlug, ihn aufs Rad band und schließlich enthauptete.

Meister Balduin, der Henker, war ein großer, massiger und breitschultriger Mann. Er hatte sich mit beiden Händen auf das lange, beidseitig geschliffene Richtschwert, das Zeichen seiner nachrichterlichen Gewalt, gestützt. Diese schwere Waffe legte er nun sorgfältig beiseite, trat auf sein Opfer zu und sagte mit lauter Stimme:

»Ich bitte Euch, verflucht mich nicht für das, was ich Euch jetzt antun werde. Ich erfülle nur meine Pflicht als Nachrichter – das Urteil selbst habe ich nicht zu verantworten. Ich vollstrecke nur, was andere so beschlossen haben.«

Nachdem Meister Balduin diese Worte gesprochen hatte, reichte er dem jungen Mann unauffällig einen Becher und forderte ihn leise auf:

»Trinkt schnell. Das Gebräu wird Eure Pein um einiges vermindern.« Daraufhin stürzte der Verurteilte ohne Widerrede den Inhalt des Bechers hinunter.

Griseldis, die Henker Balduins Worte von dessen Lippen abgelesen hatte, war angenehm überrascht. Die Bischöfe und anderen hohen Herren hingegen blickten einander befremdet an. Diese Vergünstigung war zwar hin und wieder üblich, dieses Mal aber vorher nicht angekündigt worden. Vater Berchtold, der mit der Heilerin mitten unter den Vornehmen saß, klärte sie über den Vorfall auf:

»Unsere Königin hat diesen Wunsch ausdrücklich geäußert.«

Wie unschwer an den Gesichtern abzulesen war, wurde dieser Gnadenbeweis der Herrscherin von den geistlichen wie den weltlichen Würdenträgern höchst unterschiedlich aufgenommen. Die Reaktionen reichten von gleichgültigem Einverständnis bis zu schroffer Ablehnung. Aber zu protestieren wagte niemand – ein Einwand wäre ja auch zu spät gekommen.

Auf ein unsichtbares Kommando hin hatten die Kirchenglocken mit ihrem Gedröhn wieder eingesetzt. So war von dem Delinquenten kein Laut zu hören, als der Henker ihm die Rechte mit einem Handbeil abschlug, den Armstumpf in siedendheißes Öl tauchte und ihn anschließend an der Schulter mit dem glühenden Brandeisen zeichnete.

Viele Zuschauer, die es liebten, wenn die Opfer ordentlich vor Schmerz aufbrüllten, waren enttäuscht – hatten sie sich gerade von dieser Hinrichtung Spektakuläreres erwartet.

Das anschließende Brechen der Halswirbel durch Meister Balduin ging so schnell vonstatten, dass die wenigsten überhaupt mitbekamen, dass der Henker einem bereits Toten die Gebeine zertrümmerte.

Als das Rädern und die Enthauptung vorbei waren, warfen die groben Henkersknechte Kopf und Rumpf sowie die abgehauene Hand auf den Schinderkarren und legten eine alte Decke darüber, um die Schmeißfliegen abzuhalten. Ein müder Karrengaul zog die grausige Fracht zu einer Stelle vor der Stadtmauer von Mainz, wo man sie unauffällig auf dem Schindanger verscharren würde.

KAPITEL 51

KURZ NACH DER Hinrichtung wurde in Mainz eine Synode abgehalten, auf der neben dem König auch Bischof Heinrich von Würzburg anwesend war. Die Neugründung des Bistums Bamberg kam zur Sprache und alle Versammelten erteilten ihre Zustimmung. Auch der Würzburger Bischof widersprach nicht – erhoffte er sich doch einige Vorteile für sich.

Noch einmal hatte ihm der König in Anwesenheit seiner Gemahlin und seiner Heilerin vorgegaukelt, als Entschädigung für seine erheblichen Gebietsabtretungen würde er sich dafür einsetzen, das Bistum Würzburg zum Erzbistum zu erheben.

König Heinrich schickte von Mainz aus umgehend Botschaft an den Heiligen Stuhl in Rom, dass niemand Einwände gegen seinen Plan erhoben habe.

Danach begab Herr Heinrich sich mit dem Bischof in die alte Kaiserstadt Aachen. Dort sollte die Einweihung einer ganz besonderen Kanzel stattfinden.

»Unser Herr hat diese Kanzel als Sühnegeschenk herstellen lassen«, flüsterte Vater Berchtold der Heilerin zu. Aber ganz so leise sprach der alte Mönch wohl nicht, denn alle Anwesenden im Dom und in der oktogonalen Pfalzkapelle konnten ihn hören. Der Benediktiner aber merkte es nicht und redete munter weiter.

»Im Jahre 1002 hat Herr Heinrich beim Leichenzug Kaiser Ottos III. durch unseren Überfall vor der Stadt Augsburg nicht nur die Reichskleinodien in seine Gewalt gebracht, sondern zugleich auch Teile des ottonischen Schatzes.«

Griseldis versuchte, den Benediktiner dazu zu bewegen, entweder leiser zu sprechen oder am besten überhaupt den Mund zu halten, aber Vater Berchtold stellte sich taub und tat, als verstünde er ihre Bemühungen nicht.

Griseldis beschlich daraufhin der Verdacht, dass der alte Fuchs im Mönchshabit genau wusste, was er tat. ›Er will offenbar, dass alle hören, was er zu sagen hat. Vielleicht sieht er das als kleine, aber notwendige Buße für seinen Schützling an? Zum Glück ist der König noch nicht anwesend.‹

Sie erinnerte sich daran, dass Vater Berchtold ihr einst erzählt hatte, wie sehr er damals auf seinen Herrn eingeredet hatte, dass dieser die *persönlichen* Schätze des Verstorbenen herausgeben müsste. Nach des Paters Dafürhalten hatte der Streich mit den Reichsinsignien genügt.

»Betrachtet die orientalischen Preziosen auf dem kostbaren Ambo. Sie stammen vermutlich aus der Morgengabe der byzantinischen Fürstentochter Theophanu, der Mutter Kaiser Ottos III.«, redete der alte Mönch ungeniert weiter.

Die Aufmerksamkeit aller war ihm jetzt sicher, aber Vater Berchtold tat, als spräche er allein zu Griseldis. Erschrocken machte die junge Frau die Entdeckung, dass auch König Heinrich unter den Zuhörern war. Doch als sie sah, wie der Herrscher verhalten lächelte, atmete sie erleichtert auf.

»Geht nur näher heran und betrachtet die herrlichen Verzierungen an der prächtigen Kanzel. Es sind Schachfiguren aus Achat und Chalzedon und sie sollen ein Indiz dafür sein, dass die schöne Byzantinerin einst das Schachspiel ins Abendland gebracht hat.

Und die antiken Elfenbeinfiguren aus dem 6. Jahrhundert zeigen gar die Darstellung ägyptischer Götter.«

Das allerdings überraschte nicht nur Griseldis. Heidnische Götter auf einem Ambo in einer christlichen Kirche? Und gar im Dom Kaiser Karls des Großen, des Heiligen? Alle Umstehenden machten jetzt lange Hälse, um das Unerhörte mit eigenen Augen wahrzunehmen.

»Schaut nur, die gekrönte Isis trägt in der linken Hand ein Tempelchen mit Horus, ihrem Sohn. Es handelt sich *keineswegs* um eine Darstellung der Gottesmutter Maria mit dem Jesuskind. Das einfache Volk aber mag es ruhig glauben.«

»Bei der unbekleideten Figur des römischen Gottes Bacchus wird sogar das Tabu der Nacktheit in christlichen Kirchen aufgehoben«, ließ sich jetzt der Abt eines nahe gelegenen Klosters vernehmen. Griseldis hörte deutlich seine offensichtliche Missbilligung heraus.

Vater Odo fand es nun an der Zeit, sich in das Gespräch einzuschalten: Auf keinen Fall solle Zwietracht bei diesem ganz besonderen Anlass aufkommen!

»Man kann daraus die Wertschätzung dieser kostbaren morgenländischen Kunstwerke durch unseren König ersehen. Ebenso verhält es sich mit dieser Achatschale und der verzierten Tasse samt Untertasse aus Bergkristall auf der Brüstung der Kanzel«, versuchte der junge Benediktiner von den heiklen Punkten abzulenken.

Griseldis vermochte nur zu staunen über diesen herrlichen, im Volk bald ›Heinrichskanzel‹ genannten, vergoldeten Ambo, welcher von nun an der Verkündigung des Evangeliums dienen sollte.

Ehe Erzbischof Heribert die Einweihung vornahm, forderte Vater Berchtold seine Zuhörer auf, ihre Augen aufmerksam dem Hauptaltar zuzuwenden.

»Ihm ist neuerdings eine goldene Tafel vorgesetzt, eine sogenannte *Pala d'oro*. In der Mitte erkennt Ihr den Erlöser, zu beiden Seiten die Gottesmutter und den Erzengel Michael. Außen herum sind zehn Reliefs angebracht, welche die Leidensgeschichte unseres HERRN, JESUS CHRISTUS, zeigen. Dazwischen, von Kreisen umrahmt, sieht man die Symbole der vier Evangelisten.

Der verstorbene Kaiser Otto III. hat diese Tafel noch gestiftet, aber unser frommer König Heinrich hat sie anfertigen lassen.«

Den letzten Satz sprach er besonders laut und mit einem Lächeln nickte er dem Herrscher zu – wobei er so tat, als hätte er Herrn Heinrich eben erst bemerkt.

Alle konnten sehen, dass der König ihm nichts übel genommen hatte, denn dieser warf ihm einen freundlichen Blick zu. Augenblicklich erschien nun der Erzbischof, begleitet von einer Anzahl von Priestern und Ministranten in weiß-roten Chorröcken, und die feierliche Einweihungsmesse konnte beginnen.

›Seltsam befreit wirkt der König. Anscheinend lastete die Schuld jenes räuberischen Übergriffs von damals doch schwerer auf seinen Schultern, als alle gedacht hatten.‹ Die Heilerin warf noch einmal einen wohlwollenden, beinahe zärtlichen Blick auf den schräg vor ihr knienden Herrscher – so wie etwa eine liebende Mutter ihren Sohn ansehen würde, der dabei war, ein längst vergangenes Unrecht wiedergutzumachen. Dann widmete sie ihre gesamte Aufmerksamkeit der Festmesse.

»Vom Heiligen Vater kam heute die gnädige Einwilligung zur Bistumsgründung«, rief Vater Berchtold schon von Weitem, als er die Medica auf dem Weg zur Königin antraf. Der alte Mann lächelte triumphierend und wartete auf die junge Frau.

»Weshalb hätte der Papst sich auch dagegen aussprechen sollen?«, fragte er dann. »Rom entstehen dadurch weder Kosten noch irgendwelche Nachteile. Auch Königin Kunigunde hatte ihre Einwilligung gegeben. Sie ist ja bekanntlich durch die Pfalz von Kassel reichlich entschädigt worden.«

›Wie wird wohl der genasführte Bischof reagieren?‹, fragte sich Griseldis im Stillen.

Als alle Dokumente auf dem Tisch lagen und bereits unterzeichnet waren, bemerkte Bischof Heinrich endlich, dass von einer Beförderung Würzburgs zum Erzbistum keine Rede sein konnte. Wohl oder übel musste der Kirchenfürst einsehen, dass seine Hoffnungen von König Heinrich schmählich betrogen worden waren.

Griseldis, die dem Herrscher einige Tage später erneut ihre heilenden Hände auf den von Schmerzen gepeinigten Leib legen musste, erzählte er nach erfolgreicher Beseitigung seiner Kolik lachend von seinem Streich, den er dem Bischof so trefflich gespielt habe.

›Der König ist sich gar nicht bewusst, dass er sich wie ein Betrüger verhalten hat‹, dachte Griseldis verblüfft. ›Er zeigt nicht die geringste Spur von Reue oder Verlegenheit.‹

Zum wiederholten Male kam ihr zu Bewusstsein, welch zwiespältiger Charakter dem König doch zu eigen war. Dennoch liebte sie ihn ebenso wie Vater Berchtold; sie hätte Herrn Heinrich gegen die ganze Welt verteidigt, falls es nötig gewesen wäre …

Ganz so leicht, wie Heinrich es sich gedacht hatte, war es dann doch nicht. Der gekränkte Bischof von Würzburg protestierte scharf und zog verärgert seine Einwilligung zur Errichtung des Bamberger Bistums zurück.

Am 1. November 1010 sollte in Frankfurt am Main eine große Kirchenversammlung die endgültige Entscheidung bringen. Den Vorsitz würde Erzbischof Willigis von Mainz innehaben, da der Erzkanzler der Reiches, Herr Heribert von Köln, schwer erkrankt war. Das war von vornherein ein Vorteil für den Herrscher, da Herr Willigis seit jeher auf Seiten König Heinrichs gestanden hatte.

»Fast alle deutschen Bischöfe werden anwesend sein«, betonte der alte Mönch mit Befriedigung. »Dazu einige aus Burgund, Italien und sogar aus Ungarn. Unser Herr wird sich mit seinem Anliegen schon noch durchsetzen.«

KAPITEL 52

VATER BERCHTOLD LIESS es sich nicht nehmen, seinen Herrn zu begleiten. Er würde Frau Griseldis, die einer schweren fiebrigen Erkältung wegen das Bett hütete, genauestens Bericht erstatten.

»Für diesen besonderen Tag hat König Heinrich sich mit besonderer Sorgfalt ankleiden lassen: Sein Untergewand bestand aus feinstem, schneeweißem Leinen, die Beine umhüllten fein gestrickte Strümpfe aus zartester Lammwolle. Darüber trug Herr Heinrich ein mit Goldfäden durchwirktes, blaues Seidengewand, gegürtet mit einem breiten, mit Goldnieten verzierten Gürtel und dem mit kostbaren Juwelen besetzten Schwertgehänge.

Seine Füße steckten in schwarzen Samtschuhen, die mit Edelsteinen geschmückt waren.«

Griseldis lauschte hingerissen, als eine junge Hofdame ihr das Schreiben des Benediktiners vorlas. Immer noch lag sie mit erhöhter Temperatur zu Bett, wollte sich aber kein Detail entgehen lassen. Wie schön musste der König ausgesehen haben und wie erhaben! Wie gerne wäre sie dabei gewesen …

»Die roten Pantoffeln stehen Heinrich erst dann zu, wenn er die Kaiserkrone trägt«, flüsterte Pater Berchtold dem jungen Odo zu, der ihm hilfreich seinen Arm gereicht hatte. Der alte Mönch wurde immer gebrechlicher und war froh, sich auf seinen kräftigen Ordensbruder stützen zu dürfen.

Über seine aufwändige Kleidung hatte der König noch den Königsmantel aus rotem Samt mit wertvollem Hermelinbesatz geworfen, den ihm sein Oberster Kammerdiener, Herr Björn, feierlich gereicht hatte. Sicherheitshalber steckte dieser den kostbaren Umhang mit einer goldenen, mit Edelsteinen verzierten Fibel an Heinrichs linker Schulter zusammen.

Auf des Herrschers Haupt prangte die Königskrone. Heinrich hatte sich ganz bewusst für den feierlichsten Ornat entschieden.

»Ich will die Anwesenden beeindrucken mit meiner königlichen Macht«, hatte er bereits am Morgen vor der Frühmesse seinem alten Berater Berchtold gestanden. »Die Herren sollen sehen, dass ich zwar ein demütiger Bittsteller bin, aber immerhin ein königlicher.«

Kurz nach dem Aufstehen hatte Heinrichs Leibbarbier mit Kamm, Schere und Brenneisen sein Werk an des Königs Haar- und Barttracht vollbracht. Sein dicht gelocktes, braunes Haar trug Heinrich knapp schulterlang und aus seinem Kinnbart war mittlerweile ein respektabler Vollbart geworden, den der Barbier heute besonders sorgfältig mit dem Brenneisen gekräuselt hatte.

Auch die Herren aus dem geistlichen Stande hatten sich dem Anlass entsprechend herausgeputzt: Zu bestickter Leinenunterkleidung trugen sie kostbare Beinkleider und Seidenwämser, darüber Samtmäntel und auf dem Kopf die mit Edelsteinen verzierten Mitren.

Nur Kapellan Berengar, als Vertreter des beleidigt daheimgebliebenen Würzburger Bischofs, war in bescheidener, schwarzer Seidensoutane erschienen. Gleich zu Anfang warf sich Herr Berengar in die Brust:

»Es kann ja wohl nicht sein, dass mein Herr, Bischof Heinrich von Würzburg, Einbußen erleidet durch die Gründung eines neuen Bistums, das wir überhaupt nicht brauchen«, sagte er.

Daraufhin wurden jene Privilegien des Würzburgers, die durch ein neues Bistum geschmälert oder gar aufgehoben würden, laut verlesen. Jedes Mal, wenn der König während dieser Aufzählung die Richter bedenklich in ihrer Meinung schwanken sah, warf er sich zur Erde nieder und demütigte sich so vor allen Anwesenden.

Und immer wieder eilte Herr Willigis von Mainz zum König und half ihm wieder auf. Ein äußerst kluger Schachzug, der seine Wirkung auf die Kirchenmänner auf die Dauer nicht verfehlte, zumal dem König ausgezeichnete Argumente zu Gebote standen.

Nach seiner Rückkehr hatte Pater Berchtold Griseldis, die mittlerweile wieder genesen war, viel zu erzählen.

»Den Protest von Bischof Heinrich von Würzburg wischte der König vom Tisch mit der Begründung, der Kirchenfürst habe ja bereits seine Zustimmung erteilt. Er wolle jetzt nur von ihr aus Eigennutz zurücktreten, indem er eine Beförderung verlange, die ihm der König gar nicht gewähren könne, da sie Sache des Papstes sei.

Vielen hat das sofort eingeleuchtet, aber dennoch war die Meinung der Versammelten gespalten. Etliche Mitglieder der hohen Geistlichkeit sahen die Notwendigkeit einer neuen Bistumsgründung auch nicht ein: Würzburg könne doch alle Aufgaben ebenso gut erfüllen.

Aber da hakte der König sofort ein und fragte, warum dieses gottgefällige Werk bis heute unterblieben sei. Wie stehe es außerdem mit der längst fälligen Heidenmission und weshalb seien die dort lebenden Wenden immer noch nicht bekehrt, wollte er wissen.

Kapellan Berengar wusste darauf keine befriedigende Antwort. Er stotterte herum, ehe er schließlich mit betretener Miene verstummte.«

Vater Berchtold schmunzelte beim Gedanken an die Mainzer Ereignisse. Griseldis schaute mit Spannung auf den alten Mann, der sich prächtig amüsiert zu haben schien. Sie gab ihm jedoch zu bedenken:

»Manche der Herren Bischöfe und Erzbischöfe empfinden den König gewiss als zu eigenmächtig in kirchlichen Dingen und hätten ihm wohl ganz gern einen Denkzettel verpasst. Aber wie sollten sie einem Herrscher etwas abschlagen, worum er sie in aller Demut kniefällig gebeten hat? Und was er, ganz nebenbei gesagt, aus seiner eigenen Tasche bezahlt?«

Sie konnte sich die Szene mit dem demütig zu Boden gesunkenen Heinrich sehr gut vorstellen … War sie doch selbst des Öfteren Zeugin geworden, wie der König es geschafft hatte, Vertreter der Gegenpartei für sich zu gewinnen.

»Der König hatte in dem Augenblick so gut wie gesiegt«, fuhr der Benediktiner fort, »als sich Erzbischof Willigis von Mainz ganz offen auf seine Seite schlug. Allmählich ließen sich auch die übrigen geistlichen Herren ihre Zustimmung abringen.

Diesmal wurde also endgültig die Gründungsurkunde des Bistums Bamberg unterzeichnet. Tief enttäuscht und verstimmt reiste Kapellan Berengar nach Würzburg ab, um seinem Bischof von der Niederlage zu berichten.«

Noch am selben Tag hatte der König seinen Kanzler, den Grafen Eberhard, im neuen Bistum Bamberg als Bischof eingesetzt. Erzbischof Willigis, der alte Parteigänger Herrn Heinrichs, erteilte dem neuen Bischof nach zwei Wochen in Bamberg die feierliche Weihe. Es wurde ein prächtiges Fest, dem eine strahlend schöne Königin seinen besonderen Glanz verlieh.

Frau Kunigunde trug ein langes Unterkleid, eine sogenannte Cotte, mit engen Ärmeln aus edelster, fein gesponnener himmelblauer Seide mit Stickereien aus Silberfäden am Hals und an den Ärmelabschlüssen. Darüber hatte sie einen weißen Surkôt, einen ärmellosen Überrock, angezogen, welcher mit Edelsteinen besetzt und seitlich unter den Armen mit zarten Bändern verschnürt war. Dazu trug die Königin blaue Pantöffelchen aus Seide und auf dem Haupt mit dem üppigen, hochgesteckten Blondhaar saß ein goldener Reif, besetzt mit kostbaren Juwelen.

»Die Königin war unbestritten die schönste Dame des Hofes«, schwärmte noch Tage später Pater Berchtold, der neuerdings gebückt am Stock ging.

Der König erlebte nun schon eine über einen längeren Zeitraum hinweg anhaltende Schmerzfreiheit. Kein Nieren- und kein Blasenstein quälten ihn. Beinahe hegte der Herrscher die trügerische Zuversicht, sein Leiden auf Dauer überwunden zu haben.

So hatte die Witwe Griseldis Muße, sich ganz ihrem Projekt zu widmen, das seit einiger Zeit liegen geblieben war. Ihr Buch *Ars Medicinae* bedurfte noch der Illustrationen der betreffenden Heilpflanzen und der Instrumente, die man für die ärztlichen Behandlungen benötigte. Dabei handelte es sich um scharfrandige Löffel, die ein Medicus benutzte, um Eiter aus einer Wunde zu entfernen, oder die verschiedenen Haken aus

Metall, mittels derer man die Wundränder aufklappte und offen hielt, um eine Verletzung säubern zu können.

Das Wichtigste erschien Griseldis eine Erfindung aus dem fernen Osten zu sein, die über die Araber zu den Mauren nach Spanien gekommen und auf mancherlei Umwegen sogar nach Deutschland gefunden hatte – leider nur zu ganz wenigen Heilkundigen: ein zangenartiges Gerät, womit die Wehmütter versuchten, Kinder auf die Welt zu holen, die sich weigerten, auf normalem Wege ans Tageslicht zu gelangen.

Vater Berchtold beglückwünschte sie beinahe täglich zu ihrer segensreichen Unternehmung: »Dieses Werk wird sicher vielen Ärzten und Heilern eine große Hilfe sein, wenn sie es als leicht verständliches und noch dazu bebildertes Nachschlagewerk benützen können.«

KAPITEL 53

GRISELDIS BESASS DEN Ehrgeiz, auch das Papier der Buchseiten selbst herzustellen. Dazu fragte sie den Pater um Rat.

»Aber natürlich werde ich Euch helfen, mein Kind.« Vater Berchtold war beglückt, nun auch an der praktischen Herstellung des großartigen Projekts Anteil haben zu dürfen.

»Seit jeher liebe ich die Buchmacherei ganz besonders. Ich weiß alles über das Material, das üblicherweise als Untergrund für Bibeltexte mit prachtvoll verzierten Versalien und bunten Malereien sowie für königliche Urkunden dient«, sagte der alte Mann und rieb sich erfreut die Hände. Er war sichtlich in seinem Element.

Pergament selbst herzustellen, ehe es beschrieben und bemalt wurde, hatte er in seiner Jugendzeit auf der Insel Reichenau als junger Mönch gelernt. Dort war es der ganze Stolz eines jeden Klosterbruders gewesen, sein Pergament eigenhändig zu fertigen. Die Mönche verbrachten viele Stunden des Tages damit, in mühseliger Handarbeit mit Feder und Tinte ganze Bücher auf Pergament zu kopieren. Da kaum jemand lesen und schreiben konnte, war die Bewahrung des geschriebenen Wortes von großer Bedeutung.

»Nach der Regel des heiligen Benedikt, unseres verehrten Ordensgründers, wird jedem Mönch der Besitz einer eigenen Schreibfeder zugestanden. Ich war in meiner Jugend sehr geschickt darin, Bücher kunstvoll auszugestalten«, sagte der Mönch mit gewissem Stolz.

»Als Erstes besorgen wir uns das Fell eines Kalbes oder einer Ziege. Das schaben wir mit einem Messer ab und reinigen es vom Gröbsten, als da sind Haare, Blut und Fett.

Dann spannen wir die Haut auf und lassen sie erst einmal ein paar Tage trocknen. Hernach legen wir sie einige Zeit in Kalklauge ein, damit sich auch die letzten Fleischreste und Haare besser ablösen lassen. Keine Angst, meine Tochter, ich helfe Euch natürlich bei jedem Handgriff.«

So gingen der betagte Mönch und die junge Witwe am nächsten Markttag zu den Viehhändlern unten an der Regnitz und erstanden einen kleinen Ziegenbock, den sein ehemaliger Besitzer auf ihren Befehl hin umgehend schlachten musste. Ein Knecht trug das tote Tier zu Griseldis' Wohnung, wo der Pater und die Heilerin in der Scheune sogleich darangingen, dem Bock das Fell vorsichtig abzuziehen.

»Ich hatte befürchtet, Euch würde übel werden bei dem Anblick und dem Blutgeruch«, sagte der alte Benediktiner anerkennend. »Aber Euch wirft wohl nichts so leicht um.«

»Ach, woher denn, Vater«, sagte Griseldis lachend, »was glaubt Ihr, wie oft ich das daheim gesehen habe! Schon als kleines Mädchen musste ich beim Schweineschlachten mithelfen, wenn es darum ging, das Blut der Tiere aufzufangen und in einem Kessel zu rühren, damit es nicht vorzeitig stockte. Ich stamme doch von einem Bauernhof, wie Ihr wisst.«

Einträchtig schabten beide mit scharfen Messerklingen das Fell des Ziegenbocks ab.

Nach drei Tagen des Einlegens in Kalk breiteten sie die Haut auf einem hölzernen Schragen im Garten hinter dem Gebäude zum Trocknen aus, nachdem sie sie erneut mit einem besonderen Schaber abgekratzt hatten.

»Nun lassen wir die Haut wieder trocken werden«, sagte Vater Berchtold. Er säuberte penibel die Instrumente aus Hirschhorn, die er eigens besorgt hatte.

»Ich kann Euch gar nicht sagen, wie ich mich darauf freue, das fertige Pergament endlich benützen zu können«, sagte Griseldis versonnen, aber der Mönch bremste sie.

»Nicht so schnell, liebes Kind! Erst wird die Bockshaut wieder getrocknet und zum Geschmeidigwerden nochmals für einige Tage in der Kalkbrühe eingeweicht. Erst danach spannen wir sie in einen Holzrahmen zum endgültigen Trocknen ein.«

»Gütiger Himmel, dauert das lange!« Die junge Frau stöhnte ungeduldig auf. »Wann kann ich endlich anfangen, darauf zu schreiben?«

»Wenn das Pergament ganz trocken ist, raut Ihr es mit einem Stück Bimsstein auf. So schreibt es sich angenehmer, weil die Tinte besser in den Untergrund eindringt, als wenn dieser zu glatt ist.«

»Jetzt verstehe ich allmählich, warum Pergament so kostbar ist! Seine Herstellung ist ja ungeheuer aufwändig«, stellte Griseldis fest.

»Daher benutzt man es auch in der Regel mehrmals, indem man den alten Text sorgfältig abschabt, um die Haut aufs Neue beschriften zu können.« Vater Berchtold lächelte. »Fehler werden auch mit dem Bimsstein entfernt. Ein Stück Pergament deswegen wegzuwerfen, wäre pure Verschwendung.«

»Das erinnert mich daran, was mein verstorbener Mann Konrad über die Kirchenbaupläne gesagt hat«, fiel Griseldis ein. »Sie erfordern enorme Mengen an Pergament. Nach der Fertigstellung des Bauwerks werden daher die Zeichnungen des Baumeisters in aller Regel abgeschabt, um die Häute wiederverwenden zu können.

Das hat allerdings den Nachteil, dass es so gut wie keine Baupläne der schönen Dome mehr gibt. Nur reiche Klöster, hat Konrad gesagt, leisteten sich manchmal den Luxus, die Pergamentrollen mit den Bauzeichnungen aufzubewahren.«

»Um älteres, schon mehrfach benutztes Pergament wieder geschmeidig zu machen, benützen wir Mönche zum Abreiben eine Hasenpfote und nachher als Polierstift sogar einen echten Wolfszahn.«

Kein Zweifel, Vater Berchtold schwelgte in guten Erinnerungen und Griseldis wollte ihm die Freude keinesfalls nehmen: »Die mit feinen, bunten Verzierungen und Malereien versehenen kostbaren Bücher nennt man *Codices*, nicht wahr? Sie sind eine wahre Augenweide. Überdies erlauben sie auch des Lesens Unkundigen, die Texte aus den Evangelien und der Kirchengeschichte rein bildlich zu begreifen.«

Der Benediktiner, den das Alter und eine bescheidene Lebensführung mager, beinahe ausgezehrt erscheinen ließen, schaute sinnend in die Ferne. Griseldis konnte ihm deutlich ansehen, dass er sich in seine Jugendzeit auf der Klosterinsel Reichenau zurückversetzt fühlte.

»In den Klöstern ist das Bearbeiten des Pergaments und

das Grundieren mit feinem Blattgold zumeist die Aufgabe der ganz jungen Mönche, ebenso wie das Herstellen von Siegelmasse. Ich habe viel Zeit damit verbracht, aus Bienenwachs, Pech, Fett, Öl und roter Farbe Siegelwachs sowie Farben ganz allgemein herzustellen«, sagte er und sah Griseldis ins Gesicht.

»All das werde ich Euch später noch erklären, wenn Ihr möchtet. Aber die Goldgrundierung können wir uns in Eurem Buch ersparen, denn sie gebührt nur heiligen Texten. Und Eure *Ars Medicinae* zu siegeln, habt Ihr wohl auch nicht vor. Aber der Mühe der Pergamentherstellung werdet Ihr Euch noch viele Male unterziehen.«

KAPITEL 54

Nach altem Recht und Brauch wurde nach dem Tode eines freien Bauern sein Land unter seinen Söhnen aufgeteilt, wodurch die einzelnen Ackerflächen naturgemäß immer kleiner wurden. Oft reichten sie nicht mehr aus, um eine Familie zu ernähren.

So wurden viele ehemalige Freie in die Unfreiheit unter die Botmäßigkeit eines reichen adeligen Grundbesitzers gezwungen. Die Schar der Unfreien und Hörigen wuchs von Generation zu Generation.

Dietwulf, Griseldis' Bruder, hatte zum Glück nur zwei Schwestern, die er einmal mit Geld oder Sachwerten entschädigen müsste, aber nicht mit Grund und Boden, wie mit einem Bruder zu verfahren wäre.

Noch waren die meisten Menschen fromm und glaubten,

dass dies GOTTES Wille sei und an diesem göttlichen Recht nicht zu rütteln wäre. Doch, wie der Kanzler in einem Gespräch mit dem König klarstellte, waren die Dinge im Begriff, sich zu ändern.

»Vieles ist im Umbruch, König Heinrich. Was vor Jahren als gottgegeben und beständig bis in alle Ewigkeit gegolten hat, wird heute zunehmend in Frage gestellt. Noch verhalten sich die Leute auf dem Lande ruhig; jedermann fügt sich noch in sein Geschick und muckt nicht dagegen auf. Und der HERR verhüte, dass es jemals anders werde.«

Griseldis, die sich mit der Königin zufällig im selben Raum befand, wagte es, sich in die Unterhaltung einzumischen. Das stand ihr zwar keineswegs zu, aber der Herrscher war heute besonders gut gelaunt. Gerade vorhin hatte Heinrich seine Medica ein leuchtendes Beispiel an Zuverlässigkeit und Pflichterfüllung genannt. Nur deswegen erlaubte sich die junge Frau diesen Verstoß gegen die guten Sitten.

»Ruhig ist es schon, Herr Eberhard, aber nur nach außen hin. Der Unmut in den Dörfern wächst. Das fängt bereits damit an, dass seit Anfang des neuen Jahrtausends sowohl Freie als auch Hörige als ›Bauern‹ bezeichnet werden.«

»Ach ja? Und was sollte denn daran ehrenrührig sein?«, wollte der König wissen.

»Ein Mann wie mein Bruder Dietwulf ist verärgert über diese unrechtmäßige Gleichstellung. Er weist wie andere auch lautstark auf die trennenden Standesunterschiede von Freibauern hin, die nur den Kirchenzehnten zu entrichten haben, und den Hörigen, welche einem geistlichen oder weltlichen Herrn zinspflichtig sind und immer Gefahr laufen, *unfrei* zu werden.« Griseldis hatte sich in Fahrt geredet.

»Ein weiterer Unterschied besteht darin, dass die im Bauernstand lebenden Freien ja durchaus noch zum Kriegsdienst verpflichtet sind, wenn sie auch mangels Bedarf und wegen geringer Tauglichkeit immer seltener aufgeboten werden.

Mein Bruder poliert sein Schwert immer noch, aber bis heute ist er noch zu keinem Waffengang geladen worden. Und mein verstorbener Vater hat nur ein einziges Mal Eurem Herrn Vater, Herzog Heinrich dem Zänker, in einem Kriegszug Gefolgschaft geleistet.«

»Das mag alles stimmen, Frau Griseldis«, bestätigte der König. »Zudem behandeln die adligen Ritter die zu Fuß gehenden Krieger herablassend – völlig zu Unrecht, wie ich meine.«

»Offener Widerstand zeigt sich noch nicht, Herr Heinrich, aber etwas anderes zeichnet sich deutlich ab: Die aufblühenden Städte üben eine magische Anziehungskraft auf die Landbevölkerung aus.«

»Wem sagt Ihr das, Frau Griseldis?«, rief der Kanzler aus. »›Stadtluft macht frei‹ heißt die Losung und zieht sowohl Freie wie Unfreie und Hörige hinter die Stadtmauern. Eigenmächtig nennen sie sich dann *burgenses* oder *cives* und erklären sich für frei – eine Tatsache, die man nicht einfach so hinnehmen sollte.«

»Die Neugründung von Städten unterstütze ich sehr«, hielt der König seinem Kanzler entgegen. »Um noch mehr Ansiedler anzulocken, werde ich demnächst damit werben lassen, dass jeder Unfreie, der ein ganzes Jahr lang plus einen Tag unbeanstandet in einer Stadt gewohnt hat, sich zu Recht als Freier ansehen darf.

So werden wir einen dritten Stand erhalten, den des *Bürgers*, im Gegensatz zu Adel und Bauern. Das Recht, Waffen zu tragen, werden wir den Bürgern belassen – auch wenn es einigen Edelleuten gewaltig gegen den Strich gehen wird.«

Griseldis wusste von ihrem verstorbenen Mann Konrad, dass das sogenannte Bürgerrecht an verschiedene Bedingungen geknüpft war: Das Gewerbe des Ansuchenden musste ehrenhaft sein, was etwa den Henker und seine Gehilfen oder käufliche Frauen von vornherein ausschloss. Zudem hatte er getaufter Christ zu sein, was es wiederum Juden oder Mohammedanern unmöglich machte, Bürger einer Stadt zu werden, wenn sie weiter ihrem Glauben anhingen.

»Ein großer Teil des Adels ist der Städte wegen in äußerst schlechter Stimmung, Herr«, insistierte der Kanzler, aber der König schien beinahe gleichgültig. Herr Eberhard strich sich über seinen Bart, den er sich neuerdings wachsen ließ. Obwohl nur wenige Jahre älter als sein Herrscher zeigten seine Haupt- und Barthaare schon zahlreiche weiße Fäden. Aber Herr Eberhard hatte durch die neue Manneszier an Attraktivität gewonnen, fand Griseldis.

Der Kinnbart kaschierte ein wenig sein fliehendes Kinn; sein Gesichtsausdruck gewann dadurch an Männlichkeit und nahm ihm jene Weichheit, die schon viele getäuscht hatte, die da glaubten, mit Herrn Eberhard leichtes Spiel zu haben.

›König Heinrich hat gut daran getan, gerade diesen klugen und aufrechten Mann zum Kanzler des Reiches zu ernennen‹, dachte die Heilerin, die ihn über die Jahre hinweg genau beobachtet hatte. In der Auswahl seiner Getreuen schien der König überhaupt ein gutes Gespür zu besitzen. Wieder einmal fühlte sie das große Glück darüber, gerade Herrn Heinrich, den sie über alle Maßen bewunderte, dienen zu dürfen.

Der König riss sie aus ihren Gedanken, denn er brach plötzlich in Gelächter aus.

»Ich glaube gern, dass es so manchen Grafen oder Baron schwer trifft, wenn seine Untertanen einfach in die Städte flüchten, um frei zu sein von Pflicht und Fron.«

»Ja, Herr«, sagte Herr Eberhard. »Und wenn der Lehnsherr hoch zu Ross vor dem Stadttor erscheint, um die unbotmäßigen Hörigen auf die heimische Scholle zurückzuscheuchen, muss er nicht selten erleben, dass ihm dreist das Tor vor der Nase zugeschlagen und er vom Stadtwall herunter noch frech angepöbelt wird.«

»Ich kann die Herren damit trösten, dass ich, der König, vor denselben Schwierigkeiten stehe. Auch meine Bauern, freie wie unfreie, sind mir schon davongelaufen, um Bürger zu werden. Den Städtebau will ich trotzdem nicht unterbinden, denn die Städter schaffen Wohlstand für das ganze Land. Es gibt noch genügend Landbevölkerung, um die Versorgung zu sichern mit Vieh und Getreide.«

»Hegt Ihr nicht die Befürchtung, dass die Städte zu groß werden könnten, Heinrich?«, warf jetzt die Königin ein, aber ihr Gemahl winkte ab.

»Nein, Kunigunde, diese Sorge habe ich nicht. Die Stadtväter lassen durchaus nicht jeden, der um das Stadtrecht ansucht, auch aufnehmen. Hinter den Mauern dürfen sich keine Tagediebe, Verbrecher oder andere finstere Elemente ansiedeln. Auch wenn viele glauben, sich durch Flucht in die Stadt der Gerichtsbarkeit ihres ehemaligen Herrn entziehen zu können.

Nein«, betonte der König abermals, »ich befürworte ausdrücklich den Aus- und Neubau städtischer Ansiedlungen.«

Griseldis hatte zuletzt nur still zugehört. Ob tatsächlich *keine* Schurken und Spitzbuben Einlass in die Städte fanden – das wollte sie dahingestellt sein lassen. Nach ihrer Erfahrung gab es deren gerade genug, welche die Winkel und Schlupflöcher der verschachtelt aneinander gebauten Häuser ausnützten.

›Je größer so eine Stadt wird, desto mehr Verbrecher werden sich in ihr breitmachen. Die Möglichkeiten, durch Diebstahl, Betrug und Raubmord große Reichtümer zu erwerben, sind in einem ständig größer und unübersichtlicher werdenden Gemeinwesen ungleich vielfältiger als auf einem kleinen Bauerndorf‹, dachte Heinrichs Medica und sah zum König hinüber.

Heinrich stand am Fenster seiner Hofhaltung zu Pöhlde und blickte auf das Getümmel, das im Hof unten zu sehen war, hinunter.

»Ich will nicht der König eines Hirten- und Bauernvolkes sein«, sagte er bestimmt, »obwohl ich den Bauernstand achte und ehre. Dennoch braucht ein fortschrittliches Land Städte. Es wird Zeit, dass dies in die Köpfe meiner edlen Untertanen hineingeht.«

Unentwegt trafen in Pöhlde Barone, Ritter, Grafen, Markgrafen und Herzöge ein, denn der diesjährige Hoftag war hierher einberufen worden. Der gepflasterte Innenhof hatte sich gefüllt mit Reitern, Pferden und Knechten.

»Seht, mein Gemahl«, rief die Königin, die nun gleichfalls aus dem Fenster spähte, »es sind auch schon etliche Kutschen eingetroffen. Darin sitzen gewiss die geladenen Äbtissinnen und einige der Kirchenfürsten, denen der Ritt zu Pferde aus Altersgründen zu mühselig gewesen ist.«

Frau Kunigunde verließ anmutig das Gemach, um den hochgestellten Ankömmlingen entgegenzueilen.

»Mir ist durchaus bekannt, Herr Heinrich, dass manche Herren die Flucht ihrer Untertanen geradezu provozieren«, knüpfte Herr Eberhard an das vorhin Gesagte an. »Da jene in ihrem Lehnsherrn beileibe nicht den gütigen Vater, sondern nur den brutalen Unterdrücker erleben.

Die Königin unterstützt Euch auch, Herr – trotz einiger Vorbehalte. Eure Gemahlin träumt ja sogar von einer Hauptstadt des Reiches, wie sie andere Länder längst besitzen. Das dauernde Umherziehen des gesamten Hofes findet Eure Mitregentin sehr lästig.«

»Ja, ja«, sagte Heinrich schmunzelnd, »meine schöne Kunigunde und ihre Träume! Aber da bringt Ihr mich auf eine gute Idee, Kanzler: Ich werde den Edlen den Vorschlag machen, doch selbst unter die Städtegründer zu gehen. Dann wären sie auch die Herren derselben – wenigstens dem Namen nach.«

Der König lächelte zufrieden. »Ich denke, dieser Hoftag könnte recht spannend werden, Herr Eberhard.«

KAPITEL 55

»Herr Heinrich, sagt, habt Ihr etwa wieder den ehrwürdigen Bischof Meinwerk gekränkt?«

Frau Kunigunde, im Sommer des Jahres 1011 erneut von einer Fehlgeburt genesen, heischte lächelnd Antwort von ihrem Gemahl, als dieser wieder nach Bamberg zurückgekehrt war.

Sie fuhr ihrem Gemahl dabei spielerisch mit einer ihrer auffallend schmalen Hände durch seine braune Lockenpracht, in die sich seit einiger Zeit etliche graue Haare geschlichen hatten. Auch sein gekräuselter Kinnbart, den er jetzt viel länger trug denn als ganz junger Mann, war neuerdings kräftig grau gesprenkelt.

Die Heilerin wusste, dass Herr Heinrich auf seine Haar- und Barttracht viel Zeit und Mühe verwendete. Eifrig benützte er einen kunstvoll geschnittenen und mit Jagdszenen verzierten Kamm aus dem Stoßzahn eines Elefanten, dem sogenannten Elfenbein, den ein reicher Kölner Kaufmann von einer Handelsreise aus dem Orient mitgebracht und dem König zum Geschenk gemacht hatte.

»Wieso glaubt Ihr das, Kunigunde?«, kam scheinheilig vom König die Gegenfrage. Nur mühsam verbiss er sich dabei das Lachen. Die Damen der Königin, allen voran Frau Irmintraut, kicherten bereits hinter vorgehaltener Hand. Allein der Name dieses Bischofs erregte ihre Lachlust, denn keiner unter den königlichen Gefolgsleuten war so sehr geeignet, mit ihm Schabernack zu treiben, wie ausgerechnet dieser Kirchenmann.

Bischof Meinwerk von Paderborn war bereits mehrfach in der Vergangenheit das Opfer derber Scherze des Königs gewesen. Der Kirchenfürst, ein gutmütiger Mann, stand mit der Bildung leider etwas auf Kriegsfuß – und einer der Schlauesten war er auch nicht. Er bot sich demnach geradezu an für den etwas rauen Humor des hoch gebildeten Herrschers.

»Der gute Bischof wirkt, als hätte er jüngst einen Schock erlitten. Zudem ist der fromme Herr beleidigt«, entgegnete die Königin. »Habt Ihr Euch wieder einmal einen Spaß mit ihm erlaubt?«

Heinrich vermochte nun das Grinsen nicht mehr zu unterdrücken. Griseldis spitzte die Ohren.

»Ich habe Herrn Meinwerk einen Brief überbringen lassen«, gestand Heinrich seiner Gemahlin, »der in der königlichen Kanzlei in goldenen Lettern abgefasst wurde und folgenden Wortlaut hatte:

›Mein Bischof Meinwerk, bringe Dein Haus in Ordnung, denn am fünften Tage wirst du sterben.‹«

»Oh«, machte Kunigunde und schlug sich die Hand vor den Mund, um ein Kichern zu unterdrücken. »Ich ahne Schreckliches.«

»Nun ja, der Arglose glaubte, der Brief sei ihm vom Himmel zugesandt. Er ordnete daraufhin seine Angelegenheiten und verteilte alle seine irdischen Güter. Das Beste aber war, er erlaubte seinem Neffen die Heirat, die er ihm bislang wegen angeblicher Mängel der Braut verweigert hatte. Dann erteilte er allen Bekannten und Freunden seinen bischöflichen Segen, zog sich ein schlichtes Gewand an und gab sich dem Fasten, Beten und Lobsingen des HERRN hin, um sich in Würde auf sein Ende vorzubereiten.«

Die Damen der Königin rangen sichtlich um Fassung.

»Als der fünfte Tag anbrach, ließ er sich in der Krypta seiner Bischofskirche in Paderborn in einen Sarg legen, wo er bis Mitternacht still liegen blieb, ohne dass sich das Geringste ereignete.«

Des Königs Zuhörerschaft bog sich bereits vor Lachen. Herr Heinrich selbst vermochte vor Gelächter kaum weiter zu sprechen. Endlich konnte er fortfahren:

»Da lag der gute Meinwerk nun da in goldfarbener Robe, mit der Mitra auf dem Haupt und den goldbestickten Pantoffeln an seinen Füßen, die Hände artig auf der Brust gefaltet über dem mit Juwelen besetzten Kreuz und harrte auf seine Abberufung von dieser Welt.«

Wieder schüttelte es den König geradezu und selbst Frau Kunigunde lachte herzhaft. Heinrich ermannte sich schließlich und schilderte auch noch den Rest der lausbübischen Geschichte:

»Am nächsten Morgen – Meinwerk in seiner Naivität dachte zuerst, er hätte sich in der Anzahl der ihm noch verbleibenden Tage geirrt – kam ich und gratulierte ihm. Zusammen mit meinen Herren feierte ich den Gefoppten als einen vom Tode auferweckten Lazarus. Da erst ist ihm aufgegangen, dass ich ihn an der Nase herumgeführt hatte. Er war unheimlich wütend darüber.«

Der König lachte bei der Erinnerung an dieses gelungene Schelmenstück Tränen und die Hofdamen samt der Königin waren höchst erheitert über den armen Bischof Meinwerk.

Selbst die Patres Berchtold und Odo grinsten schadenfroh bei der Vorstellung, wie der Paderborner Seelenhirte jetzt alle seine Vermächtnisse und Schenkungen wieder rückgängig zu machen versuchte. Und was würde er wohl seinem verheirateten Neffen sagen?

Griseldis wusste nicht so recht, was sie davon halten sollte. Einesteils fand sie es auch lustig, wie man den Bischof genasführt hatte, andernteils hegte sie starkes Mitgefühl für Herrn Meinwerk.

»Ihr seht müde aus, Herr.« Sanft legte die Königin ihrem Gemahl die Hand auf die in Falten gelegte Stirn. »War heute die Anhörung der Bittsteller so anstrengend oder fühlt Ihr Euch nicht wohl?«

Unauffällig suchten die Augen Kunigundes diejenigen der Heilerin, aber diese schüttelte unmerklich den Kopf. Nein, über gesundheitliche Probleme hatte der König seit Längerem nicht geklagt.

Man saß an der Mittagstafel zu Gast beim Erzbischof von Köln, der weder Kosten noch Mühen gescheut hatte, es seinem Herrscher recht zu machen.

»Ein wenig schlichter könnte es nach meinem Geschmack schon sein«, hatte Heinrich Griseldis und Vater Berchtold zugeflüstert. Der König hatte nämlich herausgefunden, dass der Aufwand nicht seiner königlichen Person wegen betrieben wurde, sondern dass Herr Heribert offenbar jeden Tag in Saus und Braus lebte …

Laut äußerte Herr Heinrich aber keine Kritik, weil er den hohen Kirchenfürsten nicht vor den Kopf stoßen wollte. Dass aber beständig fünf herausgeputzte Bedienstete um ihn und ebenso viele um Königin Kunigunde herumwieselten, empfand er eher als lästig.

»Nein, meine Königin«, beschied der Herrscher seine besorgte Gemahlin. Er schien ihre Frage geahnt zu haben. »Ich fühle keine Beschwerden und anstrengender als üblich war es ebenfalls nicht, aber einer der Bittsteller hat mich sehr nachdenklich gemacht.«

»Wer war es denn, Herr Heinrich?« Die Königin nahm selbstverständlich an allem Anteil, was ihren Mann bewegte.

»Hoffentlich hat Euch niemand belästigt, Herr«, meldete sich der Erzbischof zu Wort. Herrn Heriberts Besorgnis war ehrlich gemeint. Auf keinen Fall hätte er geduldet, dass dem König, solange er unter seinem Dach weilte, Unangenehmes widerfuhr.

»Belästigt keineswegs, Erzbischof, aber in Kenntnis gesetzt von Vorfällen, die überhaupt nicht meinen Gefallen finden.«

Der König nahm einen Schluck Wasser, ehe er fortfuhr:

»Ein Kölner Kaufmann war es, ein Jude, welcher sich heute an seinen Herrscher wandte mit der Bitte um Abschaffung von Repressalien, denen er und seine Glaubensbrüder durch die kirchlichen Behörden der Stadt Köln ausgesetzt sind.«

Scharf blickte Heinrich dabei seinen Gastgeber an, aber der zuckte nicht mit der Wimper. Der König war sicher, dass der Erzbischof genau über den Mann und seine Beschwerde informiert war. Ehe Herr Heribert Ausflüchte vorbringen konnte, stellte er ihm daher eine einfache Frage:

»Warum wird den Hebräern in Köln, entgegen alter Gewohnheit und bestehenden Vereinbarungen zum Trotz, das Stapelrecht im Rheinhafen nicht mehr zugestanden? Warum dürfen sie nicht ihre Waren wie die anderen auch zum Kauf anbieten? Weshalb benachteiligt Ihr plötzlich die Kinder Israels in einem Maße, dass die hiesige jüdische Gemeinde ganz ernsthaft einen Weggang aus Eurer Stadt in Erwägung zieht?«

Der Kirchenfürst und Herr über die Stadt Köln versuchte

abzuwiegeln, indem er etwas von »maßloser Übertreibung« von sich gab, ehe er noch hinzufügte: »Die Juden versuchen bloß, sich bei Euch, Herr Heinrich, wichtig zu machen. Niemand hier behandelt die Hebräer schlecht – im Gegenteil! Viel zu gut geht es diesen Ungläubigen. Daher werden sie frech und sind bestrebt, zwischen Euch, dem König, und dem Kölner Klerus Missstimmung aufkommen zu lassen.«

»Ach, so ist das?«, erkundigte sich Herr Heinrich mit unüberhörbarem Hohn in der Stimme. »Deshalb also erschien heute ein Jude mit einem blau geschlagenen Auge und mit zerrissenem Gewand vor mir? War das vielleicht eine liebenswürdige Aufmerksamkeit Eurer Wachleute, die dem Kaufmann den Zutritt zur Halle zu verwehren suchten, damit er nicht zu mir gelangen sollte?«

Griseldis war gespannt, wie der Erzbischof versuchen würde, sich herauszuwinden. Es war ehernes Gesetz, dass jedermann das Recht hatte, beim König vorstellig zu werden und ihn um Hilfe zu bitten, gleich welchen Standes, Geschlechts oder Alters und egal welcher Religionszugehörigkeit.

Herr Heribert wusste das natürlich und schwenkte sofort um.

»Ich gestehe es unumwunden, Herr Heinrich: Es war ein bedauerliches Versehen meiner Leute. Jene übereifrigen Wächter werde ich züchtigen lassen, weil sie sich Kompetenzen angemaßt haben, die ihnen nicht zukommen. Die Männer wissen das genau und haben der strikten Anweisung zuwider gehandelt, die da lautet, nur Menschen mit ansteckenden oder ekligen Krankheiten, sittlich anstößiger Kleidung oder Geisteskranken den Zutritt zur Audienzhalle zu verweigern. Vielleicht versuchte der jüdische Kaufmann aber auch, sich vorzudrängen?«

Der König ging darauf überhaupt nicht ein.

»Man hat den Mann als Mörder von JESUS CHRISTUS bezeichnet – ein Sachverhalt, der vor etwa tausend Jahren stichhaltig gewesen sein mag, heute aber eher lächerlich klingt«, befand der Herrscher ungnädig.

Heinrich war in der Tat sehr verärgert; er sprach in einem Ton, der es dem Kirchenfürsten geraten erscheinen ließ, ihm nicht zu widersprechen. Mit eiskalter Stimme sprach der König weiter:

»Um es kurz zu machen, Erzbischof, ich wünsche, dass künftig den Kölner Juden wieder die gleichen Rechte wie den übrigen Bürgern gewährt werden, solange sie sich an die Auflagen halten, die man ihnen vor langer Zeit gemacht hat.

Ich habe mich außerdem kundig gemacht: Die Hebräer taten dies immer und daher besteht kein rechtlicher Anlass, diese Leute zu schikanieren. Sie wohnen in einem abgeteilten Stadtviertel Kölns, wo sie auch ihre Synagoge und die Talmudschule haben. Ohne Widerrede halten sie sich an die vorgeschriebene Kleiderordnung und lassen sich ohne den spitzen, gelben Judenhut außerhalb ihres Wohngebiets nicht sehen. Zudem sind sie ruhige, fleißige und unauffällige Menschen. Und sie bezahlen, wie ich höre, mehr als reichlich in Eure Kirchenkasse, Herr Heribert.« Der König sah den Kirchenfürsten eindringlich an.

»Die Benachteiligung Eurer jüdischen Mitbewohner wird sofort aufhören. Ich habe diesem Mann mein königliches Wort darauf gegeben und ich hoffe nicht, dass Ihr Euren König dadurch in Verlegenheit bringt, indem Ihr ihn Lügen straft.«

Der sonst so stolze Geistliche beeilte sich, dem verstimmten König zu versichern, er werde sich persönlich dafür einsetzen, dass die Hebräer fortan in Frieden in Köln leben und ungehindert ihren Geschäften nachgehen könnten.

Die Heilerin aber sah ihm an, dass er bleich geworden war

vor ohnmächtigem Zorn. Der Erzbischof war es gewohnt, in »seiner Stadt Köln« die Dinge nach Belieben zu regeln. Nun aber hatte der König seine Nase in Kölner Angelegenheiten gesteckt. Griseldis hätte nicht in der Haut der armen Wächter stecken wollen, denen es nicht gelungen war, den jüdischen Kaufmann vom König fernzuhalten.

An der prunkvollen Mittagstafel herrschte nun Eintracht zwischen König und Gastgeber und das vorzügliche Mahl wurde unter Scherzen und Gelächter beendet.

KAPITEL 56

DER STADT ROM drohte vom Süden Italiens Kriegsgefahr. Die griechischen Siedlungen in Süditalien waren der Ewigen Stadt feindlich gesinnt und der neue Papst, Benedikt VIII., war bedroht. Der Heilige Vater fühlte sich zu schwach und suchte nach Verbündeten.

Der Einzige, der ihm geeignet erschien, den Stuhl Petri zu verteidigen, war König Heinrich. Der Papst beschloss daher, nach Deutschland zu reisen und den Herrscher persönlich um Hilfe zu bitten. Um sein Ansinnen vorzubringen, bat er Herrn Eberhard, sich beim deutschen Herrscher um eine Einladung an ihn zu verwenden.

Als König Heinrich vom Wunsch des Heiligen Vaters hörte, war er nur allzu gerne bereit, das Oberhaupt der katholischen Kirche zu empfangen.

So machte sich Benedikt VIII. auf den mühsamen Weg über die Alpen nach Norden. Er kam gerade recht zur Einweihung der soeben fertiggestellten Sankt-Stephans-Kirche in Bamberg.

Die Einweihung des neuen, prächtigen Gotteshauses und die Anwesenheit des Stellvertreters CHRISTI auf Erden gaben Anlass, ein wunderbares Fest zu feiern. Griseldis konnte nur staunen über all die Pracht, den Schmuck und Prunk, den man aufwandte, um den Heiligen Vater zu ehren.

Überall ein Blumenmeer, sogar auf die Straßen hatte man Teppiche aus Blüten gelegt, um den Fuß des Papstes nicht im Staub versinken zu lassen. So weit das Auge reichte, wehten bunte Fahnen und farbenfrohe Bänder, die Menschen, auch die ärmsten, hatten sich herausgeputzt und ihr bestes Gewand angelegt.

Der König hatte auch eine Schar von fahrenden Sängern in die Pfalz nach Bamberg geladen, um das Fest durch Lauten-, Flöten-, Viola- und Harfenklänge zu untermalen. Wie Griseldis erkannte, hatte einer der Musikanten sogar eine tragbare Orgel dabei, während ein anderer das Rebec, eine Art Violine, strich.

Sogar ein Spielmann aus Andalusien hatte sich eingefunden und ließ seine Gitarre erklingen, wozu er feurige Lieder von der Liebe zum Besten gab und schwermütige Balladen von Verlassenheit und Tod.

»Signore Giacomo, dieses Mal habt Ihr aber ernstzunehmende Konkurrenz bekommen«, sagte die Heilerin lachend zu dem Mann aus Lucca, der in gespielter Verzweiflung die schwarzen Augen rollte.

»Ich werde mir große Mühe geben, unseren König nicht der Gefahr auszusetzen, sich für seinen Hofmusikanten schämen zu müssen«, erwiderte er und zwinkerte Griseldis zu.

Am Nachmittag hatte man draußen auf der Wiese unter Obstbäumen Reigen getanzt und »Blinde Kuh« gespielt, ein fröhlicher, harmloser Zeitvertreib, der den Erwachsenen großen Spaß bereitete. Frau Irmintraut hatte es, wie Griseldis' scharfem Blick nicht entgangen war, mit verbundenen Augen weidlich ausgenützt, die mitspielenden jungen Herren abzutasten, sowie sie es im Gegenzug zu genießen schien, selbst gründlich befingert zu werden …

Der König, die Königin und ihr geschätzter Gast – Heinrich lag viel daran, sich diesen Papst geneigt zu machen – hatten sich währenddessen im Schatten niedergelassen und geplaudert.

Nun kamen die Vorträge heiterer Balladen und launiger Gesänge an die Reihe, deren Themen stets die Frauen und die Liebe waren.

Die Königin war strahlender Mittelpunkt des Festes. Griseldis hatte zu ihrer großen Genugtuung bereits zu Beginn festgestellt, dass an diesem Tag ihre Base ihr keinesfalls den Rang ablaufen würde. Irmintraut sah heute abgespannt und müde aus.

Kunigunde aber war wunderschön in einem langen, weich fallenden Gewand aus himmelblauem Seidenstoff, das sich an ihren schlanken Körper schmiegte und auf der linken Schulter von einer goldenen, mit dunkelroten Rubinen besetzten Fibel gehalten wurde.

Auf dem Haupt trug sie ihre weizenblonden Flechten wie eine Krone aufgesteckt – so war es dem König am liebsten –, durchflochten mit Goldbändern. Ihre Ohren sowie der Hals und die Arme waren mit Juwelen geschmückt, desgleichen die Finger ihrer linken Hand, während an der rechten nur der schlichte Reif aus Gold, den sie immer trug, zu sehen war.

Den hatte ihr vor Jahren Herzog Heinrich am Tage ihrer Eheschließung übergestreift. Er stammte von Gisela von Burgund, der Gemahlin des Zänkers, Heinrichs verehrter und geliebter Mutter.

Kunigunde strahlte und schien voll blühenden Lebens.

›Keiner im Saal wird ihr ansehen, dass sie noch vor wenigen Wochen erneut mit dem Tode gerungen hat, von Schmerz gepeinigt, geschwächt von Blutverlust und niedergedrückt von der wiederholten, vergeblichen Hoffnung auf ein Kind‹, dachte Griseldis. Und wieder war sie auch bei dieser Fehlgeburt Kunigundes nicht konsultiert worden …

In diesem Moment hörte die Heilerin, wie die Königin zum Heiligen Vater sagte: »Dass ich noch lebe und dass es mir so wohl ergeht, verdanke ich zuallererst GOTT, dem HERRN, und dann der Fürsorge und Pflege meiner lieben Schwester, Prinzessin Irmintraut.« Dabei küsste sie ihre blutrot gekleidete Base, die mittlerweile neben Frau Kunigunde Platz genommen hatte, dankbar auf den Mund.

Der Papst, die Gefolgschaft von Königin und König sowie die zum Fest geladenen hohen Kirchenmänner applaudierten höflich. Auch König Heinrich schien zufrieden.

Er erwählte Kunigundes Verwandte für diesen Abend zu seiner Tischdame. Als Griseldis dies vernahm, versetzte ihr die Wahl des Königs einen kleinen Stich der Eifersucht. Es bedeutete, dass der König ihr beim Mahle die feinen Bissen der aufgetragenen Köstlichkeiten in den Mund zu schieben hatte, denn nach wie vor aßen auch Fürsten und Könige Fleisch- und Fischstücke mit den Fingern.

Große Löffel waren nur bei der zu Beginn einer Mahlzeit servierten Suppe in Gebrauch, sowie kleine Löffelchen für Fruchteisspeisen oder Kompott zum Dessert. Zum Zerteilen des Bratens, Wildbrets, Schweines oder Geflügels benutzte der König, wie alle übrigen Herren, das scharf geschliffene Messer, das er wie sie stets in einer Lederscheide am Gürtel trug.

Nur der König und seine Familie speisten von silbernen oder goldenen Tellern. Eine Ehre, die auch Frau Irmintraut als Base der Königin zustand. Heute allerdings genoss auch der heilige Vater dieses Privileg. Alle anderen erhielten von den Dienern große, dicke Brotscheiben vorgelegt, die als Unterlage für Fleisch und Soße dienten.

Nach der Mahlzeit wurde das übrig gebliebene Brot von Dienern und Mägden in Körben eingesammelt und an die Armen vor dem Eingangstor verteilt.

Griseldis hörte auf einmal im Stimmengewirr Frau Irmintraut laut ausrufen: »Warum macht man sich bei uns bloß diese Mühe? Ich werde das niemals verstehen, Vetter!« Sie wandte sich an ihren Tischherrn, den König.

»Die meisten Fürsten werfen die Brotreste nach der Mahlzeit unter dem Tisch den Hunden zu. Wobei manche Edle sich überdies den Spaß erlauben, auch Bettlern Einlass zu gewähren und sie gemeinsam mit den Hunden sich um die Brotreste auf dem Boden balgen zu lassen. Das sieht urkomisch aus, glaubt mir, Vetter.«

Wie Griseldis und jedermann im Saal wusste, war an König Heinrichs Hof diese Unsitte verpönt. Diese Tatsache war Frau Irmintraut wohl bekannt. Der König wies sie daher etwas ungehalten darauf hin, dass er auf diesen Anblick wahrlich keinen Wert lege. Irmintraut hatte es einfach gefallen, ihn wieder einmal zu provozieren …

KAPITEL 57

GRISELDIS WAR AUFGEFALLEN, dass sich bei Hofe im Laufe der Jahre die Angewohnheit eingeschlichen hatte, französische Begriffe lateinischen Ursprungs zu benutzen und in eine gepflegte Unterhaltung einzuflechten.

Etliche Herren und Hofdamen hatten wie selbstverständlich begonnen, die Königin mit »Madame« zu titulieren. Kunigunde ließ sie gewähren, ja, sie selbst baute mitunter auch französische Wörter in ihre Rede ein, während König Heinrich auf die Anrede »Sire« immer noch einigermaßen überrascht reagierte.

Griseldis' Buch *Ars Medicinae* ging allmählich seiner Vollendung entgegen. Nur noch wenige Kapitel mussten mit Illustrationen ausgestaltet werden, dann war das Werk abgeschlossen. Heute gönnten sich beide eine Auszeit, um das herrliche Spätsommerwetter zu genießen.

Berchtold und Griseldis unternahmen einen gemächlichen Spaziergang am Flussufer der Regnitz und unterhielten sich wieder einmal über Heinrich und Kunigunde.

»Der König und seine Gemahlin sind durch echte Freundschaft, beiderseitiges Wohlwollen sowie den Gleichklang ihrer Herzen einander zutiefst verbunden«, sagte der Mönch bewundernd. »Der König sucht die Nähe, den Rat und manchmal auch Trost bei seiner klugen und hochherzigen Frau, die ihm immer verständnisvoll zur Seite zu steht.«

»Kunigundes mäßigendem Einfluss haben es viele zu verdanken, wenn Herr Heinrich strenge Urteile abmildert oder nicht selten ganz auf eine Bestrafung verzichtet«, meinte Griseldis.

»Das ist wohl wahr.« Der Benediktiner stützte sich schwer

auf den Arm der Heilerin. »Der König hat seine Gemahlin noch nie als herrisch, rechthaberisch oder aufdringlich empfunden. Unsere hohe Frau versteht es, ihn mit klug durchdachten Ratschlägen zu überzeugen.«

Nach einer Weile fügte er leise hinzu: »Daher ist es Frau Kunigunde auch gelungen, dem üblichen Schicksal unfruchtbarer Königinnen zu entgehen. Heinrich hat es rundweg abgelehnt, sein Weib nach altgermanischer Sitte zu verstoßen; er ist nach römischem Recht mit ihr verheiratet geblieben. Allerdings wird er auf die Ausübung seiner ehelichen Rechte mit ihr verzichten. Offiziell«, fügte er hinzu.

»Ach! Warum das denn?«

Griseldis war in der Tat überrascht. Das Herrscherpaar war noch jung und die Königin eine Frau in ihrer schönsten Blüte.

»Die Kirche duldet keinen ehelichen Verkehr zur bloßen Wollustbefriedigung von Mann und Frau, sondern nur zur Zeugung von Nachkommenschaft. Und da der König gesagt hat, er mache sich keine Hoffnung mehr auf einen Sohn, und weil er und seine Gemahlin das Bistum Bamberg CHRISTUM und der Kirche als Erbe vermachen wollen, ist der eigentliche Zweck ihrer ehelichen Beiwohnung hinfällig geworden.«

In Griseldis' Ohren klang dies ein wenig arg konstruiert und sie überlegte sich gerade, wie der König dieses Gebot der Kirche wohl aufgenommen habe.

»Just in diesem Augenblick ist Bischof Eberhard beim König und versucht ihm sein Gelübde, nicht mehr mit der Königin als Gatte zu verkehren, in Erinnerung zu rufen«, fuhr der gebückt gehende Benediktiner fort. »Eine höchst heikle Angelegenheit, wie Ihr Euch denken könnt, liebes Kind. Ich beneide Herrn Eberhard jedenfalls nicht um diese Aufgabe.«

Plötzlich kicherte der alte Mönch.

»Der Kanzler hätte es ja gerne gesehen, wenn *ich* ihm die Sache abgenommen hätte, aber ich habe dankend abgelehnt. *Er* ist immerhin Bischof und ich bloß ein einfacher Klosterbruder. Da hat sein Wort viel mehr Gewicht«, sagte er grinsend, und nun musste auch Griseldis schmunzeln.

Die Mission, die der Bamberger Bischof, der der Einweihung seines Doms bereits entgegenfieberte, an diesem Tag zu erfüllen hatte, war ihm über die Maßen lästig. Aber der Druck der übrigen Bischöfe und Kirchenoberen war stärker geworden und so war es die Aufgabe Herrn Eberhards, den König ernsthaft zu ermahnen.

Am Hof war natürlich nicht verborgen geblieben, dass Herr Heinrich nach wie vor das Schlafgemach seiner Gemahlin aufsuchte und darin bis zum frühen Morgen zu verweilen pflegte.

Dem Kanzler stand bereits der Schweiß auf der Stirn. Er hätte viel darum gegeben, wenn er diesen Auftrag einem anderen hätte übertragen können. Leider war ihm Pater Berchtold in dieser heiklen Angelegenheit nicht hilfreich zur Seite gestanden.

»Diese Ehre gebührt allein Euch, mein Bischof und Kanzler«, hatte er gesagt und dabei schadenfroh gegrinst. Herr Eberhard hatte sich also ein Herz gefasst und den König um eine Unterredung gebeten.

»Die Kirche, Herr, und die Bischöfe bitten Euch untertänig, allen Christen in ähnlicher Lage ein Beispiel zu geben an Enthaltsamkeit und von der ehelichen Beiwohnung in Zukunft Abstand zu nehmen«, brachte er mühsam hervor.

»Ach, zum Teufel damit!«

König Heinrich war sehr ungnädig. »Die Herren Bischöfe täten besser daran, sich um Wichtigeres zu kümmern. Wie wollt Ihr das überhaupt kontrollieren? Etwa mir einen Aufpasser ins Schlafgemach setzen, der seine Nase des Nachts unter meine Bettdecke stecken soll? Oder wie stellt man sich das vor?«

Gepeinigt vor Verlegenheit wegen der Rüge, die er dem König auf Ersuchen der anderen hohen Geistlichen erteilen sollte, lief der Kanzler rot an.

»Aber nein, Herr! Nichts dergleichen! Euer königliches Wort würde mir vollkommen genügen.« Herr Eberhard schien dabei außer Acht zu lassen, dass Heinrich bereits vor einiger Zeit genau das gleiche Versprechen gegeben hatte.

Der König überlegte nur einen Augenblick.

»Also gut, ich willige ein. Und was ist, wenn ich erneut wortbrüchig werden sollte?«, fragte er dann und grinste verschlagen.

Doch der zukünftige Bischof von Bamberg war nicht auf den Kopf gefallen. »Dann müsst Ihr anderntags bereuen und Buße tun, Herr«, sagte Herr Eberhard, wobei er den König treuherzig anschaute.

KAPITEL 58

ENDLICH WAR DER große Tag gekommen! Am 6. Mai des Jahres 1012 wurde der wunderbare neue Dom zu Bamberg geweiht zu Ehren der Jungfrau Maria, der heiligen Apostel Petrus und Paulus sowie Sankt Georg und Sankt Kilian. Es sollte auch ein Ehrentag für seinen Erbauer, den Dombaumeister Wilfried, werden. Der Mann hatte Großartiges in kürzester Zeit geleistet und war dabei doch sehr bescheiden geblieben.

Bereits einen Tag vor der feierlichen Zeremonie waren über vierzig Bischöfe in der Frankenstadt eingetroffen, ferner der

Patriarch von Aquilea und der Primas von Ungarn, dazu ein päpstlicher Gesandter in Vertretung des erkrankten Heiligen Vaters.

Der König bedauerte es unendlich, dass der Heilige Vater diese Einweihung nicht selbst vornehmen konnte. Der Papst wäre ebenfalls gar zu gerne erneut geehrter Gast bei König Heinrich gewesen. Die beiden Männer – so verschieden sie zu sein schienen – hatten nämlich eine spontane Zuneigung zueinander gefasst.

Aber es sollte noch schlimmer kommen. Am Vorabend des großen Ereignisses warf eine heftige Kolik den König aufs Krankenlager. Griseldis war umgehend zur Stelle, um Herrn Heinrich ihre Heil bringenden Hände aufzulegen. Während ihrer Behandlung waren neben der Königin, den Leibärzten, den frommen Vätern Berchtold und Odo auch mehrere Gefolgsmannen des Herrschers sowie Frau Irmintraut und der Kanzler im Gemach von Herrn Heinrich zugegen.

Unter der königlichen Gefolgschaft hatte sich eine große Aufregung breitgemacht: Einen ungünstigeren Zeitpunkt für einen Ausbruch des Leidens konnte sich niemand vorstellen. Totenstille war erst in dem Augenblick eingetreten, als Griseldis sich ans Bett des Königs gesetzt hatte und ihre Handflächen ganz leicht auf den Lenden des Herrschers ruhen ließ. Nun hielt sie ihre Augen geschlossen; ihr schönes, ebenmäßiges Gesicht blieb unbewegt, während ihre heilende Kraft in Herrn Heinrichs gepeinigten Körper strömte.

Wieder einmal erlebte die Verwandte Frau Kunigundes mit, auf welch unspektakuläre Weise die Heilerin ihr gottgefälliges Werk verrichtete.

Bereits nach wenigen Minuten entspannte sich das bleiche, verzerrte Antlitz des Königs und gewann an Farbe. Und als nach einer halben Stunde der bohrende und pochende

Schmerz aus Heinrichs Leib ganz verschwunden war, konnte Frau Irmintraut nicht anders, als der verhassten Konkurrentin ihre Hochachtung auszudrücken.

»Es ist bewundernswert, Witwe Griseldis, wie Ihr das wieder einmal gemacht habt. Mein Vetter kann froh sein, Euch als Heilerin zu haben – wenngleich mir die Herkunft Eurer geheimen Kräfte nicht so ganz geheuer erscheinen will.«

Diese Spitze hatte sich Frau Irmintraut nicht verkneifen können. Griseldis aber war zu erschöpft, um dem boshaften Weib angemessen zu antworten. Vater Berchtold sprang umgehend für sie in die Bresche.

»Mir dünkt es sehr eigenartig, Dame Irmintraut, dass Ihr es nicht fassen wollt, dass die heilenden Hände der Medica Herrn Heinrichs *ausschließlich von GOTT, dem Allmächtigen*, stammen. Weshalb fällt es Euch nur so schwer, an die Allmacht unseres HERRGOTTS zu glauben, bei dem doch, wie gute Gläubige wissen, kein Ding unmöglich ist?«

Die Base der Königin war im ersten Augenblick sprachlos über diese, in ihren Augen perfide, Verdrehung der Tatsachen. *Sie* hatte doch nur Zweifel an der Lauterkeit der Heilerin wecken wollen und nun hatte dieser alte Fuchs von Benediktiner es so gedeichselt, dass stattdessen *an ihr* ein Makel zu kleben schien.

Aber ehe sich ein unerfreulicher Disput im königlichen Gemach entspinnen konnte, wies die Königin alle, mit Ausnahme der beiden Patres und der Heilerin, aus dem Raum. Herr Heinrich war zwischenzeitlich in einen heilsamen Schlaf gesunken.

Am nächsten Morgen erwachte der König, als wäre nichts gewesen. Es würde ein triumphaler Tag für Herrn Heinrich werden – überdies feierte er an diesem denkwürdigen Tag seinen vierzigsten Geburtstag.

Sein langjähriger Traum von einem Bistum Bamberg mit einem herrlichen Gotteshaus war in Erfüllung gegangen.

Die prunkvolle Einweihung, verbunden mit der feierlichen Einsetzung des Kanzlers und Bischofs Eberhard in sein Bistum, sowie die daran anschließenden mehrtägigen Festlichkeiten sollten allen Teilnehmern ihr Leben lang in Erinnerung bleiben.

Bei Griseldis mischte sich allerdings ein bitterer Wermutstropfen in die Feierstimmung: Gedachte sie doch an diesem Jubeltag ihres unglücklichen Ehemannes Konrad, dem dieser prachtvolle, weit über das fränkische Land hinwegschauende Bau einst den Tod beschert hatte.

Nicht nur für Meister Konrads Seelenheil, auch für das ihrer Eltern betete die Heilerin voll Inbrunst und sie erhob ihren Blick hinauf zum runden Gewölbe der Apsis über dem Hochaltar, der unter dem Blumenschmuck beinahe verschwand.

Und noch jemand wurde ihrer innigen Fürbitten teilhaftig: der König. Inständig bat Griseldis den HERRN im Himmel für Herrn Heinrichs Wohlergehen und weitere gesegnete Regierungsjahre.

»Nach alter, kanonischer Weisung dürfen Bischöfe ihren Sitz nicht auf dem Land, sondern nur in befestigten Orten haben. Eine Ausnahme bilden lediglich Wander- und Missionsbischöfe.«

Vater Berchtold hörte, wie sich der ehrwürdige Erzbischof von Mainz mit dem König und mehreren weltlichen Edelleuten unterhielt. »Vor allem aber muss das *Domus dei*, das Haus Gottes, an einem sicheren Platz stehen, in einer ummauerten Siedlung.«

»Im Grunde ist jedem Bischof diese Vorschrift nicht unlieb – wer von den hohen Herren würde schon gerne auf dem platten

Land leben? Genauso verhält es sich mit der Vorschrift, wie ein Bischof sich an einem hohen Feiertag zu kleiden hat.«

Der alte Benediktinermönch, gestützt auf den Arm der Heilerin des Königs, beäugte dabei äußerst kritisch die auffällig prunkvoll gewandete Schar der Kirchenfürsten. Man vertrat sich nun nach der mehrere Stunden andauernden Messe im Dom im Park der Hofhaltung zu Bamberg ein wenig die Beine. Ein Teil der erlauchten Gästeschar hatte den reizvollen Spazierweg unten am Fluss gewählt.

In der Tat, die Bischöfe und Erzbischöfe boten ein prächtiges Bild mit ihrem weißen Rochett, dem Talar aus reiner Seide, mit den engen Ärmeln, darüber die rote, mit weißen und goldenen Fäden bestickte Kasel, die frei über die Brust fiel und über den Rücken hinab bis zu den Kniekehlen reichte.

Dazu hatten die Herren die goldbestickte Mitra auf dem Kopf und hielten jeweils den Krummstab aus vergoldetem Hartholz als Zeichen ihres Hirtenamtes in der Hand, während sie an den Füßen feine, rote Pantoffeln aus Ziegenleder mit Silber- und Goldstickereien trugen. Bei jedem funkelten ein wertvolles, mit kostbaren Juwelen besetztes Kruzifix auf der Brust sowie ein goldener, mit einem riesigen Edelstein verzierter Ring am Finger der rechten Hand.

So unterschieden sie sich doch deutlich von den einfachen Priestern, die heute am Feiertag eine knöchellange Albe aus weißem Leinen oder heller Wolle trugen und über den Schultern das mehr oder weniger aufwändig bestickte Rund einer festlichen Leinenkasel.

»Einige der hohen geistlichen Herren übertreiben es schon mächtig mit dem Aufwand, den sie mit ihrem Gewand und ihrem Schmuck treiben«, mäkelte Vater Berchtold ganz ungeniert. »Ein kleines bisschen Mehr an Bescheidenheit stünde ihnen ganz gut zu Gesicht.«

»Ach was«, amüsierte sich der König, der die Kritik des Paters gehört hatte. »Ein Armutsgelübde haben die Herren Bischöfe und Erzbischöfe ja nicht abgelegt. Um die Würde ihres geistlichen Amtes zu unterstreichen, kann man den ehrwürdigen Kirchenmännern ruhig einen gewissen Prunk zugestehen.«

»Gewiss, Herr«, stimmte der Mönch, der seit Jahrzehnten seine schlichte Kutte trug, zu. »Aber ich bleibe dennoch dabei: Manche der Eminenzen schießen über das Ziel hinaus.«

»Sei's drum«, meinte Heinrich lakonisch, »Hauptsache, sie vergessen niemals, *wer* sie auf ihren Bischofs- oder Abtsstuhl gesetzt hat. In diesem Falle mögen sie sich meinetwegen kleiden, wie sie wollen.«

Vater Berchtold nickte zwar, murmelte aber eigensinnig vor sich hin: »Trotzdem finde ich es merkwürdig, dass der hohe Klerus solch ein Wesen von sich macht, wenn man bedenkt, dass unser aller HERR, nämlich JESUS CHRISTUS« – dabei bekreuzigte er sich –, »nur ein schlichter Zimmermann aus Nazareth gewesen ist und ein einfaches Gewand aus grober Wolle getragen hat.«

Die hohen Herren, einschließlich des Königs, lachten erheitert auf. Und damit behielt der starrköpfige Benediktiner wieder einmal das letzte Wort. Im Geheimen pflichtete Griseldis ihm bei. Im Laufe der Jahre hatte sie viele Angehörige der hohen Geistlichkeit kennengelernt und sie wusste daher mit Gewissheit, dass deren Aufwand zum geringsten Teil der Ehre GOTTES diente, sondern der Befriedigung der Eitelkeit dieser Herren.

Als sie daher den Pater etwas von »eitlen Pfauenhähnen« brummen hörte, drückte sie verständnisvoll seinen Arm und kämpfte mühsam gegen ein Lächeln an. Auch Herr Heinrich hatte die leise zur Heilerin gesprochenen Worte des Mönchs gehört. Er drohte ihm daher scherzhaft mit dem Finger:

»Pater, Pater! Ihr solltet nicht immer das Schlechteste von Euren Glaubensbrüdern vermuten. Wo bleiben Eure Nächstenliebe und Eure christliche Demut?«

KAPITEL 59

Nach dem erlesenen Mahle, bei dem man alles aufgefahren hatte, was der Oberste Hofkoch sich an Köstlichkeiten ausdenken konnte, saß man noch lange zusammen, um sich bei funkelndem Weine und munterem Geplauder den Genüssen der Musik hinzugeben.

Eben machte ein fahrender Sänger sich bereit, sein rundum gesättigtes Publikum mit einem Lied, das im Sankt Gallener Raum schon zu Zeiten Kaiser Karls entstanden war, zu erfreuen.

Signor Giacomo, der hier quasi das Hausrecht als Musikant und Sänger genoss, war keineswegs eifersüchtig auf seine Sangeskollegen – hatte er doch beim gestrigen Sängerwettstreit vom frühen bis zum späten Nachmittag als Bester unter zwei Dutzend Vortragenden abgeschnitten und war von der Königin mit einem Lorbeerkranz und einem Kuss auf die Wange geehrt worden.

Da der Abend noch jung und die Gemüter noch nicht zu sehr erhitzt von Wein, Bier und Met waren – und zudem Frau Kunigunde mit ihren Damen in der Halle noch anwesend –, erwies sich das Dargebotene nicht als zu derb und anzüglich, sondern fand durchaus den Beifall der sittenstrengen Herrscherin sowie der geistlichen Herren.

Der Sänger, ein noch junger Mann mit ungewöhnlich grauem Haar, der bereits alle Höfe Europas bereist hatte, zupfte die Laute – ein Instrument, das die Mauren aus dem Vorderen Orient auf die Iberische Halbinsel gebracht hatten. Dann positionierte er sich vor dem Hochsitz des Königs und begann mit Blick auf die Königin zu singen:

Ich weiß einen Stamm im Eichenschlag,
der steht im grünsten Laube,
dort lacht und lockt den ganzen Tag
eine schöne, wilde Taube.

Ich weiß einen Fels, draus schillt und schallt
nur Krächzen und Geheule,
dort haust fahlgrau und missgestalt
eine heis're Schleiereule.

Des Jägers Horn bringt süßen Klang,
des Jägers Pfeil Verderben:
die Taube grüß' ich mit Gesang,
die Eule, die muss sterben.

Alle lachten und klatschten Beifall. Danach berichtete der Sänger von einem Mönch Ekkehard, der einst im Kloster Sankt Gallen gewesen war, wo er das berühmte »Waltharius-Lied« verfasste und später zur Buße für eine Liebelei mit einer edlen Dame auf der Burg Hohentwiel einige Zeit als Senner allein auf dem Berge Säntis verbracht hatte.

Als er die Berge wieder verlassen durfte, hatte Ekkehard ein Lied gedichtet, das der Spielmann nun seinem Publikum zu Gehör brachte:

»Fahr wohl, du hoher Säntis, der treu um mich gewacht,
fahr wohl, du grüne Alpe, die mich gesund gemacht.

Hab Dank für deine Spenden, du heil'ge Einsamkeit,
vorbei der alte Kummer – vorbei das alte Leid.

Geläutert ward das Herze, und Blumen wachsen drin:
Zu neuem Kampf gelustig steht nach der Welt mein Sinn.

Der Jüngling lag in Träumen, dann kam die dunkle Nacht;
in scharfer Luft der Berge ist jetzt der Mann erwacht.

Nachdem der Beifall verebbt war, fragte der König den Lautenspieler, woher er denn komme. »Vom schönen Kostritzer See, Herr Heinrich«, antwortete dieser prompt.

»Ach«, rief wehmütig Vater Berchtold aus, »dort auf der Insel Reichenau, in jenem Teil des Sees, der Gnadensee heißt, ist mein Heimatkloster. Kennt Ihr es zufällig?« Aus jeder Silbe war das Heimweh des alten Mannes herauszuhören.

»Aber ja, frommer Vater«, erwiderte respektvoll der Sänger. »Und seine drei ehrwürdigen Kirchen Ober-, Mittel- und Niederzell. Ich weiß auch Lieder, verfasst von Abt Walafried Strabo, einst Klostervorsteher in karolingischer Zeit; ein gar sehr gefeierter Dichter und begnadeter Botaniker, der sich vortrefflich auf alle Heilkräuter verstanden hat.«

»So lasst uns ein Lied von diesem frommen Manne hören, Spielmann«, bat die Königin. Der fahrende Musikant ließ sich nicht lange bitten und deklamierte einen längeren, bittersüßen Sprechgesang über eine verlorene große Liebe, wobei er leise über die Saiten seiner Laute strich.

Da er das Gedicht im alten Dialekt der Umgebung des Kostritzer Sees vortrug, hatten manche der Zuhörer Schwierigkeiten, alles genau zu verstehen. Aber dennoch war jeder angerührt von der Innigkeit, mit welcher der Mönch vor gut zweihundert Jahren seiner Liebsten nachgetrauert hatte.

»Wie wunderbar«, sagte Vater Berchtold und seufzte, als der letzte Akkord verklungen war. »Dieses Lied kenne ich auch. Wir jungen Mönche haben es oft heimlich gesungen, wenn unser Vater Abt nicht in Hörweite war – dieser schätzte nämlich das Liebesgedicht seines Amtsvorgängers überhaupt nicht.«

Der König lachte und die noble Tischgesellschaft mit ihm. Die schöne Dame Irmintraut aber sprang auf, lief um die Tafel herum auf den Spielmann zu, legte ihm ihre schlanken Arme um den Hals und küsste ihn auf beide Wangen und auf den Mund.

Das Gelächter aller Anwesenden verstärkte sich, auch König Heinrich amüsierte sich sichtlich. Nur die Königin schien ein wenig geniert über die Ungehemmtheit ihrer Verwandten. Einer Dame war es zwar durchaus erlaubt, unter gewissen Umständen einen Mann, der nicht ihr eigener, oder wenigstens ihr Vater oder Bruder war, auf den Mund zu küssen. Aber niemals tat es eine Edle, wenn der Betreffende im Rang unter ihr stand.

»Singt, singt uns noch mehr Lieder von der Liebe, Ihr Meister des Gesanges der Göttin Venus«, rief Frau Irmintraut auffordernd, ungerührt über die leicht befremdeten Mienen der anwesenden Kirchenfürsten; man feierte schließlich die Einweihung eines Domes …

Jedoch hatte der fremde Spielmann, ein feinfühliger Mann, nach einem Blick auf Heinrichs Gemahlin deren leises Missfallen entdeckt. Mit einer ehrerbietigen Verbeugung vor der Königin sprach der Spielmann daher mit edlem Anstand:

»Ich finde keinen Vers mehr, es stockt meines Gesanges Fluss, zu tief hat mich erschrecket der Dame süßer Kuss. –

Gestattet, meine Königin, erlaubt, mein König, dass der Spielmann sich nun zurückzieht.«

Ehe noch Proteste sich regen und bevor es Base Irmintraut möglich war, Widerspruch einzulegen, gab Frau Kunigunde dem Sänger huldvoll die Erlaubnis, die Halle zu verlassen. Lauter Beifall begleitete ihn und viele bedauerten insgeheim seinen frühzeitigen Abgang.

Mit rotem Kopf und wütend funkelnden Augen setzte sich Frau Irmintraut wieder auf ihren Platz an der Tafel. Griseldis erkannte, dass sie das Verhalten der Königin als Rüge empfand und darüber verärgert war. Die Heilerin leugnete nicht, dass sie über diese kleine Demütigung der Base Kunigundes leise Genugtuung empfand. Die Wunde, die jene ihr zugefügt hatte, war zwar längst verheilt, jedoch die Narbe schmerzte noch immer …

KAPITEL 60

DER LETZTE KRIEGSZUG gegen Herzog Boleslaw hatte auch etlichen Edelleuten das Leben gekostet. Einer der Adligen war sehr schwer verwundet worden; sein Leben hing sozusagen am seidenen Faden. Mit größter Behutsamkeit hatte man den Verletzten auf einer gepolsterten Trage zwischen zwei im Schritt gehenden Pferden in die Heimat zurückgebracht.

Wolfhart von Liebenzell war sein Name. Er galt als ein tapferer und verlässlicher junger Mann, den der König überaus schätzte.

»Bemüht Euch ganz besonders um ihn«, bat er die Heilerin. »Es täte mir von Herzen leid, auch ihn noch zu verlieren.«

Griseldis hatte all ihr Können eingesetzt, um den Edelmann, den ein Pfeilschuss in die Brust getroffen hatte, am Leben zu erhalten.

»Dass er den Transport nach Hause überlebt hat, grenzt beinahe an ein Wunder, Herr. Zum Glück ist das Geschoss, wenn auch nur knapp, am Herzen vorbeigegangen und hat die Lunge nur leicht gestreift«, sagte sie zu Heinrich, als der König wissen wollte, welche Aussichten der Ritter hätte.

»Ich verspreche Euch, Herr Heinrich, er wird genesen – wenn der Fortgang der Heilung auch lange dauern wird, da sich die Wunde entzündet hat. Das feindliche Geschoss war wohl nicht vergiftet, aber verschmutzt; Herr Wolfhart leidet daher an Wundfieber. Zum Glück ist er noch jung und kräftig.«

Griseldis hatte die anfangs noch schüchternen, gleichwohl sehr ernst gemeinten Annäherungsversuche Herrn Wolfharts bemerkt. Sie war in der Tat geschmeichelt über das Interesse dieses hübschen, braunhaarigen Edelmanns, nach dem sich bei Hofe stets viele Mädchen und jüngere Frauen den Kopf verdreht hatten.

Auch jetzt war die Anteilnahme des weiblichen Gefolges an seinen Genesungsfortschritten groß. Die Freiherren von Liebenzell waren ein altes, nicht ganz unbedeutendes Geschlecht aus der Nähe von Salzburg und überdies schien Herr Wolfhart ein besonderer Liebling des Königs zu sein.

Der junge Mann war bescheiden und liebenswürdig – und sehr anziehend. Griseldis hatte sich, um die Wahrheit zu sagen, auf den ersten Blick in ihn und seine großen, braunen Augen verliebt gehabt.

Als er zu Anfang so teilnahmslos und totenbleich auf der Bahre gelegen war, hatte es der Heilerin geradezu einen Stich ins Herz versetzt, so angetan war sie von dem gut aussehenden Krieger gewesen. Nein, dieser Kämpfer durfte auf keinen Fall sein Leben aushauchen! Diesem edlen Patienten würde sie sich mit ganz speziellem Eifer widmen …

Nach seiner Wiederherstellung warb Herr Wolfhart um sie mit einer Hartnäckigkeit, die es ihr täglich schwerer machte, ihn abzuweisen. Ihr blieb jedoch nichts anderes übrig, denn nach den geltenden Gesetzen des Reiches wären bei der Heirat eines Edelmanns mit einer niederer gestellten Frau er selbst und die gemeinsamen Kinder im Rang abgestiegen.

»Das würde ich Euch niemals antun, Herr Wolfhart, dass Ihr um meinetwillen Euren Stand verlassen müsstet. Ihr seid nun mal kein Bauer oder Handwerker und Euer Sohn soll auch kein Knecht oder Geselle sein. Ich bin nur die Tochter eines Freibauern und die Witwe eines Bürgerlichen – also hat unsere Liebe keine gemeinsame Zukunft.«

So hatte sie es endlich ausgesprochen, dass auch sie ihn liebte. Und genau das hatte der Herr von Liebenzell nur hören wollen. Er war so schlau und wandte sich umgehend an Vater Berchtold, dem er zutraute, einen Weg zu finden, wie dem ungleichen Liebespaar zu helfen wäre. Der verständige alte Mann versprach auch sofort, sich für die beiden zu verwenden.

»Ich rechne es Euch hoch an, edler Herr, dass Ihr Frau Griseldis nicht gedrängt habt, Eure Geliebte zu werden, da sie Euer angetrautes Weib nicht werden kann. Ich verbürge mich dafür, dass der König eine Lösung finden wird«, stellte er dem verliebten Edelmann in Aussicht.

Woher er diese Gewissheit nahm? Schon lange ging dem Mönch, der selbst nie die Zuneigung eines Eheweibes hatte erfahren dürfen, die Gefühle eines Liebenden aber dennoch nachempfinden konnte, ein Plan im Kopf herum. Er musste nur noch seinen Herrn, den König, mit der Nase darauf stoßen, damit dieser glaubte, die Idee wäre die seine gewesen …

Nach Herrn Wolfharts erstaunlich rascher Genesung, war er doch beinahe tödlich verwundet worden, hatte am Hof ein regelrechter Wettstreit der jüngeren Hofdamen um die Aufmerksamkeit des nicht nur schönen, sondern auch vermögenden Mannes begonnen. Besonders Frau Irmintraut scharwenzelte um den hoch gewachsenen, kräftigen Freiherrn herum. Bei jeder sich bietenden Gelegenheit sah man sie neuerdings an seiner Seite, um ihn mit ihrer sinnlichen Schönheit sowie mit ihrem zweifellos geistvollen Geplauder zu umgarnen.

Sie schaffte es zumeist, an der Tafel des Königspaares als seine Tischdame zu sitzen. Griseldis hingegen wurde am anderen Ende der Tafel platziert, da die Base der Königin den Haushofmeister bestochen hatte.

Herr Wolfhart setzte unverdrossen eine gute Miene auf und erwies sich als tadelloser Kavalier, wenngleich er darauf bedacht war, sich die Verwandte Kunigundes vom Leib zu halten. Das war nicht einfach, denn die Dame war keineswegs schüchtern und zog raffiniert alle Register ihres weiblichen Liebreizes, um den begehrten Edelmann für sich zu gewinnen. Dazu kam, dass das Interesse Irmintrauts seiner männlichen Eitelkeit durchaus schmeichelte …

Griseldis hätte am liebsten vor ohnmächtiger Wut auf die Tischplatte geschlagen, aber ehe sie etwas Unbedachtes zu tun vermochte, fing sie den Blick Vater Berchtolds auf, der ihr vom oberen Ende der Tafel her Gelassenheit signalisierte.

Die Heilerin konnte es trotzdem kaum erwarten, bis die Königin das Zeichen zum Aufheben der Tafel gegeben hatte und sie zu dem alten Benediktiner, ihrem besten Freund seit Langem, eilen konnte.

»Macht Euch wegen dieser Schlange keine Sorgen, meine Tochter«, flüsterte dieser ihr nach dem Mahle geheimnisvoll zu. »Herr Wolfhart hat mit der schwarzen Hexe nichts im Sinn. Dafür kann ich mich verbürgen.«

›Der Pater hat leicht reden.‹ Griseldis sah die Sache nüchtern. ›Die Verwandte Kunigundes wäre keine schlechte Wahl für den Baron. Er wäre damit nicht bloß ein Freund des Königs, sondern sein Verwandter noch dazu. Welcher Herr gäbe nicht alles darum, zu Herrn Heinrich ›Vetter‹ sagen zu dürfen? Was kann *ich* ihm im Gegenzug dazu bieten? Außer meiner ehrlichen Liebe nur den Rangverlust für ihn und seine Nachkommen‹, dachte sie verbittert.

Griseldis stiegen die Tränen der Enttäuschung in die Augen und sie verließ eilig die Halle, während alle anderen noch zusammenstanden und sich unterhielten. Zielstrebig machte sie sich auf den Weg in ihr Gemach, um sich heute einmal frühzeitig ins Bett zu legen, obwohl ihr vor der Einsamkeit graute.

Sie war jung und schön und bereits viel zu lange ohne die Liebe eines Mannes gewesen. Ja, sie sehnte sich nach Hingabe und Leidenschaft und sie hasste Irmintraut, die dabei war, sie aus dem Herzen Herrn Wolfharts zu verdrängen …

Ungewollt schluchzte sie laut auf. Eine Dienerin, der sie in dem engen, finsteren Flur zu ihrer Kemenate begegnete, warf ihr einen verwunderten Blick zu. Da hörte sie hinter sich forsche Tritte von Männerschuhen.

Bloß jetzt keine Unterhaltung! Griseldis beschleunigte ihre Schritte, um in ihr einsames Gemach zu gelangen, ehe der Mann – vermutlich ein Bediensteter, der sie etwas fragen wollte – sie einholen konnte. Es geschah nicht selten, dass jemand von der Dienerschaft sie gleichsam zwischen Tür und Angel wegen eines gesundheitlichen Problems konsultierte.

»Was lauft Ihr so schnell, Liebste?«, tönte eine tiefe, ihr nur allzu vertraute Stimme. Wie vom Blitz getroffen blieb Griseldis stehen. »Flieht Ihr etwa vor mir?«

Langsam und mit ungläubigem Blick wandte die Heilerin sich nach ihrem Verfolger um.

»Ihr?«, fragte sie leise. Sie konnte nicht verhindern, dass ihre Stimme ein klein wenig bebte. »Ich dachte, Ihr würdet Euch nach dem Mahle noch mit Eurer reizenden Tischgefährtin unterhalten, Herr Wolfhart.«

»Hah, ›reizend‹ ist wohl nicht ganz der passende Ausdruck für diese Dame. Sie ist eine Tigerin, die einen Mann um den Verstand zu bringen versucht, ehe sie ihn aus Begierde verschlingt. Ich bin froh, ihren besitzergreifenden Krallen entkommen zu sein.«

»Ach ja?«, fragte Griseldis und bemühte sich dabei, recht kühl zu erscheinen. »Ich hatte nicht den Eindruck, dass Euch ihre Gegenwart so zuwider war. Im Gegenteil, Ihr unterhieltet Euch recht gut, wenn ich Euer amüsiertes Lachen richtig gedeutet habe.«

»Sieh einer an! Ihr habt mich also genau beobachtet. Ihr glaubt gar nicht, mit welcher Freude mich das erfüllt«, sagte Herr Wolfhart grinsend und zog die widerstrebende junge Frau in seine Arme, ohne sich an den neugierigen Blicken eines vorübereilenden Kammerdieners zu stören.

Griseldis versuchte sich zu befreien, aber der Baron hielt sie eisern fest.

»Bleibt, Liebste, ich bitte Euch. Ich habe wunderbare Neuigkeiten.« Ehe Wolfhart von Liebenzell verriet, um welche es sich dabei handelte, drückte er die schöne Medica an sich und küsste sie voller Leidenschaft. Griseldis erfasste ein Schwindel. Obwohl sie sich vorgenommen hatte, ihre Liebe zu dem Edelmann für immer in ihrem Herzen zu begraben, erwiderte sie dennoch temperamentvoll und sehnsüchtig zugleich seinen Kuss.

Nur für einige Augenblicke wollte sie sich der seligen, aber leider irrigen Vorstellung hingeben, mit ihm ihr Liebesglück finden zu können. Dann siegte jedoch ihre Vernunft. Mit einem energischen Ruck entzog sie sich der Umarmung des geliebten Mannes.

»Lasst mich, ich bitte Euch, Herr Wolfhart. Ein gemeinsames Glück ist uns nun einmal nicht beschieden. Vielleicht sollte ich in meine alte Heimat zurückkehren und dort die Kranken heilen.«

»Der König würde Euch das nie gestatten, Liebste. Und, seid versichert, Euer Gemahl würde es ebenfalls nicht tun.«

»Mein Gemahl? Wen meint Ihr, Herr?« Griseldis war verwirrt.

Da riss Wolfhart die junge Frau erneut an sich und raunte ihr ins Ohr:

»Wollt Ihr meine Überraschung gar nicht erfahren? Seid Ihr kein bisschen neugierig, meine Schönste?« Ohne ihre Antwort abzuwarten, platzte der Baron heraus:

»Eigentlich wollte Euch ja der König selbst mit der Neuigkeit überraschen, aber ich halte es nicht mehr aus: Ich muss einfach mein Glück mit Euch teilen.«

Jetzt war Griseldis doch gespannt, was Wolfhart ihr mitzuteilen hatte. Atemlos blickte sie in seine strahlenden Augen und wartete.

»Der König wird es möglich machen, dass wir den Bund der Ehe werden schließen können, meine Liebste! Er wird dich nämlich in Kürze – deiner Verdienste wegen – in den Adelsstand erheben. Und dann steht unserem Glück kein Hindernis mehr im Wege. Nun, was sagst du jetzt?«

Erwartungsvoll schaute der Freiherr auf die begehrenswerte Frau nieder und es war, als ginge in ihrem glückstrahlenden Gesicht die Sonne auf.

»Gütiger Himmel! Ist das auch wirklich wahr? Wie kam der König nur auf diesen Gedanken?«

»Nun, Vater Berchtold hat sich für dich ins Zeug gelegt. Da kam der König auf den Einfall, dich für deine Heilkunst, die du so oft an ihm geübt hast, zu adeln. Ich werde mich also demnächst mit Frau Griseldis, Edle von Tannhofen, offiziell verloben und baldmöglichst mit dieser Edelfrau die Ehe eingehen.«

»Wolfhart, Liebster!«

Griseldis schlang leidenschaftlich ihre Arme um seinen Hals, schmiegte sich an ihn und küsste den Geliebten, ohne sich um die Blicke der Dienstboten und etlicher Hofleute, die ihre Gemächer zur Nachtruhe aufsuchten, zu scheren.

KAPITEL 61

WOCHEN WAREN VERGANGEN und noch hatte der König seine Medica nicht in den Adelsstand erhoben. Die von Frau Irmintraut initiierte Sitzordnung an der königlichen Tafel war für Griseldis nach wie vor kränkend: Die Base der Königin wünschte neben Herrn Wolfhart zu sitzen.

Sie rückte bei Tisch ganz nahe an ihn heran, bedachte ihn mit schmachtenden Blicken aus ihren betörenden, nachtdunklen Augen, griff nach seinem Arm und berührte wie zufällig seine Hand mit der ihren. Sie bemühte sich, ihren Tischherrn mit pikanten Geschichtchen zu unterhalten, deren zumeist etwas schlüpfrigen Kern sie geistreich mit Witz und Charme zu verpacken wusste.

Häufig brachte sie damit Wolfhart von Liebenzell zu herzlich lautem Auflachen. Eine Tatsache, die Griseldis jedes Mal gleichsam einen Dolchstoß ins Herz versetzte. Sie war so ehrlich, sich einzugestehen, entsetzlich eifersüchtig auf die Verwandte der Königin zu sein und ihr des Öfteren die Krätze an den schlanken, weißen Hals zu wünschen.

Sooft die Heilerin Herrn Heinrichs ihren Blick ans vordere Ende der Tafel schweifen ließ, konnte sie sehen, wie die schwarzhaarige Verführerin sich an *ihren* Liebsten schmiegte, ihn mit verzehrenden Blicken verschlang und sich von ihrem Tischherrn wie ein verspieltes Kätzchen füttern ließ, wobei sie die Finger des Grafen mit ihren sinnlichen Lippen festhielt, mutwillig an ihnen knabberte und mit halbgeschlossenen Lidern ihre kleine, rote Zunge spielen ließ …

Es war offensichtlich, dass Frau Irmintraut die alte Sitte weidlich ausnützte, bei der die Dame sich von ihrem Kavalier bei Tisch die Bissen reichen ließ, damit sie sich ihre eigenen Hände nicht beschmutzen musste.

Griseldis' scharfen Augen entging auch diesmal nicht, dass die Base Kunigundes Herrn Wolfharts sehnige, braune Hand festhielt und jeden einzelnen seiner Finger sorgfältig ableckte, nachdem er ihr ein Stückchen vom Braten in den Mund gesteckt hatte. Dabei lachte sie ihn herausfordernd an und machte anschließend eine anscheinend sehr geistreiche Bemerkung, denn nicht nur der Herr von Liebenzell, sondern alle in der Nähe Sitzenden, selbst König Heinrich, lachten unbändig, manche klatschten sogar Beifall.

Als Wolfhart daraufhin seiner Tischdame galant die Hand küsste, konnte es Griseldis nicht mehr länger ertragen. Leise stand sie auf und verließ unbemerkt die Halle. Sie wusste, dass sie den Liebsten an Frau Irmintraut verloren hatte.

Sie wollte ihre Kemenate aufsuchen und sich aufs Bett werfen, obwohl der Schlaf sie sicherlich fliehen würde. Denn vor ihren Augen würde beständig das Bild auftauchen, das ihr die Schwarzhaarige zeigte, die eine Hand besitzergreifend auf den Schenkel Herrn Wolfharts legte und mit der anderen seine Rechte umklammerte, um einzeln seine Finger abzulecken …

Dieses Bild voll praller Sinnlichkeit, dargeboten in aller Öffentlichkeit und mit größter Selbstverständlichkeit, verstörte sie am meisten. Ein Glück, dass bisher nur sie selbst, der Freiherr sowie Vater Berchtold von ihren Plänen gewusst hatten. Eine Hochzeit zwischen dem Herrn von Liebenzell und Griseldis von Tannhofen würde es jedenfalls nicht geben.

Um nicht Zeugin des Liebesglücks zu werden zwischen Irmintraut und Wolfhart, der völlig in ihrem Banne zu stehen schien, erbat Griseldis sich vom König die Erlaubnis, nach Hause reiten zu dürfen, um wieder einmal ihre Familie zu sehen. Ihre Eltern lebten zwar nicht mehr, aber wie es Bruder, Schwägerin und jüngerer Schwester mittlerweile erging, wusste sie nicht.

Da es Herrn Heinrich seit Längerem sehr gut ging, ließ er seine Medica, die Edle von Tannhofen, wie sie mittlerweile hieß, in GOTTES Namen ziehen. Ihre Ankunft in ihrem Heimatdorf im Herbst des Jahres 1012 erfolgte überraschend und Griseldis war gespannt, wie man sie nach so vielen Jahren aufnehmen würde.

Als sie an der Spitze ihrer Begleiter durch das offen stehende Hoftor geritten war – immerhin ein gutes Zeichen, man rechnete also nicht mit feindlichen Überfällen –, tauchte aus einem der Viehställe ihr Bruder auf.

»Ach, herrje«, rief er fast erschrocken aus, als seine Schwester Griseldis vom Pferd gestiegen und auf ihn zugelaufen kam. »Was führt dich denn hierher? Ist etwas geschehen?«

Das klang nicht sehr ermunternd und sie blieb stocksteif vor ihm stehen – eigentlich hatte sie vorgehabt, Dietwulf um den Hals zu fallen.

»Ich wollte euch alle nach langer Zeit wieder einmal sehen – ist das so schwer zu verstehen, Bruder?«, fragte sie befremdet. Mit einem Seitenblick hatte sie aus dem Augenwinkel heraus ihre Schwägerin Rottraut bei der Scheune gesehen, wo diese einer Schar Hühner aus einer Schüssel Futter vorstreute.

Die Bäuerin musste die Ankömmlinge gehört und gesehen haben; vor allem aber hatte sie wohl Griseldis erkannt. Aber sie tat uninteressiert und ließ sich in ihrer Arbeit nicht stören. Erst als die Futterschüssel leer war, stellte Rottraut sie auf einen Hackklotz, wischte die Hände an ihrer Schürze ab und schlenderte betont langsam auf die Besucher zu, wobei sie die Augenlider zusammenkniff.

»Ach, da schau her. Die vornehme Frau Schwägerin hoch zu Ross mit Dienstmagd und gleich vier Herren als Geleit! Nobel, nobel«, bemerkte sie hämisch, als sie vor Griseldis stand und deren grünes Seidengewand mit dem weißen Surkôt aus feinster Lammwolle neidisch begutachtete. »Da ist es ja wahrlich ein Wunder, dass du überhaupt noch herfindest zu uns gewöhnlichen Bauersleuten.«

Am liebsten wäre Griseldis wieder auf ihr Pferd gestiegen und hätte die ungastliche Stätte verlassen. Sie überlegte, ob es wohl ein Fehler gewesen war, hierherzukommen – man hieß sie offensichtlich nicht willkommen. Aber nun, wo sie schon einmal da war …

»Wie geht es euch?«, richtete sie stattdessen die Frage an den immer noch linkisch dastehenden Bruder. Dietwulf war alt geworden, fand seine jüngere Schwester. Scharfe Falten durchzogen seine von der Sonne gegerbte, tiefdunkle Gesichtshaut und sein schulterlanges Haupthaar – nur die unfreien Bauern mussten es scheren – war bereits vollkommen ergraut. Dazu war er mager, aber muskulös und sehnig, wohingegen sein Weib fett geworden war. Die Eheleute, die beide einen recht ungepflegten Eindruck machten, überhörten scheinbar ihre Frage.

Etliche Kinder plärrten im Hof, wobei ein Junge sich damit hervortat, die anderen durch Hineinstampfen in eine Mistlache mit Dreck vollzuspritzen.

»Lass das sein, Hartmut«, rief Dietwulf ärgerlich. Der etwa Neunjährige grinste unverschämt, patschte noch einmal trotzig in die Pfütze, ehe er sich mit boshaftem Lachen hinter die Scheune trollte, die übrigen Kinder im Schlepptau.

›Offenbar ist Hartmut der Anführer dieser Racker‹, dachte Griseldis. ›Er ist ein ungezogener, kleiner Rotzbengel.‹

»Eine Menge Kinder habt ihr. Gratuliere«, nahm Griseldis einen neuen Anlauf.

»Uns gehört nur einer, der Hartmut«, gab ihr Bruder verdrossen zur Antwort. »Die anderen stammen alle von Gertrud.«

»Oh.« Jetzt war Griseldis angenehm überrascht. »Dass meine kleine Schwester geheiratet hat und mehrfach Mutter geworden ist, wusste ich gar nicht.«

»Was weißt *du* denn überhaupt? Ja, einem armen Schlucker aus dem Nachbardorf hat sie sich an den Hals geworfen«, erklärte bissig mit schief gezogenem Mund die ehemals so schöne Schwägerin. »Nachdem er ihr in sechs Ehejahren fünf Kinder gemacht hat, ist er gestorben. Seitdem haben wir die verdammten Bälger am Hals.«

»Aber Weib, was redest du bloß?« Verlegen versuchte der Bauer, Rottraut zum Schweigen zu bringen. Vergeblich.

»Es stimmt doch, dass sie allesamt unnütze Fresser sind«, keifte die dicke, schlampige Frau zurück. Dietwulf war rot geworden vor Verlegenheit, aber Griseldis wollte diesen Vorwurf nicht auf der jüngeren Schwester, an der sie mit ganz besonderer Liebe gehangen hatte, sitzen lassen.

»Aber dass Gertrud – genau wie ich übrigens – ihren Anteil auf dem Hof gelassen hat, davon redest du nicht?«, begehrte sie daher auf. »Wäre es nämlich anders und Gertrud hätte ihre Mitgift vom Hof genommen, hättet ihr es mir sicher jammernd mitgeteilt.« Auch sie vermochte Spitzen auszuteilen.

Ehe Rottraut erneut eine ungute Bemerkung machen konnte, ging Dietwulf dazwischen. »Wie auch immer, sei willkommen, Griseldis. Tritt ein mit deinen Leuten und lass dich in der Stube nieder. Meine Bäuerin wird allen zu essen und zu trinken bringen.«

Mit giftigem Blick streifte das Weib seinen Eheherrn, dann aber trat es von der Haustüre zurück und gab den Weg für die Ankömmlinge frei.

KAPITEL 62

Auf den ersten Blick erkannte Griseldis, dass Dietwulfs Hausfrau die Wirtschaft des Hauses in guter Ordnung hielt. Nach dem Aussehen Rottrauts, die sich offenbar ganz und gar gehen ließ, hatte sie nur Schlamperei erwartet. Aber nichts dergleichen.

Der Boden der Wohnstube war sauber gefegt, alles aufgeräumt, der Kamin war vom Ruß befreit und die kupfernen Töpfe und Pfannen hingen reinlich gespült und blitzblank gescheuert an Haken über der Feuerstelle in der Mitte des Raumes.

»Schön hast du es hier«, lobte Griseldis, aber gleich wieder fuhr Rottraut auf sie los.

»Ha! Vor einem Jahr hättest du hier sein sollen! Da wusste ich nicht mehr, wo mir der Kopf steht vor lauter Arbeit. Vor fünf Jahren haben wir zeitweilig Dietwulfs und deine Eltern zu uns ins Haus nehmen müssen, weil Frowein mit der Verrückten allein nicht mehr zurechtgekommen ist. Es war einfach grauenhaft, kann ich dir sagen!«

Griseldis glaubte das der Schwägerin unbesehen; aber dennoch tat es ihr weh, die andere so abfällig über Dietlinde sprechen zu hören. Immerhin war diese ihre Mutter gewesen und sie hatte sie noch ganz anders in Erinnerung …

Aber weil sie keinen Streit vom Zaun brechen wollte, schwieg sie. Rottraut hingegen war nicht aufzuhalten. »Deine Mutter verlor zunehmend ihren Verstand. Sie hätte uns alle um ein Haar noch ins Unglück gestürzt mit ihrem ganzen verrückten Heidengötterkram. Es war für uns alle ein Segen, als sie endlich gestorben ist.«

Griseldis von Tannhofen zuckte schmerzlich zusammen. War der schreckliche Tod Dietlindes doch verbunden mit demjenigen ihres Vaters …

Dietwulf sah es und bat seine Schwester erneut, sich endlich in der Nähe des Kaminfeuers niederzulassen. Man befand sich bereits im Monat September und die Abende wurden schon kühl. Ihre Begleiter hatten es sich bereits gemütlich gemacht.

Eine alte, halbblinde und beinahe taube Magd, die Froweins ältere Tochter nicht mehr erkannte, stellte eine Kanne mit Birnenmost und ein Brett mit Räucherspeck und einem Laib Brot auf den Tisch und die Ankömmlinge griffen wacker zu.

Wieder fiel Griseldis auf, wie alt und verbraucht der Bruder bereits aussah. Obwohl noch jung an Jahren – er war erst Mitte dreißig und damit ein paar Jahre jünger als Herr Heinrich – unterschied er sich bereits ungeheuer vom König. Es lagen eindeutig Welten zwischen den beiden Männern.

›Dietwulf ist zerschunden‹, dachte sie betroffen, ›viel mehr als unser Vater Frowein, der stolze Freibauer, es jemals gewesen ist. Es muss an der schweren körperlichen Arbeit liegen.‹ Griseldis war bereits bei ihrer Ankunft aufgefallen, dass sich nur noch wenige Knechte und Mägde hier aufhielten, obwohl die Feldarbeit im Augenblick ruhte und eigentlich alle auf dem Hof sein mussten. Sparten Rottraut und Dietwulf womöglich am Gesinde? Der Schwägerin traute Griseldis es zu, dass sie aus Geiz die Arbeitskräfte fortschickte und dafür ihren Mann für drei schuften ließ.

›Trotz seiner schmerzhaften Koliken und den zahlreichen, ausgedehnten Ritten quer durchs Land bei jeder Witterung kann sich Herr Heinrich zwischendurch immer wieder ausruhen, erholen und pflegen lassen – Dietwulf ist dies offensichtlich nicht möglich.‹

Aus einem plötzlichen, schwesterlich zärtlichen Impuls heraus legte Griseldis zaghaft lächelnd ihre gepflegte Hand auf die abgearbeitete und schwielige ihres Bruders und streichelte sie mehrmals. Und dieser, verblüfft über die ungewohnte Intimität, ließ sie eine Zeit lang gewähren, ehe er verschämt die Hand zurückzog.

»Wo ist eigentlich Gertrud?«, fragte Griseldis neugierig, nachdem sie sich ein wenig gestärkt hatte. »Ihre Kinder habe ich ja draußen auf dem Hof gesehen, aber von ihr selbst noch keine Spur.«

»Sie lebt nicht bei uns«, warf Rottraut abfällig ein, während sie die Reste der Mahlzeit abräumte, kaum dass ihre Schwägerin ihr Messer wieder in die Lederscheide an ihrem Gürtel gesteckt hatte.

»Nein? Wo denn, um Himmels willen, nachdem ihr Mann doch gestorben ist?« Griseldis war irritiert.

»Sie ist das Weib unseres jetzigen Pfaffen geworden«, gab die Hausfrau unangenehm auflachend zur Antwort. Die Heilerin glaubte, sich verhört zu haben.

»Ja, das ist schon richtig«, pflichtete Dietwulf bei. »Sie lebt zusammen mit Herrn Ansgar im Pfarrhof und hat bereits einen kleinen Sohn von ihm.«

»Und weshalb um alles in der Welt nimmt sie die Kinder ihres ersten Mannes nicht zu sich?«, wollte Griseldis, immer noch verblüfft, wissen.

»Der hochwürdige Herr mag halt die Bälger eines anderen Mannes nicht um sich haben.« Rottraut lachte abermals laut und hässlich.

»Morgen werde ich Gertrud aufsuchen«, kündigte Griseldis energisch an, »und mit ihr darüber sprechen. Ich denke doch, dass ich eine Weile bei euch bleiben kann?«, wandte sie sich fragend an den Bruder. Dieser sagte, noch ehe seine Bäuerin eine Einwendung vorbringen konnte, umgehend zu.

»Freilich, Schwester. Es ist doch immer noch auch dein Zuhause, das Haus unserer Eltern. Du bist uns natürlich willkommen, zusammen mit deinen Begleitern.«

Griseldis hatte ihr Versprechen wahr gemacht und war am nächsten Morgen zum Pfarrhof ihres Heimatdorfes geritten, um ihre Schwester zur Rede zu stellen, warum sie in ihr neues Heim keines ihrer Kinder aus erster Ehe mitgenommen hatte.

Gertrud – erneut in gesegneten Umständen, wie Griseldis auf den ersten Blick erkannte – wiegte ihr Söhnchen, das sie bereits von dem Geistlichen hatte, auf den Armen.

»Dass du so bald nach dem ersten Kind das zweite von deinem neuen Mann haben wirst, entbindet dich nicht von der

Verantwortung für deine anderen Kinder, Schwester«, hatte sie ihr ohne Umschweife ins Gesicht gesagt. »Was bist du bloß für eine Mutter? Wenn dein Jetziger die Sprösslinge seines Vorgängers nicht haben will, verstehe ich nicht, warum du ihn überhaupt geheiratet hast.

Du weißt doch, wie die hartherzige Rottraut mit deinen Kindern umgeht – und trotzdem hast du sie ihr anvertraut.«

Gertrud war sehr verlegen über den Tadel der Älteren und stotterte etwas von schwacher Gesundheit, zu viel Arbeit und zu wenig Geld. Aber Griseldis war nicht bereit, die Ausflüchte der jüngeren Schwester gelten zu lassen.

Da trat der Pfarrherr des Dorfes in die Wohnstube ein und versuchte mit salbungsvollen Worten und großartigen Gesten seiner Schwägerin zu imponieren. Aber da kam er schlecht an.

»Hochwürdiger Herr«, sagte die Medica König Heinrichs trocken, »Ihr seid ein Mann der Kirche und damit der christlichen Nächstenliebe und Barmherzigkeit in besonderem Maße verpflichtet. Was also hat es mit den Kindern Eures Weibes auf sich? Sie sind keineswegs Bastarde, sondern wurden im Ehebett gezeugt. Warum habt Ihr sie dennoch verstoßen? Ich denke, es wäre Eure Christenpflicht, wenn Ihr die Frau haben wollt, auch ihren Anhang bei Euch aufzunehmen.«

Der Geistliche schien gesonnen, um den heißen Brei herumzureden, aber Griseldis war keineswegs gewillt, seinen faulen Ausreden Gehör zu schenken. Sie schnitt ihm einfach das Wort ab.

»Ich erwarte, Schwager, dass Ihr morgen die Kinder Gertruds zu Euch in den Pfarrhof nehmt. Ich selbst werde sie Euch am morgigen Tag übergeben. Wenn Euch der Kindersegen zu groß sein sollte, dann haltet Euch in Zukunft zurück, um diesen nicht noch zu vermehren.«

Der Pfarrer und sein Weib waren rot angelaufen – ob vor Wut oder aus Scham, konnte Griseldis nicht sagen, aber sie scherte sich auch nicht darum.

»Falls Ihr aber glaubt, hochwürdiger Herr Schwager, Ihr könntet, sobald ich wieder fort bin, den alten Zustand erneut herstellen, dann habt Ihr Euch getäuscht. Ich werde mich regelmäßig danach erkundigen, wie Ihr es mit Euren Stiefkindern haltet. Und falls ich erfahren müsste, dass Ihr Euch Eurer Verantwortung wieder entzogen habt, werde ich mich an Euren Vorgesetzten, den Bischof von Regensburg, wenden.«

Als Griseldis darauf die spöttische Miene des Dorfpfarrers wahrnahm, trat sie ganz nahe an ihn heran, legte ihm vertraulich ihre Hand auf den Arm und sagte leise:

»Glaubt mir, Schwager, einer Freifrau von Tannhofen und Medica unseres Königs wird der Bischof zu jeder Zeit Gehör schenken. Und wenn Ihr Seiner Eminenz unangenehm auffallt, könnte es leicht geschehen, dass Ihr den bequemen Posten in Tannhofen nicht mehr lange innehabt, sondern Euch auf einmal an einem Ort wiederfindet, der Euch alles andere als genehm ist. Haben wir uns nun verstanden?«

Der Pfaffe war nicht gerade ein Dummkopf. Umgehend zog er andere Saiten auf, hieß die »liebe« Schwester seiner Frau herzlich willkommen, sprach von einem bedauerlichen Missverständnis und widrigen Umständen, die ihn bisher leider gehindert hätten, die Kinder des Verstorbenen zu sich zu nehmen.

Für Griseldis war nur wichtig, dass der Geistliche zusagte, ab jetzt für Gertruds Kinder wie ein guter Vater zu sorgen. Sie wusste, sobald das Gespräch auf seinen Kirchenoberen kam, wünschte sich in der Regel jeder kleine Dorfpriester eine Tarnkappe. Herr Ansgar bildete hier keine Ausnahme.

Im Gegenteil! Wusste er doch nur zu gut, dass die hohen

Kirchenmänner es äußerst ungern sahen, wenn die Priester sich verehelichten. Und besonders der Bischof von Regensburg war in dieser Hinsicht ganz ungnädig – auch wenn Ehen von Geistlichen von der Kirche nicht ausdrücklich verboten waren.

Meistens duldeten die Bischöfe es widerwillig, wenn einer ihrer geweihten Diener ein Eheweib nahm. Falls jedoch ein verheirateter Priester in der Gemeinde Anstoß erregte, gab es in der Regel kein Pardon. Die Folgen konnten sehr unangenehm sein, angefangen von unliebsamen Versetzungen in völlig abgeschiedene Gegenden, bis zur erzwungenen Trennung von der Ehefrau.

Behielt der Seelenhirte sein Weib trotz allem bei sich, sank dieses auf den Stand einer »Beischläferin« herab und seine Sprösslinge galten als Bankerte.

Oh ja, Griseldis Schwager wusste Bescheid! Außerdem ging ihm erst jetzt die hohe Stellung seiner Schwägerin auf. Verärgert gab er im Stillen seiner Frau die Schuld daran, dass diese ihn nicht rechtzeitig vor ihrer älteren Schwester gewarnt hatte.

Augenblicklich war er die Freundlichkeit in Person und befahl Gertrud, den jetzt unleidlich quäkenden Säugling einer Magd zu übergeben und ihrer verehrten Frau Schwester auf das Trefflichste aufzuwarten.

Griseldis vermochte sich so mühelos davon zu überzeugen, dass der Herr des Pfarrhofs und seine Angetraute in durchaus angenehmen Verhältnissen, sogar in einem gewissen Wohlstand lebten. Weil der Heilerin jedoch nicht an Verdruss mit ihrer nächsten Verwandtschaft gelegen war, machte sie den beiden einen Vorschlag, den diese sofort begierig aufgriffen.

So kam es, dass die kinderlose Heilerin doch noch zu einem Sohn gekommen war – wenn auch nur zu einem an Kindes statt angenommenen Neffen. Überdies hatte sie sich durch ihr Eingreifen die Dankbarkeit von ihrem Bruder Dietwulf und seiner Frau Rottraut erworben, die nun etliche hungrige Mäuler weniger an ihrem Tisch sitzen hatten.

KAPITEL 63

Insgesamt war Griseldis vier Wochen in ihrem Geburtsort Tannhofen geblieben, dessen Namen sie nun nach dem Willen des Königs als den ihren führen durfte. Sie war der Schwägerin zu deren nicht geringem Erstaunen bei der Hausarbeit zur Hand gegangen, war sich nicht zu schade gewesen, den wenigen Knechten bei der vorwinterlichen Feldarbeit und beim Schweineschlachten zu helfen, hatte schließlich einer Stute beim Fohlen beigestanden und den eitrigen Mahlzahn einer Kuh gezogen.

Darüber hinaus war sie, wie früher auch, mit männlicher Begleitung zu den Kranken des Dorfes und der Umgebung geritten und hatte sie versorgt wie eh und je.

»Dass du dich zu so niedrigen Arbeiten herablässt«, wunderte sich Rottraut, als sie es erlebt hatte, wie Griseldis ihren eingefetteten Arm bis zum Ellbogen in der Vulva der Stute versenkte, um das quer liegende Fohlen im Mutterleib zu drehen, so dass es, wie bei Pferden üblich, mit den Beinen voran zur Welt kommen konnte.

»Weißt du, Rottraut, der leidenden Kreatur zu helfen ist keine niedere Tätigkeit. Dabei ist es übrigens gleichgültig, ob du einem Tier oder einem Menschen in seiner Not hilfst und ob dieser Mensch ein Bettler oder ein König ist.«

»Hast du noch die Kraft in deinen Händen, womit du früher die Kranken gesund gemacht hast?«, wollte Dietwulfs Weib wissen und bereitwillig erzählte Griseldis von ihrer Arbeit bei Hofe als Heilerin des Königs. Es war das erste Mal, dass beide Frauen überhaupt ein persönliches Gespräch miteinander führten.

Bemerkenswert dabei war, dass keinerlei Feindseligkeit von Seiten Rottrauts die Unterhaltung vergiftet hatte.

Als die vier Wochen um waren, die der König seiner Medica als Urlaub zugestanden hatte, war Griseldis glücklich, nicht im Unfrieden Abschied von ihrer Familie nehmen zu müssen. Auch von der schwangeren Schwester und ihrem Mann, dem Dorfpriester Ansgar, hatte sie sich freundschaftlich verabschiedet – und das war mehr, als sie jemals hatte erwarten können.

Was ihr aber am meisten Freude bereitete, war ihr kleiner Patensohn Gunther, der älteste Sohn Gertruds, den sie mit nach Bamberg nehmen würde. Ein paar Jahre noch würde der erst Siebenjährige bei ihr bleiben können, dann müsste man weitersehen, welche Schule für den aufgeweckten Jungen die richtige war. Sie hoffte, das Kind würde Lachen und Fröhlichkeit in ihr allzu ruhiges Leben bringen und ihr helfen, über die bittere Enttäuschung mit Herrn Wolfhart hinwegzukommen.

Kurz nach ihrer Rückkehr sorgte eine junge Edeldame, die erst seit ein paar Wochen am Hof Heinrichs lebte und ein Protegé von Frau Irmintraut war, an der königlichen Abendtafel für einen Skandal. Sie hieß Gerberge, stammte aus dem Lothringischen und war kaum den Kinderschuhen entwachsen.

Das junge Mädchen – eine bedingungslose Anhängerin der Base der Königin – ließ es sich einfallen, die Heilerin mit beleidigenden Worten anzugreifen. Nachdem Jungfer Gerberge mit zierlicher Gebärde ihr Glas mit rotem Wein erhoben hatte, zwitscherte sie mit einem gewollt naiven Blick aus großen, unschuldigen Augen und hohem Stimmchen:

»Ich trinke auf Euer Wohl, Edle von Tannhofen. Ich muss gestehen, ich bewundere Euch für Eure Seelenstärke. Wie schwer muss es Euch doch fallen – noch dazu, weil Ihr keinen Ehemann habt –, Euch ständig in der Nähe desjenigen Herrn aufhalten zu müssen, den Ihr liebt und begehrt, aber niemals werdet haben können.«

An der Tafel herrschte plötzlich Grabesstille. Griseldis' Gedanken überschlugen sich. Was wollte die Kleine hier andeuten? Glaubte sie wirklich, sie wegen ihrer Gefühle für Herrn Wolfhart von Liebenzell verspotten zu können? Woher wusste das Mädchen überhaupt davon?

»Es ist erstaunlich, wie tapfer Ihr das aushaltet«, säuselte die junge Dame weiter. »Aber gesteht es frei heraus«, Gerberge senkte vertraulich ihre Stimme, aber jeder in der totenstillen Halle konnte sie hören, »ergreift Euch nicht gelegentlich ein unbändiger Widerwille und Hass gegen jene, an deren Stelle Ihr so gerne wäret?«

Griseldis atmete tief durch, um sich in wohlgesetzten Worten gegen diesen lächerlichen Angriff zur Wehr zu setzen, da erfolgte schon der nächste heimtückische Hammerschlag.

»*Ich* an *Eurer* statt würde den Hof Herrn Heinrichs meiden, um nicht so schrecklich leiden zu müssen. Und dass Ihr leidet, ist gewiss! Habe ich doch mit eigenen Augen Euren Blick gesehen, den Ihr unserem *König* zugeworfen habt, als Ihr Euch unbeobachtet wähntet.«

Wie ein unschuldiges Kind schaute die neue Hofdame daraufhin in die Runde. Als die dummdreiste Person geendet hatte, hörte man nur die Scheite im großen Kamin knistern.

›Oh Gott, wovon spricht das junge Ding überhaupt?‹

Griseldis war wie vor den Kopf geschlagen und die Worte der Erwiderung blieben ihr im Halse stecken. Natürlich liebte sie König Heinrich. Aber war das ein Unrecht? Ihre Gefühle waren rein schwesterlicher Natur, niemals hatte sie …

Da fiel ihr Blick auf die Base der Königin und an deren vor boshaftem Vergnügen funkelnden Augen erkannte sie, wer dahintersteckte. Ehe sie angemessen reagieren und sich verteidigen konnte, zeigte die Herrscherin Kunigunde einmal mehr, wie souverän sie auch Angriffe aus dem Hinterhalt zu parieren wusste.

»Ich bedauere außerordentlich, Mademoiselle, dass Euer Gemüt und Verstand so angegriffen zu sein scheinen, dass Ihr es fertigbringt, vor meinen Ohren und denen des Königs solch merkwürdige Dinge vorzubringen. Ihr traut einer Dame unseres Hofes, der mein Gemahl und ich zu überaus großem Dank verpflichtet sind, etwas zu, was mich stark an Eurer geistigen Gesundheit zweifeln lässt.«

Jungfer Gerberge sah aus, als wollte sie augenblicklich vor Scham im Boden versinken, aber ungerührt fuhr die Königin fort: »Ich schlage vor, dass Ihr Euch morgen wieder in Eure Heimat begebt, um sowohl Euer Gemüt gesunden wie Eure ausgesucht schlechten Manieren verbessern zu lassen. Ihr dürft Euch jetzt augenblicklich zurückziehen, Mademoiselle.«

»Aber, aber, Madame …«, stotterte die junge Gerberge, jedoch Frau Kunigunde hatte dem Spielmann Giacomo bereits ein Zeichen gegeben, ein Lied anzustimmen. Für die Herrscherin war der Vorfall erledigt.

Hilfe suchend sah die gedemütigte Hofdame, deren Dienst bei der Königin noch nicht einmal richtig begonnen hatte, zu ihrer Gönnerin, Frau Irmintraut.

Aber diese tat, als gingen sie die vernichtende Rüge von König Heinrichs Gemahlin und der brüske Hinauswurf der Kleinen nicht das Geringste an. Angeregt plauderte die Schöne mit ihrem Tischherrn, Wolfhart von Liebenzell, ohne sich um Demoiselle Gerberge, die mittlerweile in Tränen ausgebrochen war, zu scheren. Wie ein geprügelter Hund schlich die Jungfer aus der Halle.

Der König begann umgehend, sich mit einigen Herren über Angelegenheiten des Reiches zu unterhalten. Es hatte den Anschein, als habe er den Vorfall überhaupt nicht bemerkt. Griseldis beobachtete, wie Vater Odo aufstand und der zurechtgewiesenen jungen Dame nachfolgte.

›Zweifellos wird er ihr das Geständnis entlocken, dass Frau Irmintraut sie zu diesem verbalen Angriff auf mich verleitet hat. Diese steht ihr natürlich nach diesem Reinfall nicht zur Seite und Gerberge muss erkennen, dass sie nur benützt worden ist.‹

Beinahe geriet die Heilerin in Versuchung, Mitleid mit dem törichten Mädchen zu empfinden.

Als der König mit einigen Gefolgsleuten zur Jagd ausreiten wollte, hielt ihn Graf Eberhard zurück. Dieser schien Griseldis sehr aufgeregt, ja beinahe verstört zu sein, was bei dem besonnenen Mann so gut wie nie vorkam.

Doch rasch sollte die Heilerin herausfinden, was den Bischof von Bamberg so erregte.

»Der Bursche hat immerhin versucht, Euch zu ermorden, Herr Heinrich«, rief Herr Eberhard empört aus. »Und Ihr wollt den Übeltäter einfach so davonkommen lassen? Ich glaube das einfach nicht!« Er fasste sich irritiert an den Kopf. Der König und einige Herren und Damen mit ihren Knechten standen im Hof der Pfalz Bamberg schon mit ihren Pferden bereit, aber Herrn Eberhard störte das nicht.

»Ich habe mir die Angelegenheit wohl überlegt, Kanzler«, widersprach Heinrich, »glaubt mir das. Man hat Euch, wie ich aus Euren Worten ersehe, nur einen Teil der Wahrheit berichtet.«

Griseldis wusste nicht, wovon die Rede war. Der Herrscher gab seinem Gefolge ein Zeichen, dass es sich noch gedulden musste. Bald aber verstand die junge Frau, worum es sich gehandelt hatte.

Ein Wendenjunge hatte versucht, den König auf der Jagd mit seinem Dolch anzugreifen, war aber, ehe er zustechen konnte, von einem Knappen Herrn Heinrichs am wirren Haarschopf zurückgerissen und zu Boden geschleudert worden. Dabei hatte der Junge seine Waffe fallengelassen.

Der König hatte sie aufgehoben und war damit zu dem noch benommen auf der Erde liegenden Knaben hinzugetreten.

»Ich nehme nicht an, dass du, kleiner Wurm, dir eine Locke von meinem Haupthaar als Andenken hast abschneiden wollen«, hatte Heinrich in strengem Tonfall zu ihm gesagt. Der Junge hatte sich daraufhin zu einer sitzenden Haltung aufgerichtet und den hoch vor ihm aufragenden König trotzig angeblickt.

KAPITEL 64

»NEIN, GANZ GEWISS nicht! Das tun nur verliebte Weiber, ich aber bin ein Mann und ich wollte dir die Kehle durchschneiden!«, war des Burschen erboste Antwort gewesen.

»Das ist ein ehrliches Wort. Und nun steh auf«, befahl der

König und furchtlos hatte sich der milchbärtige Wendenspross erhoben.

»Wie alt bist du überhaupt?«, erkundigte sich Heinrich interessiert und hielt dem noch kindlich wirkenden Knaben dessen eigenes Messer an die Gurgel.

»Vierzehn Lenze«, gab dieser schnell zur Antwort. Heinrich verstärkte ein wenig den Druck der Waffe auf den Adamsapfel des schlicht gekleideten Jungen, dessen lange, hellbraune Haare zu Zöpfen geflochten waren, die ihm über die Schultern fielen.

»So, so, vierzehn«, murmelte der König und es hatte beinahe ein wenig amüsiert geklungen. Er ließ dabei den etwa eineinhalb Kopf Kleineren nicht aus den Augen.

»Bevor ich dich aufhängen lasse, möchte ich wissen, ob du getauft bist, denn nach Kleidung, Haartracht und Aussprache des Fränkischen scheinst du mir zum Stamme der Wenden zu gehören. Und von denen sind die meisten leider immer noch Heiden.«

»Jawohl, ich bin ungetauft und stolz darauf«, rief der Knabe mit kippender Stimme – offenbar befand er sich gerade im Stimmbruch.

»Das erleichtert mir die Angelegenheit ungemein«, meinte Heinrich trocken. »Dann brauchen wir dir vor deiner Hinrichtung keinen Priester zu holen, dem du deine Sünden beichten kannst. Dadurch sparen wir eine Menge Zeit.«

»Soll mir recht sein«, murmelte der junge Wende tapfer. Er war aber mittlerweile totenblass und sein Mut drohte ihn zu verlassen. Im Lager war es zwischenzeitlich ringsum so still geworden, dass das Knacken der Zweige und jedes Rascheln der Blätter überlaut klangen.

Hinter dem Zelt des Königs entstand auf einmal Tumult. Die Rufe eines alten Mannes sowie die rauen Stimmen fränkischer Ritter waren deutlich zu hören. Heinrich und seine Begleiter blickten auf, auch der jugendliche Missetäter hob seinen Kopf und lauschte.

»Nur heran!«, rief der König und seine Knechte stießen einen etwa Sechzigjährigen vor sich her in Richtung des Herrschers.

»Auf die Knie, Alter«, befahl einer der Männer und drückte den Fremden grob zu Boden.

»Herr, Herr! Gnade und Gerechtigkeit«, jammerte der Greis, offensichtlich ebenfalls ein Wende, und hob flehentlich die Arme zu König Heinrich empor. »Mein Enkel ist erst zwölf, also noch ein Kind. Er wusste nicht, was er tat, Herr! Bestraft mich an seiner Stelle, um CHRISTI willen. Aber lasst den Knaben am Leben«, bettelte der Betagte.

»Was sagst du da, alter Mann?«, erkundigte sich Heinrich überrascht. »Du berufst dich auf JESUS CHRISTUS? Bist du etwa getauft?«

»Aber ja, Herr. Genau wie meine gesamte Familie. Ich heiße übrigens Audo, Herr.«

»Dann hat der Junge also gelogen«, murmelte der König.

»Diese wendischen Hunde lügen doch, wenn sie nur den Mund aufmachen«, meldete sich einer der Edelknechte Heinrichs zu Wort. Der Knappe, der den Alten herbeigezerrt hatte, pflichtete ihm eilfertig bei: »Lügner und Betrüger sind sie allesamt.«

Aber der König winkte barsch ab und die Männer verstummten augenblicklich.

»Ich lüge nie«, fuhr der Wendenjunge stolz dazwischen. »Das verbietet mir meine Ehre.«

»Du, Knabe, sprichst von Ehre?« Heinrich war verblüfft. »Dann sage mir doch, wie du es mit deiner Ehre vereinbaren kannst, deinen Glauben zu verleugnen und deinem König ans Leben zu wollen?«

»Ich verzichte auf einen Glauben, wenn das derselbe ist, dem auch diese Ungeheuer angehören! Und was Euch anbetrifft, Herr Heinrich, so seid Ihr, über den ich zwar nur Gutes gehört habe, doch der *König* dieser abscheulichen Kreaturen. Und dafür wollte ich Euch büßen lassen!«

Erstaunt wandte sich Heinrich an den Großvater des kindlichen Attentäters.

»Erfreulich, Audo, dass mich dein Enkel nicht mehr duzt, als wäre ich ein Bauer, aber zu begreifen vermag ich ihn trotzdem nicht. Was faselt dein Enkelsohn da von Ungeheuern und verabscheuungswürdigen Kreaturen?«

»Der elende Mordbube will sich nur herausreden«, ereiferte sich jetzt der Knappe, ein noch jüngerer Mann aus niedrigem Adel. »Ihr solltet gar nicht auf ihn hören, Herr. Aufhängen muss man ihn, den feigen Hund, und Schluss!«

»Gemach, gemach«, entgegnete der König ein wenig unwillig. »Ich sagte eben, ich möchte die Beweggründe des Knaben verstehen. Weshalb hat er sein junges Leben riskiert, um mich zu töten?«

»Alle Wenden, ob noch Heiden oder schon Christen, sind ehrlose Feiglinge und hinterhältige Tröpfe, Herr. Das weiß man doch«, meldete sich nun ein anderer der umstehenden Knappen des Königs zu Wort. Aber Heinrich fasste den Sprecher mit einem wütenden Blick scharf ins Auge und der junge Mann hielt betreten seinen Mund.

»*Ich* weiß das nicht. Im Gegenteil, ich kenne den Stamm der Wenden, der seit alter Zeit mit den Franken lebt, nur als fleißige, friedliebende und ehrliche Leute, die nur leider noch nicht alle zum richtigen Glauben gefunden haben.

Und nun möchte ich endlich wissen, Knabe, was dich zu dieser aberwitzigen Tat bewogen hat«, wandte sich der Herrscher an den Jungen. Der aber schwieg beharrlich.

»Darf ich für Wido, meinen Tochtersohn, sprechen, Herr?«, fragte leise der Alte. »Mein Enkel ist arg verstört, weil er noch nicht wusste, wozu Menschen fähig sind. Ekel und Scham verschließen ihm den Mund. Ich habe das Gleiche miterlebt, Herr, und ich kann Euch berichten.«

»So sprecht, alter Mann.« König Heinrich ließ sich vor seinem Zelt auf einem aufgeklappten Feldhocker nieder, um in aller Ruhe der Schilderung des weißhaarigen Wenden Gehör zu schenken.

»Wido wurde genau wie ich alter, unnützer Mann Zeuge eines grausigen Verbrechens«, begann der in ein grobes Leinenhemd und wollene, knielange Beinlinge gekleidete Bauer; er rang verzweifelt die Hände. »Ich war zu alt und Wido noch zu jung, um das Schlimme zu verhindern. Und so geschah es. Vor unseren Augen. Wir konnten beide nur hilflos aus unserem Versteck zusehen und uns still verborgen halten, sonst hätten uns diese Bestien ebenfalls getötet.«

Ein Schluchzen entrang sich unvermittelt der schmalen Brust des Greises. Der Alte wischte sich mit seinem dünnen, grauen Zopf über die verweinten Augen und mit zittrigem Finger deutete er dann auf jenen Knappen Heinrichs, der gerade gegen seinen Enkel so gewütet hatte.

»Dieser Mann, Herr, hat Widos kleine Schwester Ruothild ermordet, nachdem er sie mehrmals und abwechselnd mit jenem Mann«, erneut zeigte sein von Gicht gekrümmter Finger auf einen der Dienstmänner Heinrichs, »und mit diesem«, er wies auf einen dritten, »auf das Grausamste geschändet hatte.«

»Das hast du ebenfalls miterlebt, Knabe?«, wandte sich der König fassungslos an den kleinen Angreifer.

»Ja, Herr«, gab dieser beinahe unhörbar zur Antwort.

»Das sind unverschämte Lügen, Herr Heinrich«, schrie der erste Angeschuldigte und sein Kamerad schloss sich wütend an:

»Eine ausgesprochene Frechheit! Die kleine Hexe hat es gern getan! Geradezu provoziert hat sie uns dazu.«

Und der Dritte fügte empört hinzu: »Es hat ihr ganz ohne jeden Zweifel Vergnügen bereitet!«

»Meine Enkeltochter war keine Hure, das schwöre ich bei GOTT«, rief der Großvater nun zornig. »Herr, sie war ein braves, unschuldiges kleines Mädchen. Ich habe mit Wido in unserem kleinen Waldstück abseits der dorfzugehörigen Allmende auf einer Lichtung Heu gemacht und Ruothild wollte in dem Wäldchen Pilze sammeln. Sie blieb stets in Rufweite. Da haben diese Unholde sie überfallen, abwechselnd geschändet und anschließend wie eine Ratte erschlagen.«

»Verstehst du, was dein Großvater damit sagen will?«, fragte der König den Knaben, der zu den Ausführungen des Alten genickt hatte.

»Ja, Herr. Ich habe gesehen, was die drei Kerle mit Ruothild taten: das, was der Hengst mit der rossigen Stute macht. Aber meine kleine Schwester war erst sechs Jahre alt und hat am liebsten mit ihrer Holzpuppe gespielt«, antwortete er schlicht.

Die Herren rings um den König ließen Rufe des Abscheus laut werden. Dadurch mutiger geworden, fuhr Wido fort: »Was sie mit ihr machten, obwohl sie so geweint hat, und was sie dabei redeten, war schon schlimm genug. Aber was dann geschah, das werde ich Euch Franken niemals verzeihen!«

Die letzten Worte hatte der Knabe unter verzweifeltem Schluchzen hervorgestoßen. Seine Stimme versagte und er begann laut und heftig zu weinen.

»Was geschah dann?«, begehrte Herr Heinrich zu wissen und man sah ihm seinen unbändigen Zorn und die tiefe Verachtung für die drei Kinderschänder deutlich an.

»Ich werde es Euch zeigen, Herr. Ich habe die Leiche meiner Enkelin in einen Sack gesteckt, als die Männer fort waren.

Sie soll auf unserem Dorffriedhof beerdigt werden. Ich kann sie Euch so zeigen, wie Eure Männer sie im Wald, einem Stück Aas gleich, liegen ließen. Ihr erlaubt, Herr?«

Audo zog ein Bündel hervor und knotete den Rupfensack auf. Mit zittrigen Händen zerrte er an dessen grausigem Inhalt. Der Bruder Ruothilds weinte jetzt völlig haltlos, als der Alte die schrecklich zugerichtete Kindesleiche dem König präsentierte.

Der missbrauchte Körper war in der Tat ein Bild des Jammers. Aber das Entsetzlichste war der Schaft einer Streitaxt, der auf obszöne Weise zwischen den kindlich mageren Schenkeln der Kleinen steckte …

Von Gefühlen mannigfaltigster Art überwältigt wandte sich der König von dem grässlichen Anblick ab und bedeutete dem alten Mann, die Leiche des unglücklichen Kindes wieder zu verhüllen.

KAPITEL 65

DES KÖNIGS STIMME bebte: »Euch soll Genugtuung widerfahren. Ihr sollt nicht glauben, dass Heinrich der König von Bestien ist. Dieses Verbrechen kann durch die Sippen der drei unmenschlichen Mörder nicht genügend gesühnt werden. Daher will ich die Täter auf ewig aus meinen Augen und aus meinem Reich verbannen – ja, sogar von der Erde will ich sie tilgen!

Hängt die viehischen Kerle am nächsten Baum auf! Im Angesicht von Großvater und Bruder ihres Opfers sollen sie ihr unwürdiges Leben beenden.«

Ohne den demütigen Kniefall der Delinquenten und ihre flehentlichen Bitten um Gnade zu beachten, fuhr der König, welcher kreidebleich im Gesicht war, fort:

»Möge dies für alle Zeiten ein abschreckendes Beispiel sein. Solange ich Euer König bin, glaube kein Mann mehr, er könne sich ungestraft an Frauen und Mädchen vergehen. Wozu haben wir die willigen Dirnen? Müssen es Kinder sein? Ausspeien möchte ich vor Ekel.

Schweigt, Vater«, befahl er dann einem anwesenden Prediger, der sich anschickte, um Urteilsmilderung für die drei Mörder zu bitten. »Keiner erlaube sich, die Namen dieser Verruchten in meiner Gegenwart noch einmal auszusprechen.«

Wie Griseldis jetzt erfuhr, war des Königs Urteil noch in derselben Stunde vollstreckt worden. Den Alten aber hatte Heinrich entlassen, nachdem er ihn reich beschenkt hatte. »Nicht um mich loszukaufen von der schweren Schuld, sondern um meinen guten Willen zu zeigen, mit deinem Volk in Frieden und Eintracht zu leben.«

Dem jungen Wido hatte der König angeboten, bei ihm am Hof als Pferdeknecht zu bleiben. Aber der Knabe hatte abgelehnt.

»Ich danke Euch, Herr König«, hatte der Zwölfjährige entgegnet, »aber ich werde mit Großvater Audo gehen. Ich muss ihm helfen, meine Mutter und die fünf Kinder, die sie jetzt noch hat, zu versorgen. Unser Vater ist vor einem halben Jahr tödlich verunglückt und ich muss ihr auf dem Hof bei der Arbeit unter die Arme greifen.«

»Du bist ein guter Knabe. Ich hoffe, du findest wieder den Weg zum rechten Glauben an unseren HERRN, JESUS CHRISTUS und unsere heilige Mutter Kirche«, hatte Herr Heinrich gesagt und lächelnd die noch kindlich flaumige

Wange des Wendenjungen getätschelt. Den Dolch des verhinderten kleinen Attentäters aber hatte König Heinrich sich als Andenken erbeten.

Dies war der Sachverhalt, um den es bei dem Diskurs zwischen dem König und seinem Kanzler ging. Griseldis war aufgewühlt bis ins Innerste. Ihr Herz blutete vor Mitleid mit dem Kind; der Hass auf die gewissenlosen Täter und der Abscheu vor ihrer menschenverachtenden Gesinnung raubten ihr schier den Verstand.

Am liebsten wäre sie dem König vor Dankbarkeit um den Hals gefallen. Welch ein Herrscher! Was für ein wahrhaft großer Mann! Unwillkürlich fühlte sie sich erinnert an die Gerichtsverhandlung damals in Regensburg, als der junge Herzog strenges Gericht gehalten hatte über den üblen Frauenschänder von Hohenstein …

Griseldis liebte und verehrte Herrn Heinrich mehr denn je. Wieso der Kanzler, immerhin ein kluger und frommer Mann, anderer Meinung sein konnte, verstand sie nicht.

»Des Knaben Begründung für seinen tollkühnen Angriff auf Euch kann ich ja zur Not noch nachvollziehen, Herr. Aber Ihr könnt ihn doch bei allem Verständnis nicht noch belohnen für seine Freveltat. Versuchter Königsmord ist ein Kapitalverbrechen. Denkt an die Hinrichtung in Mainz!

Es wäre genug Entgegenkommen von Euch gewesen, wenn Ihr ihm die Todesstrafe erspart und ihn stattdessen eine Weile in den Kerker gesteckt hättet. Aber ihn ohne jede Buße und sogar noch mit Geldgeschenken nach Hause zu schicken, finde ich arg übertrieben – mit Verlaub zu sagen, Herr.« Einlenkend setzte er nach:

»Gut, Ihr wart zu Recht entsetzt über die Untat Eurer Männer und habt sie im ersten Zorn aufknüpfen lassen. Auch etwas übereilt, möchte ich anmerken. Immerhin waren es unsere eigenen Leute und Euch stets treu ergeben, wohingegen das bedauernswerte Opfer lediglich ein unbedeutendes Slawenmägdlein war, nach dem kein Hahn krähen wird.«

Nun war die Heilerin gespannt, was der König darauf antworten würde. Ohne jeden Zweifel stand sie auf Seiten Heinrichs.

»Eben deswegen, Herr Kanzler«, gab Herr Heinrich zurück. Auf den fragenden Blick Herrn Eberhards fügte er hinzu: »Gerade weil es meine Leute waren, die sich als Untiere gebärdet haben und weil das Opfer einem fremden Stamm, der in unserem Reich mit uns zusammenlebt, angehörte, musste die strengste Strafe verhängt werden, um meine Gerechtigkeitsliebe unter Beweis zu stellen: Ein König belohnt und bestraft ohne Ansehen der Person und deren Herkunft, Familie und Vermögen.

Und was den Hahn anbelangt, der angeblich nach der kleinen Ruothild nicht krähen wird, so möchte ich Euch sagen, dass Ihr vermutlich recht habt, Herr Bischof. Aber das spielt keine Rolle, denn es existieren ein Großvater, eine Mutter und noch fünf Geschwister und vielleicht noch andere Verwandte, die über das Schicksal der armen Kleinen weinen werden. Und denen will ich meine Verbundenheit zeigen.

Und das ginge wohl kaum, wenn ich dieser leidgeprüften Familie noch ein weiteres Kind rauben, das heißt einsperren oder gar hinrichten ließe«, fügte der König mit fester Stimme hinzu.

»Aber, Herr«, setzte der Kanzler wieder an, jedoch König Heinrich ließ ihn nicht aussprechen, sondern zitierte die Stelle aus der Heiligen Schrift, in der JESUS die Kleinen zu sich kommen hieß und deutlich machte, was er von Menschen hielt, die sich an ihnen vergingen.

»Hätte ich drei Mühlsteine gehabt und das nötige tiefe Wasser dazu, hätte ich diese Elenden bis auf den Grund versenkt und wie Ratten ersaufen lassen.«

Herr Eberhard, noch immer nicht recht überzeugt, verneigte sich vor seinem Herrscher und schwieg. Griseldis aber hatte ein gutes Gefühl, obwohl sie sich im Klaren darüber war, dass die Sippen der drei gehenkten Dienstmannen den König auf ewig mit ihrem geheimen Groll verfolgen würden.

›Heinrich weiß, dass er sich den Respekt vor seiner Königswürde jeden Tag aufs Neue erarbeiten muss. Sie fällt ihm keineswegs in den Schoß und ist nicht selbstverständlich – trotz der Salbung, der feierlichen Krönung und trotz aller Treueschwüre seiner Lehnsmänner. Immer bedarf es einer höchst heiklen Gratwanderung zwischen Machtdemonstration und Güte, zwischen Unerbittlichkeit und Milde.‹

»Das Reich braucht mehr Menschen«, wandte sich der König an Griseldis, die ihn eines Tages bei herrlichem Spätherbstwetter auf einem Streifzug durch die Gegend um Bamberg begleitete. Manches Mal ritten die beiden, nur von einigen bewaffneten Knechten begleitet, im Land umher. Einfach nur, um den engen Räumlichkeiten in der Pfalz für eine Weile zu entfliehen – sehr zum Missvergnügen von Frau Irmintraut, die in ihrer blinden Eifersucht versucht hatte, durch versteckte Anspielungen das Missfallen der Königin auf Griseldis zu lenken.

Aber Frau Kunigunde hatte die Kritik an den Handlungen ihres Gemahls sehr ungnädig aufgenommen. Es hatte nicht mehr viel gefehlt und ihrer Verwandten wäre ein ähnliches Schicksal zuteilgeworden wie vor Kurzem der Demoiselle Gerberge …

Der Herrscher und seine Begleiterin unterhielten sich auf Fränkisch. Ansonsten bediente man sich am Hof wie unter Gebildeten dieser Zeit üblich der *Lingua franca*, doch bei privaten Anlässen sprach der König hin und wieder gerne Fränkisch.

»In ganz Europa ist die Zahl der Einwohner gering, Herr. Kaum wächst diese ein wenig an«, erwiderte die Heilerin, »genügt die nächste Hungersnot und viele Menschen sterben über den Winter. Eine Reihe von schlechten Ernten reißt größere Lücken in die Bevölkerung als alle Kriege zusammen. Ein langer, harter Winter oder eine Anzahl von Unwettern vor der Ernte sind geeignet, einen ganzen Landstrich zu entvölkern.«

»Ich weiß das«, sagte Herr Heinrich seufzend. »Hilfe von außen gibt es nicht – jedes Gebiet muss von dem zehren, was es selbst erzeugt. Um die Ernährung der Menschen im Reich zu gewährleisten, müssten wir die Anbauflächen vergrößern.

Die Grundherren, denen das Land gehört, sollten, ebenso wie ich das tue, den Eigenen Zugeständnisse machen. Das heißt, den unfreien Bauern einen Teil des Ackerbodens übergeben und sie aus der Abhängigkeit entlassen. Darüber hinaus brauchen wir Freiwillige, welche die Urwälder roden und Felder daraus machen.«

»Vielfach geschieht das schon, Herr. In meinem Heimatdorf südlich von Regensburg hat der Grundherr bereits eine Reihe von eigenen Bauern zu Hörigen gemacht – übrigens dürfte Euch dieser Baron kein Unbekannter sein! Besagter Immo von Hohenstein hat dies gewiss nicht aus christlicher Nächstenliebe getan, sondern, wie Ihr Euch denken könnt, Herr, weil es so am vernünftigsten war.«

»Genau das meine ich«, rief König Heinrich aus. »So wird neues Land von dem einst geknechteten Landvolk mit Begeisterung urbar gemacht, weil es um *ihr* Eigentum geht. Eine Vielzahl von Dörfern wird so neu entstehen.«

»Der Grundherr tut sich damit selbst den größten Gefallen. Je mehr hörige Bauern er hat, die das Land bestellen, umso mehr Steuern kann er pro Kopf von ihnen einnehmen. Und die Abgaben, die er kassiert, vermehren sich nahezu von alleine, da er jedem seiner Untertanen den Zehnten an Vieh, Korn, Heu, Obst, Geflügel und allem anderen, was dieser sonst noch erwirtschaftet, abnimmt. Das weiß ich von meinem Vater«, fügte die Heilerin hinzu. Einträchtig ritten sie nebeneinander her.

»Als ich alt genug war, hat er mir das erklärt. Er war allerdings ein Freibauer und daher zum Glück aller dieser Abgaben ledig – außer dem Kirchenzehnten. Wenn es beispielsweise dem Herrn einfällt, sich eine Burg zu errichten, müssen die Bauern viele Tage harten, unentgeltlichen Herrendienst leisten und ganz nebenbei noch die Ernte ihres Gebieters einbringen. Kein Wunder, dass die leidige unbezahlte Fron bei der Landbevölkerung so verhasst ist.«

Der König nahm Griseldis solch freimütige Worte normalerweise nicht übel. Im Gegenteil, durch sie erfuhr er häufig, wie die Stimmung im Volke wirklich war. Dennoch protestierte er dieses Mal milde.

»Na, na, Frau Griseldis! Ganz so schlimm ist es wohl nicht. Jeder Kriegszug kostet den Lehnsherrn gewaltige Summen. Er ist schließlich verpflichtet, seine Leute zu verteidigen gegen räuberische Übergriffe und Einfälle aus dem In- und Ausland.

Rückt der Feind heran, kann auch die Dorfbevölkerung innerhalb der Burgmauern Schutz finden. Und droht im Winter der Angriff von Bären oder Wölfen, ist der Grundherr verantwortlich für das Unschädlichmachen der Raubtiere.«

»Da hapert es aber manchmal sehr, Herr«, widersprach Griseldis lebhaft. »Die Wölfe sind der große Schrecken der Landbevölkerung. Getrieben vom Hunger, verlassen die Bestien bei Frost die herrschaftlichen Wälder und nähern sich den bewohnten Orten, um Schafe und Ziegen zu reißen.

Da können die Leute nicht lange auf die Hilfe ihres Barons oder Grafen warten. Als ich noch in Tannhofen gewohnt habe, Herr, habe ich es kein einziges Mal erlebt, dass der *Grundherr* sich um die Tötung der Raubtiere gekümmert hätte. Das hat immer mein Vater Frowein gemeinsam mit anderen tapferen Männern selbst in die Hand genommen.

Sie trieben die Tiere in große Netze, die sie an gut getarnten Stellen im Wald aufgespannt hatten oder fingen sie in mit Reisig abgedeckten Wolfsgruben. Dann erlegten sie die Untiere mit Spießen oder erschlugen sie mit großen Steinbrocken.«

Der König hatte nichts darauf erwidert. Nach einer Weile fuhr die Heilerin fort.

»Bei allen Angelegenheiten, bei denen kein Gewinn herausspringt, weil es nichts zum Plündern gibt, halten sich die Lehnsherren brav zurück. Sie überlassen es ihren Leuten, sich mit dem gefährlichen Viehzeug herumzuschlagen.«

Weil der König immer noch stumm blieb, wagte sich Griseldis noch weiter vor.

»Mein Bruder Dietwulf hat mir von Fällen erzählt, in denen eine Hungersnot die Dörfler so zur Verzweiflung getrieben hat, dass sie sogar den Aufruhr gegen ihre Grundherrschaft wagten. Aber da schlug dann die herrschaftliche Gerichtsbarkeit prompt und mit unbarmherziger Härte zu. Mit aufständischen Bauern – und wären sie auch halb tot vor Hunger und Entbehrung – gibt es keine Nachsicht: Sie landen alle am Galgen.«

Herr Heinrich war sehr nachdenklich geworden. Längst hatte er sein Reittempo verlangsamt, um den Reitkünsten seiner Medica gerecht zu werden. Solche Wahrheiten, wie er sie eben vernommen, wagte nicht einmal sein Kanzler vorzubringen. Nur Vater Berchtold und die Edle von Tannhofen waren so frei.

›Wahrscheinlich weiß Herr Eberhard über diese Dinge, welche die kleinen Leute anbetreffen, auch gar nicht Bescheid‹, dachte Heinrich, ehe er seinem Lieblingshengst wieder leicht die Sporen gab. Es war spät geworden und es wartete eine Menge an unerledigter Arbeit in der Kanzlei auf ihn.

KAPITEL 66

»WAS MACHEN DIE Bauern eigentlich, wenn sie krank werden oder sich verletzt haben?«

Griseldis war verblüfft über diese Frage des Königs und erfreut zugleich. Bewies sie doch, dass der hohe Herr sich auch seine Gedanken über das einfache Volk machte.

»Das ist in der Tat kein geringes Problem, Herr. Früher haben sich ausschließlich begabte Laien, so wie ich, mit Krankheit und Unfallfolgen befasst. Heute ist die *Disciplina medicinae* eine Wissenschaft – Dank dem Einfluss der Araber, wie mir Vater Berchtold verraten hat.

Die Klosterbibliothek der Abtei des heiligen Benedikt auf dem Monte Cassino in Italien hat umfangreiches medizinisches Wissen gesammelt und aufgezeichnet. Die Mönche dort widmen sich hauptsächlich medizinischen Studien.«

König Heinrich horchte auf. Vor Jahren hatte er Griseldis die Erlaubnis gegeben, sich medizinisch fortzubilden, falls sie das wünschte. Noch hatte sie keinen Gebrauch von diesem Zugeständnis gemacht, aber vielleicht änderte sich das ja. Er war sich jedenfalls sicher, in nicht allzu ferner Zeit erneut nach Italien zu reisen. Dann könnte er auf dem Rückweg seine Medica wieder mit nach Hause nehmen – angefüllt mit dem medizinischen Wissen der besten Gelehrten. Vielleicht war es möglich, dass Griseldis etwas erlernte, was ihn für immer von seinem Leiden befreien konnte.

»Ich habe außerdem gehört«, vernahm er seine Heilerin, »dass seit Anfang dieses Jahrhunderts im süditalischen Salerno eine richtige Medizinschule existiert, die diesen Namen auch verdient. Jeder, der diese Schule absolviert hat, darf sich zu Recht ›Medicus‹ nennen, ist sehr angesehen und kann jedem seine Dienste anbieten, der ihrer bedarf – und der sie auch bezahlen kann.

Und da sind wir wieder bei den Schwierigkeiten der Bauern: Einen Medicus kann sich keiner leisten, nicht einmal die Bäuerin in Kindsnöten. Da helfen die Dorfwehmutter und alle anderen Weiber, die schon einmal geboren haben. Ansonsten weiß jede Hausfrau Bescheid über die wichtigsten Heilpflanzen, die man im Alltag braucht.

Soll es etwas Besonderes sein, besucht man die am Dorfrand wohnende Kräuterfrau – manche nennen sie auch ›Hexe‹. Und ist ein Kloster in der Nähe, befragen die Leute die kräuterkundigen Mönche oder Nonnen; vor allem wenn es um das Einrichten von Brüchen, um offene Beine, Schlangenbisse oder eklige Geschwüre geht.«

Während Griseldis noch sprach, hatte der König für sich beschlossen, dass er seine Heilerin bald erneut beurlauben würde – diesmal allerdings für längere Zeit. Sie sollte in diesem Benediktinerkloster auf dem Monte Cassino alles erlernen, was es für einen Medicus zu wissen gab.

Mit einer Schar von schwer bewaffneten Reitern zu ihrem

Schutz sowie ihrer Leibmagd als persönliche Bedienung und Vater Odo als geistlichen Beistand – Berchtold war leider zu alt für dieses Unterfangen – müsste es eigentlich möglich sein, dass auch eine Frau eine so weite Reise unternahm. Noch heute würde er ein Schreiben aufsetzen lassen an den Abt des Klosters und ihn um Aufnahme der »Heilerin mit den Wunderhänden« bitten.

Im Deutschen Reich herrschte augenblicklich Frieden und der Handel blühte. In Sachsen waren längst Silberminen erschlossen worden und der Bergbau rechts des Rheins florierte. In den fränkischen und schwäbischen Gruben wurden Silber, Eisen und Kupfer gefördert.

Noch reichere Mittel für Hof und Regierung begannen seit der Erschließung der Silbererzgruben auf dem Rammelsberg bei der Stadt Goslar zu fließen. Der König hatte sich im Frühjahr 1013 mit einigen seiner Getreuen auf den Weg dorthin gemacht, um sich selbst von der Effektivität der Erzförderung zu überzeugen. Heinrich unterstützte wie sein Vorbild, Kaiser Otto der Große, die Wirtschaft, indem er neue Märkte schuf.

»Sehr klug von Euch, Herr«, hatte Kanzler Eberhard den König gelobt, als dieser unlängst für eine größere Anzahl von Wallfahrtsmärkten eingetreten war. »Wo viele Leute zusammentreffen, geht es mit dem Handel aufwärts.«

Der Heilerin Griseldis, die den Herrscher auch dieses Mal begleitete, raunte der Bamberger Bischof zu: »Die Verduner Handelsleute verkaufen sogar *griechische Eunuchen* an die Harems der mohammedanischen Herren. Das wird zwar von unserem frommen Herrscherpaar nicht gerne gesehen, aber man duldet es stillschweigend.«

Das fand Griseldis nun sehr bedenklich. Diese Männer wurden nicht nur versklavt, sondern verstümmelt und ihrer Männlichkeit beraubt. Wie vertrug sich dies mit christlicher Nächstenliebe?

Das hatte sich die Edle von Tannhofen schon des Öfteren gefragt. Nur die wenigsten wussten beispielsweise, dass selbst am päpstlichen Hof diese Nichtmänner als Sänger dienten, deren glockenhelle Knabenstimmen so hervorragend zu den »himmlischen Chören« passten.

»Zum Glück ist uns Deutschen der Herzog Wenzel von Böhmen sehr freundlich gesonnen«, fuhr der Kanzler fort, »denn Prag ist mittlerweile zum größten Handelsplatz aller slawischen Länder geworden. Mohammedaner und Juden führen Sklaven, Zinn und verschiedene Felle aus und kaufen im Gegenzug unser Getreide, unsere Pferde sowie Gold und Silber aus unseren Erzgruben.«

Herr Eberhard war in seinem Element. Nur zu gerne strich er die Vorzüge des Reiches heraus. Stolz fügte er hinzu:

»Im Westen haben wir unsere schöne Stadt Mainz als unseren Haupthandelsplatz. Jeder kennt die Töpferwaren und Tuche der Friesen, die sie den Rhein heraufbringen und dafür elsässische Weine, Getreide und Holz mitnehmen.«

Das klang alles zwar recht gut, aber, wie Griseldis von Vater Berchtold wusste, gab es noch keine gezielte Reichshandelspolitik. Immerhin strebte der König sie jedoch an.

So notwendig der internationale Handel auch sein mochte, er hatte durch das Zinsnehmen und den Wucher der beteiligten Juden etwas Anrüchiges angenommen.

»Wobei es bereits als Wucher gilt, wenn eine Ware über dem Ankaufspreis veräußert wird«, hatte der alte Benediktinermönch vor Kurzem der Heilerin erklärt und dabei sein beinahe kahles Haupt geschüttelt. »Gegen das Zinsnehmen predigen sämtliche Geistliche. Ich weiß nicht, ob man das so streng sehen sollte. Schließlich müssen die Händler doch von ihrer Arbeit leben können.«

Und dann hatte der betagte Mönch wieder in Erinnerungen geschwelgt: *Er, Berchtold*, habe den damals blutjungen Herzog darauf aufmerksam gemacht, welche Rolle das *Salz* als Handelsgut spielte.

»Herzogin Judith von Baiern, Eure selige Großmutter, hat im Jahr 973, dem Jahr Eurer Geburt, Herr Heinrich, die Saline Reichenhall vom Kaiser übereignet bekommen, samt allen Zinspflichtigen und Eigenen, mit den Gebäuden samt den nötigen Gerätschaften zur Salzgewinnung und den dazugehörenden Grundstücken.«

Und der Pater hatte seinen jungen Herrn damals darauf hingewiesen, dass Salz ein ungeheuer wertvolles Gut sei:

»Dafür kann man aus dem Orient exotische Gewürze, Seide, Arzneien und den begehrten Purpur eintauschen, Herr«, hatte Berchtold seinen aufmerksamen Schüler belehrt. Wenn es sich darum handelte, profitable Geschäfte zu machen, rannte man seit jeher bei Herrn Heinrich offene Türen ein …

Der König und sein Gefolge hatten die Pfalz in Goslar erreicht. Insgesamt eine Woche hatte Heinrich für die Inspektion der Silbererzgrube auf dem Rammelsberg und für diverse Gerichtsverhandlungen veranschlagt. Natürlich würde Heinrich auch wieder ein offenes Ohr für alle Bittsteller haben, die den Weg zu ihm in die Königspfalz fanden.

Der erste Abend war dem Gebet in der Pfalzkapelle sowie einer Abendmahlzeit in geselliger Runde gewidmet, wobei der königliche Verwalter seinem Herrn alles Wissenswerte aus der Umgebung unterbreiten konnte. Und da gab es tatsächlich eine Neuigkeit zu vermelden!

»Niemand hat mehr nach so langer Zeit damit gerechnet,

dieser unwürdigen Person habhaft zu werden, Herr«, berichtete aufgeregt der Vogt der Pfalz, ein Mann mittleren Alters. Ihm war dabei eine gewisse Selbstgefälligkeit anzumerken. In der Tat: Wer hätte gedacht, dass der seit über zehn Jahren ungesühnte Mord an Markgraf Ekkard von Meißen, der damals ebenfalls König hatte werden wollen und hinterhältig umgebracht worden war, jemals zu einem befriedigenden Abschluss käme?

Der Graf von Nordheim, der sich nach der schändlichen Tat der Gerechtigkeit durch Flucht nach dem Osten entzogen hatte, war jetzt in der Nähe Goslars von einigen Männern des Vogts ziemlich unspektakulär im Wald gefangen genommen worden.

Sie hatten den geächteten Grafen beim Wildern überrascht. Nur ein einziger Knecht war bei ihm gewesen, der sich umgehend in die Büsche geschlagen hatte, als man seinen Herrn in Fesseln legte.

Noch hatten die Goslarer Pfalzknechte nicht gewusst, wer ihnen da ins Netz gegangen war. Erst Herr Iwein, der Vogt, hatte den Nordheimer erkannt – trotz dessen verwildertem Aussehen.

»Seine Flucht sei damit zu Ende, habe ich zu ihm gesagt«, berichtete der Verwalter Iwein stolz dem König. Die Heilerin Griseldis warf dem neben ihr sitzenden Kanzler und Bischof Eberhard einen Blick zu. Beide dachten offenbar dasselbe.

Heinrichs Anhänger hatten sich jahrelang vehement gegen den hässlichen Verdacht zur Wehr gesetzt, der nach dem Mord im Jahr 1002 in diesem Zusammenhang aufgekommen war: Er, der Baiernherzog Heinrich, sollte den Thüringer Markgrafen getötet oder zumindest die Attentäter bezahlt haben, um einen gefährlichen Konkurrenten aus dem Weg zu räumen …

Nun musste Heinrich als König den wahren Täter auf dem

nächsten Gerichtstag in Goslar aburteilen. Griseldis fröstelte, als ihr Folgendes klar wurde: Erneut würde Blut fließen, wenn auch dieses Mal zu Recht, wie sie fand – als verspätete Sühne für eine ruchlose Tat, begangen aus gemeiner Raubgier.

KAPITEL 67

DER NORDHEIMER MACHTE nicht einmal den Versuch zu leugnen, als er vor König Heinrich, seinem irdischen Richter, stand, mit auf dem Rücken gefesselten Händen und offensichtlich von den Schergen des Vogts im Gesicht schwer misshandelt.

Er machte beinahe den Eindruck, froh darüber zu sein, dass sein Leben auf der Flucht endlich vorbei war. Bis nach Polen und Russland hinein hatte ihn sein Irrweg geführt, ehe er nach Jahren des ziellosen Umherwanderns und unzähliger Überfälle schließlich wieder ins Deutsche Reich zurückgekehrt war – gerade so, als hätte er es darauf angelegt, endlich gefasst zu werden.

Es schien, als hätte die ständige Angst vor Entdeckung den Grafen im Laufe der über zehn Jahre währenden Flucht zermürbt. Der gesetzlose Räuber, über den seit seinem Mord an Ekkard von Meißen die Reichsacht verhängt gewesen war, verfügte zuletzt nur noch über eine Handvoll ebenfalls vogelfreier Anhänger. Er war müde geworden und bereit, für seine Tat zu sühnen.

Nur eine einzige Bitte hatte der Graf geäußert, nachdem man ihn gefangen genommen hatte. Als der König davon erfuhr, ließ er seine Heilerin kommen und selbst entscheiden, ob sie willens war, den Wunsch des Nordheimers zu erfüllen.

»Natürlich, Herr«, antwortete Griseldis. »Sofort werde ich mich auf den Weg machen. Warum sollte die Frau für seine Verbrechen leiden? Ihr einziges Vergehen ist wohl ihre Liebe zu dem Ausgestoßenen; das soll mich nicht daran hindern, ihr zu helfen, so ich denn kann.«

Griseldis war auf diese Weise die Teilnahme an der Gerichtsverhandlung erspart geblieben. Umgehend hatte sie ihren Kuhfellbeutel, der ihr noch immer gute Dienste leistete, geschultert und war in den nahe gelegenen Wald geritten, in jene Richtung, die ihr ein Knecht gewiesen hatte.

Da die Gegend um Goslar als friedlich galt – besonders, da der Strauchdieb Nordheim nun gefangen war – und sie es nur mit einer Kranken zu tun hätte, verzichtete die Heilerin auf jegliche Begleitung. Eine Tatsache, worüber sich Vater Odo, der dieses Mal an Stelle seines Glaubensbruders Berchtold den König begleitet hatte, zu Recht aufregte.

»Welch ein Unverstand! Wie oft habe ich Frau Griseldis gewarnt«, rief er ärgerlich aus, als er davon erfuhr. »Es genügte ja schon, wenn sie von ihrem Pferd abgeworfen würde und hilflos mit gebrochenem Bein auf der Erde läge.«

Nach etwa einer Stunde Ritt auf verschlungenen Waldwegen war Griseldis an der schlichten Holzhütte, die eher einem Viehunterstand denn einer menschlichen Behausung ähnelte, angekommen. Hier also sollte sich die Patientin befinden. Die Überraschung, die sich ihr bot, versetzte der Heilerin einen leichten Schock.

Das blutjunge Weib war keineswegs krank, sondern hochschwanger und stand allem Anschein nach kurz vor dem Gebären. Mühsam bewegte sie sich auf ihre Besucherin zu, schob aber dabei beinahe stolz ihren hohen Leib vor sich her. Griseldis überlegte fieberhaft.

Da man ihr nichts von einer baldigen Niederkunft gesagt hatte, war sie auf eine Geburt keineswegs vorbereitet. Niemals wäre sie sonst alleine hergekommen; benötigte sie doch etliche Helferinnen oder wenigstens *eine* erfahrene Frau. Sie konnte nur hoffen, dass es noch nicht so weit war …

Plötzlich, nach ein paar Begrüßungsworten, verharrte die werdende Mutter und blieb stocksteif, mit weit geöffnetem Mund inmitten der Hütte stehen. Sie hatte etwas sagen wollen, aber kein Laut drang aus ihrer Kehle. Griseldis sah, wie die Lippen der jungen Frau vor Schmerz bebten. Hilfe suchend streckte die Schwangere ihren rechten Arm nach ihr aus, mit der linken Hand fasste sie sich unter den Rock zwischen die Beine.

Als sie die Hand wieder hervorzog, erschraken beide Frauen.

»Du verlierst Blut, mein Kind«, sagte die Heilerin zu der jugendlichen Geliebten des Nordheimers, die ihr jetzt entgegentaumelte. Griseldis war bemüht, das Gewicht der anderen aufzufangen. Doch diese fand ihr Gleichgewicht wieder und stand nun da, nach vorne gebeugt und gleichsam in sich hineinhorchend, so, als spräche ihr Kind zu ihr. Dann blickte sie auf, nannte ihren Namen und dankte der Heilerin für ihr Kommen.

»Ja«, bestätigte sie dann Griseldis auf deren Frage, »es ist mein erstes Kind.« Gleich darauf verzerrte sich ihr hübsches Gesicht erneut – die nächste Wehe hatte sie überfallen. Sie keuchte und rang nach Luft. Als die Wehe vorüber war, umfasste Griseldis fest die Hüfte der jungen Frau und ganz langsam steuerten beide die Bettstatt der Gebärenden an.

»Bist du ganz allein hier, Hedwig?«, fragte sie, obwohl sie

die Antwort bereits kannte. Das junge Mädchen, beinahe noch ein Kind, nickte verbissen.

»Alle haben sich davongemacht, als sie bemerkten, dass der Nordheimer am Ende war«, sagte sie und klang dabei bitter. »Als er noch für die ganze Bande gut gesorgt hat, haben sie ihm die Füße geküsst.«

Griseldis verkniff sich einen Einwand. Weshalb sollte sie das arme Ding noch mehr aufregen? Es reichte, was ihr in den nächsten Stunden bevorstehen sollte …

»Wo ist der Stuhl?«, fragte sie sachlich und musterte den bis auf das breite Bett, einen Tisch und eine kleine Truhe leeren Raum.

»Was denn für ein Stuhl?« Die Frage des unerfahrenen jungen Weibes klang dümmlich.

»Ich rede vom Gebärstuhl, meine Liebe! Sag bloß nicht, ihr hättet keinen besorgt!« Griseldis war nun wirklich erschrocken.

»Hab nie von so was gehört«, gab Hedwig zur Antwort und stöhnte. Als sie das Gesicht der Heilerin sah, fügte sie widerwillig hinzu: »Bei uns gebären die Frauen auf dem Boden kniend.«

»Schon gut, mein Kind.« Griseldis bemühte sich um Gelassenheit. Geschwind riss sie aus der Bettstatt das Laken heraus und breitete es auf dem leidlich sauberen Bretterboden aus.

»Knie dich hin«, befahl sie dann kurz angebunden. »Ich muss mich vergewissern, wie weit du schon bist.«

Gehorsam ließ sich die Kindfrau unter Stöhnen und Ächzen auf die Knie nieder. Griseldis kauerte sich zu ihr auf das Betttuch und zog der Schwangeren als Erstes das hinderliche Gewand über den Kopf.

»Das Kleid stört mich«, sagte sie zur Erklärung und nahm ihr auch das Untergewand weg. »Am besten ist es, wenn du nackt bist.«

Dann machte sich die Heilerin daran, vorsichtig zu überprüfen, ob sich der Muttermund bereits geöffnet hatte oder ob sich nur ein Schleimpfropf gelöst und die leichte Blutung verursacht hatte.

Die junge Frau keuchte; gleich darauf wurde sie von einer neuen Wehe überfallen und sie verlor eine Menge Fruchtwasser.

›HERR im Himmel‹, dachte die Heilerin erschrocken, ›eine *trockene Geburt* ist das Letzte, was ich ihr und mir wünsche.‹

Die Abstände zwischen den Geburtswehen wurden immer kürzer. In den Pausen ließ sich die werdende Mutter jeweils zurück auf die Fersen fallen, um sich von der Anstrengung zu erholen oder um Wasser zu trinken, das Griseldis ihr in einem Becher reichte.

Sie kniete nun vor Hedwig und umspannte mit ihren Händen den schweren Leib der Schwangeren. Kein Zweifel, das Kind hatte sich bereits gesenkt, die Geburt stand kurz bevor. Griseldis konnte die Gebärende nicht mehr verlassen, um Hilfe zu holen.

»Es kommt tatsächlich«, stöhnte das junge Weib. »Ich habe noch keine Erfahrung mit dem Kinderkriegen und geglaubt, es wäre noch lange nicht so weit.«

»So genau kann man das nie sagen«, meinte Griseldis beruhigend. »Bei der ersten Niederkunft lassen sich die Kleinen im Allgemeinen viel Zeit. Aber verlassen kann man sich nicht darauf.«

Hedwig krümmte sich stöhnend und der Schweiß lief ihr in Strömen über den Körper. In der kleinen Hütte war es viel zu warm, aber Hedwig erlaubte nicht, dass die Heilerin die winzige Luke, die als einzige Fensteröffnung diente, öffnete.

›Der alte Aberglaube an die bösen Geister, die Mutter und Kind schaden wollen. Lieber erstickt sie an der verbrauchten

Luft.‹ Die Medica war dieses Verhalten schon gewohnt. Auch Damen von Adel waren von dem Unsinn nicht abzubringen.

Das Stöhnen der Kreißenden steigerte sich auf einmal zu einem regelrechten Urlaut des Schmerzes, der aus dem tiefsten Inneren der jungen Frau hervorbrach. Hedwig reckte das Kinn nach oben und biss die Zähne aufeinander, so dass Griseldis, die inzwischen den Kopf des Kindes ertastete, es regelrecht krachen hörte.

›Ich muss ihr etwas geben, worauf sie beißen kann‹, dachte sie, beschämt darüber, dies in der Aufregung vergessen zu haben. Sie ahnte, wie das arme Weib sich fühlen musste: so, als würde es mitten auseinandergerissen. Hedwigs Augen quollen hervor, als diese verzweifelt presste – so wie Griseldis es ihr gesagt hatte.

Mittlerweile erfolgten die Wehen ohne Pausen nacheinander und Hedwig blieb keine Zeit mehr, sich dazwischen zu erholen.

Das Kind schien groß zu sein, der Geburtskanal dagegen recht schmal. Die Geburt war eine einzige grausame Quälerei und am liebsten hätte Griseldis jedes Mal, wenn das Geheul Hedwigs einsetzte, mitgeschrieen – einfach so, aus Mitgefühl mit dem gepeinigten Geschöpf.

»Pressen, du musst stärker pressen, mein Kind«, sagte sie stattdessen.

»Oh, mein GOTT, ich halte das nicht mehr länger aus.«

Ganz leise war dies von Hedwig gekommen, die kaum noch die Kraft besaß, am Boden zu knien mit gespreizten Schenkeln. Griseldis umfing sie daher mit ihren Armen und wiegte sie wie ein kleines Kind. Allmählich kroch Panik in ihr hoch.

›Weshalb nur haben diese Barbaren keinen Gebärstuhl? Alles wäre um ein Vielfaches leichter. Das Mädchen könnte sich mit Händen und Füßen abstützen und dadurch Kräfte sparen, die sie dringend zum Pressen braucht. Und ich müsste sie nicht ständig festhalten, sondern wäre in der Lage, meine Hände zu Nützlicherem einzusetzen.‹

Die nächste Wehe überspülte Hedwig wie eine riesige Meereswoge, aber das Kind wehrte sich dagegen, geboren zu werden.

›Es erwartet sich nichts Gutes vom Leben‹, dachte Griseldis nüchtern bei sich. ›Die Mutter ein armes Ding und die Hure eines Verbrechers und der Vater als Mörder und vogelfreier Strauchdieb enthauptet …‹

KAPITEL 68

»Du bist jetzt weit offen, Hedwig, und dein Kind kann geboren werden. Bei der nächsten Wehe werde ich versuchen, sein Köpfchen festzuhalten und bei der übernächsten werde ich den ganzen Körper herausziehen«, kündigte Griseldis an, bemüht, ihr eigenes Unbehagen nicht laut werden zu lassen.

Sie hatte bereits so vielen Säuglingen auf die Welt geholfen, aber noch nie war sie ganz allein mit der Kreißenden gewesen. In der Regel versammelte sich bei einer Geburt eine Schar von Frauen im Gebärzimmer, um der Wehmutter zur Hand zu gehen.

Griseldis musste an Frau Hiltrude und deren Niederkunft im Kreise ihrer zahlreichen Freundinnen denken, die der Gutsherrin in ihrer schweren Stunde beigestanden hatten. Der König selbst hatte damals versprochen, der Pate ihres Söhnchens zu sein. Im Geiste sah sie, wie sich das braun gelockte Haupt des Königs über den Neugeborenen beugte, und hörte sein jungenhaftes Lachen …

Energisch wischte sie diese Erinnerung beiseite.

Die nächste Wehe kam mit Macht und das junge Weib schrie zum Gotterbarmen. Griseldis war versucht, sich die Ohren zuzuhalten. Die Luft im Raum war mittlerweile zum Ersticken und das Wasser lief ihr in die Augen, so dass die Heilerin für einen Augenblick blind war. Ihre Finger ertasteten den kleinen Kopf und hielten ihn diesmal fest.

Er durfte auf keinen Fall wieder zurückgleiten in den Leib seiner Mutter. Und während sie dieses winzige Köpfchen mit einer Hand umklammerte, sorgte sie sich zugleich, dem Kind womöglich Schaden zuzufügen.

Um diesen Gedanken weiterzuverfolgen, blieb keine Zeit: Die nächste Wehe kam bereits. Jetzt musste die Austreibung erfolgen, sonst wurde es kritisch; das Kind konnte ersticken.

Obwohl Griseldis ihre uralte Medizintasche gründlich durchsucht hatte, hatte sie weder ein Wehenmittel gefunden noch etwas, das sie der Gebärenden gegen den Schmerz hätte verabreichen können, ohne ihr oder dem Kinde dabei zu schaden. Wieder kam ihr Frau Hiltrudes Niederkunft in den Sinn und sie glaubte, das scharfwürzige Bilsenkraut zu riechen …

›Warum, in aller Heiligen Namen, hat mir niemand verraten, dass es sich um eine Geburt handelt?‹ Diese Frage hatte sie sich bereits ein Dutzend Mal gestellt. ›Dann hätte ich …‹

Aber es war müßig, diese Art von Überlegung anzustellen.

»Ich ziehe jetzt am Körper deines Kindes!«, schrie sie der vor Schmerzen beinahe Ohnmächtigen ins Ohr. »Und du presse, so fest du kannst. Hole tief Luft und dann: pressen, pressen, pressen!«

Das Kind aber steckte fest und der tierische Schmerz drohte Hedwig schier zu spalten. Das Kleine bewegte sich kein bisschen. Aber das Allerschlimmste kam jetzt erst: Die Wehen blieben auf einmal aus. Hedwig lag jetzt auf dem Rücken, beinahe bewusstlos vor Erschöpfung.

›Heilige Mutter GOTTES‹, flehte Griseldis stumm, ›lass sie ihre Wehen haben, sonst sind das Kind *und* das Weib verloren.‹ Ihr war bereits regelrecht übel von der mit Ausdünstungen aller Art geschwängerten Luft in der Einraumhütte und sie kämpfte gegen den Brechreiz an. ›Alles, nur das nicht‹, dachte sie. ›Eine Hebamme, der schlecht wird und die sich übergibt, wäre wohl das Schlimmste, was der Ärmsten widerfahren könnte.‹

Um dies zu verhindern, sprang Griseldis auf, lief die paar Schritte zur Tür der Hütte und riss sie auf. Begierig atmete sie die feuchte, aber warme Waldluft ein. Am Vormittag hatte es leicht geregnet und von den Bäumen tropfte es noch. Sie roch beglückt den Duft von Kiefernnadeln und von nasser Walderde. Nichts brächte sie dazu, diese Tür in nächster Zeit wieder zu schließen. In kurzer Entfernung sah sie ihr Pferd, angebunden an einem Baumstamm, friedlich grasend.

Hedwig protestierte dieses Mal nicht – vielleicht hatte sie das Öffnen der Tür gar nicht bemerkt. Griseldis drehte sich um und sah auf die junge Frau herunter. Wie tot lag sie da.

»Komm, ich helfe dir aufzustehen«, sagte sie zu Hedwig. »Ich werde dein Bett herrichten und dann wirst du dich drauflegen. Das Kinderkriegen auf dem Boden scheint mir ein gar zu mühseliges Geschäft zu sein – für dich wie auch für meinen Rücken. Mein Kreuz ist völlig lahm.«

Nach einer Weile hatten die beiden Frauen es geschafft und Hedwig lag auf ihrem Strohsack, über den Griseldis das von Fruchtwasser und Schweiß feuchte Laken gebreitet hatte. Aber in der armseligen Hütte fand sich kein zweites.

Und da! Der heiligen Jungfrau sei Dank, es kam eine neue

Wehe. Die Kreißende biss mit den Zähnen auf das Stück Holz, das Griseldis ihr nun zwischen die Lippen geschoben hatte. Instinktiv presste Hedwig das Kinn auf die Brust. Die Muskelstränge an ihrem Hals schienen zum Zerreißen gespannt.

Griseldis, die eine Hand zwischen die Beine des Mädchens geschoben hatte, fühlte, wie der kindliche Körper ein Stück nach unten sackte und griff beherzt zu, wobei sie erneut den Kopf des Kindes umfasste. Dieser hatte sich zuvor wieder in den Leib der Mutter zurückgezogen, als sie ihn loslassen musste, um der Schwangeren aufzuhelfen.

»Sein Köpfchen ist draußen!«, rief sie der Gebärenden zu. »Jetzt noch einmal ganz fest drücken – dann schaffen wir es.«

Sie erkannte, dass sie die Schulter des Kleinen ein wenig drehen musste, um ihm das Geborenwerden zu erleichtern. Mit einer letzten Kraftanstrengung, die ein Äderchen in ihrem linken Auge zum Platzen brachte, presste die Geliebte des verfemten Nordheimers noch einmal mit der ganzen, ihr noch verbliebenen Kraft und Griseldis ihrerseits zog an dem Kind.

Ohne Erfolg. Die Leibesfrucht steckte fest.

Die Heilerin fühlte kalte Furcht in sich hochkriechen. Weshalb gab es diese sinnreichen Geburtszangen aus dem maurischen Spanien, die sie in ihrem medizinischen Werk *Ars Medicinae* beschrieben hatte, nicht auch im Deutschen Reich? Damit wäre es ein Kinderspiel gewesen …

Müßige Gedanken. Abgesehen davon, dass sie dieses Gerät, falls sie denn ein solches besäße, gar nicht mit sich führte. Hatte sie doch nicht geahnt, es mit einer werdenden Mutter zu tun zu haben … Griseldis wandte ihre Gedanken erneut auf Hedwig und ihr Ungeborenes.

›Ich muss das Kind noch mehr drehen, damit die eine Schulter herausgleiten kann‹, sagte sie sich. An die Konsequenz, wenn auch dieser Versuch vergeblich wäre, *durfte* sie nicht denken. Noch nie hatte sie den Leib einer Schwangeren geöffnet, um deren Kind zu retten.

»Heilige Jungfrau, Mutter GOTTES, bitte hilf uns!«, betete Griseldis jetzt laut. Niemals brächte sie es fertig, die Frau zu töten, um neuem Leben den Eintritt in diese Welt zu ermöglichen – auch wenn dies Vorschrift der Kirche war. Lieber würde Griseldis die Todsünde auf sich laden und das Kind ermorden …

Beim Gedanken daran, wie sie das kleine, strampelnde Etwas mit den rötlich blonden Härchen, die deutlich zwischen den Schenkeln seiner Mutter zu sehen waren, in Stücke schneiden müsste, um das Weib von der todbringenden Bürde zu befreien, vergingen der Heilerin beinahe die Sinne.

Beherzter noch als vorhin griffen ihre Finger in den geweiteten Geburtskanal. Taub gegenüber dem Gejammer der Kreißenden versuchte sie, das Kind zu wenden. Und siehe da! Es gelang.

Hedwig rang mit weit offenem Mund nach Luft. Dann presste sie auf Griseldis' Aufforderung ein allerletztes Mal und ein winziges Menschlein glitschte der Wehmutter in die aufgehaltenen Hände.

Weder die todmüde Hebamme noch die völlig erschöpfte junge Mutter vermochten es im ersten Augenblick zu glauben. Hedwig hob erst nach einer Weile ihren Kopf und schaute zwischen ihre Beine. Da lag das Kind.

»Ein gesundes Mädchen ist es«, sagte Griseldis mit belegter Stimme. »Du hast eine wunderschöne, kleine Tochter geboren, Hedwig.«

Dann brachen beide Frauen in Tränen aus. Es waren dies Zähren der Freude sowie maßloser Erleichterung über das Ende der grausamen Anstrengungen. Griseldis legte das noch nasse Neugeborene der Mutter auf den nackten Bauch. Dann band sie mit einem mit den Zähnen von ihrem Hemd abgerissenen Stoffstreifen die pulsierende Nabelschnur zweimal ab, ehe sie diese mit ihrem scharfen Dolch durchtrennte.

Noch atmete das Kind nicht selbständig, aber seine blauen Äuglein starrten in die großen, blaugrauen seiner Mutter und Hedwigs eben noch schmerzverzerrtes Gesicht strahlte wie die aufgehende Sonne.

Griseldis verknotete den kleineren Teil der Nabelschnur, der noch an dem kleinen Mädchen baumelte, um das Fließen des Bluts zu unterbinden. Bei Hedwig waren aller Schmerz und alle Qualen vergessen. Mit leuchtenden Augen sah sie zu, wie die Heilerin das kleine Geschöpf an den Füßchen hochhob, um ihm auf das winzige Hinterteil zu klapsen. Das Neugeborene begann heftig protestierend zu quäken – der schönste Laut für beide Frauen.

Später, nachdem Mutter und Kind versorgt und so gut es ging gesäubert im großen Bett lagen – Griseldis war mehrmals zu einem nahen Bach um Wasser gelaufen – und das Kind friedlich in Hedwigs Arm schlummerte, beantwortete die junge Frau, überglücklich und dankbar zugleich, ehrlich alle Fragen, die die Heilerin ihr stellte.

Die Gefühle der Edlen von Tannhofen waren zwiespältig. Einerseits hatte sie unter großen Mühen neuem Leben in die Welt verholfen; andererseits sollte sie dieses jetzt dem Schicksal eines Bettelkindes überantworten. Wie es aussah, hatte die junge Mutter keinerlei Unterstützung zu erwarten. Ihre eigene Familie hatte sich von ihr losgesagt, als sie die Buhlerin des Nordheimers geworden war. Und auf keinen Fall würde die Sippe des schmählich hingerichteten Grafen die ehemalige Geliebte und ihren Bankert bei sich aufnehmen.

Griseldis erwog sorgfältig das Für und Wider, ehe sie der blutjungen Mutter ihren Vorschlag unterbreitete. »Du weißt, Hedwig, du hast von deinen eigenen Leuten wie von Fremden kein Mitleid zu erwarten, sondern nur Häme und Ablehnung. Wie wäre es, wenn *ich* dir weiterhülfe?«

»Ihr? Frau Griseldis, die Heilerin des Königs, will *mir*, der unbedeutenden, kleinen Hure eines Vogelfreien beistehen? Aber wieso?«, fragte Hedwig ungläubig.

»Nicht aus falschem Mitleid, meine Liebe, sondern eher aus Trotz gegen die unbarmherzige Haltung vieler Menschen, die ohne zu überlegen auch die Unschuldigen – und damit meine ich dein Kind – verurteilen und dem Hungertod preisgeben würden.

Dich selbst, Hedwig, kann ich nicht so ohne Weiteres von jeglicher Schuld freisprechen: Du hattest dich freiwillig dafür entschieden, das Leben einer Ausgestoßenen zu führen und zwar in dem Augenblick, als du die Gefährtin eines Geächteten geworden bist. Was für dich spricht, ist deine Liebe zu diesem Mann, von dem dir nur sein Kind geblieben ist. Höre mir nun zu, Mädchen, was ich dir zu sagen habe.«

Das Ergebnis der Unterredung war, dass die noch nicht einmal Sechzehnjährige die Hände der Heilerin unter Tränen der Dankbarkeit küsste und ihrer Retterin ewige Treue schwor. Frau Griseldis von Tannhofen aber besaß von dieser Stunde an, neben ihrem Ziehsohn Gunther, zwei Töchter, wovon die eine erst eine knappe Stunde alt war.

»Weshalb habt Ihr das Kind ausgerechnet auf den Namen ›Ruothild‹ taufen lassen?«, erkundigte sich König Heinrich, als er von den dramatischen Ereignissen Kenntnis erhielt. Wohl ahnte er bereits den Grund, wollte aber eine Bestätigung.

»Es erschien mir nur folgerichtig, Herr«, erwiderte die Heilerin. »So wie seinerzeit das unschuldige Wendenmädchen in einem Wald sein Leben gewaltsam verloren hat, so habe ich meiner kleinen Ziehtochter in einem abgeschiedenen Waldstück ins Dasein verholfen.

Ruothild wurde für mich gleichsam in Hedwigs Kind wiedergeboren. Das Mädchen soll seines Vaters ungeachtet in Frieden aufwachsen und später ein erfülltes Leben führen – so wie das arme Wendenmädchen es verdient gehabt hätte.«

Genauso hatte Herr Heinrich es sich vorgestellt gehabt. Der König nickte. Erneut war die Heilerin in seiner Hochachtung ein Stück gewachsen.

KAPITEL 69

BEREITS IM SOMMER des Jahres 1013 hatte der König Bischof Walther von Speyer beauftragt, mit Papst Benedikt VIII. wegen seiner Krönung zum Kaiser zu verhandeln. Seit einigen Jahren saß endlich ein den Deutschen freundlich gesinnter Heiliger Vater auf dem Stuhle Petri. Heinrich schien jetzt die Zeit dafür reif zu sein, sein Königtum mit der Würde kaiserlichen Glanzes zu schmücken.

»Seit elf Jahren bin ich nun König«, sagte der Herrscher zu seiner Gemahlin. »Und in Pavia hat man mich noch zum König der Langobarden gekrönt. Ich habe Kriege geführt, das Fehdeunwesen weitgehend ausgerottet, neue Bistümer errichtet, Klöster reformiert und durch einen Vertrag das Land Burgund dem Reichsgebiet dazugewonnen. Des Weiteren habe ich Streitigkeiten geschlichtet, einen Dom gebaut, Bischöfe und Äbte ernannt, das deutsche Königtum gestärkt und die Heidenmissionierung vorangetrieben – von den Lijutitzen einmal abgesehen.«

»Herr«, entgegnete Frau Kunigunde ernst, »Ihr habt Großartiges geleistet. Das Einzige, was Euch versagt geblieben ist, ist ein Sohn und Erbe. Und das ist meine Schuld.«

»Es ist GOTTES Wille, Frau«, widersprach der König. »Eigentlich bin ich auch zufrieden mit dem bisher Erreichten – außer in Polen. Aber auch da ist gegen Herzog Boleslaw noch nicht das letzte Wort gesprochen.

Und was ich jetzt in Angriff nehmen werde, ist meine Krönung zum Kaiser. Und Ihr, Frau Kunigunde, werdet zur Kaiserin gekrönt werden«, versprach Heinrich seiner Gemahlin.

Wunderschön erschien sie ihm heute wieder, attraktiv und begehrenswert. Egal, was die Kirche über die eheliche Liebe sagte und welche Einschränkungen sie ihm aufzwingen wollte: Heute Nacht würde er sein Weib erneut aufsuchen.

›Beichten kann ich morgen‹, grinste er innerlich. Das hatte ihm ja sein Kanzler, der Bischof von Bamberg, deutlich zu verstehen gegeben. Vielleicht konnte Kunigunde doch noch Mutter werden?

›Auch Sarah, Abrahams Weib, gebar in höherem Alter noch einen Sohn. Und sie war gewiss älter als meine wunderbare Frau, die schließlich erst fünfunddreißig Jahre alt ist‹, dachte Heinrich voll Vorfreude auf seine Liebesnacht mit der Königin.

Dann widmete er sich erneut den Angelegenheiten der Politik. Vor allem befahl er eine strenge Überwachung sämtlicher Alpenübergänge. Dieses Mal sollte von vornherein vereitelt werden, dass Herr Arduin die Brentaklausen besetzen ließ und seinen Trupp so am Weiterzug gen Süden hindern könnte.

Nicht allzu lange nach ihrem dramatischen Erlebnis mit der blutjungen Hedwig wurde Griseldis im Sommer 1013 erneut zu einer werdenden Mutter gerufen. Zu Pferde hatte sich die Heilerin zu einer Burg im Steigerwald aufgemacht, deren Herrin sie von ihrem Kind entbinden sollte. Doch zwischen Bamberg und Würzburg wurde sie zusammen mit ihrer Magd Radegund sowie drei berittenen Knechten von einer kleinen Schar unbekannter Reiter angehalten.

Kaum waren die Angreifer aufgetaucht, hatten sich ihre eigenen Beschützer augenblicklich davongemacht.

Die Wegelagerer hatten ihre Gesichter zusätzlich zu den Helmen mit Nasenschutz mit Tüchern verhüllt, so dass sie vollkommen unkenntlich waren. Auch die Stimmen verrieten Griseldis nichts.

Dennoch hatte die Medica anfangs keine Angst verspürt – glaubte sie doch, man habe sie ihrer Heilkunst wegen entführt: Wahrscheinlich würde man sie zum verletzten Häuptling einer Räuberbande bringen und von ihr verlangen, ihm einen Pfeil zu entfernen oder ihm auf andere Weise zu helfen. Möglich war auch, dass ihr Patient bei einem verbotenen Zweikampf verwundet worden war – obwohl der König diese Ehrenhändel unter Strafe gestellt hatte.

Sie beruhigte die zitternde und am Rande einer Ohnmacht stehende Radegund und fragte dann die Männer seelenruhig nach der Art der Verletzungen, mit denen sie es zu tun haben werde: Seltsamerweise erhielt sie jedoch keine Antwort.

Stattdessen wurden ihre Arme hinter ihrem Rücken gefesselt und einer der Kerle verband ihre Augen mit einem nicht sehr sauberen Lappen. Als sie sich lauthals über diese Zumutung beschwerte, steckte ihr ein anderer zusätzlich einen Knebel in den Mund.

Sie fühlte, wie einer der Männer sie vor sich auf sein Pferd nahm, wobei er sie mehr als nötig an Körperstellen betastete, wie man es gemeinhin nur dem eigenen Ehemann gestattete. Voller Unwillen warf sie den Kopf hin und her und schnaubte zornig. Daraufhin hörte sie den Befehl eines anderen, offenbar vorgesetzten Mannes, der ihrem Bewacher sein Tun energisch untersagte.

Der Bursche brummte zornig, ließ seine Übergriffe aber während des gesamten, etwa zweistündigen Rittes bleiben. Griseldis blieb eine Menge Zeit, um ihre Lage zu überdenken. Aber sie gelangte zu keiner Lösung. Wer, um GOTTES willen, hatte sie in seiner Gewalt? Und wozu war sie entführt worden?

Ihre ärgste Feindin fiel diesmal als Verdächtige aus – war Frau Irmintraut doch seit einiger Zeit, kurz nachdem ihre spanische Doña das Zeitliche gesegnet hatte, ernsthaft erkrankt und bettlägerig. Ihr hätte sie den feigen Überfall am ehesten zugetraut.

Auf einmal fiel ihr auf, dass sie seit Langem nicht den leisesten Ton von ihrer Magd Radegund gehört hatte. Wahrscheinlich hatte man dem jungen Ding ebenfalls Augen und Mund verbunden …

Während des Ritts durch den Steigerwald roch Griseldis das vom Morgennebel noch feuchte Laub sowie das mit Nässe vollgesogene Moos und den Duft zahlreicher Pilze. Sie fühlte sich äußerst unwohl – um ehrlich zu sein, stand sie wahre Todesängste aus.

Dazu trug auch die ungewöhnliche Lautlosigkeit bei, mit der sich die Schar der Bewaffneten – Griseldis schätzte sie auf etwa fünf bis sechs Mann – durch das Gehölz bewegte. Niemand sprach ein Wort. Man hörte einzig das Getrappel der Hufe auf den Waldwegen sowie hin und wieder ein Schnauben der Gäule und das Knarzen von Lederzeug. Wohin würde man sie bringen?

Endlich, sie fühlte sich wie zerschlagen, hielt der Trupp an. Jemand hob sie vom Pferd, vollkommen lautlos, und lehnte sie an einen Baumstamm. Sie spürte, dass ihre Fesseln an Händen und Knöcheln durchschnitten wurden und fast gleichzeitig hörte sie, dass die Reiter sich davonmachten. Reglos und verwirrt stand die Heilerin da und erst nach einer Weile dämmerte ihr, dass sie ihre Hände wieder gebrauchen konnte.

Aber noch waren sie gefühllos durch die stundenlange Fesselung und das erneut einschießende Blut schmerzte. Eine Weile müsste sie noch warten, ehe sie imstande wäre, ihre Augenbinde zu lösen und den Knebel aus ihrem Mund zu entfernen. Bis es allerdings so weit war, fühlte sie sich plötzlich berührt. Sie erschreckte sich fast zu Tode.

»Habt keine Angst, Madame«, sagte eine junge männliche Stimme. Sie spürte, wie jemand das Stück Stoff zwischen ihren Zähnen herauszog. Als sie ihre Augenbinde wegschieben wollte, wehrte die Stimme heftig ab:

»Nein, Madame! Eure Augen müssen vorerst verhüllt bleiben. Das ist Vorschrift.« Es klang fast entschuldigend und Griseldis, froh darüber, nicht ermordet worden zu sein, fügte sich darein.

»Was will man von mir?«, erkundigte sie sich; aber ein weiterer Bursche knurrte nur unwillig:

»Das wirst du noch früh genug erfahren, Weib.« Er packte die Heilerin nicht besonders sanft am Arm und führte sie auf in den Felsen gehauenen Stufen abwärts. Offenbar ging es in eine Höhle, verborgen mitten im Steigerwald. Aus der Art des Echos, das die Stimmen ihrer beiden Begleiter erzeugten, erahnte Griseldis, dass sie sich nun in einem unterirdischen Gang befanden, der schmal und ziemlich hoch sein musste. Rüde wurde sie tiefer in den Stollen hineingezogen.

Einige Male bogen die Männer ab und manchmal hatte sie den Eindruck, als führte sie der Weg wieder zurück zum Eingang – längst hatte sie die Orientierung verloren. Dank ihrer mit Pech getränkten Fackeln, Griseldis konnte sie riechen und hörte ihr leises Zischen, fanden sich die Burschen offensichtlich gut zurecht.

Auf einmal blieben sie jedoch stehen und einer der beiden nahm Griseldis die Augenbinde ab. Mit Furcht und Neugier zugleich sah die Heilerin sich um. Sie befand sich in einer Grotte, von deren gewölbter Decke, etwa fünfzehn Meter über ihren Köpfen, verschieden lange Tropfsteine herabhingen.

Griseldis hatte von dieser Art von Höhlen bereits gehört, aber noch nie eine solche betreten. Irgendwie erschien sie ihr im ersten Augenblick märchenhaft. Aber dieser Eindruck verflüchtigte sich bald. Sie fröstelte in ihrem viel zu dünnen Gewand: Nasskalt war es hier unten. Auch die vielen, an den glatt behauenen Steinwänden angebrachten Pechfackeln vermochten die modrig feuchte Luft nicht zu erwärmen.

Dafür spendeten sie genügend Licht, um Griseldis das Ausmaß dieser offenbar als Versammlungsort und geheime Kultstätte benützten Höhle erkennen zu lassen. Sie schätzte ihren Durchmesser auf etwa einhundert Männerschritte. Dass der Ort als unterirdische Opferstätte genutzt wurde, zeigte ein großer, steinerner Altartisch. Auf ihm, wie sie mit Schrecken sah, befand sich eine riesige Schale mit dem mächtigen Haupt eines Stieres, um dessen Halsstumpf sich eine noch nicht gestockte Blutlache gebildet hatte.

Der Boden der gewaltigen unterirdischen Halle war mit viereckigen, weißen Steinplatten ausgelegt, deren Seitenlänge etwa eine Handspanne betrug. Um den Altar herum stand ein Dutzend großer Kandelaber aus Bronze, bestückt mit riesigen, dicken Wachskerzen, deren sämtliche Flammen flackerten. Der Kerzenschein erzeugte in der geheimnisvollen Grotte ein seltsam unwirkliches Licht.

KAPITEL 70

›HIER MUSS SICH doch irgendwo eine Öffnung oder ein Kamin im Gestein befinden, durch den Luft hereinströmt, welche die Kerzenflammen unruhig brennen lässt‹, überlegte Griseldis unwillkürlich. Auch im Nacken verspürte sie plötzlich den unangenehmen Luftzug.

›Womöglich gibt es einen weiteren Ausgang aus dieser Alptraumhöhle‹, dachte die Heilerin und eine gewisse Hoffnung machte sich in ihrem Herzen breit.

Im Stillen hatte sie sich vorgenommen, weiterhin keinen Widerstand zu leisten, um die Anhänger dieses ohne Zweifel verbotenen Kultes nicht unnötig gegen sich aufzubringen. Sie würde sich verstellen, allem Unsinn zustimmen und dann die nächstbeste Gelegenheit ergreifen, um heimlich zu verschwinden. Inständig hoffte sie, dass der Mauerspalt, durch den die kalte Luftströmung eindrang, groß genug wäre, um ihr das Durchschlüpfen zu gestatten.

Auf einmal erklang ein höchst eigenartiger Laut, der sie erschrocken zusammenfahren ließ. Eine Lure war es, die ein Mann in langem, weißem Gewand blies. Dieses uralte, seltene Instrument aus dem Norden Europas bestand aus einem gewundenen Bronzerohr von beinahe drei Metern Länge, dessen Schallöffnung mit einer verzierten Scheibe versehen war.

Griseldis sah noch einen weiteren Bläser, der seine Lippen dem Mundstück einer ähnlich großen Lure näherte, um jenen dumpfen, mit nichts zu vergleichenden urtümlichen Ton zu erzeugen.

Danach beobachtete sie, wie aus einem Seitengang in weiße, bodenlange Mäntel gehüllte Gestalten feierlich in die Haupthöhle einzogen. Gemessenen Schrittes gingen sie mit vor der Brust gefalteten Händen hintereinander her, die mit Kapuzen bedeckten Häupter hielten sie gesenkt. Dann stellten sie sich in einem Halbkreis um den Altar mit der makabren Opfergabe auf.

»Was soll das? Warum hat man mich hierhergebracht?«

Überlaut klang Griseldis' Stimme in der feierlichen Stille, die nach dem Verklingen des letzten Tons der beiden Bronzeluren eingetreten war.

»Sei ruhig«, warnte einer ihrer beiden Führer sie wütend und stieß ihr grob seine Faust in die Seite. »Du hast dich still zu verhalten und die heilige Handlung nicht zu stören, Weib«, fügte er leise, aber grimmig hinzu. Die rohe Art der Behandlung erboste die Heilerin und alle ihre Vorsätze waren vergessen.

»Ich bin gegen meinen Willen hier«, rief sie unbedacht aus. »Für mich ist es keineswegs eine heilige Handlung, an der ich teilzunehmen wünsche. Lasst mich sofort gehen«, fügte sie zornig hinzu. Ehe ihr Begleiter erneut handgreiflich werden konnte, gebot ihm eine der weiß gekleideten Gestalten Einhalt.

»Halt, Bruder«, sagte eine weiche, dunkle Stimme, »die Dame weiß offenbar nicht, weshalb wir sie zu uns gebracht haben. Ist es so, Herrin?«, wandte der Mann sich fragend an Griseldis. Die schalt sich im Stillen eine Närrin, da sie ohne Not auf sich aufmerksam gemacht und somit ihre Möglichkeiten zur Flucht empfindlich geschmälert hatte.

Aber sei's drum, der Schaden war bereits angerichtet.

»Woher sollte ich Euch kennen, Herr? Ich bin christlich getauft und mit abgehauenen Rinderköpfen auf dem Altar habe ich bisher nichts zu tun gehabt. Und die fremdartigen Symbole, die ich hier an den Wänden finde, verstehe ich auch nicht«, gab sie tapfer zur Antwort.

Dabei deutete sie auf Kreise, Spiralen und Wellenlinien, die mit großer Sorgfalt in die Kalkwände der Höhle eingeritzt waren. Dazwischen befanden sich in unregelmäßigen Abständen Sonnen und Monde sowie Tier- und Menschenfiguren, angedeutet nur durch Striche, wie etwa ein Kind sie zeichnen würde.

»Weshalb wurde ich mit List und Gewalt hierherverschleppt? Die Art und Weise meiner Entführung war zudem äußerst roh. Im Übrigen, wo ist Radegund, meine Magd?«

Aufrecht und keineswegs eingeschüchtert stand die Heilerin vor dem großen Mann in der weißen Kutte. Die Kapuze hatte er mittlerweile zurückgeschlagen und Griseldis sah das kahl geschorene Haupt eines etwa fünfzigjährigen Priesters, der im Schein der zahlreichen Fackeln große Autorität ausstrahlte. Tief liegende, schwarze Augen in einem schmalen Gesicht ruhten nachdenklich auf ihr. Es war ihr nicht möglich, auch nur im Geringsten zu erraten, woran dieser Mann dachte; dieser Umstand verunsicherte die Heilerin sehr.

»Dass man Euch nicht mit dem nötigen Respekt behandelt hat, bedauere ich sehr, Herrin. Wir hatten Anlass zu glauben, Ihr hättet Interesse an unserer ›Vereinigung der wahrhaft Gläubigen‹«, sagte er nach einer Weile mit seiner samtigen, einschmeichelnden Stimme.

Griseldis musterte ihn verblüfft.

»Wie kamt Ihr auf diesen merkwürdigen Gedanken, Herr?«, wollte sie temperamentvoll wissen. »Womit habe ich Euch

Anlass gegeben, derlei zu vermuten? Ich bin Christin und gedenke es auch zu bleiben.«

Fest blickte sie dabei ihrem Gegenüber in die Augen; wobei sie allerdings ihren Kopf in den Nacken legen musste, denn der Priester war ein hochgewachsener Mann. Griseldis merkte ihm keinerlei Regung an. Falls ihn ihre Zurückweisung erzürnt oder enttäuscht hatte, ließ er nichts davon nach außen dringen.

Erneut bemächtigte sich der einsamen Frau Furcht. Auf ihre Frage nach Radegund war er nicht eingegangen. Lebte diese überhaupt noch?

»Verzeiht meine Unhöflichkeit, Herrin, und gestattet mir, mich Euch endlich vorzustellen: Mein Name lautet Timotheus und ich bin der Oberste Priester unserer heiligen Gemeinde. Ihr müsst keine Angst vor uns haben. Ich bedaure, dass der Stierkopf Euch offenbar Furcht eingeflößt hat. Auch um Eure Magd müsst Ihr Euch nicht sorgen – es geht ihr gut.«

Griseldis atmete im Stillen auf. Aber konnte sie ihm trauen? Wer war dieser Timotheus?

»Wir hatten durchaus Grund zu der Annahme, dass Ihr unserer Religion zumindest wohlwollend gegenübersteht, Herrin.«

Seine Stimme klang jetzt um einiges kälter als zuvor. Er war sich inzwischen sicher, mit ihr einen bedauerlichen Missgriff getan zu haben.

»Aber wieso, Herr?« Griseldis war aufs Neue verwirrt. »Ich achte die Gebote unseres HERRN, JESUS CHRISTUS, bin eine treue Tochter der heiligen Kirche, versäume sonntags weder Messe noch Predigt und empfange regelmäßig das Sakrament der Buße sowie das heilige Abendmahl …«

»Ja, ja«, unterbrach der heidnische Priester sie jetzt ungeduldig. »Das ist uns alles wohlbekannt! Aber darüber hinaus seid Ihr eine weise Frau mit heilender Kraft in den Händen und einer seherischen Begabung und dazu ein Abkömmling unserer guten Tochter Dietlinde, Eheweib des Frowein, die sich vor Jahren von der Kirche abgewandt, aber uns leider vor einigen Jahren für immer verlassen hat.«

»Oh!«, entfuhr es Griseldis. Woher in GOTTES Namen wussten diese Leute über ihre Familie Bescheid?

»Man hat uns glaubhaft versichert, Ihr wäret geartet wie Eure Mutter – nur viel klüger als diese – und täuschtet schlau Eure Umwelt, vor allem den König und seine Gemahlin. In Wahrheit wäret Ihr nur ein widerwilliges Glied jener unwürdigen Glaubensgemeinschaft, die sich *Kirche* nennt. So hat man uns jedenfalls erzählt. Wie es scheint, war dies ein Irrtum.«

»Jetzt begreife ich«, murmelte Griseldis betroffen. »Eure Informationen habt Ihr von Radegund, nicht wahr? Ihr habe ich von Dietlinde erzählt, die sich in der Tat in ihren letzten Lebensjahren von der heiligen Mutter Kirche ab- und dem Heidentum zugewandt hat.

Ich hatte aber eher mit den germanischen Heidengöttern gerechnet, denen meine Mutter sich anvertrauen würde, und weniger mit Eurem Kult. Was allerdings *mich* anbetrifft, Herr, da seid Ihr tatsächlich schlecht beraten worden. Ich werde mich nie vom wahren Glauben abwenden.«

Voll Leidenschaft hatte sie diese letzten Worte hervorgestoßen.

»Schade, aber nun gut. Wie Ihr wollt, Herrin. Wir jedenfalls hätten eine Person gut gebrauchen können, die dem König nahe steht und ihm ohne Schwierigkeiten Dinge verabreichen könnte, die es ihm erlauben, möglichst bald jenen heiß ersehnten Ort zu erreichen, den jeder Christ das ›himmlische Paradies‹ nennt.«

Griseldis erfasste ein regelrechter Schwindel bei dem Gesagten. Diese Menschen suchten eine Mörderin und hatten geglaubt, ausgerechnet in ihr ein williges Werkzeug zu finden!

»Ihr plant ein verabscheuungswürdiges Verbrechen und …«, setzte sie an, aber Timotheus unterbrach sie.

»Herr Heinrich ist ein Knecht der Kirche und umgibt sich hauptsächlich mit hohen Kirchenmännern, auf deren verderblichen Rat er hört. Er tut alles, um die Kirche und den christlichen Aberglauben in deutschen Landen zu stärken. Sogar die letzten sogenannten Heiden lässt er nun im Fichtelgebirge missionieren. Auch sie sollen zu Sklaven des obersten römischen Priesters werden. Wir können und werden dies nicht dulden!«

Laut und heftig war mittlerweile die vorher so angenehme Stimme geworden. Sie dröhnte durch das Rund der Grotte und das Echo wurde zusammen mit dem zustimmenden Geschrei der Priesterschar vielfältig von den glatt behauenen Steinwänden zurückgeworfen.

Griseldis wurde es eiskalt. Das Herz schlug ihr wie rasend in der Brust; sie konnte kaum noch atmen. ›Nur jetzt nicht ohnmächtig werden‹, dachte sie panisch. ›Ich muss einen klaren Kopf bewahren, sonst bin ich augenblicklich verloren. Sie planen einen Anschlag auf das Leben des Königs und haben mich zur Vollstreckerin ihres Todesurteils auserwählt. Warum nur?‹

Aber diese Frage war jetzt zweitrangig. Das Wichtigste war die ihr drohende Lebensgefahr: Unmissverständlich hatte sie ihren Standpunkt deutlich gemacht. Ohne Scheu hatte der Oberste Priester Timotheus von seiner Absicht gesprochen, den König ermorden zu lassen. Die Vertreter dieses eigenartigen Stierkultes konnten sie demnach gar nicht am Leben lassen …

Viel zu groß wäre die Gefahr, dass Griseldis den Herrscher von der ihm drohenden Gefährdung unterrichtete und dieser durch seine Krieger auch noch die letzten Anhänger des *Mithraskultes* auslöschen ließ. Sie war sich sicher, dass es sich hier um diesen aus Persien stammenden Kult handelte: Vater Berchtold hatte ihr einst davon erzählt.

Der Glaube an Mithras, einen mit der Sonne verbundenen Erlösergott, war von römischen Legionären auch in Germanien eingeführt worden. Trotz heftiger Bekämpfung durch die Kirche war es den Anhängern dieses Mysterienkults gelungen, an einigen wenigen Orten zu überleben und ihre Zeremonien zu feiern.

KAPITEL 71

AUS DEN AUGENWINKELN heraus musterte Griseldis die weiß gekleidete Schar. Die Teilnehmer hatten mittlerweile ihre Kapuzen zurückgeschlagen.

›Alles Männer‹, fuhr es ihr durch den Kopf. ›Auch das stimmt mit Vater Berchtolds Bericht überein, dass Frauen von den heiligen Handlungen ausgeschlossen sind. Bei mir wollte man wohl eine Ausnahme machen, weil ich zu Besonderem, nämlich zum Mord an König Heinrich, ausersehen war.‹

Ihre Augen blieben wie gebannt an dem riesigen Stierhaupt hängen, das mit weit aus dem Maule hängender Zunge auf einer silbernen Schüssel lag. Das rituelle Schlachten und Opfern von Stieren passte jedenfalls auch zum Mithraskult.

»Wir zwingen niemanden zu etwas«, drang die Stimme des Oberpriesters ans Ohr der Heilerin. Erneut widmete sie diesem Mann, der ihr zwar entsetzliche Angst einflößte, sie aber gleichzeitig auf geheimnisvolle Weise faszinierte, ihre ungeteilte Aufmerksamkeit. Welches Schicksal würde er über sie verhängen?

Auf seinen Wink hin brachte ein ganz junger Priester einen kleinen Becher aus durchscheinendem Alabaster herbei und reichte ihn der Heilerin.

»Trinkt, Frau Griseldis!« Woher kannte er ihren Namen? Natürlich, von Radegund!

Timotheus' ausgestreckter Finger wies auf das Gefäß in ihrer Hand.

»Nehmt diesen Becher von uns als Dank für das Ungemach, das wir Euch bereitet haben, als wir Euch nötigten, zu uns zu kommen. Eure Weigerung, mit uns gemeinsam das Land von der gefräßigen Schlange Kirche und ihren gottlosen Priestern, samt dem König, zu befreien, bedauern wir sehr, nehmen es Euch aber nicht übel. Folgt Eurem Gewissen, wie wir dem unsrigen gehorchen.

Und nun nehmt den Inhalt dieses Bechers zu Euch. Er soll gleichzeitig Euer Willkommens- und Euer Abschiedstrunk sein.«

Die Flüssigkeit in dem Gefäß verströmte einen betörenden Duft. ›Er hat mich in Hypnose versetzt‹, dachte die Heilerin entsetzt. ›Das ist noch keinem gelungen. Ich vermag mich nicht zu wehren. Mein Durst und mein Verlangen nach diesem Becher sind einfach zu groß. Ich muss ihn leeren – auch wenn ich durch das enthaltene Gift sterben werde.‹

Die Edle von Tannhofen hegte keinen Zweifel, dass die so verführerisch duftende Mischung in dem kleinen Alabastergefäß vergiftet war. ›Umso schneller ist alles vorbei‹, hoffte sie. Wie in Trance setzte sie es an ihre Lippen und leerte es gierig. Sein Inhalt schmeckte köstlich. Fest schlossen sich ihre Finger um den kleinen Becher …

Unmittelbar darauf erfasste sie ein leichter, dann immer stärker werdender Schwindel, so dass sie sich an einem ihrer Begleiter festhalten musste, um nicht niederzusinken.

Die Grotte begann, sich erst langsam, dann zunehmend schneller um sie zu drehen; so dass der Schein der Pechfackeln an den vor Nässe glitzernden Wänden schließlich wie ein Ring aus Feuer aussah. Die Priester hatten eine Litanei angestimmt, in einer Sprache, die Griseldis unbekannt war. Feierlich umkreisten die Weißgekleideten dabei den Altartisch, in dessen Mitte das Haupt des geopferten Stieres mit gebrochenen Augen ruhte.

Dieser Kopf schien auf einmal größer zu werden; Blut begann aus seinen Augen zu strömen, aus dem Maul, der Halswunde und den Nüstern. Griseldis ekelte sich entsetzlich, als der dunkelrote Lebenssaft des Opfertieres über den Rand der Schüssel rann, über den Altar und auf die hellen Bodenfliesen.

Erschrocken schrie sie auf, als sie sah, dass der breite, dampfende Blutstrom in ihre Richtung lief. Gleich würde er ihre Füße erreicht haben und ihre Reitstiefel mit seiner beinahe schwarzen Klebrigkeit besudeln. Sie vermochte sich jedoch nicht von der Stelle zu rühren.

›Nur ein einziger Schritt zur Seite und das Blut des Stieres berührt mich nicht‹, dachte sie noch. Aber sie war außerstande, auch nur einen Fuß zu heben; auf einmal stand sie in einer Blutlache. Als die widerliche Flüssigkeit durch das Leder hindurch ihre Zehen nässte, verlor sie das Bewusstsein …

Als die Heilerin wieder zu Bewusstsein kam, befand sie sich an derselben Stelle, an der Überfall und Entführung stattgefunden hatten. Wie lange sie ohnmächtig – den Kopf im Schoß ihrer Magd Radegund geborgen – auf der Erde gelegen hatte, hätte sie nicht zu sagen vermocht.

Als sie die Augen aufgeschlagen hatte, fiel ihr Blick zuerst auf das erleichterte Gesicht Radegunds.

»Was habt Ihr mir für Sorgen gemacht, edle Frau!«, rief die Magd. »Ich fürchtete schon, es sei etwas Ernstes. Aber wie es scheint, war es nur ein kleiner Schwächeanfall, Herrin. Ihr solltet mehr Nahrung zu Euch nehmen, vor allem, wenn Ihr Euch auf einen längeren Ritt begebt.«

Radegunds Stimme klang aufrichtig, aber Griseldis glaubte dennoch einen falschen Zungenschlag wahrzunehmen. Blitzartig waren ihr Bruchteile des kürzlich Vorgefallenen wieder in den Sinn gekommen: Hatte man ihr tatsächlich zumuten wollen, ihren geliebten und verehrten König umzubringen?

Sie zermarterte sich das Gehirn, um noch mehr über das zu erfahren, was *wirklich* mit ihr geschehen war, aber etwas warnte sie davor, Radegund darüber zu befragen.

Stückweise kehrte ihre Erinnerung von selbst zurück: die grobe Behandlung, ihre Fesselung und Knebelung, ihre verbundenen Augen, die Höhle, der Altar mit dem abgeschlagenen Stierkopf, die in Weiß gekleideten Priester und – Timotheus. Zuletzt hatte er sie genötigt, etwas zu sich zu nehmen …

Fieberhaft überdachte sie ihr Verhalten. Sie musste unbedingt so tun, als fiele sie auf die Worte ihrer Dienerin herein – ansonsten war ihr Leben keinen Pfifferling mehr wert. Unbedingt hatte sie ihr Glauben zu schenken, dass sie nur ohnmächtig gewesen sei und in ihrer Ohnmacht einen seltsamen Traum gehabt habe.

Griseldis war überrascht, von den Anhängern dieses heidnischen Kultes, der in deutschen Landen streng verboten war, nicht umgebracht worden zu sein. Der verabreichte Trank zusammen mit der Hypnose durch den Oberpriester hatten ihr vorgaukeln sollen, sie wäre in tiefe Bewusstlosigkeit gefallen und hätte das Ganze bloß geträumt. Auch die Worte ihrer Magd sollten sie darin bestärken.

Verblüfft war die Heilerin von der Tatsache, dass Timotheus es überhaupt geschafft hatte, sie zu hypnotisieren. Er musste mit enorm starken Kräften ausgerüstet sein. Niemandem war es bisher gelungen, Griseldis' Willen auszuschalten.

›Beinahe wäre ich auch darauf hereingefallen‹, dachte sie betroffen, ›wenn sich beim Erwachen nicht noch der Alabasterbecher in meiner Hand befunden hätte.‹ Ganz fest hatten ihre Finger das kleine Gefäß noch umklammert gehalten.

Unauffällig ließ Griseldis das verräterische Ding, das den Betäubungstrank enthalten hatte, in einer Tasche ihres Gewandes verschwinden.

›Mein schreckliches Erlebnis ist also wahr gewesen und keineswegs meiner Einbildung während einer Ohnmacht entsprungen.‹

Der Stand der Sonne bestärkte Griseldis zusätzlich, dass seit Beginn des Überfalls etwa fünf Stunden vergangen sein mussten. Entschlossen richtete die Heilerin sich auf und klopfte sich den Staub vom Gewand.

»Lasst uns umgehend aufbrechen«, rief sie ihrem begleitenden Trupp zu, der sich auf wundersame Weise wieder eingefunden hatte.

»Ich habe meinen Schwächeanfall überwunden und will die Edelfrau in ihren Kindsnöten nun nicht länger warten lassen«, sagte sie und schwang sich auf ihr Pferd.

Nach der Entbindung wollte sie umgehend nach Bamberg zurückreiten, um dem König von der drohenden Gefahr zu berichten. Seine Feinde würden versuchen, eine andere Person zu finden, die den Mord an ihm begehen könnte. Sie war überzeugt davon, dass diese Höhle in dem Waldstück zu finden sein musste, und Heinrich würde nicht zögern, seine Gegner auszuschalten …

›Warum aber haben mich die Mithrasjünger bloß am Leben

gelassen?‹, überlegte sie ratlos. ›Es bedeutet doch eine Gefahr für sie, mich nicht beseitigt zu haben.‹

Offenbar hatten sie an ihr kein weiteres Interesse – es kam ihnen nur auf den König an. Bei den Anhängern dieses Kults schien eine gewisse Weltfremdheit mitzuspielen – außerdem besaßen sie die trügerische Gewissheit, die Heilerin könne sich an nichts mehr erinnern.

Sie warf einen Blick auf ihre Magd. Schade, Radegund hatte ihr bisher immer gut gedient. Aber Griseldis würde keinen Augenblick zögern, sie für ihren Herrn zu opfern.

KAPITEL 72

WIEDER EINMAL GAB das königliche Paar ein großes Fest in der mit prächtigen Wandteppichen und gewaltigen eisernen Kandelabern mit großen Wachskerzen ausgestatteten Hofhaltung zu Bamberg. Dazu waren die Fenster- und Türbögen mit Kränzen aus Tannengrün geschmückt, auf den Truhen und auf der riesigen Tafel prangten Gestecke aus leuchtend bunten Herbstblumen, Stechpalmenzweigen und Silberdisteln.

Das Jahr 1013 war weit fortgeschritten – man befand sich bereits in der ersten Oktoberwoche. Nach dem Mahl teilte der König seinen Getreuen mit, dass die Verhandlungen mit dem Heiligen Vater, Heinrichs Wahl zum Kaiser betreffend, erfolgreich verlaufen seien. Im zeitigen Frühjahr würde der Hof sich nach Rom aufmachen.

Jubel brandete auf während der Rede Herrn Heinrichs. »Vivat, Henricus Rex!« und »Vivat, Regina Kunigunda!« war zu hören. Jeder der Anwesenden hoffte, bei dem grandiosen Spektakel dabei sein zu dürfen.

Griseldis konnte von einer Teilnahme an der Kaiserkrönung ausgehen – das hatte ihr Vater Berchtold bereits verraten. Der alte Mönch selbst würde um die Erlaubnis des Herrschers allerdings ringen müssen: Heinrich und seine Gemahlin waren in Sorge wegen seines Alters und seines labilen Gesundheitszustandes. Aber der Benediktiner wäre ernstlich beleidigt, wenn er sich dem Zug nicht anschließen dürfte.

»Wenn Ihr mich nicht mitnehmen wollt, Herr, dann gehe ich trotzdem nach Rom – und zwar auf eigene Faust«, hatte er gedroht, aber Heinrich hatte nur lachend den Kopf geschüttelt.

»Ihr werdet begeistert sein von Rom, Frau von Tannhofen«, flüsterte Graf Rüdiger von Lanzheim, ein treuer Gefolgsmann König Heinrichs, seiner Tischdame beim heutigen Fest liebenswürdig ins Ohr.

Der hochgewachsene, schlanke Edelmann mit dem haselnussbraunen Haar, den ebenmäßigen Gesichtszügen und den freundlichen, grauen Augen hatte die Königin heimlich um die Gunst gebeten, neben der schönen, klugen Witwe sitzen und sie bedienen zu dürfen. Gern hatte Kunigunde dem Wunsch Graf Rüdigers entsprochen; und dieser hatte sich im Laufe des Abends Hals über Kopf in die mitten in ihrer Blüte stehende Heilerin verliebt.

Griseldis schlug den Blick nieder, wie es Sitte war für eine anständige Frau, der ein Mann so offen den Hof machte. Aber ihr Herz schlug bis zum Hals hinauf – hatte sie doch gleichfalls Feuer gefangen.

Der Edelmann, noch keine dreißig und damit gut vier Jahre jünger als sie, war seit drei Jahren verwitwet und stand in der Gunst vieler vornehmer Damen. Er gefiel ihr ausnehmend gut.

Herr Rüdiger galt als tapferer Kämpe, ohne tollkühn zu sein, und es hieß, er sei mutig, ohne sich zu unüberlegtem Handeln hinreißen zu lassen.

Er hatte eine ähnliche Figur wie Wolfhart von Liebenzell sie gehabt hatte, groß und breitschultrig, aber darüber hinaus war der Graf von Lanzheim ein Gelehrter, der sich vor allem mit Werken der Astronomie, Geographie und Alchemie befasste.

Als Griseldis die Entdeckung gemacht hatte, dass Herr Rüdiger sich auch für Medizin interessierte und noch dazu aus dem Arabischen ins Lateinische zu übersetzen vermochte, da hatte der braunlockige Hüne ihr Herz restlos gewonnen. Den forschenden Blick seiner wachen, grauen Augen fand sie aufregend – besonders wenn er, wie an diesem Abend, zärtlich und fordernd zugleich auf ihr ruhte.

›Wie schön müsste es sein, in seinen Armen zu liegen‹, ging es ihr verlangend durch den Sinn. Allzu lange schon vermisste sie die behutsamen und zugleich erregenden Zärtlichkeiten, aber auch die verzehrende Leidenschaft eines Mannes. Griseldis gestand sich ehrlich ein, dass sie gerne seine Geliebte geworden wäre …

»Wart Ihr denn schon einmal in Rom, Herr Rüdiger?«, stellte sie ihm eine unverfängliche Frage.

»Oh ja! Im Jahr 1009 war ein Aufstand der italischen Bevölkerung gegen die übermütigen Griechen im Süden Italiens ausgebrochen. Die griechischen Herren hatten zwar hohe Steuern eingetrieben, um dann aber ihre italischen Untertanen doch gegen die mächtigen Sarazenen im Stich zu lassen.

König Heinrich hatte damals Truppen gen Süden entsandt, darunter auch mich und meine Lehnsmänner. Es war ein gewaltiger Aufmarsch von Kriegern: Russische Waräger in byzantinischen Diensten und sogar Normannen wurden in die Auseinandersetzung einbezogen. Dennoch behielten die Griechen die Oberhand. Sogar der Abt vom Kloster Monte Cassino musste sich seinerzeit den Herren auf süditalischem Boden unterwerfen«, erinnerte sich Graf Rüdiger von Lanzheim.

»Wie der König mir bereits vorab angekündigt hat, wird er eine Delegation von Edelleuten zum Heiligen Vater vorausschicken, um dort alles für die Krönungsfeierlichkeiten in Rom vorzubereiten«, ließ die Heilerin ihren Tischherrn wissen.

»In einer Woche werde ich mich dieser Gruppe anschließen, um in eben dieses von Euch erwähnte Kloster auf dem Monte Cassino zu gelangen. Dort will ich mich mit den von den Mönchen gesammelten Werken über Medizin befassen und so viel wie möglich kopieren, um die Abschriften später zu Hause in Ruhe niederzuschreiben und mir vor allem ihr Wissen anzueignen. Der König verspricht sich davon vor allem eine Möglichkeit, ihn auf Dauer von seinen schmerzhaften Koliken zu befreien.«

»Edle Dame, welch eine hohe Auszeichnung! Ich freue mich für Euch – einesteils«, der Graf beugte sich zu Griseldis, um ihr tief in die blaugrünen Augen zu sehen, »andernteils, was mich anbetrifft, werde ich sehr betrübt sein, wenn Ihr Bamberg so bald verlasst. Es hätte mich sehr glücklich gemacht, mit Euch das heilige Weihnachtsfest zu begehen.«

Er griff nach ihrer Hand und drückte sie leicht, ehe er sie an seine Lippen führte. Griseldis verwehrte es ihm nicht.

»Mein einziger Trost, edle Frau, ist, dass wir uns in Rom wiedersehen werden anlässlich des wunderbaren Ereignisses der Krönung unseres Herrn.«

Auch die Heilerin war froh über die Aussicht einer erneuten Begegnung mit dem Grafen. Sie hatte ihn anlässlich der Feierlichkeit heimlich auf seine Manieren hin beobachtet. Hätte er die bisher leider noch immer üblichen ungehobelten Sitten vieler adliger Herren an den Tag gelegt, wäre er für Griseldis nicht in Frage gekommen.

Die männliche Ritterlichkeit war immer häufiger Thema in Dichtung und Liedkunst. Sie war ein Ideal, an dem vor allem die Damen festhielten. Ohne Umschweife forderten sie sie ein und unterstützten damit die höfische Kultur, die insbesondere aus Frankreich und speziell aus Burgund die wichtigsten Anstöße erhielt.

Man bohrte während eines Gesprächs oder bei Tisch nicht mehr in der Nase, schnäuzte sich nicht mit den Fingern und auch nicht mehr ins Tischtuch. Feine Herren unterließen es, mit ihren Messern zwischen den Zähnen zu stochern und putzten sich mit einer Serviette den Mund ab, ehe sie abwechselnd mit ihrer Tischdame aus dem Weinglas und dem Metbecher tranken; auf der Tafel stand nämlich jeweils nur *ein* Trinkgefäß für zwei Personen, meist für den Herrn und die Dame.

Der Mann von Welt unterdrückte auch das ungenierte Furzen, zumindest das laute, und ebenso das Rülpsen. Zum Glück war es mittlerweile selbstverständlich, dass man sich vor einer Mahlzeit, die überwiegend mit den Fingern verzehrt wurde, die Hände in den Waschschüsseln reinigte, die den Gästen von den Dienern samt Handtuch zum Abtrocknen gereicht wurden.

Griseldis hatte nach langer Zeit wieder einmal ein festliches Mahl genossen. Vor allem hatte ihr die Aufmerksamkeit ihres gebildeten, gut aussehenden Tischherrn mit den tadellosen Manieren gutgetan. Viel zu lange war es schon her gewesen, dass ein Mann sie bedient hatte. Der Duft der vielen hundert Kerzen aus süß riechendem Bienenwachs sowie die leise Musik im Hintergrund der Halle trugen dazu bei, die Heilerin des Königs zu verzaubern; wie oft hatte sie schon unter großer Einsamkeit gelitten …

Nach dem Mahl hatte die Königin wie üblich die Reste in Körben einsammeln und an die Armen vor dem Tor verteilen lassen. Griseldis war auch dem Alkoholgenuss des Grafen gegenüber aufmerksam gewesen: Galt es doch neuerdings als ausgesprochen unhöfisch, sich unmäßig zu betrinken. Niemand lachte mehr darüber, wenn sich am Tisch jemand übergab, weil er zu gierig gewesen war.

Rüdiger von Lanzheims Betragen war über jede Kritik erhaben, stellte Griseldis zufrieden fest.

Im Süden Frankreichs war der Begriff des »Minnedienstes« aufgekommen; vereinzelt hörte man auch in deutschen Landen davon. Soweit die junge Frau wusste, verstand man darunter die Bereitschaft eines Ritters, einer Dame zur Hand zu gehen und ihr zu dienen, wobei damit nicht nur gemeint war, dass er ihr bei Tische die besten Bissen in den Mund schob – das war selbstverständlich.

Nein, der höfische Mann, der Kavalier, wie der Ritter jetzt auch genannt wurde, widmete seine Siege im Turnierspiel sowie seine Heldentaten in der Schlacht der auserwählten Dame. Und wer von den Edelleuten keine Liebste besaß, schenkte seine Erfolge einfach der Königin.

Griseldis malte sich aus, wie schön es sein müsste, wenn der Herr von Lanzheim »ihr« Held wäre …

Der König allerdings hatte sich noch eine ganz besondere Überraschung für den Edelmann ausgedacht. Herr Heinrich erhob sich und augenblicklich trat Stille im Saal ein. Er wandte sich an den Grafen und versicherte ihn seiner ganz besonderen Gunst. Dazu zeichnete er ihn überdies mit einem kostbaren Geschenk aus: einer aus purem Gold getriebenen und mit Juwelen verzierten Schatulle, in welcher ihr Besitzer die wichtigsten Papiere und Urkunden verwahren konnte.

Wie Griseldis erst jetzt erfuhr, hatte Herr Rüdiger mit seinen Mannen das militärische »Unternehmen Mithras« geleitet und erfolgreich zu Ende gebracht. Die vagen Angaben der Heilerin bezüglich der Lage der Höhle und ihrem Aussehen war ihm dabei äußerst hilfreich gewesen.

Alle Anhänger des verbotenen Kultes waren ohne größere Gegenwehr in die Hände der gräflichen Reiterei gefallen und hatten ihr Leben unter wuchtigen Schwertstreichen beendet – mit Ausnahme des Obersten Priesters: Timotheus war es gelungen, sich der irdischen Gerechtigkeit durch die Einnahme von Gift zu entziehen.

Griseldis entschloss sich an diesem Abend, auf andere Art und Weise mit Radegund abzurechnen. Sie sagte der Magd auf den Kopf zu, eine Heidin zu sein und ihre Herrin kürzlich an die Feinde des Königs verraten zu haben.

»Wer außer dir, Radegund, wusste denn von meinem geplanten Ritt zu der Edelfrau im Steigerwald? Auch alle Angaben über meine verstorbene Mutter konnten nur von dir stammen, Mädchen, weil ich sie dir anvertraut hatte. Ich bin sehr enttäuscht von dir. Wie konntest du dich mit Menschen gemeinmachen, die den König zu ermorden trachteten? Und komm mir nicht damit, ich hätte alles bloß in meiner Ohnmacht geträumt«, sagte die Heilerin scharf und hielt der Magd dabei den kleinen Alabasterbecher unter die Augen. »Dieses Gefäß ist der Beweis dafür, dass ich mittels einer Droge dazu gebracht werden sollte zu vergessen, was in der Höhle geschehen war, und vor allem, welche Worte *gesprochen* worden sind. Du hast mein Vertrauen schändlich missbraucht, Radegund.« Die Magd sah zu Boden und schwieg betreten.

»Allerdings will ich zu deinen Gunsten annehmen, dass du von diesen Götzendienern verführt worden bist und nicht mehr wusstest, was Recht und Unrecht ist. Bis morgen früh gebe ich dir Zeit zu fliehen. Wenn du aber bis Sonnenaufgang noch hier sein solltest, werde ich dich den königlichen Schergen übergeben.«

Radegund verschwand spurlos und niemand sollte je wieder von ihr hören.

KAPITEL 73

GRISELDIS BEREITETE SICH auf die lange Reise nach Italien gut vor. Vater Berchtold half ihr dabei, soweit es ihm möglich war. Zum Glück hatte er bereits vorgesorgt, indem er den Ziehsohn der Heilerin, ihren Neffen Gunther, in weiser Voraussicht an der Domschule zu Hildesheim untergebracht hatte.

Der Eintritt war auf dessen eigenen Wunsch hin erfolgt – der junge Bursche fühlte sich, zur besonderen Genugtuung des Königs, sehr zu Kirche und Glauben hingezogen. Griseldis sah die positive Entwicklung des aufgeweckten Knaben mit Freude und Erleichterung, wenngleich sie seinen Abschied von Bamberg bedauerte. Gunther, Gertruds Sohn, war ihr bereits sehr ans Herz gewachsen.

Das Kind hatte wie erhofft Fröhlichkeit in ihr allzu ruhiges Dasein gebracht. Mit Bedauern hatte die einsame Frau festgestellt, dass sie die plötzliche Stille nun doppelt schwer ertrug, denn auch Hedwig und die kleine Ruothild lebten nicht mit ihr unter einem Dach.

Griseldis' Dienst als Hofdame der Königin und Medica von Herrn Heinrich ließ nicht zu, dass sie sich allzu viel um die junge Familie hatte kümmern können. Gleich zu Anfang hatte daher Vater Odo die Witwe eines Goldschmieds aufgetan, die für eine ordentliche Summe Geld bereit war, Mutter und Tochter bei sich aufzunehmen und zu versorgen – wovon die Heilerin sich regelmäßig überzeugte.

Griseldis hatte sich bereits vom Herrscherpaar und von den anderen Hofdamen verabschiedet; der Aufbruch rückte unaufhaltsam näher. Seit die Base der Königin meist ihr Bett hüten musste und in ihrer Kammer vor sich hinbrütete, getrauten sich auf einmal die Frauen, der Heilerin des Königs ihre Zuneigung zu bezeugen. Niemand außer der Königin schien Frau Irmintraut zu vermissen …

Jetzt stand Vater Berchtold vor ihr und Griseldis wurde das Herz schwer. Der alte Mönch war seit Jahren wie ein Vater zu ihr gewesen und sie würde ihn schmerzlich vermissen.

»GOTT, der HERR, segne dich, meine Tochter. Im Frühjahr sehen wir uns wieder, in Rom bei der Krönung Herrn Heinrichs zum Kaiser«, hatte er leise gesagt, das Kreuzzeichen über ihrem Scheitel gemacht und mühsam die Tränen zurückgehalten.

Die Reise ging gut vonstatten. Das Spätherbstwetter war warm und mild und vor Angriffen wusste sich Griseldis wohl behütet. Die Schar der Edelleute und ihrer Knappen und Vasallen sorgte dafür, dass kein Übeltäter es wagte, ihr zu nahezutreten. Auch die Überquerung der Alpen bereitete keinerlei Schwierigkeiten – vom Gegenkönig Arduin war weit und breit nichts zu sehen.

Dem Vernehmen nach sollte er sich in ein Kloster zurückgezogen haben, da ihm seine Anhänger nach und nach abhanden gekommen waren.

Ohne weitere Vorkommnisse überwand man den Brennerpass. Griseldis, die eine ausdauernde Reiterin war, erntete viel Lob. Manche von den Herren hatten zweifelnde Mienen aufgesetzt, als sie erfahren hatten, wen sie begleiten sollten. Selbst die Magd Jakobäa, die die Heilerin an Radegunds Stelle als ihre persönliche Dienerin ausgewählt hatte, saß wie ein Krieger zu Pferde und machte ihrer Herrin keine Schande.

Und immer noch hielt das herrliche Spätherbstwetter an. In der klaren Luft stachen die Felsen wie mit scharfen Messern zurechtgeschnitten aus dem blauen Himmel, die grünen Almen und die rotbraunen Nadeln der Lärchenbäume bildeten den heiteren Kontrast. Sogar die Sonne vermochte um die Mittagszeit noch ein wenig zu wärmen.

In Brixen und Trento fühlte sich Griseldis noch in sehr guter Verfassung. In Rovereto überfiel sie allerdings ein leichtes Unwohlsein, welches sich im Verlaufe des Ritts entlang des Gardasees verstärkte.

Da Griseldis kein Aufsehen erregen wollte – keinesfalls sollte ihretwegen die Gruppe auch nur einen Tag länger von ihrer wichtigen Aufgabe in Rom abgehalten werden –, sagte sie nichts von ihren Schwierigkeiten. Sie hatte Magenschmerzen, und Fieber und Schwindelgefühle erfassten sie, so oft sie den Kopf bewegte.

›In Monte Cassino, wohin einige Edelknechte mich von Rom aus hinbegleiten werden, werde ich genug Zeit haben, die kleine Unpässlichkeit auszukurieren‹, dachte die Heilerin. Sie zwang sich, die Zähne zusammenzubeißen, wehrte sämtliche ängstlichen Fragen ihrer Dienstmagd ab und gab ihrer Stute leicht die Sporen.

In Sant' Ambrogio, kurz vor Verona, war ihre Reise zu Ende. Nach einer kurzen Rast konnte sie nicht mehr aufsitzen, da sie in Ohnmacht gefallen war.

Alle waren entsetzt über ihr schlechtes Aussehen, Jakobäa brach gar in Tränen aus.

»Schon seit einiger Zeit geht es meiner Herrin schlecht, aber sie hat mir verboten, darüber zu sprechen«, schluchzte das junge Ding, das glaubte, Griseldis wäre bereits gestorben.

Da erwachte die Heilerin und alle atmeten erleichtert auf. Ehe die Herren, welche sich ihrer Verantwortung für die Medica des Königs sehr wohl bewusst waren, anfangen konnten, sich zu beratschlagen, ergriff sie die Initiative.

»Ich bitte Euch, lasst mich und meine Magd in dem am Wege liegenden Kloster zurück. Dort wird man mich gewiss versorgen. Und wenn ich wieder reisefähig bin, was in einigen Tagen der Fall sein wird, werden mich die Klosterknechte begleiten oder ich schließe mich einer vorbeiziehenden Kaufmannsgruppe an. Ich schätze, dass wir Euch lange vor Rom wieder einholen werden.«

Sie hatte sehr bestimmt gesprochen und ihr Vorschlag klang so vernünftig, dass die Herren sich ihrem Argument nicht verschlossen, sondern sie und ihre Begleiterin Jakobäa zu den Nonnen ins Kloster von Sant' Ambrogio brachten und sie dort in der Obhut der frommen Frauen zurückließen.

Der Zustand der Heilerin wurde jedoch nicht besser, sondern verschlimmerte sich noch. Letztlich war er sogar lebensbedrohend. Kaum befanden sie sich unter dem Dach der Abtei, erkrankte auch Jakobäa. Beide Frauen litten an krampfartigen Leibschmerzen, Übelkeit, rasendem Kopfweh und hohem Fieber. Auch die Magd wurde schließlich bewusstlos – ein Zustand, aus dem das Mädchen nicht mehr erwachte. Jakobäa starb drei Tage später …

Die hilflosen Nonnen bemühten sich Tag und Nacht unablässig um das Leben der deutschen Edelfrau und ganz langsam wurde erkennbar, dass sie möglicherweise doch eine Chance haben könnte, diese seltsame Krankheit zu überstehen. Niemand konnte sich erklären, wo die zwei Frauen sich angesteckt hatten, denn es wurde nirgends von einem ähnlichen Vorfall berichtet.

Hatte man sie vergiftet? Aber wer hätte das tun sollen? Griseldis besaß keine Feinde mehr, seitdem Frau Irmintraut einen Tag vor der Abreise der Heilerin unerwartet gestorben war …

Es gab immer wieder Rückschläge im Befinden Griseldis', aber im Großen und Ganzen konnte ihr die Mutter Oberin Hoffnung machen, dass sie weiterleben würde. Der Tod Jakobäas schmerzte sie sehr; in der kurzen Zeit hatte sie das offene und immer gut gelaunte Mädchen sehr lieb gewonnen.

Es dauerte viele Wochen, ehe Griseldis wieder ganz auf den Beinen war. Weihnachten war lange vorüber und sie dachte an Herrn Rüdiger, der dieses Fest so gerne mit ihr gefeiert hätte. Ob er wohl noch einen Gedanken an sie verschwendete? Männer konnten sehr wankelmütig sein – Herr Wolfhart hatte dies bewiesen.

Seine Liebelei mit Frau Irmintraut war zwar nicht von langer Dauer gewesen. Aber Griseldis hatte sich zu verletzt gefühlt, um seiner erneuten Werbung nachzugeben – obwohl Herr Wolfhart sehr reumütig zu ihr hatte zurückkehren wollen …

Aber sie wollte nicht ungerecht sein: Auch auf Frauen war nicht immer Verlass. Herr von Liebenzell jedenfalls war sich dem Vernehmen nach sehr dumm vorgekommen, als er bemerkt hatte, dass die Base der Königin ihn nur wie alle anderen Männer vor ihm benützt hatte. Aber jetzt war Irmintraut tot. Zu ihrem eigenen Erstaunen hatte die Heilerin über deren Ableben keinerlei Genugtuung empfunden; höchstens Erleichterung angesichts der Gewissheit, dass diese wahrhaft böse

Frau weder ihr noch sonst jemandem jemals wieder Schaden zufügen konnte – vor allem nicht der Königin.

Nun, es würde sich zeigen, aus welchem Holz Rüdiger von Lanzheim geschnitzt war. Aber nun musste sie überlegen, wie es weitergehen sollte. In einigen Tagen, spätestens in einer Woche, könnte sie wieder ein Pferd besteigen und sich auf den Weg machen. Sollte sie wirklich zum Kloster auf dem Monte Cassino? Zum Studium war es viel zu spät; es war bereits Ende Januar, ihre Erkrankung hatte sie über ein Vierteljahr gekostet.

Bald würde der König sich auf den Weg über die Alpen machen, um in Rom einzuziehen. War es nicht besser, so schnell wie möglich den Rückweg anzutreten, um mit Herrn Heinrich und Frau Kunigunde und dem gesamten Hofstaat die Romreise zur Krönung zu unternehmen?

Auch ihr sehnlicher Wunsch, Herrn Rüdiger wiederzusehen, spielte bei ihren Überlegungen eine nicht unbedeutende Rolle.

Ihren Studienaufenthalt konnte sie im Anschluss an die Feierlichkeiten aufnehmen – und zwar so lange, wie sie es für nötig hielt. Und die Rückkehr nach Bamberg? Nun, Händler und Kaufleute waren sowohl in Italien wie in Deutschland ständig mit ihren Warenzügen unterwegs. Sich einer solchen, immer schwer bewaffneten Gruppe anzuschließen, wäre ein Leichtes.

KAPITEL 74

AM NÄCHSTEN TAG war im Nonnenkloster ein Greis angekommen, der um Aufnahme bei den frommen Frauen und im Besonderen um Griseldis' Hilfe bat.

»Ihr seid eine berühmte Heilerin, so jedenfalls hat man mir in dem Kloster berichtet, in dem ich bis jetzt gewesen bin«, sagte der schwache, weißhaarige Mann in dem braunen Umhang, der wie sein Besitzer auch schon bessere Zeiten gesehen hatte. »Ich bitte Euch inständig, nehmt Euch meiner an. Und wenn Ihr mich wieder gesund macht, werde ich Euch reich belohnen, Herrin«, versprach der Alte.

Die Heilerin sah dem Fremden lange in die Augen; plötzlich wurde sie von einer Art Hellsichtigkeit überwältigt. Hinter dem geschwächten Mann erblickte sie eine graue Gestalt und sie wusste, dies war der Todesengel. Kurz bevor Jakobäa gestorben war, hatte er am Fußende des Lagers der Magd gestanden. Damals hatte sie geglaubt, ihr eigener schlechter Gesundheitszustand habe ihr einen Streich gespielt und ihr das Ganze im Fieberwahn nur vorgegaukelt … Nun aber sah sie die todbringende Gestalt bei hellem Tage und in guter Verfassung. Der gesichtslose, unbewegliche Engel ließ sie frösteln.

»Sagt mir die Wahrheit, junge Frau, schont mich nicht«, bat der Greis, der sich nun zu erkennen gab. Die Heilerin schaute ihm wiederum eindringlich in die Augen, die tief in seinem mageren, vom Alter braunfleckigen Antlitz flackerten, und zugleich in sein banges Herz. Sie beschloss, ihn nicht zu belügen – auch nicht aus Barmherzigkeit.

»Eure Zeit auf Erden ist beinahe abgelaufen. Nützt den Rest noch gut, um Euch auf die Ewigkeit vorzubereiten, Herr Arduin«, sagte sie ihm dann.

Erst wollte der Alte aufbrausen. Dann aber fasste sich der ehemalige Gegenkönig Heinrichs, wie wenn er beschlossen hätte, sich klaglos in sein Schicksal zu fügen. Er hatte gespürt, dass die Heilerin die Wahrheit gesprochen hatte. Er wollte bis zuletzt im Kloster Sant' Ambrogio bleiben und dort seine zahlreichen Untaten bereuen, zu denen auch der Mord an einem Bischof gehörte.

Nach wenigen Tagen starb er friedlich in seinem Bett, bis zum Ende betreut von Griseldis, die es sich nach ihrer Gesundung zur Aufgabe gemacht hatte, die frommen Frauen bei der Krankenpflege zu entlasten.

Die graue Gestalt aber hatte Griseldis nicht mehr gesehen und allmählich war sie geneigt, dieses schaurige Erlebnis doch als Halluzination zu deuten. Sie bedauerte es sehr, dass sie niemanden hatte, mit dem sie darüber hätte sprechen können. Sie vermisste Vater Berchtold und auch Vater Odo und konnte ihre Heimkehr an den königlichen Hof kaum noch erwarten.

Einen großen Teil der Zeit ihrer Genesung hatte sie in der Klosterkapelle verbracht, um zu meditieren. Das Beten fiel Griseldis schwer – sie war es von Kindheit an nicht sehr gewohnt. Zu Froweins Betrübnis war sein Weib Dietlinde auch in jungen Jahren noch stark dem Heidenglauben verbunden gewesen, was sich dadurch ausdrückte, dass sie ihren Kindern häufiger von Wotan und Freija, Frigga und Baldur erzählt hatte als von JESUS, Maria und den Heiligen …

Mühsam formulierte Griseldis ihre Gebete zum HERRN, aber vor allem zur Jungfrau Maria. Mit einer Frau redete es sich leichter, fand sie.

»Ich bin jetzt gut dreiunddreißig Jahre alt, war schon einmal verheiratet und werde wohl nie ein eigenes Kind haben«, flüsterte sie der Statue der Gottesmutter auf dem Altar zu. »Maria, du Gebenedeite des HERRN, du durftest zwar die Freuden der Mutterschaft erleben, aber dafür hat man dir später deinen Sohn grausam entrissen. Du kannst mich also verstehen, du Gnadenreiche.

Ich bitte dich nun nur um eines: Verwende dich bei deinem göttlichen Sohn dafür, dass mein unschuldiges, viel zu früh geborenes Kind nicht im Fegefeuer schmachten muss, sondern bei dir im Himmel sein darf, obwohl es ungetauft war.«

Verzweifelt hatte sie ihren Blick auf die hölzerne Figur gerichtet, die ihr Kind auf dem Arm trug und starr lächelnd auf Griseldis herniederschaute. Durch nichts gab sie zu erkennen, ob sie ihre flehentliche Bitte überhaupt gehört hatte.

Nach einem sehr herzlichen Abschied von den freundlichen Nonnen trat Griseldis unter Schutz und Geleit eines Kölner Kaufmanns mit Namen Ansgar Marenholt die Heimreise an. Seine Fracht, gut verpackt und wohl verstaut auf zahlreichen Maultierrücken, bestand in der Hauptsache aus feinen Stoffen, Duftwässern, Olivenöl, Gewürzen und Weinen. Alles Waren, die er im Orient gegen Salz, Bernstein und seltene Hölzer eingetauscht hatte.

Herr Ansgar, ein korpulenter Mann Mitte fünfzig, reiste mit seinem jüngsten Sohn Norbert sowie einer Schar von vertrauenswürdigen, aufs Beste bewaffneten Knechten.

Der Kaufmann und noch mehr sein Sohn genossen die Gesellschaft der schönen Dame, die überdies den Vorteil aufwies, eine Heilkundige zu sein. Es war erstaunlich, von wie vielen Maläsen die Begleitmannschaft des Kölner Handelsmannes auf einmal geplagt wurde. Alle Männer wollten unverzüglich die Aufmerksamkeit und Fürsorge der zauberhaften Mitreisenden in Anspruch nehmen …

Inzwischen war Januar des Jahres 1014; es war zwar eisig kalt, aber sonnig und trocken und die Handelsgruppe kam gut voran.

Die Reise verlief äußerst friedlich. Bei jeder Rast pflegten sich Herr Ansgar und die Heilerin »über Gott und die Welt« zu unterhalten, darunter auch über die bevorstehende Kaiserkrönung Herrn Heinrichs, wobei Norbert, ein hübscher Jüngling von siebzehn Jahren, mit leuchtenden Augen dabeisaß und die aparte, fremde Dame mit verliebten Blicken bedachte.

Kurz vor Brixen trafen sie auf eine Handelskarawane, die in umgekehrter Richtung, nämlich gen Süden zog. Von ihrem Anführer, einem wohlhabenden Mainzer Kaufmann, der zuerst nach Mailand, dann nach Venedig und schließlich bis Konstantinopel reisen wollte, erfuhren sie die neueste Kunde aus dem Reich.

Sie betraf den König und seine Gemahlin und bewirkte, dass Griseldis zutiefst geschockt war.

Böse Zungen hatten die Mär verbreitet, die Königin habe in der Abwesenheit ihres Gemahls einen Liebhaber in ihrem Schlafgemach empfangen. Den angeblichen Ehebrecher hatten die üblen Nachredner sogar genau beschrieben. Ein schöner, braunlockiger Jüngling sollte angeblich Frau Kunigunde etliche Nächte hintereinander die Zeit des Alleinseins versüßt haben.

Eilfertig hatte man Herrn Heinrich, der sich zu dieser Zeit in einer anderen Stadt aufhielt, davon in Kenntnis gesetzt. Zuerst hatte der König es nicht glauben wollen. Dann allmählich wirkte das Gift, das gewisse Personen, denen die Eintracht des Herrscherpaares längst ein Dorn im Auge war, in sein Ohr geträufelt hatten.

Dummerweise hatte man sich bei der vermeintlichen Verfehlung im Datum geirrt, so dass der König nicht auf den nahe liegenden Gedanken kam, *er selbst* könnte derjenige gewesen sein, der Frau Kunigundes Schlafgemach aufgesucht hatte. Nun war ausgerechnet er es, der ihren guten Ruf schädigte.

Wie üblich hatte Heinrich vor seinem Aufbruch nach Goslar mehrere Nächte hintereinander von seinen Rechten als Ehemann Gebrauch gemacht – ohne sich um sein Gelöbnis zu scheren, das Lager seiner Gemahlin auf Dauer zu meiden. Ebenfalls wie immer hatte er am nächsten Morgen seinem Beichtvater, Pater Gereon, die Verfehlung gestanden und Buße getan.

Als nun die Vorwürfe gegen Frau Kunigunde auf dem Tisch lagen, wandte sich Vater Berchtold an Pater Gereon mit der Bitte, ob er in dieser fatalen Lage vielleicht klärend eingreifen könnte. Aber Heinrichs Beichtvater weigerte sich, indem er sich auf das Beichtgeheimnis und dessen unbedingte Unverletzlichkeit berief.

»Ich bedauere es sehr, aber Ihr werdet verstehen, dass meine Lippen versiegelt bleiben müssen – auch um den Preis, dass die edle Frau großes Ungemach dadurch erleidet.«

Dummerweise hatte auch die Kammerfrau der Königin Herrn Heinrich bei ihrem Leben schwören müssen, auf keinen Fall etwas über seine nächtlichen Besuche verlauten zu lassen. Die brave Frau weinte zwar, aber auch sie schwieg eisern.

Die Vorwürfe, eine Ehebrecherin zu sein, erschienen jenen, die sie vernahmen, zunehmend der reinen Wahrheit zu entsprechen. Hatten die angeblichen Zeugen doch den Buhlen Kunigundes »mit eigenen Augen« gesehen …

Für Heinrich mochten diese Behauptungen, es hätte sich um einen »verführerischen Jüngling« gehandelt, ja schmeichelhaft sein – er sah zwar noch gut aus, aber ein Jüngling war er schon lange nicht mehr. Er war vierzig Jahre alt und sein schmerzhaftes Leiden hatte im Laufe der Zeit tiefe Falten in sein Gesicht gegraben.

Die Königin wollte ihren Gemahl nicht behelligen. Entgegen dem dringlichen Rat Vater Berchtolds, sich sofort um

Aufklärung an den König zu wenden, unterließ Frau Kunigunde dies aus verletztem Stolz.

Sie erwartete, dass ihr Gemahl von selbst darauf käme.

»Das ist ein grober Fehler, hohe Frau«, hatte der alte Mönch gemurrt. »Euer Gatte kann durch sein Eingeständnis, er sei der nächtliche Besucher gewesen, die leidige Geschichte ein für alle Male aus der Welt schaffen.

Pater Gereon könnte sein Beichtgeheimnis bewahren, Eure Kammerzofe ihr Versprechen halten und Ihr, Frau Kunigunde, stündet rein wie frisch gefallener Schnee vor aller Augen da. Ihr würdet alle diejenigen beschämen, die Schlechtes von Euch geglaubt und verbreitet haben«, hatte sich Pater Berchtold ereifert.

»Über Euren Gemahl würden die Bischöfe zwar die Nasen rümpfen, weil er sein Keuschheitsgelübde zum wiederholten Mal mit Euch gebrochen hat. Aber was wäre das gegen den ungeheuerlichen Vorwurf, den man gegen Euch erhebt?«

Ansgar Marenholt, sein Sohn Norbert sowie die Heilerin lauschten atemlos dem Bericht des Mainzer Kaufmanns.

»Leider konnte er die Königin nicht überzeugen«, fuhr der Mainzer fort und Griseldis seufzte tief. Sie ahnte Schreckliches.

»Frau Kunigunde rechnete damit, die Wogen würden sich von selber wieder glätten und der König würde, falls er davon erfuhr, freiwillig diesen Irrtum aufklären. Hier irrte die Königin.«

Mittlerweile hatten sich die Gerüchte längst verselbständigt und waren zur unleugbaren Tatsache geworden, welche die einen ehrlich bekümmert weiterverbreiteten, während es andere gab, die voll Häme den König als Hahnrei bezeichneten und scheinheilig »die Wiederherstellung seiner Ehre« verlangten.

KAPITEL 75

SEI ES NUN aus Fahrlässigkeit oder in dem Bewusstsein, den König absichtlich in die Irre führen zu wollen: Bei der Übermittlung der angeblichen Ehebrüche hatte sich, wie gesagt, ein verhängnisvoller Fehler eingeschlichen.

Die Liebesnächte waren um einen ganzen Monat verschoben worden auf einen Zeitpunkt, als Herr Heinrich nicht nur Bamberg, sondern sogar die Stadt Goslar längst verlassen und sich bereits in Quedlinburg aufgehalten hatte.

»In CHRISTI Namen, wie hat der König diese Nachricht denn nun aufgenommen?«, wollte Griseldis von Tannhofen wissen.

»Zunächst mit Unglauben, edle Frau, dann mit Verblüffung, zuletzt mit heftigem Zorn gegen die Verleumder seiner Gemahlin. Er hat Kunigundes Tugend vehement verteidigt und sich für ihre Ehre verbürgt. Er drohte allen mit schweren Strafen, die es fürderhin wagen sollten, den Ruf der Königin zu beflecken.«

»GOTT sei gelobt«, brach es aus Griseldis hervor und Herr Ansgar bekreuzigte sich erleichtert. Aber der Mainzer Handelsmann war noch nicht zu Ende.

Der Vorwurf der ehelichen Untreue seiner schönen Frau hatte dennoch unablässig am Herzen des Königs genagt. Er hatte Erkundigungen eingezogen und was er zu hören bekam, erschütterte ihn zutiefst. Heinrich war verwirrt und gekränkt gewesen. Und ganz allmählich hatte sich dieses Gefühl seiner Hilflosigkeit in Wut und Abscheu verwandelt.

Sein Kanzler, Bischof Eberhard, der ihn auf dieser wichtigen Reise begleitet hatte, ermahnte seinen Herrn zwar eindringlich zur Besonnenheit, aber Herr Heinrich geriet nur noch mehr in Rage.

»In beinahe zwanzig Jahren hat mir Kunigunde kein Kind geschenkt und ich habe sie trotzdem als mein Weib behalten. Ich habe sie nicht verstoßen, wie ich es nach germanischem Recht hätte tun können. Zum Dank für meine Liebe vergilt sie mir mein Wohlwollen mit dem abscheulichsten Betrug, den ein Mann sich vorstellen kann: Sie betrügt mich unter meinem eigenen Dach, in meinem eigenen Ehebett. Pfui! Ich werde sie zum Teufel jagen! So ein ehrloses Geschöpf soll nicht länger Königin sein – oder gar Kaiserin.«

Als Frau Kunigunde davon erfahren hatte, war sie weinend auf die Knie gesunken und hatte bei der Jungfrau Maria und sämtlichen Heiligen ihre Unschuld beschworen.

»Mein Gemahl lässt mich feige im Stich«, soll die hohe Frau ausgerufen haben. »Heinrich hat Angst vor den Bischöfen, weil er rückfällig geworden ist und diese ihm im Wiederholungsfalle mit einer empfindlichen, öffentlichen Kirchenbuße gedroht haben.

Deswegen schämt er sich und duldet es lieber, dass ich als ehrloses Weib vor dem Volk erscheine.

Zudem ist es eine gute Gelegenheit, mich unfruchtbares Weib loszuwerden: Jedermann wird Verständnis für den Herrscher haben, wenn er sich von seiner kinderlosen und dazu noch ehebrecherischen Gemahlin lossagt.«

Dass sich ein verhängnisvoller Fehler eingeschlichen haben könnte, der Kunigundes angebliche Untreue in die Zeit von Heinrichs Abwesenheit von Bamberg verlegte, darauf waren weder die Königin noch der Benediktinerpater Berchtold gekommen.

»Auch der Kanzler sah keinen Grund, das genaue Datum zu beleuchten und dieses zu überprüfen. Der Vorwurf an sich war so entsetzlich – was spielte da der Zeitpunkt der Verfehlung noch für eine Rolle?«, sagte der Mainzer Kaufmann.

»Die arme Königin!« Griseldis liefen die Tränen über die Wangen, so sehr litt sie mit der zu Unrecht Verdächtigten. Voller Anspannung wartete sie auf die Fortsetzung der Geschichte:

Die Herrscherin hatte sich voller Stolz von den Knien erhoben. Ihre Tränen waren versiegt und ihr sonst so sanfter Blick war hart und entschlossen. »Der König wird nicht ernstlich erwarten, dass ich stillschweigend diese ungerechtfertigte Anschuldigung auf mir ruhen lasse. Ich verlange ein Gottesurteil, wie es für Frauen üblich ist, die Ehebrecherinnen geheißen werden.«

Worauf der alte Mönch zutiefst erschrocken auffuhr: »Nein, hohe Frau, nein! Tut das nicht, um CHRISTI willen, nein!«

Aber die Königin hatte das Ordal der glühenden Pflugscharen gewählt, über welche sie mit bloßen Füßen laufen wollte.

Griseldis und alle anderen Zuhörer stöhnten auf.

»GOTT ist mein Zeuge, dass ich mit Seiner und der heiligen Jungfrau Maria Hilfe unversehrt darüberschreiten werde. Das wird allen zum Beweis meiner unangetasteten Ehre gelten«, hatte die Herrscherin angekündigt und eigenmächtig einen Tag festgelegt, an dem das Ereignis stattfinden sollte.

Vater Berchtold, obwohl ein frommer Klostermann, beurteilte diese sogenannten Gottesurteile sehr kritisch. Er wollte das Schlimmste verhüten und verfasste ein Schreiben an den König nach Quedlinburg, wo Heinrich sich noch immer aufhielt. Darin bat er seinen Herrn mit absoluter Dringlichkeit, seiner Gemahlin das gefährliche Schauspiel zu untersagen.

Er versuchte, ihn davon zu überzeugen, dass das Ganze ein

Unternehmen gefährlicher Intriganten war, um Zwietracht zu säen zwischen dem König und seiner Mitregentin, die in Rom zur Kaiserin gekrönt werden sollte.

»Gestattet Eurer Gemahlin nicht, Herr, dass diese sich der entsetzlichen Marter aussetzt und mit verbrannten Füßen ihr weiteres Leben als Krüppel verbringen muss. Und sagt nicht, Herr, wenn sie unschuldig sei, würden ihre Füße nicht verbrennen. Geht vielmehr davon aus, dass sie es tun – aber nicht, weil Frau Kunigunde Schuld auf sich geladen hat, sondern weil GOTT diese Art Urteile nicht will und daher sein Antlitz von dem Ordal abwenden wird. GOTT lässt sich durch niemanden zwingen, zu Gunsten oder Ungunsten eines Menschen tätig zu werden. GOTT kann eingreifen, muss es aber nicht.«

In der Tat, König Heinrich, der diesen Brief seines alten und vertrauten Beraters mehrere Male aufmerksam gelesen hatte, war tief betroffen und auf einmal sehr nachdenklich. Hatte er womöglich aus gekränkter Eitelkeit und seiner beleidigten Mannesehre wegen den Verstand beiseitegeschoben und die Königin in eine unmögliche Situation getrieben?

Umgehend hatte er Bischof Eberhard ein Schreiben verfassen lassen, worin er kurzerhand das Ordal streng verbot.

Der Bote der Königin hatte daraufhin den Herrscher in kühlem Tone wissen lassen, sie sei nur ihrem Gewissen und der Wiedergewinnung ihres Ansehens im Volke verpflichtet und müsste deshalb auf der öffentlichen Prüfung ihrer Schuldlosigkeit bestehen. Vater Berchtold war der Verzweiflung nahe.

Ein paar Tage vor dem anberaumten Ordal wurde der Königin wieder von einem Boten ein Schreiben aus Quedlinburg überbracht. Kanzler Eberhard hatte doch noch die gute Eingebung gehabt, betreffs der Zeitangaben nachzubohren.

Danach hatte er Herrn Heinrich hieb- und stichfest beweisen können, dass er, der König selbst, es gewesen war, der heimlich die Schlafkammer Frau Kunigundes aufgesucht hatte. Die Königin war definitiv schuldlos.

Die feindlichen Angriffe waren widerlegt und Heinrich, dem es wie Schuppen von den Augen gefallen war, hatte sich zutiefst beschämt gefühlt und zugleich wie befreit von einer zentnerschweren Last. In seinem Brief hatte er die zu Unrecht verdächtigte Gemahlin demütig um Verzeihung gebeten.

Wiederum hatte Frau Kunigunde Tränen vergossen, aber dieses Mal Zähren der Erleichterung und des Glücks. Natürlich vergab unsere Herrscherin ihrem geliebten Herrn.

»Es hat also kein Ordal für die Königin gegeben«, beendete der Mainzer Kaufherr seinen Bericht.

Griseldis und alle anderen atmeten erleichtert auf. Die Heilerin aber drängte jetzt weiter zur Heimreise. Sie hatte die dumpfe Vorahnung, dass sie gebraucht wurde. Irgendwie konnte sie fühlen, dass der König bald ihrer heilenden Hände bedurfte. Und dann wollte sie zur Stelle sein.

KAPITEL 76

ZWEI TAGE SPÄTER traf die Gruppe Ansgar Marenholts auf die schwer bewaffnete Vorhut des Herrscherpaares. Heinrich und Kunigunde hatten sich bereits auf den Weg nach Rom gemacht und Griseldis konnte sich die lange Strecke nach Bamberg sparen.

Einerseits war das eine Erleichterung, andererseits hatte die Heilerin ihre vornehme Garderobe und ihren Schmuck daheim gelassen, als sie sich ehedem auf den Weg nach Italien gemacht hatte. Als *studiosa medicinae* in einem Männerkloster wäre es höchst unpassend gewesen, sich besonders herauszuputzen, und zu den Feierlichkeiten in Rom hatte sie vorgehabt, sich ein neues Kleid nähen zu lassen.

Gerlinde, ihre ältere Magd, die sie seinerzeit zu Gunsten Jakobäas zu Hause gelassen hatte, war jedoch eine Frau mit praktischem Verstand. Sie hatte sämtliche edlen Gewänder ihrer Herrin sowie deren Juwelen sorgfältig verpacken und auf die Reise mitnehmen lassen. Griseldis wäre ihr am liebsten um den Hals gefallen, als sie am Brennerpass zusammentrafen.

Bei Vater Berchtold tat sie es wirklich. Zu groß war ihre Freude, den alten Mönch bei leidlicher Gesundheit wiederzusehen. »Ich habe darum betteln müssen, mitreisen zu dürfen«, beklagte sich der betagte Benediktiner. »Aber keine zehn Pferde hätten mich daheim gehalten, wenn es darum geht, beim größten Triumph meines geliebten Herrn und seiner verehrten Gemahlin dabei zu sein.«

Vor dem Königspaar sank Griseldis auf die Knie, wurde aber umgehend von Herrn Heinrich angewiesen, wieder aufzustehen. Beide Herrscher bekundeten ihre Freude – und ihr Erstaunen, sie auf dem Alpenpass anzutreffen. Sie erzählte von ihrer lang andauernden Erkrankung und ihrem Aufenthalt in dem Kloster von Sant' Ambrogio.

Aber das wussten Heinrich und Kunigunde bereits – auch, dass sie nie in Monte Cassino angekommen war. Aber ihr Studium konnte sie später nachholen; wichtig war nur, dass sie wieder gesund war.

Vor der Begegnung mit Rüdiger von Lanzheim hatte sie gewaltiges Herzklopfen. Als sie aber den Blick des Edelmanns erhaschte, hätte sie sich am liebsten in seine Arme geflüchtet – jedoch die Gegenwart des halben Hofstaats verwehrte dies. Nach guter Sitte errötete die Heilerin leicht, schlug die Augen nieder und wartete, bis der Graf sie in wohlgedrechselten Worten ansprach.

Was genau Herr Rüdiger gesagt hatte, wusste sie hernach nicht mehr; nur, dass er sich genauso nach ihr gesehnt hatte, wie sie sich nach ihm – das hörte sie aus jeder Silbe, die er vorbrachte. Und nur das allein zählte.

Zum ersten Mal wagte es die Heilerin wieder, an das Glück mit einem geliebten Mann zu glauben. Rüdiger schien doch aus ganz anderem Holz geschnitzt zu sein als Herr Wolfhart …

Der Abschied von Herrn Ansgar und seinem Sohn fiel ihr nicht allzu schwer. Der reiche Kaufmann zog weiter in Richtung Heimat und Griseldis bedankte sich für den Schutz und die Begleitung während der nicht ungefährlichen Reise. Nur bis an die Zähne bewaffnete Gruppen oder ganz armselige Einzelreisende hatten Aussicht, auf einer so langen Wanderung ungeschoren davonzukommen. Überall lauerten Räuber, denen ein Menschenleben nichts galt – Hauptsache, er trug etwas Wertvolles bei sich, das zu stehlen sich lohnte. Und das konnte manchmal schon ein warmer Umhang aus Schafwolle sein oder ein Paar Stiefel …

In derselben Nacht noch wurde Griseldis ans Lager des Königs gerufen: Koliken machten sich unangenehm bemerkbar. Die Heilerin war zum Glück zur Stelle und legte ihm ihre Hände auf und so wurde das Schlimmste bereits zu Beginn abgefangen.

Später saß sie noch mit Vater Berchtold bei einem Glas warmen Gewürzweins zusammen in der Herberge, in der der

König und seine Gemahlin für diese Nacht untergekommen waren.

»Dass Frau Irmintraut, diese gefährliche Intrigantin, verstorben ist, habt Ihr ja noch mitbekommen, nicht wahr?«, fragte sie der alte Mönch, nachdem er genüsslich einen Schluck des belebenden Getränks zu sich genommen hatte. »Aber dass ich vorher noch eine längere Unterredung mit ihr gehabt habe, das könnt Ihr nicht wissen.«

Das überraschte Griseldis etwas. Wer hatte da wohl das Gespräch gesucht? Gleich darauf erfuhr sie es.

»Irmintraut selbst war es, die mich an ihr Sterbebett rufen ließ – was ich zuerst kaum glauben konnte.« Vater Berchtold holte tief Atem, ehe er fortfuhr. »Sie wusste sehr wohl, dass ich sie mein Leben lang beobachtet habe: sie und ihre hexengleiche Doña Maddalena.«

»Ihr habt mir zeitlebens nur das Schlechteste zugetraut, Pater«, keuchte Irmintraut. »Nun, das hat ja jetzt ein Ende. Ich werde bald sterben und dann könnt Ihr endlich aufhören, mich zu bespitzeln. Ich will Euch aber doch die Genugtuung nicht versagen, dass Ihr recht hattet mit Eurem Verdacht. Ihr wart ein würdiger Gegner! Ich habe den König immer für mich haben wollen. Er sollte meine Base Kunigunde, das unfruchtbare Weib, zum Teufel jagen! Ich wollte Königin sein. Und, glaubt mir, Mönchlein, ich habe alles dafür getan – aber genützt hat es mir letztlich nichts. Heinrich wollte einfach nicht von ihr lassen.«

Sie machte ein gleichgültiges Gesicht und setzte frivol hinzu: »Ich werde wohl in die Hölle fahren und dort, wie ich hoffe, viele interessante Leute treffen.«

Daraufhin habe ich der Base der Königin gestanden, dass ich sie in der Tat immer im Auge behalten habe. Zwar wusste ich, dass Herrn Heinrichs Hofhaltung nicht gerade das Paradies war, aber dass eine verräterische Schlange in seiner Nähe lebte, war mir stets klar gewesen. Das habe ich ihr dann auch gesagt.

Aber die Dame hat nur gelacht. »Mönchlein, Mönchlein! Ich liebe Schlangen, denn sie sind schön, intelligent und überaus gefährlich.«

»Mag schon sein, Frau Irmintraut«, fiel ich ihr ins Wort. »Aber bedenkt, als ehemaliger Reichenauer Mönch kenne ich die geheime Beschwörungsformel unseres Klostergründers, des heiligen Pirmin, der einst sämtliches kriechendes Getier von der Insel getilgt hat.

Ich habe niemals gezögert, mein diesbezügliches Wissen anzuwenden, wenn es das Leben und das Wohlergehen Frau Kunigundes erforderlich machten. Vielleicht erklärt das auch Eure Fehlschläge in der Gunst des Königs?«

Letzteres war glatt gelogen. Ich habe von den Zaubersprüchen Sankt Pirmins, mittels derer er der Legende nach alles Gewürm von der Insel Reichenau vertrieben hatte, nicht die geringste Ahnung. Aber die Verwandte der Königin war tief betroffen. Ihre hasserfüllten Blicke von ihrem Totenbett aus, als ich ihr den Rücken kehrte, werde ich niemals vergessen. Es war mir, als fräße sich Säure durch meine Kutte.

Griseldis erschauerte. Sie schwiegen eine Weile andächtig und sprachen dann über andere Geschehnisse.

»Der König macht sich ernsthafte Sorgen über die Ausbreitung einer ketzerischen Bewegung, die von der Stadt Orléans nach Lothringen übergesprungen ist«, wechselte Berchtold schließlich das Thema.

»Auch in Reims haben sich häretische Gruppierungen festgesetzt. Und zudem hat sich in Mainz, wie schon einmal im Jahre 1012, eine antijüdische Stimmung entwickelt. Damals hat das zu einer zeitweiligen Vertreibung der Juden aus der Stadt geführt. Und nun hat sich der jetzige Erzbischof, Herr Erkanbald, erneut davon anstecken lassen.«

Der Pater schien besorgt.

»Ich erinnere mich gut daran, als der König vor zwei Jahren der Stadt einen Besuch abgestattet und der Erzbischof ihm damals wegen der Hebräer in den Ohren gelegen hat. Wider besseres Wissen und gegen meinen eindringlichen Rat ließ Heinrich sich von der Aversion des Kirchenfürsten gegen die Kinder Israels anstecken, obwohl er nie Anlass gehabt hatte, über sie erzürnt zu sein.

Im Gegenteil«, betonte Pater Berchtold, »sie sind strebsam und gebildet sowie des Lesens, Schreibens und Rechnens kundig. Die Männer und Jünglinge widmen sich allesamt dem Studium jenes Buches, das uns Christen als *Altes Testament* heilig ist. Sie gehen ihrer Profession mit Fleiß und Sachverstand nach, bringen es zu Wohlstand und zahlen pünktlich ihre Steuern und Abgaben.

Ja, um sich Frieden in der Stadt zu erkaufen, taten sie ein Übriges und spendeten reichlich für ihre armen, christlichen Mitbürger oder verliehen Geld – auch dem Erzbischof hatten sie schon einige Male aus der Verlegenheit geholfen und ihn doch nie ermahnt, den geborgten Betrag zurückzuzahlen.«

»Oh, Vater Berchtold«, sagte Griseldis lachend, »Ihr ereifert Euch ja richtig bei der Verteidigung dieser Ungläubigen.«

Aber der Benediktiner ließ sich nicht beirren. »Das alles war Herrn Heinrich wohlbekannt; dennoch lieh er sein Ohr dem Erzbischof sowie gewissen weltlichen Kreisen und ließ sich allerhand über angeblich verbrecherische Gebräuche der Juden einflüstern. Geweihte Hostien sollten sie geschändet und einen christlich getauften Säugling gar ermordet haben. Beweise für die Anschuldigungen blieben sie allerdings schuldig.

Der König, wieder einmal geplagt von seinen Blasensteinen, war nicht in der Lage, die Anklage einer gründlichen Prüfung zu unterziehen. Überdies sah er keinen Grund, an den Behauptungen des hohen Kirchenmannes zu zweifeln.«

»Ich entsinne mich ebenfalls, Vater«, warf Griseldis ein. »Der König ließ damals in Mainz eine Notiz anfertigen, die besagte, dass in der Stadt eine Austreibung der Juden vorgenommen und der Wahnsinn gewisser Häretiker zurückgewiesen wurden.«

»Dass das Ganze so unscheinbar und beinahe wie nebenbei vermerkt wurde, zeigt meines Erachtens, dass der König selbst nicht sehr glücklich war über die Behandlung der Hebräer. Möge GOTT, der HERR, es verhindern, dass erneut so großes Leid über die betroffenen jüdischen Mitbürger komme wie damals, als sie plötzlich heimatlos waren und ihr Hab und Gut zurücklassen und sich wie Bettler davonmachen mussten.«

»Amen, Pater«, entgegnete ehrlichen Herzens die Heilerin. Auch sie argwöhnte, dass der Erzbischof seinerzeit nur eine günstige Gelegenheit gesehen hatte, sich lästige Gläubiger vom Hals zu schaffen.

KAPITEL 77

DIE REISE GING zügig und ohne besondere Vorkommnisse vonstatten. Überall, wo die Menschen des Königs ansichtig wurden, brach Jubel aus. Griseldis und die Väter Berchtold und Odo konnten nicht verhindern, dass ihnen das grausame Erlebnis in Pavia in den Sinn kam …

Aber dieses Mal schien die Freude der Bevölkerung über das Erscheinen des Herrschers von jenseits der Alpen ehrlich zu sein.

»Kommt, Frau Griseldis, Ihr sollt das wunderbare Stück ebenfalls sehen, ehe die Königin und ich es vom Heiligen Vater segnen lassen«, forderte der König seine Medica am nächsten Tag auf. »Nach der Krönung wollen wir auf dem Rückweg nach Basel reiten, wo das neue Münster eingeweiht werden soll.«

Griseldis glaubte sich zu erinnern, dass dieser Münsterbau am Oberrhein durch eine Schenkung Heinrichs bereits im Jahre 1006 in Angriff genommen worden war. Pater Berchtold hatte ihr einmal erzählt, dass das alte Kirchengebäude im vergangenen Jahrhundert von den damals noch heidnischen Ungarn zerstört worden war und seit zwei Generationen in Schutt und Asche gelegen hatte.

»Seht her, meine Liebe«, rief Heinrich gut gelaunt, »ich werde Euch etwas zeigen.« Als Vater Odo mit einem länglichen, in weiße Leinwand gewickelten Gegenstand herzutrat und ihn behutsam auf einen Tisch legte, blickte der Herrscher voll Stolz darauf nieder.

»Dies werden Frau Kunigunde und ich zum Einweihungsfest des Basler Münsters mitbringen.« Heinrich entfernte eigenhändig das Tuch. Zum Vorschein kam eine goldene Altartafel, die zukünftig zu den kostbarsten Besitztümern des Gotteshauses am Oberen Rhein zählen sollte und die zu Recht als einzigartiges Meisterwerk der Goldschmiedekunst angesehen wurde.

Im Mittelpunkt der herrlich gearbeiteten Tafel war der Erlöser am Kreuz zu sehen und zu Füßen des Heilands knieten – klein und demütig, aber unverkennbar – die beiden frommen Stifter Heinrich und Kunigunde.

»Oh«, rief Griseldis bewundernd aus, »diese Altartafel ist ja noch schöner als jene *Pala d'oro* im Aachener Dom, Herr.«

Die Reise des gesamten deutschen Hofes wurde dadurch beschleunigt, dass man für die Beförderung der Damen, die durchaus nicht alle so hervorragende Reiterinnen wie Griseldis waren, Kastenwägen mitgenommen hatte. Das waren vierrädrige, gut gepolsterte Karren, die überdies – eine interessante technische Neuheit – eine eiserne Bereifung ihrer Holzräder aufwiesen sowie eine Aufhängung zur Stoßdämpfung.

Zudem waren die Hufe der vor die Wägen gespannten Gäule mit Hufeisen beschlagen; außerdem hatten sie einen gepolsterten Halskragen um, das sogenannte Kummet. Es sollte den Zugtieren helfen, größere Lasten zu ziehen, ohne sich an Hals und Nacken das Fell aufzuscheuern. Die am Wegesrand stehenden Bauern begafften staunend den vorbeiziehenden Trupp.

Griseldis hätte es vorgezogen, im Sattel zu sitzen; ihr war jedoch die Ehre zuteilgeworden, bei der Königin und ihren Damen im bequemen Wagen zu fahren. Zur Begleitmannschaft gehörte auch Rüdiger von Lanzheim, der ihr nicht von der Seite wich.

»Gottlob ist unsere Trennung vorüber.« Er lächelte die Heilerin bei der letzten Rast in einem Gasthof kurz vor der Ewigen Stadt verliebt an.

»Ja, es wäre schön, wenn es nie wieder eine gäbe«, antwortete Griseldis kühn. »Aber, ich weiß ja, das ist bloß der Wunschtraum eines dummen, schwachen Weibes.«

»Ihr, meine Geliebte, seid weder schwach noch dumm. Soll ich Euch verraten, was Ihr wirklich seid – auch auf die Gefahr hin, dass Ihr hochmütig werdet?« Er strich dabei sanft und möglichst unauffällig über die schmalen goldenen Reifen, die sie um ihre zarten, aber dennoch kräftigen Handgelenke gelegt hatte.

»Was meint Ihr denn, Lieber?«, wollte Griseldis wissen und blickte bewundernd auf den gleichfalls bereits festlich gekleideten Edelmann. Herr Rüdiger hatte eine Art Tunika aus mit Silberfäden besticktem, blauem Samt zu Ehren des Tages angelegt, dazu einen breiten, silbernen Gürtel mit einer kunstvoll gearbeiteten Schnalle aus Gold mit Edelsteinen, außerdem silberne Sandalen mit Schnürung bis zum Knie.

Nach altrömischer Soldatenart trug er keine Hosen, sondern zeigte seine nackten, noch von der vergangenen Sommersonne gebräunten, muskulösen Schenkel.

»Die klügste seid Ihr sowieso, aber darüber hinaus auch noch die schönste und begehrenswerteste Frau in ganz Rom. Alle Männer werden mich um Euch beneiden, Geliebte«, sagte der Graf von Lanzheim feurig. Am liebsten hätte er vor den Augen der anderen die Arme um seine um einen Kopf kleinere Liebste gelegt. Aber das wäre wahrlich unschicklich gewesen …

Griseldis hatte sich für den großen Tag des feierlichen Einzuges nach Rom für ein meergrünes, langes Gewand mit weiten Ärmeln aus feinster Seide entschieden, auf der Schulter gerafft durch eine prächtige Fibel aus Smaragden, sowie für Sandalen mit silberfarbigen Lederriemchen.

»Ihr seid sehr liebenswürdig, Graf. Aber Ihr kennt offenbar nicht die beiden Nichten des Heiligen Vaters. Sie sind erst halb so alt wie ich, und, wie man sich erzählt, von ganz besonderer Schönheit und durchaus bereit, ihre körperlichen Vorzüge auch offenherzig zu präsentieren.«

»Nichts gegen die charmanten Verwandten Benedikts; aber das ist so, als würde man hübsche, kleine Quellnymphchen mit der Liebesgöttin Aphrodite vergleichen. *Ihr* werdet der allseits bewunderte Mittelpunkt dieses Festes sein – neben Frau Kunigunde versteht sich – und ich bin sehr, sehr stolz auf Euch, Geliebte.«

Auf einmal merkten beide, dass sie die Einzigen waren, die noch in der Eingangshalle des Gasthofs verweilten. Alle anderen hatten sich bereits auf ihre Pferde geschwungen oder Platz in den nun festlich geschmückten Wägen genommen.

Der Graf nützte die Gelegenheit und presste Griseldis fest an sich. Er küsste sie mit geradezu verzehrender Leidenschaft. Und die Heilerin, die sich nach wie vor so sehr nach Liebe sehnte, erwiderte seinen Kuss. Widerstrebend löste sich Griseldis von Rüdiger. Aber zu spät zu kommen und die Gesellschaft aufzuhalten, wäre grob unhöflich gewesen.

»Liebster, bitte, zerstöre nicht meine kunstvolle Frisur. Meine Magd Gerlinde hat sich so viel Mühe damit gegeben«, bat sie den temperamentvollen Mann.

»Wohlan, Geliebte«, sagte der schwer verliebte Graf und seufzte. »Lass uns nun zu den anderen gehen, damit alle dich bewundern können.«

Für den Grafen Lanzheim würde in der Tat ein Traum in Erfüllung gehen, wenn er die schöne, in der Liebe nicht unerfahrene und zugleich kluge Frau mit Herzensbildung sein Eigen nennen dürfte. Niemandem fiel auf, dass die Heilerin fast fünf Jahre mehr zählte als der Edelmann. Griseldis schien zu jenen gesegneten Frauen zu gehören, denen das Alter nichts ausmachte.

Seine erste Gemahlin war Rüdiger von seinem Vater aufgezwungen worden. Im günstigsten Falle hatte man Frau Ehrentrudis als unscheinbar bezeichnen können; weniger Wohlgesinnte hatten sie gar als abgrundtief hässlich empfunden. Dazu war sie streitsüchtig, hochmütig, nachtragend und ausgesprochen dumm gewesen und, was das Schlimmste war, sie hatte sich niedriger Gestellten gegenüber grausam verhalten.

»Kein Wunder, Graf, dass Ihr Frau Griseldis von Tannhofen als Engel auf Erden empfindet«, hatte Vater Berchtold grinsend gesagt, als der Lanzheimer ihm von den Vorzügen der Heilerin regelrecht vorgeschwärmt hatte. Der alte Mönch hatte die Gräfin Ehrentrudis samt ihren Lastern noch kennengelernt …

Als das Königspaar in Rom eintraf, strahlte die Sonne bei winterlichen Temperaturen.

Griseldis war aufgefallen, dass in *allen* Städten, die Heinrich auf seinem Weg in die Ewige Stadt aufgesucht hatte, er stets freundlich, ja manchmal sogar mit Begeisterung aufgenommen worden war. Und ebenso wie die Patres Berchtold und Odo fragte sie sich, ob etwa wieder ein heimtückischer Aufstand wie damals in Pavia drohte …

Als der glanzvolle Zug aus weltlichen und geistlichen Edelleuten in Rom eintraf, wurden Heinrich und seine Gemahlin von den Abgesandten des römischen Senats sehr feierlich empfangen – obwohl gewiss nicht alle über die Ankunft der Deutschen erfreut waren.

»Nach dreizehn langen Jahren bin ich wieder in Rom, dieser ehrwürdigen Stadt, die einst der gefeierte Mittelpunkt des Erdkreises gewesen ist.«

Ein wenig gerührt war Herr Heinrich doch über die wohlwollende Aufnahme in der immer noch imposanten Stadt, die auf Schritt und Tritt Zeugnisse der glanzvollen Antike offenbarte.

Papst Benedikt VIII. überreichte dem König als wertvolles Willkommensgeschenk eine Weltkugel aus purem Gold, verziert mit kostbaren Edelsteinen und oben mit einem goldenen

Kreuz versehen. Alle in Heinrichs Umgebung waren entzückt ob der großzügigen Gabe und auch der Herrscher war beeindruckt von dem Geschenk. Er bedankte sich mit bewegten Worten.

Gleichwohl hatte er den feinen Symbolgehalt verstanden und er dankte dem Heiligen Vater für die Botschaft, die dahinterstand: Er möge seine Herrschaft ganz in christlichem Sinne führen.

»Dazu bin ich auch willens und bereit«, sagte Heinrich zur Königin und zu seinem Kanzler, »aber ich will mich keinesfalls in meinen Spielräumen einengen lassen – auch nicht durch den Glauben oder die Kirche. *Ich allein* entscheide, wie ich meine Herrschergewalt auszuüben habe; und wenn es die politische Lage erfordert, notfalls auch mit der Hilfe von Ungetauften.

Ich werde die sinnreiche Gabe des Heiligen Vaters an das Kloster Cluny schicken. Dort ist man wirklich nur dem Kreuze CHRISTI verpflichtet und muss nicht, wie ich, auch weltlichem Kalkül Rechnung tragen.«

»Damit habt Ihr dem Papst auf feine Art und Weise ebenfalls eine Lehre erteilt, Heinrich: Ein weltlicher Herrscher könne sich nicht von weltlichen Rücksichten in seiner Politik freihalten«, erkannte daraufhin seine Mitregentin scharfsinnig.

»Es ist schön, eine kluge Frau zu haben«, freute sich der König und betrachtete bewundernd seine in feine, blaue Seide gewandete Gemahlin. Rank und schlank und aufrecht war die Königin; mit stolz, aber nicht hochmütig erhobenem Haupt, das umflossen war von ihrem herrlichen Blondhaar, glänzend wie reifer Weizen in der südlichen Sonne.

Ihre Lieblingsdienerin drückte ihr eben den goldenen, mit Perlen und Edelsteinen verzierten Stirnreif ins üppige Haar und eine zweite Kammerfrau legte ihr den einer Herrscherin gebührenden Hermelinmantel um die Schultern. Trotz des sonnigen Wintertages war es klirrend kalt an diesem Morgen, als man sich zur Messe in die Kirche Sankt Peter begab. Sowohl bei den Menschen wie bei den Pferden war die Atemluft in kleinen Wölkchen vor Nasen und Mündern sichtbar.

Griseldis war froh, sich unter ihrer eleganten, grünseidenen Robe warme, schafwollene Unterkleidung angezogen zu haben sowie darüber einen dicken, weiten Umhang aus blauer Wolle. Die Zeremonie in der eisigen Peterskirche würde vermutlich Stunden dauern …

KAPITEL 78

DER ABLAUF DER Krönungsfeierlichkeiten war lange vorher festgelegt worden. Seit der Karolingerzeit war ein bestimmtes feierliches Zeremoniell überliefert, das auch an diesem Tag genau eingehalten werden sollte. Eifrig hatten alle Mitwirkenden für den bedeutenden Augenblick geprobt und die einzelnen Schritte eingeübt. Es wäre sehr ärgerlich, wenn irgendwelche Pannen während der ehrwürdigen Zeremonie auftreten sollten.

»Aber man weiß ja nie.« Vater Berchtold hatte vorsichtshalber eine weitere Chorprobe veranlasst. In diesen Tagen entwickelte sich der betagte Benediktinermönch zum unerbittlichen Perfektionisten.

»Ich bin König Heinrich zwar ein wenig zu alt und angegriffen vorgekommen, um mit ihm noch die strapaziöse Alpenüberquerung zu unternehmen. Aber ich wäre lieber gestorben, als in Bamberg zu bleiben«, sagte der Benediktiner grinsend. »Und das habe ich dem König auch deutlich gesagt.«

Die Heilerin hatte gutmütig gelacht. »Ich habe schon damit gerechnet, dass Ihr Euren Kopf durchsetzen würdet, Pater. Und warum auch nicht? Diese Krönung, die Ihr mindestens ebenso sehr herbeigesehnt habt wie unser Herr, müsst Ihr einfach vor Ort mit eigenen Augen und Ohren erleben.«

Am 14. Februar des Jahres 1014, einem strahlend schönen, wenn auch bitterkalten Sonntag, fand im Petersdom zu Rom die Kaiserkrönung Heinrichs II. und seiner Gemahlin Kunigunde statt.

Das Herrscherpaar schritt zur Kirche, umgeben von zwölf Mitgliedern der römischen Aristokratie. Der Papst, der in goldbestickten Prunkgewändern auf der Terrasse vor dem Vorhof der Basilika auf einem goldenen Thron saß, erwartete den Festzug.

Griseldis, inmitten der großen Begleiterschar des Königspaares, verrenkte sich schier den Hals, um alles ganz genau beobachten zu können. Einen vor ihr stehenden sächsischen Edelmann hatte sie sogar ein wenig unsanft zur Seite gedrängt, als dieser auf wenig galante Weise versucht hatte, sich genau vor ihr aufzubauen und ihr damit die Sicht zu verderben.

Doch als er Heinrichs Medica erkannte, hatte sich der Mann entschuldigt und war ein Stück weiter nach hinten gerückt.

Gemessen schritt der König mit seiner Gemahlin die Stufen zur Terrasse empor. Vor dem Thron angekommen, warf Herr Heinrich sich dem Statthalter CHRISTI zu Füßen. Der Heilige Vater fragte ihn, ganz wie der Brauch es erforderte, ob er, der zukünftige Kaiser, der getreue Schirmherr der heiligen Mutter Kirche sein und ihm, Papst Benedikt, und seinen Nachfolgern in allem Gehorsam leisten wolle.

König Heinrich gelobte es in Demut, worauf der Papst ihm aufhalf und ihn mit dem Friedenskuss begrüßte. Nun öffneten sich die ehernen Pforten und Papst und König betraten Hand in Hand den Vorhof. Unmittelbar dahinter schritt die Königin.

Sie gingen bis zur Silbernen Pforte, die ins Kircheninnere führte. Das Königspaar verharrte noch am Eingang in stillem Gebet, während der Heilige Vater bereits den Dom betreten hatte. Sankt Peter füllte sich nach und nach mit ausgewählten Zuschauern, die einen Seiteneingang benutzten.

Nachdem sechs Kardinäle über beide Herrscher ihren Segen gesprochen hatten, wurde Heinrich von Priestern mit dem roten Kaisermantel bekleidet. Nun durfte er endlich selbst die Basilika betreten.

Mitten im Hauptschiff an der *Rota*, der in den kostbaren Marmorboden eingelassenen, runden Platte aus Porphyr, die sich genau über dem Grab des heiligen Apostels Petrus befinden sollte, thronte Benedikt VIII. und erwartete den König mit seinem Gefolge zur sogenannten Prüfung. Hier befand sich auch der von vier riesigen gewundenen Säulen umgebene Hauptaltar der bedeutendsten Kirche der Christenheit.

Griseldis, die sich zusammen mit Vater Berchtold einen Platz in einer der vordersten Reihen erobert hatte, konnte genau verstehen, was der Heilige Vater wissen wollte. Ob den Kandidaten der Kaiserkrönung alle jene Eigenschaften innewohnten, die für Christen und besonders für Herrscher unentbehrlich waren: Gottesfurcht und Sittenreinheit, Nüchternheit und Demut, Geduld und ein Herz für Verlassene und Elende.

Nachdem der Papst den König und die Königin für geeignet befunden hatte, legten Herr Heinrich und seine Gemahlin noch das Glaubensbekenntnis ab.

Griseldis aber musste nun dem zutiefst ergriffenen Vater Berchtold den Arm schützend um die mageren Schultern legen und leise und beruhigend auf ihn einreden. Der alte Mann war durch das feierliche Geschehen so mitgenommen, dass er im Petersdom in Schluchzen ausbrach.

»Mein lieber Herzog und König wird Kaiser. Die gleiche Ehre wie Karl dem Großen widerfährt meinem guten Herrn«, flüsterte er und weinte voll Rührung. Griseldis wiegte ihn wie ein kleines Kind in ihren Armen und wisperte auf ihn ein. Allmählich beruhigte sich der greise Mönch wieder und sie konnte mit ihm im Dom bleiben.

Nun waren die eigentlichen Krönungszeremonien an der Reihe. Während der Papst am wunderbar mit Zweigen, Blumen und Kerzen geschmückten Altar die heilige Messe feierte, begann die Salbung Heinrichs und Kunigundes durch einen in Purpur gewandeten Kardinal. Hernach erfolgte unter frommen Gesängen und Gebeten die Überreichung der Insignien, als da waren Ring, Zepter und Kaiserkrone auf samtenen Kissen.

Nie würde die Heilerin den Anblick vergessen, als der zum Imperator gesalbte Heinrich inmitten des heiligsten Gotteshauses des Abendlands stand: mit der altehrwürdigen Kaiserkrone auf dem Haupt, die bereits Karl der Große getragen hatte, dem mit Juwelen besetzten Zepter in der einen Hand und dem Reichsapfel in der anderen.

Nach der Messe hob der vielstimmige Chor zu einem Segenslied an:

Langes Leben unserem Herrn Benedikt, durch GOTTES Gnade Oberster Priester.

Sieg und langes Leben unserem Herrn Heinrich, dem großen, friedfertigen, von GOTT gekrönten Kaiser.

Langes Leben unserer Herrin Kunigunde, der erlauchten Kaiserin.

Sieg und Leben dem römisch-deutschen Heer.

Als die letzten Töne verklungen waren, erhob sich gewaltiger Jubel unter den Anwesenden, Römern wie Deutschen.

Abends feierte man ein groß angelegtes Fest, zu dem der neue Kaiser, Heinrich II., sowie die ebenfalls gekrönte Kaiserin Kunigunde den Heiligen Vater und alle deutschen und italischen Herren samt Gefolge eingeladen hatten.

Für diesen einmaligen Anlass hatte sich Griseldis mit besonderer Sorgfalt gekleidet: Unter- und Obergewand bestanden aus apfelgrünem Samt mit goldenen Borten an Halsausschnitt, am Saum und an den weiten Ärmeln; dazu trug die Heilerin des Kaisers zierliche, goldfarbene Pantoffeln.

Ihre treue Dienerin Gerlinde hatte sich zudem große Mühe gegeben, Griseldis' immer noch honigblondes, hüftlanges Haar zu einer eleganten Frisur aufzutürmen, wie sie bei den Damen Italiens derzeit in Mode war. In die Fülle der Locken hatte sie Bänder in der Farbe des Kleides hineingeflochten sowie goldene Rosen.

Mit Vergnügen genoss die schöne Medica die bewundernden Blicke der edlen Herren beim kaiserlichen Festmahl. Ihr Tischnachbar zur Linken, ein römischer Conte mit markanten Gesichtszügen, in silbrig glänzendem Wams über einem weißen Hemd mit weiten Ärmeln sowie gleichfarbigen, knielangen Hosen, machte ihr gewagte Komplimente, die sie noch nie zuvor gehört hatte. Aber die Edle von Tannhofen war gewitzt genug, sich dem artig plaudernden römischen Kavalier als weltgewandte Dame des deutschen Kaiserhofes zu präsentieren, die an solche Schmeicheleien gewöhnt war …

Die Speisen waren vom Feinsten: Kalbsbrühe mit fein geschnittenem Gemüse und Fleischeinlage, Geflügel wie Wildenten, mit einer feinen Farce aus Hasenleber und Feigen gefüllte Tauben und Fasane, dazu Reh-, Wildschwein- und Hirschkalbsbraten, mehrere Fluss- und Meeresfische und allerlei Obst, von dem man in deutschen Landen allenfalls die Namen gehört hatte und außerdem raffinierte Süßspeisen zum Nachtisch.

Dazu trank man roten Wein, unter der südlichen Sonne Italiens gereift und jahrelang in großen Tonkrügen für diesen besonderen Anlass gelagert.

»Kaiser und Papst zeigen demonstrativ ihre Einigkeit«, flüsterte Vater Berchtold, den man zu Griseldis' zweitem Tischherrn erkoren hatte, ihr ins Ohr. Der Mönch fühlte sich wieder ausgesprochen wohl; wacker griff er beim Mahl zu und wie immer war er dabei ein scharfer Beobachter.

Die Heilerin war Zeugin, wie die beiden großen Herren, Papst und Kaiser, sich brüderlich umarmten und auf die Wangen küssten. In diesem Augenblick überkam die junge Frau ein Gefühl der Hellsichtigkeit, ähnlich dem, welches sie beim Anblick Herrn Arduins empfunden hatte.

Hinter beiden Männern stand »der Graue« – zwar noch nicht dicht hinter ihnen und seltsam verschwommen, aber Griseldis wusste in ihrem Herzen, dass Papst und Kaiser etwa zur gleichen Zeit sterben würden. Sie schätzte die Zeitspanne, die beiden noch auf Erden bliebe, auf etwa ein Jahrzehnt. Zuerst würde der Todesengel den Nachfolger Petri ins himmlische Paradies führen und bald darauf Herrn Heinrich …

Tränen schossen in ihre schönen Augen, worauf der römische Edelmann sich zu fragen anschickte, was seiner Tischdame denn auf einmal fehle. Da bemerkte er ihren entrückten Blick und schwieg galant.

›Nur zehn erfüllte und glückliche Jahre werden es noch sein, die dem Kaiser bevorstehen‹, dachte sie traurig. Jedoch würde er seinem Nachfolger ein auch im Glauben friedlich geeintes Reich hinterlassen, mit gesicherten Grenzen, zahlreichen

Städte- und Bistumsgründungen, lebhaften Märkten, blühendem Handel und Straßen, die von Raubgesindel weitgehend befreit waren. Das Fehdeunwesen war erfolgreich bekämpft und in den Klöstern herrschten Fleiß und Frömmigkeit.

Was könnte man von einem Herrscher mehr verlangen? Zumal auch der Friede in Italien, zumindest vorerst, gesichert schien.

Allmählich verflüchtigte sich die Vision der Heilerin. Ein wenig abgespannt strich sie sich über die Stirn und ihre unmittelbare Umgebung schien wieder um sie herum aufzutauchen. Griseldis sah die besorgten Blicke, die auf ihr ruhten.

»Ich habe wohl ein wenig geträumt«, sagte sie entschuldigend und lächelte ihren Kavalier zur Linken an, woraufhin dieser erleichtert aufatmete. Er war sich eben recht hilflos vorgekommen und war nun sichtlich froh, dass der schönen Dame offenbar nichts fehlte.

Vater Berchtold hingegen war nicht so leicht zu täuschen. Er hatte gefühlt, dass Griseldis in diesem Moment einen Blick in die Zukunft getan hatte und er ahnte, dass dieser schmerzlich für sie gewesen war. Um sie abzulenken, griff er nach ihrer Hand und meinte: »Wenn es Euch recht ist, liebe Tochter, werden Vater Odo und ich Euch auf eine Kirchenführung mitnehmen. So könnten wir drei die Zeit unseres Aufenthaltes in der Ewigen Stadt noch dazu nützen, die beeindruckenden Gotteshäuser aufzusuchen.«

»Das ist sehr freundlich von Euch, Pater. Gerne nehme ich das Angebot an: Gleichsam auf den Spuren der Heiligen und der Märtyrer zu wandeln, die in dieser Stadt gelebt und gewirkt haben, erscheint mir äußerst verlockend. Versammelten sie sich doch zu Anfang noch im Verborgenen, in den Katakomben, bis die Kirche das Recht hatte, statt der heidnischen Göttertempel diese wunderbaren Kirchen zu bauen.«

Der römische Edelmann verzog das Gesicht, als er ihre Worte vernahm. Hatte er doch bereits gewisse eigene Pläne gehegt, die vorsahen, die hübsche Dame an andere Plätze zu führen als ausgerechnet in Kirchen …

KAPITEL 79

IN JEDEM DER Gotteshäuser, in welches die Patres sie begleiteten, entzündete die Heilerin Kerzen zum Gedächtnis an ihren verstorbenen Ehemann Konrad, ihr zu früh geborenes Kind und zum Gedenken an ihre Eltern Frowein und Dietlinde.

Am inbrünstigsten aber betete die junge Frau für den Kaiser. Sie war Herrn Heinrich von Herzen dankbar dafür, dass er sie aus dem engen und kleingeistigen Dorf, in dem sie aufgewachsen war, herausgeholt hatte.

Die Menschen, mit denen sie es seither täglich zu tun gehabt hatte, standen ihr näher als ihr eigener Bruder, der sich feige seinem herrschsüchtigen Weibe unterordnete, oder ihre Schwester, die eine faule und eigensüchtige Person geworden war. Ihr Schwager, der Geistliche Herr Ansgar, war ihr gleichfalls fremd mit seiner kalten Wesensart; am liebsten hätte er die Kinder seines Vorgängers wohl in den Wald geschickt, damit die Wölfe sie fräßen …

Nein, sie gehörte in die Pfalz des Kaisers und nicht mehr auf einen Bauernhof. Und das verdankte sie allein Herrn Heinrich. Für ihn hatte sie, rückblickend gesehen, gerne die Heimat und ihre Familie verlassen, denn sie war dafür belohnt worden.

In der Tat waren für Frauen keine Aufstiegschancen vorgesehen. Nur einzelnen Damen aus der Oberschicht war es bisher gelungen, herausragende Stellungen zu erlangen, wie etwa den Gemahlinnen der Ottonen, den Kaiserinnen Adelheid und Theophanu oder ein paar bedeutenden Äbtissinnen.

Frau Kunigunde hatte zwar eine hohe Machtposition inne, war aber viel zu bescheiden, um sich gegen Heinrich durchsetzen zu wollen. An Intelligenz und Bildung konnte sie es sicher mit ihrem Gemahl aufnehmen, sie sah jedoch dank ihrer Kirchenhörigkeit ihre Stellung nur als beratende und unterstützende an.

Um die Regierung kümmerte sie sich nur in Ausnahmefällen, wenn Herr Heinrich sich außer Landes aufhielt. Dann hielt sie die Zügel in der Hand – gemeinsam mit dem Kanzler.

Im Geiste sah Griseldis das Antlitz des Kaisers vor sich: gealtert durch jahrzehntelanges körperliches Leiden, die unablässige Sorge um das Reich sowie durch eine weitgehend asketische Lebensweise.

Tiefe Furchen durchzogen mittlerweile das markante Gesicht und sein immer noch dichtes Haar war inzwischen mehr grau als braun. Aber Heinrichs Haltung war noch jugendlich straff, er war nach wie vor ein hervorragender und ausdauernder Reiter. Vor allem aber strahlten seine Augen noch ebenso intelligent, lebhaft und humorvoll, wie sie es getan hatten, als sie ihn das erste Mal als jungen Herzog erlebt hatte.

›Seit damals liebe ich ihn‹, dachte die Heilerin, deren eigenes Leben so eng mit dem seinen verflochten war. Sie war glücklich, dass es ihr erlaubt gewesen war, ihn so oft von seinen Schmerzen zu befreien.

›Ohne mich und meine Heilkraft hätte der arme Mann noch viel mehr gelitten. HERRGOTT, ich danke dir dafür, dass du mich mit diesen Händen gesegnet hast.‹

Während sie in die Flammen der Kerzen starrte, zogen im

Geiste die langen Jahre an ihr vorüber, die sie an Heinrichs Seite, oder vielmehr in seiner Nähe, verbracht hatte. Alles in allem waren es gute Jahre gewesen. Mit Unbehagen erinnerte sie sich an die vergangene Nacht, als der Schlaf sie geflohen hatte.

Allzu vieles war ihr durch den Kopf gegangen. Unausgesprochene Gedanken, weil sie diese selbst als »ungehörig« stigmatisierte, hatten ihr Herz und Gemüt beschwert. Sie hatte sich den drängenden Fragen nicht länger mehr verschließen können: Welcher Art war eigentliche *ihre Liebe* zu Heinrich, zu jenem Mann, den sie als eine der ganz wenigen nicht nur als den strahlenden Herrscher, sondern auch mit all seinen Schwächen kannte, seiner Verzagtheit und der Angst vor der Zukunft?

Zwar war sie niemals die Frau seines Herzens geworden, aber seine vertraute Begleiterin durch lange Jahre war sie durchaus gewesen …

Begehrte sie ihn auch als Mann? Wäre sie gerne seine Geliebte geworden?

Hatte sie Kunigunde je beneidet um die ausschließliche Zuneigung des Herrschers? Was wäre geschehen, falls Heinrich sie zu seiner Mätresse hätte machen wollen? Hätte sie ihm widerstanden – oder wäre sie ihrem hochgestellten Patienten bereitwillig in die Arme gesunken?

Letzte Nacht hatte sie darauf keine Antwort gefunden. Und jetzt?

›Lieber GOTT, ich weiß es wirklich nicht‹, gestand sie sich leise ein, den Blick auf den Altar gerichtet, auf dem die Madonnenstatue mit dem Kind auf dem Arm sanft lächelnd auf sie herniederschaute. ›Aber ich will mich nicht besser machen, als ich bin. Wahrscheinlich wäre ich seiner Liebenswürdigkeit erlegen, trotz meiner großen Zuneigung und Ehrerbietung gegen die Kaiserin – und trotz meiner Liebe zu Meister Konrad.‹

Natürlich hätte sie gerne Kunigundes Platz an Heinrichs Seite eingenommen. War sie jetzt etwa genauso schlecht wie Frau Irmintraut es gewesen war?

Nein! Ihr Inneres empörte sich. Das war sie mit Gewissheit nicht. Niemals wäre sie im Stande gewesen, aus verschmähter Liebe Heinrich oder seiner Gemahlin ein Leid zuzufügen, wie Kunigundes Base es über Jahre hinweg getan hatte.

Dann erwachte ein neuer Gedanke in ihr. ›War es sündige Anmaßung von mir, das Wissen um die Untaten dieser Frau für mich zu behalten? Aber ich habe es doch nur gut gemeint. Ich wollte Kunigunde davor bewahren, der Wahrheit ins Gesicht sehen zu müssen, jahrelang einer *Teufelin* ausgeliefert gewesen zu sein und diese für einen *Engel* gehalten zu haben.‹

Einigermaßen gefasst betete sie:

»Lieber GOTT, ich danke dir, dass du die große Versuchung, mich dem geliebten Herrscher hinzugeben, gar nicht erst an mich hast herankommen lassen. So konnte ich ihr auch nicht erliegen, wenngleich ich mir das nicht als Verdienst anrechnen darf. Einzig und allein Heinrichs keuscher Zurückhaltung ist es zuzuschreiben, dass ich die große Sünde des Ehebruchs nicht begangen habe.«

Befreit und getröstet verließ die Heilerin des Kaisers die Kirche – eine der vielen in Rom, die Maria geweiht waren. Die frommen Väter Berchtold und Odo hatten geduldig im hinteren Teil des Gotteshauses auf sie gewartet.

Der alte Mönch warf ihr draußen einen neugierigen Blick zu. Er fragte nichts, aber an ihren Augen erkannte er, dass das Gebet sie gestärkt haben musste.

»So gut, wie Ihr dem Herzog und dem König gedient habt, so wohl werdet Ihr, mit GOTTES Hilfe, Euren Dienst am Kaiser verrichten, mein Kind«, sagte er mild und Griseldis neigte lächelnd das Haupt.

Oh, ja, die kommenden zehn Jahre würde sie an der Seite Heinrichs verbringen, um ihm sein schweres Schicksal zu erleichtern – auch wenn sie die Ehefrau des Grafen von Lanzheim wäre.

Starr blickte sie dann Vater Berchtold in die klugen, von unzähligen Runzeln umgebenen Augen. Es schien dem alten Mönch, als blicke sie bis in sein Herz hinein und weit darüber hinaus: bis in die Ewigkeit.

»Was ist dir, Tochter?«, fragte der Benediktiner und fröstelte plötzlich. Als Griseldis betroffen schwieg, flüsterte Berchtold mit seltsamer Hellsichtigkeit: »Hast du ihn schon hinter meinem Rücken gesehen, den grauen Freund, der uns alle einst erwartet, wenn wir an unserem Ziel angekommen sind? Ich ahne wohl, dass er bereits dicht hinter mir steht.«

Die Edle von Tannhofen zuckte schmerzlich zusammen. In der Tat, hinter dem vom Alter gebückten Benediktiner – er hatte vor Kurzem seinen siebenundsechzigsten Geburtstag gefeiert – war unversehens eine hohe, in einen grauen Umhang gehüllte Gestalt aufgetaucht. Und diese hatte gleichsam als Bestätigung ihrer traurigen Vision ihre knochige Hand auf Vater Berchtolds greisenhaft schmal gewordene Schulter gelegt …

Inzwischen löste sich die Erscheinung auf wie Rauch im Wind und Griseldis war um Gleichmut bemüht.

»Sagt doch so etwas nicht, Pater«, bat sie. »Von kleinen Alterswehwehchen abgesehen, seid Ihr noch rüstig und werdet noch lange leben.«

Im selben Augenblick, als sie es aussprach, war ihr bewusst, dass sie die Unwahrheit gesprochen hatte. Und sie sah, dass ihr alter Freund es ebenfalls wusste. Griseldis wurde von Trauer erfasst und Tränen verschleierten ihren Blick.

»Ich hoffe, dass der Todesengel mir noch Zeit lässt, bis wir alle wieder in Bamberg sind. Dann bin ich bereit, mit dem

Grauen zu gehen. Im Himmel werde ich dann auf meinen kaiserlichen Herrn warten.«

Dann räusperte sich der alte Mönch und verstummte für längere Zeit. Plötzlich lächelte er verschmitzt: »Aber bei deiner Hochzeit, liebes Kind, da werde ich noch dabei sein und es mir gut gehen lassen. Ja, sogar tanzen werde ich mit dir, der schönsten Braut, die es je in Bamberg gegeben hat.«

EPILOG

Am 13. Juli 1024 – gut zehn Jahre nach seiner Krönung in Rom und etliche Monate nach dem Ableben von Papst Benedikt VIII. – starb Kaiser Heinrich II., erst einundfünfzig Jahre alt. Er verschied nach dem Empfang der heiligen Sterbesakramente in der Pfalz Grone in den Armen seiner geliebten Gemahlin, der Kaiserin Kunigunde, die rechtzeitig vor seinem Tod an sein Sterbebett geeilt war.

»Unter Anteilnahme gewaltiger Menschenmengen«, wie sein Chronist, der Bischof Thietmar von Merseburg berichtete, »brachte man seine sterblichen Überreste nach Bamberg. Die Menschen am Wegesrand weinten und sanken im Staub der Straßen auf die Knie, als der Leichenzug des Kaisers an ihnen vorüberzog. Sie beteten für Heinrichs Seele, dass der HERR ihm gnädig sein möge, und gleichzeitig baten sie GOTT um einen nächsten, ebenso guten Herrscher, wie Kaiser Heinrich II. es gewesen ist.«

NACHSATZ

DEM BEHARRUNGSVERMÖGEN DER wundergläubigen Bamberger ist es zu verdanken, dass, im Jahre 1146, Kaiser Heinrich II., der Stifter ihres Bistums und des Domes, von der Kirche offiziell als *Heiliger* anerkannt wurde.

Bereits unmittelbar nach seiner Beisetzung hatten sich gewisse Wundertaten ereignet, die man dem geliebten Herrscher zuschrieb. Als Beweis seiner heiligmäßigen Lebensführung wurde unter anderem ausgerechnet seine Kinderlosigkeit herangezogen, die man wiederum als Ergebnis seiner, von ihm so verabscheuten, Josephsehe ansah.

Bei seiner Gemahlin sollte es bis zum Jahre 1200 dauern, ehe auch Kunigunde »zur Ehre der Altäre« gelangte. Bei ihrer Anerkennung als Heilige spielten neben vielen anderen Dingen ihr tugendhaftes Witwendasein als Nonne im von ihr gestifteten Benediktinerinnenkloster Kaufungen eine Rolle sowie ganz maßgeblich das Gehen mit bloßen Füßen über glühende Pflugscharen, das einst angeblich ihre Unschuld bezeugt hatte – also jenes Ereignis, welches niemals stattgefunden hatte.